〔梁〕蕭統 編 〔唐〕李善 注
黄侃 黄焯 校訂

昭明文選

黄侃黄焯批校

十

長江出版傳媒
崇文書局

文選卷第五十七

梁昭明太子撰

文林郎守太子右內率府録事參軍事崇賢館直學士臣李善注上

誄下

潘安仁夏侯常侍誄一首

馬汧督誄一首

顔延年陽給事誄一首

陶徵士誄一首

謝希逸宋孝武宣貴妃誄一首

哀上

潘安仁哀永逝文一首

夏侯常侍誄一首并序　　潘安仁

夏侯湛字孝若譙人也少知名弱冠辟太尉府臧榮緒晉書曰湛早有名譽爲太尉掾賢良方正徵仍爲太子舍人尚書郎野王令臧榮緒晉書曰湛舉賢良對策拜郎中進補太子舍人轉尚書郎出宰野王令漢書曰何武賢良方正徵也中書郎南陽相臧榮緒晉書曰湛除中書侍郎出補南陽相又曰秦王柬武帝第三子也初封南陽王後徙封秦王家艱乞還毛詩曰未堪家多難余又集于蓼頃之選爲太子僕未就命而世祖崩世祖武皇帝也穀梁傳曰天高曰崩厚曰崩尊曰崩天子之崩以尊也其崩何以在人上故曰崩天子以爲散騎常侍從班列也天子惠帝也春秋四十有九元康元年夏五月壬辰寢疾卒

于延熹里第嗚呼哀哉乃作誄曰

禹錫玄珪實曰文命尚書曰禹錫玄圭告厥成功又曰文命敷于四海史記曰夏禹名曰文命克明克聖光啓夏政尚書曰居上克明又曰克齊聖廣淵左氏傳宋向戌曰以偪陽光啓寡君其在于漢邁勳惟嬰漢書曰夏侯嬰爲太僕常奉車從擊項籍思弘儒業小大雙名班固漢書述曰世宗曄曄思弘祖業漢書曰夏侯勝字長公少好學從夏侯始昌受尚書又曰勝從父兄子建字長卿自師事勝又曰由是尚書有大小夏侯之學顯祖曜德牧兗及荊王隱晉書曰夏侯威字季權歷荊兗二州刺史史記祭公謀父曰先王曜德不觀兵父守淮岱治亦有聲王隱晉書曰威次子莊淮南太守毛詩曰文王有聲英英夫子灼灼其儁飛辯摛藻華繁玉振孔融薦禰衡表曰飛辯騁辭班固荅賓戲曰摛藻如春華孟子曰集大成也者金聲而玉振如彼隨和發彩流潤淮南子曰隨侯之珠

和氏之璧得之而富失之而貧禮
記孔子曰夫玉溫潤而澤仁也如彼錦繢列素點絢
論語子夏問曰巧笑倩兮美目盼兮素以爲絢人見其
兮何謂也子曰繢事後素鄭玄曰繢畫文也
表莫測其裏尚書大傳孔子謂子夏曰子見其表未見
其裏法言曰或問聖人表裏曰威儀文辭
表也德行
忠信裏也徒謂吾生文勝則史論語子曰文
勝質則史心照神交
唯我與子莊子子綦曰其寐也魂交論語
子謂顏回曰唯我與爾有是夫且歷步長遠
觀終始孝經曰夫孝始於事親
中於事君終於立身子之承親孝齊閔參
漢書武帝詔曰孝子順孫願自竭以承其親論語子
曰孝哉閔子騫禮記公明儀問曾子曰夫子可以爲
孝乎曾子曰君子之所謂孝者先意承
志諭父母於道參直養者安能爲孝乎子之友悌和
如瑟琴毛詩曰妻子好
合如鼓瑟琴事君直道與朋信心論語柳
下惠曰
直道而事人又子夏曰
與朋友交言而有信雖實唱高猶賞爾音宋玉對
問曰曲

彌高者其和彌寡曹植求自試表曰或有賞音而識道弱冠厲翼羽儀初升禮記曰人生二十曰弱冠呂氏春秋曰征鳥厲疾周易曰鴻漸于陸其羽可用爲儀公弓既招皇輿乃徵左氏傳陳敬仲曰詩曰翹翹車乘招我以弓范雎後漢書曰侯瑾州郡累召公車有道徵也內贊兩宮外宰黎蒸典引曰巡靖黎蒸忠節允著清風載興胡廣書曰建鴻德流清風泱央彼樂都寵子惟王左氏傳延陵季子曰泱泱乎大風也哉南都賦曰於顯樂都設官建輔妙簡邦良用取喉舌相爾南陽尚書帝曰龍命汝作納言孔安國曰納言喉舌之官毛詩曰出納王命王之喉舌惠訓不倦視民如傷左氏傳祁奚曰惠訓不倦叔向有焉又逢滑曰國之興也視之如傷乃眷北顧辭祿延喜孟子注德厚受祿德薄辭祿也余亦偃息無事明時呂氏春秋田贊曰偃息之義則未之識疇昔之遊二紀于茲左氏傳羊斟曰疇昔之羊子爲政孔安國尚書傳曰十二年曰紀

南史殷景仁舉此語作世疵文雅是俗乃避諱改也

淄注

班白攜手何歡如之（禮記曰班白者不提挈毛詩曰惠而好我攜手同行）居吾語汝衆實勝寡（論語子曰由居吾語汝慎子曰衆之勝寡必也）人惡雋異俗疵文雅（孔安國尚書傳曰疵病也大戴禮曰天子不知文雅之辭少師之任）執戟疲揚長沙投賈（曹子建楊德祖書曰楊子雲先朝執戟之臣耳漢書曰賈誼爲長沙王太傅誼既以謫去意不自得）無謂爾高耻居物下子乃洗然變色易容（史記曰觀范睢之見王者羣臣莫不洒然變色易容者）慨焉嘆曰道固不同（論語子曰道不同不相爲謀）爲仁由己匪我求蒙（論語顏淵問仁孔子曰克己復禮爲仁爲仁由己而由人乎哉周易曰童蒙求我匪我求童蒙）誰毀誰譽何去何從（論語孔子曰吾之於人誰毀誰譽楚辭曰此孰吉孰凶何去何從）莫涅匪緇莫磨匪磷（論語子曰不曰堅乎磨而不磷不曰白乎涅而不淄）子獨正色居屈志申（尚書曰正色率下）雖不爾以猶致其身（論語周公

此六字後沒其實也

謂魯公曰不使大臣怨乎不以又子夏曰事君能致其身獻替。盡規。媚茲。一人。國語史黯謂趙簡子曰夫事君者諫過而賞善薦可而替否獻能而進賢毛詩曰媚茲一人應侯順德讜言忠謀世祖是嘉漢書成帝曰久不見班生今日復聞讜言聲類曰讜善言也將僕儲皇奉鑾承華漢書曰太子家有僕上林賦曰孫叔奉轡漢舊儀有承華廐先朝末命聖列顯加尚書曰道揚末命入侍帝闈出光厥家我聞積善神降之吉周易曰積善之家必有餘慶左氏傳季梁曰於是乎民和而神降之福宜享遐紀長保天秩尚書曰天秩有禮自我五禮有庸哉如何斯人而有斯疾論語伯牛有疾子曰斯人也而有斯疾也曾未知命中年隕卒嗚呼哀哉論語子曰五十而知天命中年猶中身也尚書曰文王受命惟中身唯爾之存匪爵而貴孫卿子曰君子無爵而貴無祿而富甘食美服重珍兼味臧榮緒晉書曰湛族爲盛門性

頗豪侈甘食美服窮滋極珍臨終遺誓永錫爾類毛詩曰孝子不匱永錫爾類

斂以時襲殯不簡器臧榮緒晉書曰湛將沒遺命小棺薄斂不修封樹禮記曰延陵季子

適齊長子死其斂以時服漢書曰衣禪複爲襲誰能拔俗生盡其養孰是養生

而薄其葬漢書曰楊王孫家業千金厚自奉養生亡所不致及病且終曰吾欲贏葬淮南子曰節財

薄葬簡服生爲淵哉若人縱心條暢班固楊雄述曰淵哉若人實好斯文傑操明

違囷而彌亮柩輅既祖容體長歸周禮小喪供柩輅鄭玄曰柩輅載柩

車也周禮曰喪祝掌大喪祖飾棺乃載鄭玄曰祖爲行始也家語曰顓孫師有容體資質存亡永訣

逝者不追鄭玄毛詩箋云往矣訣別之辭論語子在川上曰逝者如斯夫望子舊車覽

爾遺衣幅抑失聲迸涕交揮禮記曰內人行哭失聲家語公父文伯卒敬姜

曰二三婦無揮涕蔡邕陳仲弓碑曰巖藪知名失聲揮涕非子爲慟吾慟爲誰嗚呼

哀哉論語曰顏淵死子哭之慟從者曰子慟矣子曰非夫人之爲慟而誰爲日往月來暑退寒襲衣周易曰日往則月來月往則日來寒往則暑來暑往則寒來左氏傳張趯曰火中寒暑乃退孔安國尚書傳曰襲因也零露沾凝勁風淒急慘爾其傷念我良執禮記曰見父之執不謂之進不敢進不謂之退不敢退適子素館撫孤相泣毛詩曰適子之館兮撫孤羊舌氏叔向也已見廣絶交論前思未弭後感仍集賈逵國語注曰弭忘也積悲滿懷逝矣安及嗚呼哀哉

馬汧督誄一首并序

潘安仁臧榮緒晉書曰汧督馬敦立功孤城爲州司所枉死於囹圄岳誄之

惟元康七年秋九月十五日晉故督守關中侯扶風馬君卒嗚呼哀哉初雍部之内屬羌反未弭而編戶之氐

又肆逆焉傳暢晉諸公讚曰惠帝元康五年武庫火北
地盧水胡薊羌因此爲亂推齊萬年爲主杜
預左氏傳注曰弭息也漢書
呂后曰諸將與帝爲編户民雖王旅致討終於殄滅毛詩
曰王旅
嘽嘽而蜂蠆有毒驟失小利左氏傳臧文仲曰君無謂
邾小蜂蠆有毒況國乎俾百
姓流亡頻於塗炭毛詩曰人卒流亡尚書
曰有夏昏德民墜塗炭建威喪元於好畤州
伯宵遁乎大谿王隱晉書曰解系爲雍州刺史又曰朝廷以周
處忠烈欲遣討氐乃拜爲建威將軍又曰周處
解系與賊戰于六陌軍敗周處死之孟子
曰勇士不忘喪其元左氏傳曰秦師夜遯若夫偏師裨將之殞
首覆軍者蓋以十數左氏傳韓子曰彘以偏師陷子罪大矣漢
書曰大將軍霍去病裨將侯者九人漢書
谷永上書曰齊客隕首公門以報恩施史記
齊使人說越曰韓之攻楚覆其軍殺其將剖符專城
紆青拖墨之司奔走失其守者相望於境東觀漢記韋
彪上議曰二
千石皆以選出京師剖符典千里古樂府日出東南隅
曰三十侍中郎四十專城居解嘲曰紆青拖紫朱丹其

罗即方言之䑃今通作釣弔而俗字作
了此罗与西征賦用異彼訓擊也

穀漢書比六百石以上銅印墨綬云剖符專城則青墨是也墨或爲紫非秦隴之僭羣更爲魁羣姓也更名也漢書曰羌煎羣降東觀漢記曰羌什長羣便然更盖其種也尚書曰殲厥渠魁既已襲汧而館其縣左氏傳曰凡師輕曰龍衣杜預曰掩其不備子以眇爾之身介乎重圍之裏率寡弱之衆據十雉之城十雉言小也羣氏如蝟毛而起四面雨射城中城中鑿穴而處負戶而汲漢書賈誼曰高帝功臣反者如蝟毛而起東觀漢記曰上入昆陽二公環昆陽城積弩射城矢如雨下城中負戶而汲木石將盡樵蘇之竭芻蕘罄絕漢書李左車曰樵蘇後爨師不宿飽晉灼曰樵取薪也蘇取草也毛詩曰詢于芻蕘毛萇曰芻蕘薪采者也於是乎發梁棟而用之罗的以鐵鏁機關既縱礧而又升焉言以鐵鏁繫木爲機關既縱之以礧敵而又收上焉漢書曰匈奴乘隅下礧石又曰高城深塹具蘭石如溜曰蘭石城上礧石也杜篤論

都賦曰一卒舉礧千夫沈滯然礧與轠竝同力對切爨陳焦之麥柹乎廢梠呂桷角之
松說文曰柹削柹也梠楣也桷榱也用能薪芻不匱廢人畜取給青煙傍
起歷馬長鳴古詩曰朱火然其中青煙颺其間司馬彪莊子注曰皂歷也凶醜駭而
疑懼乃闕掘地而攻子命穴浚塹寘壷鐳雷瓶甀武以
偵恥令之墨子曰若城外穿地來攻者宜於城内掘井以薄城幕罌内井使聰耳者伏罌而聽審知穴處鑿内迎之
東觀漢記曰使先登偵之言虜欲去然偵廉視也方言曰甀罌也將穿響作内焚穬古猛
火薰之潛氐殲焉崔寔四月令曰四月可糴穬注曰大麥之無皮毛者曰穬潛氐謂潛攻之氐也
久之安西之救至竟免虎口之厄王隱晉書曰齊萬年帥羌胡圍涇陽遣安
西將軍夏侯駿西討氐羌莊子孔子曰丘幾不免虎口哉全數百萬石之穬文契書
於幕府漢書音義曰衛青征匈奴大克獲帝就拜大將軍於幕中府因曰幕府聖朝疇田咨進

以顯秩殊以幢蓋之制幢蓋將軍刺史之儀也兵書曰軍主長服赤幢東觀漢記曰段頻爲并州刺史曲蓋朱旗而州之有司乃以私隸數口穀十斛考訊吏兵以檟楚之辭連之禮記曰夏楚二物以收其威鄭玄曰夏槄也楚荆也夏與檟古今字通大將軍屢抗其疏干寶晉紀曰梁王彤爲征西大將軍曰敦固守孤城獨當羣寇管子曰民無耻不可以固守以少禦衆載離寒暑莊子曰晉之善戰者牛丑以寡擊衆臨危奮節保穀全城而雍州從事忌敦勳效極推小疵周易曰悔吝者言乎其小疵也非所以褒獎元功宜解敦禁劾何戴假授言請解禁劾而假授之以官也說文曰劾法有罪也詔書遽許而子固已下獄發憤而卒也朝廷聞而傷之策書皇帝咨故督守關中侯馬敦忠勇果毅率厲有方固守

孤城危逼獲濟寵秩未加不幸喪亡朕用悼焉今追
贈牙門將軍印綬祠以少牢王隱晉書贈馬敦詔曰今追贈牙門將軍印綬祠以
少牢魂而有靈嘉茲寵榮范曄後漢書曰和帝追謚梁竦詔曰魂而有靈嘉斯寵榮
然絜士之聞穢其膚致思乎言絜士之聞己穢其膚致思以求生乎家語曰孔子
登於豐山而嘆曰於斯致思無不至矣若乃下吏之肆其噤害則皆妬之
徒也楚辭曰口噤閉而不言然則口不言心害之爲噤害也廣雅曰妬害也嗟乎妬之欺
善抑亦貿首之讎也言嫉妬之徒欺此善士抑亦同彼貿首之讎也戰國策甘茂謂楚王曰魏氏聽
甘茂與樗里疾貿首之讎也語曰或戒其子慎無爲善言固可以若
是悲夫淮南子曰人有嫁其子而教之曰爾行矣慎無爲善曰不爲善將爲不善邪應之曰善且猶弗
爲況不善乎此全其天器者也高誘曰器猶性也昔乘丘之戰縣玄賁奔父甫

御魯莊公馬驚敗績責父曰他日未嘗敗績而今敗績是無勇也遂死之圉人浴馬有流矢在白肉公曰非其罪也乃誄之禮記曰魯莊公及宋人戰于乘丘縣賁父御馬驚敗績公墜縣賁父曰他日不敗績而今敗績是無勇也遂死之圉人浴馬有流矢在白肉公曰非其罪也遂誄之士之有誄自此始也鄭玄曰白肉股裏漢明帝時有司馬叔持者白日於都市手劒父讎視死如歸亦命史臣班固而為之誄公羊傳曰仇牧聞宋萬弒君手劒而叱之何休曰手劒持拔劒也呂氏春秋管子曰三軍之士視死如歸然則忠孝義烈之流慷慨非命而死者綴辭之士未之或遺也班固漢書贊曰自孔子後綴文之士衆矣天子既已策而贈之微臣託乎舊史之末敢闕其文哉乃作誄曰

知人未易人未易知史記曰侯嬴曰人固未易知知人亦未易嗟茲馬生位末名卑西戎。猾夏。乃奮其節。尚書曰蠻夷猾夏孔安國曰猾亂也保此汧城救我邊危彼邊矣危城小粟。富子以眇身而裁其守。兵無加衛墉不增築婪婪群狄豺虎競逐。左氏傳富辰諫王曰狄固貪惏王又啓之說文曰杜林說卜者黨相詐驗爲婪力南切漢書張耳陳餘述曰據國爭權還爲豺虎又曰魏其武安之屬競逐於京師羣更恣睢潛跱官寺呂氏春秋曰在上無道倨傲荒惡恣睢自用也楚辭曰意恣睢以揩摘史記李斯曰獨行恣睢之心漢書任横攻官寺東觀漢記曰象林蠻夷攻燔官寺齊萬虓呼交闞呼檻震驚台司毛詩曰進厥虎臣闞如虓虎又曰震驚徐方春秋漢含孳曰三公在天法三台聲勢沸騰種落煽扇熾謝承後漢書曰匈奴詰張奐降聲勢猛烈毛詩曰百川沸騰風俗通曰諸羌種落熾盛大爲邊害旍旗。電。舒。戈矛。林。

貫注及别本

植形珠。星流飛矢。雨集。形珠星流謂治鐵以灌敵司馬兵法曰火攻有五斯爲一焉漢書曰鑪中鐵銷散如流星矢如雨見上文惴惴士女。號天以泣。爾雅曰惴惴懼也尚書曰號泣于旻天爨麥而炊。負户以汲。累卵之危。倒懸之急。說苑曰晉靈公造九層臺孫息聞之求見曰臣能累十二博棊加九雞子其上公曰子作之孫息以棊子置下加九雞子其上公曰危哉孟子曰當今之時萬乘之國行仁政人悅之猶解倒懸馬生爰發在險彌亮毛詩曰賦政于外四方爰發精冠白日猛烈秋霜戰國策康雎曰聶政之刺韓傀也白虹貫日申鑒曰人主怒如秋霜稜威可厲懦夫克壯漢書武帝報李廣曰威稜憯乎隣國孟子曰聞伯夷之風者懦夫有立志毛詩曰克壯其猷霑恩撫循寒士挾纊左氏傳曰楚子伐蕭申公巫臣曰師人多寒王巡三軍拊而勉之三軍之士皆如挾纊春螽蠢犬羊阻衆陵寡漢名臣奏曰太尉應劭等議以爲鮮卑隔在漠北犬羊爲羣韓詩外傳曰強不

梏別本

列何焯改

陵弱衆不暴寡潛隧密攻九地之下司馬兵法曰善守者藏於九地之下善攻者動於九天之上愜愜窮城氣若無假王逸楚辭注曰愜愜小息畏罹患禍者也魏明帝善哉行曰假氣游魂鳥魚爲伍昔命懸天今也惟馬論衡曰夫命懸於天吉凶存於時惟此馬生才博智贍解嘲曰雖其人之贍智哉字書曰贍足也偵耻命以瓶壺剠靈結以長塹徐爰射雉賦注曰剠割也說文曰塹坑也七豔切錘末見鋒火以起熖薰芦蒲窟梏梏穴以斂廣雅曰梏椏也蒲溝切木石匱竭萁稈空盧矙然馬生傲若有餘左氏傳晉邊吏讓鄭曰今執事撊然授兵登埤杜預曰撊然勁忿貌也撊與矙同下板切孔融薦禰衡表曰臨敵有餘罒的梁爲礌柿廢松爲芻守不乏械歷有鳴騶哀哀建威身伏斧質鄭玄周禮注曰質木椹也悠悠烈列將覆軍喪器戎釋我徒顯誅我帥以生易

勿注及刋本

死疇克不二漢書公孫玃說梁王曰昔宋人立公子突以活其君非義也春秋記之爲其以生易死以存易士聖朝西顧關右震惶分我汧庾化爲冠糧寶賴夫子思謩模彌長蔡邕趙歷碑曰加以思謀深長達於從政孔安國尚書傳曰謩謀也咸使有勇致命知方論語子路曰千乘之國攝乎大國之間加之以師旅因之以饑饉由也爲之比及三年可使有勇且知方也又子張曰士見危致命我雖末學聞之前典莊子曰末學古之人有之東京賦曰所謂末學膚受十世宥能表墓旌善左氏傳曰宣子因叔向祁奚聞之而見宣子曰夫謀而鮮過叔向有焉社稷之固也猶將十世宥之以勸能者今一不免其身以弃社稷不亦惑乎尚書曰封比干之墓賈逵國語注曰旌表也思人愛樹甘棠不翦左氏傳君子曰詩云蔽芾甘棠勿翦勿伐召伯所茇思其人猶愛其樹也矧乃吾子功深疑淺兩造未具儲隸蓋鮮尚書曰兩造具備師聽五

辭孔安國曰兩謂囚證也造至也兩至具備衆聽其入五刑之辭孰是勳庸而亶不獲免
猾哉部司其心反側斷善害能醜正惡直鄭玄毛詩箋曰惡直醜正
牧人逶迤自公退食國語里革曰且夫君也者將牧人而正其邪毛詩曰逶迤逶迤自公
退食毛萇詩傳曰逶迤行可蹤迹也聞纖鷹揚曾不戢翼言聞纖必殞若鷹之揚若不戢
翼而少留也毛詩曰惟師尚父時惟鷹鳥揚又曰鴛鴦在梁戢其左翼忘爾大勞猜爾小利
方言曰猜恨也苟莫開懷于何不至言人不開懷以相容則瑕釁于何而不至慨慨
馬生硠硠高致說文曰慷慨壯士不得志也廣雅曰硠硠堅也發憤囹圄没而
猶眡嗚呼哀哉左氏傳曰荀偃伐齊卒視不可含欒懷曰主苟終所不嗣事于齊有如河乃瞑
受唅安平出奇破齊克完史記曰田單者齊諸田疏屬也燕破齊田單東保即墨燕
引兵圍即墨田單乃收城中得千餘牛爲絳繒衣畫以五采龍文東兵刃其角而灌脂束葦於尾燒其端鑿城

奎雅之此寡引君傳君何依賞
中行極子敖臣千室事

數十穴夜縱牛壯士五千人隨其後牛尾熱怒而奔燕燕軍夜大驚尾炬火光明炫燿燕軍視之皆龍文所觸盡死傷五千人因銜枚擊之燕軍大敗駭走齊人遂夷殺其將騎刼而齊七十餘城皆復爲齊襄王封田單號曰安平君太史公曰兵善者出奇無窮

張孟運籌危趙獲安戰國策曰智伯從韓魏兵以攻趙圍晉陽決晉水以灌之襄子謂張孟談曰士大夫病吾不能守矣孟談於是陰見韓魏之君曰今智伯率二君而伐趙趙亡則君次之二君曰我知其然即與張孟談陰約三軍與之期曰夜遣人入晉陽趙氏殺守隄之吏而決水灌智伯智伯軍救水而亂韓魏翼而擊之襄子將卒犯其前大敗智氏軍而擒智伯智伯身死國亡地分爲三漢書高祖曰運籌策於帷幄之中

汧人賴子。猶彼談單。如何吝嫉。搖之筆端。吝嫉謂有司貪吝嫉妬也論衡曰文吏搖筆考跡民事韓詩外傳曰避文士之筆端

傾奢可賞。剟云私惡。狄隷可頒。況曰家僕。周禮有蠻隷夷隷鄭玄曰征蠻夷所獲也頒賦也頒與班古字通

剔子雙龜。貫以三木。爲督守及關中侯故雙龜

也司馬遷荅任少卿書曰魏其大將也衣赭關三木功存洴城，身死洴獄。凡爾同閭，心焉摧剝。扶老携幼，街號巷哭。嗚呼哀哉戰國策曰薛人扶老携幼迎孟嘗君劉紹聖賢本紀曰子産卒國人哭於巷婦人泣於機明明天子，旌以殊恩毛詩曰明明天子令聞不已光光寵贈，乃牙其門。司勳頒爵，亦兆後昆周禮曰凡有功者祭于大蒸司勳詔之尚書曰垂裕後昆死而有靈，庶慰寃魂。嗚呼哀哉

陽給事誄一首 并序

顔延年

沈約宋書曰永初三年索虜虜嗣自率衆至方城虜悉力攻滑臺城東北崩壞王景度出奔景度司馬陽瓚堅守不動衆潰抗節不降爲虜所殺少帝追贈給事中尚書令傅亮議瓚家在彭城宜即以入臺絹一百匹粟三百斛賜給文士顔延年爲之誄焉

惟永初三年十一月十一日宋故寧遠司馬濮陽太守彭城陽君卒嗚呼哀哉沈約宋書曰高祖即位改元曰永初郡國記有東郡濮陽郡瓚少稟志節資性忠果奉上以誠率下有方朝嘉其能故授以邊事永初之末佐守滑臺水郡圖經曰滑臺城即鄭之廩延值國禍荐臻王略中否潘岳陽肇誄曰將宏王畧劇摩剥司兖沈約宋書曰司州漢之司隸校尉也武帝北平關洛置司州居虎牢又曰兖州後漢居山陽武帝平河南居滑臺幽并騎弩屯逼鞏洛物理論曰幽州之騎冀州之弓勁悍之上列營緣戍相望層潰關中詩曰列營基跱層謂誅殺其人也漢書曰汝潁川層之左氏傳曰凡民逃其上曰潰瓚奮其猛銳志不違難立平將卒之間以緝華裔之衆緝會聚也左氏傳孔子曰裔不謀夏夷不亂華

罷困相保堅守四旬上下力屈受陷勍寇（史記李左車謂韓信曰情見力屈欲戰不拔左氏傳公子魚曰勍敵之人隘而不成列杜預曰勍強也）士師奔撓棄軍爭免而瓚誓命沈城侁（達彫）身飛鏃（毛詩曰侁侁公子毛萇傳曰獨行貌也）兵盡器竭斃于旗下非夫貞壯之氣勇烈之志豈能臨敵引義以死御節者哉（非有先生論曰引義以正身）景平之元朝廷聞而傷之有詔曰故寧遠司馬濮陽太守陽瓚滑臺之逼厲誠固守投命徇節在危無撓（左氏傳曰師徒撓敗杜預曰撓敗也）古之烈士無以加之可贈給事中振卹遺孤以慰存亡（鄭玄禮記注曰振收也）追寵既彰人知慕節河汴之間有義風矣逮元嘉廓祚聖神紀物光昭茂緒旌録舊勳苟有概於

陽州並不姓陽此文誤之　何焯但云地名亦誹

貞孝者實事感於仁明東觀漢記曰章帝壯而仁明末臣蒙固側聞至訓敢詢諸前典而爲之誄其辭曰

貞不常祐義有必甄鄭玄尚書緯注曰甄表也處父勤君怨在登賢左氏傳曰晉蒐于夷舍二軍使狐射姑將中軍趙盾佐之陽處父至自温改蒐于董易中軍陽子成季之屬也故黨于趙氏且謂趙盾能曰使能國之利也賈季怨陽子之易其班杜預曰本中軍帥易以爲佐也使續鞫居殺陽處父穀梁傳曰晉將與狄戰使狐夜姑爲中軍將盾佐之陽處父曰不可古者君之使臣也使仁者佐賢者不使賢者佐仁者今盾賢夜姑仁其不可襄公曰諾公謂夜姑曰吾使汝佐盾矣處父主境上之事夜姑使人殺之苦夷致果題子行間左氏傳曰苦越生子將待事而名之陽州之役獲焉名之曰陽州杜預曰苦夷也說文曰題名也漢書衛青曰非臣待罪行間之意忠壯之烈宜自爾先舊勳雖廢邑氏遂傳左氏傳呂相絕秦曰我襄公未忘君之舊勳又衆仲曰賜之以土而命之氏邑亦如之杜預曰取其舊邑之稱

以爲族也公羊傳曰其稱劉何以邑氏惟邑及氏自温徂陽左氏傳劉子單子謂晉郤至曰襄王

勞文公而賜之温狐氏陽氏先處之狐續既降晉族弗昌言狐射姑續鞫居誅處父之後在晉

之族不復昌盛也左氏傳曰賈季使續鞫居殺陽處父杜預曰狐射姑賈季也之子之生立績宋皇毛詩

曰之子于征拳猛沈毅温敏肅良管子曰子之鄉有拳勇秀出者毛萇詩傳曰拳力也戰國策鞠

武曰田光先生者其知深其慮沈如彼竹栢負雪懷霜孫子曰貞人在冬則松竹在火則玉英

如彼騑駟配服驂衡服服馬也衡車衡也言翼贊宋朝如彼騑之爲駟乃配服而參衡也服謂中央

兩馬夾轅者在服之左曰驂右曰騑四馬曰駟邊兵喪律王略未恢周易曰師出以律失律凶也廣

雅曰略法也函陝堙阻瀍洛蒿萊朔馬東騖胡風南埃毋丘儉在幽州

詩曰芷山邈悠悠但見胡地埃路無歸轊衞野有委骸漢書王恢曰轊車相望又高祖

令曰士卒從軍死者爲槥歸其縣應劭曰槥小棺也服虔曰槥與櫝古字通司馬彪續漢書順帝詔曰死則委

尸原野帝圖斯艱簡兵授才寔命陽子佐師危臺懍彼危臺在滑之垌周衛是交鄭翟是爭交黨與也毛詩曰懍彼淮夷史記鄭入滑滑聽命已而反與衛於是鄭伐滑周襄王使伯犕請滑鄭文公不聽襄王請而囚伯犕王怒與翟伐鄭不剋

昔惟華國今實邊亭憑愍巘結關負河縈城金柝夜擊和門晝扃金謂刀斗也衛宏漢舊儀曰晝漏盡夜漏起城門擊刀斗周廬擊木柝周禮曰大閱以旌爲左右和之門范曄後漢書章帝詔永平之末城門晝閉說文曰扃外閉之關也料敵厭難時惟陽生楊子雲趙充國頌曰料敵制勝唐子曰將要於折衝猒難決勝而已涼冬氣勁塞外草衰李陵荅蘇武書云涼秋九月塞外草衰逷矣獯虜乘障犯威尚書王曰逷矣西土之人漢書曰上遣狄山乘障蒼頡曰障小城也鳴驥橫厲霜鏑高翬漢書曰息夫躬絶命辭曰鷹隼橫厲又曰冒頓乃作爲鳴鏑音義曰箭鏑也西京賦

曰游鷁高翬薛綜曰翬猶飛也軼我河縣俘我洛畿左氏傳呂相曰迭我殽地入我河縣俘我
王官迭與軼古字通攢鋒成林投鞍爲圍東京賦曰戈矛若林漢書韓安國曰高皇帝圍於平
城匈奴至者投鞍高如城者數所翳翳窮壘嗷嗷羣悲師老變形
地孤援闊左氏傳晉軍吏曰楚師老矣卒無半菽馬實拑巨炎秣漢書項羽
曰歲飢民貧卒食半菽公羊傳曰楚莊王圍宋子反窺
宋城見華元華元曰易子而食析骸而炊子反曰吾聞
圍者拑馬而秣之使肥者應客何子之情何休曰以木銜其口守未焚衝攻已濡褐左氏
傳曰公侵齊攻廩丘之郛主人焚衝或濡馬褐以救之烈烈陽子在困彌達周易曰困
窮而通勉慰痍傷拊巡饑渴左氏傳曰子反令軍吏察夷傷杜預曰夷亦傷也力
雖可窮氣不可奪禮記曰儒者身可危也而志不可奪也孫子兵法曰三軍可奪氣將軍可
奪心義立邊疆身終鋒栝嗚呼哀哉劉熙釋名曰矢末曰栝賁父殞

顔延年生平不喜見要人陶詩等节不肯为吾斗米折腰顔至尋陽訪陶留連數日臨別贈酒錢二十千陶亦受之不辭惟顔知陶故特舉其為晉徵士又言其在晉之舊名爲標以陶氏署甲子之意

說文璿美玉也

亂騷雜申椒與菌桂兮豈惟紉夫蕙茝

璆此也此及下文同意言物因藉而至人隨煙而立皆不足貴也

節魯人。晁志。浒督。効貞。晉策。攸記。貴父浒督已見上文皇上嘉悼思存寵異于以贈之言登給事毛詩曰何以贈之路車乘黃踈爵紀庸恤孤表嗣漢書滕公謂楚令尹曰黥布上踈爵而貴之踈分也嗟爾義士沒有餘熹。嗚呼哀哉

陶徵士誄一首　并序

顏延年何法盛晉中興書曰延之為始安郡道經尋陽常飲淵明舍自晨達昏及淵明卒延之為誄極其思致

夫璿玉致美不為池隍之寶山海經曰升山黃酸之水出焉其中多琁玉說文曰璇亦璿字桂椒信芳而非園林之實春秋運斗樞曰椒桂連名士起宋均曰桂椒芬香美物也山海經曰招搖之山多桂又曰琴鼓之山多椒豈其深。而好遠。哉。蓋云殊

注非也此及下文同意言物因藉而至人隨踵而立皆不足貴也
無足而至即承璿玉不畜池隍桂耕不入園林而反言之
此四句承上闋下
下云物背播生則無足而至牛亦不足貴也

此即以巢高夷皓況淵明可謂推崇備至

性而已故無足而至者物之藉也言物以希爲貴也藉資藉也韓詩外傳曰晉平公游於河而樂曰安得賢士與之樂此也船人蓋胥跪而對曰夫珠出於江海玉出於崑山無足而至者由主君之好也士有足而不至者蓋君主無好士之意也何患無士乎隨踵而立者人之薄也言人以衆爲賤也薄賤薄也戰國策齊宣王曰百世一聖若隨踵而生也此亦不以文而害意若乃巢高之抗行夷皓之峻節皇甫謐逸士傳曰巢父者堯時隱人也莊子曰堯治天下伯成子高立爲諸侯堯授舜舜授禹伯成子高弃爲諸侯而耕史記曰伯夷叔齊孤竹君之子也隱於首陽山三輔三代舊事曰四皓秦時爲博士辟於上洛熊耳山西禰衡書曰訓夷皓之風故已父老堯禹錙銖（六銖一錢重三銖乎）周漢范曄後漢書曰郅惲謂鄭敬曰子從我爲伊呂乎將爲巢許乎而父老堯舜乎禮記孔子曰儒有上不臣天子下不事諸侯雖分國如錙銖有如此者鄭玄曰雖分國以祿之視之輕如錙銖矣而縣世浸遠光靈不屬東觀漢記曰上賜東平王蒼書曰歲月鶩過山陵浸

卷五十七　十五

言後人不能繼其清塵芳躅

今自爲是謂自此前世隱士此不能修隱也即雷次宗亦不免斯識

輟塗殊軌謂不能修隱

末景餘波亦承巢高夷皓言

淵明爲名爲字究難自此以定之

南岳潛霍也但云廬山俘

母字有誤或當作親耳

遠今魯國孔氏尚有仲尼車輿冠履明德盛者光靈遠也至使菁華隱沒芳流歇絕不其惜乎雖今之作者人自爲量論語子曰作者七人而首路同塵輟塗殊軌者多矣老子曰和其光而同其塵陸機俠邪行曰將遂殊塗軌要子同歸津豈所以昭末景汎餘波陸機詩曰惆悵懷平素豈樂于茲同豈宴樓末景游豫躡餘蹤尚書曰餘波入于流沙有晉徵士尋陽陶淵明南岳之幽居者也禮記曰儒有幽居而不淫弱不好弄長實素心左氏傳郤芮對秦伯曰夷吾弱不好弄長亦不改禮記曰有哀素之心鄭玄曰凡物無飾曰素學非稱師文取指達在衆不失其寡處言愈見其默少而貧病居無僕妾范曄後漢書曰黃香家貧內無僕妾井臼弗任藜菽不給列女傳曰周南大夫之妻謂其夫曰親操井臼不擇妻而娶母老子幼就養勤匱禮記曰事親左右就養無

淵明爲名爲字究難因此以定正

方遠惟田生致親之議追悟毛子捧檄之懷韓詩外傳曰齊宣王
謂田過曰吾聞儒者親喪三年君之與父孰重田過對
曰殆不如父重王忿曰則曷爲去親而事君田對曰非
君之土地無以處吾親非君之祿無以養吾親非君之
爵無以尊顯吾親受之於君致之於親凡事君者亦爲
親也宣王悒然無以應之范曄後漢書曰廬江毛義字
少卿家貧以孝稱南陽人張奉慕其名往候之坐定而
府檄適到以義守令義捧檄而入喜動顏色奉者志尚
之士心賤之自恨來固辭而去及義母死去官行服數
辟公府爲縣令進退必以禮後舉賢良公車徵遂不
至張奉歎曰賢者固不可測往日之喜爲親屈也初辭
州府三命後爲彭澤令道不偶物棄官從好孫盛晉陽秋曰
嵇康性不偶俗論
語子曰從吾所好遂乃解體世紛結志區外左氏傳季文子曰四
方諸侯其誰不解體嵇康幽憤詩曰世務
紛紜蔡伯喈郭林宗碑曰翔區外以舒翼定迹深棲於
是乎遠灌畦鬻蔬爲供魚菽之祭閑居賦曰灌園鬻蔬供朝夕之膳公

自祭文云月中無射輓歌詩云嚴霜九月中送我出遠郊然則淵明以九月沒也

（羊傳齊大夫陳乞曰常之母有魚菽之祭）纖絇（劬）緯蕭以充糧粒之費（穀梁傳曰甯喜出奔晉織絇邯鄲終身不言衛鄭玄儀禮注曰絇狀如刀衣屨頭也莊子曰河上有家貧恃緯蕭而食者司馬彪曰蕭蒿也織蒿爲薄）心好異書性樂酒德（劉伶集有酒德頌）簡棄煩促就成省曠（張茂先荅何劭詩曰恬曠苦不足煩促每有餘）殆所謂國爵屏貴家人忘貧者與（莊子曰夫孝悌仁義忠信貞廉此皆自勉以役其德者也不足多也故曰至貴國爵屏焉至富國財屏焉是以道不渝郭象曰屏者除弃之謂也夫貴在其身猶忘之況國爵乎斯貴之至也莊子曰故聖人其窮也使家人忘貧其達也使王公忘爵祿而化卑郭象曰淡然無欲家人不識貧可苦）有詔徵爲著作郎稱疾不到春秋若干元嘉四年月日卒于尋陽縣之某里近識悲悼遠士傷情冥默福應嗚呼淑貞（張衡靈憲圖注曰寂寞冥默不可爲象）夫實以誄華名由謚高苟允德

貴

言詩冉冉孤生竹　招隱士桂樹叢生兮山之阿　淵明士行之曹孙

至自非敦難解或當言出於自然非由敦迫耳

當作自至非敦言由安而行之不由勉強也　丁亥五月

焯案前一條爲先從又壬戌歲所評次一條爲丁亥逝世前四月所補

言依世則尚同詭時則尚異二者皆有可譏不可默置也注非

義貴賤何算焉若其寬樂令終之美好廉克己之操有合謚典無愆前志故詢諸友好宜謚曰靖節徵士謚法曰寬樂令終曰靖好廉自克曰節其辭曰

物尚孤生人固介立漢書音義臣瓚曰介特也豈伊時遘曷云世及

言於立獨行之士不因時世進退蓋其本性如是

嗟乎若士望古遙集韜此洪族蔑彼名級葛龔遂初賦曰承綦龍之洪族晛高陽之休基史記曰賜爵一級說文曰級次弟也睦親之行至自非敦周禮三曰六行孝友睦姻任恤鄭玄曰睦親於九族然諾之信重於布言漢書曰季布楚人也諺曰得黃金百斤不如得季布一諾廉深簡絜貞夷粹溫和而能峻愽而不繁論語子曰和而不同家語子貢曰愽而不舉是曾參之行依世尚同詭時則異有一於此兩非默置豈若夫子因心違事言爲人之道依俗而行必譏之以尚同詭違於時必譏之以好異有一於身必被譏論非爲默置豈若夫子因心而能違

世霸斥宋武

伯夷之行失之太清而不能含容故爲狹隘柳下惠之行失之太和而輕忽時人故褻不恭敬

言悟悟則悉言

下懷當陶集作歸去

於世事乎言不同不異也莊子曰列士懷植散羣則尚同也郭象曰所謂和其光同其塵班固漢書贊曰東方朔戒其子以上容首陽爲拙柱下爲工飽食安步以仕易農依隱玩世詭時不逢毛詩曰困心則友**畏榮好古薄身厚志**論語子曰信而好古**世霸虛禮州壤推風**世霸謂當世而霸者也蔡伯喈郭有道碑曰州郡聞德虛己備禮推風推挹其風也**孝惟義養道必懷邦**范曄後漢書曰論言以義養則仲由之菽甘於東鄰之牲論語比考讖曰文德以懷邦**人之秉彝不隘不恭**毛詩曰民之秉彝好是懿德孟子曰伯夷隘柳下惠不恭隘與不恭君子不由也綦毋邃曰隘謂疾惡太甚無所容也不恭謂禽獸畜人是不敬然此不爲褊隘不爲不恭言類與世合**爵同下士祿等上農**禮記曰諸侯之下士視上農夫祿足以代其耕**度量難鈞進退可限**孝經容止可觀進退可度**長卿棄官稚賓自免**漢書曰司馬長卿病免客游梁得與諸侯游士居又曰清居之士太原則郇相字稚賓舉州郡茂才數病去官**子之悟之何悟之辯賦詩歸來**

晉書陶潛傳云躬耕自養遂抱羸疾

徵為著作郎不就

高蹈獨善。歸來歸去來也左氏傳齊人歌曰魯人之皐使我高蹈孟子曰古之人窮則獨善其身達則兼善天下亦既超曠無適非心。呂氏春秋曰夫樂有道心亦適莊子曰知忘是非心之適也汲流舊巘葺宇家林。廣雅曰葺覆也晨烟暮藹春煦秋陰。陳書輟卷置酒絃琴。居備勤儉躬兼貧病。尚書曰克勤于邦克儉于家史記原憲曰若憲貧也非病也人否其憂子然其命。論語子曰賢哉回也一簞食一瓢飲在陋巷人不堪其憂回也不改其樂墨子曰貧富固有天命不可損益隱約就閑遷延辭聘。周書曰隱約者觀其不懾懼登徒子好色賦曰因遷延而辭避非直也明是惟道性。毛詩曰匪直也人秉心塞淵高誘淮南子注曰道性無欲糾纆斡流冥漠報施。鵩鳥賦曰斡流而遷或推而還夫禍之與福何異糾纆弔魏武文曰悼繐帷之冥漠史記司馬遷曰天之報施善人何如哉孰云與仁實疑明智。言誰云天道常與仁人而我聞之實疑於明智此說明智

據此是徵士以久瘧亡故能自為文祭文又作輓歌也

請　別本

謂老子也老子曰天道無親常與善人楚辭曰招賢良與明智謂天蓋高胡諐斯義言天
高聽卑而報施無爽何故爽於斯義而不與仁乎毛詩曰謂天蓋高不敢不蹐史記子韋曰天高聽卑履
信曷憑思順何寘周易曰履信思乎順毛萇詩傳曰寘置也年在中身疢維痁
傷閣疾尚書曰文王受命惟中身左氏傳曰齊侯疥遂痁杜預曰痁瘧疾也視死如歸臨凶
若吉呂氏春秋曰遺生行義視死如歸藥劑弗嘗禱祀非恤魏都賦曰藥劑有司
論語子曰丘之禱久矣傃幽告終懷和長畢嗚呼哀哉傃向也禮記曰幽則
有鬼神孫卿子曰死人之終也敬述靖節式尊遺占去聲漢書曰陳遵口占作書占謂口隱度
其事令人書也存不願豐沒無求贍省訃卻賻輕哀薄斂禮記曰凡
訃於其君云某臣死鄭玄曰訃或作赴至也臣死使人至君所告之也周禮曰喪則令賻補之鄭玄曰謂賻喪家補助
不足遭壤以穿旋葬而窆嗚呼哀哉河圖考鉤曰有壤裘者可穿禮記孔子曰斂手足

十九

顏嘗至潯陽訪陶
此延年勸陶
原誤作舒卷
此陶答

形還葬而無椁稱其財斯之謂禮記文曰窆之葬下棺也深心追往遠情逐化莊子曰既化而生又化而死自爾介居及我多暇漢書陳餘說武臣曰將軍獨介居河北孫卿子曰其爲人也多暇日者其出入不遠伊好之洽接閻鄰舍宵盤晝憩非舟非駕毛萇詩傳曰憩息也念昔宴私舉觴相誨毛詩曰諸父兄弟備言燕私獨正者危至方則礙孫卿子曰方則止圓則行哲人卷舒布在前載西征賦曰蘧與國而卷舒西京賦曰多識前世之載取鑒不遠吾規子佩毛詩曰殷鑒不遠爾實愀然中言而發禮記曰孔子愀然作色而對違衆速尤迕風先蹷班固漢書述曰疑殆匪闕違衆忤世淺爲尤悔深作敫害韓詩外傳曰草木根荄淺未必撅也飄風與暴雨墜則撅必先矣身才非實榮聲有歇言身及才不足爲實榮華聲名有時而滅恐已恃才以傲物憑寵以陵人故以相誡也叡音永矣誰箴余闕嗚呼哀

殷淑儀乃劉休龍寵妹其事干犯人倫誄作雖佳亦不宜取也

哉爾雅曰永遠也左氏傳魏絳曰百官箴王闕仁焉而終智焉而斃應劭風俗通曰傳云五帝聖焉死三王仁焉死五伯智焉死黔婁既沒展禽亦逝皇甫謐高士傳曰黔婁先生死曾參與門人來弔曾參曰先生終何以爲謚妻曰以康爲謚曾子曰先生存時食不充虛衣不蓋形死則手足不斂傍無酒肉生不得其美死不得其榮何樂於此而謚爲康哉妻曰昔先君嘗欲授之國相辭而不爲是所以有餘貴也君嘗賜之粟三十鍾先生辭不受是其有餘富也彼先生者甘天下之淡味安天下之卑位不戚戚於貧賤不遑遑於富貴求仁而得仁求義而得義其謚爲康不亦宜乎展禽柳下惠也論語柳下惠爲士師鄭玄曰柳下惠魯大夫也展禽食采柳下謚曰惠其在先生同塵往世同塵已見上文旌此靖節加彼康惠嗚呼哀哉康黔婁惠柳下惠也

宋孝武宣貴妃誄一首并序

沈約宋書曰孝武殷淑儀薨追進爲貴妃班亞皇后謚曰宣謝莊爲誄

謝希逸

惟大明六年夏四月壬子宣貴妃薨律谷罷煖龍鄉

輟曉律谷黍谷也吹律以暖之故曰律谷劉向別録曰鄒衍在燕有谷寒不生五穀鄒衍吹律而温之至

生黍陳留風俗傳曰允吾縣者宋陳楚地故梁國寧陵種龍鄉也出鳴雞照車去魏聯城辭

趙史記曰齊威王與魏惠王會田于郊魏王問曰王亦有寶乎威王曰無有魏王曰若寡人小國也尚有徑

寸之珠照車前後十二乘者十枚奈何以萬乘之國而無寶乎又曰趙惠文王得和氏璧秦王聞之使遺趙王

書曰願以十五城易璧趙王遂使相如奉璧西入秦魏文帝與鍾大理書曰不損連城之價皇帝痛

掖殿之既閴悼泉途之已宫埤蒼曰閴靖也風俗通曰梓宫者存時所居緣生事

亡因以爲名也巡步檐而臨蕙路集重陽而望椒風嗚呼哀

哉上林賦曰步檐周流長途中宿 西都賦曰後宫則有蘭林蕙草楚辭曰集重陽入帝宫兮造旬始而觀清都

揆景程撰曰

霣庇之怨屬上主言

起即不莊不見方丈仙人出歌莊也

桓子新論曰董賢女弟爲昭儀居舍號曰椒風天寵方降王姬下姻沈約宋書曰淑儀生第二皇女周易曰在師中吉承天寵也毛詩序曰王姬亦下嫁於諸侯肅雍揆景陟屺爰臻言王姬將降至而貴妃遽霣毛詩曰曷不肅雍王姬之車又曰涉彼屺兮瞻望母兮國軫喪淑之傷家凝霣庇之怨穆天子傳曰天子爲盛姬謚曰哀淑人潘岳秦氏從姊誄曰家失慈覆世喪母儀鄭玄禮記注曰庇覆也庇或爲妣非也敢撰德於旍旐庶圖芳於鍾萬周易曰雜物撰德楊雄元后誄曰著德太常注諸旒旌曹植卞太后誄曰敢揚厚德表之旐旌國語晉悼公曰昔克潞之役秦來圖敗晉功魏顆以其身却退秦師于輔氏親止杜回其勳銘于景鍾左氏傳曰九月考仲子之宮將萬焉公問羽數於衆仲對曰天子用八諸侯用六公從之於是初獻六羽始用六佾其辭曰

玄丘煙因熅瑤臺降芬列女傳曰契母簡狄者有娀氏之長女也當堯之時與其妹娣

毓德素里　程白居易詩養在深閨矣

莊後纂以贊軌堯門之語得禍見本傳

浴於玄丘之水有玄鳥銜卵過而墜之五色甚好簡狄得含之誤而吞之遂生契焉楚辭曰望瑶臺之偃蹇兮見有娀之佚女

高唐渫雨，巫山鬱雲。高唐賦曰昔先王游於高唐夢見一婦人曰妾在巫山之陽高丘之阻旦爲朝雲暮爲行雨

誕發蘭儀，光啓玉度。楊修荀奕述讚曰其德克明誕發幼齡左九嬪武帝納皇后頌曰如蘭之茂如玉之瑩光啓巳見上文

望月方娥，瞻星比婺。易歸藏曰昔常娥以不死之藥奔月漢書曰北宮有婺女星占曰婺女爲既嫁之女也

毓德素里，棲景宸軒。周易曰君子以振民毓德劉梁季南碑曰栖景曜於衡門

處麗締綌，出懋蘋蘩。毛詩曰葛之覃兮施于中谷是刈是穫爲絺爲綌又曰于以采蘋南澗之濱又曰于以采蘩于沼于沚

脩詩賁道，稱圖照言。廣雅曰賁美也世本曰史皇作圖宋忠曰史皇黃帝臣也圖謂畫物象也

翼訓姒幄，贊軌堯門。列女傳曰塗山氏之女夏禹娶以爲妃既生啓塗山獨明教訓而致其休焉史記曰禹姒爲姓漢書曰孝武鈎弋趙婕妤

邦之媛邦字諷風詞也

昭帝母也妊身十四月乃生上曰昔聞堯十四月而生今鉤弋亦然乃命所生門曰堯母門**綢繆史館容與經闈**史三史經六經**陳風緝藻臨彖分微**風國風彖易彖**游藝彈數撫律窮機**藝六藝律六律**躊躇冬愛怊悵秋暉**楚辭曰蹇淹留而躊躇左氏傳曰酆舒問於賈季曰趙衰趙盾孰賢對曰趙衰冬日之日趙盾夏日之日杜預曰冬日可愛夏日可畏楚辭曰心怊悵以永思**展如之華寔邦之媛**毛詩曰展如之人兮邦之媛也**徽勤顯陽肅恭崇憲**沈約宋書曰文帝路淑媛生孝武皇帝即位奉尊號皇太后宮曰崇憲太后居顯陽殿**奉縈維約承慈以遜遠下延和臨朋違怨祥靈集祉慶藹迎祥**毛詩曰既受帝祉施于孫子鄭玄禮記注曰高辛氏之世玄鳥遺卵娀女簡狄吞而生契後王以爲媒官嘉祥而立其祠焉滿居上巳日會天淵池詩曰外迎休祥內和天人**皇胤璿式帝女金相**式法也言皇之胤嗣如玉之有法也沈約宋書曰淑儀生始平王子鸞晉陵王子雲

帝女巳見上文左氏傳祈招之詩云式如玉式如金毛詩曰追琢其章金玉其相毛萇曰相質也聯跗齊穎接蕚均芳毛詩曰棠棣之華蕚不韡韡鄭玄曰承華者蕚不當作跗蕚足也以蕃以牧燭代輝梁漢書曰文帝立武爲代王參爲梁王視朔書氛觀臺告祲左氏傳曰公既視朔遂登觀臺以望而書禮也周禮曰眡祲掌十煇之法鄭玄曰陰陽氣相侵漸以成災也八頌肩和六祈輟滲周禮曰占人掌占龜以八筮占八頌以視吉凶鄭玄曰以八筮占八頌謂將卜八事先以筮筮之言頌者同於龜占周禮曰太祝掌六祈以同鬼神示一曰類二曰造三曰禬四曰禜五曰攻六曰說滲謂滲漉喻祉福也衡總滅容翬翟毀袿包咸論語注曰衡軶也周禮曰王后之五路重翟錫面朱總厭翟勒面繢總安車彫而鷖總皆有容蓋鄭司農曰總著馬勒直兩耳與兩鑣容謂幨車也周禮曰司服掌王后之六服褘服褕狄闕狄鞠衣展衣褖衣鄭玄曰狄當爲翟翟雉名也褘衣畫翬者也說文曰袿衣衿也掩綵瑶光收華紫禁嗚呼哀哉宋孝武傷宣貴妃擬

誄詞變調不可爲式

漢武李夫人賦曰闕瑤光之窔陛宮虛梁之餘陰又袤伯文美人賦曰居瑤光之嚴奧御象席之瓔珍並以瑤光爲殿名蓋貴妃之所處也王者之宮以象紫微故謂宮中爲紫禁

帷軒夕改，軿輅晨遷。

劉熙釋名曰容車婦人所載小車也其蓋施帷所以隱蔽其形容也列女傳齊孝孟姬曰妾聞妃后踰閾必乘安車輜軿蒼頡篇曰軿衣車也

離宮天邃，別殿雲懸。

西都賦曰徇以離宮別寢

靈衣虛襲，組帳空煙。

寡婦賦曰瞻靈衣之披披鄭玄禮記注曰襲重衣也長門賦曰張羅綺之幔帷垂楚組之連綱

巾見餘軸，匣有遺絃。嗚呼哀哉！

巾巾箱也匣琴匣也

移氣朔兮變羅紈，白露凝兮歲將闌。

闌猶晚也

庭樹驚兮中帷響，金釭曖兮玉座寒。

夏侯湛有金釭燈賦曖不明也易是類謀曰假威出座玉床

純孝擗其俱毀，共氣摧其同欒。

純孝共氣謂皇子也左氏傳君子曰穎考叔純孝也孝經曰擗踊哭泣哀以送之鄭玄孝經注曰毀瘠羸瘦孝子有之呂氏春秋曰父母之於子也子之

此言子雲死也

於父母也一體而分形同血氣而異息毛詩曰庶見素冠兮棘人欒欒兮仰昊天之莫報怨
凱風之徒攀毛詩曰欲報之德昊天罔極毛詩曰凱風美孝子也茫昧與善寂寥
餘慶淮南子曰茫茫昧昧從天之道與善已見上文周易曰積善之家必有餘慶喪過乎哀
棘實滅性喪過見上文孝經曰毀不滅性世覆沖華國虛淵令嗚呼哀
哉韋秀四言詩曰坤德尚沖毛詩曰秉心塞淵題湊既肅龜筮既辰呂氏春秋曰題
湊之室棺槨數龍褒漢書音義韋昭曰題頭也頭湊以頭內向所以爲固階撤兩奠庭引雙
輴儀禮曰屬引徹奠乃祖鄭玄曰屬著也引所以引柩車也在輴曰紼又禮記注曰輴殯車也維慕
維愛曰子曰身沈約宋書曰孝武大明六年淑儀薨又曰大明六年子雲薨滿岳妹哀辭曰庭祖
兩柩路引雙轜兩身爾子永與世辭慟皇情於容物崩列辟於上旻司馬彪漢
書曰根車旋載容衣崇徽章而出寰甸照殊策而去城闉嗚呼

度別本

哀哉鄭玄禮記注曰徽旌旗也又曰旌葬乘車所建也毛萇詩傳曰章旐也蔡邕獨斷曰以策書誄其行
而賜之也穀梁傳曰襃內諸侯非天子之命不得出會尚書曰五百里甸服孔安國曰規方千里之內謂之甸
服說文曰闉城曲重門也經建春而右轉循閶闔而逕渡河南郡境界簿曰洛
陽縣東城第一建春門楚辭曰歷太皓以右轉晉宮閣銘曰洛陽城閶闔門楚辭曰淩天池而徑渡旌委
鬱於飛飛龍逶遲於步步毛詩曰周道逶遲鏘楚挽於槐風唱
邊簫於松霧鏘鳴聲也楚辛楚也廣雅曰唱嘶唱也邊邊簫簫聲遠也涉姑繇而
環迴望樂池而顧慕嗚呼哀哉穆天子傳曰天子西征至玄池之上乃奏樂三
日而終是曰樂池盛姬亡天子乃殯姬於穀丘之廟葬於樂池之南天子乃周姑繇之水以圜喪車郭璞曰繇音
姚晨輼於昆解鳳曉蓋俄金葬說故事解鳳飾蓋斜金爪也漢書曰載霍光尸以輼輬
車如溫曰輼輬車形廣大有羽飾甘泉賦曰乃登夫鳳凰然羽飾則鳳凰也杜延年奏曰載霍光柩以輬車以

轀車爲倅也臣瓚曰秦始皇崩祕其喪載以轀輬車百官奏事如故此不得是轜車類也然轀車吉儀瓚說是也桓譚新論曰葉輿鳳凰蓋飾以金玉蔡邕獨斷曰凡乘輿皆羽蓋金華爪鄭玄詩箋曰俄傾也山庭寢日隧路抽陰黃圖曰陵冢爲山鄭玄周禮注曰隧墓道也重扃閟兮燈已黲中泉寂兮此夜深哀永逝曰戶闔兮燈滅夜何時兮復曉銷神躬于壤末散靈魄於天潯許慎淮南子注曰潯涯也響乘氣兮蘭馭風德有遠兮聲無窮言惠問乘四氣而靡窮其芳譽馭六風而彌遠嗚呼哀哉

哀上

哀永逝文一首

潘安仁

啓夕兮宵興悲絶緒兮莫承啓夕將啓殯之前夕也儀禮曰既夕哭請啓期告于殯宿興緒胥緒也思玄賦曰王肆侈於漢庭卒銜卹而絶緒俄龍轜兮門側嗟俟時兮將升儀禮曰遷于祖用軸鄭玄曰軸輁軸也天子畫之以龍說文曰轜喪車也嫛婗兮

劉本校語云善作章偟

慞惶慈姑兮垂矜爾雅曰婦稱夫之母曰姑聞鳴雞兮戒朝感鷩號兮撫膺陳琳武庫賦曰啓明戒旦長庚告昏列子曰撫膺而恨逝日長兮生年淺憂患衆兮歡樂尠彼遥思兮離居歎河廣兮宋遠毛詩序曰河廣宋襄公母歸于衛思而不止故作此詩也詩曰誰謂河廣一葦杭之誰謂宋遠跂予望之今奈何兮一舉邈終天兮不反天地之道理無終極今云終天不反長逝之辭盡奈哀兮祖之晨揚明燎兮援靈轜祖及轜車並已見上文儀禮曰宵設燎于門內禮記之右鄭玄曰爲哭者爲明徹房帷兮席庭筵舉酹觴兮告永遷禮記曰士殯帷之儀禮曰商祝御柩乃祖布席乃奠禮記曰祖於庭說文曰酹餟祭也字林曰以酒沃地曰酹悽切兮增欷俯仰兮揮淚想孤魂兮眷舊宇視倐忽兮若髣髴徒髣髴兮在慮靡耳目兮一遇停駕兮淹留徘

徊兮故處，周求兮何獲。引身兮當去，華輦兮初邁。馬迴首兮旋旆，風泠泠兮入帷，雲霏霏兮承蓋。班婕妤自傷賦曰：廣室陰兮帷幄暗，房櫳虛兮風泠泠。楚辭曰：雲霏霏兮承宇。鳥俛翼兮忘林，魚仰沫兮失瀨。悵悵兮遲遲，遵吉路兮凶歸。思其人兮已滅，覽餘跡兮未夷。毛萇詩傳曰：夷，滅也。昔同塗兮今異世，憶舊歡兮增新悲。謂原隰兮無畔，謂川流兮無岸。望山兮寥廓，臨水兮浩汗。視天日兮蒼茫，面邑里兮蕭散。匪外物兮或改，固歡哀兮情換。嗟潛隧兮既敞，將送形兮長往。隧已見上文。委蘭房兮繁華，襲窮泉兮朽壤。賈逵國語注曰：襲，還也。中慕叫兮擗摽，之子降兮宅兆。擗摽已見上文。孝經曰：卜其宅兆而安厝之。撫靈櫬兮

訣幽房棺冥冥兮埏窈窕杜預左氏傳注曰櫬親身之棺聲類曰埏墓隧也戶
闔兮燈滅夜何時兮復曉司馬彪續漢書張奐遺令曰地底冥冥長無曉期歸
反哭兮殯宮聲有止兮哀無終左氏傳曰不反哭于寢故不曰薨杜預注
曰自墓反虞于正寢所謂反哭于寢也釋名曰於西壁下塗之曰殯儀禮曰遂適殯宮是乎非
乎何皇趣一遇兮目中漢書曰孝武李夫人卒悲感作詩曰是邪非邪立而望之
偏何姍姍其來遲鄭玄毛詩箋曰皇之言暀也又曰暀往也東觀漢記世祖曰虜在吾目中既遇目
兮無兆曾寤寐兮弗夢平聲既顧瞻兮家道長寄心兮爾
躬周易曰夫夫婦婦而家道正重曰已矣此蓋新哀之情然耳渠
懷之其幾何庶無愧兮莊子莊子曰莊子妻死惠子弔之則方箕踞鼓盆而歌惠
子曰與人居長子老身死不哭亦足矣又鼓盆而歌不
已甚乎莊子曰不然是其始死也我獨而能無槩然察

其始而本無生非徒無生而本無形非徒無形而本無

氣人且偃然寢於巨室而我噭噭隨而哭之自以爲不

通乎命

故止

文選卷第五十七

初六日　侃誦

文選卷第五十八

梁昭明太子撰

文林郎守太子右內率府録事參軍事崇賢館直學士臣李善注上

哀下

碑文上

此文實不悟其佳處言意詞枝總由無情耳

哀下

宋文皇帝元皇后哀策文一首

沈約宋書曰文帝袁皇后諱齊嬀陳郡人左光祿大夫敬公湛之庶女也適太祖生太子劭上待后禮甚篤及崩于顯陽殿詔前永嘉太守顏延年爲哀策文

顏延年

惟元嘉十七年七月二十六日大行皇后崩于顯陽殿周書曰謚者行之迹是以大行受大名細行受細名風俗通曰皇帝新崩未有定謚故揔其名曰大行皇帝行下孟切粤九月二十六日將遷座于長寧陵禮也龍輁邛纚離綷容翟結驂龍輁凶飾也容翟吉儀也儀禮曰遷于祖用軸鄭玄曰遷徙于祖廟也軸輁軸也軸狀如轉轔刻兩頭爲軹輁狀如長牀穿桯前後著金而關軸焉天子畫之以龍也桯餘征切韓詩纚

○宋玄作想

繫也鄭玄儀禮注曰引棺在輴車曰紼甫物切劉熙釋名曰容車婦人所載小車也其蓋施帷所以隱蔽其形容曹植宣后誄表曰容車飾駕以合北辰周禮曰王后之五路重翟錫面朱總厭翟勒面繢總皆有容蓋鄭司農云容謂幨車也鄭玄曰蓋如今小車蓋也王逸楚辭注曰結連也連驂言將行也鄭玄詩箋曰驂兩騑

皇塗昭列神路幽嚴皇塗古制故曰昭列神路凶飾故曰幽嚴

皇帝親臨祖饋躬瞻宵載周禮曰喪祝掌大喪祖飾棺乃載鄭玄曰祖爲行始也其序載而后飾白虎通曰始載於庭轜車辭祖禰也

飾遺儀於組旒淪徂音乎珩行珮毛詩曰素絲組之鄭玄曰以素絲爲縷縫之旌旗以爲文飾旌旗以銘功也楊雄元后誄曰著德太常注諸旒旌尚書大傳曰太師奏雞鳴后夫人鳴佩玉于房中告去毛詩雜佩以贈之毛萇詩傳曰珮有珩璜琚瑀琚音居瑀音禹

悲黼蓬之移御痛翬褕以招搖之重晦周禮曰大朝覲王設次席黼純又內司服掌王后之六服褘衣褕狄鄭玄曰褘衣畫翬者也褕畫鷂者也褕與鷂並以招切

隆輿客位

撤奠殯階降輿謂祖載之時柩降於車也儀禮曰主人入祖乃載鄭玄曰舉柩却下而載之禮記曰殯於客位

有過臨之契
此四言不過言同體天地耳倫儷一云昭升一云言帝后配合也

祖於庭儀禮曰屬引徹奠乃祖鄭玄曰屬著也引柩車也禮記曰周人殯於西階之上則猶賓之

乃命史臣累德述懷鄭司農周禮注曰誄謂積累生時德行賜之命爲其辭也其辭曰

倫昭儷昇有物有憑言天地未分之前已明倫匹之義又昇天生蒸民有物有則鄭玄曰有物象也左氏傳曰石言於晉魏榆師曠曰石不能言或憑焉劇秦美新曰上覽古在昔有憑應而尚缺

圓精初鑠方祇始凝言天地始分也呂氏春秋曰天道圓地道方何以說天道之圜也精氣一上一下圜周復雜無所稽留故曰天道圜何以說地道之方也萬物殊類形皆有分職不能相爲故曰地道方郭璞方言注云鑠言光明也淮南子曰清陽薄靡而爲天重濁凝滯而爲地

昭哉世族祥發慶膺祥發猶發祥也毛詩曰長發其祥慶膺猶膺慶也幽通賦曰王者膺慶於所感

祕儀景胄圖光玉繩祕其令儀而生景胄圖其容光而升玉繩也廣雅曰圖度也沈約宋書曰宋有玉繩殿

昌暉在陰柔明將進尚書曰邦乃其昌孔安國曰昌盛也周易曰坤陰物也又曰坤妻道也又曰順而麗乎大明柔

文帝妣爲宜都王后初拜宜都王妃故文如此

進而上行率禮蹈和稱詩納順南都賦曰率禮無違論語曰禮之用和爲貴史記曰陸賈時稱詩書毛詩曰于以采蘋又曰于以采藻鄭玄毛詩箋曰蘋之言賓藻之言澡婦人之行尚柔順自絜清故取名以爲戒禮記曰婦順者順於舅姑和於室人而后當於夫也爰自待年金聲夙振左氏傳曰叔姬歸于紀杜預曰至是歸者待年於父母國也孟子曰孔子之謂集大成也者金聲而玉振亦既有行素章增絢毛詩曰女子有行遠父母兄弟論語曰子夏問曰巧笑倩兮美目盼兮素以爲絢兮何謂也子曰繪事後素曰禮後乎馬融曰絢文貌也象服是加言觀維則毛詩曰象服是宜又曰言觀其旂又曰柔嘉維則俾我王風始基嬪德毛詩曰覆俾我悖尚書曰釐降二女于嬀汭嬪于虞惠問川流芳猷淵塞蔡邕袁公夫人碑曰義方之訓如川之流毛詩曰仲氏任只其心塞淵方江泳漢載謡南國毛詩序曰文王之道被于南國江漢之域無思犯禮毛詩曰漢之廣矣不可泳思江之永矣不可方思毛萇曰方泭也伊昔不造鴻化中微

謂少帝之時陸機詩曰伊昔有皇毛詩曰閔予小子遭家不造東都賦曰鴻化惟神魯靈光殿賦曰遭漢中微用集寶命仰陟天機謂文帝即位也尚書曰用集大命又曰無墜天之降寶命天機喻帝位也尚書考靈耀曰璿璣玉衡以齊七政尚書爲此璣曹植秋胡行曰歌以永言大魏承天璣然璣與機同也釋位公宮登曜紫闈左氏傳子朝曰諸侯釋位以間王室禮記曰古者婦人先嫁三月祖廟未毀教于公宮魏明帝苦寒行曰修德乎紫闈八月自懷柔欽若皇姑。允迪前徽。尚書曰欽若昊天爾雅曰婦稱夫之母曰姑尚書曰允迪厥德孝達寧親敬行宗祀毛詩曰歸寧父母毛萇曰父母在則有時歸寧毛詩序曰夫人可以奉祭祀則不失職矣進思才淑傍綜圖史毛詩序曰關雎樂得淑女思進賢才王肅周易注曰綜理事也班婕妤自傷賦曰陳女圖以鏡鑒顧女史而問詩發音在詠動容成紀國語伶州鳩曰詠之以中音孟子曰動容周旋中禮者盛德之至也成紀見下注壼政穆宣房樂韶理爾雅曰宮中巷謂之壼禮記曰古者天子后立於宮以聽天下之內治方言曰穆信也儀

禮曰有房中之樂鄭玄曰絃歌周南召南之詩房中者后夫人諷誦以事君子禮記曰韶繼也如淳漢書注曰今樂家五日一習樂爲理樂也

坤則順成星軒潤飾

韓詩曰淑女奉順坤德成其紀綱周易曰坤順也漢書曰軒轅黃龍體前大星女主象也

德之所屆惟深必測

尚書曰惟德動天無遠弗屆卞蘭太子頌表曰道無深而不測術無細而不敷

下節震騰上清朓側

言后道得宜即地安靜而月合度也漢書李尋曰月者衆陰之長妃后之象春秋感精符曰月者陰之精地之理也國語曰幽王二年三川皆震毛詩曰百川沸騰山冢崒崩尚書五行傳曰晦日而月見西方謂之朓朔而月見東方謂之側匿鄭玄曰朓猶條達也條達行疾貌側匿猶縮懦行遲貌

有來斯雍無思不極

毛詩曰有來雍雍又曰無思不服孔安國尚書傳曰極中也

謂道輔仁司化莫晣

之逝切牽秀四言詩曰乾道輔仁坤德尚沖思玄賦曰死生錯而不齊雖司命其不晣說文曰昭晣明也

象物方臻眡視祲告沴

零細切周禮曰凡樂六變而致象物鄭玄曰象物有象在天所

謂四靈也非德之和則不至也周禮曰眡祲鄭玄曰祲陰陽氣相祲漸成祥也漢書曰氣相傷謂之沴臨莅不和意也太和既融收華委世太和謂太平也法言曰或問太和曰其在唐虞成周也李軌曰天下太和蔡邕釋誨曰皇道惟融帝猷不顯廣雅曰融朗也委世弃世也蘭殿長陰椒塗弛衛嗚呼哀哉漢武故事曰帝以七月七日旦生於猗蘭殿漢書舊儀曰皇后稱椒房椒塗室亦取温煖除惡氣也戒涼在肂弋二杪秋即窆國語單襄公曰火見而清風戒寒賈逵曰戒人爲寒備也儀禮曰死三日而殯三月而葬說文曰肂瘞也楚辭曰靚杪秋之遥夜禮記曰冢宰制國用必於歲之杪左氏傳楚子曰唯是春秋窀穸之事杜預曰窀厚也穸夜也厚夜長夜謂塟埋也窀之倫切霜夜流唱曉月升魄流唱挽歌也升魄祖載也禮記子曰氣也者神之盛也魄也者鬼之盛也八神警引五輅遷迹甘泉賦曰八神奔而警蹕兮振殷轔而軍裝周禮曰中車掌王后之五輅噭噭儲嗣哀哀列辟噭噭已見上文毛詩曰哀哀父母生我劬勞灑零玉墀雨泗丹掖劉騊

此八字固纏綿悽愴而与上文不接蓋斯言惟文帝自述可耳不可施於代嗣列辭也

駼玄根賦曰致垂棘以爲埒撫存悼亡感今懷昔嗚呼哀哉沈約宋書曰哀策既奏上自益此八字以致其意焉潘岳祭庾新婦文曰伏膺飲淚感今惟昔南背國門北首山園楚辭曰出國門而軫懷廣雅曰首向也漢書曰後徙吏二千石之家於諸陵非獨爲奉山園僕人按節服馬顧轅楚辭曰僕人慌悴散若流兮子虛賦曰按節未舒鄭玄毛詩箋曰服中央夾轅也李陵詩曰轅馬顧悲鳴五步一彷徨遙酸紫蓋眇泣素軒傅玄季興馬賦曰紫蓋漂以連翩素軒猶素車也滅綵清都夷體壽原楚辭曰造旬始觀清都漢書曰作陽陵邑張晏曰景帝作壽陵起邑漢書音義曰天子未死呼壽原邑野淪藹戎夏悲讙京邑朝野淪其明盛戎狄華夏悲以競讙廣雅曰藹藹盛也國語史蘇曰戎夏交捽也來芳可述往駕弗援嗚呼哀哉

齊敬皇后哀策文一首

蕭子顯齊書明帝敬劉皇后諱惠端彭城人也光禄大夫道弘女太祖高皇帝爲高宗納之武帝永明七年卒葬江乘縣張山高宗即位追尊爲敬皇后高宗崩改葬祔于興安陵高宗即明帝也

謝玄暉

惟永泰元年蕭子顯齊書明帝改年爲永泰其年七月帝崩東昏即位秋九月朔日敬皇后梓宮啓自先塋將祔于某陵風俗通曰梓宮者禮天子斂以梓器宮者存時所居緣生事亡因以爲名凡人呼棺亦爲宮也說文曰塋墓地禮記孔子曰魯人之祔也合之鄭玄曰祔謂合葬也其日至尊親奉奠某皇帝至尊東昏侯寶卷鄭玄周禮注曰奠獻也饋奠明帝崩未謚故曰某乃使兼太尉某設祖于行宮禮也司馬彪續漢書太尉公一人凡大喪則告謚南郊祖已見上文翠帟舒皇玄堂啓扉張協禊賦曰翠幕蜺連張衡呂司徒誄曰去此寧寓歸于幽堂玄室冥冥脩夜彌長俎徹三獻筵

卷六衣杜預左氏傳注曰撤夫也禮祭必三獻周禮內司服掌王后之六服褘衣褕狄闕狄鞠衣展衣褖衣哀子嗣皇帝懷蜃衛而延首想翳鷖輅而撫心周禮曰遂人大喪使帥其屬以蜃車之役衛鄭玄曰蜃車柩路柩載栁四輪迫地而行有似蜃因取名焉阮瑀正欲賦曰佇延首以極視周禮曰安車雕面鷖總列子曰師襄乃撫心高蹈痛椒塗之先廓哀長信之莫臨椒塗已見上文應劭漢官儀曰帝祖母爲太皇太后其所居曰長信宮也身隔兩赴時無二展爾雅曰赴至也禮記顏淵謂子路曰反其國不哭展墓而入鄭玄曰展省視也旋詔左言光敷聖善鄭玄禮記注曰旋便也漢書曰左史記言右史記事于寶晉紀魏帝詔曰三后咸用光敷聖德毛詩曰母氏聖善我無令人其辭曰

帝唐遠胄御龍遙緒班固漢書贊曰范宣子曰祖自虞已上爲陶唐氏在夏爲御龍氏晉主夏盟爲范氏在秦作劉在漢開楚班固漢書贊曰范氏爲晉士師魯文公世

奔秦後歸于晉其處者爲劉氏漢書曰楚元王交高祖同父少弟也爲楚王沈約宋書曰高祖楚元王交之後也 肇惟淑聖克柔克令 克柔已見上文毛詩曰令妻壽母 清漢表靈曾沙膺慶 韓詩曰漢有遊女薛君曰遊女謂漢神謝靈運登江中孤嶼詩曰表靈物莫賞漢書元后傳元城建公曰昔春秋沙麓崩晉史卜之曰後六百四十五年宜有聖女興其齊田乎今王翁孺徙正直其地日月當之元城東有五麓之虚即沙麓地後八十年當有貴女興天下膺慶已見上文 爰定厥祥徽音允穆 毛詩曰文定厥祥又曰太姒嗣徽音則百斯男 光華沼沚縈曜中谷 毛詩序曰采蘩夫人不失職也詩曰于以采蘩于沼于沚又詩序曰葛覃后妃之本也詩曰葛之覃兮施于中谷 敬始紘綖敎先穜稑 列女傳敬姜曰皇后親蠶玄統公侯夫人加之以紘綖周禮曰上春詔王后帥六宮之人出種稑之種而獻於王 睿問川流神襟蘭郁 川流已見上文楊雄書曰賢女馨香芬於蘭茝 先德韜光君道方被 先德謂明帝也韜光謂封

西昌侯之時也廣雅曰韜藏也吴志賀劭上䟽曰陛下昔韜藏神光潛德東夏干寳晉紀文帝遺吴主書曰韜神光福德久勞于外毛詩序曰文王之道被於南國于佐求賢在謁無詖毛詩序曰卷耳后妃之志也又當輔佐君子求賢審官内有進賢之志而無險詖私謁之心顧史弘式陳詩展義班婕妤自傷賦曰顧女史而問詩厚下曰仁藏往伊智周易曰山附於地剥上以厚下安宅干寳晉紀總論曰仁以厚下易曰蓍之德圓而神卦之德方以智神以知來智以藏往十亂斯佚四教罔忒論語武王曰予有亂臣十人孔子曰才難不其然乎唐虞之際於斯爲盛有婦人焉九人而已馬融曰其一人謂文母也禮記曰古者婦人教以婦德婦容婦言婦功鄭玄詩箋云法度莫大於四教廣雅曰忒差也思媚諸姑貽我嬪則毛詩曰思媚周姜又曰問我諸姑又曰貽我來牟孔安國傳曰嬪婦也毛詩序曰后妃化天下以婦道也化自公宮遠被南國公宮南國並已見上文軒曜懷光素舒佇德光德皆謂后也言軒曜思大明以增耀素

舒佇聖德而分彩也淮南子曰軒轅者帝妃之舍高誘曰軒轅星也劉歆有曜歷楚辭曰前望舒使先驅王逸曰望舒月御也

閔予不祐慈訓早違毛詩曰閔予小子周易曰天命不祐晉中興書曰肅祖太妃荀氏薨顯宗詔曰朕少遭閔凶慈訓無稟廣雅曰違背也方年沖藐懷袖靡依尚書曰肆予沖人弗及知左氏傳晉獻公曰以是藐諸孤毛詩曰母兮鞠我出入腹我鄭玄曰腹懷抱也家臻寶業身嗣昌暉周易曰聖人之大寶曰位元皇后哀策文曰昌輝在陰壽宮寂遠清廟虛歸嗚呼哀哉楚辭曰蹇將澹兮壽宮王逸曰壽宮供神之處也毛詩曰清廟祀文王也帝遷明命民神胥悅謂明帝即位也毛詩曰帝遷明德串夷載路國語祭公謀父曰至于文武事神保民莫不欣喜又王孫圉曰又能上下悅于鬼神乾景外臨陰儀內缺周易曰乾爲君爲父禮記曰后治陰德也空悲故劒徒嗟金穴漢書曰宣帝許皇后元帝母也字[illegible]君曾孫立爲帝平君爲婕好是時公卿議更立皇后[illegible]未有言上乃詔求微時故劒大臣知指白立許婕

辰 據引蔡邕注典引改

何云蕭氏陵在武進故云豐沛

妤爲皇后范曄後漢書曰光武郭皇后弟況爲大鴻臚數賞賜金錢京師號況家爲金穴璋瓚奚獻禕褕罔設嗚呼哀哉禮記曰君致齊於外夫人致齊於內君執圭瓚祼尸大宗執璋瓚亞祼鄭玄曰大宗亞祼容夫人有故攝焉璋瓚夫人所執又周禮注曰祼謂以圭瓚酌鬱鬯始獻尸也后於是以璋瓚酌亞祼禕褕已見上文馮相告祲宸居長往謂明帝崩也周禮曰馮相氏中士鄭玄曰馮乘也相視也東京賦曰馮相觀祲典引曰宸居其域蔡邕曰如北辰居其所也貽厥遠圖末命是獎謂顧命令祔也毛詩曰貽厥孫謀左氏傳欒成伯曰遠圖者忠也尚書曰道揚末命方言曰秦晉之間相勸曰獎懷豐沛之綢繆背神京之弘敞豐沛喻帝鄉也漢書曰高祖沛豐邑毛詩曰綢繆束薪毛萇曰綢繆猶纏綿也風俗通曰秦政并吞六國苞宇宙之弘敞陋蒼梧之不從兮遵鮒隅以同壤嗚呼哀哉禮記曰舜葬于蒼梧之野蓋二妃不從山海經曰大荒之中河水之間鮒隅之山帝顓頊與九嬪葬焉陳象設

鋑據說文改別本同

此等語殊失體雖哀而不莊

籍別本

此言先為庶人後追崇尊號

禨

於園寢兮映輿鑁亡犯於松楸楚辭曰象設君室靜閑安漢書曰自高祖下至宣帝各自居陵傍立廟又園中各有寢蔡邕獨斷曰金鑁者馬冠也如玉華形在馮髦前望承明而不入兮度清洛而南遊陸機洛陽記曰承明門後宮出入之門籍田賦曰清洛濁渠繼池綍於通軌兮接龍帷於造舟禮記曰飾棺君三池鄭玄曰懸池於荒之爪端若今承霤然又禮記曰飾棺君龍帷振容黼荒鄭玄曰荒蒙也在傍曰帷在上曰荒皆所以衣柳毛詩曰造舟爲梁迴塘寂其已暮兮東川澹而不流嗚呼哀哉南都賦曰分背迴塘呂氏春秋曰水泉東流說文曰澹水搖也籍閟宮之遠烈兮聞纘女之遐慶毛詩閟宮曰赫赫姜嫄其德不回是生后稷降之百福又曰纘女維莘長子維行始協德於蘋蘩兮終配祇而表命晉中興書策明穆皇后曰正位閨房以著協德之義辨亡論曰趙達以機祥協德采蘋采蘩已見上文漢書曰天地合祭先祖配天先妣配地命爵號也慕方

中郎碑以三文所
選太文
說文碑豎石也
聘禮鄭注云宮必有
碑所以識日景引陰
陽也其材宗廟以石
窆用木
檀弓公室視豐碑注

纏於賜衣兮哀日隆於撫鏡東觀漢記上賜東平王蒼書曰獨倚衛南宮皇太后因過按行閲視舊時衣物今以光烈皇后假結帛巾各一枚衣一篋遺王可瞻視以慰凱風寒泉之思西京雜記曰宣帝被收繫郡邸獄臂上猶帶史良娣合綵婉轉絲繩係身毒寶鏡一枚舊傳此鏡照見妖魅得佩之者爲天神所福故宣帝從危獲濟及即大位每持此鏡感咽移辰宣帝崩後不知所在思寒泉之罔極兮託形管於遺詠嗚呼哀哉毛詩曰爰有寒泉在浚之下有子七人母氏勞苦又曰欲報之德昊天罔極毛詩曰靜女其孌詒我形管毛萇曰古者后夫人必有女史形管之法

郭有道碑文一首 并序

邕爲郭有道碑文謂盧植曰吾爲碑銘多矣皆有慚德唯郭有道無愧色耳

蔡伯喈 范曄後漢書曰蔡邕字伯喈陳留人也辟橋玄府稍遷至郎中後董卓辟邕遷尚書及卓被誅王允收邕付廷尉遂死獄中

先生諱泰字林宗太原界休人也漢書太原郡有界休縣其先出

云臺碑斵大木爲之形如石碑於槨前後四角豎之穿中於間爲轆轤下棺以繂繞案碑本古葬時所用之木施轆轤以繩被其上以引棺臣子追述其君父之功美以書其上後人因焉故每建於道陌之頭歐陽集古錄云後漢以後始有碑文欲求前漢時碑碣不可得是則冢墓碑自後漢以來始有之

自有周王季之穆有虢叔者寔有懿德文王咨焉左氏傳曰晉侯假道於虞以伐虢宮之奇諫曰虢亡虞必從之公曰晉吾宗也豈害我哉對曰虢叔王季之穆爲文王卿士將虢是滅何愛於虞毛詩曰我求懿德國語胥臣曰文王即位而咨于二虢韋昭曰咨謀也建國命氏或謂之郭即其後也左氏傳師服曰天子建國又衆仲曰天子建德因生以賜姓胙之土而命之氏公羊傳晉獻公謂荀息曰吾欲攻郭則虞救之攻虞則郭救之如何高誘戰國策注曰郭古文號字也先生誕應天衷聰睿明哲孝友温恭仁篤慈惠夫其器量弘深姿度廣大浩浩焉汪汪焉奧乎不可測已黃石公記序曰張良慮若源泉深不可測若乃砥節厲行直道正辭孔叢子曰魯人有儀公潛者砥節厲行樂道好古仲長子昌言曰直道正辭貞亮之節貞固足以幹事隱括足以矯時周易曰貞固足以幹事韓詩外傳曰設於隱括之中直己不直人蘧伯玉之行也孫

荀子大略篇古山之木示諸檃栝當出大傳檃括之旁多曲木說文檃栝也栝檃也檃栝其所以矯正曲木字亦作木或通作隱括字

黨禍起泰乃閉門教授子弟以千數

卿子曰拘木必將待隱括然後直劉熙孟子注曰隱度也括猶量也蒼頡篇曰矯正也遂考覽六經探綜圖緯六經五經及樂經也圖河圖也緯六經及孝經皆有緯也周流華夏隨集帝學收文武之將墜拯微言之未絕論語子貢曰文武之道未墜於地論語讖曰子夏六十四人共撰仲尼微言于時纓緌之徒紳佩之士禮記曰子事父母冠緌纓鄭玄曰緌纓飾也孔安國論語注曰紳大帶也禮記曰凡帶必有佩玉望形表而影附聆嘉聲而響和者楊雄覈靈賦曰支附葉從表立景隨莊子曰大人之教若形之於影聲之於響也猶百川之歸巨海鱗介之宗龜龍也尚書大傳曰百川趨於東海曾子曰介蟲之精者曰龜鱗蟲之精者曰龍爾乃潛隱衡門收朋勤誨毛萇詩傳曰衡門橫木爲門言淺陋也論語子曰誨人不倦何有於我哉童蒙賴焉用祛其蔽周易曰匪我求童蒙祛猶去也州郡聞德虛已備禮莫之能致漢書李尋

洪注及本集

王仲寶褚淵碑文注引先民作先生

傳曰王根輔政數虛己問尋羣公休之遂辟司徒掾文學有道皆以洪疾辭辟猶召也將蹈鴻涯之遐迹紹巢許之絕軌西京賦曰洪涯立而指麾神仙傳曰衛叔卿與數人博其子度曰向與博者爲誰叔卿曰是洪涯先生皇甫謐逸士傳曰巢父者堯時隱人也及堯之讓位于許由也由以告巢父焉巢父責由曰汝何不隱汝光何故見若身也翔區外以舒翼超天衢以高峙李陵書曰策名於天衢寘命不融享年四十有二毛萇詩傳曰融長也以建寧二年正月乙亥卒范曄後漢書曰建寧靈帝年號也凡我四方同好之人永懷哀悼靡所寘念毛詩曰終其永懷毛萇詩傳曰寘置也乃相與惟先生之德以謀不朽之事左氏傳穆叔曰太上有立德此之謂不朽僉以爲先民既沒而德音猶存者亦賴之於是述也毛詩曰先民有作又曰德音不忘今其如何而闕斯禮

令問令望先师明曰

於是樹碑表墓昭銘景行（毛詩曰高山仰止景行行止）俾芳烈奮于百世令問顯於無窮（典引曰扇遺風播芳烈孟子曰聞伯夷之風者貪夫廉懦夫有立志奮乎百世之上百世之下莫不興起毛詩曰顯顯令問）其辭曰

於休先生明德通玄（言其明德而通於玄廣雅曰玄道也）純懿淑靈受之自天（毛詩曰有命自天）崇壯幽浚如山如淵（家語齊大夫子與適魯見孔子曰乃今而後知泰山之爲高海淵之爲大）禮樂是悅詩書是敦（左氏傳曰晉謀元帥趙衰曰郤縠可臣亟聞其言矣悅禮樂而敦詩書君其試之）匪惟摭華乃尋厥根（法言或曰亦有疾乎曰摭我華而不食我實）宮牆重仞允得其門（論語子貢謂叔孫武叔曰夫子之牆數仞不得其門而入不見宗廟之美百官之富得其門者或寡矣）懿乎其純確乎其操（周易曰龍德而隱者也確乎其不可拔潛龍也）洋洋搢紳言觀其高（音告封禪書曰因雜搢紳先生

毛詩疏三公雖無職而外與六卿之事故謂之三事

之略術棲遲泌丘善誘能教毛詩曰衡門之下可以棲遲泌之洋洋可以療飢論語顏淵曰夫子循循然善誘人赫赫三事幾行其招毛詩曰三事大夫莫肯夙夜招猶召也委辭召貢保此清妙言有召貢者委弃而辭之范曄後漢書曰司徒黃瓊辟泰太常趙典舉泰有道並不應召或爲台降年不永民斯悲悼尚書祖乙曰降年有永有不永爰勒茲銘摛其光耀韋昭漢書注曰摛布也嗟爾來世是則是效尚書曰予恐來世班固刑法志述曰五刑之作是則是效

陳太丘碑文一首 并序　蔡伯喈

先生諱寔字仲弓潁川許人也范曄後漢書曰寔潁川許人漢書潁川郡有許縣魏志曰文帝黃初二年改許縣爲許昌縣然蔡邕之時惟有許縣或云許昌非也含元精之和應期運之數易通卦驗曰大皇之先與耀含元精論衡曰天禀元氣人受元精孟子謂充虞曰五

百年必有王者興其間必有名世者由周而來七百有餘歲矣當今之世舍我而誰兼資九德摠脩百行尚書皋陶曰都亦行有九德禹曰何皋陶曰寬而栗柔而立愿而恭亂而敬擾而毅直而温簡而廉剛而塞强而義孔臧與從弟書曰學者所以飾百行也於鄉黨則恂恂焉彬彬焉善誘善導仁而愛人論語曰孔子於鄉黨恂恂如也又曰文質彬彬然後君子善誘已見上文論語曰樊遅問仁子曰愛人使夫少長咸安懷之論語曰老者安之少者懷之其爲道也用行舍藏進退可度論語子謂顏淵曰用之則行舍之則藏孝經曰進退可度不徼訐以干時不遷貳以臨下論語子貢曰惡徼以爲智者惡訐以爲直者又哀公問弟子孰爲好學孔子對曰有顏回者好學不遷怒不貳過四爲郡功曹五辟豫州六辟三府再辟大將軍宰聞喜半歲太丘一年德務中庸教敦不肅論語子曰中庸之爲德其至矣乎民鮮久矣孝經子曰其

教不肅而成政以禮成化行有謐左氏傳晉郤至謂子反曰政以禮成民是以息爾雅曰謐靜也會遭黨事禁固二十年樂天知命澹然自逸周易曰樂天知命故不憂莊子曰澹然無極衆美從之此天地之道聖人之德也毛詩曰我不敢傚我友自逸交不諂上愛不瀆下周易曰君子上交不諂下交不瀆見機而作不俟終日周易曰君子見機而作不俟終日及文書赦宥時年已七十遂隱丘山懸車告老漢書曰薛廣德乞骸骨賜安車駟馬懸其車傳子孫左氏傳曰晉韓獻子告老杜預曰告老致仕者也四門備禮閑心靜居尚書曰賓于四門四門穆穆大將軍何公司徒袁公范曄後漢書大將軍何進司徒袁隗遣人敦寔欲特授以不次之位寔謝使者前後招辟使人曉喻云欲特表便可入踐常伯超補三事應劭漢官儀曰侍中周官號曰常伯選於諸伯言其道德可常尊也環濟要略曰侍中古官或曰風后爲

黄帝侍中周時號曰常伯秦始復故三事已見上文紆佩金紫光國垂勳漢書曰大司徒大司馬大司空皆金印紫綬先生曰絕望已久飾巾待期而已皆遂不至列子林類曰吾老無妻子死期將至弘農楊公東海陳公范曄後漢書曰太尉楊賜司徒陳耽每拜公卿羣寮畢賀賜等常歎寔大位未登愧於先之也每在衮職羣寮賀之衮職謂三公也周禮曰三公自衮冕而下皆舉手曰潁川陳君絕世超倫大位未躋方言曰躋登也慙於臧文竊位之負論語曰臧文仲其竊位者歟知柳下惠之賢而不與立也故時人高其德重乎公相之位也年八十有三中平三年范曄後漢書中平靈帝年號也八月丙午遭疾而終臨歿顧命留葬所卒孔安國尚書傳曰臨終之命曰顧命時服素棺椁財周櫬喪事惟約用過乎儉周易曰用過乎儉群公百寮莫不咨嗟巖藪知名失聲揮涕禮記曰內人行哭失

聲家語曰公父文伯卒敬姜曰無揮涕王肅曰揮涕涕流以手揮之也大將軍弔祠錫以
嘉謚范睢後漢書曰何進遣使弔祭曰徵士陳君稟嶽瀆之精苞靈曜
之純孝經援神契曰五嶽之精雄聖四瀆之精仁明又鉤命决曰五嶽吐精宋均曰吐精生聖人也靈曜謂天也尚書緯有考靈曜天不憖遺老俾屏我王左氏傳孔丘卒公誄之曰旻天不弔不憖遺一老俾
屏予一人以在位梁崩哲萎于時靡憲禮記曰孔子早作負手曳杖逍遥於門歌
曰泰山其頹乎梁木其壞乎搢紳儒林論德謀跡謚曰文範先生漢書
有儒林傳傳曰郁郁乎文哉論語文也書曰洪範九疇彝倫攸叙
尚書箕子謂武王曰天乃錫禹洪範九疇彝倫攸叙文爲德表範爲士則存誨没
號不亦宜乎三公遣令史祭以中牢刺史敬弔太守南
陽曹府君命官作誄曰赫矣陳君命世是生廣雅曰命名也李陵

史右煇跋

緦麻設位當匯府丞以下爲句

書曰信命世之才含光醇德爲士作程孔安國尚書傳曰醇粹也毛萇詩傳曰程法也資始旣正守終又令周易曰萬物資始史記祭公謀父曰犬戎卒舊德而守終純固奉禮終沒休矣清聲遺官屬掾吏前後赴會刊石作銘府丞與比縣會葬荀慈明韓元長等五百餘人范曄後漢書曰荀爽字慈明獻帝拜爲司空又曰韓歆字元長獻帝初官至太僕緦麻設位哀以送之喪服傳曰緦麻十五升布鄭玄曰謂之緦者縷細如絲也音思孝經曰哀以送之遠近會葬千人已上河南尹种府君臨郡謝承後漢書曰劉翊潁川人河南尹种拂嘗來臨郡翊爲主簿迎之到官深敬待之然种府君即拂也追歎功德述錄高行以爲遠近鮮能及之重直用部大掾以時成銘斯可謂存榮沒哀死而不朽者已論語子貢曰夫子其生也榮其死也哀不朽已見上文乃作銘曰

淵儉同為宋壻同作齊臣語關興廢曾無報怍異已若論其文洵堪大手筆也

峩峩崇嶽吐符降神上林賦曰南山峩峩毛詩曰維嶽降神生甫及申於皇先生抱寶懷珍如何昊穹既喪斯文論語子曰文王既没文不在茲乎天之將喪斯文也後死者不得與於斯文也微言圮絕來者曷聞微言已見上文幽通賦曰將圮絕而罔階論語曰焉知來者之不如今也交交黃鳥爰集于棘毛詩國風文喻仕於亂時命不可贖哀何有極毛詩曰如可贖兮人百其身也

褚淵碑文一首 并序

宋明帝嘗曰褚淵能遲行緩步便持此得宰相矣淵眼多白精时人謂之白虹貫日言為宋氏亡徵也

王仲寶蕭子顯齊書曰王儉字仲寶琅邪人幼專心篤學手不釋卷為中書監薨

夫太上有立德其次有立功此之謂不朽左氏傳曰穆叔如晉范宣子逆之問焉曰古人有言曰死而不朽何謂也穆叔對曰豹聞之太上有立德其次有立功其次有立言雖久

不廢此之謂不朽也所以子產云亡宣尼泣其遺愛左氏傳曰子產卒仲尼聞之出涕曰古之遺愛也毛詩曰人之云亡隨武既沒趙文懷其餘風於文簡公見之矣禮記曰趙文子與叔譽觀乎九原文子曰死者如可作也吾誰與歸叔譽曰其陽處父乎文子曰我則隨武子乎利君不忘其身謀身不遺其友鄭玄曰武子士會也食邑於隨蔡邕郭林宗碑曰先生既沒魏志太祖曰孤到此州嘉其餘風也公諱淵字彥回說文淵回水也河南陽翟人也微子以至仁開基宋段以功高命氏史記曰微子開者殷帝乙之首子紂之庶兄武王崩成王幼武庚作亂成王命誅武庚乃命微子開代殷國於宋微子以故而仁賢及代武庚故殷餘民甚欣戴之而愛焉左氏傳曰魯季武子如宋褚師段逆之杜預曰段共公子子石也褚師官也命氏已見上文爰逮兩漢儒雅繼及漢書曰褚大通五經爲博士謝承後漢書曰褚禧字叔齊陳留尉氏人博聞廣見聰明智達也魏晉以降弈世重暉乃祖太傅元穆公魏代

謝安嘗曰褚季野雖不言而四時之氣亦備

說文剡上爲圭半圭爲璋

褚氏未聞晉中興書曰褚裒字季野侍中衛將軍薨贈太傅元穆侯德合當時行比州壤魏書曰陳寔德冠當時莊子曰行比一鄉深識臧否不以毀譽形言王命論曰淵然深識毛詩曰於乎小子未知臧否論語曰吾之於人誰毁誰譽如有所譽者其有所試矣毛詩序曰情動於中而形於言亮采王室每懷冲虛之道尚書曰亮采惠疇老子曰大滿若冲字林曰冲猶虛也可謂婉而成章志而晦者矣左氏傳君子曰春秋之稱微而顯志而晦婉而成章自茲厥後無替前規建官惟賢軒冕相襲尚書曰建官惟賢管子曰先王制軒冕足以著貴賤劉歆移太常博士曰聖帝明王累起相襲公稟川嶽之靈川嶽之靈已見上文暉含珪璋而挺曜珪璋特達廣雅曰挺出也禮記曰和順内凝英華外發禮記曰和順積中而英華外發神茂初學業隆弱冠弱冠已見上文是以仁經義緯敦穆於閨庭張叶白鳩頌曰經仁緯義王隱晉書

劉孝標辯命論碑石与琬
琰俱焚蕭艾与芝蘭共盡
庾子山三月三日華林園馬射
賦序黃花与芝蓋同飛
楊柳共春旗一色又賀新
樂表赤雁与斑麟俱下
醴泉与甘露同飛楊衒
之洛陽伽藍記序金刹与
靈臺比高宮殿共阿房
等壯庾王義方碑李義
甫霜簡与秋典共清忠臣
此又子山所本調
羽鷹鷂並擊王子安滕王
閣餞別序落霞与孤鶩齊
泿作煒刪
飛秋水共長天一色
五臣無人字有言字

當為汜毓字稚春見晉書儒林傳

曰汜勝之穆敦九族蔡邕何休碑曰孝友盡於閨庭**金聲玉振，寥亮於區寓。**金聲玉振巳見上文鄭玄禮記注曰振猶動也東京賦曰區寓乂寧**孝敬淳深，率由斯至，**毛詩序曰成孝敬袁宏竹林名士傳曰山濤淳深慎嘿尚書曰率由典常**盡歡朝夕，人無間言。**禮記孔子曰啜菽飲水盡其歡斯之謂孝論語子曰孝哉閔子騫人不間於其父母昆弟之言**逍遙乎文雅之圃，翱翔乎禮樂之場。**劇秦美新曰逍遙乎文雅之圃翱翔乎禮樂之場**風儀與秋月齊明，音徽與春雲等潤。**音徽即徽音也毛詩曰太姒嗣徽音**韻宇弘深，喜慍莫見其際。**晉中興書曰衛玠終身不見其喜慍袁宏竹林名士傳曰山濤莫見其際**心明通亮，用人言必由於己。**王命論曰見善如不及用人如用己**汪汪焉，洋洋焉，可謂澄之不清，撓之不濁。**范曄後漢書曰郭林宗少遊汝南先過袁宏不宿而退往從黃憲累日方還或問林宗林宗曰奉高之器譬諸氿濫雖清而易挹叔

漢制天子以列侯尚公主諸侯以國人承翁主魏晉之後尚公主皆拜駙馬都尉初駙馬都尉漢武置也掌御馬西漢多宗室及外戚任之至魏何晏晉杜預王濟皆以主壻拜駙馬都尉後代因魏晉以爲恒每尚公主則拜駙馬都尉

度汪汪若萬頃之陂澄之不清撓之不濁不可量也袁陽源才氣高奇綜覈精裁沈約宋書曰袁淑字陽源少有風氣遷尚書吏部郎臧榮緒晉書曰呂安才氣高奇又曰荀顗綜覈名實風俗澄一范曄後漢書左朱零曰范滂精裁猶以利刃斷腐朽宋文帝端明臨朝鑒賞無昧鶡冠子曰所謂命者靡不在君也君也者端神明者也神明者以人爲本者也班固成帝贊曰臨朝淵默袁既延譽於遐邇文亦定婚於皇家國語曰使張老延君譽于四方蔡邕述行賦曰皇家赫而天居選尚餘姚公主拜駙馬都尉蕭子顯齊書曰淵少有世譽復尚公主漢結叔高晉姻武子方斯蔑如也三輔決錄曰平陵竇叔高以經術稱摯虞曰叔高名玄以明經爲郡上計吏朝會數百人叔高儀狀絕衆天子異其貌以公主妻之出朝同輩嘲笑爲叔高時以自有妻不敢以聞方欲迎妻與決未發而詔叔高就第成婚王隱晉書曰王武子少知名有俊才尚武帝姊常山公主毛萇詩傳曰蔑無也釋褐著作佐郎轉太子舍人

洗馬洗音銑越語句踐身親爲吳王前馬韓非子云爲吳王洗馬淮南子則云爲吳王先馬走此則洗馬先馬前列導之人也至洗馬之官則古時已有之

濯纓登朝冠冕當世楚辭曰滄浪之水清可以濯我纓晉中興書庾冰疏曰臣因循家寵冠冕當世升降兩宮實惟時寶陸機謝內史表曰官成兩宮尚書曰所寶惟賢具瞻之範。既著。台衡之望。斯集。毛詩曰赫赫師尹民具爾瞻春秋漢含孳曰三公在天法三能台與能同毛詩曰實惟阿衡左右商王出參太宰軍事入爲太子洗馬俄遷祕書丞贊道槐庭司文天閣周禮曰面三槐三公位焉晉令曰祕書郎掌三閣經書三輔故事曰天祿閣在大殿北以藏祕書光昭諸侯風流籍甚韓詩外傳曰爲人君者則願以爲臣名昭諸侯天下願焉習鑿齒晉陽秋曰王夷甫樂廣俱宅心事外言風流者稱王樂焉漢書曰陸賈遊漢庭公卿間名聲籍甚以父憂去職蕭子顯齊書曰淵父湛之驃騎將軍喪過乎哀幾將毀滅周易曰喪過乎哀孝經曰毀不滅性有識留感行路傷情桓譚新論雍門周說孟嘗君曰有識之士莫不爲足下寒心酸鼻論衡曰行路之人皆能論之家語曰子游見行路

礼記云三公無官言有其人然後充之無其人則闕秦漢之際并無其官至高后始置太傅漢平帝時以大司馬大司徒大司空為三公立師傅保之官位在三公上崇號為上公

吏部尚書專掌選職右按諸曹尚書西漢置尚書郎四人至光武分尚書為六曹每一尚書則領六郎

秦置侍中本丞相史也丞相使史五人奏往殿內奏事故謂之侍中西漢無常員或十人或八人魏置四人其職則掌儐贊天子出則護駕負璽陪乘

之人云魯司鐸火服闋除中書侍郎鄭玄禮記曰闋終也王言如絲其出如綸禮記曰王言如絲其出如綸恪居官次智効惟穆左氏傳曰閔子騫曰敬恭朝夕恪居官次莊子曰智効一官于時新安王寵冠列蕃越敷邦教毗佐之選妙盡國華沈約宋書曰始平孝敬王子鸞字孝羽孝武帝第八子也初封新安王母殷淑儀寵傾後宮子鸞愛冠諸子凡爲上所眄遇者莫不入子鸞府國子鸞兼司徒進號撫軍將軍尚書曰司徒掌邦教敷五典國語季文子曰吾以德榮爲國華韋昭曰以德榮顯者可以爲國之光華也出爲司徒右長史轉尚書吏部郎執銓以平韋昭漢書注曰銓稱錘聲類曰銓所以稱物晉起居注曰太康四年詔曰選曹銓管人材御煩以簡裴楷清通王戎簡要復存於茲臧榮緒晉書曰裴楷字叔則河東人也爲尚書郎吏部郎闕太祖問其人於鍾會會曰裴楷清通王戎簡要皆其選也是以楷爲吏部郎泰始之初入爲侍中裴子野宋略曰

壽寂之前刃少帝延湘東王升御坐曾不移朝遷吏部
立爲明帝又曰明皇帝年號泰始
尚書是時天步初夷王途尚阻天步初夷謂弑少帝也裴子野宋略曰江州刺
史晉安王子勛作亂蕭子顯齊書曰建安王休仁南討賊屯鵲尾洲遣淵詰軍選將帥以下勳階毛詩曰天步
艱難蔡邕劉寛碑曰統艾三軍以清王途荅賓戲曰王途蕪穢休仁南討義嘉賊罔失其馭元戎啓行衣冠未
緝元戎啓行謂建安出征也毛詩曰元戎十乘以先啓行衣冠謂朝士也范曄後漢書霍諝奏記曰宋光衣
冠子孫爾雅曰輯和也緝與輯同内賛謀謨外康流品東觀漢記世祖策曰前將軍鄧
禹與朕謀謨帷幄李重集曰爲選部尚書其箴曰銓管人流品藻清濁制勝既遠涇渭斯
明孫子兵法曰水因地而制行兵因敵而制勝緈子曰或問雅俗曰涇渭殊流雅鄭異調賞不
失勞舉無失德左氏傳隨武子曰楚君舉不失德賞不失勞績簡帝心聲敷
物聽崔駰武賦曰假皇天乎簡帝心尚書大傳曰文王施政而物皆聽事寧領太子右

衛率，固讓不拜。尋領驍騎將軍，以帷幄之功，膺庸祗之秩。帷幄已見上文。尚書王曰：惟乃文考，庸庸祗祗威威顯民。孔安國曰：用可用，敬可敬。封雩都縣開國伯，食邑五百戶。漢書有豫章郡雩都縣。旣秉辭梁之分，又懷寢丘之志。國語曰：惠王以梁予魯陽文子，辭曰：梁險而在遠，懼子孫之有貳者，縱臣而得全其首領以沒，懼子孫之以梁乏臣之祀也。乃與魯陽。賈逵曰：惠王，楚昭王子。梁，楚北境。魯陽文子，楚平王之孫，司馬子期之子魯陽公。列子曰：孫叔敖疾將死，戒其子曰：王亟封我矣，吾不受也。我死，王則封汝，汝必無受利地。楚越之間有寢丘者，此地不利而名甚惡，楚人鬼之，越人機之，可長有者惟此也。孫叔敖死，王果以美地封其子，辭而不受，請寢丘，與之，至今不失。所受田邑，不盈百井。周禮曰：畝百爲夫，夫三爲屋，屋三爲井。漢書曰：井方一里。久之，重爲侍中，領右衛將軍，盡規獻替，均山甫之庸。國語：召康公曰：天子聽政，近臣盡規。又史黯謂趙簡子曰：夫事君者，諫過而後賞善，薦可而替否，獻

揚 何焯改

漢官云侍中冠惠文冠加金璫附蟬爲文貂尾爲飾謂之貂蟬

能而進賢毛詩曰衮職有闕惟仲山甫補之緝熙王旅兼方叔之望毛詩曰維清緝熙文王之典又曰王旅嘽嘽如飛如翰又曰方叔涖止其車三千丹陽京輔遠近攸則漢書曰右內史武帝更名京兆尹左內史更名左馮翊主爵中都尉更名右扶風是爲三輔又百官表有京輔都尉毛詩曰商邑翼翼四方之極鄭玄曰商邑之禮俗翼翼然可則效乃四方之中正也吳興襟帶實惟股肱李尤有函谷關銘曰襟帶咽喉漢書曰季布爲河東守上召布曰河東吾股肱郡故時召君耳頻作二守並加蟬冕蕭子顯齊書曰尋遷散騎常侍丹陽尹出爲吳興太守常侍如故蔡邕獨斷曰侍中中常侍加貂附蟬政以禮成民是以息左氏傳卻至之辭已見上文明皇不豫儲后幼沖沈約宋書曰太宗明皇帝諱彧又曰後廢帝昱字德融明帝長子也泰始七年立爲皇太子太宗崩太子即位尚書曰武王有疾弗豫謝承後漢書曰孝靈帝崩皇太子即位主上幼沖貽厥之寄允屬時望毛詩曰貽厥孫謀以燕翼子徵爲吏部尚書領衛尉固讓不拜改授尚書右僕射

散騎騎從傍乘輿車後獻
帝時省中常侍得出入禁中常
侍左右業散騎常侍本二官
皆秦置也至魏文帝始以散
騎中常侍合爲一官除中字直
曰散騎常侍其職儀與章
表設命令掌華事
中書令自魏晉以來皆
置一人

彦回神寶同娓斯文

左宣十二年傳杜注物類也疏
云顛倒雜旗畫物類也言百
官尊卑不同所建各有其
物象其所建之物而行動
君之政教不待約勅
命而自備辨也

端流平衡外寛内直賈子曰視有四則朝廷之視端流平衡韓詩外傳曰外寛内直蘧伯玉之行也弘二八之高慕詹宣由庚而垂詠二八八元八愷也毛詩序曰由庚萬物得由其道也太宗即世遺命以公爲散騎常侍中書令護軍將軍送往事居忠貞允亮太宗明帝左傳荀息謂晉獻公曰公家之利知無不爲忠也送往事居耦俱無猜貞也秉國之均四方是維毛詩小雅文也百官象物而動軍政不戒而備左氏傳宣十二年曰隨武子曰蔿敖爲太宰百官象物而動軍政不戒而備公之登太階而尹天下君子以爲美談孔融張儉碑曰惜乎不登太階以尹天下致皇代於隆熙公羊傳曰魯人至今以爲美談亦猶孟軻致欣於樂正羊職悦賞於士伯者也孟軻曰魯欲使樂正子爲政孟子喜而不寐公孫丑曰奚喜曰其爲人也好善劉熙曰樂正姓也子稱也名克左氏傳曰晉侯賞桓子狄臣千室亦賞士伯以爪衍之縣羊舌職悦之以爲當也所生母憂謝職毀疾之重因心則

此乃有繳詞

禮記曾子問篇伯禽有母喪

而有徐戎之亂

至蕭子顯齊書曰淵遭庶母郭氏喪葬畢起爲中軍將軍本官如故毛詩曰因心則友朝議以有

爲爲之魯侯垂式禮記子夏問曰三年之喪卒哭金革之事無避也禮歟孔子曰吾聞諸老

聃曰昔有魯伯禽有爲爲之今以三年之喪從利者吾弗知也存公忘私方進明準漢書

曰翟方進字子威汝南人也爲丞相及母既終葬三十六日除服起視事以爲身備漢相不敢踰國家之制也

爰降詔書敦還攝任固請移歲表奏相望事不我與屈

已弘化沈約宋書曰褚淵以母憂去職詔攝本任爾雅曰敦勉也嵇康幽憤詩曰時不我與荀悅申鑒

曰聖王屈已以申天下之樂尚書曰三孤貳公弘化屬值三季在辰戚蕃內侮國語

郭偃曰三季王之亡也宜哉韋昭曰三季桀紂幽王也潘元茂九錫文曰稱兵內侮桂陽失圖窺

窬神器沈約宋書曰桂陽王休範文帝子也封爲桂陽王後爲江州刺史及太宗晏駕王幼時屯遂舉

兵反休範已至新林朝廷震動平南將軍齊王出次新亭中軍將軍褚淵入衛殿省休範自於新林步上越騎

社稷連文宗稷猶言宗社
六朝人多有稱宗稷後世
則宗社習稱罕有稱宗
稷者矣　宗為尊義後
人以指宗廟社稷則非

齊王攖休範於新
亭　張敬兒斬休
範

校尉張苟兒直前斬休範首持還休範自新林分遣同
黨杜墨蠡等直入朱雀門休範雖死不相知聞墨蠡至
杜姥宅宫省怖擾於是城内分遣諸軍東西奮擊諸賊
一時奔散斬墨蠡等劉琨勸進表曰狡寇窺窬左氏傳
師服曰民服其上下無覬覦杜預
曰下不冀望上位也窬與覦同　鼓棹則滄波振蕩建
旗則日月蔽虧　湛方生詩曰鼓棹行遊矚吴都賦曰振
蕩汪流曹子建責躬詩曰建旗東岳子
虛賦曰岑崟參　出江派而風翔入京師而雷動　典引曰
差日月蔽虧　仁風翔
于海表曹植任城王誄曰矯矯元　鳴控弦於宗稷流鋒
戎雷動雲徂楚辭曰雷動電發
鏃於象魏　班固漢書李廣述曰控弦貫石威動北鄰宗宗
社也蔡邕獨斷曰天子立宗社曰泰社稷宗社
之稷周禮曰太宰縣治象之法于　雖英宰臨戎元渠時
象魏五等論曰鋒鏑流乎絳闕
殄　英宰謂齊王也元渠謂休範也晉中興書穆　而餘黨
帝詔曰實賴英宰淵謨尚書曰殲厥渠魁
寔繁宫廟憂逼　餘黨謂杜　公乃摠熊羆之士不貳心
墨蠡也

之臣尚書曰先君文武則亦有熊羆之士不貳心之臣戮力盡規克寧禍亂國語曰戮力一心賈逵曰戮力并力也盡規已見上文康國祚於綴旒拯王維於已墜公羊傳曰君若贅旒然贅猶綴也何休曰旒旗旒也誠由太祖之威風抑亦仁公之翼佐太祖齊王也可謂德刑詳禮義信戰之器也左氏傳曰楚子救鄭軍過申子反入見申叔時曰師其何如對曰德刑詳禮義信戰之器也杜預曰器猶用也以靜難之功進爵為侯兼授尚書令中軍將軍給班劒二十人功成弗有固秉撝挹老子曰功成而弗居周易曰無不利撝謙韓詩外傳曰孔子曰持滿之道挹而損之晉起居注安帝詔曰灑落成勳固秉謙挹改授侍中中書監護軍如故又以居母艱去官蕭子顯齊書曰淵後嫡母吳郡公主薨毀瘠如初雖事緣義感而情均天屬莊子曰桑雩謂孔子曰子獨不聞假人之亡與林回弃千金之璧負

蒼梧王見殺時年十五

赤子而趣何與林回曰彼以利合此以天屬者也司馬彪曰假國名也屬連也顏丁之合禮二

連之善喪亦曷以踰禮記曰顏丁善居喪始死皇皇焉如有求而弗得及殯望望焉如有從而弗及鄭玄曰顏丁魯人也居喪合禮禮記

孔子曰少連大連善居喪三日不怠三月不解天厭宋

德水運告謝左氏傳鄭伯曰天而既厭周德矣水運宋也射雉賦曰青陽告謝王逸楚辭注曰謝去

也嗣王荒怠於天位沈約宋書曰後廢帝明帝長子諱昱即位淫亂尚書曰商王受荒怠弗敬又伊尹

曰天位艱哉彊臣憑陵於荊楚沈約宋書曰荊州刺史沈攸之便有異志左氏傳鄭王子伯駢曰

今楚憑陵我城郭廢昏繼統之功龕亂寧民之德廢昏謂廢

帝為蒼梧王也繼統謂立順帝也蕭子顯齊書曰蒼梧

暴虐稍甚及廢群公集議袁粲劉秉既不受淵曰非蕭

公無以了此手取筆授太祖太祖曰相與不肯我安得

辭事乃定順帝立撴太常曰繼統揚業墨子曰夏桀時

天乃命湯於鑣宮有神來告曰夏德大亂往攻之予必

使汝大戡之崔寔正論曰及其出也足以濟世寧民也

順帝被弑時年始十三

公實佽賛，宏規密闡神䇥。潘岳賈充誄曰：使夫疑廟定於神䇥。雖無受脤出車之庸，亦有甘寢秉羽之績。左氏傳劉子曰：國之大事在祀與戎。祀有執膰，戎有受脤。毛詩曰：我出我車，于彼牧矣。莊子仲尼謂楚王曰：孫叔敖甘寢秉羽而郢人投兵。慎子注曰：甘寢，安寢也。乃作司空，山川攸序。禮記曰：司空執度度地居民山川沮澤也。兼授衛軍，戎政輯睦。牽秀皇甫陶碑曰：帝命既允，戎政以閑。左氏傳隨武子曰：楚卒乘輯睦，事不奸矣。既而齊德龍興，順皇高禪。沈約宋書曰：順帝諱准，字仲謨，明帝第三子。廢帝殞，奉迎入居朝堂即位。後四年，禪位于齊。帝遜位于東邸。孔安國尚書序曰：漢室龍興。深達先天之運，匡賛奉時之業。周易曰：大人者與天地合其德，先天而天弗違，後天而奉天時。弼諧允正，徽猷弘遠。尚書曰：允迪厥德，謨明弼諧。毛詩曰：君子徽猷，小人與屬。樹之風聲，著之話言。左氏傳君子曰：古之王者並建聖哲，樹之風聲，著之話言。亦猶稷契之臣虞

寧爲袁粲死不作褚淵生
何引臨業雲云荀謂荀勗
如注似誤

夏荀裴之奉魏晉魏志曰太祖封荀攸亭侯轉爲中軍師魏國初建爲尚書令臧榮緒晉書曰裴秀字季彥河東人也常道鄉公立與議定策遷尚書僕射及世祖受禪進左光祿大夫自非坦懷至公永鑒崇替國語藍尹亹謂子西曰吾聞君子惟獨居思念前世之崇替於是乎有歎韋昭曰崇終也替廢也孰能光輔五君寅亮二代者哉左氏傳曰楚屈建語康王晉范會之德康王曰神人無怨宜夫子之光輔五君以爲諸侯主也五君宋文明順齊高武然此武猶未立蓋終言之寅亮已見班孟堅封燕然山銘大啓南康爰登中鉉時膺土宇固辭邦教蕭子顯齊書曰建元元年進位司徒侍中中書監如故改封南康郡公邑三千戶淵固讓司徒毛詩曰大啓爾宇毛萇曰宇居也東京賦曰廣啓土宇周易曰鼎金鉉鄭玄曰金鉉喻明道能舉君之官職也鄭玄尚書注曰鼎三公象也令之尚書令古之冢宰蕭子顯齊書曰淵尋加尚書令本官如故周禮曰乃立天官冢宰而掌邦治鄭玄曰爾雅曰冢大也冢宰太宰雖秩輕於袞

司而任隆於百辟。袞司三公也毛詩曰百辟其刑之暫遂沖旨改授朝端晉起居注曰帝詔曰若不少順沖旨降損盛制晉中興書謝石上疏曰尸素朝端忽焉五載邇無異言遠無異望劉琨勸進表曰是以邇無異言遠無異望帝嘉茂庸重申前冊執五禮以正民簡八刑而罕用蕭子顯齊書曰二年重申前命爲司徒周禮曰掌邦禮以佐王和邦國鄭玄曰禮謂典禮五吉凶軍賓嘉也孔安國尚書傳曰簡略也周禮大司徒職曰以八刑糾萬民一曰不孝之刑二曰不義之刑三曰不婣之刑四曰不悌之刑五曰不任之刑六曰不恤之刑七曰造言之刑八曰亂民之刑婣音因故能騁績康衢延慈哲后登樓賦曰假高衢而騁力鄭耽郊祀賦曰伊皇母以延慈義在資敬情同布衣孝經曰資於事父以事君而敬同晉中興書庾亮上疏曰先帝謬顧情同布衣出陪鑾躅入奉帷殿仰南風之高詠餐東野之祕寶家語曰舜彈五絃之琴造南風之詩王隱晉書庾峻曰知足如跡廣雖去列位而居東野東野未詳又曰雜書零准聽曰顧命云天球河圖在東序天球

齊高帝曲宴羣臣數人各使效伎藝褚淵彈琵琶王僧虔彈琴

寶器也河圖本紀圖帝王終始存亡之期典引曰御東序之祕寶然野當爲抒古序字也以是圖緯故曰賫賫美也雅議於聽政之晨披文於宴私之夕禮記曰君日出視朝退適路寢聽政王廙思逸民賦曰左披文以遣話講六藝之玄敷毛詩曰諸父兄弟備言燕私參以酒德間以琴心晉書劉伶有酒德頌列仙傳曰涓子作琴心三篇睕有餘暉遙然留想睕溫貌莊子曰睕然似春遙然流想所慮者深也君垂冬日之溫臣盡秋霜之戒言君垂恩有如冬日而臣戒懼常若秋霜鄧析子曰爲君者若冬日之陽夏日之陰荀悅申鑒曰主怒如秋霜肅肅焉穆穆焉爾雅曰穆穆肅肅敬也於是見君親之同致知在三之如一國語武公伐翼殺哀侯止欒共子曰苟無死吾以見之令子爲上卿辭曰成聞之人生於三事之如一父生之師教之君食之非食不長非教不智生之族也故一事之惟其所在則致死矣太祖升遐綢繆遺寄蕭子顯齊書曰太祖崩遺詔以淵錄尚書事禮記曰天子崩告喪曰天王登遐西征賦曰武皇忽其升遐以侍中司徒錄尚書事

稟玉几之顧奉綴衣之禮尚書顧命曰皇后憑玉几道揚末命又曰出綴衣于庭越翼日王崩擇皇齊之令典致聲化於雍熙左氏傳隨武子曰蔿敖爲太宰擇楚國之令典東京賦曰上下共其雍熙內平外成實昭舊職左氏傳太史克曰舜舉八元在五教於四方內平外成又展禽曰桓公糾合諸侯實昭舊職增給班劍三十人晉公卿禮秩曰諸公給虎賁三十人持劍焉物有其容徽章斯允左氏傳膳夫屠蒯曰事有其物物有其容禮記曰殊徽號鄭玄曰徽旌旗之名也又曰以爲旗章以別貴賤鄭玄曰章幟也位尊而禮卑居高而思降自夏徂秋以疾陳退朝廷重違謙光之旨用申超世之尚周易曰謙尊而光卑而不可踰晉起居注安帝詔曰今權順所請以申超世之美改授司空領驃騎大將軍侍中錄尚書如故蕭子顯齊書曰淵寢疾上相星連有變淵憂之表遜位乃改受司空領驃騎將軍侍中錄尚書如故景命

淵死齊武帝親往臨哭

不求大漸彌留蔡邕楊公誄曰功成化洽景命有傾尚書曰降年有永有不永又曰疾大漸惟幾病日臻既彌留建元四年八月二十一日薨于私第春秋四十有八昔柳莊疾棘衞君當祭而輟禮禮記曰衞有太史曰柳莊寢疾公曰若疾革雖當祭必告也公再拜稽首請於尸曰臣有柳莊也非寡人之臣社稷之臣聞之死請往不釋服而往遂以襚之晏嬰既往齊君趍車而行哭晏子曰齊景公遊於菑晏子死公繁驅而馳自以為遲下車而趍知不如車之駛則又乘之比至國四下而趍至則伏尸而哭曰百姓誰復告我惡邪韓詩外傳曰趍車馳馬也公之云亡聖朝震悼於上群后恇匡動於下鄭玄禮記注曰恇恐也豈唯哀纏一國痛深一主而已哉言萬國同戚豈如柳莊晏嬰事止一國一主而已哉李蕭遠運命論曰區區於一主歎息於一朝追贈太宰侍中錄尚書如故給節羽葆鼓吹班劍為六十人謚

易復卦初九不遠復无祇悔元吉韓康伯曰祇大也既能速復是无大悔所以大吉
是圖㡭也其次與君欵同
段在三次一之説相帳
实好

曰文簡禮也夫秉德而處萬物不能害其貞莊子曰夫乘道德而
浮遊則不然無譽無訾浮遊乎萬物之
祖物物而不物於物則胡可得而累邪虛己以遊當世
不能攖其度莊子曰方舟而濟於河有虛船來觸舟雖
有褊心之人不能怒人虛己以遊於世其
孰能害之均貴賤於條風忘榮辱於彼我淮南子曰夫貴賤
之於身也猶條風
之時麗也毀譽之於己猶蚊虻之一過也莊子肩吾問
於孫叔敖曰子三爲令尹而不榮華三去之而無憂色
何也孫叔敖曰不知其在彼乎其在我乎其在彼邪
亡乎我其在我邪亡乎彼何暇至乎人貴人賤哉然
後可兼善天下聊以卒歲孟子曰古之人窮則獨善其
身達則兼善天下者也家語
孔子歌曰優哉
游哉聊以卒歲經始圖終式免祇悔潘岳家風詩曰經
始復圖終葺宇營
丘園周易
曰無祇悔誰云克備公實有焉是以義結君子惠霑
庶類國語曰夏禹能平水
土以品處庶類者也言象所未形述詠所不盡謝
慶

趙曦明云莊書曰是謂丘里之言

齊以木德王亦東方之行也
辰在東方故曰辰精

緒荅郄敬書曰至理深玄非言象所喻也故吏某甲等感逝川之無捨哀清暉之眇默論語子在川上曰逝者如斯夫不捨晝夜傳啟贈何劭王濟詩曰二離揚清暉眇默遠貌也楚辭曰路眇眇兮默默叄輿誦於丘里瞻雅詠於京國左氏傳曰子產爲政輿人誦之曰子產若死其誰嗣之思衛鼎之垂文想晉鍾之遺則禮記衛孔悝鼎銘曰公曰叔舅予與汝銘若纂乃考服國語晉悼公曰昔克路之役秦來圖敗晉功魏顆以其身卻退秦師于輔氏親止杜回其勳銘于景鍾韋昭曰景鍾景公鍾也方高山而仰止刊玄石以表德其辭曰毛詩曰高山仰止禰衡顏子碑曰乃刊玄石而旌之

辰精感運昴靈發祥爾雅曰大辰房心尾也王逸楚辭注曰辰星房星也春秋元命苞曰殷紂之時五星聚房者蒼神之精同據而興齊水德故曰辰精春秋佐助期曰漢將蕭何昴星精生於豐通於制度發祥巳見上文元首惟明股肱惟良言君感辰精而王故曰惟明臣感昴宿以生故

璇注

按此五臣當指舜之五臣謂禹稷契皋陶伯益也

良也尚書大傳曰元首明哉股肱良哉元首君也股肱臣也

天鑒璿曜，踵武前王。

言君能鑒照璇璣七曜之道踵武前王而受禪也毛詩曰天鑒在下有命既集尚書曰在璿璣玉衡以齊七政璇與璿同七政七曜楚辭曰及前王之踵武

欽若元輔，躰微知章。

言臣能敬順元輔大臣之義體微知章而匡贊之也尚書曰欽若昊天班固涿邪山文曰晄晄將軍大漢元輔周易曰君子知微知章

永言必孝，因心則友。

毛詩曰永言孝思孝思惟則因心則友巳見上文

仁洽兼濟，愛深善誘。

莊子仲尼謂老聃曰兼愛無私此仁之情也善誘巳見上文

觀海齊量，登嶽均厚。

班彪覽海賦曰觀滄海於茫茫海賦曰爾其大量也莊子曰淵淵其若海也郭象曰容恣無量也法言曰登東嶽而知衆山之邐迤莊子老聃曰至人若地之自厚家語齊大夫子與適魯見孔子曰乃今而後知泰山之為高海淵之為大

五臣茲六，八元斯九。

呂氏春秋曰武王之佐五人高誘曰周公旦召公奭太公望畢公高蘇公忿生也潘岳魯武公誄曰昂昂公侯實天誕育八元斯九五臣茲六

内

謨帷幄外曜台階帷幄已見上文黄帝泰階六符經曰泰階者天之三階也上階爲天子中階爲諸侯公卿大夫下階爲元士庶人漢書音義三階三台也范曄後漢書郎顗曰三公上應三台遠無不肅邇無不懷國語祭公謀父曰近無不聽遠無不服阮嗣宗勸晉王牋曰遠無不服邇無不肅如風之偃如樂之諧論語曰草上之風必偃左氏傳曰晉侯以樂之半賜魏絳曰子教寡人和諸戎狄以正諸華八年之中九合諸侯如樂之和無所不諧請與子樂之光我帝典緝彼民黎劇秦美新曰帝典闕而不補率禮蹈謙諒實身幹南都賦曰率禮無違周易曰履道坦坦幽人貞吉王弼曰履道尚謙而二以陽處陰履於謙也左氏傳曰晉侯使郤錡來乞師將事不敬孟獻子曰郤氏其亡乎禮身之幹也敬身之基也跡屈朱軒志隆衡館尚書大傳曰未命爲士不得乘朱軒衡館衡門之館也眇眇玄宗萋萋辭翰義既川流文亦霧散蔡邕何休碑曰辭述川流文章雲浮孝經鉤命決曰雲委霧散嵩構云頹

梁陰載鈇並見上文德猷靡嗣儀形長遞音逝德猷令德徽猷也儀形容儀形體也鄭玄春秋緯注曰遞去也怊悵餘徽鏘洋遺烈楚辭曰心怊悵以永思久而彌新用而不竭典引曰扇遺風播芳烈久而愈新用而不竭

文選卷第五十八

七月初六日　壬戌歲也　依尋繹及此

文選六　二十七　汲古

凡用釋典字及理言皆以丨記之非敢施抹勒也

文選卷第五十九

梁昭明太子撰

文林郎守太子右内率府録事參軍事崇賢館直學士臣李善注上

碑文下

頭陁寺碑文一首

天竺言頭陁此言斗藪斗藪煩惱故曰頭陁

巾 巾一作屮見說文繫傳恐不足据

王簡棲 姓氏英賢錄曰王巾字簡棲琅邪臨沂人也有學業爲頭陁寺碑文詞巧麗爲世所重起家郢州從事征南記室天監四年卒碑在鄂州題云齊國錄事參軍琅邪王巾製

蓋聞挹朝夕之池者無以測其淺深 家語曰孔子觀於魯桓公之廟有欹器焉使弟子挹之水毛萇詩傳曰挹㪺也漢書枚乘上書吳王曰游曲臺臨上路不如挹朝夕之池桓子新論子貢謂齊景公曰臣之事仲尼譬如渴而操杯就江海飲飲滿而去又焉知江海之深乎挹於入切㪺勾愚切 仰蒼蒼之色者不足知其遠近 莊子曰天之蒼蒼其正色耶其遠而無所至極邪韓詩外傳子貢謂景公曰臣終身戴天不能知其高 況視聽之外若存若亡心行之表不生不滅者哉 僧肇涅槃論曰視聽之所不暨四空之所昏昧管子曰聖人之道若存若亡援而用之沒代不忘竺道生曰心行心所行之行也維摩經曰畢竟不生不滅是無常義也 是以

掩室摩竭，用啓息言之津；華嚴經曰：佛在摩竭提國寂滅道場始成正覺。法華經曰：寂滅無言也。僧肇論曰：釋迦掩室於摩竭。鄭玄論語注曰：津，濟渡水之處。杜口毗邪，以通得意之路。至理幽微，非言說之所及。掩室摩竭，示寂滅以息言；杜口毗邪，現默然而得意。維摩經曰：佛在毗邪離菴羅樹園，佛告文殊師利：汝行詣維摩詰問疾。文殊師利問維摩詰：何等是菩薩入不二法門？時維摩詰嘿然無言。文殊師利嘆曰：善哉善哉，乃至無有文字語言，是真入不二法門。僧肇論曰：淨名杜口於毗邪。莊子曰：言者所以在意也，得意而忘言也。

然詮彝倫者，必求宗於九疇；談陰陽者，亦研幾於六位。真諦無言，俗諦借言以明理，故此明言之用也。尚書：武王訪于箕子，箕子曰：我不知彝倫攸敘。周易曰：夫易所以極深研幾也。又曰：分陰分陽，迭用柔剛，故易六位而成章。王弼曰：六位，爻之文也。是故三才既辨，識妙物之功；萬象已陳，悟太極之致。此顯言之功也。周易曰：易有天道焉，有人道焉，有地道焉，兼三才而兩之，故六。又曰：神者，妙萬物而爲言

所謂不有不無

者也孝經鉤命決曰地以舒形萬象咸載聲類曰悟心曰解周易曰易有太極是生兩儀言之不可以已其在茲乎言所以識物悟太極者皆藉言明之不可止者其在此乎左氏傳叔向謂鬷蔑曰子若無言吾幾失子矣言之不可以已也如是然爻繫所筌窮於此域爻六爻也繫繫辭也因爻以立辭亦因辭以明理也故爻繫之所明窮生死於此域也莊子曰筌所以得魚得魚而忘筌筌捕魚之笱莊子以之喻言大智度論曰二乘以生死為此岸則稱去聲謂所絕形乎彼岸矣至如涅盤妙旨非言說之所能明故稱謂所絕現於涅盤之彼岸矣僧肇論曰玄極無名稱謂絕焉鄭玄禮記注曰稱猶言也王逸楚辭注曰謂說也涅盤經曰心無退轉即便前進既前進已得到彼岸登大高山離諸恐怖多受安樂彼岸山者喻於如來受安樂者喻於常住大高山者喻大涅盤也大智度論曰亦以涅盤為彼岸也彼岸者引之於有則高謝四流推之於無則俯弘六度彼岸絕乎稱謂者若引之而入有則去四流而現無若推之而入無則弘六度以明有僧釋肇

維摩經注曰：不可得而有，不可得而無者，其唯大乘乎？何則？欲言其有，無相無名；欲言其無，方德斯行。故雖無而有，無相無名；故雖有而無。然則言有不乖無，言無不乖有也。魏都賦曰：高謝萬邦。大智度論曰：欲流有流無明流有見流。三國名臣頌曰：俯弘時務。瑞應經曰：行六度無極，布施、持戒、忍辱、精進、一心、智慧。諸經以一心爲禪也。

名言不得其性相，隨迎不見其終始。法離有無，豈名言之所得；法無形象，豈隨迎之可見。維摩經維摩詰曰：法無名字，言語斷故；法無形相，如虛空故；法同法性，入諸法故；法相如是，豈可説乎？竺道生曰：法性者，法之本分也；法相者，不事之貌也。老子曰：隨之不見其後，迎之不見其首。

不可以學地知，不可以意生及。其涅盤之蘊也。妙法蓮華經曰：昔住學地，佛常教化，言我法能離生老病死，究竟涅盤。勝鬘經曰：音生身無漏業生，依無明住學地。謂三果意生，謂菩薩言能變化生死，隨意往生。法華經曰：諸佛弟子衆，皆如舍利佛，盡思共度量，不能測佛智。不退諸菩薩，亦復如是，不能知。周易曰：乾坤其易之蘊邪？韓康伯注曰：蘊，淵奧也。

夫幽谷無私，有至斯

孫志祖引許云佛有三身一法身二報身三應身

響洪鍾虛受無來不應周易曰入于幽谷幽不明也尚書大傳孔子曰夫山生材用而無私爲焉四方皆伐無私與焉論衡曰呼於坑谷之中響立應禮記曰善待問者如撞鍾叩之以小者則小鳴叩之以大者則大鳴劉熙釋名曰鍾空也內空受氣多故聲大也文子曰虛無不受靜無不持宋玉風賦曰故無來而不應兮何適莫之足嬰況法身圓對規矩冥立圓對謂有感斯對而無不周也勝鬘經曰涅盤界者即是如來法身僧肇論曰法身無像應物以形千難殊對而不干其慮禮記曰古之君子周旋中規折旋中矩僧肇維摩經序曰冥權無謀而動與事會一音稱物宮商潛運維摩經曰佛以一音演說法衆生隨類各得解脫周易曰稱物平施漢書曰聲者宮商角徵羽也是以如來利見迦維託生王室如來佛號謝靈運金剛般若經注曰諸法性空理無乖異謂之爲如如會如解故名如來竺道生維摩經注曰如者謂如與如冥無復有如之理從此中來故曰如來端應經曰菩薩下當世作佛託生天竺迦維羅衛國父王名曰靜夫人曰妙迦維羅衛者天地之中央周易曰利見

大人左氏傳曰會于洮謀王室也憑五衍之軾拯溺逝川僧肇論曰馳六通之神驥乘五衍之安車五衍五乘天竺言衍此言乘五乘一人二天三聲聞四辟支佛五菩薩今碑本以爲憑四衢之軾蓋梁代諱衍故改爲左氏傳曰楚子玉使闘勃謂晉侯曰請與君之士戲君憑軾而觀之說文曰出溺爲拯論語曰子在川上曰逝者如斯開八正之門大庇交喪維摩經曰雖行八正道而樂行無量佛道是菩薩行僧肇論曰啓八正之平路坦衆聖之夷塗大品經說八正曰正見正思惟正語正業正命正精進正念正定爾雅曰庇廕也莊子曰世喪道矣道喪世矣世與道交相喪也於是玄關幽揵感而遂通玄關幽揵喻法藏也謝靈運金剛般若經注曰玄關難啓善揵易開戴逵棲林賦曰幽關忽其離揵玄風暖以雲頹字林曰揵門距周易曰寂然不動感而遂通天下之故非天下之至神孰能與於此遥源濬波酌而不竭遥源濬波喻法海也文子曰取焉而不損酌焉而不竭莫知其所由也行不捨之檀而施去聲洽羣有夫心愛衆生而行捨者捨則增愛非爲實

捨故大士之捨見不施之捨者及於衆生斯爲不捨以
玆而施故羣有俱洽大品經曰不施不慳是名檀波羅
蜜僧肇論曰賢刼稱無捨之檀成具美不爲之爲也天
竺言檀此言布施波羅蜜此言到彼岸也羣有謂有色
無色有想無想以其不一故曰羣有僧肇
維摩經注曰鏡羣有以通玄而物我俱一唱無緣之慈
而澤周萬物夫行慈者以衆生爲緣衆生爲緣則慈無
所寄故大士之慈離於衆相離相行慈名
爲無緣無緣緣生慈是爲眞實以斯而唱則物無不周涅
槃經曰得諸菩薩無緣之慈僧肇論曰禪典唱無緣之
慈思益演不知之知泥洹經曰無緣者不住法相反衆
生相釋道安曰解從緣散周易曰智周萬物而道濟天
下演勿照之明而鑒窮沙界夫以明照物明盡則照窮
而勿照之明猶無得之得
無得而得斯爲眞得故勿照之明斯爲眞明矣演眞明
而廣照何止鑒窮沙界乎僧肇論曰至人虛心冥照理
無不統而靈鑒有餘金剛般若經曰諸
恒河所有沙數佛世界如是寧爲多不導亡機之權而
功濟塵刼機謂機心也權方便也夫以機心導物物所
以機心應之物有機心則結累斯起故誘以

原文魏氏作曾氏

無機之智何止功濟塵劫乎僧肇論曰至人灰心滅智內無機照之勤辨亡論曰魏氏功濟諸華法華經曰如人以力磨三千大千土復盡末爲塵一塵爲一劫此諸微塵數其劫復過是時義遠矣能事畢矣周易曰天下隨時隨時之義大矣哉又曰四營而成易十有八變而成卦天下之能事畢矣然後拂衣雙樹脫屣金沙左氏傳曰叔向拂衣從之涅盤經曰佛在拘尸那國力士生地阿利羅拔提河邊婆羅雙樹間爾時世尊臨涅盤史記武帝曰嗟乎吾誠得如黃帝吾視去妻子如脫屣耳拔河一名金沙河也惟恍惟惚不皦不昧莫繫於去來復歸於無物老子曰道之爲物惟恍惟惚王弼曰恍惚無形不繫之貌也又曰一者其上不皦其下不昧繩繩不可言復歸於無物鍾會曰光而不耀濁而不昧繩繩兮其無繫汜汜乎其無薄也微妙難名終歸於無物維摩經曰法無去來常不住故僧肇曰法若住則從未到現在從現在未過去遥三世則有去來也以法不常住故也因斯而談則榛遑大千無爲之寂不撓焚燎堅林不盡

之靈無歇大矣哉荅賔戲曰聖哲治之傳遑大千者謂一三千界下至阿毗地獄上非想天爲一世界千三界爲小千世界千小世界爲中千世界至千中千世界爲大千世界維摩經曰夫出家者爲無爲法瑞應經曰吾虛心樂靜無爲無欲僧肇維摩經注曰寂謂寂滅常靜之道廣雅曰撓亂也涅槃經曰佛以千疊纏裹其身積衆香木以火焚之僧祇律曰如大涅盤經說世尊向熙連禪河力士生地堅固林雙樹間般涅槃於天冠塔邊闍維僧肇維摩經注曰無實相無法常住故盡法華經曰方便見涅槃而實不滅度常住此說法也正法既沒象教陵夷曇無羅讖曰釋迦佛正法住世五百年像法一千年末法一方年論語曰文王既沒陵夷已見上文穿鑿異端者以違方爲得一孔安國論語注曰妄作穿鑿以成文章不知所以裁製論語子曰攻乎異端斯害也已謝宣遠贈靈運詩曰違方往有衾杜預左氏傳注曰方法也云得一者鍾會曰老子注一亦道也順非辯僞者比微言於目論禮記曰言僞而辯順非而澤維摩經曰於衆言中微言妙第一僧肇論曰采微言於聽表史記曰齊威王使

說越王齊使曰幸也越之不亡也吾不貴其用知之如目見毫毛而不自見其睫也今王知晉失計而不自知越之過是目論也於是馬鳴幽讚龍樹虛求摩訶摩耶經曰正法衰微六百歲巳九十六種諸外道等邪見競興破滅佛法有一比丘名曰馬鳴善說法要降伏一切諸外道輩七百歲巳有一比丘名曰龍樹善說法要滅邪見幢燃正法炬周易曰幽贊於神明而生蓍王弼曰幽深贊明也並振頹綱俱維絕紐陸機大將軍宴會詩曰頹綱既振謝莊爲沈慶之荅劉義宣書曰皇綱絕而復紐區夏墜而更維說文曰紐系也蔭法雲於真際則火宅晨涼華嚴經曰不壞法雲徧覆一切劉蚪法華經注曰雲譬應身則殊形並現順機不徧此則彌布徧覆之義也維摩經曰同真際等法性不可量僧肇曰真際實際也法華經曰三界無安猶如火宅衆苦所燒我皆拔濟之曜慧日於康衢則重昏夜曉劉蚪曰菩薩圓淨照均明兩故曰慧日又曰諸子安穩得出皆於四衢露坐爾雅曰四達謂之衢五達謂之康頭陀經心王菩薩曰我見覆蔽飲雜毒酒重昏長寢云何得悟慈心示語使得

開解故能使三十七品有樽俎之師言義徒精銳有樽俎之深謀維摩經曰於諸見不動而修行三十七品是爲宴坐僧肇曰諸見六十二諸見妄也竺道生曰正觀則三十七品也羅什曰三十七品二乘通大品經說三十七道品曰四念處四勤正四如意足五根五力七覺分八正道分樽俎之師已見上文九十六種無藩籬之固邪黨分崩無藩籬以自固羅什維摩經注曰摩訶秦言無大亦言勝大能勝九十六種論議辯士論曰城池無藩籬之固旣而方廣東被敎肆南移華嚴經題云大方廣佛華嚴經孔安國尚書傳曰被及也周易曰君子以敎思無窮周魯二莊親昭夜景之鑒漢晉兩明並勒丹青之飾顧微吳縣記曰佛法詳其始而與籍亦無聞焉魯莊七年夜明佛生之日也左氏傳曰莊公七年四月辛卯夜恒星不見夜明也史記曰周桓王崩子莊王陀立十五年莊王崩左氏傳莊公三年葬桓王然則周莊王魯莊公爲同時也瑞應經曰到四月八日夜明星出時佛從右脅墮地即行七步牟子曰漢明帝夢見神人身有日光飛在殿前以問

羣臣傳毅對曰天竺有佛將其神也後得其形像何法
盛晉書曰彭城王紘以書嗣祖明皇帝好佛手書形像經
歷寇難而此堂猶在宜成作頌蔡謨云今發王命稱
先帝好佛於義有疑張綱集曰盡功金石圖形丹青然
後遺文間出列剎相望遺文謂經也史記曰天下遺文靡不畢集太史公曰漢興詩書
往往間出孔安國尚書傳曰三山言相望也澄什結轍於山西林遠肩隨乎
江左矣高僧傳曰天竺佛圖澄西域人本姓帛少出家西域咸得道以晉懷帝永嘉四年來適洛陽以
麻油雜茵支塗掌千里外事皆徹見掌中如對面焉後
澄死之月人見在流沙又曰鳩摩羅什天竺人七歲出
家什既道流西域名被東川符堅遣呂光西伐破龜茲
乃將什至涼州姚萇已殺符堅光遂王彼至萇子興破
涼州始將什至長安後卒長安漢書文帝詔曰使者冠
蓋相望結轍於道班固漢書贊曰秦漢以來山東出相
山西出將高僧傳曰支遯字道林本姓關陳留人初至
京師王濛甚重之年二十五出家師釋道安符丕後還
吳入剡王羲之遂與披襟解帶留連不能已又曰釋惠
遠本姓賈氏鴈門人遊許洛出家師釋道安符丕後還

今黃鶴山下臨江一小寺榜曰古頭陀寺非其地也元和志頭陀寺在鄂州江夏縣東南二里

原校膠作漻

吳入襄陽南達荆州欲往羅浮屆尋陽見廬峯遂居焉三十餘年影不出山迹不入俗晉義熙十二年終禮記曰十年以長則兄事之五年以長則肩隨之晉中興書元帝詔曰朕應天符創基江左春秋命歷序曰東方爲左西方爲右

頭陀寺者沙門釋慧宗之所立也瑞應經曰太子出北城門天帝復化作沙門太子曰何謂沙門對曰沙門之爲道舍妻子捐棄愛欲也釋僧肇維摩經注曰沙門秦言義訓勤行趣涅槃也

南則大川浩汗雲霞之所沃蕩周易曰利涉大川海賦曰膠藹浩汗又曰瀖泋濩渭蕩雲沃日

北則層峯削成日月之所迴薄山海經曰泰華之山削成而四方蜀都賦曰陽烏迴翼於高標楊雄反離騷曰恐日薄於西山

西眺城邑百雉紆餘左氏傳祭仲曰都城過百雉國之害也鍾會懷士賦曰望東城之紆餘

東望平皐千里超忽楚辭曰出不入兮往不反平原忽兮路超遠

信楚都之勝地也宗法師行絜珪璧擁錫來遊毛詩曰有斐君子如珪如璧東觀漢記馮衍説鮑叔來曰

行挂壁其行束脩其心錫錫杖也大智論曰菩薩常用錫杖經傳佛像莊子曰神農擁杖而起以爲宅

生者緣業空則緣廢言身從緣生緣亦斯廢也維摩經曰如影從身從業緣生見僧肇曰身衆緣所成緣合則起緣散則離金光明經曰所謂無明緣行行緣識識緣名名緣色色緣六入六入緣觸觸緣受受緣愛愛緣取取緣有有緣生生緣老死憂悲苦惱滅聚釋僧肇維摩經注曰諸法之生本乎三業既無三業誰作諸法

存軀者惑理勝則惑亡惑煩惱也言萬法雖廣解惑則起相受生解者身心寂滅涅盤經曰要因煩惱而得有身空道生維摩經注曰戀生者愛身情也苟曰無常豈可愛戀若能悟不惑而惑自亡矣惑者無復存身也

遂欲捨百齡於中身殉肌膚於猛鷙禮記曰古者謂年爲齡齒亦齡也范曄後漢田邑報馮衍書曰百齡之期未有能至尚書曰文王受命唯中身列子曰藐姑射之山有神人居焉肌膚若水雪漢書臣瓚注曰亡身從物曰殉李尤七歎曰猛鷙陸嬉龍鼉水處

班荊蔭松者久之左氏傳曰伍舉奔晋聲子將如晋遇之於鄭郊班荊相與食楚辭曰

山中人兮芳杜若飲石泉兮蔭松栢宋大明五年始立方丈茅茨以庇經像沈約宋書孝武皇帝即位改元曰大明淮南子曰聖人處環堵之室茨之以生茅高誘曰堵長一丈高一丈面環一堵爲方丈故曰環堵言其小也說文曰茨蓋也爾雅曰庇廕也後軍長史江夏內史會稽孔府君諱覬沈約宋書曰孔覬字思遠會稽人也初舉揚州秀才補主簿後除冠軍長史江夏內史隨府轉後軍長史覬音冀爲之薙草開林置經行之室周禮曰薙氏下士二人鄭玄曰薙翦草也法華經曰經行林中勤求佛道安西將軍郢州刺史江安伯濟陽蔡使君諱興宗沈約宋書曰蔡興宗濟陽人也爲使持節都督郢州諸軍事安西將軍郢州刺史復爲崇基表剎立禪誦之堂焉維摩經曰佛言諸佛滅後以全身舍利起七寶塔表剎莊嚴而供養也以法師景行大迦葉故以頭陀爲稱首毛詩曰高山仰止景行行止彌勒成佛經曰彌勒佛讚言大迦葉比丘是釋迦牟尼佛大弟子釋迦牟尼佛於大衆

中常所讀歎頭陁第一通達禪定解脫三昧封禪書曰前聖所以永保鴻名而常爲稱首者用此者也後
有僧勤法師貞節苦心求仁養志楚辭曰原生受命于貞節曹植擬九詠曰
徒勤躬兮苦心論語子曰求仁而得仁莊子曰養志者忘形也篹脩堂宇未就而沒國語
祭公謀父曰時序其德篹脩其緒高軌難追藏舟易遠魏太祖祭橋玄文曰懿德高軌
汎愛博容莊子曰夫藏舟於壑藏山於澤謂之固矣然而夜半有力者負之而趨昧者不知郭象曰方言死生
變化之不可逃僧徒閒其無人懷椽毀而莫構周易曰闚其户闃其無人高誘
淮南子注曰椽榱也榱棟也可爲長太息矣漢書賈誼曰可長太息者此也惟齊繼
五帝洪名紐三王絕業蕭子顯齊書曰高帝太祖諱道成字紹伯蕭何二十四世孫受
宋禪史記曰惟漢繼五帝末流接三代絕業封禪書曰前聖所以永保鴻名祖武宗文之德
昭升嚴配禮記曰周人祖文王而宗武王尚書曰丕顯文武昭升于上孝經曰嚴父莫大於配天

復注及制來

格天光表之功，弘啓興服（復）尚書曰成湯時則有若伊尹格于皇天又曰光被四表格于上下毛詩曰建爾元子俾侯于魯大啓爾宇爲周室輔東觀漢記博士議曰除殘去賊興復祖宗是以惟新舊物康濟多難毛詩曰周雖舊邦其命惟新左氏傳伍員曰不失舊物尚書曰康濟小民禮記晉太子申生使人辭於狐突曰君老矣國家多難步中雅頌驟合韶護禮記曰步中武象驟中韶護所以養耳鄭玄曰韶舜樂護湯樂也炎區九譯沙場一候十洲記曰炎洲南海中萬二千里韓詩外傳曰成王之時越裳氏重九譯而獻白雉於周公尚書曰西被于流沙解嘲曰東南一尉西北一候粵在於建武焉蕭子顯齊書曰明皇帝即位改爲建武乃詔西中郎將郢州刺史江夏王觀政藩維樹風江漢蕭子顯齊書曰江夏王寶玄字智深明帝第三子也封江夏郡王仍爲持節都督郢司二州諸軍事西中郎將郢州刺史尚書曰以爾友邦冢君觀政于商又曰彰善癉惡樹之風聲擇方城之

今齊書作暄

令典酌龜蒙之故實方城謂楚龜蒙謂魯左氏傳屈完曰楚國方城以爲城又隨武子曰蔿敖爲宰擇楚國之令典毛詩曰奄有龜蒙遂荒大東國語樊穆仲曰魯侯孝王曰何以知之對曰賦事行刑而咨於故實政肅刑清於是乎在孝經曰其教不肅而成周易曰聖人以順動則刑罰清左氏傳先軫曰取威定覇於是乎在寧遠將軍長史江夏內史行事彭城劉府君諱諠蕭子顯齊書劉諠字士穆爲江夏王郢州行事者謂王年幼內史代之以行州府事故稱行事也智刃所遊日新月故莊子曰庖丁爲文惠君解牛曰今臣之刀十九年矣所解千牛而刀刃若新發於硎彼節者有閒而刀刃者無厚以無厚入有閒恢恢乎其於遊刃必有餘地矣論語子夏曰日知其所無月無忘其所能道勝之韻虛往實歸瑞應經曰迦葉二弟問迦葉曰今乃捨梵志道學沙門法豈獨大其道勝乎迦葉荅曰言佛道最勝莊子曰常季問於仲尼曰王駘兀者也與夫子中分魯立不教坐不議虛而往實而歸以此寺業廢於巳安功墜

统

於幾立慨深覆簣悲同棄井論語曰譬如爲山雖覆一簣進吾往也孟子曰有爲者譬若掘井掘井九仞而不及泉猶爲棄井也因百姓之有餘閒天下之無事孫卿子曰春耕夏耘秋收冬藏四者不失時故五穀不絕而百姓有餘食斬伐長養不失時故山林不童而百姓有餘村西都賦亭曰海內清平朝廷無事尨匹婢徒揆日各有司存左氏傳宋災使華閱討右官尨其司杜預注曰尨具也毛詩曰揆之以日作爲楚室論語曾子曰籩豆之事則有司存於是民以悅來工以忘競周易曰悅以使民民志其勞莊子曰舜之治天下使民心競王隱晉書荀勗議曰君子心競而不力争亘丘被陵因高就遠層軒延袤上出雲霓楚辭曰高堂邃宇檻層軒王逸曰軒樓板也聖主得賢臣頌曰雖崇臺五層延袤百丈說文曰南北曰袤東西曰廣司馬紹贈山濤詩曰上陵青雲霓飛閣逶迤下臨無地西都賦曰脩除飛閣楚辭曰載雲旗兮逶移王逸曰逶移而長移與迤音義同楚辭曰下崢嶸而無地上寥廓而無天

夕露爲珠網朝霞爲丹雘九衢之草千計四照之花萬品山海經曰少室之山其上有木焉名曰帝休葉茂狀如楊其枝五衢黃花黑實服者不怒郭璞曰言樹枝交錯相重五出有象衢路也故離騷云靡華九衢仲長子昌言曰百夫之豪州以千計山海經曰南山之首山曰鵲山有木焉其狀如榖而黑其華四照其名曰迷榖佩之不迷郭璞曰言有光炎若木華赤其光照下地亦此類也仲長子昌言曰以一人之好惡裁萬品之不同崖谷共清風泉相渙周易曰風行水上渙金資寶相永藉閑安金光明經曰如來之身金色微妙其明照耀如金山王又曰光明熾盛無量無邊猶如無數珍寶大聚楚辭曰像設居室靜閑安息心了義終焉遊集大灌頂經曰息心達本源是故名沙門勝鬘經曰是故世尊依於了義一向記說班固終南山賦曰固仙靈之所遊集法師釋曇珍業行湻脩理懷淵遠今屈知寺任永奉神居夫民勞事功既鏤文於鍾鼎周禮曰民功曰庸事功曰勞凡有功

者銘書於王之太常國語曰昔克路之役秦來圖敗晉功魏顆以其身卻退秦師于輔氏親止杜回其勳銘於景鍾韋昭曰景公鍾禮記曰夫鼎有銘銘者論譔其先祖之德美功烈勳勞而酌之祭器自成其名焉**言時稱伐亦樹碑於宗廟**左氏傳曰季武子以所得齊之兵作林鍾而銘魯功焉臧武仲謂季孫曰非禮也夫銘天子令德諸侯言時計功大夫稱伐蔡邕銘論曰碑在宗廟兩階之間近代以來咸銘于碑也**世彌積而功宣身逾遠而名劭**法言曰年彌高而德彌劭者孔子之徒與小雅曰劭美也**敢寓言於彫篆庶髣髴於眾妙**法言曰吾子少而好賦曰然童子彫蟲篆刻老子曰玄之又玄眾妙之門**其辭曰**

質判玄黃氣分清濁周易曰玄黃天地之雜也天玄而地黃列子曰清輕者上爲天重濁者下爲地**涉器千名含靈萬族**周易曰形而下者謂之器器謂品物也南都賦曰百種千名春秋元命苞曰跂行喙息蠕動蜎蜚根生浮著含靈盛壯陸機鼈龜賦曰揔美惡而融融播萬族乎一區**滔**

源上派澆風下黷莊子曰德又不衰及唐虞澡涫散朴淮南子以澡澡爲澆音義同說文曰派水別流也字林曰黷垢也杜木切愛流成海情塵爲岳瑞應經曰感傷世間沒於愛欲之海百法論曰情塵之意合故知生也言人皆沈於愛河則妻子財帛也言積之多如海情塵之積爲岳爲善曰積亦見多爲惡日積亦多也皇矣能仁撫期命世毛詩曰皇矣上帝臨下有赫天竺言釋迦牟尼此言能仁不退轉法經佗方菩薩曰能仁如來興此三道之教法華經曰我釋迦牟尼劉蚪曰能仁哀此忍立俯來拯拔故曰能仁瑞應經曰期運之至當下作佛孟子曰五百年必有王者興其間必有名世者廣雅曰命名也乃睠中土聿來迦衛毛詩曰乃睠西顧又曰聿來胥宇迦衛巳見上文奄有大千遂荒三界毛詩曰奄有龜蒙遂荒大東法華經曰其佛以恒河沙等三千大千世界爲一佛土又曰如來以智慧方便於三界火宅拔濟衆生般驂四門幽求六歲毛詩曰般驂不遠瑞應經曰太子至十四啓王出游始出城東門天帝化作病人即迴車悲念人生俱有此患太子出城

南門天帝化作老人迴車而還愍念人生丁壯不久太子出城西門天帝化作死人迴車而還愍念天下有此三苦太子出城北門天帝化作沙門太子曰善哉唯是爲快即迴車還念道清淨不宜在家又曰佛旣歷深山到幽閑處菩薩即拾藁草以布地正箕坐月食一麻一麥端坐六年**亦旣成德妙盡無爲**勝鬘經曰唯有如來化就一切功德無爲已見上文**帝獻方石天開淥池**瑞應經曰佛還樹下道見棄衣取欲浣之天帝知佛意即頹那山上取四方成理澤好石來置池邊白佛言可用浣衣又曰明日食時佛持鉢到迦葉家受飯而還於屛處食已欲澡漱天帝知佛意即下以手指地水出成池令佛得用名爲指地池**祥河輟水寶樹低枝**瑞應經曰時尼連河水流甚疾佛以自然神通斷水涌起高出人頭令底揚塵佛在其中法華經曰諸雜寶樹華葉光茂瑞應經曰佛後日入指地池澡浴畢欲出無所攀池上素有樹名迦和絶大脩好其樹自然曲枝下就佛佛牽而出**通莊九折安步三危**爾雅曰六達謂之莊漢書曰王陽爲益州刺史行部至邛郲九折坂歎曰奉先人遺體奈何數乘此險漢書東

方朔誡子曰飽食安步以仕易農尚書曰竄三苗於三危川靜波澄龍翔雲起頭陀經曰令身調善震大法鼓摧伏異學外道邪師入佛性海煩惱風息波浪不生周易曰雲從龍風從虎聖人作而萬物覩耆山廣運給園多士法華經曰佛住王舍城耆闍崛山中與大比丘衆萬二千人俱尚書曰帝德廣運金剛般若經曰佛在舍衛國祇樹給孤獨園與大比丘衆千二百五十人俱毛詩曰濟濟多士金粟來儀文殊戾止發迹經曰淨名大士是往古金粟如來尚書曰鳳凰來儀文殊已見上文毛詩曰魯侯戾止應乾動寂順民終始春秋元命苞曰乾動川靜周易曰湯武革命應乎天順乎人孫卿子曰生人之始也死人之終也法本不然今則無滅維摩經曰法本不然今則無滅是寂滅之義僧肇曰小乘以三界熾然故滅之以求無爲大乘觀法本自不然今何以滅乃真寂滅象正雖闡希夷未缺象法正法已見上文史記曰酒闌漢書音義文穎曰闌言希也老子曰視之不見名之曰夷聽之不聞名之曰希王弼曰無象無聲無響無所不通無所不往於昭

據此是在半文城在其西而寺南面然見大川疑寺在今曾祠近之旁也

曾祠有新園之然亦改為學校

有齊式揚洪烈毛詩曰文王在上於昭于天班固漢書述曰爰著目録略序洪烈揚雄解嘲曰不足以揚洪烈釋網更維玄津重枻僧叡師十二法門序曰奏希聲於宇宙濟溺喪於玄津漢書音義韋昭曰枻檝也音裔翊泄切叶韻惟此名區禪慧攸託禪慧禪定智慧也即六度之二行也倚據崇巖臨睨通壑楚辭曰忽臨睨夫舊鄉說文曰睨邪視也溝池湘漢堆阜衡霍言崇巖之高通壑之大故以湘漢為溝池衡霍為堆阜也史記曰屈完曰方城以為城江漢以為池膴膴武亭皐幽幽林薄毛詩曰周原膴膴堇荼如飴上林賦曰亭皐千里靡不被築毛詩曰秩秩斯干幽幽南山鄭玄周禮注曰竹木曰林高誘淮南子注曰深草曰薄媚茲邦后法流是挹毛詩曰媚茲一人氣茂三明情超六入維摩經曰佛身即法身也從六通生從三明生僧肇曰天眼宿命漏盡為三明維摩經曰六入無積眼耳鼻舌身心已過眷言靈宇載懷興葺毛詩曰眷言顧之楚辭曰葺之兮荷蓋王逸注曰葺蓋屋也

難

丹刻翬飛，輪奐離立。左氏傳曰：丹桓宮楹。又曰：刻桓宮桷。杜預曰：刻，鏤也。毛詩曰：如翬斯飛，君子攸躋。鄭玄曰：翬者，鳥之奇異者也。禮記曰：晉獻文子成室，晉大夫發焉。張老曰：美哉輪焉，美哉奐焉。終岳關中記曰：未央殿東有鳳凰殿。春秋元命苞曰：火離爲鳳。劉邵魏文帝誄曰：鳳凰立翥。象設既闢，睟容已安。楚辭曰：象設居室靜閑安。孟子曰：君子仁義禮智信根於心，色睟然見於面。趙歧曰：睟，潤澤之貌。桂深冬燠，松疎夏寒。楚辭曰：何所冬燠，何所夏寒。爾雅曰：燠，煖也。神足遊息，靈心往還。瑞應經曰：佛已神足適鬱單曰界。勝幡西振，貞石南刻。維摩經曰：降服四種魔，勝幡建道場。禰衡顏子碑曰：乃刊玄石而旌之。

齊故安陸昭王碑文一首　沈休文

公諱緬，字景業，南蘭陵人也。蕭子顯齊書曰：安陸昭王緬，字景業。又曰：蕭氏之先，蕭何居沛，至孫侍中彪居東海蘭陵縣東都鄉中都里。晉分東海爲東蘭陵郡。中朝亂，淮陰令整過江，居晉陵武

注及刻本校語

進縣僑置本土加以南名於是爲南蘭陵人稷契身佐唐虞有大功於天地商武姬文所以膺圖受籙王命論曰暨于稷契咸佐唐虞光濟四海奕世載德至于湯武而有天下國語史伯曰夫成天地之大功者其子孫未嘗不章毛詩商頌曰武王載旆毛萇曰武王湯也春秋命歷序曰五德之運同徵符合膺錄次相代尚書璇璣鈐孔子曰五帝出受圖籙蕭曹扶翼漢祖滅秦項以寧亂魏氏乘時於前皇齊握符於後國語太子晉曰自后稷以來寧亂及文武成康僅克安民周易曰時乘六龍以御天孝經鉤命決曰帝受命握符出也靈源與積石爭流神基與極天比峻尚書曰道導河積石至于龍門毛詩曰菘高惟岳峻極于天祖宣皇帝雄才盛烈名蓋當時蕭子顯齊書曰太祖皇考諱承之字嗣伯少有大志才力過人爲冠軍將軍太祖即位追尊曰宣皇帝班固漢書贊曰武帝雄才大略晉中興書曰諸葛誕名蓋海内又曰鄧遐氣蓋當時考景皇帝含道居貞卷懷前代

蕭子顯齊書曰高帝即位追封兄道生爲始安貞王明帝即位追尊始安貞王爲景皇帝周易曰居貞之吉順以從上也論語讖曰仲尼居鄉黨卷懷道美宋均曰懷藏也公含辰象之秀德體河岳之上靈周易曰在天成象王弼曰象謂日月星辰孝經援神契曰五嶽之精雄聖四瀆之精仁明氣蘊風雲身負日月論衡曰谷子雲唐子高章奏百上筆有餘力然則賢者有風雲之智故吐文萬牒莊子曰孔子圍於陳蔡之間太公往弔之曰子其意者脩身以明汙昭昭若揭日月而行司馬彪曰揭擔也立行可模置言成範仲長子昌言曰規矩可模者師傅之德也曹植學宮頌曰言爲世範行爲時矩英華外發清明內昭禮記曰和順積中而英華外發又曰清明在躬氣志如神天經地義之德因心必盡孝經曰夫孝天之經地之義民之行也毛詩曰因心則友簡久遠大之方率由斯至周易曰乾以易知坤以簡能易則易知簡則易從易知則有親易從則有功有親則可久有功則可大可久則賢人之德可大則賢人之業毛詩曰率由舊章

挹其源者游泳而莫測，懷其道者日用而不知。毛詩曰：泳之游之。周易曰：百姓日用而不知。昭昭若三辰之麗于天，滔滔猶四瀆之紀于地。傅子曰：二漢之臣，爛如三辰之附長天。又曰：道教者，昭昭然猶日月麗乎天。春秋漢含孳曰：九卿法河海。毛詩曰：滔滔江漢，南國之紀。六幽允洽，一德無爽。典引曰：神靈日照，光被六幽。尚書曰：德惟一，動罔不吉。萬物仰之而彌高，千里不言而斯應。論語顏回曰：仰之彌高。周易曰：默而成之，不言而信，存乎德行。又曰：君子居其室，出其言善，則千里之外應之，況其邇者乎。若夫彈冠出仕之日，登庸莅事之年，漢書曰：王陽與貢禹爲友，世稱王陽在位，貢禹彈冠，言其取舍同也。尚書帝曰：疇咨若時登庸。又曰：莅事惟能。軍麾命服之序，監督方部之數，斯固國史之所詳，今可得略也。周禮曰：建大麾以田。然麾，旌旗之名，州將之所執也。命服，爵命之服也。方部，四方州部也。漢書：武帝南置交趾，北置朔方。

之州凡十三部置刺史數謂等差也賈逵國語注曰簡略也水德方衰天命未改水德謂宋也左氏傳王孫滿曰今周德雖衰天命未改太祖龍躍侯時作鎮淮泗蕭子顯齊書曰宋明帝以淮南孤弱以太祖假冠軍將軍鎮淮陰周易曰見龍在田時舍也或躍在淵自試也孫卿子曰君子博學深謀脩身端行以俟其時潘岳金谷會詩曰遂擁朱旄作鎮淮泗如仁夕惕之志中夜九迴論語子曰桓公九合諸侯不以兵車管仲之力也如其仁如其仁周易曰君子夕惕若厲司馬遷書曰腸一日而九迴龕枯眈丗拯亂之情獨用懷抱廣雅曰龕取也深圖密慮衆莫能窺漢書劉向上疏曰智不可不深圖也公陪奉朝夕從容左右蓋同王子洛濱之歲實惟辟彊內侍之年周書曰晉平公使叔譽於周見太子與之言五稱而三窮歸告公曰太子晉行年十五而臣不能與言列仙傳曰王子喬者周靈王太子晉也好吹笙作鳳鳴遊伊洛之間漢書留侯子張辟彊爲侍中年十五也起予聖懷發

言中京。晉中興書王敦上疏曰導勤靜顧問起予聖懷始以文學遊梁。俄而入掌綸誥。蕭子顯齊書曰緬爲宋劭陵王文學中書郎遊梁謂相如也漢書曰梁孝王來朝從遊說之士相如見而說之客遊梁禮記曰王言如絲其出如綸蘭桂有芬。清暉自遠。魏都賦曰信陵之名若蘭芬也楚辭曰搬桂罹以顛覆王逸注曰言已見先賢若搬桂之人劉琨勸進表曰茂勳格于皇天清暉光于四海。帝出于震。日衣青光。言齊之興也周易曰帝出于震震東方也春秋元命苞曰孔子曰扶桑者日所出房所立其耀盛蒼神用事精感姜原卦得震震者動而光故知周蒼代殷者爲姬昌人形龍顏長大精翼日衣青光宋衷曰爲日精所羽翼故以爲名木神以其方色衣之方軌。茅社。俾侯。安陸。蕭子顯齊書曰齊受禪緬封安陸侯漢書曰江夏郡有安陸縣尚書緯曰天子社東方青南方赤西方白北方黑上冒以黃土將封諸侯各取方土苴以白茅以爲社毛詩曰俾侯于魯受瑞。析珪。遂荒雲野。周禮曰典瑞掌玉瑞鄭玄曰人執曰瑞瑞猶符信也揚子雲解嘲曰析人之珪檐人之爵遂荒已見上文雲野雲夢之野式掌儲命帝難其人漢書疏廣曰太子國儲副君也尚書禹曰惟帝其難之孔安國曰言堯帝亦以知人爲難公以宗室羽儀允膺嘉選蕭子顯齊書曰緬轉太子中庶子周易曰鴻漸于陸其羽可用爲儀協隆三善仰敷四德晉中興書烈宗詔曰桓沖協隆治道禮記曰行一物而三善皆得者唯世子而已其齒於學之謂也故世子齒於學其一曰而衆知父子之道矣其二曰而衆知君臣之義矣其三曰而衆知長幼之節矣周易曰君子體仁足以長人嘉會足以合禮利物足以和義貞固足以幹事君子行此四德者故曰乾元亨利貞博望之苑載暉龍樓之門以峻漢書曰武帝戾太子及冠就宮上爲立博望苑使通賓客從其所好故多異端進者漢書成紀曰上嘗召太子出龍樓門獻替帷扆實掌喉脣國語史黯謂趙簡子曰夫事君者諫過而賞善薦可而替否獻能而進賢帷扆帝座也禮記曰天子負斧扆孔融張儉碑曰聖王克亮命作喉脣奉待漏之書銜如絲之旨東觀漢記曰樊梵字文高每當直事常晨

駐車待漏如絲巳見上文前暉後光非止恒受周書孔子曰文王得四臣丘亦得四友自吾得師也前有光後有暉是非先後邪公以密戚上賢俄而奉職蕭子顯齊書曰緬遷侍中越絕書曰吴王書闔廬始得子胥以爲上賢無異乎聖人也出納惟允劒璽增華尚書帝曰龍命汝作納言夙夜出納朕命惟允應劭漢官儀曰侍中殿上稱制出則陪乘佩璽把劒增華謂自庶子而益其榮華也。伊昔帝唐九官咸事熊豹臨戭納言是司漢書劉向上䟽曰舜命九官濟濟相讓應劭曰尚書曰禹作司空棄后稷契司徒咎繇作士師垂共工益朕虞伯夷秩宗夔典樂龍納言凡九官左氏傳曰昔高陽氏有才子八人檮戭大臨高辛氏有才子八人仲熊叔豹自此迄今其任無爽爰自近侍式贊權衡蕭子顯齊書曰世祖即位緬遷五兵尚書淮南子曰準繩連體權衡合德百工繇焉以定法式輔弼執玉以翼天子也而皇情眷眷慮深求瘼毛詩曰皇矣上帝臨下有赫鑒觀四方求民之瘼班固漢書引詩而爲此瘼[illegible]

雅曰瘼病也姑蘇奥壤任切闗河奥壤猶奥區也韓康伯王述碑曰述遷會稽太守淮
海惟揚皇基所託此盖闗河之重泱泱大邦都會殷負提封百萬史記曰夫吳有海鹽
之饒章山之銅三江五湖之利亦江東一都會也西京賦曰百物殷阜薛綜注曰殷盛阜大也今爲此負漢書
曰天子畿方千里提封百萬井臣瓚案舊說去提最凡言大舉頃畝也李竒曰提舉也舉四方爲内也韋昭曰
積土爲封限全趙之袪服叢臺方此爲劣鄒陽上書曰夫全趙之時武力鼎士
袪服叢臺之下者一旦成市也臨淄之揮汗成雨曾何足稱戰國策蘇秦說齊宣
王曰臨淄之塗人肩相摩舉袂成幕揮汗成雨高誘曰揮振也乃鴻騫舊吳作守東楚
蕭子顯齊書曰緬出爲吳郡太守吳質魏都賦曰我太公鴻飛兖豫劉琨勸進表曰奄有舊吳韋秀祖孫楚詩曰受兹明命
作守西疆漢書音義孟康曰舊名吳爲東楚世弘義讓以朂君子振平惠以字
小人論語讖曰伯夷叔齊義讓龍舉干寶晉紀曰丁固父覽以義讓稱尚書武王曰朂哉夫子周書成王

曰朕不知字民之道敬問伯父尚書王曰無或敢伏小人之攸箴撫同上德綏用中典老子曰上德不德是以有德鍾會曰體神妙以存化者上德也周禮曰刑平國用中典疑獄得情而弗喜宿訟兩讓而同歸漢書曰張湯以倪寬爲獄讞掾以古法義決疑獄論語曾子曰上失其道民散久矣如得其情則哀矜而勿喜東觀漢記曰魯恭爲中牟令宿訟許伯等爭陂澤田積年州郡不決恭平理曲直各退自相責讓雖春申之大啓封疆鄧攸之緝熙萌黶不能尚也史記曰楚考烈王立以黄歇爲相號春申君請封於江東王許之因城吳故墟以自爲都邑國語史伯謂鄭桓公曰加之以德可以大啓王隱晉書曰鄧攸字伯道爲吳郡太守吳人饑死攸到表振貸臺不時聽攸乃輒出倉米一郡蒙濟不受禄俸唯飲吳水毛詩曰緝熙文王之典夏首藩要任重推轂楚辭曰過夏首而西浮王逸注曰夏首水口也漢書馮唐曰臣聞上古王者遣將也跪而推轂曰閫以内寡人制之閫以外將軍制之衿帶中流地殷江漢李尤函谷關銘

劉良云衡巫二山名

曰函谷險要衿帶喉咽尚書曰九江孔殷南接衡巫風雲之路千里衡巫三江名吳都賦曰徑路絕風雲通西通鄾鄧水陸之塗三七左氏傳曰鄧南鄾人杜預曰鄾今鄧鄉縣南江水之北也鄧今潁川邵陵縣西南有鄧城蜀都賦曰水陸所湊是惟形勝闉外莫先漢書田肯曰秦形勝之國也闉外已見上文鄭玄禮記注曰闉門限也建麾作牧明德攸在蕭子顯齊書曰緬轉郢州刺史周禮曰建大麾以封藩國又曰八命作牧尚書王曰文王克明德慎罰乃暴以秋陽威以夏日孟子曰江漢以濯之秋陽以暴之綦毋邃曰周之秋於夏爲盛陽也左氏傳曰酆舒問於賈季曰趙衰趙盾孰賢對曰趙衰冬之日趙盾夏之日杜預曰夏日可畏澤無不漸螻蟻之穴靡遺西征賦曰澤靡不漸恩無不逮尸子曰舜之行其猶河海乎千仞之漢亦滿之螻蟻之穴亦蒲之明無不察容光之微必照孟子曰日月有明容光必照焉趙岐曰容光小隙也言大明照幽微由近而被遠自已而及物史記

宋本惠作慧

皐陶曰邇可遠在兹鄭玄曰此政由近可以及遠惠與八風俱翔德與五才並運聖主得賢臣頌曰恩從祥風翱淮南子曰天有八風典引曰仁風翔于海表左氏傳子罕曰天生五才民並用之廢一不可遠無不懷邇無不肅阮嗣宗勸晉主牋曰遠無不服邇無不肅邑居不聞夜吠之犬牧人不覿晨飲之羊司馬彪續漢書曰劉寵字榮祖還會稽太守徵入爲將作大匠山陰縣民去郡數十里有若耶山中有五六老公年皆七八十聞寵遷相率共送寵人齎百錢寵見勞來曰父老何乃自苦遠來皆對曰山谷鄙老生未嘗到郡縣佗時吏徵發不去民間或夜不絕狗吠竟夕民不得安自明府下車以來狗不夜吠吏希至民間年老遭値聖化聞嘗棄去故戮力來送寵謝之爲選受一大錢故寵在會稽號爲一錢其清如是家語曰孔子爲大司寇初魯之販羊者沈猶氏常朝飲其羊以詐市人及孔子之爲政也則沈猶氏不敢朝飲其羊也譽表六條功最萬里漢書音義曰舊刺史所察有六條察民疾苦冤失職者察墨綬長吏以上居官政狀察盜賊爲民之害及大姦

猾者察犯田律四時禁不者察民有孝悌廉潔行脩正茂才異等者察吏不簿入錢穀放散者所察不得過此漢書曰倪寬爲郡內史課殿當免民恐失之輸租繦屬不絶課更以最楊雄爲益州刺史作節度曰刺史居深門之中總萬里之統者也還居近侍兼饗戎秩蕭子顯齊書曰緬還爲侍中領驍騎將軍侯府寄隆儲端任顯魏略曰中領軍延康置故漢北軍中候之官也漢書曰詹事秦官掌皇太子家東西兩晉茲選特難羊琇願言而匪獲謝琰功高而後至晉諸公讚曰羊琇字稚舒泰山人通濟才術與世祖同年相善謂世祖曰後富貴時見用作領護軍太子詹事世祖即位累遷左將軍中護軍特進何法盛晉中興書陳郡謝錄曰琰字瑗度安少子也爲輔國將軍距氏進號征虜左僕射領詹事升降二宮令績斯侯蕭子顯齊書曰緬遷中領軍太子詹事禁旅尊嚴主器彌固蔡邕袁逢碑曰乃撫京邑摠齊禁旅周易曰主器者莫若長子禹穴神皐地埒分陝漢書司馬遷南游江淮上會稽探禹穴西京賦曰寔是

惟地之奧區神皋袁煥與曹植書曰召公與周公受分陝之任也江左已來常遞斯任

東渚鉅海南望秦稽子虛賦曰齊東渚鉅海南有琅耶孔皐會稽記曰秦望山在州城正南史記曰始皇登之不望南海越絶書曰禹救水到大越上茅山大會計吏更名茅山曰會稽淵藪

萃藿蒲攸在尚書曰今商王受爲天下逋逃主萃淵藪左氏傳曰子叔爲政不忍猛而寬鄭國多盜聚人於雚蒲之澤貨殖之民千金比屋漢書千乘之國必有千金之賈者利有所并也

郛鄽之內雲屋萬家徐幹陳情詩曰踟躕雲屋下嘯歌倚華楹屋或爲甍刑政繁舛舊難詳一南山羣盜未足云多漢書曰王遵爲高陵令會南山羣盜傰宗數百人爲吏民害於是王鳳薦遵徵爲諫議大夫守京輔都尉行京兆尹事旬月閒盜賊肅清蘇林曰傰音朋

渤海亂繩方斯易理漢書曰上以龔遂爲渤海太守問曰渤海廢亂朕甚憂之卿欲何以息其盜賊遂曰臣聞治亂民猶治亂繩不可急也唯緩之然後可理臣願一切以便宜從事上許焉公下

車敷化風動神行蕭子顯齊書曰緬出爲會稽太守漢書曰班伯爲定襄太守其下車作威
吏民悚息謝承後漢書曰陰脩敷化二郡威教克平太玄經曰風動雷興謝承後漢書曰威令神行征艾朔土
誠恕既孚鉤距靡用杜預左氏傳注曰孚大信也漢書曰趙廣漢守京兆尹廣漢善爲鉤
距以得事情鉤距者欲知馬價則先問狗已問羊又問牛然後及馬參伍其價以類相推則知馬之賤貴不失實矣晉
灼曰鉤致也距閉也設欲知馬價先問狗又問羊然後及馬使對者無疑以知馬價示若不問而自知以閉其
術爲距也不待赭汙之權而姦渠必翦漢書曰張敞守京兆尹召見諸偷酋長數
人因貰罪把其宿負令致諸偷以自贖偷長曰今一旦召詣府恐諸偷驚駭願一切受署敞皆以爲吏遣歸休
置酒小偷悉來賀飲醉偷長以赭汙其衣吏坐里閭閱出者汙赭輙收縛之一日捕得數百人盡行法罰尚書
曰殲厥渠魁孔安國曰渠大也無假里端之籍而惡子咸誅歌錄曰鴈門太守行
曰外行猛政内懷慈仁文武備具課民不貪移惡子姓篇著里端被以哀矜孚以信順

哀矜已見上文南陽葦杖未足比其仁范曄後漢書曰劉寬字文饒弘農人也遷南陽太守吏民有過但用蒲鞭罰之示辱而已然終不加苦韓詩外傳孔子曰水之精爲士老蒲爲葦願無怪之曹植對酒歌曰蒲鞭葦杖示有刑潁川時雨無以豐其澤趙岐三輔决録曰茂陵郭伋爲潁川化如時雨摯虞曰伋字細侯光武拜潁川太守公攬轡升車牧州典郡范曄後漢書曰范滂爲詔使登車攬轡有澄清天下之志蔡邕橋玄碑曰牧一州典五郡也感達民祇非待朞月論語子曰苟有用我者朞月而已可也三年有成老安少懷塗歌里詠論語子曰老者安之少者懷之莫不懽若親戚芬若椒蘭孫卿子曰夫綦國之君將誰與至哉其所與至必其民也而其民之親我若父母其好我芬若椒蘭漢書刑法志曰鄰國望我懽若親戚芬若椒蘭靡旆每反行悲道泣攀車卧轍之戀爭塗忘遠東觀漢記曰秦彭字國平爲開陽城門候後拜潁川太守老弱攀車啼號填道

又曰侯霸字君房王莽敗霸保守臨淮更始元年遣謁者侯盛齎璽書徵霸百姓號呼哭泣遮使者或當道臥皆曰願復留霸朞年**去思一借之情愈久彌結**漢書曰何武爲兖州刺史徙京兆尹其所居亦無赫赫名去後常見思東觀漢記曰寇恂爲河內太守徵入爲金吾潁川盜賊羣起車駕南征恂從至潁川盜賊悉降百姓遮道曰願從陛下復借寇君一年上乃留恂○**方城漢池南顧莫重**左氏傳屈完曰方城以爲城漢水以爲池**北指崤潼平塗不過七百**崤二崤也雍州圖經曰潼水華陰縣界伏滔正淮論曰壽春北接梁宋平塗不過七百**西接嶢武關路曾不盈千**漢書音義應劭曰嶢山之關也李奇曰在上洛北文頴曰武關在析西王隱晉書庾翼表曰襄陽北去河洛不盈千里**蠻陬夷徼重山萬里**魏都賦曰蠻陬夷落張揖漢書注曰徼塞也以木柵水爲夷狄界也魏都賦曰由重山之東阨**小則俘民略畜大則攻城剽邑**賈逵國語注曰伐國取人曰俘漢書晁錯上兵事曰胡虜小入則小利大入則大利攻城屠邑驅略畜産

史記曰盜賊滋起大羣至數千人攻城剽邑小羣盜以百數掠鹵鄉里方言曰略強取也晉宋迄今有切民患烽鼓相望歲時不息椎埋穿掘之黨阡陌成羣史記曰攻剽椎埋掘冢皆爲財用耳徐廣曰椎殺人而埋之或謂發冢也慠法侮吏之人曾莫禁禦累藩咸受其弊歷政所不能裁賈逵國語注曰裁制也加以戎羯窺覦伺我邊隙朱鳳晉書曰前後徙河北諸郡縣居山間謂之羯胡劉琨勸進表曰狄寇窺覦伺國瑕隙北風未起馬首便以南向魏志臧洪荅陳琳書曰秋風揚塵伯珪馬首南向塞草未衰嚴城於焉早閉李陵與蘇武書曰涼秋九月塞外草衰抱朴子鮑生曰人君恐姦釁之不虞故嚴城以備之戰國策子楚謂秦王曰臣恐邊境早閉晚開也永明八載疆場大駭吳均齊春秋曰永明八年匈奴寇朐山左氏傳沈尹戌曰吳新有疆埸之駭國語曰晉師大駭揚雄集上書曰候騎至甘泉京師大駭天子乃心北眷聽朝不

怡司馬遷書曰主上食不甘味聽朝不怡揚旆漢南非公莫可蕭子顯齊書曰緬遷雍州刺史籍田賦曰九旗揚旆呂氏春秋曰漢南之國聞湯之德歸之於是驅馬原隰卷甲遄征毛詩曰驅馬悠悠又曰于彼原隰孫子兵法曰卷甲趨利日夜不處曹植詩曰指日遄征威令首塗仁風載路李尤武功歌曰恩普洽威令行首塗猶首路也謝承後漢書序曰徐淑戎車首路續晉陽秋曰謝安賞袁宏爲機對辯遠宏爲東郡安取一扇授之聊以贈行宏應聲曰輙當奉揚仁風慰彼黎庶毛詩曰厥聲載路軌躅清晏車徒不擾漢書音義曰躅迹也牛酒日至壺漿塞陌漢書廣武君謂韓信曰不如按甲休兵百里之內牛酒日至以饗士大夫孟子曰葛伯不祀湯征之其君子實玄黃于篚以迎君子小人簞食壺漿以迎小人失義犬羊其來久矣漢書名臣奏曰太尉掾應劭等議以爲鮮卑隔在漢北犬羊爲羣徵賦嚴切唯利是求左氏傳晉呂相告秦曰秦雖與晉出入秦惟利是視又曰惟好是求首鼠疆界蠶

彌廣漢書田蚡謂韓安國曰與長孺共一禿翁何爲首鼠兩端音義曰首鼠一前一却也說文曰蠹木蟲也以喻殘賊公扇以廉風孚以誠德盡任棠置水之情弘郭伋待期之信東觀漢記曰龐參字仲達拜漢陽太守郡民任棠者有奇節參到先候之棠不與言但以薤一本水一柸置戶屏前自抱孫兒伏於戶下參思其微意良久曰棠是欲曉太守也水者欲吾清也拔大本薤欲吾擊強宗也抱兒當戶欲吾開門恤孤也於是歎息而還參在職果能抑豪助弱以惠政得民司馬彪續漢書曰郭伋拜并州牧行部西河到美稷數百小兒各騎竹馬逢迎伋問曰兒曹何自遠來對曰聞使君到喜故來迎伋謝曰辛苦諸童小兒復送至郭門外問使君何日當還伋謂別駕計日告之行部還入美稷先期一日伋念負諸兒即止野亭須期乃往伋重信得人心皆此類也金如粟而弗覩馬如羊而靡入范曄後漢書曰張奐字然明燉煌人也遷安定屬國都尉羌戎豪帥感奐恩德上馬二十匹先零酋長又遺金鐻八枚奐並受之而召主簿於諸羌前以酒酹地曰使馬如羊不以入廄使金如粟不於

以入懷悉以金馬還之雛雉必懷豚魚不爽東觀漢記曰魯恭爲中牟令時郡國螟傷稼犬牙緣界不入中牟河南尹袁安聞之疑其不實使仁恕掾肥親往察之恭隨行阡陌俱坐桑下有雉過止其傍傍有兒童親曰何不捕之兒言雉方將雛親曰所以來者欲察君之化迹耳蟲不犯境此一異也化及鳥獸此二異也豎子有仁心此三異也具以狀言周易曰信及豚魚由是傾巢舉落望德如歸廣雅曰落謂村居也左氏傳曰衛遷邢于夷儀邢遷如歸也椎髻髽首日拜門闕漢書曰尉佗魋髻箕踞淮南子曰三苗髽首卉服蒲塗夷歌成韻尚書曰島夷卉服蜀都賦曰夷歌成章范曄後漢書曰益州刺史朱輔上疏曰白狼王唐菆等慕化歸義作詩三章也禮義既敷威刑具舉公羊傳曰既者何盡也毛萇詩傳曰具俱也强民獷俗反志遷情韓詩曰獷彼淮夷薛君曰獷覺寤之貌劉騊駼與李子堅書曰吏民强獷比屋爲賊獷古並切風塵不起囹圄寂寞東觀漢記曰蔡彤爲遼東太守野無風塵魏都賦曰囹圄寂寞

富商野次宿秉停菑國語叔向曰絳之富商韋藩以過於朝范曄後漢書曰王渙字稚子廣漢人除溫令境內清夷商人露宿於道毛詩曰彼有遺秉此有滯穗又曰于彼菑畝毛萇曰田一歲曰菑蝝蝗弗起豺虎遠迹范曄後漢書曰宋均字叔庠南陽人也遷九江太守郡多虎暴數為民患常設檻穽而猶多傷害均到下記屬縣可一去檻穽除削課制其後傳言虎相與東渡江後山陽楚沛多蝗其飛至九江東界者輒東西散去北狄懼威闗塞謐靜偵諜不敢東窺駝馬不敢南牧偵伺也鄭玄周禮注曰諜賊反間為國賊者范曄後漢書曰鮮卑寇遼東蔡彤擊之虜大奔不敢復闚塞過秦論曰胡人不敢南下而牧馬方欲振策燕趙席卷秦代過秦論曰振長策而御宇內又曰有席卷天下之意陪龍駕於伊洛侍紫蓋於咸陽楚辭曰龍駕兮帝服聊翱翔兮周章傳玄乘輿馬賦曰紫蓋漂以連翩而遘疾彌留歘焉大漸尚書曰疾大漸惟幾病日臻既彌留耕夫釋耒桑婦下機曹植苟侯誄曰

剺　別本亦有作剺梁章鉅説是之後漢之耿秉傳所謂剺面杜甫詩花門剺面請雪恥字正本此文

機女投杼農夫輟耕也祭請門衛並走羣望左氏傳曰乃大有事于羣望維永明九年夏五月三十日辛酉薨春秋三十有七城府颯然焦寮如霣颯然吹木葉落貌男女老幼大臨街衢潘勗荀彧碑曰男女老幼里號巷哭接響傳聲不踰時而達于四境臧榮緒晉書曰羊祜薨於是街衢塗巷傳哭接音邑里相達夷羣戎落幽遠必至望城拊膺震動郢邑並求入奉靈櫬藩司抑而不許雖鄧訓致劈（剺）面之哀羊公深罷市之慕范曄後漢書曰鄧訓字平叔遷護烏桓校尉病卒官吏民羌胡愛惜旦夕臨者數千人戎俗父母死恥悲泣皆騎馬歌呼至聞訓卒莫不號咷或以刀自割又刺殺其犬馬牛羊曰鄧使君已死我曹亦俱死耳晉諸公讚曰羊祜薨贈太傅南州以市日聞喪即號哭罷市對而爲言遠有慚德尚書曰惟有慙德神駕東還號送踰境蕭子顯齊書曰緬喪還百姓泣

河水悲泣奉觴奠以望靈仰蒼天而自訴蕭子顯齊書曰百姓設祭於峴
山鄭玄周禮注曰喪所薦饋曰奠韓詩曰萬人顒顒仰天告訴震響成雷盈塗咽水周易
曰震動也漢中山靖王曰聚蚊成雷江衛與荀仲茂牋曰舉國顒顒歎慕盈塗公臨危審正載
惟話言說文曰話會合善言也楚囊之情惟幾而彌固左傳曰楚子囊還遂自吳卒將死
遺言謂子庚必城郢君子謂子囊忠君薨不忘增其名將死不忘衛社稷可不謂忠乎尚書曰疾大漸惟幾孔安國
曰幾危殆衛魚之心身亡而意結韓詩外傳昔衛大夫史魚病且死謂其子曰我數言
蘧伯玉之賢而不能進彌子瑕不肖而不能退死不當居喪正堂殯我於室足矣衛君問其故子以父言聞君
召伯玉而貴之彌子瑕退之徙殯於正堂二宮軫慟遐邇同哀追贈侍中領
衛將軍給鼓吹一部謚曰昭侯時皇上納麓在辰登庸
伊始皇上明帝也尚書曰納于大麓烈風雷雨弗迷孔安國曰麓錄也堯納舜使大錄萬機之政尚書曰

若時登肅允副朝端兼掌屯衛蕭子顯齊書曰明帝初爲右僕射加領衛尉晉中興書謝安石上疏曰尸素朝端忽焉五載漢書曰城門校尉掌京師城門屯兵聞凶哀震感絕移時因遘沈痾緜留氣序世祖日夜憂懷備盡寬譬世祖武帝臧榮緒晉書賀循戚曰日夜憂懷慷慨發憤寬譬見下文勉膳禁哭中使相望東觀漢記曰樊脩至孝母終上遣中黄門朝暮餐食吳志曰朱然寢疾孫權夜爲不寐中使醫藥口食之物相望於道上雖外順皇旨內殷私痛獨居不御酒肉坐臥泣涕霑衣毛萇詩傳曰殷憂也東觀漢記曰齊武王以譖愬遇害上與衆會飲食笑語如平常馮異侍從親近見上獨居不御酒肉坐臥枕席有泣涕處異獨入叩頭寬解上意若此移年癯瘠改貌爾雅曰臞瘠也與癯同渠俱切天倫之愛振古莫儔穀梁傳曰兄弟天倫也何休曰兄弟先後天之倫次也毛詩曰匪今斯今振古如茲毛萇曰振自也及俯膺天眷入纂絕業蕭子顯齊書明紀曰

太后廢海陵王以上入篡太祖爾雅曰篡繼也漢書司馬遷曰惟漢接三代絶業分命懿親台牧並建尚書曰分命羲叔左氏傳富辰曰兄弟雖有小忿不廢懿親春秋漢含孳曰三公在天法三能牧見上文對繁弱以流涕望曲阜而含悲左氏傳子魚曰周公相王室以尹天下於周爲睦分魯公以大路大旂夏后氏之璜封父之繁弱尚書曰魯侯伯禽宅曲阜攺贈司徒因謚爲郡王禮也惟公少而英明長而弘潤風標秀舉清暉映世學徧書部特善玄言鞶帨之麗篆籀之則法言曰今之學者非獨爲之華藻也又從而繡其般革帨李軌曰般革帶帨巾也喻今之文字多非獨華藻也巾帶皆文之如繡也漢書史籀音義曰周宣王太史作大篆窮六義於懷抱究八體於毫端毛詩序曰詩有六義焉一曰風二曰賦三曰比四曰興五曰雅六曰頌漢書八體六技韋昭曰一曰大篆二曰小篆三曰刻符四曰虫書五曰摹印六曰署書七曰殳書八曰隸書奕思之微秋儲無

困學紀聞云儲字未詳華亭善奕之人注謂儲蓄精思非也

納注及刊本

以競巧孟子曰奕秋通國之善奕者也儲謂儲蓄精思也馬融廣成頌曰儲積山藪廣思河澤取睽之妙流睇未足稱奇周易曰弦木爲弧剡木爲矢弧矢之利以威天下蓋取諸睽幽通賦曰養流睇而猿號李虎發而石開至公以奉上鳴謙以接下周易曰鳴謙貞吉中心得也尚書曰奉先思孝接下思恭撫僚庶盡盛德之容交士林忘公侯之貴辨亡論曰接士盡盛德之容吳志魯肅曰不失下曹從事交遊士林虛懷博約[納]幽關洞開鄒潤甫爲諸葛穆荅晉王命曰雖曰博納虛懷下開幽關已見上文西征賦曰匈中豁其洞開宴語談笑情瀾不竭毛詩曰燕笑語兮是以有譽處兮世說曰王太尉云郭子玄語議如懸河寫水注而不竭譽滿天下德冠生民孝經曰言滿天下無口過干寶晉紀武帝詔曰蓋德冠生民必饗不泯之榮蓋百代之儀表千年之領袖荀氏家傳曰荀彧德行周備名重天下莫不以爲儀表王隱晉書曰魏舒爲相國參軍晉王特加器敬每朝會罷坐而目送之曰魏

注抑郭碑似用召伯甘棠之事

舒堂堂實貝曰人之頌袖也曾不憖留梁摧奄及左氏傳孔丘卒公誄之曰旻天不弔不憖遺一老禮記曰孔子早起負手曳杖逍遥於門歌曰太山其頹乎梁木其壞乎豈唯僑終蹇謝輿謠輟相而已哉僑子産也左氏傳曰産從政一年輿人誦之曰取我衣冠而褚之取我田疇而伍之孰殺子産吾其與之及三年又誦之曰我有子弟子産誨之我有田疇子産殖之子産而死誰其嗣之潘岳賈充誄曰秦士蹇叔春者不相杵史記趙良曰五羖大夫死春者不相杵史記以爲五羖而云蹇叔未詳潘沈之旨凡我僚舊均哀共慼怨天德之無厚痛棠陰之不留周易曰用九天德不可爲首也鄧析子曰天於人無厚也何足以言之天不能令夭折之人更生爲善之民必壽此於民無厚也淮南子曰日朝發扶桑入于落棠高誘曰扶桑日所出落棠山日所入也思所以克播遺塵弊之穹壤魏都賦曰列聖之遺塵曹植露盤頌曰弊之天壤以顯元功乃刊石圖徽寄情銘頌其辭曰

天命玄鳥降而生商毛詩商頌文也是開金運祚始玉筐金謂殷鄒子曰五德從所不勝虞土夏木殷金周火呂氏春秋曰有娀氏有二佚女爲九成之臺飲食以鼓帝命燕往視之鳴若謚謚二女愛而爭摶之覆以玉筐少選發而視之鷰遺卵而北飛遂不反高誘曰帝天也天命鷰降卵于有娀氏女吞之生契三仁去國五曜入房論語曰微子去之箕子爲之奴比干諫而死孔子曰殷有三仁焉春秋元命苞曰殷紂之時五星聚房房者蒼神之精周據而興亦白其馬侯服周王毛詩序曰有客微子來見祖廟詩云有客有客亦白其馬又曰侯服于周天命靡常本枝派別因菜命氏微子之後食邑於蕭因氏焉毛詩曰文王孫子本枝百世吳都賦曰百川派別漢書曰楊雄之先初食菜於晉之楊因氏焉左氏傳羽父曰胙之土而命之氏涉徐而東義均。梁。徙。謂徙蘭陵也王隱晉書曰徐州部東海郡蘭陵縣班固高紀贊劉向曰戰國時劉氏自秦獲於魏秦滅魏遷大梁都豐故周市說雍齒曰豐故梁徙也頌高祖云涉魏而東遂爲豐公自茲以降

懷青拕紫 解嘲曰紆青拕紫朱丹其轂 崇基嵓巖長瀾瀰瀰 毛詩曰節彼南山維石嵓巖又曰新臺有泚河水瀰瀰 惟聖造物龍飛天步 莊子孔子曰夫造物者爲人司馬彪曰造物謂道也周易曰飛龍在天利見大人毛詩曰天步艱難之子不猶 載鼎載革有除有布 鼎革二卦名也周易曰井道不可不革故受之以革革物者莫若鼎故受之以鼎漢書音義文穎曰孛星多爲除舊布新改易君上也 高皇赫矣御曆乾顧 曹府君陳寔誄曰赫矣陳君毛詩曰乃眷西顧此維與宅 景皇烝哉實啓洪祚 毛詩曰文王烝哉潘岳羊夫人誄策文曰光啓洪祚慶流萬國 喬嶽峻峙命世興賢 毛詩崧高維嶽峻極于天維岳降神生甫及申鄭玄曰福祚興於子孫命世已見上文 膺期誕德絶後光前 膺五百歲之期也曹植上文帝誄表曰階青雲而誕德晉起居注安帝詔曰元功盛德超前絶後 幾以成務覺在民先 周易曰夫幾者動之微又曰夫易開物成務孟子伊尹曰天之生斯人使先覺覺後覺也予天民之先覺者也 位非

〡〤〇〤

濬　注及别本

大寶爵乃上天周易曰天地之大德曰生聖人之大寶曰位孟子有天爵有人爵仁義忠信樂善不倦此天爵也公卿大夫此人爵也爰始濯纓清猷濬發楚辭曰滄浪之水清可以濯吾纓毛詩曰濬哲維商長發其祥升降文陛透迤魏闕漢書梅福上疏曰願一登文石之陛涉赤墀之塗夏侯稚景福殿賦曰乃陟乎文陛以登華殿呂氏春秋中山公子牟謂詹子曰身在江海之上心居乎魏闕之下高誘曰魏闕象魏之闕也惠露沾吳仁風扇越陸機謝成都王牋曰慶雲惠露止於落葉涉夏踰漢政成朞月楚辭曰江與夏之不可涉夏水名也尚書曰逾于漢朞月已見上文用簡必從日新爲盛周易曰簡則易從又曰日新之謂盛德在上哀矜臨下莊敬哀矜已見上文論語曰季康子問使民以敬如之何子曰臨之以莊則敬草木不夭昆蟲得性毛詩序曰周家忠厚仁及草木又曰民樂其有靈德以及鳥獸昆虫焉我有芳蘭民胥攸詠芳蘭即上芳若椒蘭也羣夷蠢蠢巖

別嶂分爾雅曰蠢動也傾山盡落其從如雲毛詩曰齊子歸止其從如雲挈妻荷子負戴成羣莊子曰邠人謂邠王曰挈吾妻子以從王乎又曰石戶之農夫負妻戴子入海也迴首請吏曾何足云封禪書曰昆蟲闓澤迴首面內漢書曰卭笮之君長聞南夷與漢通請吏比南夷昔聞天道仁罔不遂老子曰天道無親常與善人論語子曰仁者壽莊子曰聖也者遂於命者也彼蒼如何與山止簣毛詩曰彼蒼者天殲我良人止簣已見上文四牡方馳六龍頓轡毛詩曰駕彼四牡四牡項領頓轡喻死也楚辭曰貫鴻濛以東朅兮維六龍於扶桑王逸注曰結我車轡於扶桑以留日行幸得延年壽也頓猶舍也斯民曷仰邦國殄瘁毛詩曰人之云亡邦國殄瘁齊殞晏平行哭致禮晏子曰齊景公遊於淄晏子死公繫驅而馳自以為遲下車而趨知不如車之駛則又乘之比至國四下而趨至則伏尸而哭曰百姓誰復告我惡[illegible]趙徂昌國列邦揮涕史記曰樂毅為燕伐齊破之封樂毅於昌國昭王卒燕惠王疑毅毅

降趙號曰望諸君而卒於趙潘岳太宰魯公碑曰趙喪望諸列國同傷家語敬姜曰無揮涕涕以手揮之也況我君斯皇之介弟左氏傳伯州犂謂皇頡曰夫子爲王子圍寡君之貴介弟也哀感徒庶慟輿雲陛左思七略曰閶甲第之廣襃建雲陛之差峩階毀留攢川汎歸軸禮記曰君殯用輴攢至于上鄭玄曰攢猶叢也殯君棺以龍輴叢不題湊象椁儀禮曰遷于祖用軸鄭玄曰軸輁也競羞野莫爭攀去轂遵渚號追臨波望哭毛詩曰鴻飛遵渚范曄後漢書曰祭遵喪至河南車駕臨之望哭哀慟無絕終古惟蘭與蘜楚辭曰春蘭兮秋菊長無絕兮終古塗由帝渚朱軒靡駕楚辭曰帝子降兮北渚尚書大傳曰未命爲士不得乘朱軒東首塋園即宮長夜廣雅曰首向也漢書音義如淳曰塋冢田也禮記曰孔悝鼎銘曰即宮于宗周李陵詩曰嚴父潛長夜慈母去中堂逝川無待黃金難化逝川已見上文史記少君言上曰祠竈則致物而丹砂可爲黃金黃金成以爲飲食器則益壽鍾石徒刊

張伯起之文皆韻語而無家世生死歲月官爲其志而但選其銘疑標志誤不知志墓之體僅得散文曰誌韻語曰銘此不過習慣相承云宋業說文誌記也銘亦記也非有散文韻語之別蓋散文自誌銘前序耳江淹之於孫緬單舉銘言亦云墓誌王融之於豫章王謝朓之於海陵王沈約之於吳興王鄉無散序並曰誌銘豈必散標誌新標銘耶

芳猷永謝 吳越春秋樂師謂越王曰君王德可以刻之金石王逸楚辭注曰謝去也

墓誌 吳均齊春秋王儉曰石誌不出禮典起宋元嘉顏延之爲王琳石誌

劉先生夫人墓誌 蕭子顯齊書曰太祖爲劉瓛娶王氏女瓛卒天監元年下詔爲瓛立碑號曰貞簡先生王僧孺劉氏譜曰瓛娶王法施女也

任彦升

既稱萊婦亦曰鴻妻 列女傳曰老萊子逃世耕於蒙山之陽或言之楚王楚王遂駕車至老萊之門楚王曰守國之孤願變先生老萊曰諾妻曰妾聞之居亂世爲人所制此能免於患乎妾不能爲人所制者投其畚而去老萊乃隨之又曰梁鴻妻者同郡孟氏之女也德行甚脩鴻納之共逃遁霸陵山中後復相將至會稽賃舂爲事雖雜傭保之中妻每進食常舉案齊眉不敢正視以禮脩身所在敬而慕之

復有令德一與之齊 曹植王仲宣誄曰既有令德材技廣宣禮記曰信婦德也一與之齊終身不改

賓佐。君子。簪萬。杖藜。毛詩序曰又當輔佐君子求賢審官東觀漢記曰梁統與杜林書曰君非隗囂器不降志辱身至簪萬席草不食其粟莊子曰子貢見原憲原憲杖藜應門欣欣。負載在冀。之畦。音攜漢書曰朱買臣常刈樵其妻亦負載相隨左氏傳曰初臼季過冀見冀缺耨其妻饁之敬相待如賓居室有行亟聞義讓言初居室及於有行俱聞義讓故曰亟也列女傳鮑蘇妻曰如不教吾以居室之行毛詩曰女子有行左氏傳趙襄曰臣亟聞其言矣稟訓丹陽弘風丞相蕭子顯齊書曰獻晉丹陽尹惔六葉孫也然其妻王氏丞相導之後也籍甚二門風流遠尚漢書曰陸賈遊漢庭公卿間名聲籍甚音藉晉陽秋曰王夷甫樂廣俱宅心事外言風流者稱王樂焉肇允才淑閫德斯諒。毛詩曰肇允彼桃蟲又曰窈窕淑女禮記曰內言不出於閫鄭玄曰閫門限也毛萇詩傳曰諒信也蕪沒。鄭鄉。寂寞。楊家。范明後漢書曰鄭玄字康成北海人也國相孔融深敬玄徙屣造門告高密縣為玄特立一鄉曰齊置士鄉越有君子軍皆異賢之意也

王氏以極壁挂鞋土葭
其姊杜氏帷中被出

今鄭君鄉宜曰鄭公鄉七略曰楊雄卒弟子侯芭負土作墳號曰玄冢

參差孔樹毫末成拱

皇覽聖賢冢墓誌注曰孔子冢在魯城北泗水南冢塋中樹以百數皆異種人傳言孔子弟子異國人各持其國樹來種之其樹柞枌雒離五味橡檀之樹魯人莫之識老子曰合抱之木生於毫末公羊傳曰秦伯謂蹇叔曰爾之年老冢上之木拱矣

暫啓荒埏長扃幽隴

蕭子顯齊書曰王氏被出今去合葬蓋獄卒之後王氏宗合之

夫貴妻尊匪爵而重

喪服傳曰夫尊於朝妻貴於室潘岳夏侯湛誄曰惟爾之存匪爵而貴

文選卷第五十九

初六夕 保讀

文選卷第六十

梁昭明太子撰

文林郎守太子右內率府錄事參軍事崇賢館直學士臣李善注

行狀

任彥昇齊竟陵文宣王行狀一首

弔

賈誼弔屈原文一首

陸士衡弔魏武帝文一首

祭

謝惠連祭古冢文一首

顏延之祭屈原文一首

王僧達祭顏光祿文一首

行狀

齊竟陵文宣王行狀一首　任彥昇

祖太祖高皇帝　父世祖武皇帝

南徐州南蘭陵郡縣都鄉中都里蕭公年三十五行狀

公道亞生知照隣幾庶（論語孔子曰生而知之者上也學而知之者次也傳季友儁張良廟教曰道亞黃中照隣殆庶）孝始人倫忠爲令德（毛詩曰成孝敬厚人倫左氏傳君子曰忠爲令德）公實體之非毀譽所至（論語子曰吾之於人誰毀誰譽如有所譽高誘呂氏春秋注曰體行也莊子曰舉世譽之而不加勸舉世非之而不加沮）天才博贍學綜該

> 任彥昇三字當在題下
> 祖父當各爲一行
> 中字据何焯增
> 公字别行

明郭子曰孫子荆上品狀王武子曰天才英博亮拔不羣潘岳任府君畫讚曰學綜羣籍智周萬物至若曲臺之禮九師之易七略曰宣皇帝時行射禮博士后倉爲之辭至今記之曰曲臺記又曰易傳淮南九師道訓者淮南王安所造也漢書音義曰淮南王安聘明易者九人號九師說樂分龍趙詩析齊韓漢書曰雅琴趙氏七篇名定渤海人宣帝時丞相魏相所表又曰雅琴龍氏九十九篇名德梁人也又曰詩魯齊韓三家應劭漢書注曰申公作魯詩韓嬰作韓詩后倉作齊詩也陳農所未究河間所未輯漢書曰成帝時以書頗散亡使謁者陳農求遺書於天下又曰河間獻王德從民得善書必爲好寫與之留其眞加金帛賜以招之由是或有先祖舊書多奉以奏獻王者故得書多與漢朝等有一於此罔不兼綜者與謝承後漢書曰劉靚方策所載靡不必綜昔沛獻訪對於雲臺東平齊聲於楊史東觀漢記曰沛獻王輔永平五年秋京師少雨上御雲臺召尚席取卦具自卦以周易卦林占之其繇曰蟻封穴戶大雨將集明日大雨

上即以詔書問輔曰道豈有是邪輔上書曰案易卦震之蹇蟻封穴戸大雨將集蹇艮下坎上艮爲山坎爲水出雲爲雨蟻穴居而知雨將雲雨蟻封穴者故以蟻爲興文詔報曰善哉王次序之又曰上以所自作光武皇帝本紀示東平憲王蒼蒼因上世祖受命中興頌上甚善之以問校書郎此與誰等皆言類相如楊雄前代史岑之比

淮南取貴於食時陳思見稱於七步方斯蔑如也漢書淮南王安上使爲離騷傳旦受詔日食時上世說曰魏文帝令陳思王七步成詩詩曰萁在竈下然豆在釜中泣本是同根生相煎何太急

初沈攸之跋扈上流稱亂陝服沈約宋書曰沈攸之字仲達爲荊州刺史順帝即位攸之帥武義至夏口反毛詩傳曰無畔換猶跋扈也西京賦曰睢盱跋扈尚書曰非台小子敢行稱亂臧榮緒晉書曰武陵王令曰荊州勢據上流將軍休之委以分陝之重

宋鎮西晉熙王南中郎邵陵王並鎮盆口沈約宋書曰明帝第六子爕字仲綏封晉熙王進號鎮西沈攸之舉兵鎮尋陽之盆城又曰邵陵殤王友字仲賢明帝第七子也年五歲

出爲南中郎將江州刺史邵陵王世祖毗贊兩藩而任摠西伐沈約宋書曰齊王太子奉晉熙王燮鎮尋陽之盆城公時從在軍鎮西府版寧朔將軍軍主南中郎版補行參軍署法曹沈約宋書曰除拜則爲參軍事府版則爲行參軍于時景燭雲火風馳羽檄言雲火之多如景之照羽檄之疾若風之馳太公六韜曰雲火萬炬以防夜四子講德論曰風馳雨集漢書高祖曰以羽檄徵天下兵切書記魏文帝與吳質書曰元瑜書記翩翩遷左軍邵陵王主簿記室參軍既允棼林之求實兼儀形之寄刀筆不足宣功風體所以弘益文士傳曰太祖雅聞阮瑀名辟之不應連見逼促乃逃入山中太祖使人焚山得瑀送至召入太祖時在長安大延賓客怒不與語使就伎人列瑀善解音能鼓琴遂撫絃而歌因造歌曲曰弈弈天門開大魏應期運青蓋巡九州在西東人怨士爲知己死女爲悅己玩恩義苟潛暢他人焉能亂爲曲既捷音聲

殊妙當時冠坐太祖大悅署爲記室何法盛晉中興書曰王永字安期司空東海王越以爲記室參軍雅相敬重勑子毗曰夫學之所益者淺體之所安者深閑習禮度不如式瞻儀形諷味遺言不如親承音旨王參軍人倫之表汝其師之史記張釋之曰秦任刀筆之吏除邵陵王友爲安南邵陵王長史東夏形勝關河重複東夏會稽也尚書王曰爰建爾于上公尹茲東夏漢書田肯曰秦形勝之國也韓康伯王述碑曰述遷會稽太守此蓋關河之重複泱泱大邦選衆而舉敦悅斯在論語子夏曰舜有天下選於衆舉皋陶不仁者遠矣左氏傳曰晉蒐於被廬謀元帥趙衰曰郤縠可臣亟聞其言矣說禮樂而敦詩書君其試之除使持節都督會稽東陽臨海永嘉新安五郡諸軍事輔國將軍會稽太守太祖受命廣樹藩屛左氏傳富辰曰昔周公故封建親戚以藩屛周室公以高昭武穆惟戚惟賢漢書韋玄成曰父爲昭子爲穆孫復爲昭也漢書文帝詔曰右賢左戚封聞喜縣

景注及別本

開國公食邑千戶今又奏課連最進號冠軍將軍漢書曰兒寬爲農都尉大司農奏課最連韋昭曰最連得第一也越人之巫覩正風而化俗范曄後漢書曰第五倫字伯魚京兆人也拜會稽太守會稽俗多淫祀好卜筮民常以牛祭神百姓財産以之困匱倫到官移書屬縣曉告百姓其筮祝有依託鬼神詐怖愚民皆案論之有妄屠吏輙行罰於後遂斷絶百姓以安篁竹之酋感義讓而失險漢書淮南王上書曰臣聞越處谿谷之閒篁竹之中范曄光武紀贊曰金湯失險邪叟忘其西顯龍丘狹其東皋范曄後漢書曰劉寵拜會稽太守徵爲將作大匠山陰有五六老叟自若邪山谷出送寵曰聞當見弃故自扶奉送潘安仁楊經誄云日昃景西望子朝陰范曄後漢書曰任延字長孫南陽人拜會稽都尉年十九吳有龍丘萇者隱居志不降辱四輔三公連辟不到掾史白請召之延曰龍丘先生躬德履義有原憲伯夷之節都尉洒掃其門猶懼辱焉召之不可使功曹奉謁修書記致醫藥吏使相望於道積一歲萇乃乗輦詣府門願得先死備録延辭讓再

○此有誤

此句有誤

創鉅注

上二字宜乙下据注

三遂署議曹祭酒阮籍奏記曰將耕東皋之陽輸黍稷之稅會武穆皇后崩公星言奔波泣血千里蕭子顯齊書曰武穆裴皇后諱惠昭河東人父璣之后生子良禮記曰推父母之喪見星而行夜見星而舍毛詩曰星言夙駕仲長子昌言曰救患赴急跋涉奔波者憂樂之盡也禮記曰高子皐執親之喪泣血三年未嘗見齒君子以爲難水漿不入於口者至自禹穴禮記曾子謂子思伋曰吾執親之喪水漿不入於口七日漢書曰司馬遷南遊江淮上會稽探禹穴逮衣裳外除心哀內疚禮記曰親喪外除鄭玄曰日月已竟哀不忘也嵇康幽憤詩曰心焉內疚爾雅曰疚疾也禮屈於厭降事迫於權奪禮記曰有從有服而無服公子於其妻之父母鄭玄曰凡公子厭於君降其私親女君之子不降也晉起居注宋公表曰情由權奪也而茹慼肌膚沈痛瘡鉅廣雅曰茹食也禮記曰創鉅者其日久痛甚者其愈遲三年者稱情而立文所以爲至痛極故知鍾鼓非樂云之本縗麤非隆殺之要論語子曰

樂云樂云鍾鼓云乎哉馬融曰樂之所貴者移風易俗也非謂鍾鼓而已左氏傳曰齊晏桓子卒晏嬰麤衰斬寢苫枕草孫卿子曰喪三年何也曰加隆焉故三年以爲隆緦小功以爲殺鄭玄禮記注曰有隆有殺進退如禮莊子曰本在於上末在於下要在於主詳在於臣鍾鼓之音羽旄之容樂之末哭泣縗絰隆殺之服哀之末

改授征虜將軍丹陽尹良家入徙戚里內屬三輔黃圖曰宣帝爲杜陵徙良家五千戶居於陵漢書曰萬石君傳曰徙其家長安中戚里以姊爲美人故也政非一軌俗備五方漢書曰秦地五方雜錯公內樹寬明外施簡惠范曄後漢書馮衍說鮑永曰幸逢寬明之日將值危言之時臧榮緒晉書吳隱之爲晉陵太守布政簡惠神皐載穆轂下以清西京賦曰寔惟地之奧區神皐漢書谷永上疏曰薛宣爲御史中丞執憲轂下胡廣漢官解故注曰轂下喻在輦轂之下京城之中也范曄後漢書曰楊琁爲零陵太守郡境以清武皇帝嗣位進封竟陵郡王食邑加千戶復授使持節都督南徐兖二

州諸軍事鎮北將軍南徐州刺史遷使持節侍中都督
南兗徐北兗青冀五州諸軍事征北將軍南兗州刺史兗
徐接壤素漸河潤漢書武帝詔曰淮南衡山兩國接壤東觀漢記曰拜郭伋潁川太守召見
辭謁帝勞之曰賢能太守去帝城不遠河潤九里冀京師并蒙福也未及下車仁聲先洽
漢書曰班伯爲定襄太守其下車作威吏民竦息玉關靖柝北門寢扃漢書曰龍勒有
玉門關周禮曰凡軍事聚欜鄭玄曰擊欜兩木相敲行夜時也欜與柝同史記曰齊威王曰吾吏有黔夫者使
守徐州則燕人祭北門裴駰曰齊之北門說文曰扃外關門之關朝首以董司岳牧敷
典邦敎晉起居注宋公表曰董司乖方過寔引罰孔安國尚書傳曰董督也潘岳關中詩曰岳牧慮殊
禮記司徒明七敎以興民德尚書曰司徒掌邦敎方任雖重比此爲輕山濤啓事曰方
任雖重比此爲輕徵護軍將軍兼司徒侍中如故文授車騎將

軍兼司徒侍中如故卽授司徒侍中又如故上穆三能下敷五典漢書曰三能色齊君臣和蘇林曰能音台尚書帝曰契汝作司徒敬敷五教在寬又曰五典克從孔安國曰五典五常之教闡玄闈以闡化寢鳴鍾以體國玄謂道也太玄經曰玄門混沌難知孫放數詩曰一往縱神懷蟜跡步玄闈范曄後漢書曰桓榮爲五更贊曰待問應若鳴鍾翼亮孝治緝熙中教孝經曰昔者明王之以孝治天下也不敢遺小國之臣司徒故曰中教奪金恥訟蹊田自嘿呂氏春秋曰齊人有欲得金者清旦衣冠之鬻金者之所見人操金攫而奪之吏捕而束縛之問曰人皆在焉子攫人之金何故對吏曰殊不見人徒見金耳左氏傳申叔時謂楚子曰牽牛以蹊人之田而奪之牛牽牛以蹊者信有罪矣而奪之牛罰以重矣不雕其朴用晦其明呂氏春秋曰賢不肖各反其質行其情不雕其素高誘曰素樸也周易曰明入地中明夷君子以莅衆用晦而明王弼曰藏明於內乃得明聲化之有倫繄公是賴潘元茂九

刑注及別本
歸別本

錫文曰故周室之不壞繫二國是賴庠序肇興儀形國胄師氏之選允師人範禮記曰有虞氏養國老於上庠夏后氏養國老於東序鄭玄曰皆學名也毛詩曰儀刑文王袁山松後漢書曰李膺風格儀刑皆可師範尚書曰夔命汝典樂教胄子周禮曰師氏中大夫以三德教國子法言曰務學不如務求師師者人之模範也以本官領國子祭酒固辭不拜八座初啓以公補尚書令陳壽魏志評曰八座尚書即古六卿之任也晉百官名曰尚書令尚書僕射六尚書古爲八座尚書式是敷奏百揆時序尚書曰敷奏以言又曰納于百揆百揆時敘王隱晉書詔曰今之尚書令皆古之百揆之任也夫國家之道互爲公私君親之義遞爲隱犯禮記曰事親有隱而無犯事君有犯而無隱有諫諍之義公二極一致愛敬同歸國語欒共子曰臣聞之人生於三事之如一父母生之師教之君食之非父不生非食不長非教不智生之族也故一事之唯其所在則致死矣孝經曰資於事父以事母而愛同資於事父以事君而敬

趙曦明云此當引崔光傳黄門畫圖古事獻王圖事

揚 别本

同亮誠盡規。謀猷弘遠矣。國語召康公曰天子聽政近臣盡規晉中興書冊陶侃曰公經德秉哲謀猷弘遠又授使持節都督楊州諸軍事楊州刺史。本官悉如故舊惟淮海今則神牧尚書曰淮海惟楊州地理書曰崑崙東南地萬五千里名曰神州編戶殷阜萌俗繁滋漢書呂后曰諸將故與帝爲編戶不言之化若門到戶說矣周易曰不言而信存乎德行孝經曰君子之教以孝非家至而日見之鄭玄曰非門到戶至而日見也楚辭曰衆不可戶說兮孰云察余之中情頃之解尚書令改授中書監餘悉如故獻納樞機絲綸允緝兩都賦序曰日月獻納周易曰言行君子之樞機禮記曰王言如絲其出如綸武皇晏駕寄深負圖應劭風俗通曰宮車晏駕謹按史記曰王稽謂范睢曰夫事有不可知者有不可奈何者一日宮車晏駕是事不可知也君雖恨於臣是無可奈何謂秦昭王以天下終也昔周康王一旦晏起侍人以

文六十　七

俛讀僶俛之俛不必改

爲深剌天子當夜寢早作身省萬機如今崩殞則爲晏
駕矣家語孔子觀於明堂覩四門之墉有周公相成王
抱之負斧扆南面
以朝諸侯之圖焉公仰惟國典俛遵遺託俯擗天倫踴
絶于地居處之節復如居武穆之憂穀梁傳曰兄弟天
倫也何休曰兄先
弟後天之倫次也禮記曰婦人擊
心爵踊鄭玄曰爵踊足不絶地也聖主嗣興地居旦奭
蕭子顯齊書曰鬱林王昭業文
惠太子長子世祖崩太孫即位有詔策授太傅領司徒
餘悉如故坐而論道動以觀德周禮曰坐而論道謂之
三公禮記曰樂行而民
向方可以
觀德矣地尊禮絶親賢莫貳晉中興書恭帝詔曰大
司馬地隆任重親賢莫
貳班固諸侯王表序曰
親親賢賢襃功表德又詔加公入朝不趨讚拜不名
劒履上殿蕭傅之賢曹馬之親兼之者公也漢書曰
上賜蕭
何帶劒履上殿入朝不趨又曰上欲自行擊陳豨周緤
泣曰始秦攻破天下未曾自行今上常自行是無人可

使者乎上以爲愛我賜入殿門不趨而綜與傳寬同傳寬無不趨之言疑任公誤也魏志曰曹真字子丹太祖族子也明帝即位遷大司馬賜劒履上殿入朝不趨晉公卿禮秩曰汝南王亮秦王東吳王晏梁王肜皆劒履上殿入朝不趨復以申威重道增崇德統進督南徐州諸軍事餘悉如故並奏疏累上身歿讓存王隱晉書曰武帝贈羊祜詔曰身歿讓存遺操益厲天不慭遺梁岳頹峻左氏傳曰孔丘卒公誄之旻天不弔不慭遺一老禮記曰孔子蚤作負手曳杖逍遥於門歌曰太山其頹乎梁木其壞乎某年某月日薨春秋三十有五詔給温明秘器斂以衮章備九命之禮遣大鴻臚監護喪事朝夕奠祭太官供給禮也漢書曰大將軍霍光薨賜東園温明秘器服虔曰東園處此器象如桶開一端漆畫懸鏡其中置尸上斂并蓋之周禮曰三公自衮衣冕而下又曰上公九命故以慟極津門感充長樂東觀漢記曰東海王彊薨上發魯相所上

欑下牀伏地舉聲盡哀至長樂宮白太后因出幸津門亭發喪豈徒舂人不相傾壥罷肆而已哉史記曰趙良謂商鞅曰五羖大夫死秦國男女莫不流涕童子不歌謡舂者不相杵劉紹聖賢本紀曰子産治鄭二十年卒國人哭于巷商賈哭于市農夫號于野乃下詔曰褒崇庸德前王之令典追遠尊戚沿情之所隆禮記曰禮樂之情同故明王相沿也鄭玄注曰沿猶因述也故使持節都督揚州諸軍事中書監太傅領司徒揚州刺史竟陵王新除進督南徐州體睿履正神監淵邈道冠民宗具瞻惟允毛詩曰民具爾瞻肇自弱齡孝友光備毛詩曰張仲孝友爰及贊契協升景業爕和台曜五教克宣台曜及五教並已見上文敷奏朝端百揆惟穆尚書曰敷奏以言晉中興書謝石上疏曰尸素朝端忽焉五載尚書曰百揆時敘寄重先顧任均負圖先顧

别本亦作旒　据此注則當作游

則顧命也尚書曰成王將崩命召公畢公相康王作顧命召畢已見上文諒以齊徽二南同規往哲毛詩序曰關雎麟趾之化王者之風也故繫之周公鵲巢騶虞之德諸侯之風也故繫之召公周南召南正始之道王化之基方憑保祐永翼雍熙東京賦曰上下共其雍熙天不憖遺奄見薨落憖遺已見上文方言曰奄遽也尚書曰帝乃殂落哀慕抽割震動于厥心今先遠戒期龜謀襲吉禮記曰喪事先遠日尚書曰謀及卜筮孔安國曰龜曰卜又曰乃卜三龜一習吉襲與習通茂崇嘉制式弘風猷可追崇假黃鉞尚書曰王左杖黃鉞孔安國曰鉞以黃金飾斧侍中都督中外諸軍事太宰領大將軍揚州牧綠綟（麗）綬具九錫服命之禮魏晉官品曰相國丞相綠綟綬九錫已見潘勗九錫文使持節中書監王如故給九旒鸞輅甘泉鹵簿曰游車九乘禮記曰乘鸞輅駕蒼龍黃屋左纛（導）輼輬（溫涼）車漢書

詔贈止此

曰紀信乘王車黄屋左纛蘇李斐曰黄屋天子車以黄繒爲蓋裏纛係毛羽幢在乘輿衡左方上注之漢書曰載霍光尸以輼輬車文頴曰如今喪轜車前後部羽葆鼓吹挽歌二部虎賁班劒百人漢書韓延壽給羽葆鼓車歌車張晏曰羽葆幢也服虔曰如今鼓吹歌車也晉公卿禮秩曰諸公及開府立從公者給虎賁二十人持班劒焉葬禮一依晉安平獻王孚故事王隱晉書曰孚字叔達宣帝次弟也封安平王薨謚曰獻詔喪事一依漢東平獻王蒼故事公道識虚遠表裏融通淵然萬頃直上千仞范曄後漢書郭林宗曰黄叔度汪汪如萬頃之陂魯連子曰東山有松千仞無枝非爲正直無枉自然僕妾不覩其喜愠近侍莫見其傾弛晉中興書曰衛玠終身不見其愠喜王隱晉書曰王邵爲丹陽尹善禮儀操人近習未嘗見其傎替他人之善若己有之尚書穆公曰人之有技若己有之民之不臧公實貽恥尸子曰見人有過則如己有過虞氏之盛德也誘接恂恂降以顔

色。（論語曰孔子於鄉黨恂恂如也似不能言者子肅曰恂恂温恭之貌）方於事。上。好下。規。己。（魏志劉寔曰王肅方於事上而好下接己此一反也）而廉於殖財施人不倦。（左傳長向曰齊桓施舍不倦求善不厭）帝子。儲季。令。行。禁止。（文子曰夫抱順効誠者令行禁止）國網。天憲。寘。諸掌握。（范曄後漢書劉陶曰今權官手握王爵口含天憲淮南子曰執節於掌握之間寘致也）未嘗鞫。人。於輕。刑。錮。人。於重。議。（東觀漢記曰袁安爲尹十餘年政令公平未嘗以贓罪鞫人常歎曰凡士之學高欲望宰相下及牧守鄉人於聖代尹不忍爲也）人有。不及。內恕。諸己。非意。相干。每爲理屈。（晉中興書曰衛玠常以人有不及可以情恕非意相干可以理遣）任天下之重體生民之俊（孟子曰伊尹其自任以天下之重也如此東觀漢記郅鄆曰天生俊士以爲民也）華袞與縕緒（張呂）同歸。山藻與蓬茨俱逸。（潘岳密陵侯鄭公碑曰公雖違華袞猶朱其紱韓詩子路曰曾子褐衣縕

庾徐慣用此調降及初唐盈成俗響

縉未嘗完論語曰臧文仲山節藻梲包咸曰節者栭刻鏤爲山梲者梁上楹畫以藻文聖主得賢臣頌曰長於蓬茨之下良田廣宅符仲長之言范曄後漢書曰仲長統字公理山陽人也少好學博涉書記每州郡召命輒稱疾不就欲卜居清曠以樂其志嘗論之曰使居有良田廣宅背山臨流溝池環匝竹木周布足以息四體之役邙山洛水協應叟之志應璩與程文信書曰故求遠田在關之西南臨洛水北據邙山託崇岫以爲宅因茂林以爲蔭丘園東國鎦銖軒冕以東國若丘園輕軒冕猶鎦銖者鄭玄曰言君分國以祿之視之輕如鎦銖矣乃依林構宇傍巖拓架清猨與壷人爭旦緹幕與素瀨交輝光劉公幹贈五官中郎將詩曰明月照緹幕楚辭曰戲疾瀨之素水置之虛室人野何辨莊子曰虛室生白孟子曰舜之居深山之中所以異於深山之野人者幾希劉熙曰當此之時舜與野人相去豈遠哉殷仲文入剡詩曰野人雖云隔超語必有比高人何點躡屩於鍾阿徵士劉虯獻書於衛

岳贈以古人之服弘以度外之禮蕭子顯齊書曰何點字子晳盧江人也隱居東離門卞忠貞墓側豫章王命駕造門點從後門逃去竟陵王子良聞之曰豫章王尚不屈非吾所議遺點嵇叔夜酒杯徐景山酒鎗以通意虞孝敬高士傳曰何點常躡草屩時乘柴車蕭子顯齊書又曰劉虯字靈豫南陽人也豫章王爲荊州牧辟虯爲別駕遺書禮請虯辭荅不應命子良致書通意虯荅書後以江陵沙洲人遠乃徙居之魏志曰太祖賜毛玠素屏風素憑几曰君有古人之風故賜以古人之服干寶晉紀何曾謂太祖曰阮籍如此何以訓世太祖曰度外人也宜共容之屈以好事之風申其趨王之意戰國策曰先生王叔造門欲見於齊宣王宣王使謁者迎入王叔曰叔趨見王爲好勢王趨見叔爲好士於王何如使者復還報宣王曰先生徐入寡人請從宣王因趨而迎之於門乃知大春屈己於五王君大降節於憲后致之有由也范曄後漢書井丹字大春扶風人建武末沛王輔等五王居北宮皆好賓客更遣請丹不能致信陽侯陰就光烈皇后弟也以外戚貴盛乃詭説

五王求錢千萬約能致丹別使人要劫之丹不得已既至就故爲設麥飯葱菜之食丹推去之曰以君侯能供甘旨故來相過何其薄乎更致盛饌乃食東觀漢記曰荀恁字君大鴈門人也永平中驃騎將軍東平憲王蒼辟恁署祭酒敬禮焉後朝會上戲之曰先帝徵君不至驃騎辟而來何也對曰先帝秉德惠下臣故不來驃騎將軍執法撿下臣故不敢不來其卉木之奇泉石之美公所製山居四時序言之已詳文皇帝養德東朝同符作者蕭子顯齊書曰文惠太子懋字雲喬世祖長子昭業即皇帝位追尊爲文皇帝山濤啓事曰保傅不可不高天下之選羊祜秉德義克己復禮東宮少事養德而已論衡曰治國之道一曰養德養德者養名高尚之人亦能敬賢禮記曰作者之謂聖述者之謂明明聖者述作之謂也爰造九言實該百行竟陵王集有皇太子九言言德言賢言親言生言靜言昭言真言節言義孔藏與從弟書曰學者所以飾百行也導衿褵於未萌申烱戒於茲日衿褵於衿結褵也儀禮曰女嫁母施衿結帨曰勉之敬之毛詩曰親結其

賓游梁朝代語不可效

縭九十其儀毛萇曰縭婦人之褘也幽通賦曰既訊爾以吉象又申之以烱戒非直旦暮千載迺萬世一時也莊子曰萬世之後而一遇大聖知其解者是旦暮遇之也命公注解竟陵王集有皇太子九言注解衛將軍王儉綴而序之竟陵王集云衛將軍王儉爲九言序贊山宇初構超然獨往淮南王莊子略要曰江海之士山谷之人也輕天下細萬物而獨往者也司馬彪注曰獨往自然不復顧世顧而言曰死者可歸誰與入室國語曰趙文子與叔向觀乎九原曰死者若可作吾誰與歸尚想前良俾若神歎思玄賦曰尚前良之遺風王隱晉書劉瓛曰神爽忽然若已之侍對也乃命畫工圖之軒牖既而緬屬賢英傍思才淑賈逵國語注曰緬思貌匹婦之操亦有取焉有容遊梁朝者從容而進曰未見好德愚竊惑焉論語孔子曰吾未見好德如好色者即命刊削投杖不暇禮記曰子夏喪其子而喪

其明弟子弔之子夏曰天乎予之無罪曾子怒曰喪爾親使人未有聞喪爾子喪爾明汝何無罪子夏投其杖
而拜之公以爲出言自口駟騄不追鄧析書曰一言而非駟馬不能追一言而
急駟馬不能及聽受一謬差以千里易乾鑿度曰正其本而萬物理失之毫釐差之千里
所造箴銘積成卷軸門階户席寓物垂訓李尤集序曰尤好爲銘讚
門階户席莫不有述家語南宮敬叔曰孔子作春秋垂訓後嗣先是震于外寢左氏傳曰震夷
伯廟罪之匠者以爲不祥將加治葺弔屈原曰逢時不祥杜預左氏傳注曰葺覆也
公曰此天譴也無所改修以記吾過且令戒懼不怠左氏
傳曰晉侯求介之推不獲以緜上爲之田曰以志吾過且旌善人從諫如順流虛己若
不足王命論曰從諫如順流莊子曰人能虛己以游於世其孰能害之老子曰大白若辱廣德若不足
至於言窮藥石若味滋旨左氏傳曰孟孫卒臧孫入哭甚哀曰孟孫之惡我藥石也

信必由中貌無外悅左氏傳曰周鄭交惡君子曰信不由中質無益也貴而好禮怡寄典墳論語子曰未若貧而樂富而好禮者也左氏傳楚子曰左史倚相能讀三墳五典雖牽以物役孜孜無怠孫卿子曰是謂以已爲物役矣尚書曰禹予思日孜孜又曰無怠無荒乃撰四部要略淨住子淨住序云遺教經云波羅提木义是女大師若住於世無異我也又云波羅提木义住則我法住波羅提木义滅則我法滅是故衆僧於望晦再說禁戒謂之布薩外國云布薩此云淨住亦名長養亦名增進所謂淨住身口意身絜意如戒而住故曰淨住子者紹繼爲義以沙門淨身口七支不起諸惡長養增進菩提善根如是脩習成佛無差則能紹續三世佛種是佛之子故云淨住子並勤成一家懸諸日月漢書曰太史公書序略以拾遺補闕藝成一家言楊雄方言曰雄以此篇目煩示其成者張伯松伯松曰是懸諸日月不刊之書也弘洙泗之風闡迦維之化禮記曾子謂子夏曰吾與汝事夫子於洙泗之間鄭玄曰洙泗魯水名也瑞應經曰菩薩下當作

弔文 別本有此一行

佛託生天竺迦維羅衛國大漸彌留話言盈耳尚書曰疾大漸惟幾病日臻既彌留說文曰話會合善言也論語子曰師摯之始關雎之亂洋洋乎盈耳哉黜殯之請至誠懇惻黜殯已見演連珠注豈古人所謂立言於世沒而不朽者歟左氏傳曰穆叔如晉范宣子逆之問焉曰古人有言曰死而不朽何謂也穆叔對曰豹聞之太上有立德其次有立功其次有立言雖久不廢此之謂不朽也易名之典請遵前烈謹狀禮記曰公叔文子卒其子戍請謚於君曰日月有時將葬矣請所以易其名者

弔文

弔屈原文一首 并序

賈誼

誼爲長沙王太傅既以謫去意不自得韋昭曰謫譴也字林曰丈厄切及渡湘水爲賦以弔屈原屈原楚賢臣也被讒放逐作離騷賦其終篇曰已矣哉國無人兮莫我知也遂自

投汨羅而死。誼追傷之。因自喻。其辭曰應劭風俗通曰賈誼與鄧通俱侍中同位數廷譏之因是文帝遷爲長沙太傅及渡湘水投弔書曰闒茸尊顯佞諛得意以哀屈原離讒邪之咎亦因自傷爲鄧通等所愬也

恭承嘉惠兮俟罪長沙張晏曰恭敬也越絕書曰恭承嘉惠述暢往事琴操伍子胥歌曰俟罪斯國志願得兮側聞屈原兮自沈汨覓羅韋昭曰皆水名羅今爲縣屬長沙汨水在焉列子曰吾側聞之造託湘流兮敬弔先生言至湘水託流而弔遭世罔極兮乃殞厥身張晏曰讒言罔極罔極言無中正周書文王曰惟世罔極汝尚助予嗚呼哀哉逢時不祥鸞鳳伏竄兮鴟梟翺翔闒茸尊顯兮讒諛得志胡廣曰闒茸不才之人無六翮翺翔之用而反尊顯爲諂諛得志於世也字林曰闒茸不肖也賢聖逆曳兮方正倒植胡廣曰逆曳不可順道而行也倒植者賢不肖

生即先生也先生或省稱先或省稱生　故即辜也

以喻賢者在下也

若漢書及祭屈原文報延年注引

顛倒易位也植史記作值世謂隨夷爲溷胡囦兮服虔曰殷之賢士卞隨也韋昭曰夷伯夷也溷濁也史記

隨字作伯謂跖蹻爲廉李奇曰跖魯之盜跖蹻楚之莊蹻莫邪爲鈍兮吳越春秋

曰干將者與歐治同師俱作劒闔閭得而寶之以故使干將造劒二枚一曰干將二曰莫邪莫邪干將妻之名

也鉛刀爲銛漢書音義曰銛徹謂利也息鹽切吁嗟默默生之無故兮應劭曰默

默不得意也臣瓚曰先生謂屈原鄧展曰言屈原無故遇此禍也毛詩曰吁嗟鳩兮斡棄周鼎寶

康瓠兮如淳曰斡轉也史記音烏活切爾雅曰康瓠謂之甈李巡曰大瓠瓢也甈丘列切騰駕

罷牛驂蹇驢兮驥垂兩耳服鹽車兮戰國策汗明曰大驥服鹽車上太行

中坂遷延負轅不能上章甫薦屨漸不可久兮冠當加首而以薦屨到上爲下故漸

不可久也儀禮曰士冠章甫殷道也嗟苦先生獨離此咎兮應劭曰嗟咨嗟苦勞苦屈

原遇此難也訊曰已矣國其莫我知兮張晏曰訊離騷下竟亂辭也獨

騏驥楚詞作騏驎
故亦辜也史記作辜
揚子雲反離騷意即本此
賈生責屈子時又殊矣

壹鬱其誰語鳳漂漂其高逝兮固自引而遠去史記音漂匹遥切襲九淵之神龍兮沕深潛以自珍音義曰襲覆也猶言察也莊子千金之珠必九重之淵而驪龍頷下張晏曰沕潛藏也鄧展曰音昧偭蟂獺以隱處兮夫豈從蝦與蛭螾應劭曰蟂獺水蟲害魚者偭背也蘇林曰偭音面服虔曰蟂音梟韋昭曰蝦蝦蟇蛭水蟲食人者也螾丘螾也偭然自絶於蟂獺況從蝦與蛭螾也蝦音遐蛭之一切螾音引所貴聖人之神德兮遠濁世而自藏莊子曰宜丘見蛾丘之將是聖人僕也是自埋於民自藏於畔郭象曰進不榮華退不枯槁也使騏驥可得係而羈兮豈云異夫犬羊般紛紛其離此尤兮亦夫子之故也李奇曰般久也紛亂也應劭曰般音班或曰般桓不去紛紛構讒意也犍爲舍人爾雅注曰尤怨大也李奇曰亦夫子不如麟鳳不逝之故羅此咎善曰言般桓不去離此愆尤亦夫子自爲之故不可尤人也歷九州而相其君兮

細德猶小德細故也
險危也　曾即上也

巨魚即下鱣鯨

蟻与魚二韻不誤

何必懷此都也言知時之亂當歷九州相賢君而事之何必思此都而遭放逐鳳凰翔于千仞兮覽德輝而下之見細德之險徵兮遙曾擊而去之如淳曰鳳凰曾擊九千里絕雲氣遙遠也曾高高上飛意也鄭玄曰擊音攻擊之擊李奇曰遙遠也曾益也史記擊字作翮文子曰鳳凰飛千仞莫之能致也禮記曰德輝動乎內險徵謂輕爲徵祥也彼尋常之汙瀆兮豈能容夫吞舟之巨魚應劭曰八尺曰尋倍尋曰常善曰莊子曰弟子謂庚桑楚曰夫尋常之溝巨魚無所還其體而鯢鰌爲之制也橫江湖之鱣鯨兮固將制於螻蟻晉灼曰小水不容大魚而橫鱣鯨於汙瀆必爲螻蟻所見制以況小朝主闇不容受忠迕之言亦謂讒賊小人所見害也鱣或作鱏史記鱣張連切鱏音尋莊子庚桑楚謂弟子曰吞舟之魚碭而失水則螻蟻能苦之戰國策齊人說靖郭君曰君不聞海大魚乎蕩而失水則螻蟻得意焉

弔魏武帝文一首 并序

陸士衡

此文謂學魏武之云盡酷對託云傷懷耳

元康八年機始以臺郎出補著作遊乎祕閣而見魏武帝遺令愾然歎息傷懷者久之毛詩曰嘯歌傷懷客曰夫始終者萬物之大歸死生者性命之區域家語孔子曰命者性之始也死者生之終也有始必有終矣尸子老萊子曰人生於天地之間寄也寄者同歸也是以臨喪殯而後悲覩陳根而絕哭國語曰楚子西歎於朝藍尹亹曰吾聞君子思前世之崇替與哀殯喪於是有歎其餘則否禮記曰朋友之墓有宿草而不哭焉鄭玄曰宿草謂陳根也今乃傷心百年之際興哀無情之地意者無乃知哀之可有而未識情之可無乎機荅之曰夫日食由乎交分山崩起於朽壞亦云數而已矣左氏傳曰秋七月壬午朔日有蝕之公問於梓慎曰是何物也禍福何爲對曰二至二分日有蝕之不爲災日月之行也分同道至相遇也其他日則爲災陽不克也國語曰梁山

此已有曹孟德在其言內矣

崩伯宗問絳人曰若何對曰山有朽壤而崩將若何然百姓怪焉者豈不以資高明之質而不免卑濁之累尚書曰高明柔克高明謂日月也居常安之勢而終嬰傾離之患故乎穀梁傳曰沙麓崩林屬於山爲麓沙山名無崩壞之道而云崩故志之也夫以迴天倒日之力而不能振形骸之內范曄後漢書曰左迴天具獨坐謂中官左悺具瑗也淮南子曰魯陽公與韓遘戰酣日暮援戈而麾之日爲之反三舍莊子曰申徒兀者也謂子產曰今子與我遊於形骸之內而子索我於形骸之外濟世夷難之智而受困魏闕之下崔寔政論曰及其出也足以濟世寧民呂氏春秋公子牟曰心居魏闕之下許愼淮南子注曰魏闕王之闕也巳而格乎上下者藏於區區之木尚書曰格于上下左氏傳楚靈王曰是區區者而不畀余也光于四表者翳乎蕞祖外爾之土尚書曰光被四表左氏傳子產曰諺曰蕞爾之國杜預注曰蕞爾小貌也雄心摧於弱

國語周語瞽史教誨韋昭注云瞽樂太師史太史也

情壯圖終於哀志長筭屈於短日遠迹頓於促路筭計謀也迹功業也思玄賦曰盍遠迹以飛聲嗚呼豈特瞽史之異闕景黔黎之怪頹岸乎觀其所以顧命家嗣貽謀四子顧命以見上文爾雅曰冢大也左氏傳里克曰太子奉冢祀社稷之粢盛故曰冢子謂文帝也毛詩曰貽厥孫謀經國之略既遠隆家之訓亦弘文云吾在軍中持法是也至小忿怒大過失不當効也善乎達人之讜言矣聲類曰讜善言也持姬女而指季豹以示四子曰以累汝因泣下魏略曰太祖杜夫人生沛王豹及高城公主四子即文帝巳下四王也太祖崩文帝受禪封母弟彰爲中牟王植爲雍丘王庶弟彪爲白馬王又封支弟豹爲侯然太祖子在者尚有十一人今唯四子者蓋太祖崩時四子在側史記不言難以定其名位矣傷哉曩以天下自任今以愛子託人自任巳見上文列子相室

建安十五年作銅雀臺令有云萬年之後汝曹皆當出嫁

汝等指丕等登陵以望田屬之伎人故文士亦沿用

謂東門吾曰公之愛子也同乎盡者無餘而得乎云者無存言人命盡而神無餘身亡而識無存今太祖同而得之故可悲傷也鄭玄禮記注曰死言精神盡也然而婉孌房闥之內綢繆家人之務則幾乎密與班固漢書哀紀述曰婉孌董公力婉切毛詩曰綢繆束薪毛萇曰綢繆猶纏緜也杜預左氏傳注曰幾近也又曰吾婕妤妓人皆著銅爵臺魏志曰建安十五年冬作銅爵臺於臺堂上施八尺牀繐帳鄭玄禮記注曰凡布細而疏者謂之繐朝晡上脯糒之屬漢書東方朔曰乾肉爲脯方武切說文曰糒乾飯也蒲秘切月朝十五輒向帳作妓汝等時時登銅爵臺望吾西陵墓田又云餘香可分與諸夫人諸舍中無所爲學作履組賣也舍中謂衆妾衆妾既無所爲可學作履組賣之晏子春秋曰景公爲履黃金之綦飾以組連以珠吾歷官所得綬皆著藏中吾餘衣

今止者之由

愛謂生惡謂死生不了之

前識謂前世之識老那老子之所謂前識

然則而父之履不自傷情明矣

裘可别爲一藏不能者兄弟可共分之既而竟分焉亡者可以勿求存者可以勿違求與違不其兩傷乎令衣裘别爲一藏是亡者有求也既而竟分焉是存者有違也求爲吝而虧廉違爲貪而害義故曰兩傷悲夫愛有大而必失惡有甚而必得智惠不能去其惡威力不能全其愛言愛是情之所厚故雖大而必失之惡是行之所穢故雖甚而必得之故智惠不能去其惡威力不能用其愛故可悲也尸子曰父母愛之喜而不忘父母惡之懼而無咎然則愛與惡其於成孝也無擇令人雖未得愛不得惡矣故前識所不用心而聖人罕言焉老子曰前識者道之華論語子曰飽食終日無所用心又曰子罕言利若乃繫情累於外物留曲念於閨房亦賢俊之所宜廢乎慎子曰德精微而不見是故物不累於內於是遂憤懣而獻乎云爾白虎通曰天子崩臣子哀痛憤懣

周易繫辭下疏云言天覆地載之道以貞正得一故其功可為物之所觀也
左傳五年注雲物氣色災變也

接皇漢之末緒值王途之多違東都賦曰系唐統接漢緒荅賓戲曰王途蕪穢周失其馭蔡邕釋誨曰王途壞人極強漢書元帝詔曰政令多違佇重淵以育鱗撫慶雲而遐飛以龍喻太祖也重淵九重之淵也揚雄釋愁曰懿神龍之淵潛竢慶雲而將舉史記曰若煙非煙若雲非雲郁郁紛紛蕭索輪囷是謂慶雲運神道以載德乘靈風而扇威周易曰聖人以神道設教國語曰祭公謀父曰奕世載德載猶行也摧群雄而電擊舉勍敵其如遺左氏傳子魚曰君未知戰勍敵之人隘而不成列天贊我也杜預曰勍強也漢書梅福上書曰高祖取楚如拾遺指八極以遠略必翦焉而後綏淮南子曰八紘之外乃有八極也釐三才之闕典啓天地之禁闈三才已見頭陀寺碑文范曄後漢書曰梁太后詔曰周舉在禁闈有密靜之風舉脩網之絕紀紐大音之解徽老子曰大音希聲許慎淮南子注曰鼓琴循絃謂之徽掃雲物以貞觀要萬途

大造謂數之大成

孫志祖曰引齊云擠與躋通臺之升也注引孔傳擠之誤

操以建安二十四年由長安出兵漢中擊劉備無功而還

而來歸雲物喻羣凶也左氏傳曰分至啓閉必書雲物周易曰天地之道貞觀者也來歸歸之於己也丕大德以宏覆援日月而齊暉周易曰天地之大德曰生禮記曰天無私覆淮南子曰爲帝異道而德覆天下楚辭曰與天地兮比壽與日月兮齊光宏普也濟元功於九有固舉世之所推史記太史公曰惟祖元功輔臣股肱毛詩曰奄有九有老子曰天下樂推而不猒彼人事之大造夫何往而不臻左氏傳呂相曰我有大造于西也杜預注曰造成也將覆簣於浚谷擠爲山乎九天論語孔子曰譬如平地雖覆一簣進吾往也孔安國尚書傳曰擠隊墜也司馬兵法曰善攻者動於九天之上苟理窮而性盡豈長筭之所研周易曰窮理盡性以至於命鄭玄曰言窮其義理盡人之情性以至於命吉凶所定又曰研喻思慮也悟臨川之有悲固梁木其必顛論語子在川上曰逝者如斯夫梁木已見上文當建安之三八實大命之所艱大命謂天命也尚書曰天

焯云文昌操自託爲周文王也

魏都賦造文昌之廣殿

非王心之所怡言志希九鼎不以王位爲足也

此言操以西征無功發憤處作業操此役本無西行

又救張郃於陽平亭意漢中之地遂棄而還因感憤成疾遂死

監厥德用集大命雖光昭於曩載將秘駕於此年史記李斯曰當今可謂富貴極矣吾未知所稅駕也法言曰仲尼之駕稅矣李範曰稅舍也惟降神之縣邈眇千載而遠期降神謂生聖智也千載一出故曰遠期也毛詩曰惟嶽降神桓子新論曰夫聖人乃千載一出賢人君子所想思而不可得見者也信斯武之未喪膺靈符而在茲茲此也此太祖也論語曰子畏於匡曰文王既沒文不在茲乎天之未喪斯文也匡人其如予何曹植大魏篇曰大魏膺靈符天祿方茲始春秋孔演圖曰靈符滋液以類相感雖龍飛於文昌非王心之所怡周易曰飛龍在天大人造也東京賦曰龍飛白水漢書文昌宮一曰上將二曰次將三曰貴相憤西夏以鞠旅泝秦川而舉旗魏志曰建安二十四年三月王自長安出斜谷劉備固險距守五月引軍還長安陳思王述征賦曰恨西夏之不綱毛詩曰陳師鞠旅魏明帝自惜薄祜行曰出身秦川爰居伊陽踰鎬京而不豫臨渭濱而有疑冀翌日之云

裴松之國志注引袁暐獻帝春秋載濮陽事
興平二年敗於鉅鏕
慮噤閉故預為今述

寥彌四旬而成災毛詩曰宅是鎬京𦲷賔戲曰周望兆勳於渭濵尚書曰既克商二年王有疾不豫公乃告太王王季文王公歸王翌曰乃瘳孔安國曰翌日明日也瘳差也詠歸途以反旆登崤澠而朅來魏志曰建安二十四年十月還洛陽東京賦曰乃反旆而回復漢書曰王莽冊命王竒曰崤澠之險東當鄭衛新亰大臣曰洛陽西有崤澠思玄賦曰迴志朅來從玄謀次洛汭而大漸指六軍曰念哉魏志曰建安二十五年正月至洛陽庚子王崩尚書曰東至於洛汭大漸已見上文尚書曰帝念哉伊君王之赫奕寔終古之所難楚辭曰長無絕兮終古威先天而蓋世力盪海而拔山周易曰先天而天弗違漢書項羽歌曰力拔山兮氣蓋世時不利兮騅不逝田邑與馮衍書曰欲搖太山而盪北海戹奚險而弗濟敵何彊而不殘每因禍以禔福亦踐危而必安難蜀父老曰遐邇一體中外禔福說文曰禔安也時移切迄在茲而蒙昧慮噤閉而無端

楚辭曰口噤閉而不言噤巨蔭切委軀命以待難痛沒世而永言鶡冠子曰從袘
委命鵩鳥賦曰縱軀委命論語子曰君子疾沒世而名不稱焉撫四子以深念循膚體
而頹嘆追營魄之未離假餘息乎音韻楚辭曰我營魄而登遐老子曰
抱一能無離乎鍾會曰經護爲營形氣爲魄執姬女以嚬瘁指季豹而灌焉
孟子曰嚬蹙而言嚬蹙謂人頻眉蹙顣憂貌也灌泣涕垂貌氣衝襟以嗚咽涕垂睫
而汍瀾蔡琰詩曰行路亦嗚咽桓子新論曰雍門周以琴見孟嘗君孟嘗君淚承睫涕出漢書息夫躬
絕命辭曰涕泣流兮萑蘭臣瓚曰萑蘭涕泣闌干也萑與汍古今字同違率土以靖寐戢
彌天乎一棺毛詩曰率土之濱古詩曰潛寐黃泉下毛萇詩傳曰戢聚也彌天喻志高遠也尚書
五行傳曰雲起於山彌於天淮南子曰吾死也杇有一棺之土浴宏度之峻邈壯大業
之允昌周易曰富有之謂大業思居終而郵始命臨沒而肇揚穀梁

吝　此注大謬貞謂單中於法是吝謂小忽大失不當致叩在我不藏也　何焯

傳曰先君有正終後君有正始也援貞吝以惎悔雖在我而不臧言爲屨履組及分香令藏衣裘是引貞吝之道致爲可悔之行也周易曰自邑告命貞吝毛詩曰何用不臧惜內顧之纏緜恨末命之微詳西京賦曰嗟內顧之所觀張堅與任彥昇書曰纏緜惠好庶蹤高蹤尚書曰道揚末命也紆廣念於履組塵清慮於餘香結遺情之婉變何命促而意長陳法服於帷座陪窈窕於玉房孝經曰非先王之法服不敢服毛詩曰窈窕淑女漢書郊祀歌曰神之出排玉房宣備物於虛器發哀音於舊倡禮記曰孔子謂盟器者備物而不可用說文曰倡樂也謂作使人也矯感容以赴節掩零淚而薦觴家語曰子貢問居父母之喪子曰感容稱其服楚辭曰長太息以掩涕物無微而不存體無惠而不亡言服玩雖微而必存儀形無善而必逝言物在而人亡也家語孔子謂哀公曰君入廟仰視榱桷俯察机筵其器皆存而不覩人君以此思哀

縹眇縹緲作瞟眇

顏延年陶徵士誄注引帳作帷

眝據上義改

何焯云魏志建安二十三年六月令曰古之葬者必居瘠薄之地其規西門豹祠西原上為壽陵因高為基不封不樹所謂遺累薄葬也

案陳王指曹丕說塵謗安指曹丕兄弟不能守其父遺令竟令其衣裘也

則意可知矣庶聖靈之響像想幽神之復光響像音影之異名魯靈光殿賦曰忽縹緲以響像孫卿子曰下和上譬響之應聲影之像形苟形聲之翳沒雖音景其必藏音以應聲景以隨形形聲咸已翳沒影響故亦必藏也鶡冠子曰景則隨形響則應聲也徽清絃而獨奏進脯糒而誰嘗悼繐帳之冥漠怨西陵之茫茫毛詩曰宅殷土茫茫登爵臺而群悲眝美目其何望字林曰眝長眙也博雅曰眝視也眝與眝同毛詩曰美目盼兮既晞古以遺累信簡禮而薄葬禮繁則易亂厚葬則傷生能遵簡薄所以遺累詩緯曰齊數好道廢義簡禮宋均曰簡猶闕也漢書劉向曰賢臣孝子亦命順意而薄葬史記曰因其俗簡其禮也彼裘紱於何有貽塵謗於後王言裘紱輕微何所有而空貽塵謗而及後王嗟大戀之所存故雖哲而不忘言情苟存乎大戀雖復上聖亦不能忘故可嗟也覽遺籍以慷慨獻茲文而

宋書謝靈運傳惠連幼有才悟而輕薄不爲父方明所知靈運過視惠連大相知賞謂方明曰阿連才悟如此而尊作常兒遇之

壍即塹字說文有塹無壍　塹遶城水也

悽傷

祭文

祭古冢文一首 并序

謝惠連 沈約宋書曰元嘉七年惠連爲司徒彭城王義康法曹參軍義康脩東府城城壍中得古冢爲之改葬使惠連爲祭文留信待成也

東府掘城北壍入丈餘丹陽記曰東府城西則簡文會稽王時第東則孝文王道子府道子領揚州仍住九舍故俗稱東府得古冢上無封域不用塼甓毛萇詩傳曰甓瓴甋也今謂之塼以木爲櫬中有二棺正方兩頭無和呂氏春秋惠公說魏太子曰昔王季歷葬渦山之尾欒水齧其墓見棺之前和高誘曰棺題曰和明器之屬材瓦銅漆有數十種禮記曰孔子曰明器者神明之器也多異形不可盡識

今世所傳五銖錢皆云漢物非也南北朝皆鑄五銖錢梁武帝陳世祖齊文襄隋文帝時皆鑄五銖錢

刻木爲人長三尺可有二十餘頭初開見悉是人形以物棖撥之應手灰滅說文曰棖杖也宅庚切然南人以物觸物爲棖也廣雅曰撥除也補達切棺上有五銖錢百餘枚漢書曰武帝罷半兩錢行五銖錢也水中有甘蔗節及梅李核瓜瓣皆浮出不甚爛壞爾雅曰瓠棲瓣說文曰瓣瓜中實也白莧切一作辯字音練瓣與練字通銘誌不存世代不可得而知也公命城者改埋於東岡祭之以豚酒既不知其名字遠近故假爲之號曰冥漠君云爾

元嘉七年九月十四日司徒御屬領直兵令史統作城録事臨漳令亭侯朱林具豚醪之祭敬薦冥漠君之靈忝揔徒旅板築是司窮泉爲塹聚壤成基一榔既啓

說文慩泣下也从心漣則从瀾云童女易云泣血漣如及詩云泣涕漣漣皆以同音借漣爲慩也

雙棺在茲 捨畚悽愴 縱鍤漣而 左氏傳曰宋災陳畚挶杜預曰畚簣籠也畚音本挶居局切爾雅曰鍬謂之鍤周易曰泣血漣如杜預左傳注曰而助語也 芻靈已毀 塗車既摧 禮記曰塗車芻靈自古有之也 几筵糜腐 俎豆傾低 盤或梅李 盎或醯醢 爾雅曰盎謂之缶又曰肉謂之醢郭璞曰肉醬也音海說文曰醯酸也醯呼蹄切 蕉傳餘節 瓜表遺犀 犀已見上文 追惟夫子 生自何代 曜質幾年 潛靈幾載 寡婦賦曰潛靈邈其不反 爲壽爲夭 寧顯寧晦 銘誌湮滅 姓字不傳 今誰子後 曩誰子先 功名美惡 如何蔑然 百堵皆作 十仞斯齊 毛詩曰百堵皆興 墉不可轉 塹不可迴 黃腸既毀 便房已頹 循題興念 撫俑增哀 漢書曰霍光薨賜便房黃腸題湊各一具蘇林曰以栢木黃心致累棺外故曰黃腸木頭皆內向故曰題湊如淳曰便房冢壙中室也埤

蒼曰俑木送人葬也餘腫切俑或爲偶偶刻木以像人形五苟切射聲垂仁廣漢流渥范曄後漢書曰曹褒遷射聲校尉射聲營舍有停棺不葬百餘所褒親履行問其意故吏對曰此等多是建武以來絕無後者故不得埋掩褒爲買空地悉葬其無主者設祭以祀之東觀漢記曰陳寵字昭公沛國人也轉廣漢太守先是雒陽城南每陰常有哭聲聞於府中寵使案行昔歲倉卒時骸骨不葬者多寵乃勅縣葬埋由是即絕也祠骸府阿掩骼格城典禮記曰孟春之月掩骼埋胔鄭玄曰骨枯曰骼仰羨古風爲君改卜孝經曰卜其宅兆而安厝之輪移北隍窀穸東麓說文曰城池無水曰隍音皇左氏傳楚子曰窀穸之事杜預曰窀厚也穸夜也厚夜長夜葬爲埋也說文曰穸葬下棺也穀梁傳曰林屬於山爲麓壙即新營棺仍舊木鄭玄周禮注曰壙謂冢中也棺或爲遂非也合葬非古周公所存禮記武子曰合葬非古自周公已來未之有也敬導昔義還祔雙魂禮記孔子曰魯人之祔也合之鄭玄曰祔謂合葬也酒以兩壺

張邵連下讀

牲以特豚，幽靈髣髴，歆我犧樽。嗚呼哀哉！魏太祖祭橋玄文曰：幽靈潛翳。李康髑髏賦曰：幽魂髣髴，忽有人形。禮記曰：祀周公於太廟，牲用白牲，尊用犧象也。許宜切。

祭屈原文一首

沈約宋書曰：少帝即位，出延之為始平太守。之郡，道經汨潭，為湘州刺史張邵作祭屈原文，以致其意。

顏延年

惟有宋五年月日，湘州刺史吳郡張邵，沈約宋書曰：張邵字茂宗，吳郡人也。恭承帝命，建旟舊楚。賈誼弔屈原曰：恭承嘉惠兮，俟罪長沙。周禮曰：州里建旟。鄭玄毛詩箋曰：謂州長之屬。陸機高祖功臣頌曰：舊楚是分。訪懷沙之淵，得捐珮之浦。楚辭曰：懷沙礫而自沈兮，不忍見之蔽壅。又曰：捐余玦兮江中，遺余珮兮澧浦。弭節羅潭，艤舟汨渚。楚辭曰：路漫漫其悠遠，夕弭節而高厲。漢書曰：烏江亭長艤船待。如淳曰：南方人謂整船向岸曰艤。乃遣戶曹掾某，敬祭故楚三閭大夫屈君之靈。王逸楚辭序曰：

屈原與楚同姓仕於懷王爲三閭大夫蘭薰而摧玉縝則折語林曰毛伯成負其才氣
常稱寧爲蘭摧玉折不作蒲芬艾榮管子曰夫玉折而不撓勇也禮記孔子曰君子比德於玉焉縝密以栗智
也鄭玄曰縝緻也物忌堅芳人諱明潔堅芳即玉及蘭劉熙孟子注曰白玉之性堅蔡
邕度尚碑曰明潔鮮白珪曰若先生逢辰之缺賈誼弔屈原文曰嗟若先生獨離此咎楚
辭曰悼余生之不辰逢此世之匡攘溫風怠時飛霜急節溫風長物飛霜殺物也周
書曰小暑之日溫風至京房占曰三月建辰風衰怠桓麟七說曰飛霜厲其末飈風激其崖嬴芊遘
紛昭懷不端嬴秦姓芊楚姓王逸楚辭序曰是時秦昭王使張儀譎詐懷王令絕齊交又使誘懷
王請與俱會武關遂脅與俱歸拘留不遣卒客死於秦大戴禮曰太子處位不端受業不敬此屬太保之任也
謀折儀尚貞蔑椒蘭史記曰楚懷王既絀屈平秦乃令張儀事楚秦昭王欲與懷王會欲
行屈平曰秦不可信王問子蘭蘭勸王行秦因留懷王王逸楚辭序曰同列大夫上官靳尚妬害其能共講毀

藉用昭忠皆代祭品也六代好用代語而自款處益多其用字上非故訓下異方言大抵費擬之類須以意模索之也

之楚辭曰椒專佞以慢諂兮椒又欲充夫佩幃王逸曰椒大夫子椒也楚辭曰余以蘭爲可恃兮羌無實而害長王逸曰蘭懷王之少弟司馬子蘭也身絕郢闕，迹遍湘干。郢楚都也毛萇詩傳曰干崖也比物荃蓀，連類龍鸞。韓子曰連類比物見者以爲虛而無用荃蓀香草也王逸楚辭序曰善鳥香草以配忠貞虯龍鸞鳳以託君子聲溢金石，志華日月。金石樂也金曰鐘石曰磬吳越春秋樂師曰君王之德可刻之於金石史記太史公曰屈原蟬蛻於濁穢以浮游塵埃之外推此志也與日月爭光可也如彼樹芳，實穎實發。毛詩曰實發實秀實穎實栗望汨心歆，瞻羅思越。吳質荅東阿王書曰精散思越藉用可塵，昭忠難闕。周易曰藉用白茅何咎之有夫茅之爲物薄而用可重也左氏傳君子曰風有采蘩采蘋雅有行葦泂酌昭忠信也

祭顏光祿文一首

顏光祿即顏延年也

王僧達

維宋孝建三年，沈約宋書曰孝建孝武年號也九月癸丑朔十九日辛

朱王君以山羞野酌敬祭顔君之靈嗚呼哀哉夫德以道樹禮以仁清（尚書曰樹德務滋孔安國曰樹立也清明也）惟君之懿早歲飛聲（思玄賦曰盍遠迹以飛聲）義窮機彖文蔽班楊（機彖謂周易班班固楊楊雄也郭璞三倉解詁曰楊音盈協韻）性婞剛潔志度淵英（楚辭曰鯀婞直以亡身兮婞猶直也）登朝光國實宋之華（班固漢書述曰弱冠登朝蔡邕陳太丘碑曰紆珮金紫光國垂勳國語季文子曰吾聞以德榮爲國華韋昭曰爲國光華）才通漢魏譽浹龜沙（漢書曰龜茲國王治延城去長安七千四百八十里尚書曰被于流沙漢書李陵歌曰經萬里度沙漠說文曰北方流沙）服爵帝典棲志雲阿（言服爵雖依帝典而棲志實在雲阿言高遠也管子曰將立朝廷者則爵服不可貴也張華勵志詩曰棲志浮雲）清交素友比景共波（共波猶連波以喻多）氣高叔夜嚴方仲舉（叔夜嵇康字也司馬彪續後漢書曰陳蕃字仲舉汝南人）

丘出爲豫章太守性方峻不接賓客逸翮獨翔孤風絕侶郭璞遊仙詩曰逸翮思拂霄廣
雅曰風聲也流連酒德嘯歌琴緒漢書班伯曰式號式謼大雅所流連劉靈有酒德頌
毛詩曰嘯歌傷懷琴緒緒引緒也遊顧移年契闊燕處何敬祖雜詩曰惆悵出遊顧毛
詩曰死生契闊春風首時爰談爰賦秋露未凝歸神太素列子曰太
素者質之始明發晨駕瞻廬望路毛詩曰明發不寐心悽目泫情條
雲互李陵詩曰仰視浮雲馳奄忽互相踰涼陰掩軒娥月寢耀姮娥掩月故曰娥月
周易歸藏曰昔常娥以西王母不死之藥服之遂奔月爲月精微燈動光几牘誰炤衾
裓長塵絲竹罷調擊悲蘭宇屑涕松嶠楚辭曰涕漸漸其如屑古
來共盡牛山有淚晏子春秋曰景公遊於牛山北臨其國流涕曰若何去此而死乎艾孔梁
丘據皆泣唯晏子獨笑公收淚而問之晏子曰使賢者常守則太公桓公有之使勇者常守則莊公有之吾君

安得此泣而爲流涕是曰不仁也見不仁之君一謟諛之臣二所以獨笑也 不 悲獨昊天殲我明懿毛詩曰彼蒼者天殲我良人 以此忍哀敬陳奠饋蒼頡篇曰饋祭名也 申酌長懷顧望歔欷嗚呼哀哉范曄後漢書曰劉陶上疏曰喟爾長懷中篇而歎

文選卷第六十終

壬戌七月六日夜過中 黄侃覽誦至此卷

八代名篇此盡儲正如乳酪取醍醐王楊尚恐難輕改莫遜達人海上夫

就餘帋題一绝句 季剛

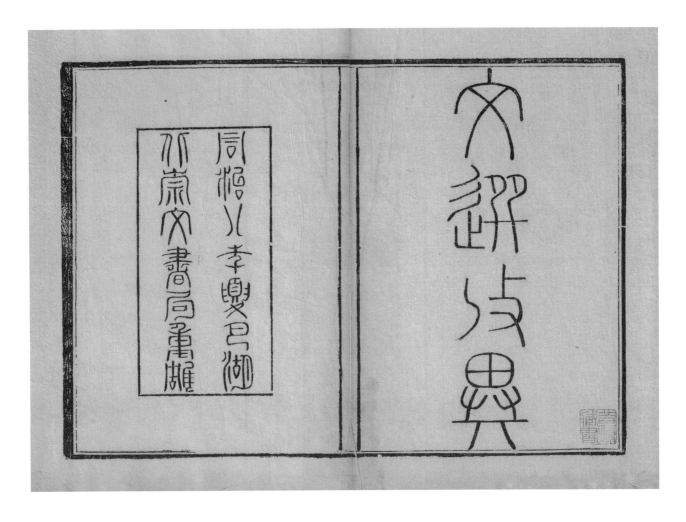

文選考異

同治八年夏月湖北崇文書局重雕

文選考異序

賜進士出身通奉大夫江南蘇松常鎮太等處承宣布政使司布政使胡克家撰

文選之異起於五臣然使有五臣而不與善注合并若合并矣而未經合并者具在即任其異而勿考當無不可也今世閒所存僅有表本有茶陵本及此次重刻之淳熙辛丑尤延之本夫表本茶陵本固合并者而尤本仍非未經合并也何以言之觀其正文則善與五臣已相羼雜或沿前而有譌或改舊而成誤悉心推究莫不顯然也觀其注則題下篇中各當闌入呂向劉良頗得指名非特意主增加他多誤取也觀其音則當句每未刊五臣注內閒兩存善讀割裂既時有之刪削殊復不少崇賢舊觀失之彌遠也然則數百年來徒據後出單行之善注便云顯慶勒成已爲如此豈非大誤即何義門陳少章輩斷斷於片言隻字不能挈其綱維皆緣有異而弗知考也余夙昔鑽研近始有悟參而會之徵驗不爽又訪於知交之通此學者元和顧君廣圻鎮洋彭君兆蓀深相剖晰僉謂無疑遂廼條舉件繫編撰十卷諸凡義例反覆詳論幾於二十萬言苟若體要均在所略不敢祕諸篋衍用貽海內好學深思之士庶其有取於斯

嘉慶十四年二月下旬序

文選考異卷第一

賜進士出身通奉大夫江南蘇松常鎮太等處承宣布政使司布政使胡克家撰

卷一 ○兩都賦二首注自光武至和帝都洛陽下至和帝大悅也何屺瞻焯校曰案後漢書班固傳則兩都賦明帝世所上注和帝誤陳少章景雲校曰賦作於明帝之世注中故上此以諫和帝大悅語未詳所據今案此一節非善注也善下引後漢書顯宗時除蘭臺令史遷爲郎乃上兩都賦不得有此注甚明即五臣銑注亦言明帝云云然則幷非五臣注也且此是卷首所列子目其下本不應有注注決是後來竄入凡善注失舊有竄入五臣注者有幷非五臣注而亦竄入者說詳在後○兩都賦序○注亦皆依違尊者都舉朝廷以言之吳郡袁氏翻雕六臣本茶陵陳氏刻增補六臣本都上有所字舉上有違字案此尤延之校改之也袁本五臣居前善次後茶陵本善居前五臣次後皆取六家以意合幷如此凡各本所見善注初不甚相懸遠尤延之多所校改遂致迥異說見每條下有陋雒邑之議表本茶陵本雒作洛案二本不著校語詳賦正文及注俱用洛字其後漢書所載賦亦作洛蓋善自作洛也○西都賦案賦下當有一首二字東都賦下有表本茶陵本無蓋五臣每題俱無也又上兩都賦序下以三都賦序例之亦當有又東京賦南都賦吳都賦下同衆流之隈汧涌其西何云後漢書無此二句陳云善此八字無訓釋疑與范書同案各本皆有恐五臣多此二句合併六家失著校語尤以之亂善也凡表本茶陵本所失著校語者說具每條下其尤本無誤多不復出注樂稽嘉耀曰案嘉耀當作耀嘉各本皆倒注然則成功在西案則字不當有各本皆衍凡然則善例祇云然全書盡同其或衍者當依此求之不具出也挾灃灞案灃灞當作豐霸豐字注可證必善豐霸五臣灃霸而亂之霸字說見後今注中亦作灞非善舊也餘依此求之後漢書作酆霸豐酆同字度宏規而大起案度當作慶必善慶五臣度表茶陵二本所載五臣銑注云度大規矩作度無疑各本失著校語尤以之亂善也注亦失舊見下注度與羌古字通度或爲慶也陳云度當作慶是也各本皆誤下同

慶當作度案云慶與羌古字通者正文作慶與所引小雅廣言之羌古字通也云慶或爲度者此賦作慶或本爲度如今後漢書之作度也五臣因此改慶爲度後來合幷又倒此注以就之而不可通矣今特訂正注高高祖漢書表本茶陵本此五字作漢書高祖四字是也案此尤校改之下同注爲功最高表本茶陵本爲上有以字是也注而爲漢帝太祖表本茶陵本太作之是也而觀萬國也表本茶陵本無也字何云後漢書無注王莽於五都立均官茶陵本於下有長安及三字均官作五均表本與此同注城都市長安表本城作成茶陵本亦誤城陳云長下衍安字是也各本皆衍注司市師茶陵本市下有稱字表本與此同注違蹤猶超絕也茶陵本此六字作卓犖或作違蹤表本與此同案茶陵本乃校語錯入注也正文善違蹤後漢書違犖五臣卓犖二本作卓犖者亂之尤所見未誤表此注亦未誤注在彼空谷何校空改穹陳同是也各本皆譌案陸機苦寒行注引正作穹注北謂天下陸海之地陳云北當作此是也各本皆譌注穿漕渠道渭表本茶陵本道作通是也注漢書有蜀都漢中郡表本茶陵本都作郡是也條支之鳥表本茶陵本支作枝是也注中字各本皆作枝後漢書亦是枝字注楊雄司命箴曰何校命改空陳云據范書注當作空是也各本皆誤注玉謂之彫表本茶陵本彫作雕是也注云階級勒城然茶陵本階作陛是也表本亦誤階合歡增城何校城改成注同是也後漢書亦是成字注漢中國姬姓諸侯也陳云中當作東是也各本皆誤注傛華視眞二千石表本茶陵本傛作容案此尤校改之也注充依視千石表本茶陵本依作衣案此尤校改之也注天祿閣在大殿北何校大下添秘字是也各本皆脫注除太常掌故表本茶陵本故作固案此尤校改之也上序注孔安國射策爲掌固茶陵固表故尤亦未改固即故字耳凡尤改每未必是注方言曰亘竟也案亘當作絙觀下注可見各本皆誤此所引在第六卷中今本正作絙後荅賓戲引作緪緪即絙字也內則別風之嶕嶢表本茶陵本無之字案後漢書有或

尤依彼添耳注爾雅曰蓋截覆也案爾當作小各本皆誤此所引廣詁文又章懷注後漢書
所引今本亦誤小爲爾皆不知小雅者改也注窈窕深也陳云窕當作窱是也各本皆誤激神
岳之嶈嶈案善引毛詩應門將將爲注似其本但作將將表茶陵二本所載五臣濟注云嶈嶈水激山之
聲或各本所見皆以五臣亂善後漢書作嶈嶈章懷無注而此與彼不必全同也注臺渠何校臺改壼陳
同是也各本皆譌注堨埃也案堨當作壒觀下注可見各本皆誤注周禮水衡茶陵本水
作川是也表本亦誤水注絃罘之網也案網當作綱各本皆譌於是乘鑾輿案鑾
字衍也注引獨斷以解乘輿中閒不得有鑾字甚明考後漢書章懷注引獨斷與此同亦不得有鑾字今本皆衍耳
上林賦曰於是乘輿弭節徘徊甘泉賦曰於是乘輿乃登夫鳳皇兮句例相似孟堅之所出也表茶陵二本鑾作鸞
詳五臣濟注仍言乘輿是其本初無鸞字各本之衍當在其後讀者罕察今特訂正又東都賦乘輿乃出注云乘輿
已見上文指謂此可借證注鄠在始平鄠東表本茶陵本鄠下有縣字是也注何休公

羊傳曰脜陳云傳下脫注字是也各本皆脫注嶄巖高峻之貌也表本茶陵本高
上有石字是也注行幸長楊宮屬玉館陳云長當作萯案所校最是長楊別注在下各本皆
誤此所引文在甘露二年注閣謂之臺何校閣改閤陳同是也各本皆誤注三軍忙然
何校忙改芒是也各本皆譌若摛錦布繡表本茶陵本錦下有與字案後漢書無或尤依彼刪耳
鳥則元鶴白鷺何云後漢書無鳥則二字今據文義當以後漢書爲是案各本蓋傳寫衍注說
文曰揄表本茶陵本說上有投與揄同四字案此尤校刪之也疑本云揄與投同故五臣因此改正文作投
二本誤互易揄投二字耳刪者未必是商循族世之所鬻表本茶陵本循作脩案後漢書亦是
脩字注而處士循其道何校循改脩陳同是也各本皆譌案章懷注後漢書所引正作脩○
東都賦○注田肯曰秦帶河阻山表本茶陵本田肯作婁敬案二本非也此所引
高帝紀文非婁敬傳之秦地被山帶河也下注所云婁敬已見上文者謂見西都奉春建策注二本蓋因下注致誤

何陳校皆據之改爲婁敬殊失之矣凡二本有誤及何陳校之非者多不復出附辨一二以爲舉例餘準是求之
前聖靡得言焉表本茶陵本得下有而字案後漢書亦有注震雷憑怒表本雷作電是
也茶陵本亦誤雷蹈一聖之險易云爾哉茶陵本無哉字云五臣有而已哉字表本有而
已哉案表用五臣也失著校語非後漢書無而已有哉或尤依彼添耳至乎永平之際表本乎作
于茶陵本作於案後漢書作于似乎字非也正雅樂案雅當作予後漢書作予章懷注正予樂謂依讖文
改太樂爲太予樂也困學紀聞曰文選李善注亦引太予五臣乃解爲正樂今本作雅樂誤蓋五臣本改爲雅王伯
厚此說最是善既引太予則作予自甚明表本茶陵本所載五臣銑注云雅樂正樂也其作雅亦甚明各本所見正
文皆以五臣亂善而失著校語耳凡如此例者全書不少詳見每條下注作樂名雅案雅當作予各
本皆誤此因誤改正文又幷誤改注也後漢書明帝紀章懷注所引正是予字注會明帝改表本明作
昌改作九是也茶陵本誤與此同案會昌帝九以四字爲一句何於此節注不得其讀多所紛更非今不論注

正樂官曰太子樂官案正下當有太字各本皆脫顏延之曲水詩序太予協樂注引此詔有可
證躬覽萬國之有無表本茶陵本躬作窮案後漢書亦是窮字於是皇城之內
表本茶陵本於是作是以案後漢書亦作是以注毛詩傳曰古有梁鄒何校毛改魯案所校
是也章懷注所引正是魯字各本皆誤又張載魏都賦注引亦可證覽駟鐵表本駟鐵作四驖茶陵本作駟
驖今案表茶陵二本所載五臣銑注作四驖其善注中作駟鐵必善駟鐵五臣四驖失著校語也茶陵及此駟字未
相亂何云後漢書作驖今考此與彼仍不必全同范書駟驖與善駟鐵五臣四驖互異但當各依其本注棽
大枝條表本茶陵本條下有棽灑也三字是也注寖或爲侵表本茶陵本雨侵作祲是也
師汎灑表本茶陵本汎作泛案後漢書作汎或尤依彼改耳陳師按屯茶陵本按作案云五臣作
按表本作按用五臣也後漢書亦是案字此以五臣亂善非輶車霆激表本茶陵本輶作輕後漢書亦
是輕字案此尤因善注引毛詩輶車而改之其實善下引傳輕也作輕車之注自通二本無校語未必非善亦作輕

尤改蓋非飛著未及翔表本茶陵本未作不下句同案後漢書此二字皆作未或尤依之改耳注
大駕車八十一乘案車上當有屬字各本皆脫注永平三年正月案三當作
二各本皆譌注一天子樂何校天子改太子云後漢注引作太子陳同是也各本皆譌注左
氏傳曰子曰何校子上添晏字陳同案上曰字當作晏各本皆誤而怠於東作也表本
茶陵本無也字案後漢書有或尤依彼添耳下翼翼濟濟也而不知京洛之有制也而不知王者之無外也三也字
同注分命羲叔表本叔作仲是也茶陵本亦誤叔注織紝紃縚布也表本茶陵
本紃作織是也注尚書傳曰天下諸侯何校傳上添大字是也各本皆脫注蘇秦
說孟嘗君曰何校孟嘗君改秦惠王案何校誤也章懷注所引亦是孟嘗君此齊策孟嘗君將入秦章
文今本高注具存姚宏跋戰國策曾指此條爲今本所無其失檢與何正同附訂正之注面氣悚何校
面改而陳同是也各本皆譌其詩曰表本茶陵本詩作辭案後漢書作詩注率土之濱表本

異一　五

濵作賔是也茶陵本誤與此同案說見後寶鼎見兮色紛縕表本茶陵本縕作紜案後漢書作縕
注太常其以初祭之日何校初改礿陳同是也各本皆譌嘉祥阜兮集皇
都何云後漢書無此句陳同案各本皆有表茶陵不著校語今無可考也凡疑而未能明者俱載之以俟再詳此
其例也容絜朗兮於純精表本茶陵本純作清是也案後漢書亦是清字
卷二〇西京賦〇心參體忲案忲當作泰注參忲同薛注云體安驕泰者其本作泰而
如字解之也又云泰或謂忲習之忲者讀泰爲忲又一解也善引小雅曰狃忲也者爲薛後解申說也然則善本必
同薛作泰今各本作忲蓋不知者誤改之注言帝王必欲順陽時表本茶陵本無陽字案此
尤校添也注驟驗也胡革切表本茶陵本無此六字何校去注作起也表本茶陵本無
此三字何校去注夫筋之所由憎恒由此作表本茶陵本無之所由憎四字案此尤校
添也注于陳倉北坂城祠之表本茶陵本無北字案此尤校添也注云野雞夜

鳥表本茶陵本無云字案此尤校添也注二山名也表本茶陵本此四字作終南太一二名也七字
案二本是也二名也者謂一山有二名觀下注可見尤校改非注至于鳥鼠表本茶陵本無此四字案
無者是也注此云終南太一不得爲一山明矣表本茶陵本無不得爲一四字
案二本有脫文今無以補之尤所校添未必闇同善舊也注山形容也表本茶陵本山上有隆𡽀之類
皆五字案尤校刪非注音戶杜陵鄠縣言終南太一含裹之表本茶陵本無
此十四字注善曰爾雅曰爰有寒泉表本茶陵本無善曰二字案各本皆有誤也爾雅曰
與爰有寒泉不相承接今無以訂之尤校添善曰仍未爲得善舊也其遠則九嵕甘泉表本茶陵
本則下有有字案此無以考也實惟地之奧區神皐表本茶陵本惟作爲案此無以考也注
善曰五緯五星也茶陵本善曰在也字下表本與此同案似茶陵是也注漢書曰漢
元年表本茶陵本曰作高紀二字注尚書曰肆予敢求爾于天邑商表本

異一　六

茶陵本曰上有王字無肆予二字注天命不滔案滔當作謟觀下注可見各本皆譌注洫域
池也案域當作城後攢西洫而絕金墉兮注可證下郭者何域外大郭也何校域改城是也各本皆譌乃
覽秦制表本茶陵本乃上有爾字案此無以考也注梦橑已見西京賦何校京改都陳
同是也表本亦誤茶陵本複出前注更非凡茶陵例改已見爲複出故其首題增補二字以後悉放此雕楹
玉碣案碣當作舄善引廣雅碣而云碣與舄古字通謂賦文之舄與廣雅之碣通也其作舄甚明各本所見蓋
皆誤注山坻除也表本茶陵本無山字案此初亦無後脩添之而誤耳注陵陛也表本陛作
斗是也茶陵本作升即斗字之譌仰福帝居何校福改褔云顏氏匡謬正俗云副貳之字本爲褔從衣
畐聲西京賦仰褔帝居傳寫譌舛轉衣爲示讀者便呼爲福祿之福失之遠矣今案所校是也凡從衣之字每與從
示不混各本傳寫之誤與顏云云正同善自作褔不作福也注說文注曰案注字不當有各本皆衍大
夏耽耽表本茶陵本夏作厦案此疑善夏五臣厦而失著校語又二本注中字盡作厦亦涉五臣亂之注

然則既有九室表本茶陵本無既有二字案則字亦衍注蕡積也薛君曰蕡案當作薛君曰蕡積也六字各本皆誤注左傳子朱曰表本茶陵本左下有氏字無子朱二字是也蘭臺金馬表本茶陵本蘭上有外有二字案此無以考也疑善五臣之異二本失著校語尤所見獨未誤耳嗟內顧之所觀案嗟當作羌注同善引小雅廣言羌發聲爲注是其本作羌甚明表茶陵二本所載五臣良注云嗟歎聲是其本改作嗟亦甚明各本所見以五臣亂善又幷注中字改爲嗟益不可通特訂正之注漢書武帝故事案漢上當有善曰二字茶陵本此作善注其薛注長樂桂宮至殿名也十二字在上別以綜曰冠之最是尤本自此至末三十七字錯入薛注表本長樂云云十二字錯入善注皆大誤也又何校去書字陳同各本皆衍後宮不移表本茶陵本後上有於是二字案此無以考也官以物辨表本茶陵本辨作辨案此疑善五臣之異也注瑰奇也表本自此至末二十四字作善注茶陵本與此同案似茶陵是也注漢書舊儀云陳云書字衍是也各本皆衍注刻陗外高也表本外作升是也茶陵本亦誤外注頫古字陳云古下疑當有俯字是也各本皆脫注以函屋上表本茶陵本函作函是也注廣雅曰曲枅曰欒案廣上當有善曰二字茶陵本此作善注最是表本與此同皆非注山海經曰陳云經下脫注字是也各本皆脫注上爲淸陽又爲陽表本茶陵本淸陽作陽淸是也橧桴重棼表本茶陵本橧作增案此尤誤轢輻輕騖表本茶陵本轢作櫟案此尤誤注作櫟未改也注彌竟也言望之極目表本茶陵本無此八字案無者是也表本復衍唐中已見西都賦七字亦非注水漾瀁也表本茶陵本瀁作漾是也注三輔舊事曰淸淵北表本茶陵本輔作代案此當三輔三代重有三輔三代舊事屢引尤校添而又脫三代耳注以廛任國中之地案廛下當有里字各本皆脫此載師職文也注說文曰陁落也案陁當作陊各本皆誤注劉逵魏都賦注曰案此有誤也呉都有蘭錡內設魏都有附以蘭錡今善於兩賦舊注中皆不更見此所引語無以決其當爲劉逵呉都賦

注曰或當爲張載魏都賦注曰也凡善各篇所留舊注均非全文注司市胥師二十人案十下當有肆則一三字各本皆脫此地官序官文也注裨販夫婦爲主表本茶陵本無裨字夫下有販字注今大官以十日作案日當作月各本皆譌注謂作刀劍削也表本茶陵本無謂削也三字下有晉灼曰三字案漢書顏注引如淳曰作刀劍削者尤依之校改也晉灼曰三字誤去注武陵何校武改茂表本亦作武茶陵本所複出作茂茂字是也注蒼頡曰何校頡下添篇字陳同是也各本皆脫注五十里爲之郊表本茶陵本之作近是也注重車聲也表本茶陵本無車字是也繚垣緜聯陳云善曰今並以亘爲垣案據此則正文及薛注中垣皆當作亘案所說是也善但出垣字於注其正文必同薛作亘至五臣銑注直云垣墻是其本乃作垣各本所見非注植物草木動物禽獸表本茶陵本此八字在上文薛注之下案依尤本當以正文植物斯生二句別爲節而係以此注及下善曰云云也注夷堅聞而志之表本茶陵本無此六字注注曰麓山足也表本茶陵本無此六字注爾雅曰梅柟表本茶陵本爾上有柟亦作柟四字案此校語錯入注也二本正文作柟蓋善柟五臣楠而著此耳注謂昆明靈沼之水沚也案沚當作阯各本皆譌注日出暘谷案暘當作湯下出自陽谷陽亦當作湯各本皆誤鮪鯢鱨魦表本茶陵本魦作魦案此尤誤注郭璞山海經曰何校經下添注字陳同是也各本皆脫注鮦也案鮦上當有郭璞曰三字各本皆脫說見下注毛萇詩傳曰案此五字當作又曰二字各本與下互誤說見下注鮪似鮎案鮪下當有鱧屬鯢三字各本皆脫說見下注又曰案此二字當作毛萇詩傳曰五字各本與上互誤此節注所引郭璞曰鮦也在釋魚所引又曰鮪鱧屬鯢似鮎亦在釋魚所引毛萇詩傳曰云云在魚麗首章今脫落顚倒絕不可通爲之訂正如此注孟春鴻來表本茶陵本鴻下有鴈字是也奮隼歸鳧表本奮作集校語云善作奮茶陵本校語云五臣作集案各本所見皆非也薛自作集集隼與歸鳧對文承上四句而言猶楊子雲以鴈集與鳧飛對文也善必與薛同則與五臣

亦無異傳寫譌奮耳二本校語但據所見而爲之凡如此例者全書不少詳見每條下　注奮迅聲也
表本茶陵本無此四字案無者最是詳表茶陵所載五臣濟注有拂卉砰訇鳥奮迅聲之語既不得於奮字讀斷亦
不得移作上句之解尤不察所見正文奮爲集之誤乃割取五臣增多薛注以實之斯誤甚矣　注賈逵國
語曰　何校語下添注字陳同是也各本皆脫　注猗重較兮　表本茶陵本猗作倚是也　注馬
冠也又髦　案又當作乂各本皆譌　注弧旌枉矢以象牙飾　案牙飾當作弧也各
本皆誤　載獫獥獢　案獥當作猲茶陵本作猲校語云五臣作獥表本作獥用五臣也二本注中字善猲
五臣獥皆不誤表但正文失著校語尤注中上二字猲未一字并改爲獥歧出非也猲獥同字凡善五臣之異不必
其字不可通也各還所本來而同字亦較然分別矣全書例如此　注同制也　何校同改周陳同是也各
本皆譌　注虞初周說九百四十三篇初河南人也　表本茶陵本此十五
字作虞初者洛陽人明此醫術十字　注以方士侍郎　表本茶陵本無此五字　注小說家

異一　九

者流蓋出於稗官　表本茶陵本小上有周說九百四十三篇入字無流字於字案此節注初同二
本後尤脩改也　注毛萇曰鬣　案萇當作長各本皆譌以四字爲一句也　注猶拔扈　表本茶陵
本扈下有也字是也拔疑跋之誤正文作拔下云拔與跋古字通似善引箋作跋也否則正文作跋爲與五臣無異
乃與此注相應耳　注趣向也　案趣當作趨各本皆誤　白日未及移其晷　表本茶陵
本無其字案此尤衍　注暈暈飛也　茶陵本不重暈字表本與此同案似重者是　注括箭括
之御弦者　陳云御當作銜案之字不當有各本皆誤　注鷹青脛者善曰　表本無曰字茶
陵本與此同案表本最是善字屬上讀以五字爲一句下文注象鼻赤者怒句例正同自此下盡不遠而獲皆薛注
也尤茶陵甚誤　注戰國策下至天下之駿狗也　案依善例當作韓盧已見上文此十七字
不當有各本皆誤此類不盡出　注禮記曰犬下至謂若韓盧宋鵲之屬　表本茶陵
本無此四十二字　朱鬚鬣髦　案鬣當作鬛廣韻十三祭鬛鬣髻即出此善注引通俗文露髻曰鬛及美

音作計切也各本所見皆傳寫誤　注虎亦食人　案亦當作爪各本皆誤　注其樂只且
辭也　表本茶陵本重且字是也　注杜預左氏傳曰　何校傳下添注字是也各本皆脫　注
空滅無也　表本茶陵本滅作滅下同案此尤改之也　皇恩溥洪德施　又　注皇皇
帝普博施也　茶陵本正文下校語云善無此二句表本有無校語尤初亦無後脩改添入注七字表茶
陵皆無案善魏都賦注引西京賦曰皇恩溥似無者但傳寫脫其注七字未審何出也　注敎日多也
案日字不當有各本皆衍　注似石著繳也　何校似改以陳同是也各本皆譌　注漢書曰
有淮南鼓員　案日字不當有各本皆衍　布九罭　案罭當作緎善注罭與緎古字通謂引毛詩兩
雅之罭與正文之緎通也蓋善緎五臣罭而各本亂之　注罝禁罜麗　案罝字不當有各本皆衍此蓋
旨依國語記罝字於罜旁者而誤在禁上也　注鰤細魚　表本鰤作鱺茶陵本亦作鰤下同案鰤即鱺別
體字蓋表所見正文是鱺也　注李尤樂觀賦曰　案樂上當有平字各本皆衍陳云別本有今未

異一　十

見烏獲扛鼎　案扛當作舡善注云扛與舡同謂引說文之扛與正文之舡同也蓋善舡五臣扛而各本
亂之　注橫開對舉也　案開當作關各本皆譌　注扛與舡同　表本茶陵本舡作舡案此
尤改之也　注羆熊豹熊虎　案熊當作龍各本皆誤
誤　注委聲也　表本茶陵本委作重是也案此與上注重聲也可互證皆尤改之而誤　驪駕四
鹿　案驪當作麗薛注云驪猶羅列駢駕之也驪亦當作麗唯薛正文作麗故如此注之若作驪不可通善必與薛
同表茶陵二本所載五臣濟注云仍以驪馬駕之是其本乃作驪各本以之亂善而失著校語又并薛注中字改爲
驪甚非　注掖庭今官　陳云今當作令是也各本皆譌　若驚鶴之羣罷　表本茶陵本罷
作羆下音媿美切案此疑善羆五臣罷也媿美切蓋善羆字之音凡善音合并六家多所割裂失舊尤又刪削不全
俱詳在後　注君作故事　案事字不當有各本皆衍　注尚書曰自契至成湯　案書
下當有序字各本皆脫　注尚書序曰　案此四字不當有各本皆衍　注盤庚遷于殷

陳云盤上脫尚書曰三字是也各本皆脫注漢書注曰齪齪茶陵本漢上有善曰二字案有者最
是表本連上作薛注誤與此同注謂據疑表本茶陵本謂作者是也
卷三○京都中注京都下至故曰京都中又東京賦注東京
下至與班固東都賦同案此二節非善注也表茶陵二本不冠注家名於首恐并非五臣注但後
來竄入耳注亡禹表本作憮亡禹切在注末是也茶陵本無非也注貴耳謂東京陳云耳下
脫謂西京賤日五字是也各本皆脫注苦灰表本作枯灰切三字在注末是也茶陵本無非也注謂
著翼也表本茶陵本此下有摶與附同四字是也注秦襄王子案秦下當有莊字各本皆脫
注徵符合膺表本茶陵本膺作應是也注紙表本茶陵本作軝音紙三字在注末是也注如
制禮也表本茶陵本制禮作禮制是也注陽城人名延何校城改成去人名二字是也各本
皆誤案所引功臣表文人名二字乃或記於旁而竄入者善注失舊於此等可見矣損之又損之表本

茶陵本無下之字案無者是也此卹亦無與二本同脩改誤添之注善曰毛詩曰陳云詩下脫序
字是也各本皆脫注勒銘於宗廟之器于鐘鼎茶陵本無于字表本有何校去陳同
且天子有道表本茶陵本且下有夫字案此善有以否無可考也守位以仁案仁當作人薛
注作人善必與薛同其注亦自可證見下蓋五臣仁各本所見亂之注綜作人表本無此三字茶陵本有
案於茶陵爲校語此誤存之也注仁謂衆庶也表本茶陵本仁作人是也此所改甚非注何
以守位曰仁也案仁當作人各本皆誤考經典釋文云曰人王肅卞伯玉桓元明僧紹作仁然則王
弼本周易自作人今本作仁者非善亦必作人乃與薛注相應不知者妄改之絕不可通所當訂正注何用
周固反易守乎案反當作及各本皆譌注土度也何校土改測今案此疑上下有脫各
本皆同無以補也注薛綜曰轘轅坂下至故曰轘轅表本茶陵本無此十八字案無
者最是漢初弗之宅表本茶陵本宅下有也字案此善有以否無可考也注北爲參虛

分野何校北上添河字今案此疑衍北字也區宇乂寧何校宇改寓案所改是也此薛注字作寓
下立威振八寓德寓天覆正文皆作寓善此無注者詳在彼也各本所見皆非注昭明有融案昭上當
有又曰二字各本皆脫善倒如此餘不具出注爲水獸表本茶陵本水作木是也注舊章法
令條章也表本茶陵本無此七字案無者最是注爾雅曰鸒斯何校爾上添善曰二字陳
同下節首爾雅白鴡鳩上亦然今案所校是也表本茶陵本此二節亦作薛注皆誤凡賦多誤善注爲薛其引書爲
薛注所不及見如此爾雅郭璞注之類較然易辨又有疑無以明者難於輒定當俟再詳注頭尾青黑
色表本茶陵本頭作短是也注謂各得其性也表本也下有鶻音匹鶻音骨鵃竹交切十字茶
陵本與此同案表本乃眞善音之舊尤所見與茶陵皆誤注鴡鶻鵃類也表本茶陵本鶻鵃作鵃鶻
是也注謂音聲和也表本也下有鸎麗古字通音離七字茶陵本有鸎麗古字通五字案表是也鸎
下仍當有與字蓋脫於南則前殿靈臺茶陵本靈下校語云五臣雲表本作雲案此南宮雲臺也

德陽殿西有靈臺別在下文靈但傳寫誤耳薛注靈亦雲字誤下文靈臺薛亦別有注可見此薛與善並非靈字
注鉤盾今官陳云今當作令是也各本皆誤注不雕不刻也表本雕作彫是也茶陵本亦誤
雕案此正文及下雕輦皆彫之誤也則洪池清蘌茶陵本蘌作籞注同表本皆作蘌何校改籞案蘌即
籞別體字耳注則捕之表本茶陵本之下有音圍二字是也注周禮曰加籩豆之
實何校去豆字是也案曰字亦不當有各本皆衍注有菱芡也表本茶陵本也下有音儉二字是也注故
奢未及侈表本侈作參茶陵本與此同案參字是也二本薛注作參可證尤并改作侈甚非
儉不至陋也茶陵本無故字是也表本亦衍動中得趣案趣當作趨注中此字兩見表茶陵
二本皆作趨是薛與善自是趨字蓋五臣作趣而亂之尤并改注中盡作趣甚非禮舉儀具表本茶陵
本儀作義注同案此無以考也注言頌政賦敎常表本茶陵本無敎字是也注大合樂
射鄉者曰辟雍陳云鄉當作饗是也各本皆誤注鄭元周禮曰何校禮下添注字陳

同是也各本皆脫注綜曰案此二字不當有此初無後脩改誤添表茶陵二本每節有之不可相證注
魏相上封曰何校封下添事字是也各本皆脫注善曰萬邦黎獻何校曰下添尚
書曰三字陳同各本皆脫注庸表本作音庸二字在注末是也茶陵本與此同非注庭朝廷表本
茶陵本廷作也是也注東都賦曰下至歲首朔日也表本此十五字作三朝已見東都賦
是也茶陵本複出非注謂有彫飾也茶陵本飾作飾是也表本亦誤飾左右玉几表本
茶陵本几下有穆穆二字此初同二本有脩改無案不當有也蓋尤校改正之注善曰百辟其刑
之何校曰下添毛詩曰三字陳同各本皆脫注尚書曰一日二日萬機表本茶陵本此
九字作善注是也當在薛注下而首有善曰二字注今憂恤之也陳云今當作令是也各本皆譌
注說文曰城池無水曰隍表本此八字作隍已見東都賦是也茶陵本複出非注不
敢迫遑案迫當作怠各本皆譌陳云別本作怠今未見但陳所云別本似即茶陵耳其不合者恐有誤亦不

具論注毛詩曰牲牢饔餼案詩下當有序字各本皆脫注爲而不持長而
不宰表本茶陵本無而不持長四字注招明也有道案此有誤也陳云有上似脫明但招本不
訓明詳下注蓋訓爲舉陳所說未是今無以訂之注周易曰六五案周上當有善曰二字各本皆
脫何云綜以赤烏六年卒安得見王肅易注而引用之指此注下文也其說是矣但因而疑綜注假托則非蓋何未
悟其自是善注耳善濱連珠注亦引此王肅注也注禮記曰天子穆穆表本此七字作穆穆
已見上是也茶陵本複出非注琪如綦案如上當有讀字各本皆脫注一作飆表本無此
三字正文作颷茶陵本作五臣作颷四字案此校語之誤存者也注垂十二旒名曰太常
上畫三辰表本茶陵本名曰太三字作也案此尤校改之耳注當顱刻金爲之陳云
當上疑脫鍚字是也各本皆脫注鏤錫中央低陳云錫字疑衍是也各本皆衍注零表本茶陵
本作軨音零三字在注末是也注蔡雍獨斷曰陳云此注及下注凡三引蔡雍說其上疑並脫善曰

二字以然重輪即重轂語觀之自是李氏文體與薛注不類今案所說是也當以正文重輪貳轄別爲節而注善曰
至即重轂也於下注廣八尺案尺當作寸續漢書輿服志注引可證各本皆誤注輿璵同
表本同下有祖狡切三字是也茶陵本無非注謂木勾孑戟也陳云木字衍孑當作子是也各
本皆誤案續漢書輿服志注引無木字注農輿無蓋何校無改三依續漢志是也各本皆誤案志注
引正作三注迤邪也表本也下有音弋氏切三字是也茶陵本無非注言相連也屬案也
屬當作屬也各本皆倒續漢書輿服志注引可證注伏表本作音伏二字在注末是也茶陵本與此同非
注綪茷大赤也表本茶陵本也下有茷音旆三字是也注參差縱橫也表本也下
有轇音膠轕音葛六字是也茶陵本無非注善曰後宮陳云後上脫漢書曰三字是也各本皆脫注
以擿鼓也何校擿改擿是各本皆譌旆巳反乎郊畛茶陵本反作迴云五臣反表本反無
校語案此蓋以五臣亂善注畛界也表本也下有諸鄰切三字是也茶陵本無非爰敬恭於

明神表本茶陵本敬恭作恭敬案二本是也蓋尤誤因注而改善注之例但取意同不拘語倒如引敬恭明神
以注此恭敬於明神也不知者凡屬此例多所改易俱失其意條見於後注恭敬明神也何校乙恭
敬二字是也各本皆倒注毛詩鼓鼘鼘表本茶陵本詩下有曰字又表本末有音淵二字是也茶
陵本無非也注馬融論語注曰佾列也表本此九字作八佾已見東都賦是也茶陵本
複出非致高煙乎太一茶陵本乎下校語云善作於表本作於蓋善乎五臣於校語有倒錯也上
文當覲乎殿下者表茶陵亦作於不著校語似失之耳注廣雅曰蒸蒸孝也案廣雅曰三字
不當有各本皆衍此非薛注所得引乃或記於旁而竄入者注鄭元曰周禮注曰毛炰
者豚案周上衍曰字者豚當作豚者各本皆誤下注杜子春曰各本亦衍曰字也注脂去其毛
案脂當作爛各本皆誤此所引在地官封人也注飲食之豆案飲當作饋各本皆誤此所引天官醢人
文注謂脇也表本茶陵本也下有方薄切三字是也案凡此爲眞善音其正文下博字乃五臣音耳全

書中俱依此例求之。注太史順時視土 案視當作覛各本皆譌 注以冉 表本作以冉切
三字在注末是也茶陵本與此同非 注東觀漢記 下至 行大射禮 表本此十九字作合射辟
雍已見東都賦是也茶陵本複出非 注路鼓路鼗 表本鼗下有鼗扶云切鼗音逃七字是也茶陵本無
非 注乏音爲匱乏之乏 案音當作讀各本皆誤 注皇輿夙駕 何校皇輿改星
言陳同是也各本皆誤 注何休公羊傳曰 何校傳下添注字陳同是也各本皆脫 日月
會於龍猇 表本茶陵本猇作䝞注同是也又表本注末有䝞丁遘反四字是也茶陵本無非 注毛
詩曰春酒惟湑 何校改春酒惟湑作爲此春酒陳云因此賦上文有春酒惟醇之語傳寫錯誤案此
當有誤但何陳所改未見必然蓋無以訂也 聲教布濩 案音當作護茶陵本作護用五臣作濩表本作
濩用五臣也但失著校語尤以五臣亂善非其薛注中俱是護字尤幷改作濩吏非南都賦布濩善無注各本皆作
濩似亦以五臣亂善而失著校語此及彼濩下皆音護卽五臣音耳凡諸家用字互有不同其一家之中而復歧異

卽恐有誤餘不悉出準此例求之 注尚書曰聲教訖于四海 表本此九字作聲教已見
東都賦是也茶陵本複出非 注先期謂期日 表本茶陵本無謂期二字是也 注囿謂集
禽獸於靈囿之中 案謂上囿字不當有各本皆衍 注毛詩曰王在靈囿 表本
此七字作靈囿已見上文是也茶陵本複出非 注禮曰告備于王 案禮上當有周字各本皆脫此
所引小宗伯職文也 迄上林結徒營 表本茶陵本迄下有于字徒下有爲字茶陵校語云善無于字
爲字表無校語何云匡謬正俗作迄于上林結徒爲營今案依文義善亦當有或但所見傳寫脫耳 注一作
敘 表本無此三字正文作敘茶陵本作五臣作敘四字案此校語之誤存者也 注孟子曰 下至 曰
詭遇 表本此二十二字作詭遇已見東都賦是也茶陵本複出非 注左傳曰享以訓躬
儉 表本此八字作訓儉已見上文也是也茶陵本複出非 注一作瑣 表本無此三字茶陵本作綷作
璅正文皆作瑣案此校語之誤存者也 注言鄙陋不足說也 表本茶陵本無陋字是也 注

詩曰 表本詩作善茶陵本詩上有善曰二字案似茶陵是也 注成王有岐陽之蒐 句校
去王字是也各本皆衍 注臬射埻的也 表本茶陵本也下有臬牛列切埻之尹切八字是也 注
駘騎傳炬出宮 案駘當作騶各本皆誤所引禮儀志文也 注側角 又 注其筆 表本
作蕲側略切猗其出切八字在注末是也茶陵本無非此去注末善音存正文下五臣音與茶陵同而誤 注紆
危 又 注移 表本作蝬紆危切蛇音移七字在注末是也茶陵本無非此移善音於正文下與茶陵正文下
五臣音不同而亦誤 注蒲葛 表本作扶葛切三字在注末是也茶陵本與此同非 殘夔魖與罔
像 表本茶陵本像作象案象是也注正是象字 注巨宜 表本茶陵本作魖巨宜切四字在注中魖鬼也
下是也 注域 表本作音域二字在注末是也茶陵本與此同非 注有桃樹下 茶陵本樹下有
二人於樹四字是也表本亦脫 注子侯 表本作善曰陬音子侯切七字茶陵本作善曰陬子侯切六字在注
末案茶陵是也 注至於岱宗柴 表本茶陵本無柴字 注謀恒寒若 表本茶陵本謀作急

是也 注他杜 表本茶陵本作他杜切三字在注末是也 注豐年多稌 案多下當有黍多二字各
本皆脫 注春扈頒鶞 表本茶陵本頒作鳻是也 左瞰暘谷 案暘當作湯注同蜀都賦汨若
湯谷之揚濤注云湯谷已見東京賦卽指此可證也吳都賦包湯谷之滂沛善湯五臣暘此賦亦然各本所見以五
臣亂善而失著校語 注尚書曰永膺多福 表本此七字作多福已見東都賦是也茶陵本複出
非 注韓詩外傳曰 下至 獻白雉於周公 表本此二十三字作越裳見下句是也茶
陵本誤與此同 注音郎 表本茶陵本此在注末是也 注黃帝封泰山 表本山下有已見上
文四字是也茶陵本複出非 注抵側擊也 表本茶陵本也下有征氏切三字是也 注方直
也 陳云直當作且是也各本皆誤 注尚書曰天位艱哉 表本此七字作天位已見上文是也
茶陵本複出非 猶怵惕於一夫 案怵惕當作惕戒善引尚書以注惕引方言以注戒引過秦論以注
一夫循其次序有戒字在惕下一夫上甚明又其下惕驚也三字乃薛注若如今本不容去怵注惕可見正文無怵

字但有陽字耳甚明不知何人誤認善注中怵陽以爲正文知此而改之其實與注韓不相應非也各本所見皆誤今特訂正

注惕驚也　案此乃薛注當在善曰上各本皆誤貿於善注下甚非凡薛注與善注舛錯失舊者多此例也

終日不離其輜重　袁本茶陵本其作於案此無可考也

車中不內顧　案不字不當有薛注無不字可證也各本所見皆衍又善注魯論語曰車中不內顧亦不當有不字考論語釋文云車中不內顧魯讀車中內顧然則各本衍不字甚明近盧學士文弨鍾山札記曾舉正此條云漢書成帝紀贊顏注云今論語車中內顧者說者以爲前視不過衡軛旁視不過輢轂云云其說是矣但失引證釋文耳

注車中不顧　案下當作內各本皆誤古文苑載此銘作車不內顧不當作中皆或記不字於旁此誤以改內彼誤以改中可互訂也鍾山札記引彼又載車右銘內顧自勑車後銘與衡顧藏爲譌而不言此銘內字彼未誤蓋據誤本古文苑也

民忘其勞下　袁本民作人茶陵本校語云善作人民心同結同案此尤以五臣亂善

注民謂百姓也　袁本作人謂民也茶陵本與此同案此當作人謂百姓也薛注作民唐諱改人袁本蓋誤

注毛詩曰致王業之艱難　何校詩下添序字陳同是也各本皆脫

注子小　袁本作子小切三字在注中勤勞也下是也茶陵本與此同非

注不知人好其怨己　陳云好字衍是也各本皆衍

注尚書曰夫常人　案尚當作商君二字各本皆誤此所引在更法篇也

注一作臭　袁本茶陵本無此三字案此校語也二本正文作臭可借證善尤所見有而誤存之

注烏瓜　袁本作烏佳切三字在注中淫蠅不正也下具才茶陵本與此同非

注烏交　袁本茶陵本作烏交切三字在注中或作蛟上是也

而衆聽或疑　袁本茶陵本聽下有者字案此無可考

注賓戲曰　茶陵本賓上有答字是也袁本亦脫

注褫奪也　袁本茶陵本也下有直氏切二字是也

注甯嬴曰　案嬴當作嬴各本皆譌

注茲此也　袁本茶陵本無此三字

卷四○南都賦○注於歎辭　袁本茶陵本辭下有於孤切三字是也其正文下烏字乃五臣音也凡合併六家之本於正文下截五臣音於注中輒善音而善音之同於五臣者每被節去袁茶陵二本又各多寡不齊蓋合併不一故所節去不一耳至尤本於正文下五臣音往往未嘗區別刊正而注中善音則節去彌甚其失善舊亦彌甚矣今取二本善音之可考者悉皆訂正其二本已節去在前則末由考之間有可借上文下文五臣音推知崖略者然既非明文難以稱說當俟再詳全書善音之例均準此

注西京賦曰下至爲豫州也　袁本此二十字作周居豫州已見西京賦是也茶陵本複出非

注郁郁京河　袁本茶陵本京作荊是也

注武關山爲關在西也　茶陵本無此八字袁本有何陳校皆去觀下注似不當有

注說文曰下至墉城也　袁本此十七字作隍已見上文墉已見西京賦是也茶陵本複出非

注盪他浪切　袁本茶陵本無此四字茶陵有清音育三字袁亦無案茶陵是也

注淮南子曰隨侯之珠下至不繫之於珠璧也　袁本茶陵本無此一百十七字袁有隨珠夜光已見西都賦九字茶陵有隨珠夜光見西都注八字案袁本是也茶陵例改已見爲複出此條其遺漏者尚屬善舊尤乃複出甚非

注惡　袁本茶陵本作亞音惡三字在注中鄔音跪下是也

注山海經曰下至

出入有光　袁本此二十一字作耕父已見東京賦是也茶陵本複出非

注嶕嵯山石廣大之貌也　袁本茶陵本此下有嵣音蕩㟐音莽六字是也

注嶸高也　袁本茶陵本此下有力彭切三字是也

注岩峉山不齊也　袁本茶陵本此下有峉仕革切四字是也

注高而不平也　袁本茶陵本此下有崔昨迴切嵬牛迴切八字是也

注高峻之貌也　袁本茶陵本此下有嶜士林切四字是也

注相連之貌　袁本茶陵本此下有嵒丘貧切嶙音鄰纚力是切十一字是也

注九六　袁本茶陵本作九六切三字在注中巘高貌也下是也

注班孟堅下至蒼山隱天　袁本此二十四字作隱天已見西都賦是也茶陵本複出非

注薛綜注曰區陬隅隩之閒也　袁本此十一字作陬已見西京賦是也茶陵本複出非

注傾側也　袁本茶陵本此下有崎宜切嶇丘嶇切八字是也

注巀嶭高峻也　袁本茶陵本此下有巀在結切四字是也

注毛萇詩傳曰巘　袁本巘作巘茶陵本亦作巘案各本皆非也當作巘乃與正文相應茶陵本校語云善作巘否

則善當有巘甗異同之注今刪削不全又案西京賦陵重巘正文及注皆作巘而毛詩皇矣正義所引則爲甗字恐
彼亦善甗五臣巘各本亂之如表本之此正文作巘而失著校語也　注小山別大山也　表本茶陵
本此下有魚蹇切三字是也　注奇殞　表本作其殞切三字在注中是芝貌也下是也茶陵本與此同非
注密　表本滵音密三字在注末是也茶陵本與此同非　注東方朔下至閬風之顛　表本
此十七字作崑崙閬風已見西京賦是也茶陵本複出非　注櫻桃也　表本茶陵本此下有革黮切三字是
也　注有刺　表本茶陵本此下有予力切三字是也　注荊也　表本茶陵本此下有音萬二字是也
注中車材　表本茶陵本此下有音姜二字是也　注智甲切　表本作音甲二字茶陵本無案似表
本是也　注皮可作索　表本此下有楈音胥栩以奢切七字是也茶陵本無楈音胥非　注皮可
以爲索　表本此下有栟音幷櫚音驢六字是也茶陵本無非　注柍木詳　表本茶陵本此下有於良
切三字是也　注似桑　表本此下有檍音憶三字是也茶陵本無非　注花頭點也　案花下當
有鬚字各本皆脫又表本茶陵本此下有而體切三字是也體當作髓　注以下黑　表本茶陵本此下有
毅呼本切四字是也　注張載吳都賦注曰　案張載當作劉逵各本皆誤　騰猨飛蠝
棲其閒　茶陵本蠝作猵表本作獵案猵字是也注云蠝與猵同謂正文之猵可證也　注竹菫皮
白如霜　案竹菫當作箽葢一字誤分爲二表本亦誤茶陵本改菫爲箽非　注宋玉笛賦曰
奇簳　表本茶陵本此下有古旱切三字是也案古文苑成此賦云奇篠異簳此疑脫彼簳即簳字耳　注二
竹名　表本茶陵本此下有篠公部切簳竹隨切八字是也　注陸離猶參差也　表本無此六字
茶陵本有案此六字表在所載五臣向注中無者是也　注蓊竹貌也　表本此下有於孔切三字是也
茶陵本無非　注雞　表本茶陵本作音雞二字在注中堯山下是也　注自客　表本茶陵本作盡自客切
四字在注末是也　注今出南陽　表本此下有音禮二字是也茶陵本無非　注骨　又　注蔑
表本作滑音骨瀎音蔑六字在注末是也　注言水洞出此穴沒滑瀎潏疾流之

貌也　表本無言水洞出此穴疾之八字是也茶陵本幷善入五臣與此同誤　注言廣大也　表本
茶陵本無此四字是也案二本在所載良注中　注說文曰欱歠也　表本此六字作欱已見上文是
也茶陵本複出非　注水行疾也　表本茶陵本此下有他鷩切三字是也　注水行出也
表本茶陵本此下有組立切三字是也　注大聲也　茶陵本此下有汎普八切四字表本無案茶陵是也
注韓詩外傳曰漻　案外字不當有各本皆衍凡本篇引韓詩外傳曰鄭交甫云云一條韓詩曰醴
甜而不沛也一條韓詩外傳曰逍遙也一條及此一條皆當作韓詩傳曰如東都賦注引魯詩傳曰之例傳者蓋所
謂內傳其逍遙也句有脫各本皆同無以補之　注木淚破舟　表本茶陵本此下有音戾二字是也　注
疾流也　表本此下有音域二字是也茶陵本無非　注鰅魚有文采　表本茶陵本此下有音禺
二字是也　注似鰱而黑　表本茶陵本此下有鰱音連三字是也　注蜯與蚌同　表本茶陵
本此下有步項切三字是也　注古字通　表本茶陵本此下有胡加切三字是也　於其陂澤
表本無於字何校去茶陵初刻無脩者有案無者是也　注知旅　表本茶陵本作知旅切三字在注中積也
下是也　其草則蔗芋蘋莞　表本茶陵本則下有有字案有者是也　注蔛之屬　何校
蔛改蔽案當作蔽蔛即蔽字之　注似莎而大　表本茶陵本此下有扶表切三字是也
也　表本茶陵本此下有胡官切三字是也　注菰蔣也　表本茶陵本此下有蔣子詳切菰音孤七字是
也案菰音孤善自音注中字耳正文蒲下孤乃因此竄入誤之甚者也　注茆鳧葵　表本茶陵本此下有
茆亡絞切四字是也　注苦札　表本作苦札切在注中鳧屬下是也茶陵本與此同非　注步見　又
注吐雞　表本作鷃步見切鷃士雞切八字在注中謂之鷃鷄下是也茶陵本與此同非　注班孟堅
下至　駕鵝鴻鶤　表本此三十字作餘已見上注是也茶陵本複出非　注鷀音磁　表本茶陵本鷀
上有鸕良都切四字是也　注所蟹　表本茶陵本作所蟹切三字在注中灑分也下是也　注老　表本茶陵
本作音老二字在注末是也　注去除也　表本茶陵本此下有息列切三字是也　注乾也　表本

茶陵本此下有呼但切三字是也注直旅表本茶陵本作直旅切三字在注中麻屬下是也注之
餘又注煩又注析又注覓表本茶陵本作諸之餘切四字在注中甘柘也下音煩二字在
小蒜也下菥音析蓂音覓六字在末是也注蓼辛菜也表本茶陵本此下有力鳥切三字是也注
蕙香菜案蕙當在蘦下同各本皆譌集韻廿六緝云蘦香菜即本此注橘屬也表本此下有除
耕切三字是也茶陵本無非注陶隱居注曰表本茶陵本無注字是也注蓀楚銚戈
也何校蓀改萇陳同是也戈當作弋各本皆誤表本此下有萇音長三字是也茶陵本無非又注秺音
敷表本秺上有秺音巨三字是也茶陵本無非注陵滑表本茶陵本作鵽陵滑切四字在注中寇雉下
是也注鱻小魚也表本也下有與鮮同三字茶陵本有胥連切三字案此當兩有與鮮同胥連切六字
注甜美也表本茶陵本此下有徒兼切三字是也注音精表本茶陵本此在注末是也注
殺又注尸然表本茶陵本作音䔊二字在注中茱萸也下豬尸然切四字在注末是也注於問

異一　三十

表本茶陵本作於問切三字在注中醞投也下是也注于公先王表本茶陵本于公作祭于案此尤所
校改也注鼓瑟吹笙吹笙鼓簧表本茶陵本無吹笙吹笙四字茶陵簧作琴表亦作簧案
此尤所校改也注不脫履升堂案下當有曰宴二字各本皆脫注玉謂之琱案琱當作
彫觀下注可見各本皆誤朱帷連綱案綱當作綱注綱維綱也二綱字亦當作綱茶陵本云五臣作綱表
本云善作綱各本所見皆非也注咸以折盤爲七盤也案咸當作或各本皆譌注揭
高擧也表本茶陵本此下有巨別切三字是也注水波也表本茶陵本此下有徒蓋切三字是
也注瀺灂隕隊表本茶陵本此下有瀺士減切四字是也注回波爲澆表本茶陵本此
下有公堯切三字是也注說文曰蝄蜽下至若龍而黃表本此十七字作蝄蜽狡蟡巳
見西京賦是也茶陵本複出與此不同皆非於是日將逮昏表本茶陵本逮下校語云善作遙案
遙但傳寫誤此蓋尤校改正之也眞所謂漢之舊都者也表本茶陵本無者字是也視

曾縣兩來遷案視當作覗表本云善作視茶陵本云五臣作覗各本所見皆非善亦當作覗但傳寫誤
視耳注皇甫謐曰下至升爲天子也表本此四十二字作堯以唐侯升爲天子已見上文
是也茶陵本複出非注求癸表本茶陵本作求癸切三字在注中揆度也下是也察茲邦之神
偉表本云善作邦茶陵本云五臣作都案注中仍云此都似善亦作都也注說文曰崔表本茶陵
本無此四字是也注逍遙也何校遙下添遊字陳同案各本皆無未審其所據也注刺邪也
表本茶陵本此下有睢許規切四字是也注古熒表本茶陵本作古熒切三字在注末是也注周奇
曰陳云周當作李是也各本皆誤注衯衯裶裶表本茶陵本此下有芳非切三字是也振䄸
鸞兮京師表本茶陵本鸞作鑾是也注鄭元禮記注曰下至有鑾和之節
表本此十九字作和鑾已見上文是也茶陵本複出非注神農氏作陳云下有脫文今案當連引注
作起也以注正文起焉而各本脫去乾聖人作釋文載鄭云起也但未審善果引何家耳注文王子孫

異一　三十一

案子孫當作孫子各本皆倒○三都賦序○注三都者下至以辨衆惑表本
無此四十六字有偏于海內四字是也茶陵本并五臣入善與此同非注三都賦成表本三上有臧
榮緒晉書曰六字是也茶陵本與此同非注音旨表本茶陵本作氐音旨三字在注末是也注面相
序乖也案序當作斥各本皆譌陳云別本作斥今未見注忤表本茶陵本作音忤在注中丘墟壯大之
意也下是也注虞書曰陳云書下脫序字是也各本皆脫◎蜀都賦○注尚書
曰萬國咸寧表本此七字作萬國已見上是也茶陵本複出非注在成都西南漢
壽界案壽當作嘉謂漢嘉郡也各本皆誤下所言在成都西北岷山界謂岷山郡晉書地理志之汶山郡也岷
汶二字古每通用所言在成都南犍爲界謂犍爲郡句例正同注胡角又注步角又注扶
刎表本作濁胡角切瀑步角切八字在注中水沸之聲也下濆扶刎切四字在涌泉也下是也茶陵本有濁呼角
切四字餘無皆刪削也但胡作呼爲是注在朱堤南十里陳云堤當作提下生朱堤南廣縣何

改提陳同是也各本皆誤注淮南子曰下至入于濛汜表本此二十五字作湯谷巳見東京
賦是也茶陵本複出非注羣翔與古十餘陳云餘下疑脫日字是也各本皆脫注可以
醮祭而置也陳云置當作致是也各本皆脫注火焰也音豔表本茶陵本焰作爛又表
豔下有媥音扁三字是也茶陵無非也金沙銀礫茶陵本礫作鑠云五臣作礫音歷表本作礫用五臣
也尤以五臣亂善非下歷亦五臣音耳注寢表本茶陵本作善曰棱音寢五字在劉注之下是也注咆
嗥也表本茶陵本此下有步包切三字是也注宕渠縣名銅梁在巴東宕縣
在巴西表本茶陵本無名銅梁在巴東宕縣八字案此尤校添之劉昭注續漢書郡國志引銅梁山在巴東
也下縣當作渠注資覩表本茶陵本作藉資覩切四字在注中藉蔽也下是也注出巴東北
新井縣水出地案新字當在縣字下北井二字當連文縣名也晉太康以前屬巴東郡見華陽國志
出巴東北井縣爲一句新水出地爲一句黿龜水處案黿當作元茶陵本作黿云五臣作元表本作元無

異一

校語此當是茶陵尤所見因劉注中元龜二字誤爲黿字而改正文者耳表所見正文及注皆是元龜字爲不誤也
又正文下有元字乃割裂所見之校語以爲音茶陵亦尚無之恐讀者不察將致執此音以定善字特爲訂正焉
注黿大龜也表本黿作元龜二字是也茶陵本與此同非案說巳見上劉以大解元益顯然可知也
注其緣中又案又當作乂下靈乂同見華陽國志涪陵郡下注李尤七嘆曰表本茶陵
本嘆作歎案各本皆非也當作款注昌志表本茶陵本作昌志切三字在注織亦也下是也注厥
土赤埴案埴當作織觀正文及下善注可見各本皆誤又尚書徐鄭王皆讀曰織見釋文亦其證也注
在宗表本茶陵本作賨在宗切四字在注中氣鋭以剛下是也注武帝樂府何校帝下添立字陳
同是也各本皆脫注在漢壽西界案壽當作嘉各本皆誤說見前下注九折坂在漢壽嚴道縣云
云壽亦當作嘉也注驛傳其詩奏之案驛當作譯各本皆誤事在范書西南夷傳也注出
岷山在安都縣案在字不當有安都當作都安各本皆誤下注金堤在岷山都安縣西又岷山都安

縣有兩山相對立如闕皆可證晉書地理志汶山郡有都安縣也麋蕪布濩於中阿表本茶陵
本麋作蘪案注中作蘪蘪麋古通用或太沖自用蘪字注生越嶲郡無會縣案無會當作會
無各本皆倒注出岷山替陵山案替當作蠶山字不當有各本皆誤晉書地理志汶山郡有蠶
陵縣也此注三言岷山皆謂汶山郡注一曰出廣都山案山字不當有各本皆衍晉書地理志廣
都屬蜀郡也注武蓋表本茶陵本作善曰沐武蓋切六字在劉注之後是也注有水從漢
中沔陽縣南流至梓橦漢壽縣案漢中二字不當有沔當作江漢當作晉各本皆誤
續漢書郡國志犍爲郡江陽劉昭注引賦此注從縣南流云云當據之訂正江陽晉書地理志屬江陽郡戓漢中亦
江陽之誤水經潛水注引庾仲雍云墊江有別江出晉壽縣即潛水也晉書地理志晉壽屬梓潼郡當據之訂正又
表本橦作潼是也茶陵本亦誤橦注過漢壽南流案壽當作嘉各本皆誤水經沫水注云過漢嘉
郡可證注雒水在上雒縣出桐柏山案上字桐字衍出下當有漳山一曰在梓潼縣

異一

出九字水經江水注曰洛水出洛縣漳山一言出梓潼縣柏山即木此當據之訂正洛即雒字漢書地理志漳作章
漳即章字何駮善此注恐誤蓋未知水經注有其證故不悟各本皆脫衍而善自不誤也注扶彪又注
六又注普郎又注度羅表本茶陵本作虒扶彪切陸音六旁普忙切滀度羅切十五字在注
末是也注蜀都臨邛縣案都當作郡各本皆譌下蜀都嚴道同注亭表本作梓音亭三字
在注中善曰下是也茶陵本與此同非注百果草木皆甲坼表本坼作宅茶陵本亦作坼案
作宅最是善讀宅如字觀下注所引根曰宅宅居也可知五臣乃音宅爲坼今竄坼音入正文下又改此注宅爲坼
以就之倶大誤也注皆讀如人倦之解解案之解當作解之各本皆倒皆字複舉下以七
字爲一句也注令櫻桃熟陳云令當作今各本皆譌芬芬酷烈表本茶陵本下芬字作芳
字是也案此尤本譌字注郭璞曰上林賦注曰表本茶陵本空格有曰字此初亦衍後脩
去注若榴巳見兩都賦陳云兩當作南是也表本亦譌兩茶陵本複出非注榛與

㯝同表本茶陵本此下有側鄰其圖則有蒟蒻茱萸表本
切鏂呼亞切七字是也云善
作圖茶陵本云五臣作圖案表本作善
各本皆非也圖但傳寫譌耳注俱字又注許于日蒟俱羽
切蒻許于切十字在劉注之後注溫調五臟表本茶陵本
是也茶陵本無蒟俱羽切非臟作藏是也
注揚雄太元經曰何云元避諱陳云宋人避當時諱改表
本茶陵本不改尤所改僅此一處凡宋
人諱字每注盈表本茶陵本作善曰瀛音注乃禮又注墳
不畫一也盈五字在劉注之後是也
表本茶陵本作乃禮切三字在維葉梶梶注爾肴既將表
下扶云切三字在注末是也墳是五臣音本
將作時是也茶注徒兮又注胡表本茶陵本作鵜乃兮切
陵本亦誤將鶘音胡七字在注末是也
注胡剛表本作胡剛切三字在注中吭注鱣鮪鱣也案鱣
鳥嚨下是也茶陵本剛作江非當作
鮪各本皆誤吳都賦荃鮪注張衡應問曰案問當作間注
鱣善注鮪鱣鮪也可借證各本皆譌
左氏傳曰下在石渠門外表本此六十字作爽塏已見上
至文承明已見西都賦是也茶陵

異一　三五

本複注陽城蜀門名也表本城作成茶陵本亦作城案門
出非名不俟更言城必成字也以此訂
之正文亦當作成注徒蘭表本茶陵本作壇徒蘭注縣又
今各本皆有誤切四字在注末是也
注直例又注光又注郎表本作菽音縣㘙音直例切桄音光榔
音郎十四字在注末是也茶陵本無菽
音縣注莫江又注公達表本茶陵本作莫江切三字在注
非中則其言哤下公達切三字在讙
語也下注白日也案白字不當注黃潤纖美宜制禪茶陵
是也有各本皆衍本禪
作禪表本亦作禪藏鏹巨萬案鏹當作繈注同漢書食貨
案似禪字是也志作繈劉引之可證廣韻云
繈俗作鏹太沖時注九兩又注浦覓表本茶陵本作鏹九
未必有此俗字也兩切鉱音覓切在注
末是也茶注殖貨志曰何校殖改食陳同表本亦注以持
陵本無非誤殖茶陵本作貨殖更非
祿養案養下當有亥字各本皆抱腕抵掌案抵當作抵注
脫此所引臣道篇文也同表本善注未
有抵音紙三字最是茶陵本割裂紙字入正文下非尤又
改紙爲紙盆非廣韻四紙抵抵掌說文云側手擊背也與

十一善之抵迴然有別甚明西征賦爲蕭揚州作薦士表
廣絕交論用抵掌者放此今皆作抵蓋誤由五臣而各本
亂之集韻抵下重文有抵云或作抵可見注桓譚七說曰
其不分別久矣其羣書此字之誤不悉數
案譚當作麟各本皆誤後漢書本傳章懷注案摯虞文章
志麟文見在者七說一首云云後七命注祭屈原文注皆
引桓麟七注吉日今良辰陳云良辰當乙注猶衛之雅質
說可證是也各本皆倒
案雅當作稚注楚徙宅西河長公思故處案楚當作整長
各本皆譌公二字不當有
各本皆誤此音初文今本作殿整甲注觀者萬堤案萬當
徙居西河猶思故處此引多節也作方各
本皆朔別期晦茶陵本期晦作晦期表本與此同案注故
誤日朔別晦期也所複舉如此知正文作晦
期爲注匹各表本茶陵本作善曰泊匹各注善曰越人衣
是切六字在劉注之後是也
文蛇案善曰下當有脫文注彭門鴻岘案岘當作嶢注魏
各本皆同無以補之各本皆譌
完南中志所記也表本茶陵本注文立蜀都賦虎豹之人
完作宏是也

異一　三六

表本茶陵本無立至人八字茶陵本文作又表本亦作文
皆與下鑯翮相接連尤分節不當有又蓋并衍也晉有文
立劉並時人決非注說文曰拍搚也表本茶陵本說上有
所引尤添甚誤皛當爲拍四字也下
有皛胡了切拍普格切貊丑于切十二字注蔓盛貌表本
案此此善注之斷不容割裂者尤誤甚矣茶陵
本此下有於堯相與第如滇池第表本第作弟茶陵本亦作
切三字是也案表五臣注中作弟劉
注中作第仍不著校語第即弟俗字似劉亦作弟但傳注
寫作第耳表所見五臣本不誤茶陵所見亦改爲第矣
音蟻表本茶陵本作善曰蟻音注俗謂正船迴濟處爲蟻
蟻五字在劉注之後是也
案迴當作向注戶表本茶陵本作音戶漫乎數百里間表
各本皆誤二字在注末是也本
茶陵本開上有之字案此似注善曰既載清酤毛萇詩曰
善五臣之異也今無以考之
表本茶陵本無詩字陳云善曰注河圖括地象曰岷山之
下當有詩曰二字各本皆脫
地案地當作精各本皆誤注上爲天井言岷山之地上爲
水經江水注引作精也

東井維絡岷山之精上爲天之井星也表本茶陵本無絡字案此注各本皆
有誤今無以訂之注善曰降丘宅土何校善曰下添尚書曰三字陳云脫是也各本皆脫注
在爵表本茶陵本作在爵切三字在注中觸踐淨之貌也下是也注漢靖王勝後也陳云
靖上當有中山二字是也各本皆脫
卷五○吳都賦表本茶陵本此下有左大沖劉淵林注七字是也尤脫左太沖三字劉淵林注四字
倒錯入上行非注吳都者蘇州是也後漢末孫權乃都於建業亦
號吳案此一節非善注也表茶陵二本不冠注家名於首說已見前東吳王孫驩然而咍
何校驩改驩陳云驩當作驩注同是也各本皆譌玉牒石記案牒當作諜茶陵本云五臣作諜表本作
諜無校語牒但傳寫誤茶陵校語非劉注說文曰牒札也六字當作諜札也三字後注品引說文稱爲許氏記字此
非劉元文明甚善注說文曰諜記也牒記當作牒札因劉以札注諜而諜乃閒諜字故引說文牒以明之下云牒與

異一

諜同正謂所引之牒與賦及劉注之諜同各本皆誤絕不可通注呂氏春秋曰下至爲六合
表本此二十字作六合已見兩都序是也茶陵本複出非注陟升也下至謂舜也表本茶陵本無
此十一字案無者是也說見下瑋其區域茶陵本瑋作偉云五臣作瑋表本作瑋案表用五臣也失著校
語此以五臣亂善皆非齷齪而筭案齷當作握茶陵本云善作握此以五臣亂善非表本失著校語而
善注引漢書作握誤此并改齷益非未顧亦曲士之所歎也表本茶陵本顧作固陳云當作
固案似固字是也旁魄而論都何校稱潘稼堂來云都字衍涉下論都而誤今案所說是也旁魄而
論與上握齪而筭偶句各四字不當偏贅一字注吾子謂西蜀公子下至其形如蹲
鴟故號也表本茶陵本無此九十三字案無者最是尤延之初刻亦無後乃添入故脩故之迹至今尚存
凡此等語皆五臣以後不知何人記在行間者尤校此書意主改舊遂悉取以增多而讀者相沿罕能辯正幸表茶
陵二本均未嘗誤各得反覆推驗決知其非特詳載之用俟刊正以下盡同此也注蜻蛉縣禺山

案蜻當作青禺下當有同字各本皆誤續漢書郡國志可證注四合爲九表本茶陵本無此四字
注各以數至下至度陽九之厄表本茶陵本無此三十六字有有九阨陽阨五陰阨四合
爲九十二字案二本最是此所增多繆戾不可讀安可以儷王公而著風烈也案儷
當作麗著當作奢劉注引麗王公也麗字之證善注奢靡也尚書曰弊化奢麗奢字之證表茶陵二本所載五臣銑
注云云作儷作著各本皆以五臣亂善與注不相應甚非注王莽末時王蜀下至麗著也
表本茶陵本無此四十二字有王此土而亡諸葛亮相此國而敗十三字案二本最是注漢武柏梁
臺衞尉詩曰表本茶陵本無衞尉二字由克讓以立風俗茶陵本云五臣有俗字表
本無校語案此與建至德以刱洪業偶句俗似傳寫脫尤校改正之也故其經略茶陵本故下校語云
善作固表本無校語案固似傳寫誤尤校改正之也包括干越表本干作于注同茶陵本作于與此同注
亦作干今案正文當作干善引漢書及音義當作干引春秋杜預注當作于春秋曰上當有一曰二字今注或盡作

異一

于或盡作干皆未是注婺女越分翼軫楚分非吳分故言寄曜寓精
也表本茶陵本作越楚地皆割屬吳故言婺女翼軫寄曜寓精也案二本最是尤改甚非注南越志
下至出人此穴表本茶陵本無此一十一字注會稽餘姚縣蕭山瀵水所
出何校姚改暨瀵改潘陳同案據漢書地理志校是也各本皆譌劉昭注續漢書郡國志引賦此注今本潘作潛
考顏師古潘音甫元反然則瀵潛皆非注嵬嶷高大貌下至山水澗遠無崖之
狀表本茶陵本無此三十七字注武林水所出龍川表本茶陵本作武陵龍川出其堈案
各本皆非也當作武林水出其山謂漢書地理志錢唐之武林山武林水所出也二本涉上節正文而誤尤所校改
未是注硯硯下至山深險連延之狀表本茶陵本無此二十五字注數州之
閒表本茶陵本數上有故曰二字是也注長邁不回之意表本茶陵本無此六字注潮
波汩起下至昏暗不明也表本茶陵本無此二十九字注滃濛表本茶陵本無濛字

注皆水深廣潤也脩表本茶陵本無此七字注瓌異龜魚皆在水中
生長表本茶陵本無此十字注航舡之別名表本茶陵本無此五字注長者數
十里小者數十丈表本茶陵本數上有有字十作千無小者數十丈五字注東人謂
斧斤之斤爲鱔案鱔當作鐇各本皆譌注烏賊魚腹中有藥表本茶陵本無
腹字有字案中藥最是注如珍寶矣利如劒表本茶陵本矣作以是也以字下屬注言
巳上魚龍潛沒泳其中表本茶陵本無此十字注淮南子曰水濁則
魚噞喁表本茶陵本淮南作文案二本是也喁字不當有此善自引文子尤以淮南子主術訓改之其兩見
皆無喁各本涉正文而衍注鵾鷄鳥也好鳴表本茶陵本無此六字注滴蓋語辭
也表本茶陵本滴作猗下同案二本是也劉注爲滴善注爲猗尤并改善作滴甚非注黮黮下至疾
貌表本茶陵本無此十七字注物皆極之也表本茶陵本之作大是也注緜邈廣遠

異一　元

貌表本茶陵本無此五字注馮隆高貌迢遰遠貌表本茶陵本無此八字注謂
洲渚表本茶陵本渚下有也字是也注深奧之貌下至麗於島嶼之中表本茶陵
本無此十五字注生其華藥仙人所食表本茶陵本生作食無仙人所食四字注漢
書歌曰表本茶陵本無書字注無華表本茶陵本無此二字注玲瓏明貌表本茶陵
本無此四字注朱稱鬱金賦曰案稱當作穆各本皆譌魯靈光殿賦注引作穆不誤嗟難
得而覼縷案嗟當作羌注同表本皆作羌是也茶陵本亦誤嗟又案劉注爾雅曰羌楚人發語端也爾雅
無此文疑爾當作小即西都賦善注所引之小雅曰羌發聲也耳又案蜀都賦羌見偉於疇昔劉氏不注五臣改爲
嗟此未改魯靈光殿賦羌瓌譎而鴻紛張載有注五臣亦未改前說善羌五臣嗟乃其大槩仍不可執一爲例有如
此注道書曰下至下曰眞人表本茶陵本無此十四字注藹藹盛貌表本茶陵
本無此四字注神異經曰下至出則天下大水表本茶陵本無此十八字注蘆

華也表本茶陵本無此三字注通口冬生表本茶陵本口作曰案疑曰冬當作冬日也注
乾之亦表本茶陵本亦作赤是也以三字爲一句注其華離婁相貫連表本茶陵本婁
作樓是也注可食檳榔者陳云食下脫一食字今案此蓋當衍可字耳各本皆衍注以合
石賁灰案白當作古見下注各本皆譌注布濩下至分布覆被貌表本茶陵本無此二
十三字注蔕花本也菲菲花美貌也表本茶陵本無此十字注芬馥色
盛香散狀表本茶陵本無此七字木則楓柙櫲樟表本茶陵本櫲樟作豫章注同是也
案此尤誤改平仲桾櫏表本茶陵本作君遷是也案此尤誤改注仍作君遷未改可證字書雖有桾櫏
字但劉既不從木善又與劉同不得取而改之凡今所論是非意皆專主善何作楠榴之木案楠當作
南注中作南各本皆同表茶陵二本楠下有南音蓋五臣楠而亂之南榴複二字爲一木名與柟之別體作楠無涉
五臣誤也注尤好可以作器表本茶陵本無好字是也注宗生下至覆萬畝之

異一　三

地表本茶陵本無此四十字注莊子曰表本茶陵本子作周是也注葉重疊貌表本茶陵
本無此四字注輪囷謂屈曲貌下至相糾也表本茶陵本無此十九字注枝柯
相重疊貌表本茶陵本無枝柯二字疊作之注縟繡下至露垂貌表本茶陵本無此二
十一字注言木枝葉下至如律呂之暢表本茶陵本無此十五字其上則猨
父哀吟表本茶陵本則下有有字猨作猿是也爭接縣垂茶陵本接縣作縣接云五臣作爭接
縣垂表本作接縣用五臣也此蓋亦尤改耳注獑子下至見人嘯表本茶陵本無此十一字注
居樹上表本茶陵本作樹上居是也注東吾諸郡皆有之案東吾當作江東各本皆
誤下注箭亦有此句是其證也注上涌雲亂葉暈散表本茶陵本上作騰是也陳云亂下有枝
字案古文苑所載有陳據之校耳注於菟虎也江淮閒謂虎爲於菟表本二菟
字皆作塗茶陵本初刻同後改菟案塗是也依此則正文當是塗字表茶陵二本菟下有徒音蓋五臣菟而各本亂

之矣注魑魅魍魎表本魑作螭是也茶陵本亦誤魑注穎鋒也案鋒當作鑯各本皆誤則篔簹箖箊表本茶陵本箖作林同是也案此尤誤改注柚梧有篁案柚當作由注中作由各本皆同柚下由乃五臣音蓋五臣柚而亂之注可以爲射筒筩及由梧竹案射筒當作筒射各本皆倒筒句絕射下屬詳劉注意篔簹也林箊也桂也箭也射筒也由梧也篻也簩也凡八竹此但可以爲筒耳非單名筒也注漢書律歷志表本茶陵本無此五字注伶倫乃之崑崙山之陰嶰谷之中取竹斬之以其厚均者吹之表本茶陵本此二十四字作伶倫乃之崑崙陰取嶰谷之竹斬其厚均者而吹之二十字是也注鳳鵷也表本茶陵本無此三字注周本紀曰表本茶陵本無此四字有皆字屬下注非梧桐不棲表本茶陵本無此五字注馴擾善也案當作擾馴也各本皆譌注長直貌蓊茸表本茶陵本無此五字注蕭瑟聲也表本茶陵本無此四字注嬋娟言竹妍雅也表本茶陵

本無此七字注碧鮮下至出竹表本茶陵本無此十三字棎榴禦霜茶陵本榴下校語云善作劉表本作榴用五臣也此蓋亦尤改耳各本注中皆作榴疑注字有譌而尤誤據之注味大甘美表本茶陵本無大字美字注如猪膏表本茶陵本膏作脂是也注一作北景下至故名表本茶陵本無此二十六字注金華采者案此各本皆有脫無可補何陳校添金有華於采上云別本今未見恐誤涉下善注耳注言其如晢擿表本如上有有字是也茶陵本亦脫注鷄見而駭驚也表本茶陵本無驚字注又重累貌表本茶陵本無此四字又下崴烏乖切嵔敳乖切八字亦無案下八字當有凡音各本不同二本刪耳注潛穎謂潛深而有光穎茶陵本二穎字皆作潁表本亦作潁案作文義穎字爲是依此則正文當是穎字茶陵校語云五臣作潁與尤所見皆傳寫誤表本作潁用五臣唯無校語或所見未譌歟注珠玉潛伏土石下至黷黑茂貌表本茶陵本無此二十九字又下晢勑列切四字亦無案下四字當有二本刪者因正文下有勑列二字也下放此

不更出注四隅謂邊遠也表本茶陵本無謂邊遠三字注沽穴表本茶陵本沽下有此字注桴舟也表本茶陵本無此三字注因以殘半棄水中表本茶陵本殘作其水中作之是也注昣瞰下至有徑有昣表本茶陵本無此十六字用累千祀表本茶陵本祀下有也字茶陵云善無表無校語案此與下文煥炳萬里也偶句恐無者傳寫脫注二十五世矣夫差益強大得爲盟主表本茶陵本矣夫差益強大得七字作益強夫差四字注大城周匝表本茶陵本無匝字注亦有水陸門皆案皆下當有樓二字各本皆脫注言經營造作之始下至長遠貌表本茶陵本無此二十字注西都賦曰表本茶陵本賦作賓是也注越絕書曰吳王夫差表本茶陵本無夫差二字注夫漢諸侯方輸口錯出表本茶陵本口作謂此初亦衍而後去之注蔡邕月令章句表本茶陵本句下有曰字又漢書下同表邕作雍茶陵本作邕案疑善盡作雍今雍邕錯見乃後人改之注前

吳都武昌在豫章表本茶陵本前吳作吳前無在豫章三字注在丹陽孫權自會稽下至不向武昌居表本茶陵本無此三十三字何云不樂徙乃孫皓時事是矣但未悟非劉注案此不知何人謬記云云尤乃取以增多誤之甚者也注皆建業吳大帝所太初宮表本茶陵本無此十字有二字屬下案此增多云吳大帝上下增多云孫權一人之稱乖刺如此誤中之誤不勝辨正凡今於二本所無當刊削者譌誤亦不復論注捷獵高顯貌表本茶陵本無此五字注大夫種表本茶陵本種下有蠡字案此尤刪似是也注以獻吳王夫差夫差大悅表本茶陵本無夫差夫差四字有王字注以飾殿也表本茶陵本無此四字注其子表本茶陵本無此二字注孫權移都建業皆學之表本茶陵本無此九字注長遠貌表本茶陵本貌上有之字注崢嶸深邃貌表本茶陵本無此五字注櫝音槐茶陵本音作與是也表本亦誤音注吳後主下至碕巨依切表本茶陵本無此三十三字注

粱楯也下至爲瑣文欞柱也表本茶陵本無此十六字注亘引也耽耽樹
陰重貌表本茶陵本無此九字注疊水流進貌表本茶陵本作疊進也案此當作疊疊進
也二本脫重疊字所引當是疊疊文王之傳或章句文尤改大誤後來考韓詩者從而認爲鳥鷺在疊誤中之誤也
注吳自宮門南出苑路府寺相屬表本茶陵本此十二字作建業宮前宮寺六字
注橫塘在淮水南下至吏民雜居東長干表本茶陵本無此六十二字有橫塘
杳下皆百姓所居之區名江東謂山岡閒爲干建鄴之南有山其閒平地吏民居之故號爲干三十八字注皆
相連表本茶陵本連作屬是也注大長干下至故號大小相干表本茶陵本此二十
四字作疑是居稱干也六字注楯此下至相連下之貌表本茶陵本無此三十二字注
毖岸大度也下至石顯方鼎貫表本茶陵本無此三十三字注虞虞文秀
魏魏周顧顧榮陸陸遜隆吳之舊貴也表本茶陵本作虞魏顧陸吳之舊姓
也案二本最是何陳校改云云皆未悟非劉注今不取注歧嶷下至養之乞言表本茶陵本無
此十六字有貫指之傳石顯方鼎貴九字案此九字疑亦後人添之注言富貴也表本茶陵本無言富
貴三字也屬上注閭閻闐噎言人物遍滿之貌表本茶陵本無此十一字注善
曰表本茶陵本此下有後漢書云江充爲人魁岸案後字衍云當作曰尤延之移入劉注非注方家隆
盛時乘表本茶陵本無此六字注江都輕訬案輕訬當作訬輕各本皆倒注謂輕
薄爲訬也表本茶陵本無謂輕訬三字案此不當有見下注締結也翩翩往來貌
弈弈輕靡之貌案此三句亦不當有上引景十三王述下引淮南高注相連接解輕訬後人添之隔
截其閒非凡尤本誤取增多之外表茶陵二本亦有失善舊者如此是矣注使人於楚楚相春
申君處表本茶陵本無楚楚相處四字注而迎之趙表本茶陵本無此四字注翹關
扛鼎下至能招門開也表本茶陵本無此十五字注漢書曰項羽力能扛

鼎又表本此十字作扛鼎已見西京賦是也茶陵本所複出不同亦非注四隩來暨下至以
向吳都表本茶陵本無此三十字開市朝而並納表本茶陵本並作普案此蓋善並五臣普
二本失著校語雜沓從萃表本茶陵本從作縱案此蓋善從五臣從二本失著校語又二本注中亦作縱
非注隧向市路肆市路也表本茶陵本無此八字金鎰磊砢表本茶陵本鎰
作溢注同是也案此尤誤改耳注史記曰趙孝成王一見虞卿表本茶陵本記下有虞卿
傳三字見下無虞卿二字注闌干猶縱橫也表本茶陵本無此六字注又折象牙
以爲簟也表本茶陵本無折字儸譶眔㹧表本茶陵本儸作澀案此蓋善儸五臣澀二本失著
校語琴賦紛儸譶以流漫廣韻二十六緝儸言不止皆可借證也又考集韻云譅譶言不止疑五臣澀又譅之譌耳
注諠呼橫切諠通也表本二諠字皆作喤茶陵本作喤通也無呼橫切諠四字案各本皆非也
方言有諠音也在十二卷別無諠通也此當作諠音也呼橫切諠與喤通今所誤不可讀注紛葩謂舒
張貨物使覆映表本茶陵本無此十字注謂之霢霂表本茶陵本霂下有霢音脈三
字是也注富中大塘中也句踐治以爲田表本茶陵本塘下無中也二字田上
有義字是也案此所引記地傳文注尚書曰惟辟玉食表本茶陵本無惟辟二字注言
富中之食貨殖之選者各利案食當作人陳云各利當有脫文各本皆同無可補也以
意揣之似當云各乘其時而射利注言農人之富自相夸競表本茶陵本無此九字
注以自救表本茶陵本救下有謂此也三字注左傳曰吳賜子胥屬鏤表本
茶陵本無左字是也注走追奔獸接及飛鳥表本茶陵本無此八字注鱄諸貫
劒於全魚中表本茶陵本無全字注遂殺闔閭也表本闔閭作王僚是茶陵本亦誤闔閭
注上大下小表本茶陵本無此四字有者字屬上注犀皮爲之表本茶陵本無此四字
注奉父犀渠案父當作文各本皆譌此所引吳語文今本犀下有之字疑亦脫也注考工記

曰越鐵利可以爲戟（表本茶陵本無此十一字）注皆節理解落也（表本茶陵本無落字）注陳王卒（表本茶陵本王作士是也）注鐸施號令而振之也（表本茶陵本無此八字）注一校千二百九十六匹（表本茶陵本無一字是也案此節鄭注而引之乃五種合之數尤所添甚誤）注狼𦢊人夜齅金知其良不（表本茶陵本無人夜其不四字）注又有象林郡（案又字不當有郡當作縣各本皆誤晉書地理志云交州日南郡秦置象郡漢武帝改名焉統縣五象林云云可證也）注周禮有巾車官又（表本茶陵本無此七字）注日月爲常重光謂日月畫於旂上也攝持也（表本茶陵本此十七字作有日月爲常重光謂日月重光也十三字）注不能（表本茶陵本無此二字）注列女傳曰（下至）故號之（表本茶陵本無此二十三字）注染絲織鳥畫爲文章置於旌旗也（表本茶陵本此十三字作鳥爲章也四字）注袀同也（案當作袀服皁服也各本皆涉五臣謂下同服而脫誤劉昭注續漢書輿服志引賦此注云袀皁服也可證但彼袀下仍當有服字耳）注騏馬名（表本茶陵本無此三字）轂騎煒煌（表本茶陵本煌作熠案此蓋亦尤改耳）注謂張網周遍（表本茶陵本無此五字）注瑣結（下至）言不絕也（表本茶陵本無此十三字）注虒兔網（表本茶陵本無此三字）注周易曰（何校易下添略例二字陳同是也各本皆脫）注禦禁也謂因沅湘爲藩落也（表本茶陵本禁下有苑字無因沅湘三字）猿臂骿脅（表本茶陵本猿作猨骿作騈案此尤誤改也）注骿脅今騈幹也骿騈通（表本茶陵本無此九字）注鷹瞵鶚視言勇士似之也（表本茶陵本無此十字）注犬獷不可附也（案犬獷當作獷犬各本皆倒今說文獷犬獷獷不可附也蓋善節引）注說文曰瞵（下至）瞏音浪（表本脫此注非茶陵本無拉擺莽瞏四音刪也）注尚書曰稱爾干（案尚上當有善曰二字各本皆脫表本茶陵本干下衍戈字益非又此節注二本無佻他弔切又步寸切兩音刪也）注史記曰荊

軻怒髮直衝冠（表本茶陵本無此十字）注熛火燗也（表本茶陵本無此四字有鳥擇木而棲五字）注故云鳥不擇木獸不擇音（表本無此七字茶陵本有案表本有脫誤茶陵尤所補亦未是）注麇大麇也桂林有麇（茶陵本二麇字作麋表本亦作麋案各本皆非也當作麖）注如馬（又）注鋸牙（又）注能食虎也（表本茶陵本無此八字）注猱似猿奴刀切挺言亭（表本茶陵本無此九字案二本刪音也似猿二字尤增）注一名雲白（案白當作日各本皆譌羣書或言運日或言暉日或言鴆日運暉鴆與此雲皆同字）注左氏傳曰（下至）豹走貌（表本茶陵本無此十六字）覽將帥之拳勇（陳云據注拳當作權案所說是也善注毛詩曰無拳無勇拳與權同謂引詩之拳與此賦之權同也疑五臣以此改正文爲拳但於注無明文耳）與士卒之抑揚（何校抑揚改揚抑陳云抑叶韻各本皆同蓋倒也）注言吳之將帥皆有拳勇（表本茶陵本無此九字又此節注茶陵以下多脫不具論）注女六切拉頓折也（表本茶陵本無此七字案二本刪音也下四字尤增）注捭兩手擊絕也（表本茶陵本無絕字）注靡碎也（表本茶陵本無此三字）注人因爲筒（下至）而得禽之（表本茶陵本無此二十八字又此上梟羊善食人下至而後食之二十五字表有茶陵無）注剞亦刲也（表本此下有居綺切三字是也茶陵本無非）應弦飲羽（表本茶陵本飲上有而字案此上自魂褫氣懾下及雜襲錯繆似各本皆有誤今無以訂之也又後文自若此者下及曲度難勝亦然附出於此以俟再詳）注周章謂章皇周流也（表本茶陵本無此八字）注踶跋促遽皃（表本茶陵本無此五字）雜襲（下至）澤別名（表本茶陵本無此十九字）注王逸曰豐隆雲師也（茶陵本有此八字表本無）注春秋元命苞曰日月（案日字不當有各本皆衍）迴靶乎行邪睨（表本茶陵本無邪字案此蓋尤取西京賦之遷延邪睨改行爲邪仍未去行字而兩有行邪耳）注說文曰艘（下至）船別名（表本茶陵本無此二十三字）注船上下四方施板者曰

艦也表本此十一字作艦大船也四字茶陵本此節注多脫槁工檝師表本茶陵本槁作篙注同
案尤取方言改篙為槗而又譌成槗也注昔吳王下至後為神表本茶陵本無此十六字注
弋繳射也表本茶陵本無此四字鱺鰽魦案鱺字誤也劉善皆無注表茶陵二本下音所買西
京賦纚鰋鮋薛注云纚網如箕形狹前廣後善曰纚所買切蓋此賦字本與彼同故善不更注所買即善音二本制
裂入正文下尤刪削之善音失舊每如此也又江賦云箣灑連鋒善引舊說曰箣灑皆釣名也灑所蟹切彼灑亦即
纚也或為網或為釣說之者有不同耳可證鱺字各本所見皆傳寫誤注筌捕魚器今之斗
回也表本茶陵本無此九字注攙搶星也表本茶陵本無此四字注上直魚生
一表本茶陵本魚作異一作三是也案生當作九各本皆誤注言微小也表本茶陵本無此四字
注鰝大魚鰕音遐案魚字不當有鰕屬上讀表本茶陵本無鰕音遐三字乃刪音而誤於衍字絕
其句也又上鮒下牿兩音二本無亦刪注又曰襱兼有也案又當作說文二字各本皆脫誤

注其釣惟何表本茶陵本惟作伊案此尤改非是注善曰家語曰表本無此五字案無
者最是說見下茶陵本亦無但移此下楚昭王云云入後善注中而依家語改其文大誤注使問孔子
表本無使字是也注可剖而食之表本可作令是也注得此鳥魚表本茶陵本無
魚字案此尤補也下注失其鱗翼也失上似各本脫亡字注戰國策曰表本戰上有善曰萍實見家語
七字案有者最是茶陵本亦有善曰但改萍實見家語為家語楚昭王云云大誤說在上注蛟螭龍子
也表本茶陵本無此五字注不出之也表本茶陵本之下有珠字注善曰回淵水
也案當作善曰說文曰淵回水也各本皆脫誤魏都賦回淵灌善注可證也注大龜也下至目不
明也門撥切謂之潛隱之穴也表本茶陵本無此四十三字案此尤所添最誤劉注
昧冒也與目不明之昧迴不相涉又於賦文義難通門撥切一音乃尤并添不在善音二本刪之例注徇求
也襲入也表本茶陵本無此六字案無者是也但當有善曰二字觀下注可見表茶陵作劉曰劉即善字

之誤也注風初貌案初當作利各本皆譌注太湖在秣陵東湖中表本茶陵
本在秣陵東四字作也字湖下有水字注軍所以討獲曰實表本茶陵本作軍實所獲也五
字注鍾儀在晉使與之琴表本茶陵本無此八字注允繼也下至任南
樂名表本茶陵本無此二十四字注吳歈蔡謳表本茶陵本歈作愉是也注翕習容
裔下至容與閑麗也表本茶陵本無此十九字注詩曰唱予和女表本茶陵本無
此六字注坻頹崩聲也下至因為隴坻之曲表本茶陵本無此十九字注鞄
巴鼓琴表本茶陵本鞄作瓠是也注鄙曲也表本茶陵本無鄙字注汁猶㥷也茶陵
本㥷作叶是也表本作叶猶汁也誤魯陽揮戈而高麾何校揮改援案以揮麾文複言之蓋是也
各本皆誤耳注楚辭曰日吉兮辰良表本茶陵本無此八字注楚將也表本
茶陵本無此三字注與韓邁何校邁下添難字陳同是也各本皆脫注良辰之所以

覺也表本茶陵本也作速是也注以適己之盛觀也表本茶陵本觀作歡是也注執
玉帛而朝者表本茶陵本無而朝二字注先王謂舜等也信讀為申表本
茶陵本無此十字注與齊晉爭衡下至號孫子兵書表本茶陵本無此五十五字案
無者最是上文起軍下文北征四字為句盡晉亞之皆引吳語文五十五字在其間誤甚矣可見凡增多者之決不
當有也注晉惡之表本茶陵本惡作亞是也注叔孫通列傳曰下至猶世也
表本茶陵本無此二十三字注如童表本茶陵本無此二字注山言此人等仙如
蟬之脫殼表本茶陵本無此十一字注槁葉落表本茶陵本無此三字畢世而罕
見丹青圖其珍瑋表本茶陵本無而字其下有象字案此尤添刪之觀下文偶句蓋是也詳劉注
云象類者解上文比焉之比非正文有象或誤認而衍之耳注書曰舜南巡狩陟方死
表本茶陵本無此九字有善曰二字案二本最是注子宅湫隘表本茶陵本隘作阨茶陵脩改亦作

臨案此蓋劉引自作既注帝王居之表本茶陵本無此四字而與夫樳木龍燭也表本茶陵本樳作尋注同案此蓋亦尤改之耳而與桎梏疏屬也表本茶陵本與下有夫字案此尤本脫耳注適爲夫子時也表本茶陵本爲作來是也注莊子曰有繫下至懸絕曰解表本茶陵本無此十九字注亦如此也善曰表本茶陵本也下有确薄也三字善注末無此三字是也謳詭之殊事表本茶陵本謳作嵓注同案此蓋亦尤改之耳注輪已崇則人不能登也輪已庳表本登也輪三字作升字二巳皆作以案表本是也劉引自如此茶陵本與此同皆取考工記改之耳注不委細之意表本茶陵本無此五字注粗謂寳言其梗槩案謂當作爲各本皆誤陳云別本爲今未見注梗槩粗言也表本茶陵本無此五字

卷六〇魏都賦〇注魏曹操都鄴下至以魏都依制度表本茶陵本無此一節注是也案此二本亦尚未竄入其并非五臣注更明左太沖茶陵本此下有劉淵林注四字表本無案各本皆非也當有張載注三字何云前注張載爲注魏都陳云賦末善曰張以㦬先隴反云云則知卷首本題張孟陽注與前合後來誤作劉淵林耳所說是也表茶陵賦中每節注首劉曰皆非蓋合併六家時已誤其題矣注爾雅曰權輿表本茶陵本無爾雅曰三字注劇秦美新序曰案序字不當有各本皆衍注班固漢書述曰彰其剖判表本茶陵本無此十字注楊雄交州箴曰表本茶陵本無交字案漢書曰作州箴餘所引有某州箴者疑皆後人所添而此爲是也注杜篤通邊論曰親錄譯導緩步四來表本茶陵本無通錄四來四字案尤校添之也以中夏爲喉不以邊垂爲襟也表本茶陵本喉下有舌字襟下有帶字案詳注皆不當有二本非又襟依注字善作衿蓋五臣襟而各本亂之注而附著於大中之道也表本茶陵本而作又不無於字注莫不貢職表本茶陵本貢職作來貢案尤校改之也注漢書曰單于下至百蠻貢職表本茶陵本無此十九字而徒務於詭隨匪人茶陵本人作民云五臣作人表本作人無校語案民字是也尤以五臣亂善又并注同於匪民亦改人皆非注詭隨匪人言詭善隨惡表本茶陵本詭隨匪人言五字作徒務於三字注詭隨詭人之善隨民之惡表本茶陵本無上詭隨二字惡下有者也二字注言惡也表本茶陵本無此三字注小劒戊去大劒表本茶陵本無戊字案此尤校添戊字而譌耳注蹶敗也善曰表本茶陵本無善曰二字案有者非也注名赤縣神州赤縣神州內自有九州表本茶陵本無下赤縣神州四字注崑崙謂東南表本無謂字是也茶陵本亦衍注于時兵所圍繞表本茶陵本繞作也是也注臣今見宮中荆棘表本茶陵本荆上有生字注宮室深邃之貌表本茶陵本無宮字注沈長含切表本茶陵本切作反案反字是也凡善本云反合併以後改爲切其僅存者皆不當改也注廣雅曰煨爐也烏壞反廣雅曰煨煙也案此有誤也考廣雅並無煨爐也又其下不當又云廣雅曰各本皆同無以訂之唯釋詁云煨爐也下煙必爐之誤注又曰矢鋒也陳云矢上脫鏑字是也各本皆脫注牢落下至翩連緜以牢落表本茶陵本無此十六字亦獨犨麋之與子都表本茶陵本獨作猶案猶字是也尤誤、注色如漆赭表本茶陵本無赭字注子都美丈夫也表本茶陵本無此六字注二山名已見上文表本茶陵本無已見上文四字案二當作三各本皆誤則霜露所均茶陵本均作鈞云五臣作均表本作均無校語案表用五臣也尤蓋以五臣亂善注則爲明主也表本無爲字是也茶陵本無上左傳至此脫注善曰史記表本茶陵本作劉曰當魏襄王時案二本最是當魏襄王時者上數所賦以前也尤改誤又二本每節首有劉曰於此例當去改爲善曰更誤注蘇秦說魏襄王曰表本茶陵本無襄字注南有陳何校陳下添留字是也各本皆脫注潁川舞陽郾許鄢樊陵表本茶陵本無樊字案無

者是也川下當依漢志補之字各本皆脫穎川郡也舞陽
以下皆縣也潁川郡屬縣有郾陵尤添樊字於其閒甚誤
注溫水在廣平都易縣何校都改郡易下添陽字是也各本皆誤晉書地理志之廣平郡易
陽縣也陳云別本都作郡今未見 注淯水蕩其胷案淯當作消各本皆譌 注閟宮有
洫表本洫作侐茶陵本亦作洫案侐是也 注蒼頡篇序下至廣大之貌表本茶陵本無
此二十九字 授全模於梓匠表本校語云善作令模茶陵本作全模校語但云五臣作謨案尤所
見與茶陵同注無明文未審善果何作 注謀龜謀筮表本茶陵本作尚書曰謀及卜筮案蓋各本皆
非也載注但當有謀及卜筮四字下文善注首尚書曰謀
及卜筮七字茶陵本無非也表有是也如下節載注陂傾
也善注鄭元禮記曰曰陂傾也可以例此 注以避燥濕表本茶陵本燥濕作溫涼案此尤以今荀子校
改之孟陽引不必同改者未是 注又曰僝取也子軟切表本茶陵本無此八字 注詩
定之方中表本茶陵本詩下有云字是也 注西都賦曰因瓌材而究奇抗

應龍之虹梁表本茶陵本無此十六字 注西京賦表本茶陵本西上有西都賓曰抗應龍之
虹梁十字 注又曰蹠龍首以抗殿表本茶陵本無此八字案彼賦龍首與此異然不涉尤增
多誤甚 注謂畫爲龍首於椽表本茶陵本無畫於椽三字 嘽鑒㧖振案㧖振當
作㧖振注同各木皆譌㧖振見甘泉賦太沖用其語彼不誤可證也 階陊嶙峋案陊當作楯善引應劭上
林賦宛虹他於楯軒句注可證表茶陵二本所載五臣翰
注云階陊階道上處蓋五臣改爲隋而各本亂之茶陵本
幷善注中字亦改爲隋大誤 注深黑色也表本茶陵本無深字黑字 注抵鍔嶙峋茶陵
本抵作柢表本與此同案各本皆非也當作坻 注德陽殿賦曰何校德上添李尤二字是也各本皆
脫 注西京賦曰下至若雙闕之相望表本茶陵本無此十六字 注內朝所
在也表本茶陵本所在作存案此尤改也 注蔡雍陳留太守頌曰表本茶陵本蔡下有
元化自此陶甄而成國風於是有稟承也十六字案有者是也尤誤脫去 注漢書音義如淳曰

表本茶陵本作如淳漢書注曰案此亦尤改也 蕙風如薰何引潘校蕙改惠案所校是也善注可證表茶
陵二本所載五臣銑注云蕙香草是五臣改爲蕙而各本亂之 注聽政殿聽政殿門表本茶陵
本此七字作聽政殿前四字案各本皆非也當作聽政殿前聽政闥七字爲一句 注聽政門前外
賢門案上門字當作闥下節注云外賢門內聽政闥外與此相承接各本皆譌 注崇禮門右順
德門案崇禮門三字不當有乃誤複上文各本皆衍 注顯陽門前有司馬門表本茶陵
本無顯陽二字 注閽守門也下至守王門表本茶陵本無此十一字 注音此禮切
下至惠風橫被表本茶陵本無此十四字 注邊讓帝臺賦曰何校帝改章華二字陳同
是也各本皆誤 注聽政闥向外表本茶陵本無向字案無者最是四字爲一句 注宣明門
內外賢門外賢門外案外賢門三字不當重宣明門內四字爲一句與上之外賢門內下之顯
陽門內句例同也外賢門外四字爲一句與上之聽政闥外下之宣明門外句例同也又表本上外賢門下有而字

茶陵本有內字何校云然此四字疑衍陳同是矣 注禁中諸公所居曰表本茶陵本無此七
字 注始置侍中中尚書表本茶陵本無下中字 注幕人掌幄帟表本茶陵
本作帟人掌幄案當作幕人掌幄此無取帟也尤改未是 丹青煥炳表本茶陵本煥炳作炳煥案此疑善
五臣之異今無以考之也 注咎繇薦舜曰何云薦疑作譽陳云當作譽是也各本皆誤 注周
禮曰正宮掌宮中次舍表本茶陵本無此十字 注謂次舍之名以甲
乙紀之也表本茶陵本名作處紀作綠案此亦尤改也 注文藻頌詠也表本茶陵本頌
上有而字 亢陽臺於陰基表本茶陵本臺下校語云善作高案此以五臣亂善非 注文昌
殿西有銅爵園園中有魚池堂皇表本茶陵本無上有字不重園字 注旣
滋蘭之九畹表本茶陵本無旣字之字 注莊子曰表本茶陵本子作周案二本最是此稱莊
周舊注例也若稱莊子善注例也餘舊注誤者準此不更出 注流沫三十里黿鼉魚鱉

之所不能遊也表本茶陵本三作四無魚鼈二字注有屋一百一閒表本茶陵本有上有銅雀臺三字是也注一百九閒氷井臺有屋此九字表本茶陵本無案尤校添者是也蓋依水經濁漳水注凡二本之誤多不具論唯此等經尤延之而改正讀者所當知故詳出之注百四十五閒表本茶陵本四作三案水經注作四尤依校改注上有氷室三臺與法殿表本茶陵本上上有氷室臺三字室三臺作三室案尤校改者是也水經注云上有氷室詳賦云下氷室而冱冥上字必皆下字之譌注爲徑周行此四字表本茶陵本無案二本脫也注魯靈光殿賦曰下至似紫宫之崢嶸表本茶陵本無此二十五字注魯靈光殿賦曰表本茶陵本賦下有注字注此鳳之有定有住尚向風而無一方案此當作此鳳之住有定向七字爲一句而風無一方五字爲一句各本皆誤絕不可通今訂正之注腓腓子也表本茶陵本無此四字注班固西都賦說臺曰表本茶陵本無說臺曰三字注彌

望得意之謂也表本茶陵本得意之謂作意之得注若春外臺之爲樂焉表本茶陵本無春字注晷漏漏刻也表本茶陵本下漏作之又也下有西上東門北漏有刻屋也十字案有者是也尤誤脫去上東當作止車前注南當南止車門又有東西止車門表茶陵止車皆作上東考水經注說長明溝南逕止車門下然則上東非也此亦當同彼矣屋當作室注晷景案景下當有也字各本皆脫注樂汁圖曰案圖下當有徵字各本皆脫注服虔甘泉注曰何校泉下添賦字陳同是也各本皆脫隆厦重起案厦當作夏載注引詩夏屋善必與之同蓋五臣厦而各本亂之下文厦屋一揆亦如此注寇俠城堞表本茶陵本無堞字案此尤校添也注毛詩云夏屋渠渠表本茶陵本無毛字案無者最是此稱詩舊注例也若稱毛詩善注例也其有不合者非餘各本皆誤者準此不更出凡劉淵林張孟陽諸人之注皆未必是毛詩觀下牒牒坰野句注即可知矣注廣壽長五十步表本茶陵本無長字案此尤校添也蒲陶結陰茶陵本蒲下校語云善作蒲表本無校語案此尤改

未必是也表本載注字亦作蒱然則所見與茶陵同失著校語耳尤并注改作蒲非蒹葭贙表本茶陵本贙作贙注同是也贙俗字耳廣韻所謂倒一虎者非是矣若咆勃澥與姑餘案勃當作勃載注引楊雄曰勃澥之鳥善必與之同蓋五臣勃而各本亂之注江池清籞表本茶陵本江作淵案尤依東京賦改淵作洪而又誤其字耳注方四十里表本茶陵本里下有耳字案此尤依今孟子改也下同注殺其麋鹿者表本無鹿字茶陵本有注爲附於國中表本茶陵注本無於字鄭元周禮注下至大波也表本茶陵本無此十七字注隨波之貌表本茶陵本無此四字注飛而下曰頏表本茶陵本無此五字案此二本脫而尤添之是者注今鄴下有十二墱天井偃案偃當作堰水經濁漳水注有天井堰可證也各本皆誤注分爲十二墱表本茶陵本墱下有者也二字注界也埒畔際也案上也字不當有各本皆衍界埒畔際也五字爲一句注賈逵國語曰案語下當有注字各本皆脫陳云別本有注河渠書

表本茶陵本作史記曰案此尤改也注漢書曰表本茶陵本作又曰案此尤改也注終古潟鹵兮表本茶陵本潟作寫案寫乃舄字之譌尤改未爲是也注蒔更也表本茶陵本更作植立二字是也注郭璞曰謂更種也表本茶陵本無此七字注鄴城內諸街表本茶陵本鄴上有言字街作衞案此亦尤改也注有赤闕黒案黒當作里各本皆誤有赤闕里四字爲一句注謂之倚郭璞曰石橋音江表本茶陵本作謂石橋也四字案以四字爲一句二本最是載注不得引郭景純爾雅尤增多甚誤注侍中尚書御史符節謁者郎中令太僕表本茶陵本無此十五字案此亦尤添也侍中至謁者在前符節謁者劉注中此無取其事蓋皆未是也注長壽吉陽二里在宮東中當石竇吉陽南入此十七字表本茶陵本無案此蓋二本脫注鄴城南有都亭城東亦有都道北有大邸表本茶陵本南作東案各本皆有誤此節賦邸注必說邸可知然則當作鄴城東有都亭邸爲一句東城下有都道

爲一句道北有大邸爲一句尤改東爲南欲以通之而彌不可讀今訂正此賦前注有北城下後注有西城下可證此之東城下也注秦舍相如廣成傳茶陵本城作成是也表本亦誤城注輟止掇

古字通案止下當有也輟與三字各本皆脫侈所覜之博大表本茶陵本覜作眺注同案此疑太沖自用眺字故善以爾雅眺解之眺即覜耳善引書之例有如此者尤延之因爾雅作覜改未必是也注

達已見上章案達當作逹下同各本皆譌注聽賣買以質劑又曰表本茶陵

本無此八字財以工化案財當作材茶陵本校語云五臣作材表本作材詳載注善注並作材但傳寫

誤作財也注史記曰子產治鄭不鬻賈表本茶陵本無此十字注成平也

市者表本茶陵本無也字注舜居河濱器不苦窳表本茶陵本無舜居二字注淑

清穆和之風既宣表本茶陵本無此八字注優渥表本茶陵本無此二字案無者是也

又茶陵刪此上女龍切此下然皆非注是謂賓布廩君之巴氏出嫁布表本茶陵

本賓布廩君之作廩君之賓案此尤校改也蓋據後漢書南蠻傳縵胡之纓案縵當作漫表本茶陵本

義注中字作漫此并改作縵非其五臣銑注中字作縵然則乃各本亂之而失著校語今莊子作曼釋文引司馬彪

云曼胡之纓謂麤纓無文理也漫曼同字可借爲證注立魏公位諸侯王上表本茶陵本無

立字注臣能虛發而下鴈魏王曰表本茶陵本無此十字案二本有脫考楚策尤所添

亦未是注庶士有揭又曰表本茶陵本無此六字案無者最是陳云注必有誤未悟爲增多耳

刷馬江州案刷當作唰注同載注引唰嗽爲注是其本作唰善必與之同五臣向注作刷云乃洗刷兵馬

云云各本亂之而失著校語又案善赭白馬賦旦刷幽燕注引作刷必太沖集別本與張孟陽注者不同此之謂各

隨所用而引之善固已自舉其例矣振旅輷輷案輷輷當作輷輷善注有明文其云今爲輷字音田者猶

西京賦注之今並以亘爲垣耳五臣因此改故正文下有田字音各本亂之而失著校語集韻轟字重文有輷即本

此亦可證載注善注兩見輷輷皆同注庖丁爲文惠君屠牛表本茶陵本無君字案下文兩

云文君疑此本亦云文君耳注建安二十五年表本茶陵本無五字案此尤添也注剋

黜韓暹楊奉之專用王命也表本黜作黜是也茶陵本亦誤黜注降劉表

於荊州之屬也表本茶陵本無之屬二字是也何校表改琮陳同各本皆作表或此本云表耳注

北羈單于于白屋案干字不當重有各本皆衍說見後九錫文下注兵事以嚴終

也表本茶陵本兵作無終作衆案此亦尤改也注韋昭注曰東山皐落氏也表本

茶陵本無此十字注楊雄上䟽曰下至西都賦表本茶陵本無此七十六字案二本以上

漢書下接曰祲威盛容當有脫尤所添但亦未是注剮猶飲也所劣切表本茶陵本無此七

字注伐弱燕表本茶陵本燕作韓是也注毛詩曰喪亂既平表本茶陵本無此七

字案下周公攝政陳云上脫引書名是也各本皆同無以補之豐肴衍衍何云衍衍捉善注當作衎衎陳

同案所說是也表茶陵二本所載五臣向注字作衍或各本亂之注有東鯷人表本茶陵本無東字

案此亦尤添也注蒼頡篇曰賫財貨也表本茶陵本無此八字善注以約小兒於背上句下

有蒼頡篇曰賫財貨七字是也注楚辭小招魂曰茶陵本無魂字表本無曰字案茶陵是也小招者對

大招之言也注其南者多也表本茶陵本多作分是也注高張四縣下至毛詩

曰表本茶陵本無此二十二字案二本以上漢書曰下接夜未央當有脫尤所添但亦未是注又曰采

蘩祁祁表本茶陵本無此六字注毛詩曰湑案詩當作蕢各本皆誤注沛蒼之

也案沛當作沛各本皆譌冒六莖表本茶陵本六莖作六英五莖云善無六英二字何云以韶夏例之

當作英莖陳同案其說是也各本皆非注昔秦穆公表本作昔繆公言茶陵本作昔繆公嘗言案蓋

表本是也注嘗如此下至甚樂表本茶陵本無此二十一字注簡子寤曰表本茶陵

本寤下有之字案依趙世家訂之疑語字之誤注禮記口曰表本茶陵本空格作注案此初與二本同

衍而脩去之也注天子獵之田曲也表本茶陵本無獵之曲三字案無者是也東京賦善注引

作天子之田也可證尤誤添注孟子夏諺曰表本茶陵本子下有曰字注方銎斧也
表本茶陵本無銎字案此尤添也注楊雄太元經曰表本茶陵本無經字注文備於
大和下至是以有魏詩雲鳥之書黃初表本茶陵本無此四十四字案疑此乃記
三國志注文於旁尤取以增多而又有譌誤也注顯道而神德行茶陵本無而字是也表本亦衍
注予步也表本茶陵本步上有小字是也注應劭漢書曰擾音擾何校下擾字改
案陳同又云書下當有注字是也各本皆脫誤注詩曰方叔蒞止下至儼然元墨此三
百七字表本茶陵本無案此初無與二本同脩改添之蓋無者脫而尤得之計當時存本尚衆或有不失善舊者惜
尤延之未能精擇每誤取增多若準此條固無嫌耳何校改宅山阜猥積爲宅心知訓陳同又讎校所爲讎校者也
句亦有譌無以正之注論語曰君子薄於言而厚於行此十二字表本茶陵本無
案蓋二本脫注讎校下至漢書音此三十一字表本茶陵本無案蓋二本脫又案若怨家相對下

當有爲讎二字注大篆也表本茶陵本大上有作字注毛詩曰赫赫師尹表本茶陵
本無此七字雖自以爲道洪化以爲隆何云下以爲二字傳寫誤加陳云道洪化隆中
開不當有以爲二字案所說是也各本皆非注及前王踵之武案踵之當作之踵各本皆倒
常山平干表本茶陵本干作于注同案二本是也注謂適生生之情表本茶陵本適
作通情作精案此亦尤改也注在廣平沙縣表本茶陵本沙作涉案二本是也晉書地理志廣平
郡有涉縣可證注溺而不反精衞陳云反下當有化爲二字是也各本皆脫注自言父
甘見俗表本茶陵本甘作世是也注後辭入碣水中表本茶陵本碣作碣案此亦尤改也
注在曲周市上表本茶陵本周作州下同案此亦尤改也注掋飛貌案掋字當重有各本
皆脫注跕躍躧表本茶陵本無躧字案此尤改躍爲躧而兩存也所引貨殖列傳文今本云跕屣漢書地
理志作跕躧顏注躧字與屣同此跕躍二字乃跕躧二字之誤注比歸數百里表本茶陵本無數字

臣瓚曰跕爲躧案此當作躡跟爲跕挂指爲躧各本皆脫絕不可通依漢書顏注引如此也
注閉門不出容案容當作客各本皆譌陳云別本客今未見注水出洹汲郡案水
出洹當作洹水出各本皆倒注夠多也表本此下有古侯切三字是也茶陵本脫此注非判殊
隱而一致何校判殊改殊顯案以判殊意復言之蓋是也各本皆誤耳注知言之選擇
來比物謂屬變而還復舊貫則知言之選擇來案此皆誤也當作知
言之選爲一句選擇采也爲一句謂屢變而還復舊貫爲一句則知言之擇采爲一句各本譌舛絕不可通今訂正
注謂爲系辭同音案音當作旨各本皆誤注周穆王暨及化人之宮
表本茶陵本無及字注故諸侯歌鍾析邦君之肆也陳云諸侯當作謂之表本亦誤
茶陵本脫此注非注無乃不可加乎兵案乎兵當作兵乎各本皆倒陳云別本兵乎今未見
注說文曰搦按也表本茶陵本無此六字張儀張祿表本茶陵本句上有則字是也

案此尤本脫注張升及論曰表本及作反是也茶陵本亦誤及推惟庸蜀與鴝
鵲同窠案鴝當作鸜善注中字作鸜可證表茶陵二本所載五臣良注字作鴝各本皆以五臣亂善而失著
校語注鍾會蒭蕘論曰表本茶陵本無蒭蕘二字案此尤添之也注迸散走也表本
茶陵本無此四字注詩序曰文王德及鳥獸昆蟲表本茶陵本無此十一字注
嫿謳歌巴土人歌也表本無謳字是也茶陵本無嫿字非也注嫿嫿契契案嫿
嫿當作佻佻各本皆誤陳云別本佻今未見注一音徒了反表本茶陵本無此五字案表本正文
下有徒了音茶陵有徒召音疑此或尤取五臣音添非如其餘眞善音被刪者也因長川之裾勢
何校裾改据注同案所校是也善据五臣裾此及表茶陵二本所載五臣向注皆有明文各本亂之而失著校語
注拘東其民表本茶陵本無拘字注闚闟望尊位也表本茶陵本無此六字注
而能約制其民也漢書音義言其土地形勢表本茶陵本無也漢書音

義三其上八字案此節注各本皆有誤今無以正之尤所添非建鄴則亦顚沛表本茶陵本鄴作業是也案此尤本誤也前吳都賦注中亦有業作鄴者放此不更出注微子將□朝周表本茶陵本空格作相案此與二本同衍而脩去之也曤焉相顧陳云曤當作矆注同案所說是也表本茶陵本云善作懼載注春秋傳曰駟氏懼各本作駟氏懼甚誤說文心部懼下引左氏駟氏懼集韻二腫載懼懼三形懼字即本此可爲證也尤以五臣亂善非又二本載注云云亦誤與此同於其校語不相應甚非不更出聯焉失所案聯當作矊善矊五臣聯各本皆以五臣亂善也說見下注說文聯失意視表本聯作矊茶陵本亦作矊案矊字最是也所引目部文依此是善自作矊表茶陵二本所載五臣向注字乃作聯茶陵尤因正文之誤并改此注甚非注而髓切表本茶陵本而上有並字是也注說文曰惢心疑也亦而髓反表本茶陵本無此十一字注賀清狂不慧注表本茶陵本無注字注恐皇輿之敗表本茶陵本敗下有續字案續之譌也尤刪非注音義曰躅迹表本茶陵

異一

本無此五字下也字屬上過以佩剽之單慧表本茶陵本佩作汎注同案此尤延之依今方言改汎爲佩也今方言剽作僄仍未改汎剽與佩僄同字孟陽在景純之前其所見方言蓋爲汎剽太沖讀方言蓋亦爲汎剽耳尤改非注王弼周易注曰表本弼作肅茶陵本亦作弼案肅字最是陳云今本周易王注中無此文乃未知善因引肅注耳注不與聖人之憂案不與二字不當有各本皆衍注詩推度客曰案客當作災各本皆誤注太史書曰田敬仲世家傳曰案書上當有公字下當無曰字又家下當無傳字各本皆誤以此推之疑凡載注皆稱太史公書今多失其舊也注二客自言安能守此者自脢也表本茶陵本無此十二字案無者最是也在二本所載五臣向注中此以五臣注竄人載注甚誤

選考異卷第一

文選考異卷第二

賜進士出身通奉大夫江南蘇松常鎮太等處承宣布政使司布政使胡克家撰

卷七○甘泉賦○注蜀郡成都人也表本茶陵本無成都二字注明日遂卒何云據班書非新論本然也今案此蓋卒字有誤文賦注引新論作及覺病喘悸少氣或卒當作病注如雍時物表本茶陵本無物字詔招搖與太陰兮茶陵本云太善作泰表本作太用五臣也漢書正作泰其相膠轕兮案轕當作葛注云膠葛已見上文謂見吳都賦東西膠葛也蓋善作葛五臣作轕各本亂之漢書正作葛羽獵賦從橫膠轕漢書作轕善及顏皆音葛此及彼皆同漢書耳猋駭雲迅茶陵本云迅善作訊表本作迅用五臣也漢書正作訊注地氣不應曰霧霧與蒙同陳云別本兩霧字並作雺案今未見考爾雅釋文雺或作霧字同亡公亡侯二反善引郎或作而讀亡公反也注何休公羊傳注曰軼過也表本茶陵本無此十字注令帝閽開

異二

閶闔而望予案令上當有吾字開下當有闔兮倚三字各本皆脫注至也表本茶陵本無此二字有或作轃三字乃校語錯入注注并櫚椶也表本茶陵本櫚作閭是也注說文曰表本茶陵本無此三字有往往作遻四字乃校語錯入注注林木崇積貌也案林當作材漢書注可證各本皆譌魂眇眇而昏亂表本茶陵本魂下有魄字云善本去魂作魄固案漢書作魂固蓋善自作魂固表茶陵所見魂作魄者非尤本誤涉五臣脫固字益非注軼軋表本茶陵本軼軋作坱圠下軼軋無垠同案二本是也正文善坱圠及音皆可證注善曰春秋下至太一之精表本茶陵本無此十六字洪臺崛其獨出兮茶陵本云崛善作掘表本作崛用五臣也漢書正作掘注其景皆倒在下表本茶陵本無此六字注又曰絕度也表本茶陵本無此五字有在下二字注孫炎爾雅曰何校曰上添注字是也陳云別本有注應劭曰大人賦注曰案劭下當去曰字各本皆衍注敦徒昆切表本茶陵本此下有與屯同三字是也和氏玲

瓏表本作瓏玲云善作玲瓏茶陵本云五臣作瓏玲案各本所見皆非也陳云漢書作瓏玲此顛腳不容同異當乙其說是矣凡表茶陵皆據所見爲校語非必善眞如此每有牴牾詳見各條下注玲瓏明見貌也亦當乙漢書注可證太元法言皆有瓏玲亦可互證法言玲作瓏同字也注善曰駢列也表本無列也二字有已見上文四字案尤本此處脩改必初刻同表本謂駢猶併也已見上注也茶陵本複出之亦可證所改之非注而曳颺之表本茶陵本無此四字若登高眇遠亡國表本眇下有而字遠下無亡國二字云善正文作登高眇遠亡國茶陵本云五臣作若登高眇而遠陳云漢書無亡國二字今案各本所見皆非也注應劭曰當以亡國爲戒者但說賦意非舉賦文也傳寫善本因注引應而誤添亡又又五臣衍而字漢書亦無注又鬱衆移楊也案衆當作聚漢書注而移楊鬱聚也可證陳云別本聚注司馬彪上林賦注曰肸過也表本茶陵本無此十一字注長門賦曰下至芎藭似槀本表本茶陵本無此二十三字注倕汝作共工表本茶陵本倕上有咨字無作字注雖

使仙人行其上案行上當有常字漢書注可證各本皆脫酉甘棠之惠表本茶陵本云惠善作恩蓋所見不同也漢書作惠吸清雲之流瑕兮茶陵本吸作噏云五臣作吸表本作吸用五臣也漢書正作噏風縱縱而扶轄兮表本云縱善作從茶陵本作從云五臣作從案茶陵是也尤誤以五臣亂善非也漢書作從集韻二腫有從從云縱從疾皃或从人上字據此下字據漢書也表本當云善作從今有誤羽獵賦華從流溶五臣亦作從可互證鸞鳳紛其銜蕤陳云銜漢書作御顏注或作銜俗妄改也今案五臣注作銜有明文善注不見此字或未必與五臣同但無可考表茶陵二本亦不著校語也臯搖泰壹案臯當作招茶陵本作臯云五臣作招今考漢書作招善與之同故如淳解讀作臯張晏解招如字而兩引之不知者但據如解改爲臯而張解不可通矣表本作招不著校語可知非五臣與善異所見當未誤注如淳曰表本茶陵本曰下有招作臯三字案有者是也說已見上尤因所見賦誤招爲臯遂刪此注以就正文失之矣炎感黃龍兮案炎當作焱據善注云言焱熛熾盛感動神物也字林曰焱火光也云云作焱

甚明其五臣注作炎各本亂之漢書作炎則與此不必全同也注吾令帝閽闔開兮表本茶陵本無闔字案當於開下添闔字各本皆譌偈棠黎茶陵本黎作棃云五臣作棃表本作棃用五臣也漢書止作棃案此尤本以五臣亂善非也注麗光華也表本茶陵本無此四字注幽昧之貌表本茶陵本作難知也三字是也倈祇郊禮茶陵本祇作祇云善作祇案茶陵所見及尤本非也顏注漢書與善此注皆以敬解祇其非異字可知表本作祇而不著校語所見當未誤靈迉迡兮茶陵本迉迡作棲遲云善作迉迡案茶陵所見及尤本皆非也表本云棲遲善作屖遲其載善音則云屖音棲漢書作遲遟顏注遟音栖考集韻十二齊有屖遟別無迉字重出其下然則但傳寫誤耳當依表所見訂正陳云迡當作迡從漢書校也○藉田賦○注禮記曰天子籍田千畝表本茶陵本無此九字注設桂柾再重何校柾改柜陳同各本皆譌注壝以委切表本茶陵本委作季是也注毛詩曰周道如砥表本茶陵本無此七字注晉灼漢書曰陳云書下當有注字

各本皆脫似衆星之拱北辰也表本茶陵本無似字晉書無又上句末及輕幰階列離坎發揮下有兮字表本茶陵本離坎下無餘同案此等或善五臣不同但不著校語無可考注方駕千駟表本茶陵本駕作馳是也注應劭曰漢官儀曰陳云上曰字衍是也各本皆衍注后稷播植百穀表本茶陵本植作殖是也注鄭元曰衡牙表本茶陵本無此五字五輅鳴鑾案輅當作路各本善注中字皆作路表本所載向注則作輅蓋善路五臣輅而亂之也晉書正作路注戟車載茶陵本戟車作闟尤本戟車二字處脩改表本亦然案此當云闟戟車載戟各本皆脫誤晉書輿服志云闟戟車長戟邪偃向後是其義闟闟亦同字震震塡塡案塡塡當作闐闐各本善注中字皆作闐表茶陵二本所載良注則作塡蓋善闐五臣塡而亂之也晉書作塡與五臣所據同碧色肅其千千表本茶陵本作芊芊案尤本是也高唐賦肅何千千安仁用其語表茶陵作芊芊者五臣字如此所載向注可考彼賦善千五臣芊芊有明文晉書作芊芊與五臣所據同又二本皆脫去善此節注亦非注上空無祭表本上作

壇案壇字是也茶陵本亦誤上注都謂京邑也杜預左傳注鄙邑也表本茶陵
本無此十三字垂髫總髮表本茶陵本髮作髫云善作髮晉書作髫案晉書五臣非也髮字去聲協霽祭
諸韻之字魏都賦鬣鬣辮髮或鏤膚而鑽髮兩見皆然不知韻者改之耳或有謂髫是髮非者誤附訂於此注
吾丘壽王表本茶陵本吾作虞案虞字是也虞吾雖通但此自爲虞耳豈嚴刑而猛制
之哉表本茶陵本無之字晉書無案此尤所見衍惟穀之卹表本茶陵本卹作恤晉書作恤案各
本注中引尚書字皆作恤或注有譌也注敢用嘉薦何校下添普淖二字陳同今案當乙下文普淖
二字於此而神降之吉也何云吉字後人誤改福字本協今案各本及晉書盡同何因注引左傳而
云然也考賦自四人之務不壹至旨酒嘉栗所用皆質術韻之字福字古音別協職德韻又案西征賦以此句與日
室一協夏侯常侍誄以此句與疾卒協是安仁自作吉善彼二注亦引左傳皆是注神降之而不取福字善注如
此例者甚多何說非是以孝治天下表本茶陵本治作理云善作治晉書作治案注中引孝經字作

選二　四

理考治字唐諱也李濟翁資暇錄曰李氏依舊本不避國朝廟諱五臣易而避之宜矣其有李本本作泉及年代字
云云是在當時已錯出不一也今全書中經五臣以後迴改者又不少矣皆不復具論薄采其茅表本
茅作芳云善作茅茶陵本云五臣作芳晉書作芳案晉書五臣非也賦文作茅觀善注及上文縮㽟藷茅句注灼然
可知何云茅音蒙其說甚是凡茅聲之字協東韻者多矣或乃疑此故附辨之凡晉書此賦與善異者每誤不詳論
也○子虛賦○注廣雅曰僕謂附著於人案雅當作蒼各本皆譌樊恭廣
倉見隋志上林賦注引若蹈足貌茶陵本亦譌蒼爲雅也䓖藭菖蒲表本茶陵本䓖作芎案注中字作芎
考說文艸部營藭香艸也重文芎司馬相如說營或从弓謂凡將如此史記漢書作芎者假借也字書別未載䓖字
當是尤延之以改芎爲穹遂成此形耳甘泉賦發蘭蕙與䓖藭正文及注皆誤茳蘺蘪蕪案茳當作江注
中江字兩見皆不從艸史記漢書亦作江考上林賦被以江蘺茶陵本云五臣作茳表本無校語蓋此賦亦善江五
臣茳而亂之故表茶陵二本皆不著校語何校改作江據史漢陳云別本作江未詳其何本也注苞麓也

案麓當作麃史記漢書注可證各本皆譌下麓皮表切茶陵本未誤注本或林下有巨字案有
當作作謂林下其字作巨也不云其作巨者因正文有兩其字以此分別之史記漢書及五臣同或本作巨注
善曰蓋山之國東有樹表本茶陵本蓋上有有字無東字案二本是也此所引大荒西經文
依善例曰下當有山海經曰四字二本仍皆脫注驅馳逐獸也橈靡也案上也當作正漢書
注可證以入字爲一句也各本皆譌注中絕系也表本茶陵本中下有心字案漢書注正有此脫注
言所在衆多表本所在下有射獲二字茶陵本脫此注注弭猶低也節所仗信
節也表本無此十字茶陵本亦無案漢書注有之考史記素隱引郭璞曰言頓轡也集解引郭璞曰或云節今
之所仗信節也善此注引王逸弭案也意謂即上文案節未舒與郭頓轡之解相近無取或云也尤延之從漢書注
添未是被阿緆案緆當作錫注云緆與錫古字通必善作錫故有此語今各本皆作緆者以五臣作緆而
亂之遂不可通非也史記漢書皆作錫表茶陵并削善此注益非襞積褰縐表本茶陵本積作襀音積

選二　五

案史記漢書皆作積表茶陵二本善注中引張揖字仍作襀蓋善積五臣襀而音積表茶陵所見亂之故不著校語
尤本獨未誤紆徐委曲何校云漢書無此四字無者爲勝案以李注引張揖詳之本無此四字今史記
有而集解引漢書音義索隱引小顏孟康似二家史記亦與漢書同並不當有惟五臣向注云紆徐委曲裙下垂貌
蓋五臣較多四字而亂之也各本皆非注故或摩蘭蕙案善正文作靡此摩字誤五臣作摩表茶
陵二本有明文今史記漢書作摩而張守節正義及顏注中仍作靡靡者古摩字之通用恐亦靡是摩非也若
神仙之髣髴表本茶陵本云善無仙字案詳注意善不當有甚明尤本此處脩改添入乃其誤也漢書
無今史記亦誤衍并正義所引戰國策未亦賸以仙字誤之甚矣凡史記與此同誤皆後人所改耳連駕鵝
茶陵本云駕善作鴐案注云而因連駕鵝也字正作駕史記漢書亦皆作鴐考駕者鳴之假借左傳榮駕鵝唐石經
宋槧本下皆從馬古今人表所載亦然相如此賦用字古矣唯中山經是多駕鳥郭注未詳也或曰駕宜爲鴐鴐鵝
也然則鴐字晉代不復行用之表本正文及注並改爲駕而不著校語又上林賦駕鵝屬玉各本作駕皆誤以五臣

亂善非也西京賦鴐鵾鵷乎子用鴐字是爲異人用字不同之例全書此類極多皆不更著注戰國策
更嬴曰臣能虛發而下鳥表本無此十三字有見西都賦高誘六字茶陵本例改已見者
爲複出故亦有尤本脩改添入未是又高誘二字屬下不當刪之也注列子曰蒲且子連雙
鶬千青雲之上表本無此十四字茶陵本有案尤本脩改添入未是說在上條注之說是
也案之當作文漢書注可證各本皆譌注朋氏一說案一當作之各本皆譌乃欲致力
致獲表本茶陵本戮作勠案史記漢書皆作戮蓋善戮五臣勠二本所見亂之而不著校語戮勠同字耳劇秦
美新曰戮力咸陽餘同此者不更出注善曰史記樂毅與燕惠王書曰表本茶陵
本無史記惠三字注彰君惡害私義表本茶陵本無此六字注成山在東萊
掖縣案漢書注引掖作不夜史記集解徐廣亦曰在東萊不夜縣考史記封禪書漢書武帝紀郊祀志地理志
不夜是掖非各本皆譌也注契善計也表本此下有契禼同三字茶陵本無案有者是也

卷八○上林賦○曰楚則失矣茶陵本有校語云善作是蓋所見本楚譌爲是也表
本無史記漢書皆作楚所以述職也茶陵本云善無也字表本無校語史記漢書皆有不務
明君臣之義表本茶陵本云善無臣字史記漢書皆有而適足以甹君自損也
案甹當作㝵各本皆譌其字上曰下寸在說文巢部今漢書作甹亦譌也史記作貶與五臣同注河南穀
羅縣陳云河南漢書注作西河爲是案史記正義引亦作西河今漢書地理志西河郡穀羅武澤在西北依文
穎此注似其本武作紫也注在縣北案北上當有西字漢書注可證地理志亦可證各本皆脫注今
名流水陳云流當作沇詳漢書顏注今案陳說非也當作汳史記索隱引姚氏云今名汳水善全取彼文與
顏注此即今所謂沇水迴異注黃子陂表本茶陵本黃作皇案史記索隱引姚氏正作皇皇字是也漢
書注亦作皇陳校依漢注注經至昆明池表本茶陵本無經字案史記索隱引姚氏云注昆明池漢
書顏注云經昆明池此尤延之校改至作經因誤兩存也注周旋苑中也表本茶陵本周上有言字

注善曰楚辭曰表本茶陵本無善曰二字有郭璞曰椒丘見六字今案當作郭璞曰椒丘見楚辭善
曰楚辭曰十三字各本皆脫注馳椒丘兮焉且且止也音昌呂切表本茶陵
本無焉且且止也五字表本有且且二字茶陵本有焉且且二字案各本皆譌當作馳椒丘且焉止息也且音昌呂
切此離騷經文注司馬彪曰畢弗案畢當作滭史記索隱引可證各本皆譌注滭水出
貌表本茶陵本無此四字汩濦漂疾表本濦作㴔云善作濦茶陵本云五臣作㴔案各本所見皆非
也史記漢書皆作㴔善引韋昭曰㴔許及切即漢書音正作㴔可知彼載晉灼華給反郭璞許立反史記索隱同諸
家無作濦者又各本注中亦譌濦注說文曰漻清深也表本茶陵本無此七字注其
形狀而出也表本茶陵本其形狀作言溢漢書注作言溢溢陳云別本作言溢爲是注張揖
曰其形狀未聞表本茶陵本無其形狀三字注魠鱴一名黃曰頰表本茶陵
本無曰字案依漢書注無曰字鱴下當有也字注兩相合得乃行表本茶陵本無合字案漢書注

有蓋尤依彼添陳云乃當從漢書注作乃得注隱岸坻也表本茶陵本坻作底漢書注作底案當以
尤爲是卽海賦云巖坻之隈者也二本及漢書注皆傳寫譌耳注常庭之山表本茶陵本常作重案今
本山海經作堂一作常疑善引自異注摧崣崛崎表本茶陵本摧作嶊史記漢書皆作嶊案此尤本之誤注
同注振拔也表本茶陵本拔作收何云下言收斂溪水注當從收今案漢書注史記索隱引皆作拔注
隱轔鬱壘茶陵本壘作壨表本與此同案下云壨音壘蓋茶陵本是也今本漢書亦正文壨注壘歧誤正
同此注郭璞山海經曰何校經下添注字陳同各本皆脫蔣苧青薠案苧當作芧史
記漢書皆作芧各本及注中俱譌五臣作芧云句切大誤又案玉篇芧苧同與此賦之芧迥別彼乃說文所云草可
以爲繩者此張揖解爲三稜三稜類詳見政和經史證類本草實異名同不可援以相證決爲譌字無疑注說
文曰蘢葛案此曰下有脫也各本皆同無以補之或因此謂說文有蘢葛非羣書引說文而未見者皆不
必今本脫去也注騶驘同案當作驘騶同誤倒也正文五臣作騶史記亦作騶凡五臣每取善注以改字

或取彪書皆此類漢書作驢表本茶陵本刪此注非注中途樓閣閒陛道案中字不當有史記
集解引無各本皆衍青龍蚴蟉於東葙案葙當作箱史記漢書皆作箱善與之同今各本作葙凡
偏旁竹卄每相混耳五臣改作廂非也盤石振崖案振當作裖注同史記漢書皆作裖高唐賦裖陳磑
磑善注云裖已見上林賦彼五臣作振然則此賦亦爲五臣亂之而失其校語也注其處磅磄千
仞案此下當有磅磄與旁唐音義同一句各本皆無蓋脫也盧橘夏熟表本茶陵本云熟善作熱案二
本所見誤也史記漢書皆作孰善與之同孰即熟字梈柰厚朴梈當作亭注引張揖曰亭山棃也蓋善作
亭五臣作梈音亭而各本亂之也漢書作亭史記作梈善此賦大略文同漢書者較多注其實似穀
子表本茶陵本穀作穀無子字案穀亦譌也此字從木不從禾楮也漢善注史記索隱皆云穀子尤依添但穀字
益譌注探木也何校探改採下探音采同漢書注作采音菜注崔錯交雜發骫蟠
戾也表本茶陵本作錯相樛也四字考史記索隱引郭璞云崔錯發骫者蟠戾相樛也表茶陵二本有脫尤所

異二　八

添改在今漢書顏注亦未是當作蟠戾相樛也五字注郭璞曰坑衡徑直貌閜砢相
扶持也表本茶陵本無閜砢相扶持五字案史記索隱引郭璞云坑衡閜砢者揭孽傾欹貌也尤所添在今
漢書顏注亦未是或坑衡徑直貌也一句係善注誤連爲郭耳注英謂華也表本茶陵本無此四字案
在今漢書顏注蜼玃飛蠝茶陵本蠝作蠝案注中三見下二字不從王漢書作蠝史記作鸓單行本索隱
仍作蠝考集韻五旨鸓下重文有六而不載蠝可證其非表本正文作蠝注皆作蠝以南都賦互證疑五臣本之誤
而又相亂也注飛蠝鼠也案鼠上當有飛字案漢書注史記集解索隱有陳云別本有各本皆脫南
都賦注引蠝飛鼠也脫上飛字當互訂注在樹暴戲恣態也陳云暴當作共案漢書注史記
正義引作共各本皆誤注說文曰杪末也表本茶陵本無此六字娱遊往來案娱
當作娭各本皆譌注引說文娭許其切非娱甚明史記作嫔娭嫔同字也今本漢書及注誤與此同又見羽獵賦
注有似蚪何校引徐七來停復曰似下脫玉字據漢書注校是也各本皆脫注龍也無角

何校引徐曰子誤也據漢書注校表本無作有茶陵本亦作無案漢書注作有說文蚪龍子有角者從讓所本故其
廣雅亦云有角曰蠪龍即蚪上廿者角也此注決不當自爲兩解雅王逸注離騷有角曰龍無角曰蚪善彼注仍
之所以各存異說或不知者用彼以改此也注李善曰孫叔者表本茶陵本李善作鄭元案元
當作氏漢書注作氏最是鄭氏見顏師古敘例臣瓚云鄭德者也注言擊嚴鼓簿鹵之中
也表本茶陵本簿鹵作鹵簿是也陳云別本二字乙河江爲陸茶陵本作江河云善作河江表本作
江河無校語史記漢書皆作江河注生謂生取之也表本茶陵本謂生取三字作抗字案尤所
添改在今漢書顏注亦未是抗當作執生執之也四字一句讀五臣向注生生執即襲韋可借爲證注綺謂
絆絡之也表本茶陵本無謂絆之三字案史記集解引有此三字尤延之蓋依彼添注司馬彪
漢書曰何校漢上添續字陳同各本皆脫椎蜚廉案椎史記漢書皆作推顏注云推亦謂弄之也
其字從手今流俗讀作椎擊之椎失其義矣考五臣銑注椎謂擊殺其本作椎之明文善既不注此字表茶陵二本

異二　九

又俱無校語未審何作也凡偏傍扌木每相混注以白羽爲箭表本茶陵本爲作羽案重羽最是土
羿言體下羽言用漢書注史記正義引皆可證注郭璞老子經注曰陳云此七字衍張氏乃曹
魏時人不當引郭語老子又無郭注其說是矣各本皆衍注與元通靈陳云元當作天漢書注可據今
案漢書注譌也史記正義正作元鄭禮記注引孝經說曰上通元莫即此元字之義注樂汁圖案圖下當
有徵子史記索隱引有各本皆脫注率徑馳去也表本茶陵本徑作然案考漢書顏注曰率然有
去意或尤改馳爲徑而誤去然字歷石闞表本茶陵本闞作闞而不著校語案依此善與五臣同作闞也
漢書作闞史記作闞善引張揖漢書注則作闞未爲非恐此是尤延之依史記改前卷及漢書楊雄傳俱作闞字
注一曰載民案民當作氏各本皆譌下有明文漢書注誤與此同淮南干遮何云干史漢作
于案善及小司馬皆引張揖漢書注不當有異文蓋今各本作干並譌耳注皆剛勇表本茶陵本無此三
字案史記索隱引無集解有尤蓋依彼添注衝激急風也表本茶陵本衝上有激字單行本索隱有

舞賦及七發注有七命注衛激作激衡脫下激字當互訂注結風亦急風也案單行本索隱結風下有回風二字舞賦七發七命注皆有依文義有者是也各本此注脫注皆是靡曼美色也

下或云表本茶陵本美色也三字作也色二字案也句絕色屬下尤添改失之柔橈嫚嫚案嫚嫚當作嬽嬽漢書作嬛可證也善注於圓切正爲嬽字作音或五臣誤爲嫚而各本亂之耳史記作嬛亦嬽字之譌

徐廣曰音娟嬽即娟字古人每以同字爲音也小司馬引廣雅嬽嬽容也今索隱盡作嬛大誤注香氣盛也漚一候切又曰表本茶陵本無此十字注嫮以姱表本茶陵本嫮作姱案此尤校改也注更以十二月爲正何校引徐曰二當作三案所校是也漢書武紀太初元年以正月爲歲首師古曰謂建寅之月爲正也郭取後事爲義夏以十三月爲正原出緯書不知者誤改之德隆於三王茶陵本云五臣作皇表本云善作王案各本所見皆非也史記漢書皆作皇善自與之同傳寫譌耳注鄭元毛詩曰案詩下當有箋字各本皆脫而樂萬乘之侈表本之下有所字云善無茶陵

本云五臣有所漢書有何云萬乘之所侈謂天子猶謂此太奢侈者也今案史記亦有或各本所見脫之○羽獵賦案賦下當有一首二字後每題盡同表茶陵本無說見前又前第七八後第十三十四十六各卷首子目亦放此東南至宜春何云漢書無東字疑衍案據史文此云南至下云西至又下云北繞又下云頗制其三垂故何云即指上林之三垂而言是也其東濱渭則云濱渭而東而已無所開廣亦無所割此句不得有東字但善解三垂爲武帝侵西南東三方以置郡豈所見漢書有東字與下濱渭而東相接連以上林爲不僅有三垂耶然所解實未安濱渭而東案濱當作賓注云濱與賓同音也蓋善正文作賓所引公羊作濱故有此語今各本以五臣作濱而亂之難蜀父老率土之濱注本或作賓可爲此作賓之證今漢書作瀕又異本耳表茶陵二本無注濱與賓同音也六字誤謂此專發音與五臣濱音賓重複而削去益非不折中以泉臺案折當作制善引韋昭曰制或爲折也是其證矣蓋五臣作折而各本亂之顏注漢書作折即韋所云或爲耳注魯莊公築臺陳云築下當有泉字是也各本皆脫注假[illegible]或人之意表本茶陵本爲

下有人也二字各以並時而得宜表本茶陵本以作亦案漢書作亦此疑尤本誤也注封禪各言異也陳云別本言字在封上爲是案今未見但漢書注如此以奉終始顓頊元冥之統表本茶陵本無奉字案漢書無疑尤本誤注郭舍人爾雅注曰陳云爾雅郭注與所引不同則知非景純也下文移珍來享句又引犍爲舍人爾雅注今案其說是也爾雅犍爲郡文學卒史臣舍人注二卷見陸氏釋文敘例必犍爲二字各本誤改作郭注落纍也表本茶陵本無此三字案在合漢書顏注注熒惑法案法上當有執字熒惑或謂之執法見廣雅各本及今漢書注皆脫注使司命不祥案命字不當有各本皆衍漢書注無注陽朝陽明之朝案上朝字當作晁此善以朝解晁故下云晁古字同也各本皆譌注杜業奏事曰表本茶陵本無奏事二字案此文今在漢書霍光傳注中云杜延年奏載霍光柩以轀輬車云云非杜業明甚宋孝武宣貴妃誄晨轀解鳳注所引云云亦在霍光傳注然則當作杜延年奏曰各本皆誤鱗羅布烈茶陵本云五臣作列表本云善作烈今案各本所見

皆非也漢書作列善自與之同但傳寫譌耳又案上文霹靂烈缺二本校語亦云然彼漢書仍作列而以應劭閃隙之義求之作烈自通善顏亦不盡同也恐此涉彼而加火注吸喘息也表本茶陵本喘作內案二本是也喘字誤跋犀聲表本茶陵本云善無犀案二本所見非也漢書有尤本獨未譌掌蒺藜茶陵本藜作藜注同表本正文藜注藜案漢書作疾藜考字書藜一字有分別據此知蒺藜乃變體加卄非借藜藿字當依茶陵本各按行伍表本茶陵本云伍善作五案漢書作伍或善作古字也楚部注軍之部伍也當同此注罼罕也表本茶陵本罼作畢案畢字是也上荷垂天之罼漢書作畢或善畢五臣罼而亂之尤并此亦改爲罼未是太元畢格禽鳥之貞用畢字亦可證注應劭曰下時表本茶陵本無劭曰二字案漢書注有魂亡魄表本茶陵本下有失字云善無案各本所見皆非也漢書有善自與之同傳寫脫耳陳云上當以徒角槍題注爲句而蹴竦讋怖魂亡魄失各以四字爲句也注言獸被創過大血流與車輪平也表本茶陵本無大血流車四字案無者是也言獸被創過解創淫與輪平也解輪夷即謂

獲獸平輪弟張此解與下引音義迴別尤所添改復沓非是羣娛乎其中表本茶陵本娛作嬉云善
作娛案所見皆非也漢書作娛音許其反說見上林賦娛遊往來下又案上文娛澗閒袁茶陵本亦云善作娛此本
獨未譌或尤延之依漢書校正注鄭元曰拄音祛案元當作氏各本皆誤又下注鄭元曰彭咸也
之元亦當作氏鄭氏說見上林賦內注顧依彭咸之遺制案制當作則各本皆譌陳云別本作
則今未見注自彼氏羌表本茶陵本無此四字注單于南庭山表本茶陵本南庭作
庭南案庭南是也今本漢書注亦誤倒陽朱墨翟之徒表本茶陵本陽作楊注同案陽蓋尤本之
譌漢書作楊注高誘呂氏春秋注以為宋人表本茶陵本無此十一字
卷九〇長楊賦〇命右扶風發民表本茶陵本云善無發民二字案今本漢書有
蓋尤依之添也注在涇州界陳云涇雍誤是也各本皆誤注名豪豪彘也表本茶陵
本不重豪字注郭璞爾雅曰表本茶陵本曰上有注字注詩序曰下以風刺

上表本茶陵本無此八字案無者是也注其甘泉賦下羽獵賦已不更出此亦當爾矣注顏師古曰
動不爲身表本茶陵本師古二字作監下再見皆同案此尤本誤改注言有儲畜表本茶陵
本言有作高其是也案今本漢書注與此同誤注而無所圖表本茶陵本無所字客何謂之
茲耶表本茶陵本無之字尤本此處脩改案今本漢書作謂之茲耶詳顏注云謂茲邪猶言何爲如此也仍當
有何字無之字蓋漢書傳寫譌尤延之據添非也表茶陵二本所見與未脩改正同是矣又案難蜀父老曰烏謂此
乎烏何也此茲也乎邪也子雲好擬相如此亦用彼語不當衍之字甚明封豕其士表本士作士何云漢
書作士案士是也茶陵本作士與尤所見同非也注應劭淮南子注云案劭下當有曰字
下當衍注字漢書注可證各本皆誤注顏監曰撕舉手擬也案顏漢書正文字作撕上引李
奇音車幰之幰而解云撕舉手擬之也蓋其字音義與左氏傳乃掀公之掀相近善文選正文作撕與顏不同別引
鄭氏禮記注釋義字林釋音乃所以改顏也傳寫者并顏注亦為撕失之矣又蒼頡篇曰撕拍取也八字非漢書注

乃善引以證顏者字亦當是撕也又漢書注擬下有之字此無似亦脫注跣亦賤也字書曰
跡遠也表本茶陵本作跣遠也字書曰六字案此亦尤增多之誤也注春秋運斗樞曰
北斗七星第五曰玉衡表本茶陵本無此十五字表本注末多已見魏都賦五字案袁本是
也此亦尤增多之誤茶陵本注末複出魏都賦注云云可為證遐眠爲之不安表本茶陵本眠作氓
案此皆非也正文當作萌注當作韋昭曰萌音氓萌人也今作眠音萌誤倒漢書作萌善自與之同蓋五臣作氓而
各本亂之因又改韋注也上林賦以贍萌隸注韋昭曰萌民也張景陽七命聳萌反素袁茶陵皆有校語云五臣作
氓最可證又如顏延年侍遊蒜山作詩留滯感遺萌亦善萌五臣氓相亂彼二本仍云五臣作氓唯此爲各本所見
皆誤故無校語耳注乾酪母何校酪下添也以爲酪四字案依漢書注是也各本皆脫注顏師
古曰何校師古改監各本皆譌下顏師古曰死則云云同注鹵莽中生草莽也表本中上
有鹵字末無也字是也茶陵本亦脫衍唍鋋瘢耆茶陵本云五臣作吮辭兖切表本作吮案茶陵及尤

所見非也蓋此賦有作吮作宂兩本小顏以作宂爲是故今本漢書字如此善以作吮爲是故最後引服虔云其瘡
如含然乃訓吮爲含也唍字他無所見恐是或改吮爲宂而誤成此形耳袁本無校語其所見善正文自是吮字尤
本注末音云吮辭兖切不作唍亦其一證又臣佖校漢書以為鋭與顏李二家迥異恐屬臆說難以爲證注項
下向表本茶陵本項作頂案項是也今本漢書注與此同誤注漢兵深入窮邊案邊當作
追各本皆譌莫不蹻足抗首茶陵本云五臣作手袁本云善作首今案所見皆非也漢書作手羽
獵賦抗手稱臣善抗手注具彼下此不更出非作首也注卒金革之事案卒下當有哭字各本皆
脫注帝者得其英華表本茶陵本英華作華英是也注言時不常也表本茶陵
本言時作時言是也注古文隔爲擊表本茶陵本此上有韋昭戛擊爲拮隔乃校語錯入注因正文
用五臣戛擊故云然案此云古文者韋所見之古文尚書也意謂隔者擊也耳子雲用拮隔漢書及史記樂書俱有
其證揚傢注荀子亦極明晰五臣乃援東晉古文改竄注荒陋甚矣宋人校語以拮隔屬韋更繆尤本無之是矣

史記管子曰古者禪梁父表本茶陵本無此十字○射雉賦○注采飭英麗表本茶陵本飭作飾是也陳柯槭以改舊表本茶陵本槭作摵注同案此從扌木二字並通未審善果何作餘如此者不盡出注赩許力案力下當有反字各本皆脫注廣雅曰蹶踶跳案踶字當衍跳下當有也字各本皆譌廣雅釋詁二跳也條共釋十字有蹶無踶可證注言其矢來疾也表本茶陵本無矢字案蓋尤校改來爲矢遂兩有也注雉當不止表本茶陵本當作尚是也注西京賦曰秦政茶陵本西作東表本作西案西乃兩之譌也餘注放此者不更出注埤蒼曰攫地案地字當去各本皆衍因正文云攫地而誤耳又案韻會舉要攫下引說文扻也爪持也今徐鼎臣本無下三字然則攫即攫之異文故五臣改正文爲攫亦可證此注不當有地字注夷靡也頹弛也表本茶陵本無上也字此處尤本脩改案夷靡乃複出正文不得有也字尤所據添者誤本無見自鷺案鷺當作鷺注同徐云鷺音脈字亦從脈者謂鷺之或體字作鷺也云方言云脈者謂此耳

賦之鷺即方言之脈也云俗謂黠爲鬼脈者方言注云然也此必五臣用徐注改正文作鷺後遂以亂善於是賦及注中各本皆不見鷺字而徐爰所云絶不可通矣唯集韻二十一麥載鷺字從脈二十三錫載鷺字從脈皆云鳥驚視其所據此賦未誤也凡此等全失善舊所宜訂正注皆回從往復也表本從作旋是茶陵本亦誤從注言轉騁回旋表本茶陵本回旋作旋回是也注徐氏誤也表本茶陵本也作之案之是也謂以文勢言當爲亻亍而並云亻亍非澹賦本然由徐乃爾耳注風飇電激茶陵本飇作颷表本作颷案颷是也又江賦注引此各本皆譌不更出注埤短也案埤當作庳各本皆譌注故僻除人從案僻當作辟各本皆譌注馮參鞠射屨方陳云射當作躬各本皆譌注於心不覺也茶陵本於作放是也表本亦誤於此則老氏所誡君子不爲表本茶陵本氏下有之字子下有之所二字案此疑善五臣之異但二本無校語今不可考當各仍其舊此類亦未全出○北征賦○注栒縣有豳鄉詩豳國表本茶陵本作有栒縣豳國五字案

此尤延之據地理志改補是也注又云文公城郇表本茶陵本無文字案此亦據志是也我獨罹此百殃茶陵本罹作離云五臣作罹字表本云善作離案此尤本以五臣亂善非也五臣以離是古罹字故從而改之其實班自用離字矣注時亦世也表本茶陵本無亦字注秦昭王時表本秦上有又匈奴列傳曰六字茶陵本與尤同說見下注而得其地表本作於是秦有隴西北地上郡築長城以拒胡十六字茶陵本與尤同案此及上條皆茶陵尤所見非表本是也匈奴列傳可證遂舒節以遠逝兮茶陵本無兮字云五臣有表本有又下文過泥陽而太息兮句表茶陵二本皆無兮字但不著校語注傷李夫賦曰表本茶陵本夫下有人字案有者是也注牛羊下來案牛羊當作羊牛此因正文云牛羊因依以改注耳凡引古但取義同不嫌語倒善每知此各本皆非寤曠怨之傷情兮表本茶陵本曠怨作怨曠案注複舉正文云思君子爲怨曠蓋尤本誤倒不耀德以綏遠表本茶陵本下有兮字亦不著校語下文隮高平而周覽遊子悲其故鄉撫長劍而慨息三句同注諸䟽

遠屬也案諸下當有趙字蒙恬列傳文也各本皆脫陳云別本有趙字登鄣隧而遙望兮表本茶陵本鄣作障茶陵本有校語云善作鄣案注中障字三見皆不作鄣疑校語未是注或爲墜說文曰墜表本茶陵本二墜字皆作墬案墬是也注聖文文帝也表本茶陵本無此五字而所載五臣濟注有之案此蓋尤所見有也注使南越王表本茶陵本無王字○東征賦○注曹世叔妻者表本無者字茶陵本脫此注注名昭字惠姬表本惠下有班一名三字茶陵本脫此注注和帝數召入宮表本無和字茶陵本脫此注注吉日兮良辰案良辰當作辰良此亦引古不嫌語倒各本皆非注禮記曰下至夏則居橧巢表本茶陵本無此十四字注郭璞曰山海經注曰陳云上曰字衍各本皆譌歷滎陽而過卷表本茶陵本卷上有武字案二本非也善引應劭曰卷故虢國乃云武卷唯五臣向注乃云滎陽武卷皆縣名今考漢書地理志河南郡有卷無武卷五臣讀誤本而望文爲解耳表茶陵不著善無武字校語失之唯尤本

爲誤未涉封上而踐路兮茶陵本云五臣有兮表本有注駐主也陳云主疑止各
本皆譌注丘墟下至臣見宮中生荊棘表本茶陵本無此十八字注尹文子
曰表本茶陵本無尹字注成侯貶號曰侯表本茶陵本無下侯字案尤依世家校添注平
侯子嗣君更貶號曰君表本茶陵本無子嗣君三字案尤依世家校添注朝魏案朝
上依世家當有子懷君三字各本皆脫尤亦失校添也注精誠通於形表本茶陵本無通字
卷十○西征賦○注易曰兼三才而兩之漢書音義曰陶
人作瓦器謂之甄表本易上有周字曰下有有天道馬有地道馬有人道馬十二字無漢書音義
以下十三字茶陵本同唯上注甄已見魏都賦作如淳漢書注曰陶人作瓦器謂之甄十四字案此尤本脩改之謂
也茶陵例以巳見者複出尤本表本俱不然其不當更贅十三字明矣因此而刪善引易益非注從而悉
全陳云從而當作縱不是也各本皆譌匪禍降之自天表本茶陵本禍降作降禍不著校語無可
考也注爾雅曰辟罪案罪下當有也字各本皆脫注古口長歌行曰表本茶陵
本古下有今字案此尤知其字衍脩改去之是也注抗慷傷懷案慷當作慨各本皆譌注輩
洛二縣名也表本茶陵本無此六字所載五臣翰注有之案蓋尤所見有注毛萇詩曰
陳云詩下當有傳字是也各本皆脫注史記曰帝嚳高辛者表本嚳作俈案俈是也後注俈
與嚳同可證茶陵本亦誤嚳又下云姜嫄爲帝嚳元妃嚳亦當作俈各本皆誤注能材強道者表本
茶陵本無材強二字陳云別本材作持案考詩箋是持字無者益非注言武王滅商表本茶陵本滅
商二字作基案基是也注亡王謂桀也表本茶陵本無此五字所載五臣向注有之案蓋尤所見
有注東都賦曰表本茶陵本賦作主人二字案前注東都賦曰闕庭神麗二本賦亦作主人考今注
中有西都賓東都主人亦有東都賦西都賦疑作賦者皆後人所改注左氏傳曰初下至其亦
將有咎此一百二十六字表本茶陵本無蓋因五臣同善而節去也尤本有者是注漯水經注

作濟表本茶陵本無此六字案尤本此處脩改未知其爲別本如此抑或有記水經注之異於旁者而尤延之
取以入注也注吾嘗無子之時表本重無子二字案重者是也尤本此處脩改蓋誤依五臣向
注刪茶陵本全刪此注益非注回邪僻也案僻上當有泬字曹大家注幽通賦可證彼泬作穴同字
也各本皆脫注史記曰趙王下至終不能加勝於趙此一百二十字表本茶陵
本無蓋因五臣同善而節去也尤本有者是注史記曰廉頗曰下至引車避匿此四
十九字表本茶陵本無蓋因五臣同善而節去也尤本有者是注左傳秦穆公曰表本茶陵本無
秦穆公三字注維猶連結也表本茶陵本也作之皐記墳於南陵表本茶陵本記
作託云善作記案此善亦作託但傳寫譌爲記二本校語及尤所見皆非注晉文公子墨縗經
陳云晉文二字當在後杜預曰下公字衍各本皆誤注杜預曰公未葬案曰下脫字見上注
而無反者陳云而字衍是也各本皆衍注戰于彭衙表本茶陵本無此四字注又
曰晉先且居伐秦下至斯三敗矣表本茶陵本無此二十四字案無者是也善明云止
二敗言三未詳更不得有此當是或駁善注而記於其旁尤延之不審取以入注耳考此役秦未嘗及晉師戰其非
孟明將而敗無待言故難數之以足三也於此可知善義例之精矣注封殽尸而還下至用孟
明也表本茶陵本無此十三字注子其悉雪恥表本茶陵本恥下有又曰穆公遂霸西戎八字
案此一節注皆當以表本茶陵本爲是也尤所添刪俱失善意降曲崤而憐虢案注引劉澄之地理
書肴有純石或謂石肴今正文未見當引此爲注之處疑曲崤善作石肴也五臣良注曰曲崤地名或其本亂善耳
注又曰攘袂而興陳云又字當作七啓二字是也各本皆誤注晉侯使詹嘉表本
茶陵本無侯字注徒利開而義閉茶陵本徒作徙云五臣作徒表本云善作徙案徙但傳寫譌也注
湯曰陳云別本湯上有周書二字案此周書王會解文有者是但今未見其本耳注而敵之案敵
當作獻王會解可證各本皆譌注紫極星名王者爲宮以象之表本茶陵本無此十

一字注乃宿逆旅逆旅翁要少年表本茶陵本不重逆旅二字要作惡注淮南子曰下至階峻也表本茶陵本無此十四字注刻肌膚之愛陳云刻當作剝是也各本皆譌感微名於桃園何云園疑作原案何校據善注其西名桃原而云然五臣銑注云桃園則桃林也疑善與五臣之異但表茶陵二本不著校語又水經注河水四引此賦亦作園然則未當改也注即漢書全鳩里陳云別本全作泉案今未見戾太子傳是泉字注閿鄉縣東十里鳩澗西何校十下添五字鳩上添泉字案何校據戾太子傳顏注云泉鳩水今在閿鄉縣東南十五里而添也此注各本盡同未審善有以否注漢書湖縣名今號州閿鄉湖城二縣皆其地也表本茶陵本此十八字作漢書湖有閿鄉六字案二本是也但此六字實續漢書郡國志文疑漢上脫續字善以注正文閿鄉尤延之取顏戾太子傳之注湖者添改不知此正文並無湖字甚非注愬向也案愬當作遡各本皆譌注水側有坂表本茶陵本坂上有長字案有者是也匡謬正俗所謂過此長巷者

也注漢書楊雄下至料敵制勝表本茶陵本無此十八字注鄭元周禮注曰浸者可以爲陂灌漑者表本茶陵本無此十五字八鄭都而抵掌案抵當作抵各本皆非也說見前注毛萇曰戚表本茶陵本無此四字陳云下當有㦸也案此尤延之添改而仍脫誤外羅西楚之禍表本茶陵本羅作離案離是也宰士且弗遺表本茶陵本且下有猶字案此亦無可考也況於卿士乎表本作而況於卿士乎矣云善無七字茶陵本作而況於卿士乎亦云善無六字尤本此處脩改乃取五臣五字以亂善非也注漢書曰下至降軹道旁此十九字表本茶陵本無案有者是注漢書曰踈廣下至東都門外此六十八字表本無因五臣同善而節也茶陵本亦有有者是注青春爰謝案爰當作受此大招文也正文云孟秋爰謝善引此及王逸注者但取謝字耳其楚詞之春受潘賦之秋爰各自爲義五臣乃改賦作孟春受謝不知岳以仲夏憑軾及此莅職初不改歲何言春乎各本又因善正文之爰迴改注受字亦爲失之其他篇注誤爲爰者不盡出

注尚書曰予思日孜孜表本茶陵本無此八字注乘風懸鍾華祠樂案祠當作洞表本茶陵本作獨亦誤金狄遷於灞川表本茶陵本灞作霸案霸是也注中皆作霸注潘岳關中記下至重不可致此三十六字表本茶陵本無因五臣同善而節也有者是注次道南表本茶陵本次作大是也注臨危下至蘇武也此十六字表本茶陵本無案有者是陸賈之優游宴喜何校宴改燕案據注引毛詩也其實宴燕同字亦未當改廣絕交論陸大夫宴喜西都注正引此注司馬長卿王子淵楊子雲也此十一字表本茶陵本無案有者是注胡廣曰案廣下當有書字後屢引各本皆脫注洞門高廊陳云廊別本作廊案今未見外戚傳是廊字注文成將軍李少翁下至亦何在也此一節注四十一字表本係五臣良曰下其善注作班固漢書贊曰如武帝有雄才大略文成已見上文二十字案此尤本所見以五臣語當善反失眞善注誤甚幸表本訂正之但表文成下尚少五利二字引漢書有當作之爲小誤茶陵本載善注上十

四字與表同下文成五利悉複出亦非注西都賦曰抗仙掌下至干雲霧以上達表本無此二十六字其善注作並已見上文案表本是也茶陵本悉複出與此全異亦非注漢書曰武帝作角抵戲下至絡以隋珠和璧表本無此三十三字案不當有也善下注所謂餘並已見上文即指此等耳茶陵本悉複出仍與此不同亦非注漢書曰武帝下至勒功中岳表本茶陵本無此十七字案不當有也說在上條注人情驚懼表本茶陵本無此四字注傳昭儀等皆慚表本茶陵本無此六字注漢武故事曰衛子夫下至悅之表本無此十九字其善注作衛趙已見西京賦案表本是也茶陵本有乃取西京賦注而複出也彼全書於善云已見者例如此蓋尤所見本亦然而誤依添耳注廣雅曰鑑照也下至事由體輕表本無此二十二字案表本是也茶陵本有仍與此不同誤在上條唯廣雅曰鑑照也六字非取西京注或當有掩細柳而撫劒案注云方言曰掩止也掩與揜同蓋善揜五臣掩而亂之表茶陵二本不著校語及

尤所見皆非　注終不肯行表本茶陵本肯作可是也　注不聽臣言表本茶陵本言作計是也　注昭王昭襄王也表本作暗主昭王也案表本最是正文云主暗而注云暗主者如上注云敷敎舉兵正文云敎敷兵舉之例也茶陵本全刪此注益非　注杜篤弔比干文曰下至豈

忠諫之是謀表本茶陵本無此十八字　注無償趙王城邑表本邑作色案色是也茶陵本亦誤邑　注欲以擊柱表本茶陵本無柱字　注廣雅曰弃阬也才性切表本茶陵本無此九字案蓋尤所見有　身刑轘以啓前表本云善作先茶陵本作先云五臣作前案二本與尤所見不同也但各本於注中皆云故曰啓前似善自作前字也　注國語單襄公曰下至愓覺寤而顧問表本無此二十三字茶陵本有案表是也善明云兵在頸已見東京賦茶陵複出尤甾多皆於注末所云不可通　注吾願得郡表本茶陵本郡上有一字案有者是也史記文　注地者遠近險易也表本者遠近作有近遠案表本是也茶陵本作者近遠者亦有之誤　注羽居

咸陽表本羽下有因字茶陵本有西字案有西字是也史記文　注漢書曰韓延壽下至莫不流漭此一百十八字表本茶陵本無因五臣同善而節去也尤本有者是　注襄公之應司馬曰夷陳云曰當作目是也各本皆譌　注秦名天子冢曰長山案長字當衍水經注渭水下所引無可證也　注過聽將作大匠解萬年表本茶陵本無解字案無者是也　注張晏漢書曰鞠案曰上脫注字見下鞠當作鞫各本皆譌　注一曰勒毛萇詩傳注曰勒告也陳云注字當在上張晏漢書下兩勒字並當作鞫所引乃采芑三章傳是也各本皆譌　注左氏陳云下當有傳字是也各本皆脫　注王莽奏曰下至故爵稱天子表本茶陵本無此十四字　注始皇南山之巔陳云南上當有表字是也表本亦脫茶陵本全刪此注益非　注五柞在盩厔表本作五柞巳見上文案表本是也茶陵本複出亦非　注漢書武帝發謫穿昆明池表本無此十字正文不另分節　注西都賦曰集

乎豫章之宇下至皎皎河漢女表本無此三十七字其善注作並已見上文詳下　注周易曰日月麗乎天下至曙於濛谷之浦表本無此四十五字其善注作並已見上文詳下　注三輔黃圖曰下至揭焉中峙表本無此三十一字正文不另分節　注毛萇詩傳曰下至牽牛織女象也表本無此三十一字其善注作餘並已見上西京賦　案以上各條皆表本是也善注例自如此尤增多茶陵本複出互有不同皆非　注鄭元周禮注曰下至趾基也表本無此二十六字正文弃在上節案表本是也　注毛詩曰下至鴻漸于干表本無此十四字正文不另分節　隨波澹淡表本茶陵本波作流案尤此處皆脩改蓋流字是　注毛萇詩傳曰飛而上下至隨波澹淡表本無此二十七字正文不另分節　注瀺灂出沒之皃下至噯喋菁藻表本無此三十二字其善注作並已見上文案皆表本是也茶陵本所複出互有不同亦非　志勤遠以極武表本茶陵本云勤善作懃案此處尤本皆脩改

下文心翹懃以仰止亦五臣勤善懃二本所見是矣　注謂品第也謂品第其所獲也茶陵本無也謂品第四字是也表本亦衍　注杜預左氏傳曰表本重曰字茶陵本左上有春秋二字案皆非也陳云傳下當有注字　灑釣投網表本云善作罔茶陵本作罔云五臣作網案二本所見是也　注郭璞方言曰陳云言下脫注字是也各本皆脫　於是弛靑鯤於網鉅表本作綱云善作網茶陵本亦作網無校語案所見皆非也善作綱故引孔安國論語注必子釣而不綱之注也今并注中三綱字盡譌爲網尤及茶陵遂不見綱字表本又以綱轉屬之五臣全失善意　雍人縷切表本云善作雍茶陵本云五臣作饔案各本注中皆作饔疑善自作饔字　注毛萇詩傳曰南方有魚陳校毛萇傳改鄭元箋案此節箋文也但善引毛鄭每不甚分別蓋其時傳箋久幷故致如此耳陳校悉以爲誤而改之當仍其舊他條亦不更出　注獻子辭梗陽人賂表本無賂字是也茶陵本刪陽以添賂益誤　注許愼淮南子注曰表本茶陵本無此七字　注策杖也表本茶陵本杖

作馬二字樾徘徊鄷鎬表本云善作鎬茶陵本作鎬云五臣作鄗案各本注中皆作鄗似善自作鄗字

下文惟鄷及鄗亦各本俱作鄗注企佇也陳云企上脫翹字案爲正文翹字作注也各本皆脫注蔡

邕胡黃公頌曰案公上當有二字皇太子釋奠會作詩注所引可證注參其二也案參

上當有莫字皇太子釋奠會作詩注所引可證今後漢書胡廣傳注及蔡中郎集皆作莫與爲二更誤庶兒

夫戾何校夫改大陳云別本作大案何陳所言皆誤夫是大非今各本亦未見有作大者注然任其

才信無欲之心陳云才當作材是也各本皆譌

卷十一〇登樓賦〇注古雅表本茶陵本無此二字注末有假古雅切四字案二本是

也此音注或爲假之假不當移八正文暇字下注說文曰屋宇邊謂樓之宇也表本

茶陵本無此十三字案有者蓋誤衍注以上表本茶陵本作漾以上切在注末是也注漢中山

王勝曰陳云漢下當有書字各本皆脫案謂景十三王傳也注對曰凡人之思何校對上

添中謝二字是也此陳軫傳文各本皆脫注道德於此陳云德當作得是也各本皆譌注丁達

表本茶陵本作怛丁達切在注末是也注憂勞也表本茶陵本此下有音刀二字是也注猶忉

怛也案怛當作忉各本皆譌此齊風甫田傳文猶者猶上章注於力切表本茶陵本在注末是也

注衞靈公泊濮水案泊當作宿各本皆譌王正長雜詩注引有其證注而聞有鼓

瑟者表本茶陵本瑟作琴案琴是也此韓子十過文又載史記樂書亦是琴字〇遊天台山賦

〇蓋山嶽之神秀者也表本茶陵本無者字注老子曰天法道下至極

之微也此四十三字表本茶陵本無案此以尤所校添爲是注欲言其表本茶陵本其下有無字

案有者是也近智以守見而不之表本茶陵本智下有者字案二本不載校語無可考也

注畢遥表本茶陵本作畢逕切在注中舉標甚高下是也注名色皆赤案名當作石各本此

譌而屬非也注丁鄧表本茶陵本作磴丁鄧切在注中下臨絕冥之澗下是也注顚愷

蒙記曰表本茶陵本記下有注字是也注異苑曰天台山石何校石下添橋字各本皆

脫注居求又注力鬼表本茶陵本作居虬切藟力鬼切在注中木下曲曰樛下是也注道

戚夷者也陳云別本道上有周字無者也案此脫周字衍者字別本今未見注玲瓏明見

貌案玲瓏當作瓏玲此楊雄傳和氏瓏玲注也善取同義不拘語倒其例全書盡然不知者依正文乙轉非也

注亡匪表本茶陵本作亹亡匪切在注中文貌下是也注宁猶積也佇與宁同陳云

宁當作貯是也各本皆譌注陽林生於山南案林當作木此地官山虞注也善以陽木注陽林不

知者依正文改字非也挹以元玉之膏案挹當作揖乃善揖五臣挹而亂之說見下注挹

斟也表本茶陵本此下有揖與挹同四字案二本有者最是也善引詩傳挹以注揖故有是語五臣因改爲挹

表茶陵皆正文用五臣亂善而不載校語尤本并刪此注幾莫可考甚非注荀粲列傳案列當作別各

本皆誤三國魏志荀或傳注有其證也〇蕪城賦〇注四言表本無此二字案無者是也凡

四言五言皆詩題下注賦不得有茶陵本亦衍與尤所見同誤或連之於下注集云讀更誤集者鮑明遠集茶陵本

於集云上隔以善曰二字則雖衍而未嘗以爲四言集也今鮑集正有所云亦可證注登廣陵故城

陳云下當有作字案此依集校是也各本皆脫注昭爲前軍何校下添行參軍三字陳云當有是也各

本皆脫拖以漕渠表本茶陵本云拖善作弛案二本及尤所見皆非也考善注引廣雅拖引也必作拖

字其五臣濟注拖舟具也乃改之使配下句軸互不當以亂善亦不得謂善別作弛也注中拖字尤茶陵亦誤拖表

本尚未譌可據以訂正注南臨江曰重濱帶江南曰複表本茶陵本臨下有二字

帶上無濱字案二本是也又案據此注似集云重關複江者恐是誤倒何校正文取之非矣孳貨鹽田

案孳當作滋注云孳蕃也孳滋古字通也善必作滋字故有是語五臣因改爲孳各本所見以之亂善表茶陵又不

載校語皆非下文參秦法善參五臣侈尤自不誤而二本亦無校語正同此誤注佳刀曰劃茶陵本佳

作注案皆誤也當作錐說文如此陳云別本作錐表本仍作佳亦誤注郭璞曰三倉解詁曰

陳云上曰字衍是也各本皆衍注爵馬同轡案爵當作百此因正文云爵馬而誤不知爵字上引大雀陵陵已注訛此但注馬字也各本皆誤注孔子抽琴按軫表本按作去案去字是也茶陵本亦誤按井逕滅兮表本茶陵本逕作徑案徑字是也○魯靈光殿賦○注上軌表本茶陵本作轂上軌切在注末是也注若炎唐案若上當有粵字各本皆脫注爾雅曰分次也表本爾作小案小是也茶陵本亦誤爾今廣詁次也條脫此字注孔安國尚書傳曰吁表本茶陵本此在善注案二本是也尤本上脫去善曰二字甚非凡東晉尚書傳盡善所引耳又案上注杜預左氏傳注曰隳毀也廣雅曰鄙圖也下注楚辭曰流星墜兮成雨疑亦善引而係之於載注者各本皆然恐失其舊注隆屈也陳云屈也二字誤或有脫文今案此當重隆字隆屈也解隆猶下注以崩巍然解崩也各本皆譌注陵表本茶陵本作繒如字綾音陵在注末是也注嵌巖其龍鱗表本重巖字是也茶陵本亦脫狀若積石之鏘鏘何校鏘改嶈陳云當作嶈嶈案皆據注引西都嶈嶈校也考彼

異二 廿四

賦蓋當作嶈嶈後漢書作嶈嶈此五臣翰注作鏘鏘未審善果何作注爌炾爌朗案正文各本皆作閬善注未云閬音朗茶陵本載善音朗此注似有誤蓋當一爲閬也集韻三十七蕩有閬云爌閬寬明皃即取此亦是證其射雉賦云畏映日之儻朗則安仁用字不同也注言炫燿也瞑瞑目不正也表本茶陵本作瞑瞑言炫燿而目不正也案二本是也霄靄靄而晻曖表本茶陵本霄作宵案宵是也注踟或移字茶陵本作踟或作移表本有字無作與此同案各本皆非也當云踟或作移字互有脫耳下注甍或作㡐字是其例又案爾雅曰連謂之簃郭注今呼之簃廚簃即移也此賦蓋本是移廚亦又爲踟廚故張載以爲連閣傍小室李善云相連貌五臣不解妄云緩步不進然則廚字有足旁乃今善本爲所亂也弁訂之如此注欲安心定意表本茶陵本欲上有詳謂二字案有者是也嶔崟離摟表本茶陵本摟作樓注同案樓字是也長門賦可證漂嶢峴而枝拄表本茶陵本注作柱案柱字是也此本注中亦皆作柱枝牚杈枒而斜據表本茶陵本杈枒作杈枒注同案此或善五臣有異但不著校語無

可考也窋咤垂珠表本茶陵本咤作詫注同案詫字是也注刻繢爲之案繢當作繪言刻爲房及茍繪爲綠及紫也各本皆譌景福殿賦注云謂繪五彩於刻鏤之中此刻繪之明證注珠珠之實窋咤也陳云珠之似當作茍之是也各本皆誤注雲節案節當作楶此複舉正文不當改字下乃以節解之如上以茍解茍之例各本皆誤注栭謂之梁案梁當作楶各本皆譌此禮器注文今本作節蓋善引自不同奔虎攫挐以梁倚表本云善作玃注中皆爲玃字案表本是也羽獵賦可證茶陵本作攫云五臣作玃依表本玃者五臣音攫之字也其所見必誤注文字曰騰表本茶陵本此下有蛇無足而騰五字案有者是也何校字改子陳云見第十五卷思元賦注各本皆誤注儼雅而相對案雅下當有跽字此複舉正文全句如上齊首目以瞪眄之例也各本皆脫注瞟眹也案眹當作聯各本皆譌陽榭外望高樓飛觀又注大殿無內室謂之榭春秋傳曰宣榭災榭而高大謂之陽表本校語云善無陽榭外望高樓飛觀二句今茶陵

異二 廿五

本有改校語小字兩升之爲正文耳其初亦無也注二十二字表茶陵皆無案善魏都賦注引此賦注曰榭而高大謂之陽然則正文當有陽榭云云似無者爲傳寫脫也其注大殿至宣榭災未審尤何所出中坐垂景案注云自中坐而乘日景是垂當作乘各本皆誤蓋五臣作垂也又案甘泉賦垂景炎之炘炘漢書垂作乘亦恐善乘五臣垂但善彼無注又各本不著校語無以考之又巖窔洞出案窔當作宊注同各本皆誤上林賦作窔宊與窔同字也一弔切史記司馬相如傳可證今漢書亦作突皆傳寫之譌又此注引上林作子虛或善誤記耳注小雅曰靡靡細也案靡字不當重此廣言文也各本皆衍注搖光得陵黑表本茶陵本陵下有芝出字案有者是也歇欻幽藹茶陵本藹作靄云五臣作藹表本作藹案此尤所見以五臣亂善也○景福殿賦○注頗有材能茶陵本無此四字表本以此上此下注係之於五臣銑曰而無散騎常侍遷曹爽反等字其善注作典略曰何晏字平叔南陽人也尚金鄉公主顏有材能爲散騎常侍遷尚書主選及曹爽反誅晏并收斬東市四十二字案表本是也茶陵例於大略相同便稱某同某

注其實文句非全同也此并銑於善耳尤所見者亦然又將他本善注頗有材能四字校添益不可通 注生
數歲至下武皇異之表本茶陵本無此十三字 注晁錯對策曰表本茶陵本晁錯作
董仲舒案此尤校改者是 注王齊曰隔定四方案齊當作肅隔當作商此所引家語五帝德注
也史記集解亦載其語可證各本皆誤 不飾不美表本茶陵本飾作飭案飭字是也 注田豫
討大將表本大作吳是也茶陵本亦誤大何校據改 注然伐一星案然下當有參字各本皆脫
注晉宮閣銘曰案銘當作名各本皆誤 注山有紫榛案紫字不當有各本皆衍 注
多當爲趨廣雅曰趨多也案二趨字皆當作夥今廣雅釋詁三作夥西京賦清酤夥注亦
引廣雅夥多也夥與夥同字耳 注說文曰褊署也案褊當作扁下文可證各本皆誤 苗蓄
葩翁案苗當作蘋注云苗蓄已見上文者謂魯靈光殿賦苗蓄披敷也云蘋與苗同者謂此賦之蘋字與彼賦
之苗字同也善正文必是蘋字無疑五臣乃改爲苗各本亂之而失著校語 命共工使作繢案繢

異二　三十六

當作繪注引鄭尚書注可證繪字通作繢蓋五臣改之各本正文皆以亂善而不著校語 注繢讀曰繪
表本繢作會案會字是也茶陵本亦誤繢蓋校者初欲以繢改下繪字而誤改會字也 注以思親正
君陳云別本思作恩案恩是也此沔水箋文但今未見其本耳 注壯勇不立案勇當作男各本皆
譌 注酒漿沈湎表本茶陵本沈作流是也何校據改 注大戴禮記曰表本記作詩茶
陵本記曰作引詩案表本是也 注靡有不克案克當作孝各本皆譌 宜爾子孫表本作孫
子云善作子孫茶陵本云五臣作孫子案各本所見皆非也注云宜爾子孫已見上文者謂毛詩已引在魯靈光殿
賦也詩之子孫與賦之孫子語倒而意不異無嫌取證不知者遂依注以改正文乃失其韻矣 注李聃曰
案聃當作軌謂李軌注法言也各本皆誤 注侯權景福殿賦曰案侯上當有夏字權上當有稚
字各本皆脫安陸昭王碑注引作夏侯稚當互訂稚權名惠見魏志夏侯淵傳注 注時襄羊以劉
覽陳云劉當作瀏瀏覽與西征賦劉晛同義其說是也各本皆譌 注言爲虯龍之形吐水

淮注以成溝洫交橫而流表本無此十八字茶陵本無之形吐水注以成七字案此所見
不同也 注服虔漢書注曰篁叢竹也鵾鷺二鳥名鰋鮋二魚
名又注字林曰侔齊等也表本無此二十七字茶陵本注無兩名字案此所見不同也
賑富案富下當有也字各本皆脫 注爲作恃五穀表本茶陵本作恃作天持是也 注薛
綜東京賦注曰高昌建城二觀名也表本茶陵本無此十五字案此所見不同
表茶陵是而尤非也何云東京賦無此語謂賦文既無高昌建城則薛注自不得有矣其說最是凡尤校此書專主
增多故往往并他本衍文而取之 注碣揭同表本茶陵本無此三字案蓋五臣以此改正文碣爲揭而
二本去此注耳 注毛詩曰或耘或耔表本此注首有謂九野也四字最是茶陵本無尤所見與
之同皆誤脫 注鄭元禮記曰案記下當有注字各本皆脫 屯坊列署表本茶陵本坊
作方案二本是也 制無細而不協於規景案當衍而字說見下 作無微而不

異二　三十七

違於水臬案當衍不字注云無細不合皆言合也無微而違言不違也正文上句無而字下句無不字甚
明白易知各本皆誤衍又案考五臣濟注云無微不違言不違當是其本本乃衍表茶陵二本不著校語則所見皆以
五臣亂善也 注無細不合皆言合也案上合當作協皆言當倒各本皆誤 文彩璘
班表本班作㻞云善作班茶陵本云五臣作㻞案注引埤蒼作㻞疑校語未是 注熠盛光也表本
茶陵本無盛字案此尤依說文校添 注魏志文紀曰青龍見於摩陂何校文改明靡
改摩陳同案依魏志校也各本皆譌 總神靈之貺祐案祐當作祜注同各本皆然但傳寫譌耳
卷十二○海賦○巨唐之代表本巨作臣云善作巨茶陵本云五臣作臣案各本所見
皆非也陳云觀此注中臣堯之解則善本亦作臣也巨乃傳寫之誤其說最是 注延表本茶陵本作誕音延三
字在注末是也 決陂潢而相波案波當作沃注波灌也同茶陵本云善作波表本云善作湲所見皆
誤也沃與下句鑿協字譌而失其韻 注踰濟漯陳云踰別本作瀹下注引同案茶陵脩改本如此表本仍

皆作踰似善讀孟子不同也　注七林　陳云二字似當在滲字下表茶陵二本正如此今案此衍字也表茶陵有者爲五臣滲字音其善滲音侵自在注中尤所見因誤在淫字下遂兩存之正以七林當淫字音耳又案凡善音各本多失其舊今於其可考者悉加訂正　注烏黨　又注乃朗　茶陵本作泱烏黨反瀼乃蕩切在注中有塡於泱瀼之害下表本但有泱烏黨反四字又案凡善音皆云反今本作切者後人所改此則改而未盡者也餘準此不悉出　注曠遠之貌　表本茶陵本此下有融音融三字是也　注史記曰斥爲曷　案曰當作以各本皆譌西征賦注云戰國策以吳爲吾其句例也　注彼苗　表本茶陵本作摭彼苗切在注末是也　注言月將夕也　表本茶陵本月作日又此五字在大明月也下其下節注作朔陽日也言日初出也案此蓋尤本誤倒　注伏韜望清賦曰　何校韜改滔清改濤各本皆譌　注巽風不至　案風當作氣各本皆誤舞鶴賦注引正作氣字　注丁迴反　表本茶陵本在注末是也反作切非　注不平貌　表本茶陵本此下有謂音謂潔音累迭徙結切十字是也　注乙于　案此五臣

音表本茶陵本有盞音洿三字在注末是也尤存此刪彼非　注土含　茶陵本云吐甘切五臣作土含切表本作土含案茶陵校語是也表本用五臣尤與之同非　注滐與傑同　表本茶陵本無此四字案所見不同也似有者是矣　注苔　案此五臣音表本有䎙直合切四字在注中重疊也下是也茶陵本并此節注於翰而去四字尤與之同非　注奴冷　表本作濘奴冷反四字在注中沸注貌下是也茶陵本亦誤去說見上　注霾音埋　表本茶陵本無此三字案無者非也此善音正文下莫排二字乃五臣音尤所見未檢照而兩存然足訂二本之失凡善音各本皆非其舊或表茶陵非而尤是此條其例也　注波相吞吐之貌　表本茶陵本此下有呷呀甲切四字案呀當作呼此善呷字之音也尤誤刪　注充制反　表本茶陵本在注末是也反作切非　天吳乍見而髣髴　案髣髴當作彷彿善注可證見下甘泉賦猶彷彿其若夢注彷彿亦引說文楚辭彼五臣作髣髴文此亦各本亂之而不著校語　有蜩像　案蜩像當作罔象善注可證考本茶陵本於善注字則作罔象於五臣向注字則作蜩蝛然有別無可疑也唯正文不著校語爲以五臣亂善

頭者乃个韓耳　注式染　表本茶陵本作閃式染切在注末是也　注說文曰髣髴　表本茶陵本作彷彿案二本是也尤所改非下引楚詞仍未改可證說見上又甘泉賦漢書作彷彿二注所引說文字亦在イ部但善引說文多不合未必與顏同作彷彿也　注勞　表本作音勞二字在注中撈大波也下是也茶陵本誤與此同　注楚乙切　表本無此三字茶陵本在湖摩也上作楚兩切案茶陵本最是也此善礥字之音正文下楚爽二字乃五臣音尤本誤倒入下文改兩爲乙失之矣　注鑊　表本茶陵本作濩音鑊在注末是也　注敹　案此五臣音茶陵本有牛高切在注末嶅字下乃善音表本亦誤去與尤本皆非　注其人黑齒也　茶陵本黑齒作齒黑無也字案齒黑是也表本亦誤與此同　爾其爲大量也　表本茶陵本無爲字案此無可考也　注虛也　表本茶陵本作天墟下有音區二字正文下無音虛二字案此尤用今爾雅改其實非善意也今爾雅郭讀虛如字不得引以注此賦必他家讀爲墟域之墟故曰音區又天字善因是釋天文而增之如下引折木謂之大津天字亦本文所無何云注誤未得其解　注莫冷　表本茶陵本作溟莫冷切在注

末是也　注烏　表本茶陵本作惡音烏在注末是也　宊抓孤遊　表本茶陵本抓作抓是也注同　注七鄧　又注鄧　表本茶陵本作蹭七鄧切蹬音鄧在注中失勢之貌下是也　髻䰀刺天　案髻當作鰭考善注引上林賦注各本皆作鰭而表本茶陵本於而載五臣濟注則作髻䰀然有別唯不著校語爲以五臣亂善尤本所見亦然皆非也又江賦揚鰭掉尾正文不誤而注引上林爲髻亦因二本用五臣作髻相涉而轉輾致譌也　注盧　表本茶陵本作音盧二字在注中謂之顯顯下是也　注詭異也　表本茶陵本無此三字案無者是也以二本考之乃五臣銑注尤本誤係之於善耳　見喬山之帝像　案喬當作橋考善注引史記各本皆作橋而表本茶陵本於所載五臣泉注則作喬截然有別唯不著校語爲以五臣亂善尤本所見亦然也　羣仙縹眇　何校縹改瞟注同案所改是也善作瞟注瞟眇遠視之貌引魯靈光殿賦瞟眇證之五臣作縹向注縹眇高遠貌各本皆以五臣亂善而不著校語唯注引忽瞟眇句未譌也　芒芒積流　表本茶陵本芒芒作茫茫是也　注李尤翰林論曰　陳云案尤當作充見晉書文苑傳與東漢李尤時代迥殊

今案所校是也李充遠在木前亦不擇翰林論各本皆譌○江賦○含五才之並用才案才當作材善注中引左傳各本皆作材可證也表本所載五臣向注作才茶陵本已刪度其所刪亦必是才耳皆不著校語與尤本同爲以五臣亂善注東別爲沱表本作已見上文是也茶陵本複出與尤同誤注說文曰沬案考說文此字從末但善難蜀父老音妹顏師古音漢書亦然又索隱云音妹又音末唯小司馬又音爲從末耳然則在當時往往從末作矣善引說文多不合當仍其舊又案蜀都賦善音武蓋反亦從末也注信陵縣西二十里案信當作江郡國志所載荊州南郡江陵縣也各本皆譌注應劭漢書地理志曰何校志下添注字陳同今案此下所引皆班志文蓋善元作應劭漢書地理志注曰沅水出牂牁漢書地理志曰云云今各本脫注下十二字而不可通也引應沅水出牂柯與上引山海經出象郡異說正下文入沅水經云入江之例注在廣陵興縣何校興改輿是也各本皆譌注山名安地德者也案山名當作名山各本皆倒注悰案此五臣音茶陵本有昨宗切在注中水聲也下乃

善音表本亦誤去與尤本皆非注開達山南何校改開作闓是也各本皆譌陳云一作闓今未見注音伏表本茶陵本無此二字案無者非也說見前注音學表本茶陵本無此二字案無者非也說見前凡以後放此者不悉出注客案此五臣音也茶陵本云五臣作硌音客表本作硌音客用五臣也云善作硌考集韻二十一麥有硌克革切云礐硌水激石不平皃然則上力隔二字乃眞善硌字音必本是注末有硌力隔切云云也各本皆誤係之於礐字下而尤本又以五臣硌字音音硌益不可通注楚人名淵曰潭府表本府下有已見上文四字案此尤誤刪也潭句絕府已見上文五字爲一句謂海賦水府之內引劉劭趙都爲注也茶陵本亦誤與此同注宏表本茶陵本作浤音宏三字在注末是也注彴脈胎湷混表本茶陵本混作沌下皆同是也陳云當作沌注孕婦三月而脈胎表本茶陵本無胎字案此精神訓文也今本作三月而胎必善所引者作脈尤延之校改遂誤兩存注大浪踊躍表本茶陵本踊作踊是也注叫案此五臣音茶陵本云五臣作澆音叫表本作澆音叫用五臣也又云善作繞蓋善不爲繞字

作音尤衍甚非注漰渤水聲也表本茶陵本此下有渤蒲沒切四字是也注臨海水土記曰表本茶陵本無臨海二字案以下所引皆作臨海水土物志疑記仍當作物志二字也注鮪屬陳云別本屬上有鱣字案今未見考爾雅注當有注王鱣之大者案鱣字當重各本皆脫注鰊似繩表本茶陵本似下有鱦音二字是也注郭璞曰茶陵本此下有鱦音滕三字案此在中山經注今亦作騰音騰字與善引不同然可借證其當有注躧也表本茶陵本此下有爆蒲角切四字是也注尾跂表本跂作岐茶陵本亦作跂案此亦在中山經注今本作岐或善引不同注音團如扇之團案團如當作如團此在南山經注今本不誤注生乳海邊曰沙中表本茶陵本無曰字是也注子工案此五臣音茶陵本有蠑子公反四字在注中三蠑似蛤下乃善音表本亦誤去注呼甘表本茶陵本作呼甘切三字在注中有文下是也注眦案此五臣音也善自引郭璞曰音眦在注末五臣襲之耳各本皆誤兩存後凡放此者不更出注說文曰研表本研作硯是也茶陵本亦誤研

或焆曜崖鄰案鄰當作鄰善引說文可證見下五臣乃作鄰向注云鄰也是其明文各本皆作鄰又不著校語以五臣亂善非也注鄰水崖間鄰鄰然也表本三鄰字皆作鄰案此鄰之別體字最是茶陵本亦皆作鄰與此同誤注翻與猶同案當作翻翻與猶猶同各本皆脫注紅蘢舌案舌當作古各本皆譌注二案此五臣音茶陵本有眊耳利切四字在注中皆草花也下乃善音表本亦誤去注眊與苷表本茶陵本無與字是也注涯灌則叢生也表本茶陵本則作厓側二字是也注曰眉又注具側案此王文五臣作踦踽故踦下音巨眉踽下音具俱表茶陵可證但不著校語爲以五臣亂善耳善作踦踽音義具在注中尤本依而改正是矣但仍贅此音而又誤其字則失之陳有校語殊誤今不取又踊踘同字載集韻陳云別本作踘注同今未見其本注已見同篇表本同篇作上文案善注例云上文是也茶陵本改爲複出其所見仍當是上文耳注名曰獺其狀如鱎陳云獺當作獱鱎當作鱬是也案此引中山經注文下鱎同注與獺同案與上當有獺字各本皆脫注

呼犢爲牸案牸當作物下文云牸與物同謂引此物與正文牸同也今爾雅正作物注牸夔牛之子也表本此上有然此二字是也茶陵本全删此三字益非又案此牸亦當作物景炎霞火陳云據注霞當作赮案所校是也前壁立赮駮表茶陵二本有校語云善作赮五臣作霞此必同彼但失其校語耳後吸翠霞而夭蟜亦當有誤江妃含嚬而矊眇案妃當作斐注引列仙傳作斐可證各本皆以五臣作妃而亂之吳都賦江斐於是往來五臣作妃此同彼也注矊矊音緜表本茶陵本無此四字案此蓋矊與緜同之誤或其下仍有音緜二字涉人於是檥榜表本茶陵本檥作艤是也注同注併船也表本茶陵本此下有補浪切三字是也注杜預左氏傳曰案傳下當有注字各本皆脫注企與跂同表本茶陵本同作通是也注海潤于千里何校海上添河字陳同各本皆脫注言以綜爲喻也表本茶陵本綜作繱是也陽侯遯形乎大波陳云據注侯當作后案所校是也善作后五臣作侯表本所載翰注陽侯波神各本皆以五臣亂善而不著校語非也注楊國侯案楊當作陽各本皆譌此覽冥訓注也今本云陽侯陵陽國侯也蓋善節引之注柱性也表本茶陵本無此三字案此尤所校添感交甫之喪珮案喪當作䘮表本作喪有校語云善作䘮可證茶陵本亦作喪而無校語與此皆爲以五臣亂善注孟子曰水陳云別本無引字案茶陵本如此表本仍有

文選考異卷第二

文選考異卷第三

賜進士出身誥奉大夫江南蘇松常鎭太等處承宣布政使司布政使胡克家撰

卷十三○風賦○至其將衰也表本茶陵本校語云善無此五字案尤本初無是也後脩改增多非也陳云別本無今未見注露甲新夷飛林薄案甲當作申飛當作死各本皆誤所引涉江文也注堁或爲堀非也表本茶陵本堁下有烏臥切三字案有者最是又表本脫或爲堀非也五字得目爲蔑表本茶陵本蔑作䁾案此所見不同二本非而尤是也注引呂氏春秋者盡數篇文彼作䁾今本不誤善云蔑與䁾古字通者謂玉賦蔑與彼䁾通也蓋五臣因此改賦爲䁾後以之亂善又改注中字以就之所當訂正注則爲蔑案蔑當作䁾下蔑眵也同各本皆誤說見上注中風人口動之貌表本茶陵本無人字案此誤取五臣濟注中字增多非也○秋興賦○注興者記事於物表本茶陵本記作託是也表本亦誤記四時忽其代序兮表本茶陵本畤作運案不著校語無以考也注有榮悴者案悴當作華各本皆譌飂瑟兮表本茶陵本飂作蕭案楚辭作蕭似二本是也注風暴疾也案暴疾當作疾暴各本皆倒後三十三卷可證又下息念卷戾當作思念暴戾遠出當作遠客出去族親別下當有逝字倣此又楚辭亦可證也注了表本茶陵本作憭音了在注末是也注事有當然表本茶陵本當作常是也注既來既往茶陵本來往二字互易是也表本亦誤注以爲華蘤也案華當作芋各本皆誤今說文作平芋平同字蟬嘒嘒而寒吟兮表本茶陵本而作以案此亦兩通無以考也注杜篤下至言晃朗而高明表本茶陵本無此二十字注如登春臺表本登春作春登是注也茶陵本亦誤倒此以喻指之非指也何校以下添指字是也各本皆脫陳云別本有今未見注漢書鄭明曰陳云明當作明是也各本皆譌所引蕭望之傳文莿揚芳於崖澨表本茶陵本於作乎案此亦兩通無以考也○雪賦○注臣授琴而鼓之案授當作援各本皆譌

注謂之焦泉案泉當作溪各本皆誤揜日韜霞表本茶陵本揜作掩注同案此蓋亦尤校改之也注杜預左氏傳曰陳云傳下脫注字是也各本皆脫注巳見西京賦說文曰挺拔也達鼎切表本茶陵本無此十六字有瓊亦玉也瓊樹恐誤也九字案亦當作赤說文玉部文也瓊赤亦雪白故善以正惠連之誤此注疑兩有以九字承達鼎切之下表茶陵二本皆脫十六字尤據別本校補之但誤去九字大非玉顏掩姱表本茶陵本姱作嫮案二本是也今注有脫誤尤據之改正文大非說見下注范子紈素出齊表本茶陵本無此六字注嫮與姱同好貌表本茶陵本好上有姱字案各本皆非也當作嫮以姱嫮與嫭同嫮姱好貌十一字嫭以姱連上美人皓齒大招文也嫮與嫭同賦作嫮大招作嫭也嫮姱好貌王逸之注也傳寫脫誤不可讀尤延之遂誤改正文爲姱字今特訂正之注日安不飛茶陵本飛作到是也表本亦誤飛嗟難得而備知表本嗟作羌茶陵本亦作嗟案此必善羌五臣嗟各本失著校語而亂之注我善養吾浩然之氣案浩當作晧下同各本皆誤說見後荅賔戲下注鴻安上嚴平頌曰案鴻上當有梁字各本皆脫補亡詩引有

○月賦○注時年三十六何校三改四陳云三當作四案所校是也本傳可證各本皆誤注長歌行曰陳云長當作傷是也各本皆誤注王逸楚辭注曰土高四墮曰椒表本茶陵本無此十二字注侯瑛箏賦曰案瑛當作瑾各本皆譌茶陵本侯作吳更誤何陳校據之非也說詳後陸士衡猛虎行注防露蓋古曲也茶陵本防作房是也表本亦誤防注鄙人聽之不若延露以和也表本茶陵本無此十一字臨風歎兮將焉歇茶陵本云五臣作焉表本云善作烏案烏字傳寫譌此尤延之校改正之也注原成叔曰案原當作厚各本皆誤此所引襄十四年傳文幽憤詩注作后九錫文注作厚厚即后也善引羣書其字或不畫一例如此矣

○鵩鳥賦○誼既以讁居長沙表本茶陵本讁作謪案謪字是也注引韋昭作謪可證史記漢書皆作適或以適改謪而爲讁也注閑暇不驚恐也表本茶陵本閑上有李奇曰三字與萃聚也連在私怪其故句下是此及下條亦李奇注尤皆誤也注識于鵩鳥也表本識作問是也茶陵本亦誤識注鶡冠子曰固無休息茶陵本無此八字是也表本有亦非注顏師古曰表本茶陵本師古作監是也注而相怨伐表本茶陵本無伐字注射傷吳王闔閭闔閭且死表本茶陵本不重闔閭注巳決之矣遂與師表本茶陵本無決之矣遂與師六字注持滿者下至以地表本茶陵本無此十五字注以遺之不許表本茶陵本無此五字注使陪臣種表本茶陵本無此四字注敢告下執事表本茶陵本無下字注吳王將許表本茶陵本許下有之字注謝曰下至遂自殺表本茶陵本無此十三字注乃蔽面曰表本茶陵本乃下有自字案此節各條尤所校改皆未是也何足控摶案摶當作揣漢書作揣選文與之同故善注有且史記揣作摶字之語若自作摶於注全不可通必五臣因此改正文作摶後來以之亂善耳幽通賦注引作揣亦其一證也又注中控揣愛生之意也

孟康曰揣持也如淳曰揣音團或作摶在此賦訓揣爲量今各本於正文既誤之後改揣作摶改摶作揣皆不可通所當訂正注控摶愛生之意也表本茶陵本控上有善曰二字是也案此一節蓋皆善注注善曰鶡冠子曰表本茶陵本無善曰二字是也說見上又表本鶡上有又字子下有亦字是也茶陵本無非注師古曰患音還表本茶陵本無師古曰三字案無者是也注郭璞曰案璞當作象各本皆誤所引大宗師篇文之注也或趨東西表本茶陵本東西作西東案二本是也尤誤倒史記漢書皆作西東其孟康注云東西者即不拘語倒耳注大人者與天地表本茶陵本大上有文子曰三字是也窘若囚拘案窘當作僒注同漢書作僒選文與之同故善云囚拘之貌其五臣良注窘困也乃作窘耳各本皆以五臣亂善史記索隱云漢書作僒音去殞反與善讀求殞反正合得坻則止案坻當作坎漢書作坎選文與之同觀善引孟康注於首可見其下復引張晏兼廣異本必五臣因此改坎爲坻故僅取張小洲之語作注也各本皆以五臣亂善注易明夷則仕茶陵本明上有大字無夷字表本作

明夷與此同案各本皆誤也易明夷當作謂夷易漢書顏注引可證也陳云別本作明夷易亦誤德人無
累表本茶陵本累下有兮字下細故蔕芥句同案此不著校語無以考也○鸚鵡賦○注典
引曰來儀集羽族於觀魏表本茶陵本無此十一字惟西域之靈鳥兮
表本茶陵本無兮字下體金精之妙質兮同案此亦無以考也注幾者事之微也表本茶陵本幾
作機是也注在蜀郡五道西何校五改湔氐二字陳同是也各本皆誤注情慨慨而
長懷茶陵本上慨字作慷是也表本亦誤慨何今日之兩絕案兩當作雨考贈蔡子篤一別
如雨注云鸚鵡賦曰何今日以雨絕陳琳檄吳將校曰雨絕于天然諸人同有此言未詳其始善自作雨甚明此及
陳檄皆無注者以其注在彼詩也表茶陵二本所載五臣良注云何今日雨相隔絕各在一方是五臣乃作兩各本
以之亂善而失著校語順籠檻以俯仰茶陵本籠作櫳云五臣作籠表本作籠案表本用五臣也
失著校語非尤以五臣亂善益非徒怨毒於一隅表本怨下校語云善作冤案表所見是也五臣

異三　四

翰注自爲怨字茶陵本云五臣作冤必校語有倒錯耳此以五臣亂善○鷦鷯賦○有以自
樂也案樂當作得表本云善作得茶陵本云五臣作樂此以五臣亂善注西京賦曰蔿距
爲刀鈹案此有誤也文在吳都賦或善誤記耳有用於人也表本無有字茶陵本有案此亦
無以考也注易曰天地造生表本茶陵本易下有注字是也戀鍾岱之林野何校
岱改代注同案善引漢書爲注今地理志作代何據之校也晉書所載作岱海鳥鶢鶋案鶢鶋當依晉
書所載作爰居善引國語爲注亦是爰居字表茶陵二本五臣翰注乃作鶢鶋字蓋善爰居五臣鶢鶋各本亂之耳
正文下表居二字即五臣音也吾又安知大小之所如表本茶陵本知下有其字大小作小
大案此亦無以考也晉書作大小無其字
卷十四○赭白馬賦○注後爲祕書監太常卒表本茶陵本無太常
二字卒下有官字案此尤延之校改也注永原嘶代駃表本茶陵本駃下有以韻言之蓋馬名也

八字正文下但有伏字無音伏馬名四字案二本是也尤删移甚非又案之下蓋上仍當有音伏二字二本因與正
文下五臣音複而節去亦非當補正注樂率職貢案職貢當作貢職各本皆誤注尚書曰
王府則有陳云王玉互異必有誤今案各本皆同無以訂也注宋人以馬百駟案以
下當有文字各本皆脫陳云別本有今未見注函夏之大案大下當有漢字各本皆脫餘屢引有
注倚瓠切表本茶陵本此三字在注末是也注漢書武帝報李廣曰威稜
憯乎鄰國案此十四字當在肄習也下各本皆倒陳云別本在于興師下接又日至習也廿二字再接漢
書今未見都人仰而朋悅茶陵本云五臣作朋表本云善作明案此尤校改正之也注赤文
而綠地也表本作赤文綠色綠蛇也茶陵本與此同案蓋表本是注乘纖離之馬表本
茶陵本離作騅案尤依今史記校改之也騅即離字加偏旁耳然而般于遊畋表本茶陵本般作盤
是也注泛覆也表本茶陵本此下有如湆曰方腫切六字是也注魏都賦曰皇恩畢

異三　五

茶陵本畢作綽矣二字是也表本亦誤畢注春秋考異記云案記當作郵各本皆誤後長安有狹
邪行注亦誤記注周禮曰師曠見太子案禮當作書各本皆誤注漢書舊儀
曰陳云書字疑衍是也各本皆衍○舞鶴賦○注以自授王子晉案自當作目各
本皆譌帀日域以迴騖表本日下有校語云善作目茶陵本無案表所見非注而徧四
方者也表本茶陵本方作海是也注姱好也表本茶陵本此下有吭胡浪切四字是也注巽
氣至案氣下當有不字各本皆脫注吾導夫先路茶陵本吾上有來字是也表本亦脫注
二達謂之歧案歧下當有旁字各本皆脫注奔獨赴也案獨當作猶各本皆譌注
雲罷俱止也表本茶陵本無俱字是也注皇家赫赫而天居案赫字不當重各本
皆衍○幽通賦○注家語孔子曰表本家上有善曰二字是也茶陵本移每節注首尤
去皆非下注漢書曰班氏之先上淮南子曰蟬上成帝初上孟子曰窮上孔叢子曰仲尼大聖上毛詩曰斯言

之玷上淮南子曰黃神吟嘯上楚辭曰時不可乎再得上周易曰初九上莊子曰天與地無窮上曹大家以寤爲迕上
也上孝景立栗姬男上韓詩曰謀猶迴穴上莊子曰田開上論語孔子曰上論語曰長沮桀溺上禮記曰孔子哭子
路上論語子路行行如也上言罔兩責景之無操上仁謂求仁上周易曰東鄰殺牛上左氏傳曰晉獻公上國語晉
侯問箭子曰上成命以成天命也上史記曰夏后氏之衰也上左氏傳曰陳公子完上毛詩曰牧人乃夢上左氏傳
曰叔向上老子曰有物混成上左氏傳秦伯問士鞅曰上楚辭曰衆兆之所咍上莊子曰或聘莊子上論語子曰富
與貴上輶德德輕而易行也上論語曰微子上論語子夏曰上尚書曰天威棐忱上毛詩曰匪大猷是經上春秋緯
曰麟出上淮南子曰楚有白猨上莊子曰道之眞上論語曰朝聞道上周易曰天造草昧上莊子曰可以保身上同
又篇中每節首凡非舊注者亦同不具出 注曰高陽配水也 案曰上當有又字各本皆脫 注
乳虎故曰炳靈 何校乳虎改虎乳陳云當從漢書注作虎乳案所校是也各本皆倒 注象恭
滔天 茶陵本象上有尚書曰三字表本有善曰二字案此當兩有善曰尚書曰五字 注皮義 表本茶陵

本作平鄙五臣音也注末表本有善曰圯皮義切六字茶陵本有圯皮義切四字善音也尤刪移非 注越 表本
作善曰日音越在注末是也茶陵本無尤刪移皆非 注韋昭曰音昧又音忽 表本作鄧展曰
昒音昧一音忽在注末是也茶陵本脫昧一音三字尤移改皆非 注盍何不也 表本茶陵本盍上有
應劭曰三字是也 上聖迕而後拔兮 表本云善作迕茶陵本云五臣作寤案各本所見皆非也
善亦作寤故曰曹大家以寤爲迕若作迕此注不可通漢書作寤師古如字解之義異文同也 雖羣黎之
所禦 表本茶陵本雖作豈是也案漢書作豈 注音訝迎也 表本茶陵本作韋昭曰御音訝訝迎
也在注末是也尤刪移非 注所也音田 表本茶陵本作孔安國尚書傳曰逌所也在注末是也尤刪移
又以五臣由作逌音皆非 注今也則亡 表本茶陵本無此四字 恐魍魎之責景兮
案魍魎當作罔兩應劭注同表茶陵二本所載五臣翰注作魍魎各本善注作罔兩蓋正文以五臣亂善漢書作罔
蜽與此小異顏注引莊子仍作兩 注嬴取威於伯儀兮 表本茶陵本伯作百是也案漢書作百

注伯益在唐虞爲 案虞爲當作爲虞各本皆倒漢書顏注引作伯益爲虞無在唐二字 注泠
周鳩 何校周改州陳同是也各本皆誤 注三年逢公所馮 案年當作所各本皆誤此韋昭
周語注也漢書顏注亦可證 注櫝而藏之 表本藏作去是也茶陵本亦誤藏運命論注引作去 注
化爲元黿 案黿當作鼃各本皆譌運命論注引作鼃 注此其代陳有國乎 表本茶陵
本無代陳二字案此尤校添之也 注靈公奪而理之 表本理作埋是也茶陵本亦誤理案此引
則陽文也釋文奪而埋一本作奪而埋之可證 姚聆呱而劾石兮 案劾當作刻注引應劭曰刻其
必滅羊舌氏本或爲劾云云可證也表茶陵二本所載五臣濟注云劾刻也蓋取或爲之本改成劾字二本正文下
何弋亦五臣音也各本皆以之亂善而失著校語漢書作刻引應注云刻知其後必滅羊舌氏字與善同矣 物
有欲而不居兮 表本兮下有校語云善作乎茶陵無案表所見非漢書作兮 注曹大家
曰以乃爲內 陳云曰字衍是也各本皆衍 注以明示禮度之信而致麟

案以明示禮度當依漢書顏注引作有視明禮脩各本皆誤視明禮脩之解詳具羣籍茲不具論 注封其
後爲紹嘉公係殷 何校封上添漢字殷下添後字陳云當有並見漢書注是也各本皆脫顏引爲
下有哀成三字亦脫 及注當訊之來哲 表本茶陵本訊作訴是也 惟聖賢兮 表本云善
作聖賢茶陵本云五臣作賢聖案各本所見皆非也聖賢但傳寫倒漢書作賢聖以聖命協韻 以道用兮
表本茶陵本以作亦案二本是也漢書作亦 注孟子曰生 表本有應劭曰三字在孟上其舍置也上
無案表本是也漢書顏注引可證茶陵本改弁入五臣更誤 注曹大家曰大素不染 表本
曰下有尚庶幾也越於也七字案表本最是茶陵本改弁入五臣而刪去非尤同其誤也
卷十五○思元賦○注平子名衡下至系曰 表本茶陵本作元道也德也其
作此賦以脩道德志意不可遂願輕舉歷遠遊六合之外勢既不能義又不可故退而思自反其系曰四十五字
注夫何思元而已 表本茶陵本重思字 注衆妙之門 表本茶陵本此下有平子時爲

侍中諸常侍惡直醜正危衡故作思元非時俗二十二字案此節注脩改蓋初與二本同也未詳尤所據凡本卷以下增多皆做此舊注表本茶陵本舊上有張平子三字案有者是也此每篇下所標作人姓名注結深蘭之亭表本茶陵本重亭字是也注尚書帝曰表本茶陵本無帝字是也注隤愷表本茶陵本愷作數是也注毛萇傳曰下至此言無遺爲法也表本茶陵本無此二十一字注而吾曰遇之表本日作日是也茶陵本亦誤日注漢書曰賈誼曰下至曰阽表本茶陵本無此二十六字惡旣死而後已何校惡改要陳云范書作要表本茶陵本作要云善作惡案各本所見傳寫誤也注禮記曰簞笥下至蓋琁字相似誤耳表本茶陵本作貟曰簞方曰笥並盛食器也無上八字下十七字注馬中立切今賦作蟄字表本茶陵本無此九字注蕭該音本作陂下至陂邪也表本茶陵本無此三十五字注善曰賈逵曰表本茶陵本無賈逵曰三字注說文曰辯下至鞶帶也

表本茶陵本無此二十九字注說文曰珩下至所以節行表本茶陵本無此二十一字昭綵藻與琱琢兮陳云琱琢范書作雕琢表本云善作琱琢茶陵本云五臣作雕琢案琱即雕字善不注琢恐傳寫誤注夏末乃止表本茶陵本無此四字本注順陰陽氣而生案陽字不當有各本皆衍注賊害之鳥也下至繆也表本茶陵本無此十三字注爾雅曰茵芝下至瑞草表本茶陵本無此十五字咨妬嫮之難並兮何校妬改妬陳云范書作妬表本云善作妬茶陵本云五臣作妬案各本所見皆傳寫誤善注云妬惡也章懷注後漢書曰言嫉妬者憎惡美人故難與並也善意正如此作妬無疑若作妬與惡也之訓不復可通各本并注中亦誤作妬字遂以爲與五臣有異其實非也作妬字誤而爲妬已見顏氏家訓是此二字多混注羨韓衆之流得一案流字不當有各本皆衍此引遠游文即岐阯而臆情表本茶陵本臆作臚注同是也何陳皆云後漢書作攄詳舊注云陳也善云力於切選文不作攄與范書異也注上九爻辭云肥遁案肥當作飛下

故名肥遁同各本皆誤正文作飛何云後漢書作飛陳云七啓有飛遁離俗語上注亦作飛此不知者改之耳注又曰聊浮游於山陿表本茶陵本無此八字注遁下體是艮下至故曰揚聲表本茶陵本無此二十六字注遁上九變爲兌下至故曰不營表本茶陵本無此六十四字注天爲澤表本茶陵本天上有故曰二字注雖復險戲世路可表本茶陵本無此二十四字知表本茶陵本無此八字注玉堦天子堦也下至言尚欲進忠賢表本茶陵本無此二十四字注東龜長又曰東曰龜甲屬表本茶陵本無長又曰東曰龜六字案甲當作果各本皆譌注爾雅曰龜下至以甲卜審表本茶陵本無此二十七字注字林曰遈盡也表本茶陵本無此六字注說文曰遠也表本茶陵本無此五字注古文周書曰下至及王子於治表本茶陵本無此一百七十六字案二本最是也善注自上文母氏喻道也其下云雖歸於道其下引老子至母者道也一意承接中開不得有此段與上下異解必或

記於旁尤延之誤取以增多無疑餘條亦往往類此注從水軟聲下至液汁也表本茶陵本無此十三字去穢累而飄輕表本茶陵本飄作影案後漢書作票善不注未審果何作注海中山也表本茶陵本山上有神字注元中記曰下至沈於大海表本茶陵本無此一百二十六字注飲沆瀣表本茶陵本此下有以長生三字注日出暘谷案暘當作湯各本皆誤注海外東經曰下至有扶桑表本茶陵本無此十五字注又如椹樹長丈表本茶陵本無又如椹樹四字長下有數千二字注楊雄太元經曰案經當作賦各本皆誤此賦古文苑載之注昔禹致羣臣於會稽之山陳云臣當作神是也各本皆誤翩繽處彼湘濱案繽後漢書作儐章懷注翩連翩也儐弃也善不注未審果何作其五臣翰注云翩繽美貌恐非善意其字固不必作繽也蓋涉下文繽連翩兮紛暗曖而誤五臣因輒以美貌解之耳注山海經曰洞庭之山下至遂號爲湘夫人也表本茶陵本無此一百八十三字注左

氏傳（下至）爲祝融（表本茶陵本無此十七字）注善曰爾雅曰沄沉也（表本茶陵本無此八字）注自北戶之外（表本茶陵本戶下有孫字）注北戶孤竹（表本茶陵本孤竹作孫）注方言曰（下至）邐行也（表本茶陵本無此十字）注廣雅曰躊躇猶豫也（表本茶陵本無此八字）注不壽者八百歲（何校不改下陳云不當依范書注作下是也各本皆譌）注字林曰潺湲流貌（表本茶陵本無此七字）注太公金匱曰（下至）謂爲馮夷（表本茶陵本無此十九字）注注曰馮夷（下至）而水仙（表本茶陵本無此二十字）注淮南子曰天子（表本茶陵本此六字作又曰二字）注予合韻音夷渚切（表本茶陵本無此七字）注穆叔孫穆子（下至）走向齊（表本茶陵本此十五字作初穆子去叔孫氏七字）注通之有子在齊（表本茶陵本無通之有子四字在作適）注旦而瞻其徒（下至）而從我矣（表本茶陵本此三十八字作魯人召之所宿庚宗之婦人獻以雉曰余子長十八字）注詐謂不人（表本茶陵本無此四字）注覆器（下至）而死（表本茶陵本此十六字作不食而卒四字）注蒼頡篇讖書（下至）葬始皇酈山（表本茶陵本無此三百三十七字案此亦非舊注也若有之善不煩於下更注矣凡增多未是者以此推之）注家甚貧（表本茶陵本無甚字）注致資巨萬及期忌司命之言（表本茶陵本此十一字作利及期三字）注與行旅者同宿（表本茶陵本此六字作同宿路三字）注遂便貧困（表本茶陵本無便字）注鄭元曰孕任子也（表本茶陵本無此七字）注慎者（下至）裨竈（表本茶陵本無此十四字）注叔孫昭子曰（表本茶陵本無叔孫二字）注叔孫之言（下至）不驗（表本茶陵本無此十三字）注裨竈言于子産曰（下至）子産不予（表本茶陵本無此三十一字）注遂不與（表本茶陵本遂上有是亦多言矣豈不或信九字）注今言梓慎裨竈（下至）爲言事之難知也（表本茶陵本無此二十七字）注善劾人之子姪昆弟

異三　一

之狀（表本茶陵本之狀作好扶邑丈人而道苦之）注邑丈人有之市而醉歸者（表本茶陵本邑作黎丘無有字而醉作醉而）注曰吾爲汝父也（下至）何故（表本茶陵本無此十九字）注孽矣無此事也（表本茶陵本無矣字此事作若）注昔也（下至）可問也（表本茶陵本無此十一字）注是必奇鬼固嘗聞之矣（表本茶陵本必下有夫字鬼下有也我二字無嘗字矣字）注復於市欲遇而刺殺之（表本茶陵本復下有飲字無殺字）注明旦之市（表本茶陵本無之市二字）注遂往迎之（表本茶陵本無往字）注丈人望見之（表本茶陵本見之二字作其眞子三字）注爾雅曰丁當也（表本茶陵本無此六字）無緜攣以倖己兮（何校倖改涬注同茶陵本有校語云善作倖表本無案後漢書作涬章懷引衡集注云涬引也與此舊注正合恐善亦作涬茶陵及尤所見倖字傳寫誤也）注又曰周公若（表本茶陵本無周公若三字）注淮南子曰湯時（下至）即降大雨（表本茶陵本無此五十五字）注自以爲犧牲（表本茶陵本無牲字）注豈可除心腹之疾（表本茶陵本無豈可二字）注民者國之本國無民（表本茶陵本者國之本四字作所以爲三字）注如何傷本而救吾身乎（表本茶陵本無此九字）注傳宣公十五年秋七月（下至）余汝所嫁婦人之父也（表本茶陵本無此一百八十四字何校乙去云複雜不成文理陳云別本無當從之削去爲是案所校是也此等皆尤延之增多而誤者）注王逸曰（下至）志錯越也（表本茶陵本無此十三字）注賈逵曰逼迫也爾雅曰（表本茶陵本無賈逵曰爾雅曰六字）注方言曰磑磑堅也（表本茶陵本無方言曰三字堅也作高貌）注說文曰拂（下至）騷動也（表本茶陵本無此十九字）注王逸曰騷愁也合韻所流切（表本茶陵本無此十一字有音脩二字）注爾雅曰（下至）而遊其中（表本茶陵本無此十五字）注文子曰騰（表本茶陵本騰下有蛇字）注淮南子曰奔蛇廣雅曰（表本茶陵

異三　十一

本無此九字坐太陰之屏室兮表本茶陵本屏作屏後漢書作屏案屏字是也注中引説文屏
表茶陵誤作屏尤校改正之但誤弁改正文耳注顓頊者黃帝之孫昌意之子表本
茶陵本無此十一字注字林曰潚深清也表本茶陵本無此七字慜墳羊之深
潛表本云善作深潛茶陵本云五臣作潛深後漢書作潛深陳云當作潛深今案潛字自協似當仍其舊注
詹古陰字茶陵本此四字在注末案蓋善語也尤移入舊注表本刪之皆非又案考舊注凡引魏晉以之
書者恐皆善注舛誤各本所同無以訂正附著以俟更詳注春秋外傳表本茶陵本無此四字注
淮南子曰下至土神表本茶陵本無此二十二字注人面蛇身下至是燭九
陰表本茶陵本無此三十二字注是謂燭陰表本茶陵本是謂二字作曰注鍾山有
子下至而龍身表本茶陵本無此十三字注字林曰慭謹敬也表本茶陵本無此七
字注西海之南下至又曰表本茶陵本無此四十九字注説文曰婈好也

巽三　二三　投服

廣雅曰表本茶陵本無此九字注嫮目冥笑眉曼何校冥改宜眉上添蛾字陳同是也
各本皆誤注方言曰桂謂之裾表本無方言曰之四字茶陵本無此七字注環珠也
下至玉石之色表本茶陵本無此二十字注葩華也表本茶陵本無此三字注廣雅曰
絪緼下至非此之用也表本茶陵本無此四十三字注玉女必妃言忘棄
我實多表本茶陵本無此十字注可以爲卿表本茶陵本無此四字注淮南子
曰崑崙墟下至高一萬一千里表本茶陵本無此三十三字注食之長壽
表本茶陵本無此四字注古今通論曰不死樹在層城西表本茶陵本無此十
二字注瑤蘂也案此有誤也各本皆同無以正之注爾雅曰斞酌也表本茶陵本無
此六字注王逸淮南言白水表本茶陵本遼下有曰字抨巫咸作占夢兮
表本茶陵本作作使後漢書作以注懿美也表本茶陵本懿上有姑日也三字注韓詩曰

靜貞也表本茶陵本無此六字注杜預曰姑且也表本茶陵本無此六字注言
戒誓下至而來迎我也表本茶陵本無此十六字注爾雅曰暴雨下至爲涷
雨表本茶陵本無此二十三字注森聚貌表本茶陵本聚作衆是也注僕夫謂御車
人也表本茶陵本無此七字注八乘公上得從車八乘表本茶陵本無此九字
注旌羽旄也表本茶陵本無此四字注字林曰溶水盛貌今取盛意
表本茶陵本無字林曰水今取盛意八字後委衡乎元冥表本茶陵本衡上有水字表校語云善有
後字茶陵校語云五臣無後字陳云范書無後字案後漢書有水字尤誤脫去徵澳沕而爲清陳云
徵范書作徵表茶陵二本作澄注同案蓋五臣作澄也尤作徵疑所見不同舊注云徵騰也未詳其義恐未必是徵
澄字今無以定之注主簸物表本茶陵本物作揚是也拽雲旗之離離兮表本茶陵
本拽作曳是也後漢書作曳注淮南子曰下至至疾表本茶陵本無此十九字有楚辭二字屬
下是也注其樂也彤彤案彤彤當作融融觀下注可見各本皆誤注孔安國尚書

巽三　三

傳注曰表本茶陵本無此八字注高誘淮南子注曰表本茶陵本無高誘注三字
注字林曰靖立也表本茶陵本無此六字注閶闔其寥廓案閶上當有閶字各
本皆脫注漢書下至古善馭者表本茶陵本無此十四字注山名此山之精
表本茶陵本無此六字注上爲星名封狼表本茶陵本爲下無星名封三字狼下有星字注
禮記曰以日星爲紀表本茶陵本無此八字注説文曰下至爲婉表本茶陵
本無此十一字注分布遠馳之貌表本茶陵本無此六字注硠音苦郎切表本
茶陵本苦郎切三字作康乘猋忽兮馳虛無表本云善作猋茶陵本云五臣作猋案各本所見皆
非也以善引甘泉賦服注及上林歷駭猋證之不得作猋正文及注皆傳寫誤後漢書作颷猋颷同字上文迅猋潚
其媵我兮及注同此注倚閶闔而望兮案兮當作子各本皆誤注爾雅曰錯鳥

隼下至及鳴鳶也表本茶陵本無此三十字夕惕若厲以省諐兮茶陵本諐作㥶後漢書作㥶是也表本亦誤㥶長門賦同此何必歷遠以劬勞表本茶陵本云善無必字案後漢書有必字疑二本所見傳寫脫注言繫一賦之前意也表本無言字前字茶陵本言作重注老子曰天長地久表本子下有德經二字久下有篇字茶陵本無案曰似當作有篇謂章也注天地下至故能長生表本茶陵本無此十七字注京房易傳曰下至一清表本茶陵本無此十字注遠度世以忘歸表本茶陵本度作渡案二本正文校語云善渡五臣度後漢書作度或渡字傳寫誤未必是也注說文曰逞極也表本茶陵本無此六字注注愠怨也下至恚恨也表本茶陵本無此二十字注又曰表本茶陵本無此二字注不如鳥奮翼而飛去表本茶陵本作悄悄憂皃吝恨也言怨小人在朝恨不如鳥奮翼而去注臣不遇於君下至厚之至也表本茶陵本無此十三字注公羊傳曰下至

猶提將也表本茶陵本無此十六字迴志朅來從元諆何校謀改諆云後漢書作諆今案章懷注云諆或作謀善不注此字未必作諆且謀字自協當依其舊陳云別本作諆今未見必誤涉後漢書耳注夫復也表本茶陵本無此三字○歸田賦○注歸田賦者下至不曰歸田表本茶陵本無此二十六字注都謂京都下至羨貪欲也表本茶陵本無此三十五字注易乾鑿度曰下至治平之所致表本無此三十三字有河清已見上茶陵本所複出與此全異亦非注類頤膝表本茶陵本無此四字注謂御者曰下至爲秦相表本茶陵本無此六十一字注諒信也微昧幽隱表本茶陵本無此七字注楚辭曰下至鼓枻而去表本茶陵本無此三十一字注滄浪之水淥表本茶陵本淥作濁案淥字大誤鶬鶊哀鳴表本茶陵本鶬鶊作倉庚案二本是也注中字作倉庚可證注頡鴻上下迴表本茶陵本無此五字注關關噰噰表本茶陵本噰噰作嚶嚶案此尤校

改但疑善別據爾雅異本引之也注釋訓曰下至雨鳥鳴也表本茶陵本無此十八字注廣雅曰逍遙儴佯也表本茶陵本無此八字注龍吟而景雲至表本茶陵本無此六字注而谷風轃表本茶陵本轃作至案尤校添上句并改也注觸矢射也吞鉤釣也表本茶陵本無此八字注鄭元注曰下至可以解吾民之慍兮表本茶陵本無此二十七字注劉德曰下至如辭也表本茶陵本無此二十四字卷十六○閑居賦○而良史書之題以巧宦之目表本茶陵本書之題三字作題之二字題下校語云善作書晉書作書之題蓋尤延之依彼改也注文深善巧宦表本茶陵本作巧善宦三字注漢書司馬安下至而歎息表本茶陵本無此四十四字注字林曰表本茶陵本無此三字注仕不得志表本茶陵本無此四字注言誠有巧宦之理拙固有之表本茶陵本無此十一字注譚炎字安世表本茶陵

本無此五字注諒闇下至故曰諒闇表本無此十七字有及諒闇並已見西京賦案表本是也但京當作征耳茶陵本所複出與此全異皆非注孔安國曰知天命之終始表本茶陵本無此十字注八徙官下至輒去官也表本茶陵本無此六十四字注周公曰予多才多藝表本茶陵本無此八字注方今下至方正也表本茶陵本無此十二字注孔安國曰下至言政無非表本茶陵本無此十二字注余嬴老矣表本茶陵本矣作也是也注王隱晉書曰岳母寒以數戒焉表本茶陵本無此十二字注鄭元曰下至容升二升表本茶陵本無此十一字注注知足之人下至終身不危殆也表本茶陵本無此三十九字灌園粥蔬表本茶陵本粥作鬻案是也晉書作鬻注於陵子仲表本茶陵本仲作曰終二字案終字是也曰字衍耳此所引賢明傳文尤改誤注故曰臘也下至改臘曰嘉平表本茶陵本無此十七字注奚其爲爲政下至即與爲

政同也（表本茶陵本無此四十一字）傲墳素之場圃（陳云傲晉書作遨爲是表本茶陵本場作長晉書作長案二本所載五臣銑注云以爲長圃傲其甲矣是其本作傲字長字善注未有明文無以考也）注墳大也至下素王之文也（表本茶陵本無此十九字）注其智至下不可及也（表本茶陵本無此十一字）注虞仲夷逸至下子男凡五等（表本茶陵本無此三十四字何陳校但去禮記至凡五等十四字未是）注爾雅曰地至下於糾切（表本茶陵本無此十八字有黝長貌三字今案二本是也黝者黝之同字也王篇長部有黝云於皎切黝肆長不勁廣韻二十九篠同故善云長貌安仁以之與下文傑字偶句黝言梁之長猶傑言臺之高於地謂之幽篡乎無涉不知何人誤認輒記於旁尤延之不察取而改之讀者莫詳矣又二本正文下有於糾二字向注云黝橋貌蓋五臣不取長爲訓而如字讀之善義既全異音亦未必同也）注仲長昌言曰至下曷若辟維海流（表本茶陵本無此六十三字）備千乘之萬騎（何云之字疑今案各本皆同晉書亦作之無以考也）注郭璞

爾雅注曰至下後人易之以竹（表本茶陵本無此五十三字）注太學在國學東也（茶陵本無此六字表本亦有案無者是也上節注引述征記有斯語不當再出）注安革猛詩曰（案安字衍革猛當作皋孟各本皆誤依錢少詹大昕十駕齋養新錄載海寧陳仲魚鱣說訂正）注來假祁祁又曰（表本茶陵本無此六字）注言有道則可以爲師（表本茶陵本無此八字）注毛詩曰築室百堵（表本作築室已見上是也茶陵本復出非）注甚甘（表本無此二字）（茶陵本此節多脫誤案凡二本之誤多不更論）注廣志曰至下世罕得之（表本茶陵本無此十六字）注廣志曰至下置樹苑中（表本茶陵本無此二十字）注荊州記至下仙人朱仲來竊（表本茶陵本無此十七字有周文朱仲未詳六字案二本是也此等皆尤增改之誤）注大山肅至下爲碓磨之磨（表本茶陵本無此三十二字案無者是也此見顏氏家訓勉學篇必或記於旁而尤誤取以增多者彼肅上有羊字記者失去遂成誤中之誤）注爾雅曰荊桃至下不解

梂（表本茶陵本無此二十八字案二本是也安仁自以櫻桃胡桃爲三桃善注但有櫻桃胡桃者桃不須注耳不知者乃記爾雅於旁尤取之最誤若善果引此是荊冬山胡而曰并桃成五與正文乖戾甚矣凡增多之誤多此類）注棣實似櫻桃也（表本茶陵本實似二字作山案山字是也實似誤涉下）蔓菱芬芳（表本茶陵本菱作菱注同案二本是也晉書作菱菱同字此亦或記於正文及注旁而尤誤取之者）注鄭元儀禮注曰蔆廉蓋也（表本茶陵本無此十字）注與蔆同（表本茶陵本無此三字）注菜似薑（表本茶陵本無此三字）注曹子建求親表曰（何校求下添通親二字陳同是也各本皆脫）注火星中而寒暑乃退（表本茶陵本無星字而字）注河上公注至下熙熾也（表本茶陵本無此三十七字）注爾雅釋言曰至下皆渴偪也（表本茶陵本無此十七學）注言屈軼不行也（表本茶陵本言上有結猶屈也四字）注張揖曰結猶屈也（表本茶陵本無此七字）注王隱晉書曰兒御史釋

弟燕令豹（表本茶陵本無此十三字）注孔安國曰至下則懼（表本茶陵本無此十五字）注竹曰管（表本茶陵本無此三字）注蓬萊而駢羅（表本茶陵本蓬上有夾字）注爲樂之方（表本茶陵本無之字案二本是也彼賦善自無之字）注此安仁不自保至下而登官位於世也（表本茶陵本無此二十一字）○長門賦○奉黃金百斤（表茶陵校語云善無黃字案此尤校添之也）注字林曰幸吉而免凶也（表本茶陵本無此九字）注說文曰佳善也（表本茶陵本無此六字）注言忖所爲被退在長門宮之事（表本茶陵本無此十二字）注而忘於爲人（表本茶陵本無爲字）心慊移而不省故兮（表本茶陵本慊作嫌注同案二本是也此尤誤改說見下）注慊字或從火非（表本茶陵本慊作移案二本最是考玉篇火部㷄、熑㷄火不絕廣韻五支同是當時賦本有作㷄者善作移從如字解之故辯㷄爲非也不知何時此注誤移爲㷄尤延之乃改正文之不誤者以就其誤失之甚矣熑㷄同）

字注說文曰愍謹也表本茶陵本無此六字注薄具肴饌也表本茶陵本無
薄字是也注悲愁窮感兮獨處案處下當有廓字各本皆脫此所引九辯文注又曰
不安之意也表本茶陵本無此七字注言似君之車音也表本茶陵本無此七
字鸞鳳翔而北南表本茶陵本翔作飛案二本不著校語無以考也注脅斂也萃
集也表本茶陵本無此六字注字林曰下至乙戒切表本茶陵本無此十一字注攻
中言攻其中心表本茶陵本無此七字注太蘭下至亦木名表本茶陵本無此十
字注方言曰櫨栱也表本茶陵本無此六字注時彷彿而不見表本茶陵
本不作遙是也注心湣熱其若湯表本茶陵本無此六字注見不審諦也表本
茶陵本無審字是也注今江東呼甖爲甗甄表本茶陵本無今江東呼甖爲六字甄下有也
字注說文曰悵望恨也表本茶陵本無此七字注志其中操也表本茶陵本志

作至是也注自卬激厲也表本茶陵本無此五字注自眼出曰涕表本茶陵本無
此五字注臣瓚漢書注曰下至徐行貌表本茶陵本無此三十七字有蹝履足指挂履
也七字注殃咎也表本茶陵本無此三字注言以爲枕席表本茶陵本無以字注
廣雅曰表本茶陵本無此三字魄若君之在旁惕寤覺而無見兮表本
茶陵本魄作魂寤作寐案二本不著校語無以考也注楚辭曰下至惶遽貌表本茶陵本無此十
七字注爾雅曰下至昴也表本茶陵本無此十三字注曼曼長也一作漫漫
表本茶陵本無此八字注更歷也表本茶陵本無此三字注一云將至之意表本
茶陵本無此六字○思舊賦○注與嵇康呂安友表本茶陵本無此六字注
干寶晉書曰嵇康下至時人莫不哀之表本茶陵本無此二百四十二字有臧榮
緒晉書曰安妻甚美兄巽報之巽內慙誣安不孝啓太祖徙安遠郡即路與康書惡之收安付廷尉與康俱死見法

謂被法也五十字是也茶陵本惡之上又有太祖見而四字表本無盡脫注康別傳臨終曰下至
不與表本茶陵本無此二十二字有干寶晉紀曰五字注就死命也下至援琴而彈
表本茶陵本無此二十二字注淒冷也表本茶陵本無此三字注將命者出茶陵本出
下有戶字是也表本亦脫注周大夫行役下至又方禾黍油油表本茶陵本無此四
十三字注作雅聲曰下至不我好表本茶陵本無此十九字注李斯者下至論
要斬咸陽表本茶陵本無此二百六十三字注斯出獄與其中子三川守
由俱執表本茶陵本斯上有李字無與其至俱執十字注出上蔡東門逐狡兔豈
可得乎表本茶陵本出上有俱字可上無豈字注遂父子相哭下至輒決於高
表本茶陵本無此二十二字案此一節尤延之增多者皆甚誤注五行運轉遇人所遇之
吉凶也表本茶陵本無人所遇之四字注司馬彪曰下至或合或開表本茶陵本無

此二十一字○歎逝賦○注太傅楊駿辟爲祭酒表本茶陵本爲祭酒三字
作機注參大將軍事表本茶陵本無此六字注臨刑下至而作賦焉表本
茶陵本無此三十三字注何休曰僅方也表本茶陵本無此六字注孫林曰親
之近也陳云林疑當作炎是也各本皆誤乃作賦曰案作當作爲表本茶陵本無作字校語云
善有爲字注伊惟也下至上下也表本茶陵本無此十二字注言日月望空下至
驚動而立表本茶陵本無此十七字注能執下至得長年也表本茶陵本無此十一字
注晼晚言曰將暮也表本茶陵本無此七字注一日方至表本茶陵本無此四
字注誰謂宋遠表本茶陵本無此四字注通呼爲世表本茶陵本世下有人字
暮言人之年老也表本茶陵本無此七字注爾雅曰下至一日王蒸表本
茶陵本無此三十五字雖不寤其可悲表本茶陵本校語云善作悟案本篇前後皆不作悟二本

但據所見爲校語未必是注箋曰莫無也下至俱揖而進之表本茶陵本無此三十三字戚貌瘁而勘歎表本茶陵本戚作慼校語云善作戚案此亦但據所見爲校語未必是注蒼頡篇曰瘁案瘁當作悴觀注可見各本皆誤下至注何往而不殘殘毀也表本茶陵本無何往而不殘五字有皆字注即死路也表本茶陵本無即字注日思往沒之人多在顏也表本茶陵本無此十字諒多顏之感目表本云善作諒茶陵本云五臣作亮案本篇亮造化之若茲不作諒二本據所見爲校語未必是注言春秋與往同然存亡異時表本茶陵本無此十一字注忘失也宅居也表本茶陵本無此六字注言我將欲老死與汝爲容也表本茶陵本無此十一字注言精神不定世表在世之表也表本茶陵本無此十二字注寤覺也表本茶陵本無此三字注言既寤之下至言不足亂也表本茶陵本無此二十二字注言未識也表本茶陵本無此四字注遺棄也表本茶陵本無此三字注未迹喻老下至以娛老年表本茶陵本無此二十二字○懷舊賦○注爾雅曰下至爲昏姻表本茶陵本無此十二字注臣松之注魏志下至字公嗣表本茶陵本無此三十字陳云按魏志田豫傳中領車楊暨舉豫注云臣松之案暨事見劉曄傳暨子肇晉荊州刺史云云劉曄傳中無暨子肇以下諸語注微誤案此或記於旁而其人讀裴注未諦尤延之輒取以增多耳陳不知今所行選注經尤校改每非善舊故尚不加遽斥其實善無是語也注哀公問孔子弟子孰爲好學表本茶陵本無此十一字注死矣今也則亡表本茶陵本無此六字注楚辭曰不能復陵波以徑渡表本此十一字作徑度已見上文是也茶陵本複出非注掩覆也表本茶陵本無此三字注車輪謂之軔表本茶陵本車作軌並二字案此亦尤校改耳注楚辭曰白日晼晚其將暮表本此十字作晼晚已見上文是也茶陵本複出非注河南郡圖經曰下至十

五里表本茶陵本無此十五字注森森一作槮槮壘平聲表本茶陵本無此九字○寡婦賦○注毛詩曰下至不如友生表本茶陵本無此十九字注爾雅曰下至謂俱已嫁也表本茶陵本無此二十一字注杜預左氏傳注曰下至則夫天表本茶陵本無此十八字注潘岳集下至遂爲其母辭表本茶陵本無此三十六字注使荀息侍奚齊公疾召之表本茶陵本無此十字注辱大夫下至小兒笑也表本茶陵本無此三十一字注禮記內則曰下至孩而名表本茶陵本無此十二字注長慼慼不能閑居兮案下慼當作之兮當作焉各本皆誤注箋曰行下至而有適人之道表本茶陵本無此十四字注言夫之早隕者遇天未悔禍之時表本茶陵本此十三字作天禍未悔四字注爾雅曰下至江東呼爲蓋表本茶陵本無此十六字注纂要曰下至曰幬表本茶陵本無此十五字注就列就其房列之位也表本茶陵本無此九字注爾雅曰下至棲雞宿處表本茶陵本無此十九字注寔命不猶表本茶陵本無此四字注又曰下至昏亂也表本茶陵本無此十四字注廣雅曰曜靈日也表本茶陵本無此七字注顏延年曰下至邁速也表本茶陵本無此二十二字注邁速也表本茶陵本無此三字案此於上所增多爲複乃誤中之誤注空廓寥廓也表本茶陵本下廓字作寥案陳云廓寥誤即據別本也注字林曰仿下至言平生昔日之時也表本茶陵本無此二十二字注爾雅曰下至曰旐表本茶陵本無此十一字注公西爲志焉茶陵本西下有赤字是也表本亦脫注喪柩之旌也茶陵本喪作表表本亦作喪案陳云喪表誤亦據別本也注爾雅曰下至即今之旐旐表本茶陵本無此十四字案此於上所增多亦爲複皆誤中之誤也注僕夫悲余懷兮馬表本茶陵本馬在余字下是也此所引離騷文注凡人喪曰疚表本茶陵本無

此五字注家語曰下至儡贏貌表本茶陵本無此二十三字注鷃鴳曰表本鴳下
有賦字是也茶陵本亦脫注顧顏貌之𦐇絶茶陵本顏作額是也表本額上衍顯字亦非注
文公六年表本茶陵本無此四字有曰字注妻言願亦如三良死從於夫
也表本茶陵本無此十二字注春與秋兮代序何校兮改其案兮字當在上句末各本皆誤
注毛詩曰歲聿其暮表本茶陵本無此七字注君懒然若有茶陵本有下有
亡字是也表本亦脫注楚辭曰秋風兮下至振動也表本茶陵本無此十九字注毛
詩曰柏舟下至報恩養於下庭表本茶陵本無此五十五字案恭姜柏舟歸骨山足善均
於上注說何得更有云云觀此可知尤增多之無足取也○恨賦○注意謂古人下至而
死也表本茶陵本無此十四字注濟陽考城人表本茶陵本無考城二字注祖躭下至
淹少而沈敏表本茶陵本無此十六字注自以孤賤下至謐憲子表本茶陵本無
此六十五字注爾雅曰試用也表本茶陵本無此六字注注兩手曰拱表本
茶陵本無此五字注茅焦上諫表本茶陵本無此四字注丹水更其南表本茶陵
本無此五字注三十七年表本茶陵本無此四字注伐紂陳云伐紂當作征伐案所校是
也各本皆誤江賦注引正作征伐注大起九師表本茶陵本無此四字注是事之不
可知三也表本茶陵本無之字三字注風俗通曰下至則爲晏駕表本茶陵本無
此二十二字注趙王張敖表本茶陵本無此四字注徙房陵房陵在漢中
表本茶陵本作徙漢中房陵五字注武帝天漢二年表本茶陵本無此六字注爲騎
都尉下至出居延表本茶陵本無此十二字注弓矢竝盡陵遂降表本茶陵本無
弓矢竝盡陵五字注漢高巳併天下尊爲皇帝表本茶陵本無此十字注羣
臣飲爭功醉表本茶陵本無飲字醉字注漢書元帝下至本南郡人也表本

茶陵本無此四十八字代雲寡色表本茶陵本代作岱陳云代岱誤注同今案二本不著校語表本善
注中字作代茶陵本亦作岱今漢書天文志是岱字注豐闕之始陳云闕當作閱是也各本皆誤注
王隱晉書下至穆王林女也表本茶陵本無此十七字注張衡下至脩夜彌
長表本茶陵本無此十六字注字林曰孽子庶子也表本茶陵本無此八字注穆
天子傳下至古有死生表本茶陵本無此十三字○別賦○注失色將敗
之貌表本茶陵本無將敗之三字注說文曰黶深黑也表本茶陵本無此七字注
賈逵曰唯獨也表本茶陵本無此六字注論曰鼓琴者下至以玉爲之
表本茶陵本無此十七字注表叔正悵賦曰茶陵本叔作淑是也表本亦誤注莊子曰
君惝然若有亡表本此九字作若有亡已見上文注八字是也茶陵本複出而誤注曾高
也空息也表本茶陵本無此六字注纂要曰帳曰幕表本茶陵本無此六字注
甚見器重朝庭爲榮表本茶陵本無此八字注功成身退下至稱疾篤
表本茶陵本無此十四字注送車數千兩下至長安東都門也表本茶陵本無此十
八字注在河內縣陳云內當作南案此據金谷集詩注引校也注旁若無人表本茶陵
本無此四字注伏虔通俗文曰下至曰訣表本茶陵本無此十二字注燕丹太
子曰陳云太字衍是也各本皆衍注鼓鍾竝發表本茶陵本鼓上有既字注服虔曰
士負羽表本茶陵本無此六字注孟子曰表本茶陵本曰上有注字是也又送應氏詩注引各
本皆無注字蓋脫注程夫人案夫當作大各本皆誤范書蔡邕傳程大人即此也注或曰朱
塵紅塵表本茶陵本無此六字注司馬彪注曰襲入也表本茶陵本無此八字
注以琴見孟嘗君孟嘗君表本茶陵本無此九字注先生鼓琴下至無
故生離表本茶陵本無此二十二字注孟子見齊宣王下至脩德之臣也

表本茶陵本無此三十字注楚聲子與伍舉俱楚人舉將奔晉表本茶陵本無
聲子與俱楚入舉七字注班荆而坐表本茶陵本無而坐二字注顏延年下至結綬
登王畿表本茶陵本無此十七字注毛詩曰閟宮有侐表本茶陵本無此七字儻
有華陰上士服食還山表本茶陵本山作仙校語云善無此二句案此不當無傳寫脫也或
尤即以所見五臣補之故與二本山仙不同注列仙傳脩芊者下至不知所之表本
茶陵本無此三十三字案此亦尤增多也蓋本并脫正文與注一節而所謂眞善注云何無由知矣鍊金鼎
而方堅案鍊當作練蓋善練五臣鍊而亂之注中兩見此字茶陵本作練是也表盡作鍊非注列仙
傳曰王子晉下至憩於此表本茶陵本無此一百四字注而見若士曰表本
茶陵本重若士二字是也注詩溱洧章下至莫之能救云表本茶陵本無此二十四字有
毛詩曰三字注注芍藥香草也下至結恩情也表本茶陵本無此三十六字注

桑中章表本茶陵本無此三字注送我於淇之上下至作詩以見己志
表本茶陵本無此一百五十二字陳云注引燕燕竹竿二詩並與本事無涉蓋誤解也云云亦因不知此非善注耳
注漢書曰下至字子雲表本茶陵本無此十三字有淵王褒也雲楊雄也八字金閨之
諸彥表本茶陵本閣下校語云善作門案此尤以五臣亂善也注金閨金馬門也表本茶陵
本無此六字案尤增多此注以就正文之誤甚非注史記荀卿下至故曰談天表本茶陵
本無此六十三字有漢書曰司馬相如既奏大人賦天子大悅飄飄有凌雲之氣七略曰鄒赫子齊人也齊人爲諺
曰三十七字注赫修鄒衍之術表本茶陵本赫上有言字
卷十七〇文賦〇注機字士衡下至係蹤張蔡表本茶陵本無此一百字
有陸機二字案士衡自於歎逝賦下注訖增多全非注作謂作文也用心言士用心
於文表本茶陵本無此十三字夫放言遣辭良多變矣又注夫作文者

下至故非一體表本茶陵本夫下有其字云善無此二句案尤以五臣亂善也二本無注十六字尤并增
多以就之甚非注文之好惡可得而言論也表本茶陵本無此十字注士衡
下至爲文之情表本茶陵本無此十三字注利害由好惡表本茶陵本無此五字注
言既作此文賦下至盡文之妙理表本茶陵本無此二十字有言知之易也五字案善
於此注言知之易也於下注言作之難也可謂精當尤誤去其一句甚非至於增多之注膚庸乖舛亦甚易辨固不
假詳論矣餘條同此注此喻見古人之法不遠表本茶陵本無此九字注則法
也下至謂不遠也表本茶陵本無此二十三字注文之隨手變改則不可
以辭逮也表本茶陵本無此十三字注蓋所言文之體者具此賦之言
表本茶陵本無此十二字注漢書音義下至幽遠也表本茶陵本無此二十四字注遵
循也下至而思慮紛紜也表本茶陵本無此二十五字喜柔條於芳春表本

茶陵本喜下校語云善作嘉案嘉字傳寫誤下有嘉麗藻之彬彬必相回避無疑注秋暮衰落下至
故喜也表本茶陵本無此十三字注懔懔危懼貌眇眇高遠貌表本茶陵本無
此十字有眇眇遠貌四字在此節注之末注言歌詠下至而誦勉表本茶陵本無此二十八字
注又曰在昔何校在上添自古二字是也各本皆脫注論語曰下至孔安國注
曰表本茶陵本無此十六字有包咸論語注曰六字注文質見半之皃表本茶陵本見作相
是也注尚書中候曰下至周公援筆以寫也表本茶陵本無此十八字注爾
雅曰致至也表本茶陵本無此六字注言思慮之至下至於潛浸之所
表本茶陵本無此二十八字觀古今於須臾表本茶陵本於下校語云善作之案此無可考也
注司馬遷曰卒卒無須臾之閒表本茶陵本無此十一字抱暑者咸叩
表本茶陵本暑作景云善作暑案暑但傳寫誤注言皆擊擊而用表本茶陵本無此六字注

言文之來下至應劭曰表本茶陵本無此二十三字注公羊傳曰下至帖靜何校
也表本茶陵本無此十三字注妙萬物案妙當作眇各本皆譌注廣雅曰躑躅
躑改躅是也各本皆誤注與踟跦同陳云跦蹰誤是也各本皆誤注字林曰吻口
邊表本茶陵本無此六字注言文之體下至以樹喻也表本茶陵本無此十六字注
史由表本茶陵本無此二字注觚木簡也表本茶陵本無此四字注子路帥爾
而對表本茶陵本帥作率是也注茲事謂文也下至行之不遠表本茶陵本無此三
十六字注按抑按也下至恢大表本茶陵本無此十三字注纂要曰下至青條
之森盛也表本茶陵本無此三十二字注文章之體下至無一定之量也
表本茶陵本無此二十字注俛僶由勉強也表本茶陵本無此六字注言文章在有
方圓規矩也表本茶陵本無此十字注漢書甘泉賦曰下至清瀏流也

異二　圭六

表本茶陵本無此十六字注故纏緜悽慘表本茶陵本慘作愴是也注說以感動爲
先表本茶陵本動作物是也注言文章體要在辭達而理舉也表本茶陵本無
此十二字注凡爲文之體下至則有此累表本茶陵本無此十八字注項岱曰
下至又曰表本茶陵本無此二十二字注應劭漢書注曰下至爲一銖表本茶陵
本無此十六字注賓戲曰表本茶陵本賓上有荅字是也注蒼頡篇曰銓稱也表本
茶陵本無此七字案上聲類下曰爲句增多在其閒誤中之誤注夫駕之法下至故云警策
表本茶陵本無此二十六字注左氏傳繞朝贈士會以馬策表本茶陵本無此十
一字注而不改易其文表本茶陵本易其文作也注說文曰謂文藻思如
綺會表本茶陵本無此十字注言所擬不異闇合皆之曩篇表本茶陵本無
此十一字注言他人言我雖愛之必須去之也表本茶陵本無他人言我雖愛

之須八字又茶陵本言上有必捐二字表本無注毛詩傳曰苕陵苕也表本茶陵本無此八
字注一句既佳表本茶陵本一作言斯注言思心表本茶陵本思下有之字注或
爲禘禘猶去也陳云兩禘字並當作褫五臣本可據案所校最是各本皆誤注尸子曰
下至有珠表本茶陵本無此十四字注高氏注玉下至褱也表本茶陵本無此三十字注
淮南子曰下至俗之謠歌表本茶陵本無此二十九字徒靡言而弗華表本
茶陵本徒靡言作言徒靡案二本不著校語蓋尤誤倒也注瘁音下至而不光華也表本茶陵
本無此十七字注禮記曰玉瑕不掩瑜鄭元曰表本茶陵本此十一字作鄭元禮記
注曰六字注下管象武表本茶陵本無武字是也案明堂位文注淮南子曰鄒忌
一徽琴而威王終夕悲注許慎注曰表本茶陵本此十九字作許慎淮南子注曰七
字注悲雅俱有下至則不成表本茶陵本無此十六字注言聲雖高而曲

異二　圭七

下表本茶陵本無此七字注然靈運有七諫何校有改以是也各本皆誤注地有
桑閒先何校先改者是也各本皆誤注於此水上何校上改出是也各本皆誤注尚
元酒而俎腥魚表本茶陵本無此七字注甚甚之辭也茶陵本無下甚字表本有下
案各本皆非當重之字耳故亦非華說之所能精茶陵本無故字亦下校語云五臣作故表
本故下校語云善有亦案有即作之誤尤因此而兩有非也注莊子曰桓公下至數術也
表本無此二百三十七字有輪扁已見上注六字茶陵本亦不複出此增多甚非或受欸於拙目
表本欸作嗤校語云善作蚩茶陵本作欸與此同校語云五臣作嗤案表本所見是也士衡自用蚩字善以蚩字本
不訓笑故取欸字爲注如詠懷詩嗷嗷今自蚩之注也說詳在下尤茶陵所見非注欸笑也欸與
蚩同案上欸上常有說文云三字兩欸字皆當作欸詠懷詩注曰說文云嗤笑也嗤與蚩同考說文無嗤字有
欸字云欸欸戲笑貌从欠㞢聲蓋兩注本同此脫說文云彼誤欸爲嗤當互訂正注中原原中也

表本茶陵本無此五字注力采者得之表本茶陵本無此王字注虛而不屈動
而愈出表本茶陵本無此八字注按槖下至說文曰表本茶陵本無此十五字注囊
也表本茶陵本無此二字嗟不盈於予掬案嗟當作羗凡羗字五臣多改作嗟字此必各本以
五臣亂善注挈瓶下至提猶挈也表本茶陵本無此十八字注孔安國曰昌當
也表本茶陵本無此七字故跙蹐於短垣表本茶陵本垣作韻不著校語案注中短垣語二本
亦無之恐尤改未必是也注謂脚長短也表本茶陵本無此五字注國語曰有短
垣君不踰表本茶陵本無此九字注言才恒不足也表本茶陵本無此六字注
紀綱紀也表本茶陵本無此四字注毛詩傳曰下至遏絕表本茶陵本無此十三字
注又大宗師曰下至不知所由然也表本茶陵本無此四十一字注威蕤
盛貌駁遝多貌表本茶陵本無此八字注郭象注莊子曰下至而成梁
表本茶陵本無此六十九字注自求於文也表本茶陵本無此五字注物事也下至
非予力之所弁表本茶陵本無此十七字注併力也表本茶陵本也下有力周切三字
注言文下至而今爲津表本茶陵本無此十七字注埶曰表本茶陵本埶上有李字注
葉世也表本茶陵本無此三字注爾雅曰泯盡也表本茶陵本無此六字注禮
記曰下至未衰表本茶陵本無此二十六字注毛詩曰漢廣表本茶陵本詩下有序字
〇洞簫賦〇注漢書音義如湻曰洞者通也表本茶陵本此十一字作
加湻漢書注曰洞簫入字注故曰洞簫表本茶陵本無此四字注淸也表本茶陵本無此二
字注一名籟表本茶陵本籟下有漢書曰元帝爲太子嘉褒所爲洞簫頌令後宮貴人皆誦讀之二十
四字注宣帝時表本茶陵本無此三字注帝太子體不安下至皆誦讀之
表本茶陵本無此六十三字注其竹圓異衆處表本茶陵本無此六字注王逸楚

辭注曰幹體也表本茶陵本無此九字注罕稀也下至竹之末也表本茶陵
本無此十六字注言竹生其旁故欹側不安表本茶陵本無此十字注言竹
生敞閑之處又足樂也表本茶陵本無此十一字注后土地也下至不易
其貞萃也表本茶陵本無此二十字注言風蕭蕭下至謂江回曲也表本茶陵
本無此十五字注言江之流注灌溉其山也表本茶陵本無此十字注呂忱
曰波水涌也表本茶陵本無此七字注字指曰磕大聲也表本茶陵本無此七
字翺翔乎其顚茶陵本翺作翱表本校語云善作翱案翱乃翺之誤也皋別體作睪故翺別體作翱
耳尤以正字改之遂與二本校語不合舞賦若翺若行仍未改抱樸而長吟兮案樸當作朴注引蒼
頡篇朴木皮也可證否則尚有樸朴異同之注而刪削不全耳注蟬飲露而不食表本茶陵本無
露字是也處幽隱而奧庰兮案庰當作屏表本云善作庰茶陵云五臣作屏各本所見皆非賦作
屏善以屏字本不訓蔽故取庰字爲注正如思元賦坐太陰之屏室兮也說在彼下注說文曰屏蔽
也案屏當作庰各本皆誤所引庰部文也正文改屏爲庰而復改此注庰爲屏以就之大非思元賦注亦可證
注竹密貌表本茶陵本無竹字是也注字書獮豯獸逃走也表本茶陵本無此八
字注言審視竹之本體淸而不讙譁也表本茶陵本無此十三字注言
得謚爲簫下至豈非蒙聖王之厚恩也表本茶陵本無此十九字注一云
夔下至學琴表本茶陵本無此十三字注爾雅曰鏤鎪也表本茶陵本無此六字注
廣雅曰眼珠子謂之眸表本茶陵本無此九字注言冥生之人下至在
於音聲表本茶陵本無此二十三字注字林曰吻口邊也表本茶陵本無此七字
注司馬相如賦曰又猗犯以招搖表本茶陵本無此十二字注咽與頤
劉表本茶陵本劉作同案二本最是陳云劉字衍非也注氣出迅疾也表本茶陵本無氣出二字

獵若枝折陳云獵當作擸注同表本云善作獵茶陵本云五臣作擸今案善注獵聲也未見必用擸字廣雅一條又本非善注此爲善獵五臣擸無疑陳欲以五臣改善殊非注聲或渾沌不分瀑湲表本茶陵本無聲或二字瀑湲作之貌注或復其聲模無似枝之折也表本茶陵本無此十一字注詩曰伐其條枚表本茶陵本無此六字有枚折似枚之折也七字注廣雅曰獵折也表本茶陵本無此六字注恐懼也表本茶陵本無此三字注聲迭蕩表本茶陵本無此三字注廣雅曰嬈奇也表本茶陵本無此六字注言聲漂結而去表本茶陵本無聲漂結而去五字言屬下句首注言聲之慷慨如壯士表本茶陵本無此八字注聲之細好也表本茶陵本無聲之二字注字林曰悄含怒也表本茶陵本無此七字注自放縱表本茶陵本無此三字注呂氏春秋曰伯牙下至齊侯襲莒是也表本茶陵本無此一百五十六字注杞梁妻嘆者案杞當作芑觀下文可見茶陵本誤同表本杞上有范字蓋改芑爲杞而兩存又誤芑爲范耳桀跖鬻博儡以頓顇表本茶陵本云善無以字案此尤以五臣亂善也寡婦賦注引此正無以字亦其一證注復惠復黠慧也表本茶陵本無此六字注埤蒼曰彷徨猶彷徉也表本茶陵本無此九字故聞其悲聲案聞其二字當作爲表本作其爲悲聲云善無其茶陵本云五臣有其字旣以五臣亂善又誤去下爲字添上聞字乃誤中之誤也注說文曰表本茶陵本無此三字注歔欷悲也表本茶陵本無此四字注埤蒼曰腲腇肥貌表本茶陵本無此七字注爾雅曰蟋蟀下至今蝍蛆也表本茶陵本無此二十七字注說文曰喘疾息也表本茶陵本無此七字注狀聲之狀也捷武言捷巧表本茶陵本無此十字注鄭德曰跐度也表本茶陵本無此六字注又云波急之聲表本茶陵本無此六字注言簫中次詩下至尚有餘音也表本茶陵本無此十四字注相

擊之貌表本茶陵本無相擊之三字貌屬上句末○舞賦○注按周禮下至音聲之容也表本茶陵本無此五十一字注扶風茂陵人也表本無茂陵二字注建初中表本無此三字注以毅表本無此二字注少逸氣表本無此三字注亦與班固爲竇憲府司馬表本此十字作遷竇憲司馬五字茶陵本此節注并入五臣全非不具出注雲夢藪名下至此並假設爲辭表本茶陵本無此二十字寡人欲觴羣臣茶陵本觴作醻云五臣作觴表本云善作醻案醻即觴別體字尤以正字改之又注引左傳各本皆作觴此等所言善作某字皆據所見耳注言不如視其舞形下至單曰音表本茶陵本無此二十五字注又曰歌采菱下至聽者異也表本茶陵本無此二十八字注鄭元注禮記曰嗆弗寤之聲表本茶陵本無此十一字注振振鷺鷺于飛表本茶陵本無此六字注顓頊樂曰五莖表本茶陵本無此六字注禮記曰鄭衞之音亂世之音表本茶陵本無此十一字玉曰唯唯表本茶陵本以此上爲序其下夫何提行另起案此賦恐無所謂序今題下有并序二字及提行未必善如此也明月爛以施光茶陵本云五臣作爛表本云善作列案此尤校改也注毛詩曰文茵暢轂表本茶陵本無此七字注鄭元注曰茵蓐也詩曰表本茶陵本注上有禮記二字詩上有毛字注鄭元曰君黃金罍表本茶陵本無此七字注周禮曰朝覲有玉几玉爵表本茶陵本無此十字注禮器篇表本茶陵本無此三字注言皆欲騁其材能效其技也表本茶陵本無此十一字注相著牽引也表本茶陵本無牽引二字注淮南子曰鼓舞下至女樂羅些表本茶陵本無此四十字注態謂姿態也表本茶陵本無此五字注衣上假飾表本茶陵本無此四字注垂霧縠表本茶陵本無此三字注而奏操也何校而上添舞字是也各本皆脫注亦律調五聲之均也何校亦改

六是也各本皆譌 注閟美陳云美靡誤是也各本皆誤 注埤蒼曰孄下至如弩機表本
之發迅表本茶陵本無此二十一字 注脩治儀容志操以自顯心志表本
茶陵本無此十一字 注必有所象表本茶陵本無此四字 諸工莫富表本茶陵本莫下校
語云善作共案此尤校改也 注相摩切也表本茶陵本相上有切字是也 注扱引也下至
扱引也表本茶陵本無此二十字 注若神仙之彷彿案仙字不當有各本皆衍說詳前此
正文神動亦初不云仙也 擊不致筴茶陵本筴作爽案此無可考也表本校語仍云善作筴與尤所見同
注言翼然而往闇而復止表本茶陵本無此九字 注跌失蹠也表本茶陵
本失作足是也 注言要之曲折灌然以摧折表本茶陵本無此十字 注字林
曰鳥踰跳也表本茶陵本無此七字 注曹憲曰瞭瞅下至無此二字表本
茶陵本無此二十二字 擾攘就駕表本茶陵本攘作擾案此疑尤誤改耳 注埤蒼下至天

下攘攘表本茶陵本無此十三字有擾擾爭貌四字 注爾雅曰蹌動也表本茶陵本無
此六字 注許慎淮南子注曰表本茶陵本無此七字 注闇跳行疾貌表本
茶陵本無闇字 樂而不泆何校泆改溢表本云善作泆茶陵本云五臣作溢案何據注引孝經滿而不溢
定從溢字也
卷十八○長笛賦○注周禮笙師掌教吹笛表本茶陵本無此八字
注今人長笛是也表本茶陵本無此六字 注將作大匠嚴之子爲人
美容貌表本茶陵本無此十二字 注順帝時表本茶陵本無此三字 注與馬皇后
親下至皆其弟子表本茶陵本無此二十七字 注禘位曰下至所下所適之
書也表本茶陵本無此二十九字 注毛詩曰下至在阜部表本茶陵本無此二十六字
注京師謂洛陽也表本茶陵本無此六字 作長笛賦表本茶陵本賦作頌案善無注

二本不皆校語無以考也 注字林曰惟有也表本茶陵本無此六字 注爾雅曰山
小高下至山巔無所通谿表本茶陵本無此三十二字 注箭槀二竹名也
表本茶陵本無此六字案善以箭槀爲一竹下注云二竹者并聆風數之增多大誤 注言似二竹茶陵
本似作此是也表本亦誤似 注蒼頡篇曰聆聽也表本茶陵本無篇曰四字聽作風案
二本最是韋昭注地理志箇籥亦云一名聆風見尚書釋文與鄭注正合尤增多及改皆大誤 注漢書音
義孟康曰揣持也表本茶陵本無此十字 注作顛根將顛墜也表本茶陵
本無此七字 注郭璞曰下至因以名也表本茶陵本無此二十字 注額頭落也
茶陵本落作額表本無此字案今說文作額頭額大也疑各本皆誤 注又兩山夾澗也表本
茶陵本無此六字 注鄭元曰澮所以通水於川也表本茶陵本無此十一字 注
凶王弼曰最處埳底也表本茶陵本無此九字 注巖寢不平也表本茶陵

本無此五字 注卑曲不平也表本茶陵本曲不平三字作下 注木長貌表本茶陵本無
木字 注漁池也表本茶陵本無漁字 注水注聲也表本茶陵本無聲字 注字林曰
流水行也表本茶陵本無此七字 注字林曰表本茶陵本無此三字 注水瀑至
聲也表本茶陵本水瀑至作波 注古活切表本活作括是也茶陵本亦誤活 注爾雅曰
下至言蘊淪也表本茶陵本無此十四字 注說文曰窊邪下也表本茶陵本無此七
字 注說文曰搖動也表本茶陵本無此六字 注張揖注漢書下至至到
也表本茶陵本無此十八字 注杜預注左氏傳曰下至無有蹊徑也表本茶陵
本無此二十八字 注爾雅曰下至而長尾表本茶陵本無此九字 注而大表本茶陵
本無此二字 注爾雅曰下至麀也表本茶陵本無此九字 注萇髦也案萇當作長各
本皆誤 壄雉晁雊表本茶陵本壄作野晁作朝案此未審善果何作 注說文曰下至晁

古朝字袁本茶陵本無此十七字嶕嶕讙譟袁本茶陵本讙下校語云善作嚾案此似尤改之也
注左右謂林之左右袁本茶陵本無此七字注警嗃並謂其彷聲也袁本茶陵本無此八字注錚鐄聲也袁本茶陵本聲上有皆大二字注說文曰錚金聲袁本茶陵本無此六字注淮南子曰下至絙急也袁本茶陵本無此二十字注博物志曰鑑脊袁本茶陵本無此六字注善琴名袁本無善字茶陵本并刪王逸曰以下至此非注彭彭咸胥伍子胥也袁本茶陵本此八字作羽獵賦曰餉屈原與彭胥鄭氏曰彭彭咸也晉灼曰胥子胥也二十四字案各本皆非也依善例當云彭胥已見羽獵賦七字注琴操曰下至射殺後妻茶陵本此一百三十三字作琴操曰伯奇者尹吉甫之子也吉甫聽後妻之言疑其孝子伯奇自傷無罪投河而死三十三字是也袁本無非注左傳曰魯哀公下至魯人謂之哀姜茶陵本此四十字作左氏傳曰夫人姜氏歸于齊將行哭而過市魯人謂之哀姜二十三字是也袁本無非

注帝王世紀曰下至枕之高下也袁本茶陵本無此五十四字搯膺擗摽袁本茶陵本搯作掐案二本注中祇有國語一條亦無苦洽切之音恐善自爲掐字五臣乃作搯故正文下有苦合二字耳尤改作搯未必是凡各本音蓋皆失善舊但今無可考故多不出注歎聲若雷息聲若頹也袁本茶陵本無此九字注爾雅曰焚輪下至膺胷也袁本茶陵本無此二十九字注魏書程昱傳曰下至乃止袁本茶陵本無此二十三字注禮記曰下至未嘗見齒袁本茶陵本無此十九字注古之巧人注公輸班也袁本茶陵本無此九字注刻木爲鳶飛三日不下袁本茶陵本無此九字注木車袁本茶陵本無此二字注垂成大山四起所謂善攻具也袁本茶陵本無此十二字注按墨子削竹下至在七十弟子後也袁本茶陵本無此五十八字注一作搓埤蒼曰搓擗也袁本茶陵本無此九字注顏監注下至因以名袁本茶陵

本無此四十二字注字林曰阤小崩也袁本茶陵本無此七字注聲類曰挑決也袁本茶陵本無此六字子壄協呂袁本茶陵本壄作野案已見上注周禮大師下至夾鍾袁本茶陵本無此四十一字注伶倫制十二籥陳云籥當作筩下同是也各本皆誤案所引仲夏紀古樂文也今作筒即筩字注漢書律歷志曰下至故曰爲主袁本茶陵本無此八十八字注矯正也又注謂以火撟也陳云矯撟誤案上矯下撟二字當互易各本音誤今考工記注作橋釋文云劉苦老反沈居趙反蓋劉橋沈矯善引與沈讀同矣注斤斫本袁本茶陵本木下有也字注孔安國下至匏土革木袁本茶陵本無此十五字注食舉下至徹去也袁本茶陵本無此二十三字注五日一習袁本茶陵本習下有樂字注閒暇也服虔曰下至閒音閑袁本茶陵本閒暇作暇閑無也字以下至音閑五十一字案二本最是暇閒連下注豫樂也五字皆韋語不得增多於其中也注富謂聲之富也袁本茶陵本無此六字穿距劫遷袁本茶陵本穿下校語云善作掌案二本所見非此尤校改正之也正瀏溧以風洌袁本茶陵本溧作漂注同案此似尤改之也注漢書音義下至洌清也袁本茶陵本無此二十四字薄湊會而淩節兮茶陵本薄上有寒字校語云五臣無寒袁本校語云善有寒案此似尤刪之善不注無以考也注說文曰氾濫也袁本茶陵本無此六字注李尤七疑曰案疑當作欵各本皆譌范書文苑傳可證七命注荅東阿王牋注作欵亦譌也他不悉出或乃植持縼纆茶陵本云五臣作纆袁本云善作纆案此尤誤以五臣亂善也注中解纆字語本非善所有見下注漢書音義下至謂之纆袁本茶陵本無此十七字注金乾主磬下至其風閶闔袁本茶陵本無此六十三字注對晉平公袁本茶陵本無此四字注愊壥心耳下至手雜也袁本茶陵本無此六十三字注埤蒼曰踾下至踧踖不進袁本茶陵本無此十五字注騁蕩安翔貌下至開也袁本茶陵本無此十二字注鄭

元曰蜿委也 表本茶陵本無此六字 注言聲相絞槩下至水流貌 表本茶陵
本無此十四字 注蒼頡篇曰挐捽也引也 表本茶陵本作又曰挐索持也六字 注廣
雅曰捘挼之也 表本茶陵本作又曰捘推也五字 察變於句投 表本茶陵本變作度
案此似尤改之也但度是變非 注思歸引者衞女之所作也 表本茶陵本無此十字
注說文曰篴倅字如此 表本茶陵本無此八字 曠漾敞罔 表本茶陵本漾作瀁
下有余兩二字案此尤本譌耳但善應有音今注中不見然則善音失舊甚明 溫直擾毅 表本茶陵本擾
作優案此以乖改之也 孔孟之方也 案方字必誤上槩下介氣制察說惠皆韻不應八句中獨此不
協也五臣濟注方比也云云是其本乃作方各本皆以之亂善而先著校語遂無可考以意揣之疑或當作大歟
注尚書曰下至而有溫和也 表本茶陵本無此二十字 注厲列也 茶陵本列作烈
是也表本亦誤列 注高士傳曰下至光亦投水而死 表本茶陵本無此四十七字

異三　三六

條決繽紛 案紛當作理表本云善作紛茶陵本云五臣作理案各本所見皆非也善以科條能分決注條
決以繽紛能整理注繽理作理不作紛明甚 注見韓稍弱下至死不恨 表本無此五十字茶
陵本此節注自史記以下全無非 注范雎蔡澤並辯士也 表本茶陵本無此八字 注
趙人 表本茶陵本無此二字 注晉太康地記曰下至所以爲不利也 表本
茶陵本無此五十四字 注昭二十九年下至魯人爲奏四代樂 表本茶陵本無
此十八字有以延陵季子五字 注舞也文王樂也 表本茶陵本舞上有以篇二字文上有皆字
注南言文王下至七孔 表本茶陵本無此四十一字 注箾音簫 表本茶陵本簫作朔
是也案釋文云徐音朔可證 注史記屈原者下至他皆放此 表本茶陵本無此一百一
字 注僖二十四年 表本茶陵本無此五字有曰字 注推曰獻公之子下至爲
之田 表本茶陵本無此九十四字有遂隱而死四字 注以後吾親死 表本茶陵本無以後二字

注左傳曰莊十二年下至桓十二年傳云初 表本茶陵本無此四十六字有
左氏傳曰南宮長萬弒閔公於蒙澤杜預曰宋大夫也又曰二十三字 注辛卯 表本茶陵本無此二字
注公子達曰下至欲爲卿 表本茶陵本無此五十七字案此注疑表茶陵有脫但尤增多者決
非善舊耳又表本此下有釁音尾三字茶陵本在上釁字之下 注左傳曰定十四年下至爲
讎敵也 表本無此六十六字有蒯聵衞太子也左氏傳曰衞太子登鐵丘望見鄭師衆懼自投於車下二十
七字茶陵本脫蒯聵衞太子也六字餘同表此所改大誤 注不占陳不占也齊人 表本茶陵
本作陳不占齊人也六字 注陳不占 表本茶陵本無陳字 注占曰 表本茶陵本占上有不字 注
聞鼓戰之聲 表本茶陵本鼓戰作鍾鼓 注愕直也下至非此所施也 表本茶陵
本無此十五字 注字林曰鄂 表本茶陵本林作書 注露新夷 案露下當有申字各本皆脫
注而淫魚出聽 表本茶陵本淫作游 注淮南子瓠巴下至楚人喻 表本茶陵

異三　三七

本無此五十字 注喁魚出頭也 表本茶陵本出頭二字作口上見三字 注淮南子伯
牙下至舒翼而舞 表本茶陵本無此四十七字 于時也 表本茶陵本于下有斯字案此無以
考也琴賦亦有于時也句或叔夜本此則無斯字者是 注而齊右善歌 表本右作后是也茶陵本
亦誤右 注孫卿子曰下至齊人也 表本茶陵本無此二十三字 注懸鍾格也
表本茶陵本無此四字 注字林曰睽直視貌 表本茶陵本無此七字 注直下視
貌 表本茶陵本無下字 注廣雅曰搏下至撫手也 表本茶陵本無此十三字 注方言
曰 表本茶陵本無此三字 注字林曰睢仰目也 表本茶陵本無此七字 注字林
曰維持也 表本茶陵本無此六字 注言可以通於神靈下至曉喻志意
也 表本茶陵本無此二十字 注慎乃憲欽哉 表本茶陵本無此五字 注憲法也 表本
茶陵本無此三字 注當慎汝法度敬其職也 表本茶陵本無此九字 注禮記

曰食於質者案此有誤也各本皆同無以訂之注說文曰瀸水多也濼洗手也表本茶陵本無此十一字注世本曰叔舜時人表本茶陵本此七字作叔未聞三字案二本最是此鄭明堂位注尤所改大誤也世本決無其語若有之鄭何得云未聞孔穎達撰正義何得不中說善自決無其語矣注賈逵注傳曰消鑠也表本茶陵本無此八字注爾雅曰骨謂之切犀謂之剒表本茶陵本無此十一字注一作埏下至埴土爲也表本茶陵本無此四十九字注玉謂之彫石謂之琢表本茶陵本無玉謂之石四字案尤所增注暴辛垂叔大誤唯笛因其天姿表本茶陵本云善無其字案此尤以五臣亂善也之流表本無此六字案此尤添之但無所謂之流未必合於善舊也茶陵本此節注多刪無以相校注長於古笛下至故謂之雙笛表本茶陵本無此十五字注麤者曰楇細者曰枚言表本茶陵本無此九字注聲故謂五音畢表本茶陵本無此六字注言易

考異三　三八

京者下至宋翟之比表本茶陵本無此二十字案易京上已注訖此所增大誤○琴賦○注尸子曰下至故謂之琴表本茶陵本無此四十九字注說文曰歂下至會意字也表本茶陵本無此十二字注而不憫表本茶陵本憫作悶下有也字注淮南子曰下至禮義廢表本茶陵本無此十三字似元不解音聲覽其旨趣表本茶陵本云善作音聲者覽案此少者字或尤本脫耳注桓譚新論曰下至琴德最優表本茶陵本無此十三字注史記曰下至堪爲琴表本茶陵本無此十六字注謂包含下至光明也表本茶陵本無此十五字注又曰下至視物黃也表本茶陵本無此十七字注價者物之數也表本茶陵本無此六字注盤曲紆屈下至山巖也表本茶陵本無此二十八字有盤紆詰屈也崔嵬岑嵓高峻之貌也十四字互嶺巉巖表本茶陵本互作元案此無可考也或尤本字譌注崖巘表本茶陵本無此二字注偃蹇高貌表本茶陵本無此四字

注巍巍高大貌表本茶陵本無此五字注言山能蒸出雲以沾潤萬物表本茶陵本無此十一字注說文曰津液也表本茶陵本無此六字注觝至也隈水曲也表本茶陵本無此七字注安回波靜遠去象表本茶陵本無此七字注皆美玉名茶陵本無此四字表本有注說文瑾玉名表本茶陵本無此五字注翕赩盛貌表本無此四字茶陵本有注詩傳曰赩赤色貌表本茶陵本無此七字注蒼頡篇曰表本茶陵本無此四字注著天地人經下至得符鯉魚中表本茶陵本無此十七字注造伯陽尤山法下至不能解其音旨表本茶陵本無此十八字注茹芝之英以禦飢表本茶陵本無此六字清露潤其膚表本茶陵本云露善作霧案此尤改之蓋以五臣亂善注列子曰表本茶陵本列子作新序案二本最是注行乎郊之野表本茶陵本無此五字注孔子曰先生下至能自寬也表本茶陵本無此八十字注班固漢書曰表本茶陵本書下有贊字注皇甫謐下至在汲表本茶陵本無此十八字注言若鳥之夌飛表本茶陵本無此六字注奉君以周旋陳云君字衍是也各本皆衍注高士傳曰堯下至陽城槐里人也表本茶陵本無此八十三字心慊慨以忘歸案慊慨當作愷慷善引爾雅愷慷樂也慷即康字是其本作愷慷甚明表茶陵二本所載五臣翰注乃云慷慨歎聲也乃誤作慷慨大違嵇賦之意各本以五臣亂善失著校語更誤今特訂正之注張衡應問曰何校問改閒陳同是也各本皆譌注孫竹枝根之末生者也表本末作未是也茶陵本亦誤未陳云枝上脫竹字今案枝當作竹耳各本皆誤注又曰至人下至順物而至表本茶陵本無此二十二字注孟子曰下至見秋毫之末表本茶陵本無此三十一字注按慎子下至督正也表本茶陵本無此十九字般倕騁神茶陵本般作班云五臣作般表本云善作般案尤所見蓋與春同也注廣雅曰廁閒也

考異三　三九

表本茶陵本無此六字注我與君作表本茶陵本無此四字注廣雅曰揮下至以
爲世無賞音表本茶陵本無此七十二字注自大夏之西崑崙之陰表本茶陵本無此九字注或曰成連下至見子春受業焉表本茶陵本無此八十二字
注淮南子曰師曠下至清角爲勝表本茶陵本無此一百二十四字注踓睢
盛貌繁縟聲之細也表本茶陵本無此十字注言聲陵縱下至開張貌
表本茶陵本無此十九字注翕呷翠粲張揖曰翠粲案翠粲皆當作萃蔡順正文而誤改也說詳下注紛翠粲兮案翠粲當作綷縩順正文而誤改善下文云字雖不同正謂此所引萃蔡綷縩與正文翠粲及下引璀粲各不同也於是器冷絃調案冷當作泠表茶陵二本云善作泠此以五臣亂善注如志謂如其志意表本茶陵本無此十字注達則兼善天下表本茶陵本達作堯案尤未必是也搯絃安歌表本茶陵本云搯善作搯案此尤改之注爾雅曰

扶搖風也表本茶陵本無此七字注史記曰瀛洲海中神山也表本茶陵本無此十字注莊子下至風仙也表本茶陵本無此十二字注窈窕淑女表本茶陵本無此四字注鄭元曰下至吞也表本茶陵本無此十三字注會節會也表本茶陵本無此四字注半在半罷謂之闌表本茶陵本此七字作闌亦歇也四字注聲多
也表本茶陵本此三字作疾貌二字注儸不及也下至徒合切表本茶陵本無此十七字
案二本正文儸下音蘇合讀下音徒合此與增多開雜無以審眞善音若何也注廣雅曰下至舉動
也表本茶陵本無此十三字注言其狀若詭詐而相赴也表本茶陵本無此十字
注蒼頡篇曰隨後曰驅表本茶陵本無此八字注韓詩曰下至猶躑躅
也表本茶陵本無此十七字注言扶疏四布也表本茶陵本無此六字注攢仄聚
聲表本茶陵本無此四字注毛萇傳曰下至聲長貌表本茶陵本無此十三字注蒼

頡篇曰下至詠之聲表本茶陵本無此十九字又表有似爲之音已見上文八字在注末茶陵複出非尤本倒在上益非注爾雅曰摟牽也表本茶陵本無此六字注說文曰攙下至
援取也表本茶陵本無此二十六字注說文曰繚纏也表本茶陵本無此六字注
瀄汩水波浪貌言聲似也表本茶陵本無此十字明嫿瞭慧表本茶陵本慧作惠案此似尤改之也注古本能字下至所以不惑表本茶陵本無此五十七字注
令善也表本茶陵本無此三字注纂要曰下至謂之九春表本茶陵本無此十八字
注醇厚也表本茶陵本無此三字注又對曰下至巴人表本無此十四字有巴人已見上文六字是也茶陵本複出非注崔豹古今注曰下至後人回以爲樂章也
表本茶陵本無此七十九字非夫放達者表本茶陵本無夫字下非夫至精者同案此似尤添之也
注說苑曰應侯下至能無怨乎表本茶陵本無此五十九字注字林曰慘

下至愴傷也表本茶陵本無此二十三字注喜懼抃舞案懼當作躍各本皆譌注服
虔表本茶陵本無此二字注與女子表本茶陵本子下有期於梁下女子六字注高誘注
淮南子曰下至而水溺死表本茶陵本無此二十四字注奮長子建下至官
至二千石表本茶陵本無此二十字注人臣尊寵表本茶陵本無此四字注適舉
集其門凡號奮爲萬石君表本茶陵本無舉字奮字注建郎中令下至遲
鈍也表本茶陵本無此八十三字注孔安國曰屏除也表本茶陵本無此七字注
說文曰謳齊歌也表本茶陵本無此七字注其形下至而色青表本茶陵本無此十一字注國語曰下至鳴於岐山表本茶陵本無此十三字注列女傳曰下至
於漢皐之曲表本茶陵本無此三十八字注韓詩曰下至和靜貌表本茶陵本無此十四字注賈逵曰唯獨也表本茶陵本無此六字○笙賦○注周禮下至

十三簧表本茶陵本無此十四字注白虎通曰下至衆物之生也表本茶陵本無此十五字注杜預曰汶水下至小竹表本茶陵本無此十七字注以飾五材案飾當作飭各本皆譌注亦作撅謂指撅也表本茶陵本無此七字注統物也茶陵本物作揔是也表本亦誤物注黃鍾律呂之長故言基也表本茶陵本無此十字注尚書曰鳳皇來儀表本茶陵本無此七字注司馬彪曰企望也表本茶陵本無此七字注字林翾翾初起也表本茶陵本無此七字注漢書音義曰歧歧將行貌表本茶陵本無此十字注郭璞爾雅注曰咮鳥口也表本茶陵本此十字作咮亦喙也四字注騁田聚也表本茶陵本無此四字注重疊貌表本茶陵本重疊二字作衆注見孟嘗君下至亦能令人悲乎對表本茶陵本無此十九字注於是雍門下至流涕表本茶陵本無此十二字注韓詩外傳曰下至不舉樂焉表本茶陵本無此五十二字注氣氣悟也表本茶陵本不重氣字注謂先溫燰下至調埤其氣也表本茶陵本無此十三字注埤蒼曰佛鬱表本茶陵本埤蒼作字林終鬼峩以蹇愕案愕當作諤注同表本云善作諤茶陵本云五臣作愕此以五臣亂善非注又云孟浪下至而復放表本茶陵本無此十九字注埤蒼慟宿留也表本茶陵本無此六字注虒韡熠表本茶陵本熠上有煜字注廣雅曰煜下至盛光也表本茶陵本無此十五字案此蓋音與增多閒雜者或竦勇剽急表本茶陵本云剽善作彯案此尤改之亦以五臣亂善也注呂氏春秋曰伶倫制十二篇表本茶陵本無此十一字注虛滿謂隨氣虛滿也表本茶陵本無此八字注憀亮下至猶豫也表本茶陵本無此二十一字案此蓋音與增多閒雜者注古咄唶歌曰何校唶改㫺陳同是也各本皆譌宛其落矣茶陵本云五臣作落表本云善作死案此尤改也夫其悽戾辛辟表本茶陵本戾作唳案此尤改注聲大貌表本茶陵本無此三字注聲長貌下至下深也表本茶陵本此十字作聲大且長貌五字注漢書音義下至曰酣表本茶陵本無此十三字注鄭元曰闋終也表本茶陵本無此六字注絃謂琴瑟也表本茶陵本無此五字注廣雅曰長琴下至六七孔也表本茶陵本無此一百十八字披黃包以授甘表本茶陵本包作苞注同案此尤改注說文曰縹下至大禺切表本茶陵本此十七字作縹綠色也瓷瓶也七字注齊公之情案情當作清各本皆譌注吳錄下至以爲酒有名表本茶陵本無此十四字注蓬勃泰出貌表本茶陵本泰作氣注鄭元下至不過羽表本茶陵本無此十四字注舜樂曰大韶表本茶陵本大作簫注限一齊楚表本茶陵本限作混注昭公二十九年表本茶陵本無此六字注魯人爲奏四代樂表本茶陵本無此七字注凡人邇近者下至不攜離之音表本茶陵本無此三十八字注言衆若林能揔之表本茶陵本無此七字○嘯賦○注籀文下至其嘯也歌表本茶陵本無此十四字注從我者具由歟表本茶陵本無此六字注史記曰不從流俗王之阸僻表本茶陵本無此十一字注遺身謂其身事表本茶陵本無此六字注廣雅曰下至邪也表本茶陵本無此十字注淮南子濛汜日所入處表本茶陵本無此九字注蔿啓彊茶陵本蔿作薳彊作疆是也表本誤與此同注言聲在喉中而轉故曰潛也表本茶陵本無此十一字注字林曰熛飛火也表本茶陵本無此七字注黃宮謂黃鍾宮聲表本茶陵本無此七字注說苑曰湯時下至於是化形隱景而去表本茶陵本無此一百八十六字注言悲傷能挫於人表本茶陵本無此七字列飄眇而清昶表本茶陵本飄眇作繚眺注同案晉書作繚眺尤改恐誤注爾雅曰下至寒貌表本茶陵本無此十

二字注字林曰鳴下至音訓同表本茶陵本無此一百四十字注通古之風氣
下至又曰表本茶陵本無此二十二字蕩埃藹之溷濁表本茶陵本蕩作流藹作靄案晉書
作蕩字靄字未審善果何作注姑洗下至考神納賓表本茶陵本無此十二字注說文
曰溷亂也表本茶陵本無此六字注樂用之則正人表本茶陵本無之字案樂記注
無之字人下有理字各本皆脫注景山大山也表本茶陵本無此五字注字書曰啡
心誦也表本茶陵本無此七字訇磕嚮嘈表本茶陵本嚮善作鄉案鄉不可通二本所見非也案
晉書亦是鄉注字林曰磕大聲也表本茶陵本字林曰磕四字作皆音均不恒
曲無定制表本茶陵本云善無恒字有二曲字案二本所見不可通非也晉書亦有恒不重曲注清
疾貌表本茶陵本無清字注孟子曰下至化齊衞之國表本此三十字作緜駒王豹已
見上文四字最是茶陵本複出與此異亦非注晏子春秋虞公下至長夜瞑瞑何

時旦表本茶陵本無此二百四十一字案凡若此者複雜已甚增多之非固不難辨耳注韓必斂
手表本茶陵本斂作檢案今春申君傳作斂蓋善所據作檢也檢斂古字通注孔安國曰下至此
齊也表本茶陵本無此四十六字注孔安國曰下至而致鳳皇也表本茶陵本無
此二十七字注晉書阮籍下至乃登之嘯也表本茶陵本無此七十九字

文選考異卷第三

選考異卷第四

賜進士出身通奉大夫江南蘇松常鎮太等處承宣布政使司布政使胡克家撰

卷十九○情○注事於最末表本茶陵本事於作於是何校改於事○高唐
賦○注漢書注曰下至風諫婬惑也表本茶陵本無此二十三字注史記
曰下至爲頃襄王表本茶陵本無此十五字注鄭元曰寢臥息也表本茶陵本無
此七字爲高唐之客注自言爲高唐之客表本無此正文五字注七字茶陵本
有案此蓋善有五臣無而失著校語者注欲親進於枕席表本茶陵本無進字案親當作進尤
校改親爲進因誤兩存耳注如矃瞒也表本茶陵本無此四字陳云矃瞒二字疑今案無四字是也字
書不見矃瞒考五臣云如松栽也或誤入但亦非矃瞒表茶陵二本爲不誤注韓詩曰何校詩下添章
句二字陳同今案此所脫無以訂之注偒桀侹也表本此下有居竭切三字案是也尤改入注末作偒

居竭切非茶陵本刪去益非讀者因是皆誤連下文疾驅貌於此句而不可通矣注生此土表本生下
有乎字是也茶陵本無又其下此注不完皆非注安流平滿貌表本茶陵本無安流二字注爾
雅曰如畝畝丘郭璞曰丘有隴界如田畝表本茶陵本作郭璞爾雅注曰
有隴界如畝十一字注廣雅曰隘陿也表本茶陵本無此六字注謂水口急陿
下至復會於上流之中止表本茶陵本無此二十字若浮海而望碣石案碣
當斷句會碣磕厲及以下皆相協無容失其一韻石字當屬下句首石礫礫礫二句言小石也巨石溺溺二句言大
石也其善注則云碣石者以碣石解正文之碣非其讀正文於石爲句必五臣不察乃誤分節如此後善爲所亂而
各本不著校語也又五臣誤改下文礫礫作礰礫由不知礫礫與溺溺相對爲文亦可證注孔安國注
尚書曰碣石海畔山也表本作碣石山名也巳見上注是也茶陵本全複出皆非注埤
蒼曰瀺灂水流聲貌表本茶陵本無此九字注字林曰竄逃也七外

切非關協韻一音七玩切表本茶陵本無此十八字案表茶陵似非也此卷善音二本多
所刪去耳注交相也案交相當作相交各本皆倒注毛詩曰下至下句曰糾表本
茶陵本無此十八字注柔弱下垂貌表本茶陵本無下垂二字注漢書大人賦猗
狔以招搖表本茶陵本無此十字丹莖白蔕何校云丹一作朱陳同案表本茶陵本丹作朱
也注惰哉萬事表本茶陵本無此四字案此二本脫注裖巳見上林賦茶陵本作
振字當作裖字表本作振當作裖字皆校語錯入注又誤改善作當以尤所見爲是注李竒曰表本茶陵
本無此三字注方言曰磑堅也表本茶陵本無此六字注埤蒼曰崎嶇不
安也表本茶陵本無此八字注說文曰俗案俗當作裕此所引谷部文各本皆譌下文千芊古
字通芊亦裕字之誤注望山谷芊芊青也表本茶陵本芊芊作千千案今本說文作裕裕注
深直貌案直當作冥各本皆譌此在釋訓注傾岸之勢下至如熊之在樹表本
茶陵本無此十七字注楚辭曰怊悵而自悲王逸曰悵恨貌表本茶陵本作
王逸楚辭注曰怊悵恨貌十字注說文曰纚下至若出於神表本茶陵本無此四十六字有
言不可測知五字案此尤添四十六字於言不可測知上而傳寫者因遺落其元有之五字也但所添不當凡尤意
專主增多每類此陳但謂若出於神四字衍未是注見本草下至漢書音義曰表本無此
二十五字有射干江東爲烏蓮七字茶陵本作射干烏蓮草也六字案蓮當作蓮廣雅烏蓮射干也曹憲音所夾今
本亦作蓮其誤正同此注爾雅曰王雎下至一曰鶻鵃表本無此四十七字有王鳴鸝
黃巳見上七字最是茶陵本所複出不同皆非注昔有婦登北山表本茶陵本婦上有思字陳云
北當作此各本皆譌注漢書郊祀志曰下至充尚羨門高二人表本茶陵本無
此三十二字案二本最是此或駮善注羨門高誓之解而記於旁尤延之誤取之也注人在山上作
巢樂表本茶陵本人下有共字又案此解正文公當云人共在山上作樂各本樂譌爲巢也注以玉飾

宮也表本茶陵本以上有疏宮二字案無者非也又二宮字皆室之誤注字林曰表本茶陵本無
此三字注漢書音義李奇曰下至横銜之表本無此四十七字有羽獵巳見上銜枚
見吳都賦十一字最是茶陵本所複出不同皆非注爾雅曰苹下至王亦可食表本茶陵本無
此十八字注以羽飾蓋表本茶陵本無此四字九竅通鬱精神察滯表本云善
有滯字茶陵本云五臣無滯字案各本所見皆非也詳注意善並無滯字察字韻上逮下歲自協以七字爲一句但
傳寫者誤因注中鬱滯不通也妄添於下表茶陵據之作校語尤延之亦不審而讀者皆誤認爲善有五臣無矣
注氣者五藏之使候表本茶陵本無此七字○神女賦○其夜王寢
陳云王寢自王諸字當如沈存中姚令威之說案何校亦云然謂玉王互譌也說載筆談及西溪叢語今考互譌始
於五臣見下果夢與神女遇表本茶陵本無果字是也案尤本所見又五臣以後之誤者王
曰表本茶陵本王下有對字是也案此玉對曰五臣玉作王仍存對字尤本所見又五臣以後之誤者注紛
擾喜也表本茶陵本無此四字王曰表本茶陵本王作玉案此二本失著校語注髣髴見
不審也表本茶陵本無此六字玉曰表本茶陵本玉作王云善作玉案二本與尤正同然則善五臣
王玉互換此其明驗也自王寢以下及後王覽其狀皆當如此二本校語不備尤本亦多以五臣亂善賴存此一處
可以推知致譌之由爲沈存中姚令威疏通而證明之讀者亦可以無疑矣注勝盡也贇明也
表本茶陵本無此六字注又曰尚之以瓊瑩乎而注瓊瑩石似玉也
音榮表本茶陵本無此十八字注毛萇詩傳曰表本茶陵本無此五字注說文曰
侻案侻當作娧各本皆譌此女部文也注與娧同案娧當作侻各本皆譌注旁宜侍王
旁案首不當有旁字蓋此注在宜侍旁句下并上爲一節而標此字爲識各本因皆衍後近之既妖
案妖當作姣上文姣麗五臣作妖善作姣表茶陵二本有校語此以五臣亂善各本皆非善注言近看既美是作姣
之證注方言曰姝好也表本茶陵本無此六字注字林曰瞭明也表本茶陵

本無此六字注聯婚微曲貌表本茶陵本無此五字其所載五臣濟注有之案二本是也此尤所見誤衍注婧好貌表本茶陵本作閑體行也案二本是也此女部文今本閑體行婉婉也而善節引之注廣雅曰嫿好也表本茶陵本作嫿靜好也四字案二本是也此亦女部文非引廣雅尤所見誤衍注音畫說文靜審也韓詩靜貞也表本茶陵本無此十二字案或仍當有音畫二字以下皆誤衍耳注聲類曰表本茶陵本無此三字注和靜貌至下嫕密也表本茶陵本無此二十二字注字林曰旋回也表本茶陵本無此六字注結猶未相著表本茶陵本結上有未字是也注方言曰頩怒色清貌切韻匹迴切表本茶陵本無此十三字○登徒子好色賦○注此賦假以為辭諷於婬也表本茶陵本無此十字注廣雅曰嘕嘕歆歆喜也表本茶陵本無此九字注一云食邑章華因以為號表本茶陵本無此十字、唯唯案此下各本皆提行非也考此賦本無所謂序今題下有并序二字而於此提行謂以上是序以下是賦善必不應如是大誤未詳其何時始爾也注廣雅曰從容舉動也表本茶陵本無此八字注此郊即鄭衞之郊表本茶陵本無此七字注靜女其姝又曰表本茶陵本無此六字注大路詩篇名也至下與俱歸也表本茶陵本無此二十八字注司馬彪注漢書子虛賦曰復荅也顏師古注復音伏表本茶陵本無此二十字有復報也三字案二本是也凡此等尤所添皆非是○洛神賦○注記曰至下改為洛神賦此二百七字表本茶陵本無案二本是也此因世傳小說有感甄記或以載於簡中而尤延之誤取之耳何嘗駁此說之妄今據表茶陵本考之蓋實非善注又案後注中此言微感甄后之情當亦有誤字也注黃初文帝丕年號至下濟度也表本茶陵本無此二十七字注一云魏志三年不言植朝蓋魏志略也表本茶陵本無此十五字案此亦尤延之誤取或駁善注之記於旁者注

已見東都賦陳云都當作京是也表茶陵二本復出皆非案復出不合善例凡表亦誤者不悉出注山上神芝表本茶陵本神上有有字是也容與乎陽林表本茶陵本陽作陽云五臣作陽案二本是也此尤所見以五臣亂善注陽林一作楊林表本茶陵本無陽林一作四字案二本是也此尤所見蓋有陽林善作楊林乃校語錯入注因改善作一以就之耳胥如約素表本茶陵本云約善作束案二本校語是也注云束素約素以約解束五臣因改正文作約尤所見以之亂善非也奇服曠世表本茶陵本云世善作代案此以五臣亂善注沃人之國至下名玉也又曰表本茶陵本無此十八字注投我以木瓜表本茶陵本無此五字注報之以瓊瑤何校瑤改琚是也各本皆譌注綃輕縠也案此當作綃已見吳都賦表茶陵二本所複出者其證也注爾雅曰至下厓上地也表本茶陵本無此十四字注漢書音義應劭曰至下瀨湍也表本茶陵本無此十九字注神仙傳曰切仙一出至下女亦不見表本茶陵本此注作韓詩內傳曰鄭交甫遵彼漢皋臺下遇二女與言曰願請子之珮二女與交甫交甫受而懷之超然而去十步循探之即亡矣迴顧二女亦即亡矣案皆非也依善例求之當云交甫已見江賦表茶陵其所複出也注說文曰至下靜貞也表本茶陵本無此十二字注二妃已見上文毛詩曰至下無求思者案二妃下當有游女並三字依善例求之如此謂二妃注在思元賦游女注在琴賦表本茶陵本所複出皆非然即其證也毛詩曰以下二十字尤本誤衍表茶陵無注各處河鼓之旁表本茶陵本無鼓字是也注墾足行於水表本茶陵本足作人是也令我忘飡表本茶陵本飡作餐案疑善飡五臣餐而失著校語也飡古亦同字俗譌為飡他皆放此又案注使不飡飡當為飡注曹植詰洛文曰案洛當作咎各本皆譌文今載集中表本茶陵本詰譌結陳云當作禊大非王伯厚嘗言曹子建詰咎文假天帝之命以詰風伯雨師名篇之意顯然矣注王母乘紫雲車來表本茶陵本來上有而字是也注爾雅曰至下山脊曰岡表本茶陵本無此十九字注淚下

貌表本茶陵本無此三字顧望懷愁案表本茶陵本此下校語云善作恐其所見非也此韻脚非有
異同尤本未誤注說文曰騑下至盤桓不進也表本茶陵本無此二十七字○補
亡詩○注王隱晉書曰下至賈謐請爲著作郎此四十九字表本茶陵本
無所載五臣翰注亦引王隱書而文大異蓋幷善於五臣之誤以尤所見爲是注聲類曰表本茶陵本無
此三字注采蘭以自芬香也下至喻人求珍異以歸表本茶陵本此二十
八字作言蘭芬芳以之故己循陔以采之喻己當自身盡心以養也二十三字注言在家之子表本茶陵
本無此五字注無有縱樂須供養此相戒之辭也表本茶陵本縱樂作游盤
無須供養此四字注馨芬香也下至教其朝晚供養之方表本茶陵本此十六
字作言相戒盡心以養也八字彼居之子色思其柔陳云二句當在心不遑留下如首章例案
所校是也各本皆誤倒注孟春之月下至先以祭又曰表本茶陵本無此十九字注

異四　六

此喻孝子循陔如求珍異歸養其親也表本茶陵本無此十五字注廣
雅曰噬下至今呼魴魚爲鯿表本茶陵本無此二十一字注毛詩曰案毛字誤
各本皆同無以訂之注豕畜之表本茶陵本畜作交是也注鄂不韡韡表本茶陵本鄂作萼
下同案二本非也此善注當有鄂與萼同如下注跗與跌同之例因順正文改字而刪去之也尤依毛詩校正但未
補所脫注此喻兄弟比於華萼案兄弟比於四字不當有因上引常棣而誤添也各本皆
衍注爾雅曰謂之罶表本茶陵本無此六字輯輯和風案輯輯當作揖揖表本茶
陵本校語云善作揖揖可證此必尤延之所改二本注云揖與咠同尤亦改揖爲輯[illegible]非注雲色不明
貌表本茶陵本雲色不明四字作黑字注輯輯風聲和[illegible]表本茶陵本無此六字注鄭
元曰九穀表本茶陵本無此五字注蒼頡篇曰秬[illegible]也表本茶陵本無此七字
郭璞曰道光照也表本茶陵本無此七字獸在于草案于當作在表本茶陵本

校語云善作在在可證尤所見誤以五臣亂善何云當作在陳同蓋據二本校注淮南子曰四時
者春生夏長秋收冬藏入風已見上表本作四時八風並已見上是也茶陵本
脫注曰風曰時案當作曰寒曰風章懷太子注後漢書李雲傳所引史記如此蓋尚書亦然也今以
東晉古文添曰時二字而誤去曰寒二字各本皆譌何校添曰寒陳同皆仍衍曰時未是注崇丘高丘
也言萬物生長於高丘表本茶陵本無首六字末有者字注周禮曰山林
下至根生之屬表本無此十五字茶陵本此節無善注注猶猷古字通表本茶陵本無
此五字案此或所見不同若有之當如何校改上引詩王猷作猶乃相應注易曰下至則歸長也
表本茶陵本無此十七字○述祖德詩○注春秋僖公二十六年下至使
受命於展禽表本茶陵本無此一百十一字案二本是也此實非善注注西晉也表本作巳
見西征賦是也茶陵本複出亦可證注東晉也表本作巳見魏都賦是也茶陵本複出亦可證注左

異四　七

氏傳曰以敝邑下至介閒也表本茶陵本無此十九字注今也感國百里
表本茶陵本也下有曰字案陳云脫注孔安國尚書傳曰龕勝也表本茶陵本無此十
字注曹大家上疏謂兄曰表本茶陵本謂作諸陳云諸當作請注張勃吳錄
曰下至周行五百餘里表本無此十九字有五湖已見江賦六字是也茶陵本複出與此皆非
注蓺樹也表本茶陵本無此三字○諷諫○注應劭曰黼衣下至旗上
畫龍爲之表本無此二十五字有黼衣已見上五字茶陵本有杜預曰白與黑謂之黼九字注言
受形弓之賜於此得專征伐表本茶陵本無此十二字案無者是也此或以漢書顏注
記於旁尤延之誤取之陳云言上當有顏師古曰四字不知其非善引也以下凡顏師古曰各條皆不當有表茶陵
二本俱無者最是今不悉出其所有誤中之誤亦不更論注迭互也表本茶陵本此三字在注末案尤誤
依顏注移注劉兆曰旁言曰譜表本茶陵本無此七字注顏師古曰表本茶陵

本無此四字案尢延之添耳注尚書曰以蕃王室表本茶陵本無此七字注墜失
也眞魏切表本茶陵本無此六字案此即顏注而竄入善者注應劭曰小兒啼聲
唉唉表本茶陵本無此并下顏注共十六字注顏師古曰懷思也來也表本茶陵
本無此九字有善曰二字案二本是也以下皆善注而此爲顏注竄入者注弟謂元王也元王
封於楚國表本茶陵本無此十一字注元王立二十七年而薨垂遺業
於後嗣表本茶陵本無此十五字有即位且三十年六字案二本最是此亦顏注竄入克奉厥緒
表本云緒善作次茶陵本云五臣作緒案此所見不同漢書作緒或當是也注夷王名郢客元
王子表本茶陵本無此八字注戊乃嗣故言不永統祀表本茶陵本無此九字案
上七字顏注竄入犬馬悠悠陳云據注當作緜緜今案其說誤也顏注竄入非善所引善注悠悠然遠
也在下可證其與顏不同也尢延之所誤取複沓歧互不相比次讀者多不審注以致困躓表本茶陵
本作以困乏三字案二本是也以致困躓乃尢依顏注改耳嗟嗟我王表本茶陵本不提行是也注
我王戊也表本茶陵本無此四字殆其茲怙表本云善作茲怙茶陵本云五臣作怙茲案各
本所見皆非也此但傳寫誤倒非善獨作茲怙何云當從漢書作怙茲於韻乃協陳同注不自勗愼
表本茶陵本無此四字案二本是也此亦顏注竄入注言王不思鑒鏡之義表本茶陵本思
下有之不二字無義字案二本是也尢誤依顏注改注又鄧展曰岋下至危也表本茶陵本無
此二十三字又上顏注十二字亦無說具於前於赫君子案赫當作昔此善作昔五臣作赫故善注云歎
美昔之君子表本茶陵本所載五臣翰注云於赫美也各本皆以五臣亂善所當訂正考漢書作昔五臣誤耳唯此
節下顏注仍爲誤取竄入不相比次說具於前〇厲志〇注廣雅曰厲下至自勸勤
學表本茶陵本無此十四字注王詩傳曰熠燿燐也表本無此八字有熠燿已見秋興賦
七字是也茶陵本所複出與此皆誤注廿一寒一暑一往一復表本茶陵本無此八字有來者

二字是也何校添來者於復字下陳同仍衍八字注論語曰下至不舍晝夜表本無此十上
字有逝者已見秋興賦七字是也茶陵本所複出與此皆非注人鮮克舉茶陵本下有之字表本無
陳云引詩脫之字是也注又匪先民是經先民周公孔子也表本茶陵本無
此十三字田般於游表本茶陵本田作出何校依之改陳同案此尤本譌耳注淮南子曰
楚恭王下至而精通於物表本無此五十八字有養由已見幽通賦七字是也茶陵本所複出
與此皆非注荀卿子曰案荀當作孫各本皆譌注種善德茶陵本種作積善下有成字是
也表本誤與此同勉爾含宏表本茶陵本爾作志案此亦尤本譌也注成人在始與
善敬之哉茶陵本與作與無敬之哉三字是也表本無與善敬之哉五字非注顏淵問仁
表本茶陵本無此四字注克己復禮爲仁表本茶陵本無此六字注孔安國曰
復下至況於終身表本茶陵本無此二十七字注老子曰埏埴以爲器表本
茶陵本無此八字注易曰君子進德脩業欲及時也表本無此十二字有進德
脩業已見閑居賦九字是也茶陵本所複出與此皆非注暉吉茶陵本暉上有其字是也表本亦脫注
隰朋可表本茶陵本隰上有則字是也
卷二十〇上責躬應詔詩表〇注市專表本茶陵本作市專切在注末是也
注毛詩謂何顏而不速死也表本茶陵本謂作曰案考毛詩傳箋皆無此文蓋毛字傳
寫有誤此所引或在三家詩傳耳五臣向注乃云詩無此句而以表言詩爲誤果爾豈子建誤稱善又從而誤注耶
五臣鹵莽每類此〇責躬詩〇注庭燎有煇表本煇作輝案正文作輝輝煇同字表本
是也茶陵本亦作煇蓋皆依今詩字改也注魏志曰黃初二年陳云志當作書此王沈魏書見
國志注案所校是也各本皆譌注儀禮曰案禮下當有注字各本皆脫注舛而不殊何校
舛改舍殊改誅陳云國志作捨而不誅細尋恐如李注所引爲得謂植雖有過不忍遽絕耳又骨肉之親析而不誅

漢宣帝封海昏侯詔中語也今案陳校是也考求通親親
表云骨肉之恩爽而不離李彼注引漢書粲而不殊如淳
曰粲或爲散此外與爽粲散析互異而義皆同漢書宣紀
作粲武五子傳作析當各依其舊今國志蓋誤而何據之
非矣又荀悅漢紀宣帝詔作捨而不誅亦後人所改注魏志曰朱紱光大表本茶陵本無此七
字案二本是也考國志下文光光大使我榮華作朱紱
光大使我榮華然則朱紱光大乃光光大使句之異不應
以注此明甚矣必或記於旁而尤延之誤取耳又案善下
文注引光光常伯是選本無誤今國志自不與善同何陳
皆用國志校者亦非當各依本書餘所有異同準此注毛詩傳曰不慮不圖陳云傳當作箋
案雨無正弗慮弗圖箋云而不慮不圖此引之以注不圖也○應詔詩○祁祁士女表本
茶陵本有校語云善作女士案二本所見傳寫倒也此女字協韻非與五臣有不同尤本不倒蓋改正之矣注
糇糧食也陳云糧字衍此引小雅伐木三章傳文是也各本皆衍注風從從而扶轄
表本從從作從從案當作從從說已見前茶陵本作從從與此皆誤注情慨而長懷表本茶陵本重
慨字是也○關中詩○注都督雍梁晉諸軍事陳云晉當作秦是也各本皆譌
注毛詩曰皇甫卿士表本茶陵本無此七字注古旦表本茶陵本作冊古旦切在注
末是也注成規之畫陳云之字疑今案國志注所引作外規廟勝之畫或此傳寫譌脫也注虛
畾謬彰其義一耳但交相避表本茶陵本無此十二字案此當是二本脫交當作文傳
寫譌耳注林欲以爲功下至復詣林表本茶陵本無此十九字案此當是二本傳寫脫范
蔚宗書在西羌傳文句小異注論語子曰何校子下添路字陳同各本皆脫注尚書曰
申命羲叔下至以修封疆表本茶陵本無此三十一字案此當是二本脫去一節注也注
惝惝或喣噓表本茶陵本噓下有也字案此當云熙或作喣喣噓也各本皆誤五臣銑注云熙猶喣也
即襲善此注爲之可借爲證○公讌詩○注謂五官中郎也案謂當作爲也當作
將各本皆譌○公讌詩○注外豉表本茶陵本作翅外豉切在注中不翅猶過多也下是也

注論語摘襄聖承進讖曰表本茶陵本襄作裹是也○公讌詩○注少
有學下至減死輸作表本茶陵本無此四十二字有爲司空軍謀祭酒掾屬轉爲平原侯庶子後爲
五官將有文學二十四字案二本是也注古詩曰日出東南行案此當作古日出東南隅
行曰各本皆誤○侍五官中郎將建章臺集詩○注後爲五官將
文學卒表本茶陵本官下有中郎二字是也○皇太子宴元圃宣猷堂有令
賦詩○注又程猗說石圖曰表本茶陵本又下有曰字是也注唯此與宅
陳云唯此二字當乙各本皆倒注言曰澄淸也表本茶陵本但有澄字無上言曰下淸也四字陳云
言日當據左太沖詩注作方言曰案此或尤延之校添而又脫誤耳注搏拊琴瑟表本茶陵本無此四
字案此亦尤延之校添注儀禮曰小臣正辭表本作小臣已見上文是也茶陵本亦複出皆
非○大將軍讌會被命作詩○陵風協紀案紀當作極表本云善作紀茶
陵本云五臣作極詳善引孝經鉤命決注協極是善亦作極不作紀各本所見皆非注國語曰次序
三辰賈逵曰日月星也表本茶陵本無此十四字注合壽考也陳云合當作令
是也各本皆譌○晉武帝華林園集詩○注文章志曰應貞表本茶陵
本貞作禎下同案今晉書文苑傳作貞又上所引晉陽秋各本皆作貞蓋諸文互異善各從其本尤延之據晉書校
改而一之耳注奄有九州陳云州當作有各本皆誤注在人也表本茶陵本在人二字作
是案此尤延之校改射御茲器茶陵本云射五臣作躬表本云善作射何校云五臣作躬是也今案注無
明文二本校語非可全據善果何作莫可考晉書亦作射仍不當竟改何校未是也注不懈于位表本
茶陵本不作匪案此亦尤延之校改○九日從宋公戲馬臺集送孔令詩○
注宋書七志曰表本宋作今茶陵本亦作宋陳云注引今書七志處甚多又澄以王文憲集序宋字
之誤無疑案所說是也注東郡人也表本茶陵本東作陳是也注冠于時表本茶陵本時

上有一字是也注命有司表本茶陵本命上有乃字案有司當作司服注必脩其故表本茶陵本脩作衜是也注又何爲乎表本茶陵本此四字作何在二字案凡此類皆尤延之改注曰出賜谷表本賜作陽下同茶陵本亦皆作賜案當作湯各本皆譌湯谷如蜀都吳都西征等賦皆有其證不具出○樂游應詔詩○注沈約宋書曰下至爲高祖相國掾茶陵本善曰下無此二十二字有與彭城王義康六字其五臣銑曰下有之表本但載銑注末云善注同案此并五臣於善而各本皆失善之舊無可訂正也注草木交曰薄處陳云處字當在交字下案處衍字耳各本皆譌今楚辭注交下有錯字善引不備登廬山香爐峯詩注亦如此○九日從宋公戲馬臺集送孔令詩○注毛萇曰痱病也今本作腓字非案痱腓二字當互易詳文義謝詩作痱善引尚及毛皆作腓而訂之曰今本作痱字非也考鮑明遠苦熱行渡瀘寧具腓注引毛詩百卉具腓毛萇曰腓病也則此不得爲痱病也明甚蓋五臣因之改正文爲腓後以亂善遂復倒此二字使相就不

選四　三

知其不可通也歸客遂海嵎案嵎當作隅表茶陵二本校語云善從山詳善引尚書注海隅是善亦作隅各本所見皆非注大川之閒何校閒改上陳同各本皆譌○應詔讌曲水作詩○注武帝引流何校武改文陳同各本皆譌注故象者表本茶陵本象下有者形二字案此當作故象而形者二本誤而作者尤因其不可通輒刪二字非今本王弼注老子不誤輦賁踰障表本茶陵本障作嶂是也注如耒耜之爲用也表本茶陵本無此七字注字書曰祕者陳云祕者下脫密也蘭祕四字今案當在祕下者上各本皆誤昔在文昭陳云昭五臣作韶據善注亦當作韶今案茶陵本云五臣作韶與尤所見皆非也表本作韶不著校語或所見善亦作韶爲不誤耳注言其成也何校成改盛陳同各本皆譌注謂諸王者蕃也何校者改宭陳同各本皆譌注故以前之文何校文改交陳同各本皆譌注錫表本茶陵本作析音錫在注末是也注拂去也陳云此拂字當作弗引毛生民首章傳也下句拂亦作弗者言顏詩亦有別本作弗耳案所校

是也各本皆譌○[illegible]于釋貞會作○達義茲昬何校云據注茲當作滋陳同案所校是也[illegible]滋故引新論注滋昬五臣作茲故濟注云亦猶是焉[illegible]本所見皆以五臣亂善而表茶陵不著校語古茲字雖與滋同義然非此之用注九永表本茶陵本作九永切在注中憬遠行貌下是也注上殞表本茶陵本作殞切在注末是也注王逸妍敫蚩曰表本茶陵本無敫字案無者是也後五君詠注所引亦無敫字可證注爾雅曰遏遠也表本茶陵本無此六字注虞夏商表本茶陵本商下有周字是也○侍宴樂遊苑送張徐州應詔詩○注杏表本茶陵本作若音杏在注末是也○應詔宴樂遊苑餞呂僧珍詩○注言董故也表本茶陵本無故字是也注幘道曰簪案道當作連謂連幘於髮也釋名有其證各本皆譌○送應氏詩○注謂羿苦也案苦也當作咎之各本皆譌此引表記注○征西官屬送於涉陽候作詩○注倉憒切表本茶陵本倉上有咄丁忽切啐五

選四　三

字無正文咄下丁忽二字是也案今善音割裂失理皆此類憂喜相紛繞茶陵本云五臣作擾表本云善作繞案各本所見皆非也善注引神女賦紛紛擾擾是亦作擾不作繞但傳寫譌耳○金谷集作詩○注蔡邕陳琳碑曰何校琳改球陳同各本皆譌注沙棠櫟儲表本作諸是也茶陵本亦誤儲注岳於省內謂秀曰孫令表本茶陵本作岳省內見之因嘆孫令是也案此亦尤誤改○王撫軍庾西陽集別時爲表本茶陵本此下有作字是也豫章太守庾被徵還東表本茶陵本無此十一字是也案此必或記於旁而尤延之誤取之方舟新舊知表本茶陵本新作析是也注因表本茶陵本作音因二字在注中城曲重門也下是也○鄰里相送方山詩○注力蹔表本茶陵本作力蹔切二字在注中維船索也下是也注少思寡欲案思當作私各本皆譌注郭璞山海經曰案經下當有注字各本皆脫○新亭渚別范零陵詩○注十洲記曰陳云案東方朔十別

記皆記仙山異境非其他地志之比安得載丹陽古蹟況觀新亭吳舊亭語乃三國以後人所記書名之誤更易稱也今案其說是也洲當作州善屢引之必當日別有其書也不知者改之耳各本皆誤餘詳每條下注謝眺何校眺改朓陳云注眺並當作朓各本皆譌以下放此不悉出注垂稱於平陽魏郡蒙惠化何校平陽改陽平蒙上添百姓二字陳同各本皆誤○別范安成詩○注心灼爍其如陽案陽當作湯各本皆譌

卷二十一○三良詩○注嚴父潛長夜袁本茶陵本潛作憯是也○詠史○注賈誼作過秦論司馬相如作子虛賦此一節注袁本茶陵本係五臣翰曰下案二本是也尤本誤以五臣亂入善注殊誤當剗去之注韓君章句曰陳云韓下脫詩薛二字是也各本皆誤注干木偃息以藩魏案干字不當有各本皆衍注陳威發憤何校威改咸陳同各本皆譌注長衢夾巷陳云衢下當有羅字各本皆脫注峩峩容也案峩峩當作娥娥各本皆譌今廣雅可證注武陽城槐里人也隨沖虛袁本茶陵本也隨作修道是也案武依今本高士傳當是字武仲三字之脫酒酣氣益振袁本茶陵本振作震是也注風賦曰廓抱影而獨倚案曰下當有起於窮巷之間楚辭曰九字各本皆脫所引楚辭在哀時命可證也注盎中無斗米儲還視架上無懸衣說文曰袁本茶陵本無儲還視三字曰下有顧還視也四字案此蓋所見不同○詠史○注終於家袁本茶陵本無此三字有協見朝廷貪祿位者衆故詠此詩以刺之十六字案此當以尤所見爲是二本幷五臣於善而誤也何陳皆取以添改非凡題下意揣作者之旨均屬五臣語前後可以例推而得者注鍾會有遺榮賦又注鍾會遺榮賦曰袁本茶陵本不另分節作鍾會有遺榮賦曰七字案此亦所見不同○覽古○注史記曰下至秦王大喜此二十二字袁本茶陵本無案并善注於五臣而脫也注史記曰下至請以十五都與趙此一百五字袁本茶陵本無案

并善注於五臣而脫也注吾所以爲此也袁本茶陵本也作者是也注不如將軍寬之至也袁本茶陵本如作恕是也○張子房詩○注予朝至於洛師卜袁本卜下有澗水瀍水四字茶陵本有澗水東瀍水西六字案茶陵本爲是注竟不易不易太子者袁本不重不易二字何校去陳云衍是也茶陵本全刪此節注非注翻飛維鳥茶陵本翻作飜下同案茶陵本正文下有校語云善作飜則注中二字皆作飜爲是袁本亦作翻誤與此同後謝宣遠答靈運詩翻飛各異槩注作飜正文作翻疑正文誤但彼無校語耳凡此等皆舉其例而不勝一一出之者注燭幽明也茶陵本幽作猶是也袁本亦作幽誤與此同注周易曰下至照于四方此十六字袁本茶陵本脫注孟子曰袁本茶陵本起此至末五十四字脫注王逸楚辭注曰海內之政何校王逸楚辭注曰六字改作莊子堯治天下之民平九字非也陳云楚辭注曰下脫慶雲喻尊顯也莊子堯治天下之民平共十五字是也注見四子何校見上添往字陳同是也注喪其天下也何校也改焉陳同是也袁本茶陵本所脫止此注屬車八十乘案十下當有一字各本皆脫注不良能行何校能改於陳同各本皆譌○秋胡詩○注詩曰東方之日案詩上當有韓字各本皆脫注爾雅曰蕪草也案爾當作小各本皆譌小雅載漢藝文志今孔叢子之第十一也此所引廣言文昔醉秋未素袁本茶陵本醉作醉案有校語云善作醉案各本所見皆非也醉但傳寫譌非善五臣有異注日出之東隅案日出二字當作失各本皆誤注歲既晏兮孰華案華下當有子字各本皆脫○五君詠○注詠劉伶曰案伶當作靈各本皆誤袁茶陵二本後正文亦作伶詳其注中凡所載五臣曰則爲伶字而善注三見仍皆爲靈字然則必五臣伶善靈而失著校語尤所見正文獨不誤此處因向同善注而亂耳又案二本酒德頌注亦善是靈字五臣是伶字注天神入五陳云神上脫下字是也各本皆脫注汝神遊守形袁本茶陵本遊作將是也注聲高則悲何校高下添聲高二字陳同茶陵本有案尤本此處脩改以字數計

之蓋初刻重一商字是也表本無與脩改者同注阮咸哀樂至表本茶陵本至下有到字是也○
詠史○注野寂寞其無人案寞當作漠正文作漠後赴洛詩寂漠聲必沈表茶陵二本云
善作漢五臣作寞是其大較也此正文二本皆作寞而不著校語非○詠霍將軍北伐○注
楚王使風湖子陳云別本湖作胡案今未見七命注引作胡考越絕書今本作胡吳越春秋作湖他
書所引互有出入耳○百一詩○注筐篋笥也案筐字不當有後任彥昇哭范僕射謝惠
連擣衣注引皆無可證各本皆衍注兔而掩口表本茶陵本兔作俛是也○遊仙詩○
何敬宗表本茶陵本宗作祖注同案此似所見不同然祖字是也贈張華詩雜詩皆作祖傅長虞贈詩序亦
作祖皆可證注列仙傳曰下至立祠緱氏山下此一百字表本無茶陵本有案蓋善
自作王子喬已見遊天台山賦表脫去此一句耳茶陵例複出未可爲據眩然心緜邈案眩當作眇表
本茶陵本作眇云善作眩今詳善注非有明文眩字於義無取當是傳寫之譌耳各本所見皆非○遊仙

詩○注而辭無俗累案無當作兼各本皆譌注郭璞山海經注曰山
居爲棲又曰遯者退也周易曰龍德而隱遯世無悶陳云又曰
遯者退也此六字當在遯世無悶下郭璞山海經注曰山居爲棲此十一字又當在退也句下案所校是也各本皆
倒蓋周易曰十一字與郭璞云云十一字互換其處耳注妾之居亂世表本茶陵本之作閒是也
注而媒理也何校而改爲陳同各本皆譌注淮南子曰下至日爲之反三
舍此二十六字表本茶陵本作魯陽麾日見淮南子八字注而明月皆喻難闇投表本
茶陵本皆喻作之珠是也注與李平教曰陳云平下當有子豐二字據蜀志注通鑑校是也各本皆
脫姮娥揚妙音陳云姮當作恒今案善注引淮南子常娥爲注其下不云常娥之即恒娥似善自爲
常字表本茶陵本所載五臣良注云姮娥是五臣乃爲姮字而各本亂之也陳改恒未是注漢武內傳
下至殆恐非仙才也此三十字表本作漢武非仙才見漢武內傳茶陵本與此同注守文

法陳云文下脫之君當塗之士欲則先王之十一字是也各本皆脫
卷二十二○招隱詩○注井冽寒泉何校泉下添食字陳同各本皆脫○
招隱詩○注脁與稅古字通案脁稅二字當乙謂正文及史記方言之稅即脁也各本
皆倒表本改吾未知所稅爲也作脁以就之大誤○南州桓公九井作○注檀道
鸞晉陽秋曰陳云晉上當有續字是也各本皆脫餘同此不悉出注字仲文表本茶陵本無
此三字注左氏傳曰族穆子曰案上曰字當作公各本皆譌○遊西池○
注沈約宋書曰混字叔源表本茶陵本無此九字上臧榮緒晉書曰謝混下有字叔源三
字案此各本幷五臣於善而失其舊無可訂正也注混思與友朋相與爲樂也案此
十字係五臣語也表茶陵二本合幷六家往往有之前後例可推此本既單行善注不應竄入乃尤延之仍舊誤而
未知校正者○泛湖歸出樓中翫月○注阿谷之豫案豫當作隊各本皆

譌注李宏軌法言注曰案宏字不當有各本皆衍軌字宏範蓋或記於旁而錯入一字耳善
引李軌法言注甚多皆可證○從游京口北固應詔○注朝騁鶩兮何校
去此四字陳云注前朝騁鶩兮衍案各本皆涉下而誤也○晚出西射堂○注山正鄣
陳云山當作上各本皆譌案此釋山文今爾雅云上正章章鄣同字耳○登池上樓○傾耳
聆波瀾此句上表本茶陵本有衾枕昧節候褰開暫窺臨云善無此兩句何校添陳同案詳文義當有各本
所見或傳寫脫之也○遊南亭○注旅客會也何校會改舍陳同是也各本皆譌注
居戚戚而不解茶陵本戚戚作慼慼表本與此同案正文作慼慼茶陵是表非也蓋善慼五臣戚其
大槩矣餘倣此不悉出○遊赤石進帆海○注維長綃陳云綃當作綃是也各本
皆譌○石壁精舍還湖中作○注謝靈運遊名山志曰案謝字不
當有前後所引可證也各本皆衍又後登臨海嶠詩兩引皆衍不更出注所爲命陳云爲當作謂是也

各本皆譌○登石門最高頂○注古樂府有歷九秋妾薄相行案此十一字不當有觀下注云九秋已見南都賦可知各本皆衍○於南山往北山經湖中瞻眺○注和氏玲瓏案玲瓏當乙說見前又正文玲瓏注瓏玲說在遊天台山賦注各本皆誤注擢紫茸茸案此下當有而容切三字表茶陵二本正文下有此音合幷六家因複出而刪尤仍其誤於是茸而容切本以四字爲句者僅存一茸字而不可通矣凡善音多割裂刪削無以全復其舊依此等例推之○從斤竹澗越嶺溪行○苕遞陟陘峴案峴當作現善注引聲類峴云峴與現同可知正文自爲現字今各本皆作峴必五臣改爲峴而後來以之亂善也集韻二十七銑有現峴二文云胡典切或作峴當即出於此可爲證○應詔觀北湖田收○注太祖改景平十二年案十字不當有各本皆衍注劉安奏曰案安當作光此引順帝紀文也表本亦譌安茶陵本刪劉安奏三字更誤注緹騎一百人表本一作二案劉昭注引漢官亦云二百人可證二是一

考異四　十八　七〇二

非也茶陵本亦作一誤與此同○車駕幸京口侍遊蒜山作○注劉楨京口記曰案楨當作損隋書經籍志曰京口記二卷宋太常卿劉損撰即此各本皆誤注漢書儀曰案書當作舊各本皆譌注元天山最高在東北日出即見案此十二字決非善注各本皆同恐係五臣語而竄入也注尚書曰洪範五行傳曰陳云書下曰字衍楚也各本皆衍留滯感遺岷案岷當作萌茶陵本岷作萌云五臣作岷表本作蚍云善作萌尤所見誤以五臣亂善說詳前長楊賦中又二本注中皆作萌此亦誤改爲岷○車駕幸京口三月三日侍遊曲阿後湖作○注長五丈六尺案五當作九各本皆誤七命注所引可證彫雲麗琁蓋案彫當作形注彫雲斐亹而翼檽亦當作形各本所見皆誤據遊天台山賦訂正之考表茶陵二本所載五臣濟注云雕鏤雲氣然則五臣乃作彫後來以之亂善又幷注中改爲彫字非孫興公賦引有作彫之本而善於此引之也彼賦五臣亦仍爲形○遊東田○注陸機悲行曰

下當有哉字各本皆脫○從冠軍建平王登廬山香爐峯○注張僧鑒豫州記曰陳云州章誤是也各本皆譌注楚辭曰臨風怳兮浩歌案此九字不當有觀下注云臨風已見月賦可知各本皆衍○鍾山詩應西陽王教○注戴延之西征賦曰陳云賦當作記是也各本皆譌崚嶒起青嶂案注引魯靈光殿賦崱繒綾而龍鱗疑善作繒綾五臣作崚嶒合幷六家失著校語否則善元有注繒綾與崚嶒畏同之語而今失去之也注維摩經曰下至四禪此二十六字表本茶陵本無其所載翰注有之當是幷善於五臣而刪也尤所見爲是○宿東園○注荆門盡掩陳云盡晝誤是也各本皆譌注征鳥厲號表本茶陵本號作疾是也今季冬紀是疾字注古董桃行曰案桃當作逃各本皆譌○古意詶到長史溉登琅邪城○注鎭江乘縣境立郡鎭案縣上脫即字郡下衍鎭字鎭江乘爲一句即縣境立郡爲一句各本皆誤脩篁壯下屬何校云篁疑作隍案其說是也善不注此字而以下屬江河注下屬然則隍之爲城池可知也偶句云危樓峻上干危則峻也脩則壯也隍在城下樓在城上於義極協唯五臣銑注云竹叢曰篁云云合幷六家遂以亂善所當訂正

考異四　一九　七〇三

卷二十三○詠懷詩○注江妃二女表本妃作婓案婓字是也江賦注所引正作婓以吳都賦證之善婓五臣妃說已見前此詩蓋善亦作婓因正文爲五臣所亂幷改此注爲妃益誤茶陵本作妃誤與尤本同注伯且君子字何校云且字衍陳同是也各本皆衍注安陵君所以悲魚也案以字下有脫文各本皆然無可據補也注善曰東觀漢記表本茶陵本無善曰二字陳云二字衍何校於此節注首添沈約曰三字今案陳據別本蓋是也何以意添非春秋非有託茶陵本云五臣作訖表本作訖云善作託案各本所見皆非也善引鄭禮記注訖止也可見亦作訖沈約曰春秋相代若環之無端所謂非有訖矣作託但傳寫譌今各本幷注中亦譌託考所引即禮記祭統訖其嗜欲注之訖猶止也不得爲託明甚注至於顛沛逆天表本茶陵本逆天作道天是也注顏延之曰

何校之改年案以前後例之是也各本皆譌 注白露沾衣 案衣下當有衿字各本皆脫此所引七哀詩也 注則音聲調 案音當作商各本皆譌 注王逸楚辭注曰小曰上 此九字表本茶陵本無案尤本是也所引在七諫沈江二本脫去之 注追悟羨門之輕舉 表本茶陵本悟作悞案善悞五臣悟二本校語有明文善所載沈約注自不當作悟又正文何陳皆從五臣悟但未必非既借悞爲悟當仍其舊 注蛩蛩負蟨以美草 案以下少一字各本皆脫無可據補陳云脫求字但以意添耳 注元雲泱鬱 案泱當作泱各本皆譌顏注漢書音烏朗反 注上有楓樹 陳云樹字衍是也各本皆衍 注駕彼駟牡 陳云牡當作騑各本皆作牡今案毛詩作四騑但恐李所據本異未可輒改凡注中各本既同而引書與今所行差互疑不能明者皆準此不悉出其異本尚可考亦不悉出雅顯知傳寫之誤乃訂正之 注劇辛諫楚王曰 茶陵本劇作莊案莊非也依今本戰國策改耳表本作劇與此同恐善自如此爲所據異本也 ○秋懷詩○注蔑比卿相 案比當作此世說新語品藻注引可證各本皆譌何陳校改爲彼誤也 注乃至仕人 陳云至仕當作賦大見世說注是也 各本皆誤○臨終詩○歐陽堅石 案此不得在謝惠連下當是臨終自爲一類尤表茶陵各本皆不分蓋傳寫有誤又案俗行汲古閣本反不誤乃毛自改之耳非別有本也凡彼僅有是者餘均不置論爲舉例如此 注四時隱南山 何校時改皓陳同各本皆譌 注色有五色文章 案色文二字不當有各本皆衍 ○幽憤詩○注后成叔曰 陳云后當作郈今案后即郈也檀弓后木鄭注曰魯孝公子惠伯鞏之後正義曰案世本孝公生惠伯革其後爲厚氏世本云革此云鞏世本云厚此云后其字異耳春秋名號歸一圖曰厚成叔後改爲郈皆可證冊魏公九錫文引作厚 爰及冠帶憑寵自放 表茶陵二本有校語云善無此二句案二本所見非也此此與下二句爲韻善不容無但傳寫脫去又其下當有善注爲脫去一節也尤本有者是然恐屬據五臣校補尚少善注耳 任其所尚 表本茶陵本有校語云善作上注各崇所尚二本尚皆作上案善下注又云說文曰尚庶幾也不作上字尤本以此校改然恐善注未全

或於末元有注上尚異同之語而今失之 注莊子曰眞者精誠之志 陳云此九字衍觀下注自明是也各本皆衍 注精誠之志也 表本志作至是也茶陵本亦誤志 注說文曰懷藏也杜預曰忍垢恥也 陳云說文下六字當在杜注下是也各本皆倒 注發論辭也 何校論故語是也各本皆誤 注下民爲孽 陳云爲之誤今案各本皆然疑李所據與今本作之者異下尊沓背增今本作憎又我心永疚今本作使我心疚皆放此餘不悉出 注爲惡莫近刑 案刑當作形詳下注司馬彪本作形字也各本皆誤 ○七哀詩○注孟秋寒蟬應陰而鳴 案蟬下當有鳴蔡邕月令章句曰寒蟬十字各本皆脫陳云月令章句見子建贈白馬王詩注也 ○悼亡詩○注涼歲云暮 案涼下當有風字各本皆脫 注魏文帝歌行曰 案歌上當有燕字各本皆脫 注長戚之士能閑居 案士當作不各本皆譌 注駕言出遊又 案又下當有脫無可據補陳云又字衍非也表本無乃故去耳故於下句楚辭下加一注字以足之茶陵本與此同尚未經改也 ○盧陵王墓下作○注宋武帝子義眞下至作一篇 此一節注表本茶陵本皆係翰曰下茶陵本云善同翰注表本別有善曰沈約宋書曰武帝男盧陵獻王義眞初封盧陵王之任而高祖崩義眞聰明愛文義與陳郡謝靈運周旋異常而少帝失德徐羨之等密謀廢立則次第應在義眞義眞輕訬不任主社稷因與少帝不協乃奏廢義眞爲庶人徙新安近郡羨之等遣使殺義眞於徙所時年十八元嘉三年誅徐羨之傳亮是日詔曰故盧陵王可追崇侍中王如故一節注共一百卌一字當是尤所見與茶陵本同而致誤表本爲是也 注朱方吳也 案也當作邑各本皆譌 注曹植寡婦詩曰 陳云詩賦誤是也各本皆誤 注疑彼三人 陳云三二誤是也各本皆誤 ○拜陵廟作○注王逸晉書曰 表本茶陵本逸作隱是也 注汲汲孳孳者 表本茶陵本無此五字案蓋所見不同也 伏軫出東坰 案軫當作軾茶陵本云五臣作軾表本云善作軫詳善引莊子以注伏軾是亦作軾其作軫者但傳寫誤耳況此詩未句有歸軫必不應復用矣尤因此并改注字益非見下

注宣尼伏軫而嘆表本茶陵本軫作軾案二本是也此所引在莊子漁父云孔子伏軾而嘆可證又宣尼亦誤當作孔子也注各自君陵傍立廟表本茶陵本君作居是也注作陽陵陳云陵下脫邑字是也各本皆脫注被歌聲案此三字不當有各本皆衍注言帝澤被天下表本茶陵本無澤被天下四字幼牡困孤介案牡當作壯表茶陵二本校語云善作牡幼壯與末暮偶句不待解而自曉故善俱無注實非於五臣有異校語非也○出郡傳舍哭范僕射○注傳舍也表本茶陵本重傳字案今釋名傳傳也蓋尤本刪下舍字而誤去傳字注女史曰何校史下脫箴字陳同各本皆脫注攜手遯于秦陳云于字衍是也各本皆衍注孔安國尚書曰表本茶陵本書下有傳字是也注臺無所鑒陳云臺當作臺下同是也各本皆譌注又曰容則秀雅稚朱顏表本茶陵本無此九字注安意歌今陳云今吟誤是也各本皆誤○贈蔡子篤詩○注晉官名曰何校官上添百字陳同案晉上當有魏字隋書經籍志魏晉百官名五卷晉百官名三十卷並載皆無撰人名晉書蔡謨傳曰曾祖睦魏尚書可見此所引乃魏晉百官名而非晉百官名也各本皆脫陳又云所引書名當有誤是矣但失檢隋志耳濟岱江行案行當作衡表本作衡字顯然無疑今各本并注譌爲行絕不可通何校云藝文類聚行作衡亦是一證雖則追慕案追當作進表本云善作追茶陵本云五臣作進各本所見皆傳寫誤善引法言以注進慕是亦作進若作追慕不得云以此專注慕字也凡此等善與五臣無異表茶陵二本據誤字爲校語而失之者於今所訂正爲一例也涕泣漣洏案洏當作而注引杜預左傳注而語助也善必爲而字無疑贈士孫文始詩胡不悽而何例正同唯表茶陵二本載濟注云洏亦涙流也是五臣乃作洏字今各本所見皆以五臣亂善耳祭古冢文縱鍾漣而亦善而五臣洏彼未亂之可爲證矣凡此等善與五臣截然有異表茶陵二本不著校語而失之者於今所訂正爲又一例也○贈士孫文始○注三輔決録趙岐注陳云趙岐二字衍岐著三輔決録晉摯虞作注下云於今詩猶存即虞自謂作注之時耳案所校是也各本皆誤注士孫孺子名萌表本茶陵本無孺子名三字亦尅宴處表本茶陵本尅作克是也晳日不思茶陵本日作喆云五臣作哲表本作哲無校語尤二本所見皆非也此及上句皆取詩成文善注因人亦有言連引靡喆不愚者猶之因靡日不思連引有懷於衛耳與正文無涉也唯銑注云哲智也是五臣乃誤作哲又以之亂善此所見獨不誤或尤延之知其非而校改之也○贈文叔良○僑肸是與案僑當作喬注同茶陵本作喬云五臣作僑表本作僑用五臣而失著校語尤所見以五臣亂善非也考隸釋三公山碑云喬札季文議郎元賓碑云有而宰鄭昔東漢時書喬字無人旁之證羣書亦有之不悉數注敢請辭故陳云辭亂誤是也各本皆譌注而不可以之告何校刪之字陳同各本皆衍注孤用視聽命何校視改親陳同各本皆譌注君若早天子陳云早上脫無字是也各本皆脫注言江漢之君下至非汝之功也表本茶陵本無此二十二字何校云考六臣本即良注陳云削去爲是案所校是也○贈五官中郎將○注公子自是案是當作起各本皆誤金罍含甘醴表本茶陵本云甘善作其案據校語五臣乃作甘此作甘者尤延之所改也注無明文而第三首云應門重其關何例正同未必非善自作其字尤改失之注蔫啓強曰陳云強彊誤是也各本皆譌注幹自謂也何校幹改楨案所改非也幹即公幹善注稱人字有此例華燈散炎輝案燈當作鐙注同各本皆譌第一首第三首表茶陵二本有校語此首失著乃誤以五臣燈字亂之○贈徐幹○注楊雄解嘲曰案嘲當作難各本皆誤○贈從弟○氷霜正慘愴茶陵本愴作悽案悽字是也注有明文表本作愴與此同誤注豈不羅凝寒何云羅疑作罹陳同案各本皆作羅蓋傳寫譌卷二十四○贈徐幹○注而能相萬乎何校萬改蔦陳同各本皆譌○贈丁儀○注玉除彤庭案除當作階各本皆譌但引以注玉字其除即是階上已注訖不知者用正文玉除改之非也後贈何劭王濟詩注引不誤亦可證或又因此欲改西都賦作除則益非矣○贈

王粲○攬衣起西遊表本攬下有校語云善作攬茶陵本則云五臣作攬案此恐傳寫誤耳無論善自作攬即五臣亦未始作攬也○又贈丁儀王粲○注西都賦曰表本茶陵本賦作賔是也又後贈張華荅何劭詩注皆然注抗仙掌與承露茶陵本抗作抗案涉下而誤也表本作抗與此同不誤引之但注承露其以下方注槩字或因據此誤字反欲改西都賦則謬矣聊出之於尤本無施也與賦作以○贈白馬王彪○注日不陽表本茶陵本日不作到洛是也鬱紆將難進茶陵本云難進五臣作何念表本云善作難進何校云難進當從魏氏春秋作何念案此恐善本傳寫有誤踟躕亦何留表本茶陵本云何善作可案二本所見非也善自作何注有明文此不誤或尤校改之也孤魂翔故城注魏志城作域表本茶陵本無注魏志城作域五字正文皆作域茶陵本有校語云善作域表本無案魏志城作域五字當是或記於旁尤誤取添入注故此處脩改之迹尚存也善作城無明文恐尤及茶陵所見傳寫有誤而表所見爲未誤也注太子執報桓榮書曰案執字不當有各本皆衍太子漢明帝也在范蔚宗書桓榮傳○贈丁翼○世俗多所拘表本茶陵本世作時是也○贈秀才入軍○顧盼生姿表本茶陵本盼作盻注同案盻字是也盻爲盻之別體字不知者多改爲盼茶陵改刻如此後又誤成盼也注所以得魚也何校得改在陳同各本皆譌注聲而斲之何校聲改聽陳同各本皆譌注臣則當能斲之表本當作甞是也茶陵本亦誤當注帟平帷也何校帷改帳是也此節注表茶陵二本多脫字不具論○贈山濤○今者絕世用表本茶陵本有校語云用善作人案二本所見非也注有明文此不誤或亦尤校改○荅何劭○注貽爾新詩又陳云又文誤是也各本皆譌注已衰老子曰表本茶陵本老下有也老二字是也流目翫儵魚茶陵本儵作儵注同案儵字是也考莊子釋文作儵爾雅釋文作儵陸於秋水篇引說文直留反謂魚部儵字音然則儵是儵非也表本亦誤儵其注作儵仍不誤○贈馮文羆遷斥丘令○注後漢班固

議曰以漢興已來案漢下當有書字曰下當衍以字各本皆誤在班固傳也借曰未洽茶陵本作給云五臣作洽表本作洽無校語案二本所見皆大誤所載翰注曰給猶足也五臣作給無疑然則善作洽也茶陵本例用善爲正文當作洽而著五臣作給表本例用五臣爲正文當作給而著善作洽今倒錯失理此不誤必尤延之知其非而校改正之非子之念表本茶陵本有校語云非善作悲案二本所見非也注無明文然作悲不可通必善自作非與五臣無異但傳寫誤也此不誤蓋亦尤校改正之也○荅賈長淵○注魯公賈謐表本茶陵本無魯公二字是也注以綱爲喻也案綱當作綱各本皆譌注丁德禮寡婦賦曰案此有誤也前潘安仁寡婦賦屢引丁儀妻寡婦賦其日杳杳而西匿句注引此文然則禮下脫妻字各本皆誤儀字正禮疑一字德禮奏彈王源注引丁德禮勵志賦蓋儀作也又赴洛道中作詩注引丁儀寡婦賦恐亦脫妻字注嗟爾烈祖表本茶陵本爾作嗟是也如玉之闌案闌當作爛善引王逸楚辭注爛然爲注可見也又音爛力旦切皆其證今亦改闌益非茶陵本云善作之闌表本云善作之蘭乃五臣改爛爲蘭改之爲如而云如蘭之芳又轉轉多譌謝靈運擬鄴中集陳琳詩夜聽極星爛善引明星有爛爲注五臣改爛作闌而以爲闌稀表茶陵二本校語具有明文正與此略同矣注賈戒之以木表本賈作潘是也謂安仁所作耳見後茶陵本亦作賈與此同誤注晉克曰何校晉改里陳同各本皆誤○於承明作與士龍○佇盼要遐景茶陵本盼作盻是也表本作盼亦非誤見前俯仰悲林薄案林當作外表本茶陵本云善作外薄迫也言悲自外而來迫也不知者以五臣亂善尤所見非○贈尚書郎顧彥先○注屏翳起雨表本屏翳作荓號是也茶陵本亦誤作屏翳案天問文注王逸曰口屏翳表本曰下有荓字茶陵本有屏字案表本是也此尤脩改而誤注書籍林淵表本茶陵本無此四字○贈顧交趾公眞○注子盍亦遠績禹功表本茶陵本無禹字是也案見左傳釋文善引自如此尤添禹字耳○荅張士然○注敬祭明祀陳云當作敬恭明神是也各本皆誤注晉宮

閣銘曰案銘當作名各本皆譌○爲顧彥先贈婦○翻飛浙江汜表本茶陵本有校語云游善作浙今案各本所見皆非也詳善但引江有汜爲注而不注浙江是江汜連文非浙江連文蓋亦作游與五臣無異傳寫誤也○贈馮文羆○苟無凌風翮徘徊守故林注莊子曰鵲巢於高榆之巔巢折凌風而起表本茶陵本云善無此二句注十六字二本無案此尤延之校添或其所見者有正文二句及注也故林謂吳必作於出補吳王郎中令時故云爾濬安仁爲賈謐作贈詩旋反桑梓帝弟作弼或云國宦清塗攸失亦即此意有者是矣五臣向注誤不具論○爲賈謐作贈陸機○注得百姓之國茶陵本姓作里是也表本亦誤姓注得其姓者案得其當作其得各本皆倒注將軍弱冠登朝表本茶陵本無弱冠登朝四字是也注夫招士以旍大夫以旌表本茶陵本作夫招士以旍五字案當是招大夫以旌之譌尤所添改未是注必之天下英俊表本茶陵本之作於是也吾子洗然案洗當作洒善注中兩字皆作洒雖表茶陵二本所載五臣銑注字乃作洗然則善洒五臣洗各本所見亂之而失著校語善所引禮記玉藻莊子庚桑楚皆本是洒字釋文可證也注郭璞曰山海經注曰表本璞下衍曰字茶陵本無此亦初衍脩去莫匪安恒表本茶陵本云安善作宜案此蓋所見不同今無考但作宜不可通當是傳寫誤也○贈陸機出爲吳王郎中令○注是史也何校史上添良字陳同各本皆脫注其祖弗父何始有國表本茶陵本無此八字注茲恭敬何校恭上添益字下去敬字是也各本皆誤○贈河陽○注以問於密子表本問下有其故二字茶陵本有二字無以字尤初同茶陵而脩去注入果共立爲邑起家陳云立字衍是也案漢書循吏傳共上有然字無立字各本皆誤注能舉居之官職也茶陵本居作君是也表本亦誤居

文選考異卷第四

文選考異卷第五

賜進士出身通奉大夫江南蘇松常鎮太等處承宣布政使司布政使胡克家撰

卷二十五○贈何劭王濟○注毛詩傳曰何校去傳字陳云傳字衍是也各本皆衍○爲顧彥先贈婦○注集亦云爲顧彥先案顧當作全見前卷士衡詩題下注亦者即亦彼也不知者誤謂亦此題而改之耳二陸同作不得歧異明甚今世行二陸合集又將士衡題一槩盡改成顧字則更誤中之誤也表茶陵二本合并此節注入向曰下文句咸失其舊難以取證今不復論注徘徊相佯瞥若電伐陳云佯當作徉相徉見楚辭伐滅誤案所校是也各本皆譌○荅兄機○注不相能也曰尋干戈以相征討表本茶陵本無也下九字案各本皆非見下注以服事夏商表本茶陵本無此五字案此上起左氏傳至末一節注與前卷全同依善例但當云參商已見上文蓋各本皆誤複出尤又從而補之皆非善之舊○荅張士然○注曹植出行曰案出上當有亟字各本皆脫後八公山詩注引可證感念桑梓城表本茶陵本有校語云域善作城案各本所見皆非也城但傳寫誤善亦作域非與五臣有異二本據所見誤字作校語耳注輱軻長辛苦表本辛苦作苦辛是也茶陵本亦誤倒○荅盧諶詩○注段匹磾領幽州牧諶求爲匹磾別駕表本茶陵本無州下牧諶二字及爲下匹磾二字案無者是也尤誤取五臣良注衍字添耳嗣宗之爲妄作也表本茶陵本有校語云妄善作忘案二本所見非也作忘不可通必傳寫誤而尤改正之者長鳴於良樂表本茶陵本無長字案此或所見不同今無所考注適祗適也陳云上適字衍是也各本皆衍厄運初遘案遘當作構表本注作構成也見下其五臣銑注乃云遘遇也各本所見皆以五臣亂善而失著校語尤因此并改注字益非注毛萇詩傳曰遘成也表本遘作構案構字是也所引小雅四月傳文茶陵本刪去此八字大誤注善馬香草何校馬改鳥是也各本皆誤注杜預左氏傳曰陳云傳下

脫注字是也各本皆脫 裹糧攜弱 表本茶陵本此上有不慮其敗唯義是敦八字云善無此二句案各
本所見皆非也詳詩每章十二句傳寫其脫三處非善日無下二處皆經尤校改正之唯此仍其舊為失於檢照也
又疑善尚有注為弁脫一節今注莫可考 注張晏漢書曰 何校書下添注字是也各本皆脫 注
倚篠異幹 何校倚改奇是也各本皆誤 虛滿伊何蘭桂移植 表本茶陵本有校語
云善無此二句案二本所見非也傳寫誤脫說見上尤校改正之其脩補之迹尚存也又疑善亦尚有注莫可考
光光段生出幽遷喬 表本茶陵本有校語云善脫此二句案傳寫誤尤校改正之說見上此二
句善注各本具存益足證非善自無也凡表茶陵二本據所見為校語未嘗謂善眞如此讀者每誤認觀此可曉然
矣 注夫招大夫以旌 表本茶陵本旌作於案正文作於於即旌字陳云上大字衍是也各本皆
衍 ○重贈盧諶○注以激諶素無奇略 何校素上添一謀字是也各本皆脫
注非得公侯 案非當作兆各本皆譌 注巳見謝惠連張子房詩 何校惠連
改宣遠是也表本亦誤惠連茶陵本所復出更非 ○贈劉琨○注宋伯謂晉侯曰
何校宋伯改伯宗是也各本皆誤 注周易繫辭 表本茶陵本辭下有文字是也 注老聃謂
崔瞿曰 案瞿當作臞見釋文茶陵本瞿作瞿依今莊子改未是也表本亦誤瞿 注楚子和氏
案子當作人各本皆誤 良謀莫陳 表本茶陵本謀作謨案此或所見不同今無所考 使是節
士 表本茶陵本使作狹云善作使案各本所見皆非也善自作狹注云故尤而狹之傳寫弁注中皆譌為使乃不
可通此即善五臣無異而當訂正者 注逵志也 陳云志也當作亦樂見幽通賦是也各本皆誤 注道
德於此 何校德改得陳同是也茶陵本作得表本亦誤德 注秦繆公問內史瘳曰
表本茶陵本瘳作廖是也 注夫差以甲兵五千人 何校夫差改句踐陳同是也表本亦誤茶
陵本脫此注 ○贈崔溫○注公宮之長 何校公宮改六官陳同是也各本皆誤 ○
荅魏子悌○注惕惕猶切切也 陳云切切當作忉忉是也所引防有鵲巢二章傳文

各本皆誤 ○荅靈運○注高軒以臨山 案高上當有開字各本皆脫 注伊余
志之懷慢愚 表本茶陵本之下無懷字愚下有兮字是也又茶陵本志作懷亦誤 ○於安城
荅靈運 何校城改成注同陳云城成誤是也各本皆譌 嚶嚶悅同響 表本茶陵本作嚶鳴云善
作嚶嚶案各本所見皆非也詳詩以嚶鳴與上華萼偶句非善獨作嚶嚶乃傳寫誤又何云五臣作嚶鳴向來不知
校語但據所見故何以嚶鳴專屬之五臣耳後酬從弟惠連詩鳴嚶巳悅豫五臣亦作嚶鳴疑彼各本所見善誤倒
注陸機贈馮文熊詩曰 案熊當作羆各本皆譌 注京畿千里 陳云京邪誤案所校
是也正文云封畿即邦畿耳各本皆誤 注跬以一足行為 表本茶陵本無為字是也 注曹
植與吳重書曰 陳云吳下脫季字案非也重即季重例見前 ○西陵遇風獻康
樂○注阿谷之隊隱遁 陳云隱下脫曲之汜三字見前謝惠連泛湖詩注是也各本皆脫
注焉得萱草 案萱當作諼觀下注可見各本皆誤 ○還舊園作見顏范二中書
○注陸機弔魏文帝柳賦曰 何校魏下添武帝文曰庶聖靈之響像魏十一字陳同是
也各本皆脫 注徐羨之等 何校徐上添誅字是也各本皆脫 質弱易版纏 表本茶陵
本版作板音百蠻何校改扳陳云扳扳誤案所校是也注同末當有善音今脫 注衛生之經乎 茶陵
本無乎字是也表本亦衍後脩去之 注司馬彪曰生 茶陵本生上有衞字是也表本亦脫 ○登
臨海嶠初發彊中作與從弟惠連○注文章常會 何校常改賞陳
同是也各本皆譌 注叢聚之也 茶陵本無之字陳云之字衍是也表本亦衍 ○酬從弟惠
連○注善養曰 案養當作卷各本皆譌此讓王篇文也
卷二十六○贈王太常○注若險危大人 表本茶陵本若作以是也 注
山海經曰丹穴之山有鳥焉其狀如鶴五采名曰鳳鳥 案此
二十一字不當有下云丹穴巳見東京賦彼注所引即此文無庸複出明甚各本皆衍以此推之善注夫其舊者案

矣注爾雅曰列業也案爾當作小業當作灾各本皆誤又陳云烈業也釋詁文不當誤引以釋列字蓋五臣本作烈故有此注後誤入李注并說烈為列其說非也表茶陵所載五臣銑烈美也之注自在且引爾雅曰亦不合其例此為善注無疑必小譌作尔乃改灾為業耳○直東宮荅鄭尚書○皇居體寰極表本茶陵本寰作環是也注何異絲桐之閒哉陳云異與誤是也各本皆譌○和謝監靈運○注汀水際也案際下當有平字各本皆脫前登臨海嶠詩注引有可證說文云汀平也并汀或从平韻會舉要曰謂水際平地是矣不知者誤刪之興賦究辭棲表本茶陵本棲作悽陳云棲悽誤是也又二本賦作玩有校語云善作賦案詳善有玩愛也之注則善亦作玩各本所見為誤又案此注玩愛也上引說文云興悅也考說文在女部云嬩說也依善例當引作嬩而下注嬩興異同今本恐經後人竄改致失其舊疑不能明矣○荅顏延年○注侵謂之侵案上侵字當作故各本皆誤○郡內高齋閒坐荅呂法曹○注魏武帝善哉行

曰陳云善哉當作短歌是也各本皆誤○在郡臥病呈沈尚書○簦笠聚東菑表本簦作籉注盡同茶陵本盡作籉案考宋本謝宣城集作籉驗其集如撫机作杭風雲作煙之類與五臣每合是善籉五臣簦表茶陵不著校語者非又善注引毛詩臺笠緇撮傳臺所以禦雨皆作籉而於其下云音臺恐亦經竄改失舊依善例當引作臺而下注籉與臺同音臺也注浮蟻在上洗洗然案洗洗當作洸洸各本皆誤○暫使下都夜發新林至京邑贈西府同僚○注荊州圖記曰當陽東有楚昭王墓表本茶陵本無記當陽東有丘字注登樓賦曰所謂西接昭丘也表本茶陵本無西接二字又陳云曰字衍是也各本皆衍案與彼賦注可互證○詶王晉安○注周易曰表本茶陵本曰上有子字案此尤刪之非○奉荅內兄希叔○注後至行軍參軍陳云後上脫遷字至字衍行軍二字當乙是也各本皆誤注選太子太傅功曹掾茶陵本選作遷是也表本亦誤選寂蔑終

始斯茶陵本有校語云薎五臣作蔑始五臣作如表本正如此用五臣也案薎即蔑削體字耳始字義未安或各本所見善傳寫誤注無明文不可考庶子及家臣何校臣改丞陳云臣丞誤案各本皆作臣詳五臣良注家丞亦家臣也是其本作臣意與下民陳演為協然庶子同是家臣而以及為言殊乖文義恐此詩自通協丞字善並不作臣故但引家丞更無申說也各本皆以五臣亂之而失著校語注致足樂之何校之改也陳同是也各本皆誤注贈盧諶詩曰陳云諶上脫子字案非也此如公幹上稱幹季重稱重之例○贈張徐州稷○注投來修岸垂陳云來當作耒是也各本皆誤注疵痛也陳云痛病誤是也各本皆譌注齊以荊州為北徐州也陳云荊州二字衍案所校是也謂即鍾離之徐州而加北字耳各本皆衍○古意贈王中書○注漢紀曰秦遷於琅邪之皐虞案曰當作由以十一字為一句王文憲集序其先自秦至宋注引琅邪王氏錄云其先出自周王子晉秦有王翦王離云云即所云由秦遷也漢紀漢世也集序離翦之止殺吉駿之誠咸注

引漢書王吉琅邪人即所云漢遷琅邪也琅邪王氏錄者何法盛晉中興書之篇目此注所引晉書未稱何家疑亦琅邪王氏錄文與集序注所引本相承接各本皆誤讀者尠察今特訂正之○贈郭桐廬出溪口見候○湍險方自茲茶陵本險作嶮云五臣作險表本作險案表本所用五臣也此似尤亂之○河陽縣作○連陪廁王寮茶陵本云五臣作違表本云善作連案各本所見皆非也違去也去陪臣而廁王寮也連字不可通傳寫誤耳注浩蕩或為濟蕩音西案此不可通必有譌錯各本皆同他無所見難以正之矣注人生年不滿百案人字不當有茶陵本無表本有人字無年字非害盈猶矜驕表本茶陵本猶作由是也注毛萇詩曰表本茶陵本無詩字是也歸鴈映蘭時茶陵本云五臣作詩表本云善作時陳云時當作詩見前謝叔源遊西池詩注又此注大渚曰沚下疑脫洔與沚同四字亦見前注案陳校云當作洔是也考集韻六止云沚洔或从寺又云洔澌或从時然則必潜詩異本有作澌者或用澌改洔遂誤為時耳非善五臣之不同也注中二沚字皆當作洔蓋毛詩

作沚訓小渚韓詩作詩訓大渚故善引韓及薛君章句以注詩不知沚又誤改詩作沚致與正文歧異大夏緬無覿茶陵本夏作厦有校語云五臣作夏案此即傳寫誤也善作夏注有明文表本及尤所見皆不誤注自今掾吏陳云吏史誤下同是也各本皆譌○在懷縣作○注毛詩曰迄茶陵本詩作蓑是也表本亦誤詩春秋代遷逝何云春秋另一首當提行起陳云春秋以下爲一篇是也茶陵本不誤表本誤不提行其以下仍相連尚未誤劉四句入第一首也尤本非注何謂寵辱寵爲下得之若驚失之若驚表本茶陵本作何謂也爲下得之若驚九字案此尤據王弼注未校添未是也注植根生之屬也陳云植下當有物字是也各本皆脫卷然顧鞏洛表本茶陵本卷作卷云善作卷陳云據此注亦作養爲是案所校是也此但傳寫誤各本所見皆非注公鉏曰敬恭朝夕案日字不當有各本皆衍陳云曰當作然之二字非也善引多節耳○迴大駕○注而蓋即同也表本茶陵本蓋上有帷字是也注蘇武曰陳云武秦誤是

異五　六

也各本皆誤○赴洛○注聽之寂寞表本寞作漠是也茶陵本亦誤寞下寂寞各本皆同亦當作漠餘皆放此慷慨遺安愈案愈當作悆注同各本皆誤據注引東京賦訂也五臣作悆即悆字形近之譌可借爲證注張叔與任彥昇書曰陳云叔當作升升字彥眞見范史文苑傳是也各本皆誤○赴洛道中作○注維進退準繩表本茶陵本維進退作進退惟案此尤改惟爲維而誤倒在上也○始作鎮軍參軍經曲阿作○眇眇孤舟遊表本茶陵本遊作逝云善作遊案各本所見皆非也善亦作逝逝往也遊但傳寫誤非善五臣之不同表茶陵據誤本爲校語耳注孔子行年六十化表本茶陵本化上有而六十三字是也○辛丑歲七月赴假還江陵夜行塗口○注西荊州也案荊字當重各本皆脫不爲好爵榮何校榮改縈陳同今案此依今本陶集校也詳五臣銑注作縈華解是其本作縈善注無明文未知與五臣異同以義求之似當是營應劭注漢書敘傳不營曰爵祿不能營其志引易不可營以

祿虞翻本正如此今本漢書改引易作榮又隸釋載婁壽碑不可營以祿新刻亦改榮是後人多知榮少知營故具集作榮未可據其詠貧士第四首好爵吾不榮不營仍作榮可見榮未必非又榮之誤者也何陳失之○永初三年七月十六日之郡初發都○注何不能攄以爲大罇表本無能字是也茶陵本亦衍注一瓠落大貌表本無一字是也茶陵本亦衍○過始寧墅○注初與郡守爲使符茶陵本使上有竹字是也表本亦脫○富春渚○注則盡諾以報之陳云盡盡誤是也各本皆譌○七里瀨○注甘州記曰下至至嚴陵瀨此十九字表本無茶陵本有案有者是也又廿字疑當作十與後新安江水詩注所引其文例相承接也餘引此書多譌州爲洲皆不知者改耳注未世鎖才兮陳云鎖疑瑣是也各本皆譌注後漢書曰表本茶陵本後上有范曄二字是也○初去郡○注子房之巖棲案子房當作許由各本皆誤注班固漢書曰邴曼容表本茶陵本無班固

異五　七

漢書曰五字邴下有主字案各本皆非依善例當云邴生曼容已見還舊園作無此下養志自修爲官不肯過六百石輒自免去十六字注不悏牽朱絲何校悏改悟陳同今案此疑借悏爲悟已此阮籍咏懷詩注陸機越洛詩曰案越當作赴各本皆譌注戰明貴不如義表本茶陵本戰下有勝字是也○初發石首城○注是曰京師陳云師當作畿因詩有出宿薄京畿句故既引伏記復云爾也案所校是也各本皆誤注善貸且善成茶陵本無且下善字是也表本亦衍晨裝摶魯颸案魯當作曾表本云善作魯茶陵本云五臣作曾各本所見皆非魯但傳寫誤何校改曾陳同是也注又曰莊子曰摶扶搖而上征颸已見上文案又曰下當有脫文征字衍表本與此同誤茶陵本刪又曰二字征颸已見上文六字作楚辭曰溢颸風而上征九字乃複出前在郡臥病呈沈尚書注耳何校全依茶陵改非○道路憶山中○注縱恣而傲誕案縱上當有縱誕一字各本皆脫○入彭蠡湖口○注廣雅曰何校三字改入下欲

蜼也上陳云長揚賦注可據今案此疑中閒本無言乘月而遊至爲翫芳叢之馥四句後來添入乃致舛錯失次也各本皆誤露物衒珍怪案露當作靈表本茶陵本作靈云善作露案各本所見皆非也靈物與下異人偶句非善獨作露但傳寫誤○入華子崗是麻源第三谷○注禄里弟子茶陵本里下有先生二字何校添陳同案此不當添禄里即禄里先生矣表本亦無銅陵映碧潤案潤當作澗表本茶陵本作澗云善作潤案各本所見皆非也潤字不可通但傳寫誤注桓子新論曰陳云下脱天下神人五二曰隱淪九字見江賦注今案蓋注本云隱淪見江賦或記桓子新論於旁而誤改之如此也各本皆誤險逕無測度案逕當作陘注引爾雅山絶陘可證也表茶陵二本作徑其所載五臣濟注云言山徑高險是五臣徑善陘二本以徑字亂善而不著校語尤本作逕同字耳各本又皆改去注中陘字乃誤之甚者也見下條注山絶險案險當作陘各本皆誤此所引釋山文郭注云連山中斷絶也注遊將升雲煙陳云遊逝誤是也各本皆譌注仰羽人於丹丘陳云仰仍誤是也各

異六五

本皆譌恒充俄頃用案恒當作常注引司馬彪莊子注曰常久也可證前道路憶山中詩常苦夏日短表茶陵二本亦作恒有校語云善作常此蓋同彼各本失更著校語遂以五臣亂善而正文與注不相應矣卷二十七○北使洛○注中軍行軍參軍表本茶陵本無行下軍字是也注蔡邕陳寔命碑曰陳云命字誤是也案此不當有碑在五十八卷可證各本皆衍隱憫徒御悲案憫當作閔此善閔五臣憫而各本亂之注中字不誤可證也上文吳州五臣作洲伊穀五臣作瀔表茶陵二本皆以五臣亂善而失著校語尤本不誤此正相同尤獨未經校正失之注韓詩曰周道威遲案此有誤也遊天台山賦琴賦金谷集詩皆引韓詩周道威夷是遲當作夷秋胡詩行路正威遲善兩引毛韓而云其義同此與秋胡詩俱顏作正文遲字無疑恐善既引韓而其下別有遲夷同字之注今失去也注居世亦然之陳云亦然之當作何獨然見魏志植傳注是也各本皆誤○始安郡還都與張湘州登巴陵城樓作○河山信重復表本茶陵本復作復案復復同

字史記漢書複道皆讀複此蓋善復五臣複二本失著校語尤本所見爲不誤也清氛霽岳陽表本茶陵本氛作雰案善引說文雰字爲注其本作雰明甚恐是五臣作氛即資暇錄所言若李注入某字或作某字便隨而改之者也表誤善爲五臣尤誤五臣爲善茶陵近得之而失著校語皆非注說文曰氛茶陵本氛作雰是也此所引气部氛下重文雰字也表本亦作雰但盡改此節其餘氛字爲雰則誤甚注河上有楓何校去河字陳同各本皆衍○還都道中作○注駭瀾浪而相礧陳云瀾崩誤是也各本皆譌○之宣城出新林浦向版橋○注起於蒼州陳云蒼當作滄是也各本皆譌注謝靈運遊南亭詩曰賞心唯良知陳云此十三字乃下賞心於此遇注誤列於此案當在下節注引左傳下各本皆誤○敬亭山詩○注賈誼早雲賦曰案早當作旱各本皆譌陸士衡從軍行注引正作旱此賦古文苑載之注陸機歌曰何校歌改歎陳同各本皆譌注王粲從軍行詩曰案行字不當有各本皆衍○

異五　九

休沐重還道中○注休謂退之名也陳云謂謁誤退字衍是也各本皆誤此即高紀注注濮陽令陳云濮上脱去字令下脱歸字是也各本皆脱注嵇康秀才詩曰陳云秀上脱贈字是也各本皆脱注陸機曰日出東南隅陳云曰字衍隅下脱行字案行下當有曰字各本皆誤注退將復脩吾初何校初下添服字陳同各本皆脱○晚登三山還望京邑○灞涘望長安案灞當作霸注同上篇霸池不可別表茶陵二本作灞大較善霸五臣灞而亂之尤本彼不誤而此未經校正餘亦不悉出也注何爲久淫滯案淫滯當作滯淫各本皆倒○京路夜發○注戒車三百兩表本茶陵本注戒作戎是也班固燕山銘曰案燕下當有然字各本皆脱○望荆山○注淚下沾衣裳案衣裳當作裳衣各本皆誤後燕歌行注引亦然善注之例但取義同無嫌辭倒說見前不知者順正文己轉非也餘引同此不更出更使豔歌傷茶陵本更作再表本作載云善作再案再字是也再使與一聞

偶句五臣改為載以則解之殊失作者之意尤本作更乃誤字耳○旦發魚浦潭表本茶陵本魚
作漁是也注山正曰障表本茶陵本山下有上字是也案此引釋山文彼無山字善添之如前卷引水
正絶流曰亂水字亦添尤蓋校改刪山而誤去上字○新安江水至清淺深見底貽
京邑遊好○注十洲記曰案洲當作州各本皆誤說見新亭渚別范零陵詩下寧假
濯衣巾表本茶陵本此下有校語云善作布衣案二本所見絶不可通必非也此本所見不誤或尤延之據
注及五臣校改正之注紛吾可以濯吾纓案可以濯吾纓當作既有此内美涉下節而舛錯也
各本皆誤注雜子曰陳云子字誤是也各本皆譌七里瀨所引正作字所謂周成雜字者也○從
軍詩○但聞所從誰表本茶陵本聞作問云善作聞案各本所見非也聞但傳寫誤注陸
賈新論曰案論當作語各本皆誤軍人多飫饒表本茶陵本人作中云善作人案各本所
見非也人但傳寫誤注漢書曰魏郡有鄴城縣案曰字城字不當有各本皆衍所引地理

志文也注所願志從之案之字不當有各本皆衍今家語無又志作必注異於是矣
茶陵本異上有人字是也表本自左氏傳下至此并善入五臣甚誤注使子餘茶陵本餘下有相字是也
表本亦脫不能效沮溺表本茶陵本此上有竊慕負鼎翁願厲朽鈍姿云善無此二句何校云五臣本
多二句陳同今案此恐各本所見善傳寫脫正文并注一節也下節注仲宜欲厲節而求仕蓋即指此注葬
我君還公表本茶陵本還作桓是也注眷眷懷歸案歸當作顧各本皆誤前屢引可證注
毛萇詩序曰陳云萇字衍是也各本皆衍注有後令邯鄲何校有改胥陳同各本皆
誤注捐朽摩鈍鉛刀陳云荅賓戲捐朽摩鈍鉛刀皆能一斷鈍字絕句鉛刀屬下讀此恐脫四
字案所校是也各本皆脫○宋郊祀歌○注嚴恭寅畏表本恭作龔案此所見不同茶
陵本亦作恭表本龔字決非後人所為乃善之舊其作恭者蓋依今尚書改善引嚴龔注嚴恭寅畏注責威其下當
更有音義異同之注各本皆刪削失之以致正文與注不相應或欲改正文作寅畏以就之亦非注篗其

遡于陳云于當作兮是也各本皆譌注明王盛德表本茶陵本盛作慎是也注寤寐曰
陳云寐字衍是也各本皆衍注陟配在京陳云陟王誤在于誤案所校是也此但涉正文誤耳注
齊桓公曾不足使扶輪羽獵賦曰案公字不當有輪當作轂羽上當脫撰人姓名
此非楊子雲作各本皆誤○樂府三首注五言案此古辭下不當有五言二字其三首每篇題
下當有之茶陵本後二首正如此前一首又誤移於上亦非表本俱無益非飲馬長城窟行○
書上竟何如表本茶陵本上作中是也○傷歌行○昭昭素月明表本茶陵
本月明作明月是也陳云別本作明月前月賦注後何敬祖雜詩注引皆作明月可證注抑於家案抑
下當有鬱字各本皆脫此所引本傳文漢書可證○長歌行○注魏武帝燕歌行
曰陳云武當作文是也各本皆誤焜黃華蘂衰表本茶陵本蘂作葉是也下篇注引正作葉字○
短歌行茶陵本此下有四言二字案有者是也表本每題下盡無皆非注遷南頓令陳云南頓

當作頓丘案所校是也魏志武帝紀及裴注俱可證各本皆誤蓋東郡之頓丘也注皇帝時宰人
表本茶陵本皇作黃是也但為君故沈吟至今表本茶陵本有校語云善無此二句案所見非
也此詩四句一換韻今與必協不容善獨無之蓋亦脫正文共注一節說具於前尤延之知其誤據五臣補正文故
此處有添改痕跡但疑終失注耳注月明已見上句表本茶陵本見上作上四案各本皆有誤
也疑當作已下否則月明衍耳○苦寒行○注然則坂在太行案則字不當有各本
皆衍凡善注之然即今人之然則前後例如此不知者誤添之○燕歌行表茶陵二本此首在善哉行之
後案蓋善五臣次序不同二本所用是五臣而失著校語耳注宋玉風賦案風當作諷各本皆譌餘
多不更出○善哉行○注寄者固也陳云固下脫歸字是也各本皆脫餘屢引可證注
又毛詩曰茶陵本無又字是也表本亦衍○箜篌引案上五言二字當在此下茶陵本亦誤倒
後三首每題下皆當有茶陵本不誤注吾能尊顯也陳云也之誤是也各本皆譌○美女

篇○注南方草物狀曰案物當作木各本皆誤此猶含所撰注懷秀女案秀當作季各本皆譌洛神賦注引不誤注顏色盛也言美案也言二字不當有各本皆衍前神女賦秋胡詩後日出東南隅行引皆不誤可證也○白馬篇○注臣不若王子城也案當作父各本皆誤此所引呂氏春秋勿躬篇文○名都篇表茶陵二本此首在美女篇之後案蓋亦善五臣次序不同說見前馳馳未能半茶陵本下馳字作騁表本亦作馳案馳行也馳馳猶行行耳騁字蓋後人改之注搯插也表本茶陵本插作挿是也今儀禮釋文亦誤改挿爲插與此正同○王明君詞○注臧榮緒晉書曰下至遂被害案此一節注非善之舊表茶陵二本皆并善入銑曰而如此耳今無可考注魏文帝苦哉行曰陳云文當作武哉當作寒是也各本皆誤注爲復系若騠單于案復下當有株字系當作絫各本皆誤此所引匈奴列傳文也騠作騠蓋別體字注吁嗟默言陳云言當作默是也各本皆誤注思寄身於鴻鸞表本鸞作鸞是也茶陵本亦誤鸞注高誘呂氏春秋曰陳云秋下脫注字是也各本皆脫

卷二十八○猛虎行○注侯瑾箏賦曰案瑾當作瑾各本皆譌侯瑾范史文苑有傳隋志云集二卷箏賦今在藝文類聚初學記皆可證餘亦屢引○君子行○注除其毒而置衣領之中表本作數十衣中四字茶陵本并善入五臣良注與此同案皆非也數十當作綴于尤延之不知字譌取良注以通之非也琴操亦云綴衣領可借證注奇往視袖中殺蜂案視當作就殺當作掇正引此以注掇蜂不得作殺乃良注誤言殺琴操載一云令伯奇掇之可借爲證表本亦譌注使者就袖中案就當作視此與上視就二字互易其處也表本亦譌注藜羹不糝表本糝作斟是也此所引呂氏春秋任數文高誘有注可證注食絜故饋陳云故欲誤表本亦作故今呂氏春秋作而後二字或善引不同耳表茶陵二本所載五臣良注作欲陳以之校善未必是○從軍行○夏條集鮮藻案集當作焦表本云善作集茶陵本云五臣作焦所見皆非也集字於文義全

乖各本但傳寫誤非善如此○豫章行○汎舟清川渚茶陵本川作由云五臣作川表本云善作山案此所見不同蓋尤是二本非或校改正之注昔周公弔二叔之不咸故封建親戚茶陵本無弔二叔之不咸故七字表本無弔二叔之不咸六字案善引經典有節其字句之例尤本專主增多每非是注出是上獨西門案獨當作留表本亦譌茶陵本此一節并善入五臣戶注全失其眞或又據之以改善斯大誤矣今不具論○苦寒行○注山墮也茶陵本墮作墮是也表本亦誤墮○君子有所思行○注難止也案止當作正各本皆譌顏氏家訓引作整可借證也下同注說文曰何校文改苑陳同各本皆誤○齊謳行○注請更諸爽塏之地陳云之地當作者今案當作者也引未綴以也字善每有之各本皆誤注恒豆之俎案俎當作菹各本皆譌注謂百萬中之三也案中當作十各本皆譌○長安有狹邪行○注儁民用康案此有誤也洪範有俊民用章家用平康無俊民用康餘屢引各本亦章康互出蓋章是康非也要予同歸津表本茶陵本予作子是也○長歌

行○注范曄後漢書曰表本茶陵本無此六字案無者是也善例如此引太子報桓榮書之在榮傳谷永與王譚書之在永傳初不稱范班二史也其類甚多此亦尤延之添而未是者注願乘閑而自察表本茶陵本乘作承是也○悲哉行○喈喈倉庚吟茶陵本吟作音云五臣作吟表本云善作音案二本非也上云時鳥多好音古人即不忌複韻此實非其比但傳寫誤尤所見爲是或校改正之也○吳趨行○注而齊右善謳表本右作后是也上注云齊娥齊后也此作后明甚今茶陵本亦作右皆後人誤改又案餘屢引皆作右疑孟子有二本而善兼引之如放踵致於踵兼引之例泠泠祥風過何校祥改鮮云江淹擬詩徵君自序詩曲橋激鮮飆注中引此句作鮮案所校是也茶陵本云五臣作鮮表本云善作祥各本所見皆傳寫譌即善五臣並非有異而誤著校語之例注謝丞後漢書曰案丞當作承各本皆譌○短歌行○注王逸楚辭曰案辭下當有注

字各本皆脫餘同者不悉出　注萍華　案華當作苹表本亦譌茶陵本作蓱萍上作萍始生與今月令合或
其尤表所見自不同也　○日出東南隅行　表本茶陵本此首第十長安有狹邪行第十一前緩
聲歌第十二長歌行第十三吳趨行第十四塘上行第十五悲哉行第十六短歌行第十七案此亦善五臣次序不
同而失著校語　高臺多妖麗　案妖當作姣注同善引呂氏春秋公姣且麗在逢鬱又王逸楚辭注姣好
也在大招姣麗施只下作姣明甚表茶陵二本作妖所載五臣向注云妖美必各本以五臣亂善又盡改注中姣字
作妖而幾於莫可辨識矣今特訂正之　濬房出清顏　案詳注引廣廈邃房是善正文作邃字表茶陵
二本作濬所載五臣濟注云濬深恐此亦以五臣亂善　注曼好目曼澤　陳云好上曼字衍是也此
引王逸語後三十三卷可證各本皆衍　高崖被華丹　案崖當作岸表本云善作崖茶陵本云五臣作
岸其實各本所見皆非也崖字傳寫涉上而誤耳非善如此　注韓詩曰舞則莫兮　陳云莫纂
誤案所校是也前舞賦注引不誤可證　○前緩聲歌○注馮夷大禹之御也

異五　十四

案禹當作丙各本皆誤此所引原道訓文高誘有注云丙或作白不得爲禹明甚後廣絕交論引作丙不誤　○
塘上行○注止于巨樊　陳云巨字衍是也各本皆誤　○會吟行○注控
搽宮引第一　表本無宮字是也茶陵本亦衍案下云具宮引本第二此不當有宮字甚明　注佇
立也　陳云立當作久是也各本皆誤　注前漢書　表本茶陵本無前字是也有者大誤　鷁首戲
清沚　表本有校語云鷁善作鷁其注中亦是鷁字案表所見非也茶陵本皆作鷁無校語當與尤所見具未誤
注闔閭傷馬　陳云馬當作馬是也各本皆譌　○東武吟○注有功卒　陳云卒當
作中卒是也各本皆誤何校去卒字者非此所引李廣傳文　注秦築長安城　表本無安字是也茶
陵本亦衍　倚杖牧雞豘　茶陵本云收五臣作牧表本云善作收案二本所見非也收是傳寫誤尤蓋校
改正也　○結客少年場行　茶陵本此下有五言二字以後六首同是也表本全無者非　注
丹太子　案太字不當有各本皆衍陳云燕丹子書名是也載隋志　注東爲城皐　何校城改

成陳同各本皆譌　○東門行○注日出東門行　案日字不當有各本皆衍　注有
鴻鴈從東方來　案鴻當作鵲各本皆誤今楚策鵲有鵲連文不知者改之永明十一年策秀才文同
誤　注故劌怯　茶陵本怯作隕表本亦作怯案今楚策作隕此怯當是抎字之譌抎隕同字不知者改之
永明十一年策秀才文同誤陳云下脫也字今楚策有　行子夜中飯　表本有校語云善作飲案所見
非也茶陵本作飯無校語與此皆不誤凡此等必詳出以爲合并六臣本校語皆據所見而爲之之證知乎此始能
得善眞矣讀者詳之　○苦熱行○注苦熱但曝霜　案霜當作露各本皆譌　渡瀘
寧具腓　茶陵本腓作肥云五臣作腓表本云善作肥案善引毛詩注具腓又云腓音肥正文自不作肥二本
所見非也此蓋未誤或亦尤校改正之　注還遂　案遂當作逐還逐當謂旋被斥逐今外傳作見逐逐字是
見字恐非　○白頭吟○注越于毫芒　案越當作起各本皆譌　○放歌行○
注郭象注曰　茶陵本象下有莊子二字是也表本亦脫　○升天行○勝帶宦王

異五　十五

城　茶陵本云宦五臣作官表本云宦善作官案二本所見互異尤與茶陵同是也表本蓋非　注先生隨
神士還代　何校士改女是也各本皆譌　注故秦氏作鳳女詞　案詞當作祠各本皆
譌　○鼓吹曲○注兩京賦序曰　案京當作都各本皆誤　○挽歌詩○
注生之高堂之上　陳云生坐誤是也各本皆譌　注天地生也存　何校生也二字
乙轉陳同各本皆倒　○挽歌詩○聽我薤露詩　案薤當作䪥詳表茶陵二本所載五臣銑
注乃作薤其善注中字盡作䪥是善䪥五臣薤各本皆以五臣亂善也尤本幷改注字非見下　注薤露蒿
里　表本茶陵本薤作䪥是也案此尤誤改觀以下此字三見仍皆作䪥改而未盡明矣　注是夢坐奠
於兩楹之閒　案奠字不當有各本皆衍　注友朋自遠方來　茶陵本友作有是也表本
亦誤友論語音義有或作友非可證　注乘其四駱　陳云乘其當作駕彼是也各本皆誤　注海水
經曰　何校水改東陳同今案各本皆作水水疑外字形近之譌但今山海經未見此文無以決定也　注曳

珂鍚茶陵本珂作阿是也表本亦誤珂流離親友思表本茶陵本此一首在重阜何崔嵬一首之前案尤所見不同以文義訂之當倒在上此句與第一首末句相承接尤非二本是也注孔子爲明器者陳云爲上脫謂字是也各本皆脫○歌○注荆軻下至荆卿好讀書擊劒表本茶陵本此三十二字作荆軻者衞人也好讀書擊劒之燕十三字案二本是也此尤延之增多而誤○歌○留置酒沛宮表本茶陵本無酒字案二本非也五臣銑注云沛高祖之里故以置宮是五臣本乃無酒字也善不注考史記漢書皆有酒字裴駰及諸家皆無注蓋置酒自不煩注耳五臣去酒字造此曲說誤之甚者尤所見爲是二本失著校語讀者易惑附辨之如此○扶風歌○我欲競此曲陳云競疑竟誤注同案所校是也表本云善作競茶陵本云五臣作竟各本所見皆非競即竟傳寫誤非善如此○中山王孺子妾歌○注詔賜中山靖王噲何校王下添子字陳同表本亦脫此所引藝文志文也茶陵本并入五臣更非注及孺子妾并陳云并冰誤是也各本皆誤注西都賓曰視往昔之遺館案視當作覛各本皆譌又案此是西京賦必善誤記耳此類多不具出

十六

卷二十九○古詩○注驅馬上東門案馬當作車各本皆誤各在天一涯表本茶陵本有校語云善作一天涯案此所見不同李陵詩云各在天一隅蘇武詩云各在天一方句例相似恐一天誤倒或尤校改正之也注飄風謂之猋案飄當作飈各本皆譌飈飄即扶搖字釋文可證注然輡軻不遇也案軻下當有而留滯王逸曰輡軻八字此所引七諫文又案上句年既已過太半兮巳字亦當有各本皆誤脫不可讀今訂正之注宋玉長笛賦曰案長字不當有各本皆衍注脈相視也案視字不當有各本皆衍此釋詁文脈即覛釋文可證魯靈光殿賦注引脈相視也亦衍脈覛同字也注順彼長道案順上當有又曰二字各本皆脫注漢書景帝曰陳云景武誤是也各本皆誤注白紈素出齊案白字不當有各本皆衍前怨歌行注引無仙人

王子喬表本茶陵本有校語云仙善作小案曲所見不同小字當傳寫誤仙字爲是或尤校改正之眄睞以適意引領遙相睎表本有校語云善無此二句茶陵本有而無校語案此尤與茶陵合與表不合亦即所見不同也但依文義恐不當有四五詹兔缺案詹當作占注云然詹與占同古字通善意謂元命苞之詹與此詩之占同而古字通也其作占明甚後七命注所引正是占字各本所見善作詹皆誤用元命苞詹改正文占而注語不可通重刻茶陵又并改注占爲蟾而善之占字幾亡矣幸表尤二本注不誤得以考正又詹諸字說文及淮南子說林訓皆如此與元命苞正同五臣乃必改爲蟾字甚矣其不通乎古也注爾詞之終耳表本茶陵本耳作也案各本衍之終二字後和王主簿怨情詩注故人心尚爾句注引作爾詞也可證○與蘇武詩○恨恨不得辭表本茶陵本得作能案此蓋所見不同或善與五臣之異今無以考之注若張弓弛弦也案弛當作施各本皆誤○詩○注公文伯卒茶陵本公下有父字是也表本亦脫○四愁詩○注改元嘉七年茶陵本元嘉作永建是也表本亦誤元嘉注魏郡豪右李竟案右字不當有各本皆衍此所引宣帝紀文又見於霍光傳俱無右字善意取文穎之注以解豪右自在下不知者誤并添此注文類曰表本類作穎是也茶陵本亦誤類屈原以美人爲君子何校屈上添依字茶陵本云五臣有依字表本云善無依字案各本所見蓋傳寫脫耳何云五臣有依字就校語而云然注漢書曰有太山郡案曰字不當有各本皆衍注漢書曰天水郡何校漢上添續字是也各本皆脫注說文曰佩巾也陳云曰下脫巾字是也各本皆脫○雜詩○南行至吳會表本茶陵本南作行云善作南案上句言東南行則下不得單言南行甚明各本所見皆傳寫誤也非善如此○朔風詩○素雪雲飛表本茶陵本雲作云云善作雲案各本所見皆傳寫誤素雪與朱華偶句云飛與未希偶句假令作雲殊乖文義非善如此也注范曄後漢書表本茶陵本無此五字案無者是也善有其例說已見前注毛詩曰載離寒暑案當作寒著巳見鸚鵡賦表本正如此但誤在上節注末而此仍複

十七

出則非茶陵本誤與此同○雜詩○注此六篇下至在鄴城思鄉而作案此三十字於善注例不類必亦并善於五臣而如此其中兼多譌錯各本盡同無可校正何校鄴改鄴陳同天路安可窮表本茶陵本有校語云可善作何案二本所見非也何但傳寫誤注武毅發沈憂案憂下當有結字各本皆脱此以三句爲一句注生南國何校下添分南國二字案依善例當添臣逸曰南國五字各本皆脱注音響何太悲案何太當作一何各本皆誤○雜詩○注虛無形案虛下當有而字各本皆脱遊天台山賦注引有○雜詩○注日昏東壁中表本無日字是也茶陵本亦衍○園葵詩○注救之免表本茶陵本免下有死字是也○思友人詩○心與迴飈俱茶陵本飈作飄云五臣作飈表本云善作飄案飄字於義未當恐二本所見傳寫誤或尤校改正之也○感舊詩○注此篇感故舊相輕人情逐勢案此十一字不當有乃五臣注也表本茶陵本所載此上之善日善字誤耳尤延之取以添入非

文選五　十八

注鳥皆集於苑案鳥當作人各本皆誤郡士所背馳案郡當作羣茶陵本云五臣作羣表本云善作郡各本所見皆傳寫誤何云當從五臣作羣陳同皆就校語而云然其實善亦作羣○雜詩○注古長歌行曰案長當作傷見第二十七卷各本皆誤○雜詩○注於是乎知有天道可必乎陳云當垂天道二字是也各本皆脱注价人爲藩表本爲作維茶陵本作惟案維字是也羊質復虎文表本茶陵本復作服是也○雜詩○注沖于時下至故作此詩案此二十字於例不類非善之舊必亦并五臣也今無以考之○雜詩○迴飈扇綠竹案飈當作猋茶陵本云五臣作飈表本云善作猋尤誤以五臣亂善也猋飈同字鮑明遠放歌行注云爾雅或爲此猋飈與猋同古字通也古詩十九首注云爾雅或爲此飈園葵詩歲暮商猋飛與此善皆不更注因前已詳也五臣槩盡改猋爲飈非餘做此求之注名赤縣中州也陳云中神誤是也各本皆誤注無爲無治表本下無字作而是也茶陵本亦誤無注如常陰曀

然案曠字當重各本皆脱歐駱從祝髮案歐當作甌茶陵本云五臣作甌表本云善作歐詳二本注中皆爲甌字是善亦作甌各本所見正文歐乃傳寫誤考史記東越列傳作甌漢書同不得作歐也注鄭元毛詩曰茶陵本詩下有箋字是也何校添陳同表本亦脱注及王遵爲刺史陳云注中遵並當作尊案此依漢書校各本皆作遵漢高祖功臣頌注引王遵贊似善不與顏同也入聞鞞鼓聲表本茶陵本有校語云聞善作開案開字爲傳寫譌自不待言此必尤校改正之搖我衡門依表本茶陵本依作衣云善作依何校云當從五臣作衣案五臣之作衣其所注有明文而此字善不注仍無以考之但依字於義未當恐各本所見亦傳寫譌耳注潦注吾官也今案今當作利各本皆譌此所引在呂氏春秋召類篇有渰興南岑陳云據注渰與弇同則詩中渰字當作弇兼有三十一卷江文通擬張黃門詩并注參證案所校是也弇字見釋文又韓詩作弇見外傳王伯厚詩考中采之雜體詩表茶陵二本校語云五臣作渰彼良注及此向注皆是渰字必五臣因渰與弇同之語改此爲渰後來以之亂善遂失著校語也注

文選五　十九

月口經于箕表本茶陵本無空格此初有衍字而去之注楚芻牧茶陵本楚作禁是也表本楚亦誤注練絲曰纑也表本茶陵本絲作麻是也卷三十○時與○注莊子曰萬物並作表本茶陵本莊作老是也注子曰以虛靜案子當作又各本皆誤注莫而清平茶陵本莫作漠是也表本亦誤莫此引知北遊文注泊無也案無下當有爲字各本皆脱子虛賦注引怕無爲也可證又案怕說文在心部或此及上引廣雅皆本是怕字○七月七日夜詠牛女○注徒頰切表本茶陵本無此三字案二本非也此亦善音刪削僅存者凡尤有二本無皆做此注牛女爲夫婦表本作牽牛爲夫婦案當是爲五脱夫織女爲四字洛神賦燕歌行注引可證此所改非茶陵本誤與尤同注彌盡也案盡當作益此所引士冠注也各本皆譌○南樓中望所遲客○佳人猶未適茶陵本猶作猷有校語云五臣作猶表本作猶案表用五臣也尤以亂善非○齋中讀書○注我

教瑕豫之事君幸之茶陵本教下有茲字無幸之二字是也表本亦誤脫衍○石門新營所住四面高山迴溪石瀨脩竹茂林詩○注滑美貌也何校滑改醑陳同各本皆誤案此疑作滑善仍有滑醑異同之注而未全也肯胥之別體字庶持乘日車茶陵本持作特云五臣作持表本云善作特又表本茶陵本車作用案此句當云庶持乘日用表茶陵二本所見持傳寫誤特尤校改是矣其用字不誤尤改爲車則本非也乘日二字連文乘日用者乘日之用靈運所作擬王粲詩云豈願乘日養句例正同亦言乘日之養也善注云乘日已見上又此注云車或爲居者乃說所引之莊子非謝詩有車字莊子釋文云元嘉本作居最爲明證尤延之失考遽改正文大失謝及善意又案五臣向注讀日用連文其義雖謬而文非譌二本皆不云與善有異可知所見未改亦可借證矣○雜詩○注劉渠曰何校渠改楨陳同是也各本皆譌案餘履引可證注日暮不從野雀棲案日字不當有各本皆衍○數詩○注行幸甘泉賦曰案甘泉當重各本皆脫注戾舊邦也陳云戾上當有言字各本皆脫注張衡舞賦曰歷七盤而屣躡案此十一字誤衍下云七盤已見陸機羅敷歌茶陵本複出之如此尤表兩有者非注國語曰鄭伯納女樂二八案此十字誤衍下云歌鍾已見魏都賦茶陵本複出之如此尤表兩有者非注善見理不拔表本茶陵本見作建是也○翫月城西門解中○注故曰歸本案本當爲華各本皆誤金壺啓夕淪表本云善作臺茶陵本作臺云五臣作壺案二本所見非也尤依注校改正之矣○始出尚書省○注繼文王之體表本茶陵本繼上有是子也三字無王字案當補王字耳是子也尤誤刪注誰爲茶苦案爲當作謂各本皆誤注曹顏遠感時詩曰陳云時當作舊各本皆誤○觀朝雨○注有蛾氏何校蛾改娥是也各本皆譌○郡內登望○注自飲食也案飲當作飫各本皆譌○和伏武昌登孫權故城○注漢儀禮志曰案儀禮當作禮儀各本皆倒此所引司馬彪志文漢

上疑尚脫續字注戰盼相殺何校坂改攻是也各本皆譌俯仰流英盼案盼當作眄表本作眄云善作盼茶陵本云五臣作眄各本所見皆非也善引好色賦注流眄其本不作盼明甚傳寫正文及注皆誤校語遂謂善五臣之異而讀者莫察矣眄即眄別體凡此字多譌爲盼注竊視盼案視下脫流字盼當作眄見上各本皆誤賦在第十九卷也注視定北準極陳云視上脫南字是也各本皆脫幸籍芳音多表本籍作藉是也茶陵本亦誤籍注常與汝入往陳云女下脫出字往下脫來字是也各本皆誤○和王著作八公山○注謂山在澤東是也案此七字不可通蓋後來駁善注之語而誤錯入耳各本皆衍否則當作非謂山在澤東也而誤日隱澗凝空案凝當作疑宋本謝集正作疑此疑空與如複偶句各本作凝但傳寫誤耳表茶陵二本所載五臣翰注云澗晴如空也詳其意亦不作凝凡諸家集中異同并可書一故每不稱說此條不同其例所言各有當者矣注高丈長曰堵茶陵本長下有丈字是也表本亦脫注盜賊強盛陳云盜氏誤案所校最是氏苻秦也不知者改之各本皆作盜其誤久矣注羣謝鍾何校羣改陳郡二字陳同是也各本皆誤述祖德詩注引可證○和徐都曹○注昧旦出新渚案新下當有亭字各本皆脫謝集有注言用我之利陳云利下脫邦字是也各本皆脫○和王主簿怨情○注上山採蘪蕪案蘪當作蘪正文蘪表茶陵二本校語皆云善作蘪可見注中自是蘪字也尤表注作蘪乃涉五臣而誤茶陵注并入五臣更不可別蘪蘪同字耳凡善五臣有異雖同字亦必較然不可混其例有如此故人心不見案人心當作心人表本茶陵本作心人云善作人心各本所見皆非也上句故人心尚爾承生平一顧重言之謂辭寵之未嘗易操也此句故心人不見宿昔千金賤言之謂相逢之遽已毀價也此情之所爲怨也傳寫下句涉上倒兩字絕不可通非善如此五臣之注其義甚謬而文未誤可借爲證謝集故心人不見注云一作故人心不見取六臣合并本文選而云然耳○和謝宣城○揆余發皇鑒何校鑒改覽注同案所校是也離騷善作覽五臣作鑒表茶陵二本有明文此善引彼爲注作覽甚明蓋亦五

作鑒白與其離騷同各本以亂善又改注非也西征賦皇鑒及注同此注漢書典職曰何校
皆改官陳同是也各本皆譌注香草名也表本茶陵本無名字是也注皆魂神所交
也表本無皆魂二字案無者是也所引周穆王文五臣向注乃有此二字尤延之誤取耳茶陵本注并入五臣更
不可○應王中丞思遠詠月○綢軒映珠綴茶陵本有校語云善作朱
別表本無校語案二本非也善作珠故云此當爲朱綴今並爲珠五臣因此改爲朱故云以綱及朱綴而飾之茶陵本
大例當作珠而云五臣作朱表本大例當作朱而云善作珠今皆錯誤唯尤本爲是又案五臣注中字表本作朱不作
誤重刻茶陵者并改成珠幾莫可辨矣此更誤中之誤也注楚闈局案楚當作禁各本皆譌所引外戚傳
文注玉陛苦案陛當作階各本皆譌所引外戚傳文○冬節後至丞相第諮
世子車中○注說文曰高車案說文當作釋名各本皆誤所引在其釋車篇中也○
詠湖中鴈○注鴈飛則乃成行表本茶陵本無乃字是也○擬古詩○

靡靡江離草茶陵本校語云五臣作離表本校語云善作離案尤所見與表同考史記漢書子虛賦離
字皆不從艹楚辭章句及補注亦然必善離五臣蘺也前第七卷及後卅二卷諸蘺字疑各本以五臣亂善矣○
擬四愁詩○注皆名琴也表本茶陵本琴作器是也○擬魏太子鄴中
集詩○漢武帝陳云帝下脫時字今案所說非也表本云善無時字茶陵本云五臣有時此非善傳
寫脫句例自不與上同無煩依五臣添注却爲一集何校却改都陳同是也各本皆譌注王
仲宣從軍戎詩曰案戎字不當有各本皆衍注楊覺寐而中驚茶陵本楊作楊表本
亦作楊案皆非也當作惕長門賦惕寤覺而無是兮句略相似可借爲證外物始難畢案畢當作必善
引莊子外物不可必爲注作必明甚其五臣向注云不畢所願是五臣乃作畢各本以亂善而失著校語棲集
建薄質何校云呂周翰注中有延及之語則建者逮字之訛耳案此疑善建五臣逮而失著校語但善既不
注無以考之永夜繫白日何校云以注觀之繫當爲繼案茶陵本云五臣作繼表本云善作繫蓋各

本皆傳寫譌否則善當有繫繼也之注而刪削不全注王逸晉書陳云逸隱誤皆也各本皆誤注
公還軍官渡案渡當作度下同各本皆譌說詳後九錫文下注此桒大艦上何校此上
添於字是也各本皆脫注延露已見上表本此下有說文曰蘭閑也六字茶陵本無蓋并入五臣
注而脫之有優渥之言表本茶陵本有上有故字案此所見不同今無以考之鳴葭汎蘭
汜表本茶陵本葭作笳案二本非也善引鳴笳爲注是葭即笳之假借字或未後尚有葭笳異同之注今刪削不
全五臣乃作笳向注笳笛也別造此解而改字從竹最不足憑二本以亂善非又案西京賦校鳴葭王元長曲水詩
序揚葭振木荅蘇武書注說文作葭可以彼此互證

文選考異卷第五

文選考異卷第六

賜進士出身通奉大夫江南蘇松常鎮太等處承宣布政使司布政使胡克家撰

卷三十一○効曹子建樂府白馬篇○注孫巖宋書曰何校孫巖改沈約陳同案濟注引沈約茶陵本幷善入五臣何陳皆據彼改其實非也隋志載孫巖宋書六十五卷唐志亦載之巖即嚴也袁本與此正同○効古○注毛詩傳曰案毛下當有萇字各本皆脫○擬古○注魏文秋胡行曰案文下當有帝字各本皆脫○和琅邪王依古○注往往離宮袁本茶陵本往往作遥遥案當作迸迸形近之誤尤改未是○注郭象注莊子曰袁本茶陵本注字在子字下是也○擬古○注所以藏箭謂之服所以盛弓謂之韇袁本茶陵本箭下有弩字弓上無所以盛三字案二本是也今方言正如此弓謂之韇蒙上所以藏爲文注其樂可量也茶陵本可上有不字是也袁本亦脫道德亦何懼袁本茶陵本德作得云善作德案各本所見皆非也善引不以其道得之爲注作得甚明德但傳寫誤伐木青江湄袁本茶陵本青作清是也注河水之清且漣漪兮茶陵本無之字兮字是也袁本亦衍○代君子有所思○注變出無聞案聞當作閒各本皆譌注張叔及論案叔及當作升反各本皆譌張升字彥眞范蔚宗書有傳在文苑前魏都賦後與山巨源絶交書注皆引反論不誤可證也左傳疏所引賓爵下革云云今本或作皮皆反之譌○効古○注或失道陳云或惑誤是也各本皆譌注乃我者自失道案者字不當有今漢書無各本皆衍○雜體詩○注雜體詩序曰袁本茶陵本有幷序二字在前雜體詩二十首下無此五字其以下全載序作正文乃五臣從文通集取之添入耳袁本有校語云善序與此同仍簡略更不錄可爲顯證茶陵本不著校語大誤尤所見得善注之眞最是注虞義送別詩曰陳云義當作羲是也各本皆誤注淵魚鱗魚也袁本茶陵本鱗作鱓是也注人心罔結袁本茶陵本罔作同

案皆非也當作固注君之澤未流茶陵本未作不下二字是也袁本亦誤未去鄉三十載袁本茶陵本二作三案各本所見非也考仲宣以初十西遷後之荆州至建安十三年劉琮以荆州降垂二十年故云爾至注所引去鄉三十載但取語意相同爲證不限二三互異也或因此改正文作三遂與仲宣去鄉年數弗符非善如此其五臣無說反存詩舊今借以正之注蜩與鷽鳩笑之茶陵本鷽作鸒下同袁本作鷽與此同案作鸒者是也莊子有兩本一作鷽音於角反一作鸒音預俱見釋文此引作鸒之本爲注不知者以鷽改之又案下注引詠懷詩鸒斯飛桑榆海鳥運天池云云是嗣宗讀莊子從鸒文通擬之亦然無疑矣潘黃門悼亡袁本茶陵本悼亡作述哀案二本是也後擬郭璞遊仙注云已見擬潘黃門述哀詩可證此蓋尤誤改注楚詩曰青春爰謝何校詩改詞陳同是也爰當作受各本皆譌馳馬遵淮泗袁本馳作驅云善作馳茶陵本云五臣作驅案各本所見皆非也善引驅馬悠悠爲注馳但傳寫誤注實河海源也袁本茶陵本河作唯何校唯改河去海字案此尤改海爲河而誤當唯字

處耳唯河當兩有注曹子建求通親表曰袁本茶陵本通作親案此尤添通字而誤改去上親字耳當兩有作求通親親注陽九日案九下當有厄字日當作曰各本皆脫誤注易傳所謂陽九日厄會也袁本茶陵本日作之是也會上當有百六之三字所引即孟康注各本皆脫時或苟有會袁本茶陵本或作哉是也注馮衍顯志序曰案志下當有賦字各本皆脫注如鼓琴瑟茶陵本琴瑟作瑟琴是也袁本亦誤順正文案善注例不拘語倒已詳前注出於暘谷案暘當作湯各本皆譌餘屢引可證張廷尉案張當作孫茶陵本有校語云張五臣作孫袁本本亦作張無校語考此三十首善於其人之不見選中者必爲之注如許徵君休上人是也其劉琨郭璞稱贈官亦必爲之注善例精密乃爾綺果別有張廷尉綽不當反不注可見善自作孫因遊天台山賦下注其尋轉廷尉卿訖故不須注也袁本所用正文係五臣而字作張疑五臣乃誤爲張茶陵本校語恐倒錯何校云五臣作孫是陳同誤認茶陵校語爲善眞作張五臣眞作孫雖知江題之作孫而未得善理也注於身無窮陳云於終誤是

也各本皆譌所引天下篇文 注若其可折 案折當作析下同各本皆譌 注角里先生 表本角作角案角是角非也廣韻一屋云角里先生漢書四皓又音覺可見宋時尚別無角字表本係後改耳茶陵本不誤與此同前入華子崗詩注載山居圖作祿史記索隱引孔安國祕記亦作祿祿角古字通今漢書索隱以及法言等每爲人改成角而王震澤刻史記未譌隸釋四皓神祚机字彰宋本作角極其明晝近亦改角恐讀者習見誤本附訂之如此 注見一丈夫 何校夫改人是也各本皆譌所引天地篇文 注時人皆欽愛之 表本茶陵本人下有士字是也 注動於靜故萬物離並動作 何校於上添起字離改雖陳同是也各本皆脫誤 碧鄣長周流 茶陵本鄣作障表本云善作障案此所見不同靈運晚出西射堂詩作鄣注引上正鄣丘希範旦發漁浦潭詩作障注同此擬謝似宜爲鄣也五臣改作嶂蓋不知鄣障皆與爾雅釋山之章通用 注子虛賦曰石則赤玉玫瑰 表本茶陵本作上林譌曰赤玉玫瑰也案此尤延之檢本篇而改其實善誤記亦每有之 注莫與智者論 案莫當作輿各本皆

攷異六　三

誤 重陽集淸氣 表本茶陵本氣作氣云善作氣案詳下云氣生川岳陰文必相避蓋善自作氣與五臣非有異但傳寫譌氣各本所見皆非 測恩躋踰逸 表本踰作愉云善作踰茶陵本云五臣作愉案善以翫樂注之是自作愉非與五臣有異但傳寫譌踰各本所見皆非陳云踰愉誤得之 榮重餽兼金 茶陵本才云五臣作承榮重兼金表本云善作榮重餽兼金案各本所見皆非也承榮與巡華儷兼金與盈瑱儷重過同意善不容與五臣有異作榮重餽兼金全非句例必傳寫誤也 注獻康樂詩曰 案獻上當有謝惠連三字各本皆脫 岧亭南樓期 案岧當作苕苕亭即西京賦所謂狀亭亭以苕苕彼注云高貌也蓋單言之則曰苕亭重言之則曰苕苕亭亭字義全同不煩更注又苕苕屢見俱不作岧但傳寫形近譌耳表本茶陵本皆作苕云善作岧五臣於重言者多改爲迢迢而此以單言不改正與善同各本所見皆非 注又詩序曰 表本茶陵本無詩字是也 注孔安國尚書曰 案書下當有傳字各本皆脫 注又訓 謝惠連詩曰 表本茶陵本無謝字是也 鍊藥矚虛幌 案鍊當作練注云鍊與練古字通謂

詩之練與所引說文金部之鍊通也若正文先已作鍊無煩此注矣必五臣改爲鍊各本所見亂之而失著校語凡五臣每以注改正文也又四子講德論精練藏於鑛朴五臣作鍊正與此同 注又集略曰 案又當作文字二字各本皆誤隋志云文字集略六卷梁文貞處士阮孝緒撰七命注亦引此正作文字可證 注以帛萌窗也 陳云萌明誤是也各本皆誤案七命注引作明可證 注敬恭明祀 案祀當作神各本皆誤 甿謠響玉律 案甿當作萌茶陵本作萌云五臣作甿表本云善作萌尤本以五臣亂善失之說已見前長楊賦遐萌下可互證也 注觀北湖田牧詩曰 何校牧改收陳同是也各本皆譌 徙樂逗江陰 茶陵本云樂五臣作藥表本作藥云善作樂案各本所見皆非也下有丹泉術紫芳心之云此言藥無疑表本載五臣翰注云徙藥行藥也又載善注徙樂行樂也茶陵但載善徙樂行樂也五臣刪此一句當是正文善自作藥與五臣不異其五臣之注爲全襲善語傳寫誤善正文及注作樂據之作校語者不辨尤亦同其誤也鮑明遠有行藥至城東橋詩在二十二卷 注廣雅曰藹藹盛貌 表本茶陵本無此七字

攷異六　四

注郭璞曰蒼蒼 案蒼蒼二字不當有各本皆衍 休上人別怨 表本茶陵本別怨作怨別是也 帳望陽雲臺 陳云陽雲二字當乙今案陳所說非也注引楚王乃登雲陽之臺善例既不拘語倒難以據改又子虛賦茶陵本作雲陽有校語云五臣作陽雲表本作陽雲無校語考史記漢書皆作陽雲恐茶陵及尤所見未必非傳寫誤此注亦然其不當輒改決然矣

卷三十二○離騷經○注辟爲幽也 案爲字不當有各本皆衍楚辭注無 紉秋蘭以爲佩 表本云逸作紐茶陵本云五臣作紉下豈惟紐夫蕙茝校語同案各本所見皆非也此紐楚辭作紉下載舊音女陳反洪興祖補注女鄰切又下文矯菌桂以紉蕙兮各本盡作紉蓋紐但傳寫譌耳凡楚辭及善引逸注不必全同而文選今本傳寫之誤或失文義仍當相正下倣此 注言己脩身淸潔 案潔當作絜各本皆誤注多作絜必逸自用絜後改之而絜潔錯出非餘不更出 何不改此度也 表本茶陵本改下有其字案表用五臣也校語云逸作何不改此度也與尤正同茶陵本以五臣亂之非楚辭何不

改乎此度也洪與祖本何不改此度當各依其舊讀者易或故詳出之注以偭用天地之道何校偭改循陳同楚辭注作循案上云遵循也循字是也循偭二字羣書多混前人論之詳矣注論傾危也陳云論喻誤又風爲號令以論君命行媒論左右之臣也同案喻論通用或逸自用論下以論國也以論君也故以香爲論故以論君表本皆作論茶陵本皆作喻楚辭注亦喻論錯出注言呑陰陽之精蘂案洪與祖本楚辭注無言字陰陽作正陰是也各本及單行楚辭注皆誤注哀念萬民表本茶陵本民作人下注終不見省察萬民善惡之心又觀萬民之中又足以觀察萬民忠佞之謀同案人字是也正文人亦善避諱改字不得注作民衆女嫉余之娥眉兮表本茶陵本娥作蛾注同案楚辭作蛾悔相道之不察兮表本云逸無兮字茶陵本云五臣有兮字案二本非也校語言逸本猶其言善本皆但據所見楚辭有兮字此尤延之校改正之注言及旋我之車案及當依楚辭注作乃各本皆譌注反迷己誤欲去之路案反迷己當依楚辭注作及己迷各本皆誤注外有玉

澤之質表本茶陵本外作內案此尤本誤字注使家臣衆逢蒙案當依楚辭注去衆字各本皆衍注殷宗遂絕不得久長也表本茶陵本無絕字案楚辭注有偭繩墨而不陂表本茶陵本陂作頗注同案此尤延之改也楚辭正作頗洪與祖云頗一作陂爲尤所據謂引易曰無平不頗其字宜作陂耳詳逸引羣經不必與今同改者未是偭當作循表本云逸作偭茶陵本云五臣作循詳逸注循用先聖法度各本皆同是逸作循不作偭校語所見實傳寫譌也單行楚辭注亦譌洪與祖本作循云循一作偭注有道德之者何校之改人陳同茶陵本作人表本注作之楚辭注無此字案疑無者是也衣皆謂之襟案皆當依楚辭注作背各本皆誤文出爾雅釋器考釋文背才細反又子移反不得作皆詩鄭風正義引作皆其誤正與此同注言己覩禹湯文王偭德以興天案當依楚辭注己下添上字與下去天字各本皆誤注情合眞人表本茶陵本情作精案此尤本誤字注淹塵埃而上征表本茶陵本淹作掩案上溘猶奄也各本皆同疑此亦作奄與楚辭注皆作掩者不同

注神山淮南子曰縣圃在崑崙閶闔之中表本茶陵本作神山也在崑崙之上淮南言崑崙縣圃案二本是也尤延之所校改非楚辭注可證南下彼有子字非注乃維上天表本茶陵本作雖乃通天案今楚辭注作維絕通天洪與祖本作維絕乃通大補注云一無絕字一本乃作絕尤延之據淮南天文訓云乃維上天以校改不知逸所引不必與今同也路曼曼其脩遠兮表本茶陵本曼曼作漫漫注同案楚辭作曼洪與祖云釋文曼作漫云云此蓋善曼五臣漫二本所見以五臣亂善而失著校語注淮南子言日出暘谷案暘當作湯各本皆譌楚辭注作湯此天文訓文史記索隱引之以明湯谷之有證淮南不作暘也大問云出自湯谷楚辭亦不作暘也吳都賦包湯谷之滂沛歎逝賦望湯谷以企予文選亦不作暘也唯五臣不知有湯谷凡遇此字必用古文堯典改爲暘表茶陵二本校語可考善注中湯字亦閒爲所亂猶今本淮南之爲後人改作暘矣又注皆出表本茶陵本無子字是也楚辭注有與此同衍仁義表本茶陵本仁義作於仁案二本是也楚辭注作於仁義亦衍義字注淮南曰弱水表本

茶陵本曰作言案二本是也以此例之上注淮南子曰白水云云子曰二字亦當作言各本皆誤楚辭注二處皆作子言亦衍子字注洧盤水名也表本茶陵本盤作槃是也案此因正文五臣作盤誤混善注楚辭作盤洪與祖曰盤一作槃注來去相弃案當依楚辭注來下有違字各本皆脫洪與祖本作來復弃去殊誤注偃蹇高意表本茶陵本意作皃案此尤本誤字注鴆惡鳥也明有毒殺人案惡鳥當依楚辭注作運日此因五臣向注作惡鳥不知者誤混善注又明當依楚辭注作抈亦不知者因形近誤之各本皆同注受禮遺將案將下當依楚辭注有行字各本皆脫注少康留止有虞案少上當依楚辭注有幸若二字各本皆脫注是不欲遠去貌案貌當依楚辭注作意各本皆誤注懷襄二世不明表本茶陵本世作葉案二本是也此亦善避諱改字注糈精美表本茶陵本美作米案此尤本誤字注紛然近我表本茶陵本近作迎是也表本亦誤近案楚辭注作迎注知己之意表本茶陵本意作志案此尤本誤字注告我當去尤吉善

也何校改尤作就陳云楚辭注作就爲是各本皆譌注力能調和陰陽陳云力乃誤是也楚辭注作乃各本皆譌注言臣能中心常好善表本茶陵本臣作誠案此尤本誤字注寧戚方飲牛茶陵本飲作飯是也表本亦誤飲案楚辭注作飯注鷤弟鴂桂表本茶陵本無此四字有弟桂二字音在正文下案二本乃五臣音也詳此篇注中諸音切蓋善既載王注兼載舊音今本改易刪削多失其眞無以正之此四字或善所有恐當如筳音廷尊音專之例單行楚辭鷤作鵜下載舊音云鵜題音鴂決音文既互異難以爲證矣又況揭車與江蘺案蘺當作離上扈江離無甘似不當歧異也楚辭二字皆作離洪興祖補注云文選離作蘺謂五臣也表茶陵二本正如此但皆不著校語蓋非注此誠可貴兹表本茶陵本兹作重是也案此尤本誤字注言我願及年德方盛壯之時周流四方覩君臣之賢欲往就之表本茶陵本無此二十四字案此尤延之據楚辭注添之詳文義當是二本脫也揚雲霓之晻藹兮茶陵本揚下有志字校語云五臣無表本校語云逸有案二本非也楚辭無此尤延之校改正之洪興祖云一本揚下有志字即指表茶陵校語所見而言實誤本也注平聲表本茶陵本無聲字案此疑是五臣音單行楚辭亦不載凡音之在正文下者均非善舊蓋合併六家每因正文下已有五臣刪削注中之善而善與五臣始糾錯不分逮後單行善本入於正文下音多所刪削於是或眞善音以改易其處而被去或非善音而刪削不及則仍存均難以一一考之矣全書表茶陵音與尤每不同者此其大概也爲之舉例不更悉論云○九歌○注必擇吉辰之日何校辰改良案楚辭注作良何據之是也各本皆譌注兼衣言青黃五采之色案當依楚辭注去言字各本皆衍望夫君兮歸來表本歸作未云逸作歸茶陵本云五臣作未案各本所見皆非也詳逸注言已瞻望於君而未肯來是逸作未不作歸但傳寫誤耳楚辭作未洪興祖云未一作歸亦非注屈原思神略垂案垂當依楚辭注作畢讀於畢字句絶各本皆誤少司命悲莫悲兮句注亦有此語可證承荃橈兮蘭旌案承衍字也楚辭無洪興祖補注云諸本或云乘荃橈乘一作承或云采皆後人增其誤

異六 七

是也因逸注有乘舟船之語誤添正文耳後又作承即此本又作采即五臣本也表本云逸作承茶陵本云五臣作采據所見爲校語非鳥萃兮蘋中何校萃上添何字陳同案楚辭有何字又洪興祖云一本萃上有何字何陳據之也表茶陵本皆無洪興祖本楚辭亦無此仍當各依其舊不必添也慌忽兮遠望案慌當作荒詳逸注云言神鬼荒忽各本皆作荒是善作荒也表茶陵二本正文作慌所載五臣句注字同是五臣作慌也單行楚辭作慌惚下載舊校一作荒忽洪興祖本作荒忽云荒一作慌忽一作惚荒慌同字但既善荒五臣慌便屬分別不因同字而可相亂也凡善五臣之所謂異皆準此例矣注擗折也茶陵本折作析是也表本亦誤折下同疏石蘭以爲芳何校以改兮案楚辭以作兮何據之也表本兮以兩有云逸無兮茶陵本云五臣有兮據所見爲校語也洪興祖云一本兮下有以字即五臣本一云疏石蘭以爲芳即此本卷三十三○九歌○與汝遊兮九河衝飇起兮水揚波何校云洪興祖謂此二句河伯章中語王逸無注古本無此二句陳同案其說是也詳五臣濟有解九河衝飇之注是其

異六 八

本有此二句各本所見皆以五臣亂善而誤衍又失著校語也楚辭亦衍或即五臣之所本要以古本無爲是注睇微盼也茶陵本盼作眄表本作盼案楚辭作眄字是也下美目盼然各本及楚辭皆作盼非洪興祖引說文南楚謂眄曰睇眄眠見切可證逸以眄注睇二字俱當作眄與詩美目盼兮無涉洪於下又引詩者所見已誤下眄爲盼耳七啓睇眄流光注引此亦其證注猨號狖响案號狖當依楚辭注作狖號表茶陵二本作猨號考楚辭狖夜鳴洪興祖本狖作又云又一作狖然則作狖之本此注則云猨狖號响作又之本此注則云猨猨號响也下注猨狖善鳴亦當然表本正文作又茶陵本正文作狖蓋善狖五臣又而不同二本失著校語此及下俱作猨非○九章○旦余濟兮江湘案兮當作乎此尤本誤字表本茶陵本楚辭皆可證注言明旦之者案當依楚辭注去之字各本皆衍邸余車兮方林表本茶陵本邸作低案楚辭作低洪興祖本作邸云邸一作低補注以爲低無舍義非也廣雅釋詁四宿次低踠舍也洪失之未考表茶陵二本無校語善引逸是低字五臣亦同尤延之乃改邸耳注捨於方林案捨當依楚辭注作

舍各本皆誤茍余心其端直兮表本云逸無心字茶陵本五臣有心字案楚辭有心字二本所見蓋傳寫脫此亦初無而尤脩改添之注自刑體案體上當依楚辭添身字各本皆脫○卜居○以潔楹乎表本茶陵本潔作絜是也案單行楚辭正作絜洪興祖本作潔非若水中之鳧乎何校去乎字案洪興祖云一無乎字何據之是也各本皆衍○漁父○聖人不凝滯於物茶陵本於下有萬字云五臣無表本云逸有案楚辭無洪興祖云一本物上有萬字此亦初有而尤脩改去之何陳皆云衍是也史記亦無注笑難斷也表本茶陵本難斷作離斷案此尤本誤字○九辯○注視江河也案江河當作河江各本皆倒此以江與上傷方下鄉爲韻楚辭注亦倒凡此篇逸注用韻其誤有可以所協推知者例如此注還故鄉案鄉下當依楚辭注添也字各本皆脫注歎息也案歎下當依楚辭注添累字各本皆脫注身困窮也案窮當依楚辭注作極各本皆誤注意未明也案明當依楚辭注作服各本皆誤注奮翼呼案呼上當依楚辭注添鳴字各本皆脫注迴逝言還表本茶陵本還作邁案此尤本誤字注爾雅曰四時和爲通正表本茶陵本無此九字案無者是也楚辭注正無尤校添甚非收恢炱之孟夏兮表本茶陵本炱作台案台字是也善注舞賦恢炱引此作台而云炱與台古字通可見善自作台甚明尤延之校改作炱非是楚辭作炱洪興祖本作台云台一作炱一作炱雖自有據然不容以之改善也注以養民案民下當依楚辭注添也字各本皆脫注以茂美樹案美下當依楚辭注添之字各本皆脫注竄巖藪也案藪當依楚辭注作穴各本皆誤注及兄弟也案兄弟當依單行楚辭注作弟兄各本及洪興祖本楚辭注皆誤倒注以興在位之賢臣也案賢當依楚辭注作貴各本皆譌何曾華之無實兮表本茶陵本校語云逸無華字案此亦初無而尤脩改添之考楚辭有當是傳寫誤脫二本據所見爲校語耳注政言德惠所由出之也案當依楚辭注作言政令德惠所由出也各本皆誤注心惻隱也案惻隱當依楚辭注作隱惻各本皆倒注而逐放

也表本茶陵本逐放作放逐案此尤本誤倒后土何時而得乾表本茶陵本而作兮案楚辭而洪興祖云而一作兮此或善而五臣兮否則尤延之校改兮作而今無以考之注慕歸堯舜之明德也案明德當依楚辭注作聖明各本皆誤注終年歲也案年歲當作歲年各本及楚辭注皆倒○招魂○注欲使巫陽招之也表本茶陵本無招之二字案無者是也單行楚辭無洪興祖本有尤依之添非恐後之謝茶陵本之謝作謝之云五臣無之字表本無謝下校語云逸有之案楚辭作之謝故尤延之校改其實非也洪興祖云一云謝之即表茶陵所見本一無之字即五臣本也注必卜筮之法表本茶陵本必下有去字案此尤本脫得人肉而祀表本茶陵本而作以案楚辭作而洪興祖本作以或尤延之校改以作而今亦無以考之注常食蠃蚌表本茶陵本蠃作黿案楚辭注作蠃此亦尤校改旋入雷淵表本茶陵本淵作泉注同案楚辭作淵案此必尤延之校改注皆有蠱毒表本茶陵本蠱作蠆案皆非也當依楚辭注作蠚注言啄天下欲上之人何校言改主陳同案楚辭注作主是也各本皆誤注言有丈夫表本茶陵本無丈字案楚辭注有尤校添之注雕鏤綺木使方好也案綺當依楚辭注作連各本皆誤注詩云肆筵設机表本茶陵本肆作設案設字是也設筵設机者公劉之俾筵俾凡也凡叔師所引皆非今毛詩單行楚辭作設洪興祖本誤爲肆今毛詩仍無肆筵設机之文尤誤取之以校改非注言大夫有二列之樂左傳曰晉悼公表本無有左傳曰四字茶陵本亦無樂作故案各本皆非也當依楚辭注作言大夫有二列之樂故晉悼公注垂鬢下髮表本茶陵本作垂髮下鬋案單行楚辭注作垂髮鬢下鬋洪興祖本作垂鬢髮下髮互有不同蓋尤以意校改如此未必是也注發言中禮意者也表本茶陵本無發字案單行楚辭注無洪興祖本有尤校添之注時竊視安詳諦案當依楚辭注重時字諦上有審字各本皆脫注飾幬帳之高堂陳云帳下當有張字是也楚辭注有各本皆脫注皆衣虎豹之文異采之飾表本茶陵本無之文二字案楚辭注有尤校添

之注羅列之陳案之當依楚辭注作而各本皆誤臑若芳些表本作胹校語云逸本作
臑茶陵本作臑云五臣作胹案楚辭作臑洪興祖云臑一作胹一作胹此注臑仁珠切似善作臑或表本校語有誤
否則音非善舊也注爛熟之則臑美也表本茶陵本無爛字案楚辭注有尤校添之注
諸蔗也表本茶陵本諸作藷案當作諸下文可證楚辭注作藷與善異本尤校改失之注鴻鴈也
表本茶陵本鴈作鶬案洪興祖本作鴈單行本作鴈鶬蓋改鶬爲鴈而兩有考九思悼亂云鴻鶬兮振翅是作鶬本
必非也注楚人名羹曰爽案羹下當依楚辭注有敗字各本皆脫注以蜜和米
麴表本茶陵本麴作麵案此尤本誤字注又長味好飲也表本茶陵本好飲作案楚辭注作好飲
也尤校改之發楊荷些案楊當作揚注發揚荷葉同表茶陵二本所見亦誤楚辭俱作揚也注誠
足怪奇也表本茶陵本足作獨案單行楚辭作獨洪興祖本作足尤校改之注投六箸行
六棊表本茶陵本行下無六字案楚辭注有尤校添之注比集者也案當依楚辭注去者字各

本皆衍注又曰和樂且耽案耽當依楚辭注作湛各本皆誤凡逸所引皆非今毛詩此必不知
者改注言蘭芳以喻賢人表本茶陵本無言字案楚辭注言字在下句首蓋尤校添而誤其處
酎飲既盡歡何校去既字茶陵本云五臣無既字表本云逸有既字案楚辭無洪興祖云一本盡上有
既字即此本也此不當有恐傳寫衍各本所見皆誤汨吾南征些何校去些字下白芷生些同案楚辭
無各本皆衍菉蘋齊葉兮表本茶陵本蘋作薠下有煩音案此必善蘋五臣薠也湘夫人登白薠以
騁望二本校語有明文此正同彼二本所見以五臣亂善而失著校語尤所見不誤表本所載逸注中字作蘋亦不
誤楚辭作蘋即此本也洪興祖云蘋一作薠即五臣本也又案洪興祖補注於湘夫人云薠一作蘋非是其說殊誤
逸注上云蘋草秋生其下鳥萃兮蘋中注云鳥當集木巔而言草中文自相承二句既同一草必同一字不得如五
臣之上一字作薠下一字作蘋或又謂白蘋與蘋不當一物異稱獨不見九辯鳳凰與鳳雜錯稱之乎逸注本無可
疑洪未達其旨附正之於此注爾雅曰表本茶陵本無此三字案無者是也楚辭注無注懷所

見自傷哀也何校懷改據陳同案楚辭注作據時二字是也何陳但改據字其時字仍不補未詳所出
表茶陵二本亦作懷注煙上蒸于天表本茶陵本無于字案此尤校添之其實誤也楚辭注亦無
注謂曰也表本茶陵本無謂字案此尤校添之其實誤也楚辭注亦無時不見淹表本茶陵
本見作可案楚辭作可以單行本舊校云一作時不見淹洪興祖本云一云時不淹一云時不可淹一云時不見淹
疑善見五臣可二本非而尤是也但無明文可以考之注水旁林木中表本茶陵本無木字案楚
辭注有尤校添之○招隱士○注楨幹也案句首楚辭注有爲字又案楨幹疑當作幹楨
以楨與盛成韻各本皆脫誤注崔巍嵯嵯陳云上嵯疑蹇案蹇嵯雖可通但此與上句山阜嶱嵑不
協恐仍未是各本皆同楚辭注亦然無以考之矣注走住殊異案殊異當依楚辭注作異趨各本皆
誤趨字韻洪興祖云一云走跸殊也亦非注草木茂盛案茂盛疑當作盛茂以茂與聚韻各本及楚辭
注皆誤倒

卷三十四○七發○注漢書曰下至乘道死也表本茶陵本此一節注大
異乃并善入五臣之誤也尤所見爲是注說文曰謝辭也表本茶陵本無此六字案無者是也
表本所載五臣翰注有謝辭也三字蓋別本又有說文曰三字而尤誤取以增多注而損精案而主當
有悅情二字此引韓子揚搉篇文各本皆脫皓齒娥眉表本茶陵本娥作蛾是也注鄭國淫
僻茶陵本國作衛是也表本亦誤國麥秀蔪兮表本茶陵本蔪作蘄案蘄字是也廣韻作蘄亦引埤
蒼與集韻皆蔪蘄同在一紐而分別兩字他書或用漸射雉賦云麥漸漸以擢芒漸與蘄古字通也尤所見別本作
草木蔪苞之蔪非拄喙而不能前茶陵本拄作柱注同云五臣從才表本作拄用五臣也案此尤
本以五臣亂善非熊蹯之臑茶陵本臑作胹注同有校語云五臣作臑表本作臑不著校語案臑即胹
之別體字廣韻七之所載從需之字凡四臑其一也云煑熟下重文但有胹㶢䏧三形集韻於廣韻偏旁用需之
字皆從需此注音而其所引左傳方言彼皆作胹是自作胹不作臑茶陵本尚存善舊表本以五臣亂之注王

逸楚辭注曰稱粢穱麥挐黃粱陳云案此楚辭正文非注也當作穱麥麥中先熟者今案此或衍王逸注三字各本皆同無以審知之也於是伯樂相其前後表本云善無後茶陵本云五臣有後案此本亦初無而脩改添之蓋尤延之以爲善傳寫脫但注不見明文無以考也注爲趙簡子取道表本茶陵本子作王案王字譌當作主韓非子戰國策皆有簡主所謂大夫稱主也尤所改似是實非注夷桑也茶陵本夷作荑是也表本亦誤夷注與陽佚開表本茶陵本佚作迭是也注又古考史曰陳云考史當作史考譙周所著案所校是也史記司馬相如傳索隱引古史考可證困野獸之足表本云善無獸茶陵本云五臣有獸案此亦尤延之以爲傳寫脫而添之似是也注孔安國曰尚書傳曰案國下不當有曰字各本皆衍注纓辭纓也陳云辭恐亂誤是也各本皆譌慌曠曠兮案慌當作超表本云善作慌茶陵本云五臣作超此必欲改上文怳兮忽兮之怳爲慌誤以當此處各本校語皆據所見而不察也善亦作超其上文之怳乃當作慌澹澉手足案澹澉當作澉澹善注云澉澹猶洗滌也各本皆同其表茶陵二本所載五臣銑注則云澹澉各本所見正文蓋皆以五臣亂善注方言曰輸脫也表本茶陵本輸作揄是也亦見廣雅釋詁注因名胥母山案此有誤史記作因命曰胥山命即名也當本云因名曰胥山涉下文胥母而誤改注混混沌沌案沌沌當作庉庉各本皆誤注郭璞爾雅曰踣覆也表本茶陵本覆上有前字是也陳云雅下脫注字二本亦脫注中山公子牟謂詹何表本茶陵本何作子是也注其一人也何校其改共是也各本皆譌使之論天下之釋微茶陵本云釋五臣作精表本云善作釋案善引好論精微爲注似亦作精各本所見皆傳寫誤孟子持籌而筭之茶陵本無持而筭三字云五臣作持籌而筭之表本用五臣云善作孟子籌之案此尤延之誤以五臣亂善○七啓○注過乎泱漭之野表本茶陵本漭作莽案史記漢書皆是莽字疑前彼賦及此正文作漭者善爲五臣所亂注分三爲一茶陵本分作函是也表本亦作分誤與此同注而酒汎溢

表本茶陵本汎作沈下汎者沸同案沈字是也今淮南覽冥訓作湛湛沈同字高誘注云酒湛清酒也米物下湛故曰湛不作汎明甚注季夏之月表本茶陵本季作孟是也注句踐乃身被賜夷之甲案賜當作暘各本皆誤吳都賦暘夷音以良切劉淵林注所引正作暘今越絕書作賜與此皆形近之譌也注冕公侯九斿者也表本斿作流案流字是也茶陵本作游亦非注擬古詩曰屢見流芳歇表本茶陵本無此九字注畫招搖星於其上陳云其旗誤是也各本皆譌案今本禮記注作又畫招搖星於旌旗上蓋李節引耳注揩插也案插當作捷宋潭州本儀禮鄉射釋文捷初洽反又七冠捷栖初洽反本又作插此正文作捷善所引儀禮注亦作捷不知者誤依今本作插改之亦如通志堂刻釋文於鄉射改捷爲插也何校正文捷改爲插陳亦云捷當作插皆據注之誤字下無滿跡案滿當作漏表本云善作滿茶陵本云五臣作漏所見皆傳寫譌七命云外無漏迹善引此注於文義本不得作滿也注舒疾無力案力當作方各本皆譌羆獠回邁案羆當作罷表本云善作羆茶陵本云五臣作罷各本所見皆傳寫譌善亦不得作羆注李充高安館銘曰陳云充當作尤尤字伯仁見范史文苑傳是也各本皆譌注頫音俯表本茶陵本無此三字注觀者澹子忘歸也陳云子兮誤是也各本皆譌注已而魚大食之表本茶陵本魚大作大魚是也宴婉絕兮陳云宴燕誤今案陳據注引毛詩作燕也西征賦宴喜注亦引毛詩作燕或注有刪削未全耳注紉秋蘭爲佩表本茶陵本爲上有兮字案兮當作以此尤延之欲校改而誤兩去其字也注鄭人聽之不若延靈以和陳云鄭鄙誤靈露誤是也各本皆譌注軒殿檻也又新語曰高臺百仞文軒彫窗也陳云文軒猶彫軒耳殿檻之釋與新語一條皆屬誤贅今案此注與中引尸子文軒義乖陳說近之但各本盡然未審所誤果當若何也注張衡應問曰陳云問閒誤是也各本皆譌注秦后來仕案后下當有子字各本皆脫注左氏傳曰舊章不可忘也案此十字不當有上云舊章已見東都主人複出非也各本皆衍

注則甘靈降表本茶陵本靈作露案二本正文作露表有校語云善作靈茶陵無尤所見與表同故用正文改注其實靈字未必非傳寫誤即正文作甘靈注爲甘露於善例自通改者未是

注鳳皇鳴矣陳云下脱於彼高岡四字案所校是也此必連引以注於高岡各本皆脱

注漢書司馬相如表本茶陵本無此六字

注舉英奇於側陋表本茶陵本側作仄下同案此尤所見與二本異各本正文皆作仄表茶陵不著校語考東京賦招有道於側陋薛注字同善注引明明揚側陋表茶陵二本正文亦作仄仍不著校語思元賦幽獨守此仄陋兮表茶陵作側其校語云善作仄善注引明明揚仄陋恩倖傳論明敭幽仄注及正文皆作仄蓋尚書自有二本作者或用仄或用側善隨而引之後人輒有所改致令正文與注有所歧互

卷三十五○七命○翫世高蹈何校云翫晉書作超案翫字非也茶陵本云五臣作越表本云善作翫此必欲改下文玩志乎衆妙之玩爲翫誤以當此處各本校語皆據所見而不察也但善作越之與作超無明文以決之

注盤龍賁信越其藏表本茶陵本盤作蟠越作於案二本是也正文作盤疑注更有盤蟠異同之語刪削不全三國名臣序贊初九龍盤注引方言蟠龍亦如此蜀都賦潛龍蟠於沮澤用字不同也晉書作蟠何陳校改正文考此篇善未必與晉書同下聾其山彼作籠乘鳧舟彼作鷁與注不合最爲顯證今各依其舊亦不盡出

於是殉華大夫表本茶陵本殉作徇注同案此蓋尤校改爲殉晉書作殉但善未必同彼也

注遡向風也表本茶陵本無風字是也

注山海經曰二負表本茶陵本二作貳是也

注崱崚嶒而龍鱗表本茶陵本崚嶒作繒綾案二本是也尤誤改之說詳前鍾山詩崚嶒起青嶂下晉書作層陵

遡九秋之鳴飈案遡當作愬注云愬與遡同若正文作遡不當有此注蓋五臣改爲遡各本所見亂之晉書上文遡長風及此皆作愬下文遡惠風於蘅薄亦然疑善皆作愬也月賦愬皓月而長歌西京賦咸遡風而欲翔張載魏都賦注引作愬皆可互證

零雪寫其根茶陵本云五臣作零表本云善作雲案雲但傳寫誤此尤校改也晉書作雾

注楊雄解嘲曰表本茶陵本嘲作難案難字是也解難亦載本傳與解嘲迥不相涉不知者誤改耳

注操伯牙之號鍾兮表本茶陵本伯作百案此尤校改之也

揮危絃則涕流表本云善作流涕茶陵本云五臣作涕流案流涕但傳寫倒此尤校改正之也晉書不誤

注蒼頡曰何校頡下添篇字陳同各本皆脱

注宋玉風賦曰案風當作諷各本皆譌

注汲古文曰案汲下當有郡字各本皆脱

彫閣霞連案彫當作彤晉書不誤彤赤也故曰霞連與上句翠觀岑青正爲一例此亦如侍遊曲阿後湖作之誤彤雲爲彫雲皆失其文義所當訂正

注畫龍蚪案蚪當作蛇誤用正文中蚪字改也上注云蚪龍也故復引此以申明之耳或據此謂招魂別有作蚪之本大誤

遡蕙風於衡薄表本茶陵本蕙作惠衡作蘅案晉書同此尤校改也各本善注中字皆作蕙衡考魏都賦注及洛神賦乃惠蘅之誤尤所改非

注杜預左氏傳曰何校傳下添注字是也各本皆脱

拔靈芝表本云善作雲茶陵本云五臣作靈案此尤校改也詳善引西京賦以注靈芝靈字似是晉書亦作靈

注管仲之始治也表本茶陵本治作化是也

注輕武卒名也下至奏嚴鼓之嘈囐表本茶陵本無此二十五字案無者最是此或記於旁以駁善輕武戎剛四車名之解尤延之不察誤取以增多

注環爲營表本茶陵本環上有自字是也

注或云飛羅案此四字不當有各本皆衍

注音旻夫案夫當作天各本皆譌此必出郭璞音

注然⿱罒繇罠一以爲對恐互體廣雅曰罠兔罟也表本茶陵本作然兔罠也四字案各本皆誤無以考也

畫長谿以爲限表本茶陵本谿作壑云善作谿案谿字義不可通恐各本所見傳寫誤晉書亦作壑

叩鉦數校案晉書數作散詳注云散爲陳列而行是善自作散表茶陵所載五臣向注云以數立功校之法是五臣乃作數各本皆以五臣亂善而失著校語非

注待獲射者何校射上添待字者下添中字是也各本皆脱

雲迴風烈表本茶陵本下有聲動響飛形移景發二句尤本脱去當補晉書亦有

⿰鼻瓦林蹷石案⿰鼻瓦當作⿰鼻兀各本皆誤詳善音五忽切此字從兀明甚集韻十一沒云⿰鼻兀獸以鼻搖動最可證晉書亦誤⿰鼻瓦音義云音瓦瓦即兀之誤

注史記曰蜚廉表本茶陵本蜚作飛是也

注伍胥曰表本茶陵本伍下有子字案各本皆誤當作申包胥曰

注

鄭元禮儀注曰茶陵本禮儀作儀禮是也表本亦誤倒注鍱或謂爲鍱案謂字下
當有各本皆衍注如雷霆之震也表本茶陵本作而雷之震電之霍案此尤延之用今本莊子說
劒校改注則莫若益野驕駒也表本茶陵本驕作騰案驕即騰別體字子豈能
從我而御之乎表本云善無能字茶陵本云五臣有案二本所見無者傳寫脫此尤延之校改添之
也晉書亦有注煎鰿耀雀案鰿當作鯖各本皆誤此所引大招文注取其遠方物
之美也表本茶陵本取其遠方物之六字作約一字案二本是也今本味篇注正如此未悉尤增多何據也
注寒方苓之巢竈案方當作芳各本皆譌注鴝鳥大鴇鴝表本茶陵本無鴝字
鴝下有也字案二本是也此所引隹部雝下文善謂鴝即雝耳注韓詩外傳曰鄭交甫遵
彼漢皐臺下案此十四字不當有上云漢皐已見南都賦複出非也各本皆衍注或曰棱
案此下當有脫文各本皆同無以補之注吳地理志曰何校吳下添錄字陳同是也各本皆脫

眈口爽之饌案口爽當作爽口表本云善作口爽茶陵本云五臣作爽口各本所見皆傳寫誤善注引
五味令人口爽以注爽口即但取義同不拘語倒之例不知者泥之改正文以順注失之甚矣晉書亦作爽口又案
下文誘我以聾耳之樂善引五音令人耳聾更例之可知者也注國語曰下至仕者世祿表本
茶陵本無此二十八字有文字屬下王處岐爲句是也注尚書曰湯既黜夏命陳云書下
脫序字是也各本皆脫囧棲三足之烏何校烏改鳥表本云善作烏茶陵本云五臣作烏案烏字
協韻善不得作烏但傳寫誤表茶陵據所見爲校語非晉書亦作烏故靡得應子表本茶陵本得下有
而字案有者是也晉書亦有○賢良詔○罔不率俾表本茶陵本罔作莫注同案二本是
也漢書正作莫注在金河關之西何校金下添城字陳同是也各本皆脫若涉淵水
未知所濟表本茶陵本云善無涉字案漢書有此尤延之校添之也朕之不敏不能遠
德表本茶陵本云善無不敏二字案漢書有此尤延之校添之也○冊○注象其禮案禮當作

札各本皆誤○冊魏公九錫文○分裂諸夏表本茶陵本作連帶城邑案魏志作
分裂諸夏尤延之據彼校改也但善不必與彼同似仍以二本爲是注爲公卿大夫也陳云爲謂
誤是也各本皆誤注宏濟于難表本茶陵本于下有艱字是也羣后失位表本茶陵本失
作釋云善作失案善引左傳注釋位是自作釋但傳寫誤爲失耳陳云失釋誤是矣魏志亦作釋注遯走
陳云遯上脫遲字是也各本皆脫造我京畿表本茶陵本我作其案魏志作我尤據改秉軒將
反表本云善作軒茶陵本云五臣作轅陳云據注似善本亦作轅案軒但傳寫誤也魏志亦作致屆官
渡表本云善作度茶陵本云五臣作渡案魏志作渡尤據改各本注中字皆作渡恐涉五臣耳凡善度五臣渡其
大槩也亦不盡出注致天之罰屆陳云罰字衍是也各本皆衍注君北征三郡
烏丸陳云君公誤是也各本皆誤注尚奔遼東表本茶陵本無尚字陳云脫尚熙二字是也
求逞所欲茶陵本逞所作所逞云五臣作逞所表本云善作所逞案善引思元賦注逞所欲是但傳寫誤

倒魏志亦作逞所注思賢賦曰飄飄神舉逞所欲表本茶陵本賢作元無求
字是也單于白屋表本茶陵本單作單案二本是也注云本並以單于爲單于疑字誤也可見正文作
單故善依博物志定爲單若先作單與注不相應矣尤延之校改似是實非魏志作單即善所謂本並以爲單者
注劉淵林魏都賦注曰北羈單于白屋案此有誤也張載注魏都不得言劉
淵林又單依文當作單今彼注作北羈單于于白屋蓋亦誤注文王罔逌兼於庶獄庶
慎也表本茶陵本逌作攸是也案此必尤誤改注孔子過山側案山上當有太字各本皆脫
注邪服莬㥯柱預曰回表本茶陵本邪服作服讒案二本是也回下當有邪字此尤校添而
錯誤緊二國是賴茶陵本是上有之字云五臣無表本云善有案魏志無尤據改注奉承宗
祖表本茶陵本宗祖作祖宗是也注又曰巳下至予惟往求朕攸濟表本無此十八
字有攸濟已見上文六字是也茶陵本有例改複出耳注范曄後漢書表本茶陵本無此五字案

無者是也凡引諸文在本傳者多不冠大題此其一耳尤校添之蓋未悉善例注乃立家社茶陵本社作土是也表本亦誤社注爾民軌儀也案爾當作示各本皆譌注弗昏作勞表本茶陵本昏作暋案依二本善正文似作暋魏志作昏或下當有昏暋異同之注今未全也注杜預左氏傳曰何校傳下添注字陳同各本皆脫注子之謂也陳云子上脫晏字是也各本皆脫

卷三十六〇宣德皇后令〇注要不彊爲酬謝之名案不當作必各本皆誤注赫言鄒衍之術案赫言鄒當作言赫脩史記集解所引別錄如此可證也各本皆誤注庶王有不逮而復之義也表本茶陵本王有二字作乎案此尤校改也〇爲宋公修張良廟教〇注綱紀謂主簿也下至猶今詔書稱門下也此二十三字表本茶陵本無案此卷以下尤本增多各條似二本因并入五臣而刪削其尤所見異本爲是矣注周易曰雲從龍風從虎聖人作而萬物覩此十六字表本

茶陵本無注廣雅曰軌迹也伊伊尹望呂望也此十三字表本茶陵本無注漢良受書於邳圮案圮當作垠各本皆誤漢書作沂注良本召此四人之力也陳云召招誤是也各本皆誤注寤寐永歎陳云寤假誤是也各本皆誤〇爲宋公修楚元王墓教〇注太上基德十五王而始平之表本茶陵本無太上二字之作也案此尤校改也注郗正釋譏曰表本茶陵本郗作開郤識作讖是也元自本者乎表本茶陵本元作源案此似善五臣之異二本不載校語無以考之〇永明九年策秀才文〇選名昇學表本茶陵本昇作升是也注禮記曰司徒表本茶陵本曰下有鄉論秀士四字案此尤校刪也注一曰德行高妙下至才任三輔劇縣令此五十二字表本茶陵本無良以食爲民天表本茶陵本爲作惟是也注周禮曰腠石下至赤石也此十七字表本茶陵本無注春秋元命苞曰樹棘槐

聽訟於其下此十四字表本茶陵本無注冀夫人及君早起表本茶陵本無及君二字案此尤校添也命卬斜之谷茶陵本云五臣無命字表本云善寶下有命字案二本與上節接連命字絶句不屬此首詳其文義仍不當有恐但傳寫誤衍也注漢書曰下至將繼太公之職事也此二十七字表本茶陵本無注毛詩曰去殷之惡陳云曰下脫帝遷明德鄭元箋曰天意十字案所校是也引此者注正文遷字注史官出太初鄧公平術案田當作用公字不當有各本皆誤續漢志可證注蓋亦遠矣表本茶陵本蓋亦作益以案此尤依續漢志校改也紛爭空軫表本茶陵本爭作評案二本不著校語無以考之注方言曰軫表本茶陵本軫下有戾字是也注又曰欽若昊天此六字表本茶陵本無注禮記曰夏后氏下至翰白色馬也此六十一字表本茶陵本無〇永明十一年策秀才文〇九序未歌何校序改敘案何據注也注九功惟序九序惟歌茶陵本二序字作敘表本并入五

臣亦作敘其所載五臣向曰九序謂六府三事也則二本並作序恐正文爲善敘五臣序各本所見亂之此本注二字作序乃尤延之以正文改注未必是也注毛詩曰下至何以卒歲此十九字表本茶陵本無注必將崇論宏義案義當作議各本皆誤注尚書曰罔不同心以匡乃辟此十一字表本茶陵本無注應劭尚書案劭下當有曰字各本皆脫若閑宄畢弃茶陵本畢作畢云五臣作畢表本云善作畢案二本所見傳寫誤也此蓋尤延之校改正之天下之有惡茶陵本云五臣無天表本云善有天案此不當有各本所見皆傳寫誤衍耳注東觀漢記曰魯恭下至具以狀言安此一百二十字表本茶陵本無又自此下至本節注末茶陵有表無皆并善入五臣而刪削也餘不悉出誤注文子曰有鳥將來張羅下至即無時得鳥此二十九字表本茶陵本無案張羅下當有待之二字表茶陵二本所載并入五臣翰注者有注貪則爲盜富則爲賤案貪當作貧何校賤改賊陳同是也此所引樂論篇文注辯麗可

嘉何校嘉改喜是也各本皆誤朕思念舊民茶陵本念作命云五臣作念表本云善作命案二本所見傳寫誤也此蓋尤延之校改正之注名王奉獻表本茶陵本名上有遺字是也注毛詩序曰下至豈惟弊邑此六十六字表本茶陵本無注魏謂春申君曰陳云魏下脱加字是也各本皆脱注不可爲秦之將案爲下當有拒字各本皆脱前東門行注引有注天下有十二州齊得其七故謂北境爲五州表本無此十七字有五州已見顏延之侍遊曲阿後湖詩十四字案表本最是此尤同茶陵複出而誤○天監三年策秀才文○注刓音角之刓與刓剸同表本茶陵本無音字案各本皆非也當作刓音刓角之刓與剸同韓信傳注可證注士植懸表本茶陵本植作特是也注非仁也何校仁改人是也注若渴無日案若當作苦各本皆譌魏志王朗傳注引可證注夜與陰者日之餘雨者月之餘表本茶陵本無與陰二字雨上有陰字月作時案二本是也王朗傳注引正如此注況賢於隗者乎又表本茶陵本作況賢者也莊子曰案以下文今新序有莊子無故尤延之校改如此也但考藝文類聚鱗介部亦引爲莊子困學紀聞莊子逸篇採之仍當依二本爲是注攸罔曷弗及苟造德弗降表本茶陵本攸作收又茶陵本苟作若是也表本作考亦誤注蘉如也陳云如無誤是也各本皆誤案此所引板傳文注原涉好殺表本茶陵本無殺字案此尤校添也注漢書陳咸下至輒論輸府表本茶陵本無此一百三十二字有漢書陳萬年傳曰論輸府下十一字案此卷末葉尤脩改乃初同二本而後添當以二本爲是又案末下字漢書無蓋衍也注膺表欲罪表本茶陵本欲下有罰其二字是也注景帝問鄧公下至卒受大戮表本茶陵本無此四十字有鄧公謂景帝曰六字案此亦二本是注閒者水出下至災異仍重表本茶陵本無此十八字案此亦二本是

文選考異卷第六

文選考異卷第七

賜進士出身通奉大夫江南蘇松常鎮太等處承宣布政使司布政使胡克家撰

卷三十七○薦禰衡表表本茶陵本表下有一首二字案有者是也後每題下盡同卷首所列子日亦同下卷放此陛下睿聖茶陵本睿作叡云五臣作睿表本云善作叡案范書作叡此尤以五臣亂善注具作其事陳云作上誤今案汪文盛刻珅書昜作字章懷注范書引亦是作字陳所說非也注無所遺失表本失下有也字茶陵本無此初有而脩去之掌技者之所貪茶陵本技作伎云五臣作技表本作技無校語案表用五臣也范書作臺牧章懷注諸本並作臺牧未詳其義融集作堂牧注文盛刻范書如此其實堂牧即掌技之譌耳伎技同字或選所據融集作伎也注古善相馬者表本茶陵本古下有者字此初有而脩去之案者當作之所引觀表篇文也七發與吳季重書注作之是七命注及此作者非○出師表○注後主即位十二年卒茶陵本無即位十二年卒六字

此一節注茶陵并五臣於善表并善於五臣恐尤亦非其舊而中道崩徂表本茶陵本徂作殂案此尤改之也二本是蜀志正作殂亡身於外者表本云善作亡茶陵本云五臣作忘案各本所見皆非也亡但傳寫誤何校亡改志蜀志正作忘注桓靈後漢二帝用閹豎所敗也表本無用閹豎所敗五字茶陵本并善入五臣有之尤所見同茶陵而誤衍注荊州圖副曰表本茶陵本無副字是也注爾雅曰獎表本茶陵本爾作小是也至於斟酌損益茶陵本損作規云五臣作損表本云善作規案蜀志本傳作損董允傳作規尤延之依本傳改不知乃以五臣亂善也責攸之禕允等咎以章其慢何校云董允傳所載與本傳微不同本傳無若無興德之言六字作責攸之禕允等之慢以彰其咎案表本所見善與尤無異載本傳但少之字彰作章慢咎互易其五臣則與本傳同茶陵本輒於正文依善注所引董允傳添改作若無興德之言則戮允等云云與注不相應大誤且善但謂當有上六字未嘗欲并改責攸之禕允以下也更屬誤中之誤矣深追先帝遺詔表本茶陵本無遺詔二字

案蜀志有尤延之依以校添也此初刻仍無與二本同臣不勝受恩感激今當遠離
表本茶陵本無激今二字案蜀志有尤延之依以校添也此初刻仍無○求自試表○注謂
文武明也陳云文武當乙是也各本皆倒注史記太史公陳云公下脫曰字是也各本皆
脫俯愧朱紱茶陵本愧下校語云五臣從小表本云善從女此亦以五臣亂善下文以滅終身之愧二
本所見亦當善作媿失著校語非魏志皆作愧注尚書曰啟表本茶陵本曰上有序字此初有而脩去
之案有者是也下尚書曰武王崩各本皆脫序字注春秋歷序曰案歷上當有命字各本皆脫又
勸進表注所引春秋歷序亦脫命字注左轂鳴此者工師之罪也案此者當作者此表
本亦誤倒茶陵本幷善入五臣全非裴松之注引正作者此欲以除害興利表本茶陵本害作患
案魏志作患二本是也必以殺身靜亂表本茶陵本無以字案魏志有蓋尤據之添也而耀
世俗哉表本云善作燿茶陵本作燿云五臣作燿案魏志作燿尤改非志或鬱結表本茶陵本云

昊七　二

善無志字案魏志有二本所見或傳寫脫尤添之是也伏以二方未尅爲念何校云魏志伏
作但案今本魏志亦作伏何所據者未見有之以俟再詳伏見先武皇帝表本茶陵本無武皇二字
案魏志有蓋尤據之添也猶習戰也表本茶陵本猶作由案魏志作猶蓋尤據之改也注統由
總覽也表本茶陵本由作猶是也事列朝榮何校云魏志榮作筞陳云作筞爲是各本皆形近之
譌字耳注左氏傳曰子朱撫劍從之表本茶陵本無此十字注濤至乘
北陳云乘上脫江字是也各本皆脫案七發注引有注昔克路之役何校路改潞陳同是也各
本皆誤若臨淄侯牋禇淵碑文頭陀寺碑文注誤與此同注秦來圖敗晉攻何校攻改功陳同是
也各本皆譌注三敗三北茶陵本敗下無三字是也表本亦衍注偏飲而去表本去下
有之字此初有而脩去之茶陵本幷善入五臣無此字案所引愛士篇文彼亦無此字注及獲惠公
以歸何校及改反陳同是也各本皆誤注然則以其同祖案則字不當有各本皆衍注

李安武功歌曰陳云安尤誤是也各本皆誤注東郭俊者茶陵本俊作俊表本亦作
俊案各本皆譌也當作逡下同注猶不敢嘿也表本茶陵本重嘿字是也螢燭末光何校
云螢一作熒案魏志作熒古字通但選文與國志非必全同今各本則皆作螢也○求通親親表
○注自因致其意也表本茶陵本無因字案魏志有因無自必尤延之改自爲因乃誤兩存也
克明俊德表本俊下校語云善作駿注中字亦作駿茶陵本作俊注中字亦作俊無校語案尤及茶陵所
見以五臣亂善也魏志作峻與善五臣無合者恐經後人依禮記改以藩屏王室茶陵本藩作蕃注同
校語云五臣作藩表本作藩無校語案表本用五臣也此以五臣亂善魏志作藩藩蕃通用耳注謝承後
漢書曰桓礹鄙營氣類表本茶陵本無此十二字臣伏自思惟豈無錐
刀之用表本茶陵本思惟豈三字作惟省二字案魏志作惟省尤改添未知何據或所見自不同注東
觀漢記下至蒙見宿留表本此十八字作錐刀之用已見上文八字是也茶陵本複出同此非

昊七　三

若臣爲異姓表本茶陵本若下有以字案魏志有以字尤刪未知何據或所見自不同注駙近
也茶陵本駙作附表本作附近之附也然終向之者誠也茶陵本無然字終下校語云五臣作
然表本無終字校語云善有終字案魏志有然無終疑茶陵所見得之有不蒙施之物茶陵本云
五臣再有有不蒙施之物六字表本再有云善無有不蒙施之物六字案此初無尤脩改添之魏志再有善亦當再
有傳寫脫去也何校添陳云重六字爲是注尚書傳曰表本無傳字茶陵本有案各本皆非也說見後
荅魏太子牋下注樊冒勃蘇案樊當作棼各本皆譌○讓開府表○誠在寵
過表本茶陵本寵過作過寵案晉書正作過寵此尤誤倒耳然臣等不能推有德何校去等
字云晉書無案所說是也各本蓋皆衍據今光祿大夫李熹陳云熹晉書作憙爲是今案熹憙古
字通未審他家晉書有作喜者以否注領職曰服事何校領改頒是也各本皆譌注謂公
家服事者表本茶陵本事下有也字何校改也作者又謂下添爲字是也各本皆脫誤○陳情事

表表本茶陵本無事字臣之異二本不著校語無以考也案此疑善五注字令伯茶陵本此下有犍爲武陽人五字表本無與此同案茶陵幷五臣入善考華陽國志有或善不備引躬親撫養表本茶陵本親下校語云善作見案此以五臣亂善蜀志注晉書皆作見是親非臣少多疾病表本云善無少字茶陵本云五臣有少字案蜀志注晉書皆有少字尤蓋據之添注一作子案此校語錯入也即謂五臣作子觀表茶陵二本校語皆可見如謝平原內史表岐下云一作崎亦即謂五臣作崎也蜀志注晉書皆作子辭不赴命表本茶陵本命作會蜀志注晉書皆作命案尤蓋據之改○謝平原內史表○注到官上表表本茶陵本表下有謝恩二字臣機頓首頓首死罪死罪本無此十字有中謝二字是也表本幷無中謝非尤用善謝開府表注所云添改益非注范曄下至不知所裁表本茶陵本無此廿八字臣本吳人茶陵本無吳人校語云五臣有吳人表本有無校語案表用五臣也此以亂善注犖萃而同處案同當作州各本皆誤注兩宮東宮及

上臺也表本無此八字所載五臣向注有之茶陵本幷善八五臣尤蓋因此錯混耳表本是也注王隱晉書曰表瑜表本茶陵本表作爰案二本是也爰姓見廣韻爰字下又依此似正文善爰五臣表各本亂之而失著校語又案二本自此至字道淵共爲一節在後曹武下然則馮熊字文羆顧榮字彥先二句亦王隱書尤割裂者非而不能不恨恨者何校恨恨改悢悢表本云善作恨恨茶陵本云五臣作悢悢案各本所見皆傳寫誤也與蘇武詩二本校語五臣作恨恨善作悢悢與此全屬相反彼是此非注攜手逐秦也陳云逐遯誤是各本皆誤注青組朱軒並二千石之車飾表本無此十二字所載五臣濟注有之茶陵本幷善八五臣尤蓋因此錯混耳表本是也○勸進表○注閔帝年號何校閔改愍陳同各本皆誤臣碑茶陵本碑上有匹字表本無下同案此疑善五臣之異二本不著校語何校添陳云碑上脫匹字下並同注授圖于黎元表本茶陵本于作子是也注謂景宣文表本茶陵本景宣作宣景是也注永嘉懷帝年號表本茶陵本無此六字案所載五臣

向注有之此錯混耳注劉載使劉曜陳云載聰誤是也各本皆誤注太尉應劭等議陳云尉下脫掾字是也各本皆脫注謝承下至虞庭表本茶陵本無此十六字案尤增多誤也而重耳主諸侯之盟茶陵本作而重耳以主諸侯云五臣無以字有之盟二字表本云善有以字無之盟二字案此尤校改以五臣亂善也晉書作以主諸侯之盟善不必與彼全同不可以爲證蒼生顒然案顒當作喁善引淮南子喁喁然爲注是作喁字表茶陵二本所載五臣濟注云顒然仰德貌蓋各本以五臣亂善而失著校語晉書作顒不可以爲證說見上諭巴蜀檄曰延頸舉踵喁喁然百辟勸進今上牋搢紳顒顒用字不同當各依其舊也注西蜀父老曰案西當作難各本皆誤下以釋普天傾首之望茶陵本普作溥云五臣作普表本云善作溥案此尤校改以五臣亂善也晉書作普不可以爲證說見上注公羊傳曰緣臣之心何校傳下添注字臣下添子字是也各本皆脫注而楚魋其二都茶陵本二作三是也表本亦誤二注民服其上下无覬覦何校服下添事

字上下添而字是也各本皆脫注乃許晉平下至且召之茶陵本此十七字作卻乞二字表本幷無案似茶陵爲是注不及曩時之士也表本茶陵本曩作鄉是也漢書作曩後五十一卷同史記作鄉鄉即嚮字與此同各有所出不妨兩見善例每如此

卷三十八○爲吳令謝詢求爲諸孫置守冢人表○注尚書曰表本茶陵本書下有王字注繼絕世表本世下有已見上文四字茶陵本無案此不當有世字謂已於三王敎繼絕之德下引論語曰繼絕世也茶陵本即複出與此皆非注懷金已見上謝平原內史表佩青已見上求通親親表表本作懷金佩青已見上文八字案表本非也善第一卷注自言同卷再見者並云已見上文又云其異篇再見者並云已見某篇然則凡不合此例皆失善舊餘不具出茶陵本盡改複出益非○讓中書令表○注何法盛晉書潁川庾錄曰表本茶陵本無晉書二字注中州爲洛陽陳云爲謂誤是也各本皆誤不

悟徵時之福表本茶陵本徵作邀案晉書作徵此尤改之也邀徵古同字恐選文自用邀改之未必是乘異常之顧表本茶陵本乘作垂案尤本誤晉書亦是垂字注孟子曰滄浪之水清兮下至巳見上求自試表注表本此二十四字作濯纓及沐浴巳見上文九字茶陵本複出案此各本皆失善舊注桓思竇后順烈梁后何校乙順烈梁后於桓思竇后上是也各本皆倒可爲寒心者也表本茶陵本云爲善作謂案此尤校改正之也晉書作謂誤與此同而使内處心脊表本茶陵本云處善作劇案此尤改之也晉書作處選文往往別有所出不必全同耳注音呂表本茶陵本作脊音呂三字在注末是也○薦譙元彥表○注性清表本茶陵本清作靜是也注左氏傳荀息曰下至貞也表本此二十六字作忠貞巳見上文六字茶陵本複出非注洗耳許由也下至乃臨河洗耳表本此二十八字作洗耳巳見上文茶陵本複出非注戌閭之茶陵本戌作成是也表本亦誤戌注免置之人能恭敬

表本茶陵本兔置作置兔是也注劉歆移書曰表本無書字是也茶陵本亦衍注巳見上文謝朓八公山詩表本無文字是也茶陵本複出更非注音蜀表本茶陵本作蠋音蜀二字在注末是也注太子師及祭酒印綬陳云及友誤是也各本皆誤注不強致說音悅表本茶陵本說音悅三字作之也二字注漢書曰下至深山表本此十八字作園綺巳見上文六字茶陵本複出非○解尚書表○注檀道鸞晉陽秋曰何校晉上添續字陳同各本皆脫於臣實所敢喻何校寔下添非字云晉書有陳云晉書爲是案此似選文傳寫脫注見利思義何校利改得是也各本皆誤注左傳曰下至不可懷也表本作宴安巳見上文茶陵本複出非注老子曰下至且成表本作善貸巳見上文茶陵本複出非○爲宋公至洛陽謁五陵表○注其界本西得梁州之地案梁當作雍晉書地理志司州其界西得雍州之京兆馮翊扶風三郡可證各本皆誤○爲宋

公求加贈劉前軍表○注左氏傳下至德之休明表本作休明巳見上文茶陵本複出非注尚書曰爾有嘉謀嘉猷表本茶陵本曰上有王字注尚書曰納于百揆表本作百揆巳見上文茶陵本複出非注易曰下至其臭如蘭表本作金蘭巳見上文茶陵本複出非○爲齊明帝讓宣城郡公第一表○注道生即太祖之弟也陳云弟當作兄是也各本皆誤南齊書本傳可證注又曰后憑玉几表本茶陵本又字作尚書顧命四字注左傳晉穆嬴曰表本茶陵本左下有氏字注孫盛晉陽春秋曰表本無春字是也茶陵本亦衍注郤超假還東何校郤改郗陳同是也各本皆誤注左傳楚薳啟疆曰案左下當有氏字疆當作彊各本皆脫誤注神州巳見上下至刑法也表本此二十一字作神州儀刑巳見上文八字茶陵本複出非注勿復爲虛飾之煩表本茶陵本之煩二字作也字注黷慢朝經也案朝經二字不

當有各本皆衍注左傳下至恐殞越于下表本作殞越巳見上文茶陵本複出非注盡君道□表本茶陵本盡上有則字下句同案此尤校改去之耳○爲范尚書讓吏部封侯第一表○頓首頓首死罪死罪表本茶陵本無此八字有中謝二字下文豈待明經臣雲下二本同案二本是也說見前謝平原內史表注論語下至有所不爲也表本作狂狷巳見上文茶陵本複出非躡屩齊楚案屩當作蹻善引史記及徐廣注皆是蹻字表茶陵二本所載五臣良注乃作屩蓋善蹻五臣屩各本亂之而失著校語又此屩下脚亦五臣音耳注漢書下至爲銅虎符表本作分虎巳見上文茶陵本複出非注□孫盛晉陽秋曰茶陵本陽下衍春字表本無此亦初衍後脩改去之亂離斯瘼陳云瘼當作莫注同毛詩曰亂離瘼矣當作韓詩曰亂離斯莫潘安仁關中詩注可證也案所說是也表茶陵二本所載五臣向注云瘼病也必善莫五臣瘼各本亂之而失著校語後又并改善注甚非注蔡邕詩序曰下至北陸無日之地表本作悵望鍾

皋已見上文八字茶陵本所複出與此同陳云鍾皋謂建
成之鍾山也注誤引許叔重語今案善謂鍾皋已見上文
者謂自於沈休文鍾山詩題下注訖也複山者失其意用
許慎曰云云當之致爲巨謬尤專主增多乃取以竄入陳
駮雖是然細繹表本善初無斯誤也凡複出增多大足爲累於此可知餘不盡論注絺構見魏都
賦下至昧爽也表本作絺構草昧並已見上文九字茶陵本複出非注過朱祐陳云祐祐誤下
同各本皆譌注上初學長安表本茶陵本上初作初上是也注南陽大人賢者
陳云大人當作人與是也表本茶陵本無大字亦脫與注漢書下至如俛拾地芥表本作明
經拾青紫已見上文九字茶陵本複出非注襄陽耆舊傳記曰表本茶陵本無記字注即
聲名不足慕企表本茶陵本重有不足慕企四字注毛詩序曰禮義陵遲
表本作陵遲已見上文茶陵本複出非注元和元年案上元字當作光各本皆譌注時侍
中常侍表本茶陵本無時字注可封留侯表本作子房封侯已見上文案表本是也茶陵本與

異七　八

此同乃并五臣入善之誤注視吳公□何爲表茶陵二本皆無空字此初有衍而去之或四
姓侍祠何校去或字案所校是也各本蓋皆傳寫衍注漢書曰成帝下至故世謂
之五侯表本作五侯王氏也已見上文九字茶陵本複出非注東觀漢記相者表本茶陵
本記下有曰字此脩改去之注謂元帝也表本茶陵本無謂字注車丞相高寢郎
表本茶陵本高下有祖園二字此脩改去之案有者是也微物知免表本茶陵本云免善作表案此或所
見不同否則尤校改之耳○爲蕭揚州薦士表表本茶陵本薦上有作字案尤本脫注老
子曰和其光而同其塵表本作同塵已見上文茶陵本複出非注王襃下至非
一狐之腋表本作一狐已見上文茶陵本複出非注謝靈運宋書序曰何校宋改
晉陳同是也各本皆誤注在貧賤不患物不踈己何校賤下添雖仁賢三字陳同是也
各本皆脫注孟子曰下至學則三代共之表本作庠序已見上文茶陵本複出非注

四方有志之士表本茶陵本無有志二字注東觀漢記耕表本茶陵本無漢字
范睢漢書曰何校漢上添後字是也各本皆脫注晉陽春秋曰表本無春字是也茶
陵本亦衍何校晉上添續字同前注論語子曰下至不以人廢言表本此十六字作不
以人廢言已見上文入字茶陵本複出非○爲褚諮議蓁讓代兄襲封表○注
老子曰下至知止不殆表本作止足已見上文茶陵本複出非○爲范始興作
求立太宰碑表○則義刑社稷表本茶陵本刑作形案尤本誤注爾有嘉
謀嘉猷表本茶陵本無嘉謀二字案此尤校添也注敬敷五教在寬表本重有五教二字
案有者是也殿本紀重有孔穎達商頌正義引尚書重有表本後鑿去下五教二字茶陵本無與此同皆非注
又曰下至百揆時序表本作百揆已見上文六字茶陵本複出非注漢書曰下至琴
書自樂表本作琴書已見上文六字茶陵本複出非注論語曰下至民無德而稱

異七　九

焉表本作無得而稱已見上文茶陵本複出非注又潘徽以杖防之陳云又使誤是也各
本皆誤故首昌嚴科何校云故下疑有脫文案所說是也何意謂此當云故吏故民之類未知所脫
果何文耳今無以補之注修張良教何校良下添廟字陳同是也表本亦脫茶陵本複出非注
第二子恪陳云子字當重是也各本皆脫注禮記曰下至吾誰與歸表本作九原已
見上文茶陵本複出非注顏蠋謂齊王曰表本茶陵本蠋作斶案今齊策作斶古今人表作歜
歜斶同字也疑蠋斶皆斶之譌注皆鏤爲蛟龍表本茶陵本蛟作交是也注長老見碑
表本茶陵本碑下有者字案此脩改去之
卷三十九○上書秦始皇○注後二世表本茶陵本此三字作及二世信趙
高之譖八字案此節注表并善入五臣茶陵并五臣入善即尤亦恐非其舊今不具論注又曰惠文
君入年張儀復相秦攻韓宜陽降之云孝王案此二十一字決非善注

不知何時竄入考張儀復相後八年也秦本紀六國表韓
世家皆並無攻韓宜陽降之事善烏由爲此語況下方
引甘茂伐宜陽而疑書誤若果有此語便是無疑彌乖刺
難通矣各本皆同其謬已久今特訂正袁茶陵二本王作
公下同說見於下注十年納魏上郡張儀伐蜀滅之案依史記當作十年張儀
相秦魏納上郡八年張儀復相秦伐蜀滅之此注全爲人所改各本皆同絕非善舊矣注史記云孝
王納上郡此云惠王疑此誤也案此十六字決非善注不知何時竄入考魏納上郡
在惠文君十年秦本紀六國表魏世家明文鑿鑿了無異說善何由爲此語各本皆同其謬已久今特訂正注
宜陽韓邑也袁本茶陵本無此五字注孝王卒茶陵本孝作武是也袁本亦誤孝此
四君者袁本茶陵本無者字案史記有尤添之也致昆山之玉袁本茶陵本昆作崐案史記作
昆尤改之也注引新序作昆或善自是昆字注孫卿曰袁本卿下有子字是也茶陵本亦脫而陛
下悅之何也袁本茶陵本無何也二字案史記有尤添之也注駃馬屬案駃下當有騠字各

選七　十

本皆脫西蜀丹青袁本茶陵本西蜀作蜀之案史記作西蜀尤改之也而歌呼嗚嗚快
耳者袁本茶陵本無呼字案史記有尤添之也今棄叩缶擊甕袁本茶陵本無叩缶二字案史
記有在擊甕下尤添倒耳在乎色樂珠玉袁本茶陵本無珠玉二字案史記有尤添之也在乎
民人也袁本茶陵本無也字案史記有尤添之也退而不敢西向袁本茶陵本無向字案史
記有尤添之也而外樹怨諸侯袁本茶陵本外下有以字案史記無尤刪之也○上書吳
王○注惡不指斥言何校去不字陳同是也袁本亦衍茶陵本下又有欲字并善入五臣耳
注三輔黃圖曰袁本三上有善曰二字是茶陵本移每節首非下申亍曰上漢書曰文帝閔濟北上
二郡謂城陽上漢書曰上憐淮南王上以孟康解其文上湛今沈字也上言高祖燒所涉之棧道也上同又每節首
非舊注者亦當有也救兵不至袁本茶陵本至作止案止字是也漢書作止此尤本誤注青陽
水名也袁本茶陵本無此五字案二本所載五臣銑注有之尤誤取增多耳注輒當爲禦案輒

當作輔謂正文以輔大國之輔也下云以禦於趙顯然可知正文並無輒字各本皆誤注爾雅曰奸
求也案奸當作干各本皆誤注善曰劉瓛周易注曰至極也謂極言
之袁本茶陵本無此十五字案二本最是正文至漢書作志五臣作至善未必與之同尤增多此注以實之殊誤
注服虔曰袨服袁本茶陵本無服虔曰案二本連上不分節然則袨服以下乃應劭注也尤分節爾
以服虔曰加之非然則計議不得袁本茶陵本云議善作謀案此尤改之也漢書作議注善
曰方言云袁本善曰二字作又茶陵本作又曰案此袁是也注晉書注以瑋爲諱
何校書改灼陳同是也各本皆誤注言高祖涉所燒之棧道也袁本茶陵本涉燒二
字互易是也收弊人之倦袁本茶陵本弊作倣云善作蔽案此尤改之也漢書作弊○獄中
上書自明袁本茶陵本獄中作於獄案此疑善五臣之異二本不著校語無以考也注後聞輒
死袁本茶陵本死下有事字注于歷也袁本歷下有之字是也漢書顏注引有史記集解引亦有茶陵

選七　二

本并入五臣無并而燕秦不寤也袁本茶陵本寤作悟案史記作悟漢書作寤此尤改之也後是
以聖王覺悟未改史記漢書皆作寤寤即悟字善蓋本作寤也注初不相識相知案不字當在識
字下各本皆誤顏注云初相識即本此節去不相知耳可借爲證注報將軍之仇首何如
案首字不當有袁茶陵二本此節注皆并入五臣非仍無此字疑尤欲補者字而誤之注殆欲誅之
何校殆改君陳同是也各本皆誤漢書顏注史記集解引皆作君誠有以相知也袁本茶陵本云
誠善作成案此尤改之也史記漢書皆作誠注謂讒短也袁本茶陵本無短也二字注敬重
蘇秦袁本茶陵本無此四字注周之末人也何校末下添世字陳同是也各本皆脫漢書顏
注引服虔史記集解引列士傳正有可借爲證注見列士傳袁本見上有其姓名三字是也茶陵本亦
脫注新語曰袁本茶陵本上有善曰二字是也下說苑鄒子說梁五曰上國語泠州鳩曰上同注
無紹介通之袁本茶陵本無此五字注鄒子說苑袁本茶陵本無此四字案無者是也

不云說苑以承上條故耳注文子曰何校予改穎陳同是也各本皆誤案漢書顏注史記索隱俱引之表茶陵二本移善曰在此上非尤校改正之矣注積毀消骨謂積讒茶陵本骨謂積讒四字作國亦云消骨五字表本作國亦云消骨也六字案此各本皆有誤說在下注善曰毀之言骨肉之親爲之銷滅茶陵本善曰二字作又曰讒三字表本作故聽讒三字滅下二本有國亦然也四字案此各本皆有誤考史記漢書絕無作國者恐其並非善注蓋本積毀銷骨句別爲三節而於下注善曰讒毀之言骨肉之親爲之銷滅合并六臣多所增竄尤之刪改亦未為是注子宣王辟彊立茶陵本彊作疆表本與此同何校改疆陳同是也注子臧越人也案人下當有蒙字二字史記索隱引有張晏據史記爲說也不知者乃刪之各本皆誤正文自云越人子臧決不當以子臧越人也作注甚明注言無私也表本茶陵本無言字是也下言無偏也同由余子臧是矣表本茶陵本矣作也說見下朱象管蔡是矣茶陵本云五臣作矣表本云善作也案史記漢書皆作矣此尤改之也注舜弟

象傲帝表本茶陵本無帝字是也注乃致管叔于商茶陵本致下有辟字是也表本有辟無致亦非注民到于今受其賜表本茶陵本無此七字有此之謂也四字案亦衍注子終出使者表本出作辭茶陵本與此同案出辭當兩有今列女傳云出謝可證注善曰言士有功可報者思必報表本茶陵本無此十二字案此亦尤增多之誤也注公孫鞅事孝王陳云王公誤是也各本皆誤注上至高祖何校高改曾是也各本皆誤案漢書顏注引作曾可證注善曰伊尹管仲表本茶陵本無此六字案此亦尤增多之誤也以下同輔人主之治表本茶陵本云治善作政案史記作治此尤改之也漢書此處多異難以相證今不更論不得爲枯木朽株之資也表本茶陵本云善無也字案史記漢書皆有此尤添之也注有深謀善計而即行之表本茶陵本無此九字注制戰國策表本茶陵本無此四字以信荆軻之說表本云善無以字茶陵本云五臣有以字案史記漢書皆有此尤添之也注

又獻燕督亢之地圖下至以擿秦王表本此二十九字作刺秦王已見上文七字是也茶陵本所複出與此不同皆非注六韜曰下至俱爲師也表本茶陵本此五十四字作文王遇呂尚西伯遇太公俱爲師也十四字案各本皆有誤當本是善曰西伯遇太公立爲師已見上文合并六家刪改既非尤所增多更誤沈諂諛之辭表本茶陵本沈下有於字校語云善無沈於案史記有沈於漢書有沈無於此尤添之也善不當無乃傳寫脫注說文曰墻下至臣之所居也表本茶陵本無此十九字注漢書音義曰表本茶陵本無此五字下善曰不羈謂才行高在阜食牛馬器以木作如槽上是也注遠不可羈繫也表本茶陵本無此六字注孔安國尚書傳曰表本茶陵本無孔安國三字傳作注注撰考識表本茶陵本無此三字注利傷行也表本茶陵本無此四字注然古有此事未詳其本表本茶陵本無然此事其本五字

○上書諫獵○注說苑曰下至不避狼虎表本作孟賁已見上文茶陵本複出

非注郊之日表本茶陵本無此三字

○上書諫吳王○注吳王初怨望表本王下有之字是也茶陵本亦脫以直諫茶陵本以下有置字云王臣無表本云善有案漢書無此尤刪之也善不當有但傳寫衍注臣改計取福何校去臣字陳同是也各本皆衍案漢書顏注引無注論語曰天不可階而升也表本作論語猶天之不可階而升茶陵本作國語曰升天之無階也案此處表脩改似初同茶陵無以考也注顏師古曰表本茶陵本師古作監是也人性有畏其影表本茶陵本影作景下及注皆同案景是影非漢書作景尤所見誤耳注孫卿子以爲消蜀粱表本茶陵本無此八字欲湯之滄案滄當依漢書作滄注同各本皆同殫極之紘茶陵本紘作紞注同表本所見與此同案漢書作紞紞是紘非也注極之綆茲何校極上添盡字幹上添斷字陳同案漢書顏注引有手可擢而抓案抓當作拔漢書作拔表本茶陵本作拔校語云善作抓各本所見皆非也善亦作拔與五臣無異上句掾而絕者橫絕之也此句擢而拔者直拔

之也擢訓引不得言引而抓可知也其注未善抓扯交切一音乃既引廣雅解上句之搔爲抓而自音之與此句無
涉不知者誤認而改二本據所見爲校語讀者莫察矣善自音注中字其字非正文所有如此者不一而足漢書顏
此注云搔謂抓也搔音索高反抓音莊交反亦自音注中字而非正文所有又其可證者也注橡樟初
生何校橡改豫陳同是也各本皆誤注磨也礱表本茶陵本無此三字注尚書注砥磨
石也表本作砥礪已見上文茶陵本複出非○上書重諫吳王○注顏師古
曰修恩義以撫戎狄表本茶陵本無此十一字不如山東之府何校云漢書作
東山案各本皆作山東疑誤倒也注同注張云錯互出攻案張下當有晏字各本皆脫注
錯出謂四方更輸交錯出獻之而行也案錯出二字當作則獻當作運上注
則謂興軍遠行也解作軍之本此注則謂云云解作運之本各本皆誤注臣瓚曰海陵縣名
有吳太倉表本茶陵本無此十一字以偪滎陽表本茶陵本偪作備表校語云善作偪茶陵無
校語案漢書作備但傳寫誤爲偪耳注膠東膠西濟北菑川四國王也發兵
應吳楚表本茶陵本菑川四國作吳楚臨淄吳楚作此謀案各本皆有誤當依漢書顏注引作膠東膠西濟
南淄川王也發兵應吳楚○詣建平王上書○注沈約書曰何校書上添宋字陳
同是也各本皆脫注馬遷悲士不遇賦曰案馬上當有司字各本皆脫注今乃
知之案今乃當作乃今各本皆倒注轉用抵案轉當作軻表茶陵二本幷此入五臣仍作軻可借
證注對曰臣聞命矣表本茶陵本日下有若不有袞君何以興欲加之罪其無辭乎案此節注
二本幷五臣未必善有也注弁堈曰茶陵本堈下有弔字是也表本作弁州子大誤案所引知北遊文也
注言固陋之愚也陳云也心誤是也各本皆誤身恨幽圄表本茶陵本恨作限是也
梁書作限是以每一念來茶陵本是以每一念五字作每以一念四字校語云五臣作是以每一念
表本作是以每一念無校語案茶陵所見非也梁書作是以每一念來注忽然亡生茶陵本亡作忘

是也表本亦誤亡注李陵與蘇武書曰下至而泣血也此二十八字表本茶陵本
無案蓋因已見五臣而刪削也注則未可以論行表本茶陵本以作與是也注裁日閣
數人表本茶陵本裁日閣作一日裁案此尤校改之注論衡谷口鄭子真表本茶陵
本衡作曰是也退則虞南越之君何校云梁書退作次案所校是也各本皆誤注以丹
書之信陳云以上脫申字是也各本皆脫注補淮陽醫工長表本茶陵本淮陽作進國
表醫作監茶陵無工字案此尤校改之也注帝戲倫謂倫曰表本戲下去倫字是也茶陵本亦衍
注會稽餘姚人少有高名與光武同游學表本茶陵本無餘姚少有高名
游七字光武作世祖案此尤校改之也照景飲醴而已表本茶陵本無而已二字是也梁書無
鴒亭之鬼表本茶陵本鴒下校語云善作鴻案二本所見非也或尤校改正之梁書作鴒注命曰
丈夫上案曰下當有五字各本皆脫注五頭同穴表本同穴作共孔是也茶陵本作具存更
非○奉荅勑示七夕詩啟○注裴說集有辭才論表本說作顏是
也茶陵本亦誤說○爲卞彬謝脩卞忠貞墓啟○注名教謂王隱
隱淪謂翟湯表本茶陵本無此十字注顏觸謂齊王曰案觸當作斶表茶陵二本
作蠋亦非說見前○啟蕭太傅固辭奪禮○昉啟何校昉改君陳同下君於庶品
表本茶陵本君作昉校語云善作君昉往從宋官校語亦云善作君蓋此三字善皆作君五臣改其下二字爲昉唯
存第一字爲君故濟注有昉家集諱其名但云君云云而二本於此獨無校語也後乃幷改成昉不但失善舊亦與
五臣不相應甚非其君於品庶已校正此及後仍沿各本之誤注然而遂亟之茶陵本無亟字是也
表本作極亦衍注喪祭无主表本茶陵本喪作哀案此尤校改之也
卷四十○奏彈曹景宗○注廷尉王㠎逗撓陳云尉下脫當字是也各
本皆脫注金城西沂瀾表本茶陵本沂作沂下有曰塗二字是也尤初有脩誤去注壯士

猶戰不降表本茶陵本無戰字猶有轉戰無窮案有當作其表茶陵二本校語云善有其字尤所見非注毛詩曰旋車言邁表本作言邁已見潘岳金谷集詩是也茶陵本復出非此初同表脩改誤依復出注即主謹按表本茶陵本謹上有臣字案此尤校刪也注則臣當下讀也表本茶陵本無則字注上曰知獵狗乎白知之表本茶陵本無此九字云云表本茶陵本無此二字有臣昉誠惶誠恐頓首頓首死罪死罪臣昉稽首以聞二十字案此似善五臣之異也○奏彈劉整○注宋吳興太守兄子也陳云守下有脫字各本皆同無以補也六斛表本茶陵本斛作斗案下文仍作斗疑斗是忽至戶前隔箔表本茶陵本云善無隔箔二字案二本所見是也此尤添之以五臣亂善分財表本茶陵本云財善作賦案此尤改之整兄弟未分財之前表本茶陵本云善無未字案此尤添之進責整婢采音劉案劉當作列下文云並如采音苟奴等列狀粗與范訴相應此即采音列也各本皆誤今特訂正范奐問

何意打我兒表本茶陵本云善無奐字案此尤添之婢采音及奴教子表本茶陵本云善無婢字案此尤添之進責寅妻范奴苟奴列表本茶陵本云善無苟奴字案此尤添之依下文蓋當有遇見采音表本茶陵本遇下校語云善作過案此尤改之注漢書鄄都傳列侯宗室見都側目而視表本茶陵本鄄都傳作音義曰見下有鄄字而視作也案此尤校改之也薛包分財表本茶陵本云包善作苞案此亦以五臣亂善也注中字二本並作苞尤盡改作包非注東觀漢書曰陳云書記誤是也各本皆誤唯敫文通之僞迹表本茶陵本敫作傚案二本不著校語無以考也注高祖從王媼武負貰酒兩家表本茶陵本作高祖每貰酒歲更酒家案此尤校改之也而臣昉云云誠惶誠恐以聞表本茶陵本無云云二字以上有頓首頓首死罪死罪稽首十字案說已見前○奏彈王源○禮教雕衰表本茶陵本雕作雕案此尤本譌字注禮記曰三十壯有室表本茶陵本無此八字案蓋二本因已見五臣而節去尤有是也注禮曰天子表本茶陵本曰作記案此當記曰兩有臣

實需品表本茶陵本儒作懦案此尤本譌字而託姻結好表本無結字云善作結茶陵本無好字云結五臣作好案此蓋尤校改兩存依文義善不當無好字而以而託姻結爲句二本所見必有誤校語未足據也注魏志滿寵表本茶陵本志下有曰字是也注世說曰陳云說語誤是也各本皆誤注謂無聞焉尒表本茶陵本無謂字是也注連親婕也表本茶陵本婕作姻案史記集解引作婚漢書南越傳顏注引孟康亦作婚皆與善不同索隱云連者連姻也恐尤延之以彼語校改復錯誤如此耳注魯桓齊穆何校齊改楚陳同是也各本皆誤注禮記曰晉文何校文改人是也各本皆誤注陸雲荅兄書曰高門降衡脩庭樹蓬何校書改詩此十四字茶陵有表無案無者疑脫○荅臨淄侯牋○脩死罪死罪表本茶陵本不重死罪案此尤添之也自周章於省覽表本茶陵本自作目是也何校云魏志注作目歸增其

貌者也表本茶陵本增作憎是也注修言已豈敢望下至故引之表本無此三十七字案無者是也茶陵本并五臣入善此同其誤耳○與魏文帝牋○領主簿繁欽茶陵本無繁字表本有案此疑善無五臣有二本失著校語而尤以五臣亂善注亦律調五聲之均也何校亦改六是也各本皆誤注漢書曰鄭聲尤集黃門按此有脫誤所引必禮樂志鄭聲尤甚黃門名倡丙彊景武之屬云云以注黃門也今誤甚爲集黃門下失去全非其舊耳注集樂之所案集上當更有黃門二字注漢書音義下至爲理樂表本無此十八字有已見長笛賦五字案表本最是已見長笛賦即指黃門集樂之所也茶陵本復出非注桓譚新論曰漢之三主內置黃門工倡案此十五字亦已見長笛賦不當有也各本皆衍注與左騏等案騏當作顛觀下注騏與顛同可見也顛即顛字今本魏志作願乃誤字耳○荅東阿王牋○注張叔及論案叔及當作升反說已詳前各本皆誤注吳越春秋曰于

將者吳人造劒二枚表本茶陵本無此十四字○荅魏太子牋○歲不
我與表本茶陵本我與作與我案與我是也善注引歲不我與而正文自作與我即所謂不拘語例之例前已
詳論矣尤依注乙正文非注魏文書曰表本茶陵本魏文作文帝是也下同伏惟所天又
注左氏傳至下臣之天也表本茶陵本云善無伏惟所天案此不當無傳寫脫耳尤校添爲是
二本并無注二十二字此所有未審何出注項代曰陳云代岱誤是也各本皆誤遠近所以
同聲表本茶陵本聲下有也字何校添陳同是也時邁齒載案疑此載當作耋故注引左傳耋老
表茶陵二本所載五臣良注載大也蓋載耋爲善五臣不同也又案漢書孔光傳犬馬齒載讀作耋或季重用彼成
文然則善當有載耋異同之注今刪削不全注尚書曰僂僂謹敬也表本無尚字茶陵有
案無者旋脫字耳作尚非也求通親親表注引亦誤○在元城與魏太子牋○西
帶常山表本茶陵本常作恒案此尤改之也注漢書有恒山郡表本茶陵本恒作常是也

異七　十八

下漢書恒山郡元氏縣同注背漢之趙陳云趙楚誤是也各本皆誤注趙國之賢將
也至下趙所都也表本此十六字作俱趙將也四字是也茶陵本并入五臣非此同其誤耳女工
吟咏於機杼案女工當作工女以工女與農夫偶句也酈食其傳紅女與景帝紀女紅迴乎有別觀善
舍紀引傳較可知矣各本皆誤倒注爾雅曰科條也案爾當作廣各本皆譌此所引釋言文也
注賜書制詔表本茶陵本書下有曰字是也注後爲東郡尉何校尉上添都字陳同是
也各本皆脫注爾雅曰貿易也案爾當作小各本皆譌此所引廣詁文也○爲鄭沖
勸晉王牋○注魏帝高貴鄉公也太祖晉文帝也表本茶陵本無
此十三字案此不當無或二本脫注武王以平商表本茶陵本以作已是也注公羊傳
曰魯人至今以爲美談表本此十二字作美談已見上文是也茶陵本複出非注漢
北地郡有靈州縣表本茶陵本漢下有書字是也注上親臨西園表本園作圃是

也茶陵本亦誤園注迴戈聊指案聊當作邪各本皆誤今大魏之德表本茶陵本無
今字陳云今晉書作令爲是案此尤校添而復譌其字耳注吾誰與之爲鄰表本茶陵本無之字
走也所引山本篇文○拜中軍記室辭隋王牋何校隋改隨陳云隋隨誤表茶陵二本作
隨表有校語云善作隋茶陵無校語案陳何似但據茶陵改耳下注盡作隋表所見是矣注謝朓何校朓改
朓陳云朓並當作眺案已見前注言密服義之情也表本茶陵本無此七字案無者最是尤誤
取增多最非凡此類俱顯然可知者也注好宮室苑圃之樂也何校圃改囿是也各本皆譌
注後還西將軍陳云西上脫鎮字是也表本亦脫茶陵本并入五臣更非注韓詩外傳
簡王曰案王當作主各本皆誤注而失箸表本失作亡是也茶陵本并入五臣作失非注
左右曰至下無相弃者表本無此二十五字有祍席而甚切五字案表本是也茶陵本并入五臣
與此同皆非注祍席乃單席也表本無乃字是也茶陵本并入五臣仍未衍案祍下席字亦不

異七　十九

當有上善音同蓋皆涉正文而誤添○到大司馬記室牋○斯言不渝表本茶陵
本云言善作其案尤改之也梁書作言注漢書衞青曰至下國之不幸表本此二十七
字作多幸已見上文六字是也茶陵本複出非注聖人無名司馬彪曰神人無功
表本茶陵本無此十二字案此尤校添之也○百辟勸進今上牋○注史記曰
司馬遷自序何校去曰字陳同是也各本皆衍注於是夫負妻戴表本茶陵本無
天字戴字注即田雞水畔表本茶陵本無此五字注破左輿衆十萬於鍾
山陳云輿下當有盛是也各本皆脫注說文曰黨黑皺也古典切表本茶陵本無
此十字注魯班之子案子當作兮各本皆譌今宋策注號兮即號別體也注殷惑女妲
己表本茶陵本無女字注建牙陳伐案陳當作東各本皆譌注楚辭曰至下舞馮
夷表本茶陵本無此十五字案此蓋因已見五臣而節去注況貪天功茶陵本天下有之字表本

幷入五臣仍未脫注樂廣曰下至何爲乃爾表本此十四字作名教已見上文茶陵本複出非注孫綽子曰下至雅鄭異調表本此十七字作雅俗已驅見上文茶陵本複出非盡誅之氓表本茶陵本云氓善作萌案此以五臣亂善說詳前注論語曰下至是誰之過歟表本茶陵本無此三十六字案此蓋因已見五臣而節去注王暢誅劉表陳云當作劉表誅王暢魏志劉表傳注引謝書甚詳是也各本皆誤〇詣蔣公〇注而辟之茶陵本而下有倣黨爲志高問掾王默然後十一字表本幷入五臣略同注濟大怒茶陵本怒下有王默默懼與辭書勸說之十字表本幷入五臣略同注復爲尚書郎下至不得言而已表本茶陵本無此四十六字猥見採擢無以稱當表本茶陵本作猥煩大禮何以當之案此尤依晉書改但選文未必全同彼耳補吏之召表本茶陵本召作日何云晉書作召

卷四十一〇荅蘇武書〇注綠幘傳韝注曰表本茶陵本無韝注二字

案依顏注訶之當脫韝韋昭三字尤所補未是故每攘臂忍辱表本茶陵本云善無每字案此尤延之校添以五臣亂善耳注子曰申生虛死陳云子下脫犯字是也各本皆脫注遷處蜀道著青衣陳云著字衍是也各本皆衍注吏侵之益怒茶陵本怒作急是也表本亦誤怒注顯居臣上何校顯改顧陳同是也各本皆誤〇報任少卿書〇注爲衛將軍何校軍下添舍人二字陳同是也各本皆脫若望僕不相師而用流俗人之言表本茶陵本云而用善作用而案二本所見是也用句絕而下屬漢書有明文然則善自與彼同而非有誤尤所校改以五臣亂善失之甚矣注晉陽之孫案晉下當有畢字各本皆脫注若煩務也陳云若苦誤是也各本皆譌漢書顏注引作苦得竭至意表本茶陵本至作志案二本所載良注是志字未審善何作漢書作指注不假修人事也案假當作暇各本皆譌注顏師古曰表本茶陵本無師古二字案此當脫監字尤所補未是下注師古監錯見監是師古非注顏

師古曰衙從也營也表本茶陵本無此九字注李奇曰拳者弩弓也茶陵本拳作卷表本亦作拳案正文作拳善注先如字解之復引顏師古云云乃解爲拳字所以兼載異讀此李奇曰即顏所引當作拳不當作拳漢書注亦可證也注以爲置蠶宮今承陳云今承當作令丞是也各本皆誤注皆虫之微者故以自喻茶陵本虫之微者作微蟲也還是也表本幷入五臣與安同非凡此篇表本多幷入五臣茶陵本及此未誤皆不更出也注西伯積善累德表本茶陵本無累字案下引有尤校添也注人有變告信欲反茶陵本有下有上字是也表本亦脫注禮甚卑茶陵本禮作體是也表本亦誤注知其謀反告之案反字不當有各本皆衍注會孺有服何校孺上添仲字陳同是也各本皆脫注長史曰陳云長上脫召字是也各本皆脫注敗敵所破虜案破當作被各本皆譌漢書注引作被注羌人以婢爲妻案羌當作善各本皆譌注男而歸婢陳云歸當作婿是也各本皆誤此方言文也注女

而歸奴陳云歸當作婦是也各本皆譌方言文注爲楚懷王左司徒陳云司字衍案各本皆同陳據今史記校也考集解索隱無明文唯正義注云云其本無司字或善讀史記有未當輒去注莫爲王也陳云爲上脫能字下衍王字案亦據今史記校也或王當作之而各本皆譌注爲八覽十二紀三十餘萬言案覽下當有六論二字三當作二各本皆脫誤已就極刑表本茶陵本已作是以二字是也漢書作是以注吾聞之於政也何校政改故是也各本皆譌今雖欲自雕琢何校琢改瑑案漢書作瑑何據之校但選文未必全同如上文脩身者智之符也漢書作府大氐聖賢發憤之所爲作也漢書作氐善與顏兩家所注各有明文判然不合此但顏作瑑耳善果何作無以考之不得定其當爲瑑也凡何校之非多不出其舉隅者如此〇報孫會宗書〇注漢書楊惲下至惲乃作此書報之案此一節注當有誤如本傳惲自以兄忠任爲郎補常侍騎則云以才能稱譽者決非善引漢書矣漢書云家居此云遂即歸家閒居殊不成語必各本皆失其舊也注底

致也表本茶陵本無此三字案蓋因巳見五臣而節去也注猥猶曲也表本茶陵本此節注并入
五臣較多不同案以尤爲是也又不能與羣僚并力表本茶陵本并上有同心二字案二本無
校語似善與五臣無異但尤所見脫之也漢書有勠力耕桑茶陵本勠作戮注同表本皆作勠案戮即
勠假借或善戮五臣勠尤校改之也漢善作勠雅善鼓琴表本云善作琴茶陵本云五臣作瑟案各本所
見皆傳寫譌也漢書作瑟郎所謂趙之鳴瑟不得作琴明甚注而遇民亂也陳云民昏誤是也各
本皆誤注爲衆惡毀所舉何校舉改歸陳云舉歸誤是也各本皆誤常恐困乏者
茶陵本恐下有之字云五臣無表本云善有案有者不可通二本所見傳寫衍也漢書無稟然皆有節
槩表本茶陵本稾作稟案二本所載五臣良注作稟漢書作慓顏音匹遥反善不必與漢書全同或自作稟歟
注毛詩曰陳云詩下當有序字是也各本皆脫○論盛孝章書案此書當在後下與彭寵
書當在前今乃季漢之文越居建武以上必非善舊甚明各本皆同卷首子目亦然未知其誤始自何時也注

異七

徵爲都尉何校爲不添騎字是也各本皆脫注人誰不安案不當作獲各本皆誤注
曷爲不言蓋狄滅之表本茶陵本無蓋字是也注此其所以伐殷王陳云
伐代誤是也各本皆譌正之術表本茶陵本重之字云善無一之字案各本所見皆非此但傳寫脫○
爲幽州牧與彭寵書案此書當在前說見上注漁陽太守何校守下添彭寵二
字陳同是也各本皆脫注陳遵劉竦陳云劉張誤是也各本皆誤內聽嬌婦之失
計表本茶陵本嬌作驕是也後漢書亦是驕字注或本云永爲羣后惡法今檢
范曄後漢書有此一句何校云改無陳云云疑當作無今案何陳所說非也一當作二各本
皆誤或本云永爲羣后惡法者謂正文二句本或作如此一句也今檢范曄後漢書有此二句者謂其與或本云者
不合而與正文合也正文不云永爲羣后惡法不得如何陳所改作或本無甚明○爲曹洪與魏
文帝書○注如陳琳所敘爲也何校如改知陳同是也各本皆譌辭多不

可一一表本茶陵本下一作二案二本是也此尤誤改之注旣皆輕細茶陵本旣皆作尤爲
是也表本作旣無亦非注爾雅曰緡之細者案爾當作小各本皆譌此所引廣服文注
肆蠱蠆之政表本茶陵本蠆作惑是也注武王克殷陳云克伐誤是也各本皆誤颷
奪霆擊表本茶陵本奪作奮云善作奪案各本所見皆非也奪但傳寫誤注東觀兵於孟
津表本茶陵本孟作盟是也注左氏傳趙孟曰老夫罪戾是懼案此十二字不
當有老夫篇首已注詭矣各本皆誤注而齊女善歌表本茶陵本女作右案女字非也注詣
孫菘菘曰案二菘字皆當作崧國志注引作崧可證也各本皆譌夫緑驥垂耳於林
坰案林坰當作坰牧表本茶陵本作坰牧校語云善有林字無牧字案善引周禮以注牧作坰牧與五臣無異甚
明各本所見皆非也尤本又割一注周禮有牧田一句入下節益非二本此注通爲一節固未誤也顧盼子
里表本茶陵本盼作眄云善作盼案各本所見非也盼但傳寫誤

異七

卷四十二○爲曹公作書與孫權○注吳書曰孫策下至望
得來同事漢也案此一節注恐非善舊各本皆同無以訂之注舉茂才案舉下當有權
字各本皆脫注故云屬本州也表本茶陵本云作不是也羞以牛後何校後改從陳
云據注則正文中後字當作從案何陳所校是也表茶陵二本所載五臣向注作後各本皆以之亂善而失著校語
史記傳寫譌爲後今本國策亦然故五臣改從爲後耳注楚公子圍聘于鄭茶陵本圍作圍
是也表本亦誤圍注明者見於未萌案見下當有兆字各本皆誤注張兵迎信
陳云張引誤是也各本皆誤適以增驕案驕當作憍表本茶陵本云善從心此以五臣亂善漢隗
囂納王元之言案漢字不當有表本茶陵本云善有漢所見皆非也注行西河五大
郡大將軍事何校西河改河西下同五下去大字陳同是也各本皆誤○與朝歌令吳
質書○注爾雅曰局近也表本茶陵本爾作小是也○與吳質書○注

弱謂之體弱也何校上弱上注氣字陳同是也各本皆脫光武言表本茶陵本言上有有字何校添案魏志注所載無或尤依彼刪耳古人思炳燭夜遊何校炳改秉表本茶陵本作秉云善作炳案各本所見皆非也注引古詩爲注而云秉或作炳然則正文非炳明矣魏志注所載亦是秉字○與鍾大理書○注王逸正部論曰何校正改玉陳同今案隋志子儒家梁有王逸正部論八卷亡何陳所改非也注荀宏字仲茂爲太子文學何校宏改閎學下添據字陳同案據魏志荀彧傳注也各本皆脫誤○與楊德祖書○前書嘲之表本茶陵本前下有有字案魏志注引典略作爲此九欲依彼校改去有失添爲耳吾亦不能忘嘆者表本茶陵本志作妄云善作忘案各本所見皆非也忘但傳寫誤魏志注引典略亦作妄吾未之見也表本茶陵本云未之善作之未案魏志注引典略作未之尤依彼校改正之也乃可以論其淑媛表本茶陵本其作於案此尤誤改也下乃可以議其斷割表茶陵二本其作於校語善作其不得幷改此句魏志注引典略二字皆作於

注呂氏春秋曰下至晝夜隨而不去表本茶陵本無此四十二字案此蓋因已見五臣而節去也注其事該陳云該核誤也各本皆譌是非要之皓首何校非改此云魏志注作此案非或傳寫誤耳○與吳季重書○注毛詩曰彌終也表本茶陵本無此六字注出自陽谷案陽當作湯各本皆譌和氏無貴矣表本茶陵本氏下有而字案此蓋尤依篇末善注刪之也夫君子而知音樂古之達論謂之通而蔽茶陵本知上有不字表本無又二本校語云五臣無此三句案詳篇末善注今本以墨翟不好伎置和氏無貴矣之下云云是其本無此三句恐是後來取善引植集此書別題云者而添之耳各本所見及校語皆非注趙告謂趙王曰何校告改造是也各本皆誤注今本以墨翟之好伎何校之改不陳同是也各本皆誤注相映耳表本茶陵本映作應也○荅東阿王書○注而知衆山之邐迤也表本邐迤作峛崺是也茶陵本與此同案此依正文改注之誤注所無

不有何校所無改無所陳云所無當乙今案或衍所字注王逸曰嫫母醜女也表本茶陵本無此八字注叔段賦蟋蟀表本叔作印是也茶陵本亦誤叔○與滿公琰書○陽書喻於詹何茶陵本書作畫表本亦作書注同案此所引說苑政理篇文今本作畫考古八名書者多矣恐茶陵本乃用今本說苑所改書未必非畫未必是也注味薄而美茶陵本而下有不字是也表本亦脫○與侍郎曹長思書○注爲御史司空何校史下增大夫大三字陳同是也各本皆脫注楚宰蘧啟疆陳云宰上脫太字是也各本皆脫○與廣川長岑文瑜書○注煎沙爛石表本爛作鑠是也茶陵本亦誤爛○與從弟君苗君胄書○注此書言欲歸田故報二從弟也表本茶陵本此節注上無善及五臣名詳語意乃五臣而非善凡篇內自明之旨題下注又贅出必皆五臣混入者若尤定此注入善則二本尚未全誤也曠若發矇案矇當作蒙善注中皆作蒙又所引如淳漢書注以物蒙覆其

頭云云是其本作蒙之明證也長楊賦作矇用字不同彼注矇與蒙古字通云云蓋仍從蒙字解之然山父不貪天地之樂案地當作下表本云善作地茶陵本云五臣作下各本所見皆非也善引非以貪天下也爲注作下甚明地字不可通但傳寫誤耳注譙周古考史曰何校考史作史考是也各本皆倒注然後有官小史案官下當有師字史當作吏各本皆脫誤注何其盛矣表本茶陵本矣作也是也注論語曰下至而食之表本茶陵本無此五十五字注鄭朗曰案朗當作朋各本皆誤此引蕭望之傳文也

文選考異卷第七

文選考異卷第八

賜進士出身通奉大夫江南蘇松常鎮太倉等處承宣布政使司布政使胡克家撰

卷四十三〇與山巨源絶交書 表本茶陵本下有一首二字案有者是也此卷各題下全無卷首所列子目亦然皆脱誤見前 注以成曹君子曰 何校重君字陳同是也各本皆脱

注英雄記曰 陳云王粲英雄記皆記漢末英雄事尚子平乃建武中隱士不應載入當是誤也今案此疑英賢譌之文各本皆譌 少加孤露 何云晉書作加少案加少是也各本皆誤倒 注飲無求辭 案辭當作亂各本皆譌 吾不如嗣宗之賢 何校賢改資陳云賢資誤案所校是也注云資材量也不得作賢甚明晉書正作資 注濕病也 表本也下有俾利反三字茶陵本亦有反作切案此眞善音也正文下〻蘇切乃五臣音尤存彼刪此非 又不喜作書 表本茶陵本無又字案二本不著校語晉書此在所節去中無以考之 雖瞿然自責 案瞿當作懼表本云善作瞿茶陵本云五臣作懼各本所見皆傳寫誤也善自作懼與五臣同故引惠帝贊懼然作注今各本并注中亦誤爲瞿非懼瞿同字耳晉書在所節去中 注則瞿然也 表本茶陵本然下有晉灼曰瞿音句六字是也尤誤刪改作音句入正文下又瞿皆當作懼今漢書正作懼師古曰懼讀曰瞿 必不可以爲輪 表本云善無必字茶陵本云五臣有必字案此或所見不同否則尤添之耳晉書在所節去中 注王隱晉書曰紹字延祖十歲而孤事母孝謹 表本茶陵本首有晉諸公讚曰康子劭八字紹作劭無十歲而孤事母孝謹八字案二本是也此尤延之校改而誤 注常衣濕贋 案濕當作緼各本皆誤此所引楊朱文以下多互異義可兩通不更詳出

〇爲石仲容與孫皓書〇注君子見幾而作 表本幾作機是也茶陵本亦誤幾正文是機字 注荼與塗字通用 表本茶陵本塗下有古字是也 注天祿乃始 案乃下當有茲字各本皆脱弔魏武文引有 注逆於遼東 茶陵本東作隧是也表本作遂亦非 乘桴滄流 茶陵本流作海表本作流與此同何校流改海陳云流海誤晉書作海案表本茶陵本所載五臣濟注云滄流海也似五臣作流二本失著校語尤亦以之亂善也 交疇貨賄 表本云善作疇茶陵本云五臣作酬何云晉書作酬今案疇疑醻字之誤 注往來贍遺 何校贍改賂陳云贍當作賂案所校據魏志是也各本皆誤 注景初三年遣大司馬宣王 案三當作二大當作太下脱尉字各本皆誤此所引明帝紀文也 注權實堅子 何校堅改豎是也各本皆譌 注罙深也 表本茶陵本下有音彌二字案有者是也乃眞善音而誤刪 注勤維等令降於會 案勤當作勑各本皆誤鍾會傳可證 今日之謂也 表本云善無也字茶陵本云五臣有案此尤添之耳 然主上眷眷 何校上改相晉書作相案主謂魏帝相謂晉王似所改是也 崇城自卑 案自當作遂茶陵本云五臣作自表本云善作遂晉書作遂尤以五臣亂善非 若侮慢不式王命 案晉書若下有猶字此當有讀以四字爲一句各本皆脱也 注醫病不以湯液 陳云醫下脱有俞附醫四字案所校是也此引以注正文俞附各本皆脱

〇與嵇茂齊書〇注老子曰睢睢 陳云日下脱而字是也各本皆脱 注陳琳武軍□賦曰 表本軍□作庫是也茶陵本作庫車衍車字此亦初衍而脩去軍即庫字誤 斯所以怵惕於長衢按轡而歎息也 表本茶陵本也上有者字案晉書無按轡而歎息陳云據注則此五字衍是也必五臣因注云本或有於長衢之下云按轡而歎息者故添六字以異於善二本失著校語也詳此本乃脩改增多是初刻無而所見仍不誤尤延之不察輒取五字於是善以五臣亂之矣當加訂正 注范曄後漢書 表本茶陵本無此五字是也案說已見前

〇與陳伯之書〇注征人伐鼓 案征當作鉦各本皆誤 注沈迷領簿書 陳云領簿當乙是也各本皆倒 注謝承後漢書曰 表本茶陵本承作沈是也 注爲喋血 表本茶陵本血下有涉與喋同丁牒切七字是也無正文涉下丁牒切與喋同六字案此剟裂善音之誤說已詳前 注及迷塗之未遠 此節注後表本有注一節云周易曰不遠復無祇悔在正文先典攸高下是也茶陵本并入五臣而誤刪削此本誤與之同 注建節敕出關 表本茶陵本敕作東是也 注

故殷陟配天陳云陟上脫禮字是也各本皆脫 注居各取豪貴陳云取最誤是也各本皆誤 注羌胡名大師爲酋案師當作帥各本皆誤 注表宏漢獻帝春秋何校宏改睢陳同各本皆誤案隋經籍志云十卷表睢撰可證也 注授兵登陴表本茶陵本陴下有陴婢移切四字無正文文陴下婢移切三字是也 注秦必可亡西河表本茶陵本無可字是也 注使將軍莊縞陳云縞蹻誤下同是也各本皆譌 ○重荅劉秣陵沼書○ 注芳至今猶未沫案芳當作芬各本皆譌 注沫巳也表本茶陵本也下有亡蓋反三字案此眞善音正文沫下昧字乃五臣音也尤誤刪此存彼 注思王歸國京師陳云思字當在國字下是也各本皆倒 ○移書讓太常博士陳云題前脫移字一行是也各本皆脫又卷首子目亦然 注爲義和京兆尹卒案卒字不當有各本皆衍漢書云後事皆在莽傳可證也 講論其議案議當依漢書作義各本皆誤又案注論議相對議亦當作義也 責讓之曰表本茶陵本此下提行另起是也 書缺簡脫表本有校語云善作脫簡案表所見誤也茶陵本無校語與此皆不誤漢書正作簡脫 孝成皇帝表本云善無皇字茶陵本云五臣有皇字案此尤延之校添也漢書有皇字 或脫編表本作傳或開編云善無傳字開作脫茶陵本云五臣有傳字脫作開何云漢書作傳或開編案此恐善與漢書同各本所見皆傳寫誤也 以尚書爲不備案當依漢書去不字此所引臣瓚漢書注甚明又孔叢云唯聞尚書二十八篇取象二十八宿云云然則今文尚書家有爲此說者也 然孝宣帝茶陵本云五臣作宣表本云善作皇何校宣下增皇字案漢書作孝宣皇帝 注梁丘字長翁表本丘下有賀字是也茶陵本亦脫 ○北山移文○ 注周宣王太子晉也何校宣改靈是也各本皆誤 偶吹草堂表本茶陵本偶作竊案五臣作竊善作偶注皆有明文二本不著校語非也唯此本爲未誤或尤校改正之 注皆銀印墨綬表本茶陵本銀作銅是也 注江水東至會稽山陰爲浙右陳云似不當言爲浙右疑有誤也案陳所說最是右當作江考說文水部浙字下與善所引字書文同可證右字必涉正文誤改也 道帙長殯茶陵本云五臣作擯表本云善作殯何校殯改擯案長殯與下久埋偶句殯字是矣何改非 磵石摧絕無與歸茶陵本云五臣作澗戸表本云善作磵石案此與下石還偶句文必相迴避各本所見石字必傳寫誤恐善自作磵戸 秋桂遺風表本茶陵本遺作遣是也何校遺改遣 注船舷也陳云船上脫叩字是也各本皆脫

卷四十四○喻巴蜀檄○ 注拜之而後稽顙陳云之字衍是也各本皆衍 注莫不來享案莫下當有敢字各本皆脫 注番禺南海郡縣治也案縣字不當有漢書注無史記索隱引亦無皆可證 注太子即嬰齊也案依他篇如韋孟諷諫之例當有善曰在太字上以分別顏注表茶陵二本此篇以善與舊注相連乃合并六家體例之不畫一者尤仍之耳又每節首非舊注皆當有之尤槩刪去亦與他篇例技也後難蜀父老荅客難等皆放此 西僰之長表本僰下有犍字其校語云善脫犍字茶陵本云五臣有犍字案犍五臣妄添也史記漢書俱無此注引文穎曰犍爲縣者謂地理志犍爲郡之僰道縣也說文僰下亦云犍爲蠻夷也以犍爲縣注僰非正文別有犍字表本所著校語更誤中之誤 注興制謂起軍法制追將帥也表本追作誅茶陵本無此注并入五臣也案史記索隱亦引張揖此注誅字是 功烈著而不滅表本云善作列茶陵本云五臣作烈案此尤延之校改正之也史記漢書皆作烈但傳寫譌爲列耳後篇烈士立功之會封禪文休烈浹洽二本校語同尤皆校改 ○爲表紹檄豫州○ 注魏志曰下至而不責之表本此一節注與所載五臣翰注略同其善曰下作魏志曰琳避難冀州表紹使典文章表氏敗琳歸太祖太祖曰卿昔爲本初移書但可罪狀孤而已惡惡止其身何乃上及祖父邪琳謝罪太祖愛其才而不咎六十一字是也茶陵本云善同翰注此承其誤爲并善於五臣耳 注閔子騫曰表本騫作馬是也茶陵本亦誤騫 獿狡鋒協何校協改俠云魏氏春秋作俠案裴松之注魏志紹傳所引也考後漢書紹傳載此文亦作俠但二書文略同而與此多異善注未有明文無以考之也 注董卓字仲潁下至呂布誅卓表本無此三十八字有董卓已見西

征賦七字是也茶陵本有乃復出　注以攻卓表本作將以誅董卓案考魏志云將以誅卓似表本仍衍
董字茶陵本作以攻卓誤與此同　注魏志作獎臧臧成也陳云魏志既與文選同似不必
贅引當云後漢書作獎就就成也文義乃安案魏志無此文唯裴注引魏氏春秋耳此注必有誤各本皆同無以訂
之兩臧字陳所校是也　注賈逵國語曰表本茶陵本語下有注字是也　注氣厲流行
陳云氣氛誤是也各本皆譌　注魏志曰太祖在兖州表本志作書案此尤校改但未必非
引王沈魏書也茶陵本刪此注更非　注董卓徙天子都長安此八字表本茶陵本無蓋因五
臣已有而刪之也尤所見者是矣　注應劭漢官儀曰表本茶陵本無應劭二字　厥圖不
果爾乃大軍茶陵本爾作耳云五臣作爾表本云善作耳案此尤校改也詳文義作耳者當句絕魏氏
春秋後漢書此處節去無以相譣恐尤改未必是　欲以螗蜋之斧茶陵本螗作蝗注同表本亦作
螗其所載五臣銑注字同善注字作螳案據此似善螳五臣螗也魏氏春秋後漢書亦作螳　注外甥高
幹表本翰作幹是也茶陵本亦誤翰　皆自出幽冀表本茶陵本自出作出自是也案此尤本之誤
耳　注漢書以旅爲助案此注亦有誤後漢范蔚宗書所載此處節去未審善所稱漢書當何指
也各本皆同無以訂之矣　○檄吳將校部曲文○注閔子騫之辭何校騫改
馬是也各本皆誤　下愚之蔽也表本云善無下字茶陵本云五臣有下字案此尤延之校添也　注
李湛何校湛改堪下同陳云湛堪誤案據國志校也各本皆譌　注丁斐曰放馬陳云曰因誤案
據國志校也各本皆譌　注漢寧何校漢上添領字寧下添太守二字陳同案據國志校也各本皆脫　而
建約之屬何校之改支茶陵本云五臣作支表本云善作之案詳文義當作支或各本所見傳寫誤爲之
也　夫鷙鳥之擊先高茶陵本作擊鳥先高四字校語云擊五臣作鷙有之擊字表本校語云鷙
善作擊無之擊字案二本校語是也尤本此處脩改乃誤取五臣以亂善　注建安二十一年留
夏侯淵表本茶陵本無一字案二本是也此所引武帝紀文　官渡之役茶陵本云五臣作渡表本

云善作渡案尤本以五臣亂善非擬鄴中集詩九錫文皆可互證也　舉事來服茶陵本事作縣是也表本
亦誤事　注尚書曰伊尹陳云書下脫序字是也各本皆脫　及諸將校表本茶陵本及
作又是也　注跌蹯而去案跌當作泆各本皆譌此所引趙策文　○檄蜀文○注後
爲司徒表本無後字有伐蜀平之四字是也茶陵本無此節注乃并八五臣尤本此處脩改蓋初亦無後校
補也　注有太武皇帝陳云太當作司奏二字是也各本皆誤　注君子曷爲春秋
案爲字當重各本皆脫　注宰輔司馬文王也此七字表本茶陵本無案亦因五臣已有而刪
之也尤校添是矣　興兵新野表本云善作新茶陵本云五臣作朔何校新改朔案魏志鍾會傳所載正
作朔朔謂涿郡是也新字善無注傳寫誤耳二本據所見爲校語非　興隆大好何校興改與案魏志作與
與字是也詳表茶陵二本所載五臣翰注似其本作興各本所見皆以五臣亂善而失著校語　注姜維寇
圯陽何校圯改洮案改者是也此所引三少帝紀文　此皆諸君所備聞也表本茶陵本君
作公何校改賢案魏志作賢此與志亦有小異凡兩通者宜各依其舊何改未是餘不悉出　注見危於
未萌表本茶陵本無危字陳云危兆誤是也　注欽子鴦茶陵本鴦作鴦是也表本亦誤鴦下同
○難蜀父老○注鄭元曰陳云元當作德今案當作氏各本皆誤　注尚書曰
黎民表本尚上有善曰二字茶陵本在此節注首案表本是也說見喻巴蜀檄下餘倣此例求之不更出　脩
誦習傳何云漢書脩作循陳云當作循案史記亦作循古書二字多互誤何陳所校是也表茶陵二本亦誤
注鄧展子曰陳云子字衍是也表本展子作子展茶陵本亦作展子皆衍　注出蜀西徼
外陳云西當作廣平是也各本皆誤案說文沫下作西江賦注引故或以改此其實張揖自作廣平顏注及索隱
引可證　注出廣平徼外出旄牛陳云當作出旄牛徼外是也各本皆誤顏注及索隱引可
證　注蠶通山道案山上當依顏注引有靈字各本皆脫　注出登縣陳云登上當有臺字
是也各本皆脫案顏注引可證　注作獨粱表本茶陵本獨作儒是也　注智梅憤切案憤當作

憒各本皆譌案隱曰曶音妹梅憒曶妹之反語也憒字不可通**注字林音勿**何校勿改忽案所改是也索隱引正作忽顏注亦音忽

猶鷦鵬已翔乎寥廓之宇表本云善有之字二字茶陵本云五臣無案史記漢書皆無依文義不當有恐但傳寫衍各本所見非也

而羅者猶視乎藪澤表本云善無乎茶陵本云五臣有乎案史記漢書有恐但傳寫脫尤校添是也

注爾雅曰陳云爾廣誤是也各本皆誤

注空廓寥寥也陳云當作廓空也是也各本皆誤

於是諸大夫茫然表本云善作芒茶陵本云五臣作茫案史記作芒漢書作茫尤蓋依漢書校改也

遷延而辭避表本云善作退茶陵本云五臣作避案史記漢書皆作避尤校改是也

卷四十五〇對楚王問〇而魚有鯤也表本茶陵本云鯤善作鱗案所見傳寫誤尤校改正之也

〇荅客難〇注推意放蕩也何校推改指陳同是各本皆誤漢書可證

尚有遺行邪表本茶陵本云邪善作也案今漢書亦作邪尤延之據之校改考古也邪二字同用表茶陵所見自不誤尤改爲未是

相擒以兵何校擒改禽案所改是也漢書作禽以表茶陵二本餘篇校語例之大略善禽五臣擒此以五臣亂善也

外有倉廩案倉廩當作廩倉表茶陵二本云善作倉廩與此皆所見傳寫倒也漢書作廩倉倉字韻

天下平均茶陵本作平均有校語云善作均平表本作均平無校語案漢書無此句注亦無明文未審善果何作

傳曰天下無害表本茶陵本害下有菑字表本有校語云善無茶陵本無校語案各本所見皆有誤也菑字韻與下文才字協蓋善當是作天下無菑也又案陳云傳曰七句漢書無凡他書所有之文與此或相出入但可借以取證不得竟依彼校此斯其例矣

注燕時以禮待之遂委質爲臣下陳云時王誤禮上脫容字下注字衍是也此所引樂毅傳文

競并天下案競當作竟各本皆譌

注服虔曰筦音管此六字表本茶陵本無案二本以善音而誤刪也下文穎曰筳音庭及如淳曰鼱音精服虔曰鼩音劬亦然凡善音二本誤刪而此仍有者餘不悉出

注說文曰靡案靡當作縻各本皆誤

〇解嘲〇時雄方草創太元何校去創字云漢書無案表茶陵二本所載五臣濟注云草創是其本有此字恐各本所見以之亂善而失著校語耳

獨說數十餘萬言案漢書無數字此不當有表茶陵二本所載五臣向注有之是其本誤衍後又以之亂善

客徒朱丹吾轂何校徒下添欲字表本茶陵本云善無欲字案漢書有此傳寫脫校語非

注故齊人號談天鄒衍案鄒字不當有各本皆衍顏注引無可證也

注在金城河開之西何校開改關陳同是也各本皆誤

後椒塗表本茶陵本椒作陶云善作椒何校云椒漢書作陶師古曰有作椒者乃流俗所改陳同今案何陳所校非也顏本作陶具見彼注善此引應劭曰在漁陽之北界與顏義迥別蓋應氏漢書作椒顏所不取而善意從之也若以顏改善是所未安凡選中諸文謂與他書必異亦非必同亦非其爲例也如此

注以爲親行三年服也茶陵本以作不是表本亦作以漢書注引以不兩有皆非

注孫卿子曰仲尼之門五尺豎子羞言五伯表本無此十六字有五尺童子已見李令伯表十字是也茶陵本複出非

注秦穆公聞百里奚陳云奚下脫賢字是也各本皆脫

注則可抵而取之表本此下有善曰爾雅曰室塞也八字是也茶陵本無亦脫

處乎今世案漢書無世字此不當有各本皆衍

位極者高危何校高改宗表本云善作高茶陵本云五臣作宗案漢書作宗宗字是也高字傳寫誤

抵穰侯而代之案抵當作扺注引說文曰扺側擊也音紙是善字作扺又顏注引蘇林曰扺音紙亦當作扺今本漢書作抵與此同誤又上文引李奇注則可扺而取之各本皆作抵此二字多混也

頷頤折頞案頷漢書作頷師古曰頷曲頤也音欽善引韋昭曰曲上曰頷欽甚切疑正文及注二頷字皆當作顉顉頷同字故顏音欽韋音欺甚也表茶陵二本正文下音綺險乃五臣作頷之證各本以之亂善[illegible]實依韋讀當從金不作頷又諸字書多顉頷頷並收蓋[illegible]書別有作頷之本故五臣用以改善耳

注三年之喪卒案卒下當有哭字各本皆脫

注左氏傳曰召公何校召下添穆字是也各本皆脫

響若坻隤案坻當作坁應劭本漢書作坁音丁禮反韋昭本漢書作坻音是善意從韋故又引字書巴蜀名山堆落曰坻也各本正文從應注中亦一槩盡作坁皆

誤當訂正顏注漢書作阺云阺音氏巴蜀人名山旁堆欲墮落曰阺應劭以爲天水隴氏失之矣氏音丁禮反所言

更顯然易知說文氏下云云即字書所本引此作氏韋昭本與之合吳都賦劉淵林注引此作坻與應劭本合彼此

不可互證實讀古書之通例矣雖其人之贍智哉表本茶陵本贍作膽云善作贍陳云漢書作贍

又東方朔贊贍智宏才善注仍引此文則贍字乃傳寫譌案所校是也又馬汧督誄才博智贍注引同亦可證東

方朔割炙於細君案炙當作名注割名割損其名也今二名字亦誤炙漢書作名顏注云割損也

言以肉歸遺細君是損割其名蓋雖朔傳言割肉而雖謂之割名故須此注若如今本作割炙而注云割炙割損其

炙殊非注體表茶陵二本所載五臣良注云炙亦肉也是其本作炙又附會爲亦肉之解各本皆以之亂善而失著

校語後并注中字改爲炙而讀者不知善自作名矣今特訂正之○荅賓戲○躬帶紱冕

之服案漢書無紱字詳善注亦不及紱必各本皆傳寫誤衍也注師古曰帶大帶冕冠

也項岱曰表本茶陵本此十二字作項岱曰帶大帶也七字是也尤誤用今本顏注校改耳又案凡引顏

異八　九

注以長楊賦注證之善自稱顏監今他篇作顏師古者經後人改之此作師古益誤中之誤矣注翼麟皆

謂飛龍表本翼上有善曰二字是也說已詳前茶陵本刪此節注非徒樂枕經籍書案籍

當依漢書作籍各本皆譌注晉灼曰以亘爲緪陳云曰字衍是也各本皆衍又案據此似正文

當作亘上注當作亘音亘竟之亘今皆作緪者依晉灼改之而誤茶陵本校語云五臣作亘表本云善作緪其實善

亦作亘也西都賦亘長樂孟堅用亘字之證漢書及顏引如淳作恒恒亘同字或師古讀彼賦亦爲恒字歟注

讀作攸表本茶陵本作作若是也注上書既終而爲李斯所疾表本無上書既

終四字而作然案表本最是四字乃五臣向注五臣解適作終故云爾善引應劭解作好不得有也茶陵本并善於

五臣此仍之而誤衍秦貨既貴厥宗亦墜表本有校語云既善作其亦善作乃茶陵本無校語

案此所見異本也漢書作既作亦注故云厥宗亦墜者表本無此六字案無者是也茶陵本并五

臣於善此仍之而誤衍孟軻養浩然之氣案浩當作皓善引項岱注皓白也如天之氣皓然是

善作皓不作浩甚明其五臣作浩表茶陵二本所載良注云浩然自放逸其證也各本所見皆以之亂善而失著校

語非又善所引孟子二浩字亦當作皓乃與項岱注爲相應蓋孟子別本如此故雪賦縱心皓然亦引之以爲注也

顏注漢書字作浩與五臣合與善不合乃異本之難以相證者凡異本之例如上文風颾颾字於顏則爲颾字是爲

明徵矣注紘張也陳云紘恢誤是也各本皆誤注史記太公曰陳云公上脫史字是

也各本皆脫謀合神聖案神聖漢書作聖神詳此神字韻與下賓垠等字協不得倒轉疑善自作聖神

唯五臣銑注先解神後解聖是其本作神聖各本亦以五臣亂善耳注鄭元曰優游案元當作氏各

本皆誤漢書注正作氏注陸生乃祖述存亡之徵陳云祖粗誤是也各本皆譌楊

雄譚思何校譚改覃陳云譚誤案各本皆是譚字善果何作無以考也漢書作覃柳惠降志於

辱仕表本茶陵本於作而案漢書作於尤校改也又案表本此下有注云項岱曰柳下惠六字最是據此善正

文亦當作東抗行無伯字惠降志無柳字與五臣及漢書不異上句尚有注而不全也各本傳寫誤添正文非茶陵

異八　一

本及尤本并脫去此句注益非顏潛樂於簞瓢茶陵本潛作淵云五臣作潛表本云善作淵案此九

延之用五臣校改也漢書作恥注曰正朔三茶陵本曰上有又字是也表本亦脫委命供己

案供漢書作共顏注讀曰恭表茶陵二本所載五臣向注曰供猶全也是其本作供但所解難通善無明文恐未必

同向或自作共失著校語耳神之聽之表本有校語云聽善作聖案所見非也茶陵本無校語與此皆

不誤注式穀與汝茶陵本與作以是也表本亦誤與注服虔曰左氏傳注曰

陳云虞下衍曰字是也各本皆衍注謂之足戟持之陳云上之以誤是也各本皆誤注陳

章曰案章當作音各本皆譌○歸去來○注序曰表本序上有歸去來三字茶陵本無

園涉以成趣案趣當作趨善引爾雅謂之趨爲注又云趨避聲也七喻切是其本作趨甚明倘作

趣此一節注全無附麗矣五臣良注云自成非趣乃作趣也各本皆以五臣亂善而失著校語注玩琴書

以滌暢陳云滌條誤是也各本皆誤農人告余以春兮表本茶陵本無兮字案此尤校

添也○毛詩序○所以風天下茶陵本風下有化字表本無案茶陵所用善本也表所用
五臣本也此一有一無舊已兩行見於正義必善與正義所謂俗本者同五臣以定本去之尤依今序校刪而五臣
亂善二本皆失著校語亦非厚人倫案厚當作序表本有校語云厚善作序茶陵本作厚無校語考釋文
云厚音后本或作序非此亦兩行善自作序唯表所見得之又案求通親親表敘人倫引此當亦是序今作厚非王
元長曲水詩序厚倫注引此則作厚乃所謂與文選不同各隨所用而引之之例也聞之者足以戒
表本茶陵本以下有自字案此亦兩行之見正義者尤依今序校刪似是實非詩之志也表本云善作志
茶陵本作至無校語案此無可考但當各仍其舊茶陵非也注斥太王王季文王也案文
王也三字今箋無詳其義不當有此或傳寫衍也注謂中心念恕之也陳云案釋文云恕本
又作念則念下不當復有恕字是也各本皆衍案此蓋或校念爲恕因誤兩存耳○尚書序○懼
覽之者不一何校云匡謬正俗云晉宋時書皆云覽者之不一案各本皆作之者未詳善與顏所說同
否也○春秋左氏傳序○杜預表本茶陵本作杜元凱是也諸所諱避表本
茶陵本云善作避諱案今本左傳作諱避尤校改耳下二條同若如所論表本茶陵本云如善作此有
所不通表本茶陵本云有善作其○三都賦序○注西都賦序曰案西當作
兩各本皆譌注孔安國尚書大傳曰案大字不當有各本皆衍注謝承後漢書
序曰表本茶陵本承作沈是也言吳蜀以擒滅案擒當作禽茶陵本云五臣作禽表本云善作
擒所見皆非注甚誘逆之理陳云誘誶誤又逆下脫順字是也各本皆誤注過秦論
曰表本茶陵本無論字是也○思歸引序○百木幾於萬株表本茶陵本百作柏
案此必善百五臣柏二本失著校語尤所見獨未誤也詳文義百是柏非多養魚鳥表本茶陵本魚鳥作
鳥魚案此疑亦善五臣之異注班固漢書表本茶陵本無此四字案無者是也說已見前此類今各
本多非其舊未能盡出

卷四十六○豪士賦序○落葉俟微風以隕何校風改飇表本云善作
風茶陵本云五臣作飇案晉書作飇或風是傳寫誤不足繁哀響也何校繁改煩云晉書作煩陳云
作煩爲是案繁與煩音義甚近或善自與晉書有異也注左氏傳曰下至將誰讎乎表本
茶陵本無此一節注案二本脫也注首垂泥土中刃響乘輿何校去土字響改鄉陳同
是也各本皆誤注遷御史陳云下脫大夫二字是也各本皆脫登帝大位表本茶陵本大作天
表有校語云善作大茶陵無案注引天位艱哉善自作天與五臣無異不作大也茶陵本所見爲是表校語及此非
晉書亦是天字亡己事之已拙表本茶陵本亡作忘云善作亡案各本所見皆非也亡字但傳寫誤
晉書亦是忘字注爾雅注曰劭表本爾作小無注字是也茶陵本亦誤衍○三月三日
曲水詩序○注晉武帝問尚書摯虞曰陳云書下脫郎字是也各本皆脫藝
文類聚初學記引有注三月曲水案月當作日各本皆譌藝文類聚初學記引作日晉書束晳傳亦然
注叡哲文明茶陵本叡作濬表本作叡與此同案依茶陵本似善正文作濬魯靈光殿賦濬哲欽明善
注引濬哲文明王元長序睿哲在躬東京賦睿哲元覽善注皆引睿作聖明作哲然則睿濬較有區別恐是五臣改
濬爲叡也銑注云叡聖注景光景連屬也陳云光上有脫文案當有屬字也各本皆脫注
四隩既澤表本茶陵本澤作宅是也則宅之於茂典表本茶陵本宅作擇是也注尚
書武王曰茶陵本武作穆是也表本亦誤武注國語楚穆仲案楚當作樊各本皆譌
注稽古於同異案古當作合各本皆譌烈燧千城案烈當作列各本皆譌蓋此二字多
致混也表茶陵二本餘篇校語可證注王仲宣思征賦曰案思征當作征思各本皆倒注
閱水以成川案閱上當有川字各本皆脫注包鼈及魚表本茶陵本及作鮮是也注
雷震揚天表本茶陵本揚作于是也注介爾百福茶陵本介作卜是也表本亦誤介○
三月三日曲水詩序○注莊子曰北門成問於黃帝曰帝

張葴湛之樂於洞庭之野表本作張樂已見上文周易曰時乘六龍以御天十六字是也
茶陵本誤與此同注維十月五祀茶陵本月作有是也表本亦誤月注明則有禮
樂表本茶陵本無此五字案此尤校補也注尚書璇璣玉鈐曰案玉字不當有各本皆衍
注制作六經洪業陳云下脱也字是也各本皆脱注世祖立皇太子長楸
何校楸改懋陳同各本皆誤跨掩昌姬表本茶陵本掩作躡案善注無明文可考二本不著校語或同
五臣作躡但必當有音今蓋注不全也二本躡下有女展注帝王子弟案帝上當有髙字各本皆脱
注秦后太子來仕何校云太字衍陳同各本皆衍注王仕於晉也何校王改來陳
同是也各本皆誤注若稽古帝堯案若上當有粤字各本皆誤注譙周考史曰
陳云考史當作古史考是也各本皆誤注薖飢意表本茶陵本無此三字案此尤校添也注後
漢賈琮爲冀州刺史車垂赤帷而行及至州自言曰表本作范
睢後漢書曰賈琮爲冀州刺史琮之部升車言曰是也茶陵本并入五臣與此同皆非注何反垂帷
裳表本何下有有字是也茶陵本與此同非注爲嫖姚校尉案此有誤也正文作影摇與注不相
應考史記作剽姚漢書作票姚服虔音飄摇師古曰荀悅漢紀作票鷂字皆不作嫖疑此注善引漢書自作票姚其
下或并引服音且有影摇與票姚異同之注而不全注丁白爲武猛校尉何校白改原陳同是
也各本皆誤范蔚宗書何進傳有其證矣注百姓皆安表本茶陵本皆作遂是也注杜氏幽
求子曰下至有竹馬之歡表本茶陵本無此二十二字案二本因善同五臣而節去也有者是
注東越侮食表本侮作海案海字當是也詳注意上句當云古本侮作海食而引此以解之其上作晦下
作侮不相應皆譌字唯表此一字未誤也至於侮食在古本之上已解訖矣茶陵本作侮誤與此同今本周書亦作
侮食又非善所見困學紀聞譏元長用之皆就今本文選今本周書而言似未深得其理注蓋聞天子
之收夷狄也表本茶陵本收作牧是也匵牘相尋陳云据注牘當作櫝案各本所見皆誤

注禮記逸禮曰表本無下禮字茶陵本有案此似當作逸禮記曰各本皆誤注孔子上
述三五之法案子字不當有各本皆衍注譽猶豫古字通案猶當作與各本皆誤
注十洲記曰何云十洲記或是丹陽記陳云書名疑有誤案何陳所校皆未是也洲當作州說已見前
注齊有天子案子當作下各本皆誤注名曰風涼案風涼當作涼風各本皆誤涼風見
淮南地形訓即離騷之閬風史記惠王閬索隱云系本名毋涼是涼閬通用也注周禮曰以土圭之
法下至緯星也茶陵本無此三十九字表本此節注并入五臣皆非也尤所見是秩秩斯干
表本斯干下有校語善作清干茶陵本無校語案表所見誤也金匏在席表本茶陵本匏作瓟案善引禮
記爲注匏字是也瓟雖匏之別體但元長用此未見其證籥動邠詩何校邠改豳案所改未是也善引周
禮爲注字作豳故何據之考北征賦息郇邠之邑鄉善引漢書豳鄉而云豳與邠同西征賦化流岐豳善注引史記
立國於邠而云邠與豳同此注或未全表茶陵二本正文邠下有豳字未必非割裂善注而爲之也注取竹
嶰谷案此有誤也下引孟康解脫也不得此作嶰與之不相應考漢書作解顏引孟注而云一說昆侖之北谷
名也晉灼曰谷名是也元長以之與州偶句正從谷名之說與孟迥別廣雅釋山曰嶰谷也劉淵林吳都賦注曰
嶰谷崑崙北谷也字皆作嶰此正文亦必然由是推之善注此作解引孟注末當并引一說且有解嶰異同之注乃
爲可通今各本皆脫誤無以訂之矣○王文憲集序○注潁陽人也陳云潁頻誤是
也各本皆譌注知幾其神乎案幾當作機及下文動必研機注同正文表本皆有校語云善從本
此注各本皆作幾必并五臣於善而誤也考善機五臣幾表茶陵二本於爲石仲容與孫皓書檄蜀文已有校語可
證周易繫辭上研幾釋文云幾如字本或作機鄭云機當作幾幾微也依善所引下繫本或作知機見機庶機但不
盡見釋文也茶陵本此及下正文作幾無校語以五臣亂善甚明不獨此注誤其字矣注垂芒謂發
秀也精星也表本無此九字有生於豐通於制度七字是也茶陵本脫此節注非又案二本此九字在
五臣銑注尤錯入善注中大誤當訂正注無不制在情衷案正文情作清與此不相應各本盡

同無以訂之匠者何袁本茶陵本下有工字云善無何校添工字陳云下脫工字案此疑各本所見傳寫脫也注潁川荀顗陳云顗當作闓是也各本皆誤今晉書諸葛恢傳所載正作闓字注以事母而敬同茶陵本母作君是也袁本亦誤母注二子蓋往觀焉袁本蓋作盍是也茶陵本此節注幷善於五臣非注言王公有孝友之性下至喻急也袁本無此三十八字案無者最是乃五臣向注錯入茶陵本所幷正有此非下各條皆同注董安于之心緩何校心改性陳同是也各本皆誤注言王公下至蓋自天性得中也袁本無此二十二字案無者最是說見上注挺拔也滔至謂滔孝之甚至也袁本無此十二字案無者最是說見上注祖父瓊育之瓊初爲魏郡太守袁本無育之瓊三字注墠立也下至則二子曾何足尚也袁本無此二十三字案無者最是說見上以選尚公主袁本茶陵本選下有校語云善作遷案二本所見非注刪除煩重陳云煩煩誤是也各本皆誤申以止足之戒袁本茶陵本戒下有校語云善本從言案此所見不同也注太祖謂齊高祖也袁本下祖字作帝是也茶陵本脫此節注非自營郤分司案營郤當作策勖注引漢官儀營郤而云今以策勖爲營郤誤也者因正文作策勖據應而決其誤也又云營役瓊切郤烏合切者爲注官儀作音以明其不得作策勖也袁本茶陵本作營郤又營下有役瓊下郤下有烏合乃五臣依善注改正文而移其音於下合幷六家遂致兩音複沓茶陵本可覆審袁本刪善存五臣音非又皆於善策勖五臣營郤之不同失著校一讀者久不復察雖陳云據此注正文中營郤似當作策勖者最是但亦未知今本乃以五臣亂善耳陳又云注中策勖勖當作榮郤後漢書百官志及魏志賈詡傳注皆可證而晉書採應諸亦作營郤又廣韻營榮二字下有營郤無榮郤亦一證云云其言策勖又爲榮郤之譌亦顧近之附出於此餘所論誤者不錄注建始四年陳云始安誤是也各本皆誤注其讎操兵袁本其讎作怨家日案袁本是也茶陵本幷善入五臣與此同非下各條放此注今顧身代世死仇讎者曰袁本死仇讎者作怨家是也見上注

遂解劒而去袁本解劒而作委是也見上注延壽乃自悔責閉閤不出袁本乃自悔責作大傷之又不出作思過是也見上注弃其孩子袁本弃其孩作勿得舉是也茶陵本幷善入五臣與此同非注言儉解丹陽尹百姓亦如此戀之袁本無此十三字案無者是也乃五臣翰注錯入茶陵本所幷正有此非注與杜徽書曰何校徽改微陳同是也各本皆譌注今年始十八袁本茶陵本今年始作朝廷年是也注或發志於見奪案志當作恚袁本亦誤茶陵本脫此注注孫綽王蒙誄曰陳云蒙蒙誤是也各本皆誤注燕丹太子曰案太字不當有各本皆衍注齊春秋曰何校齊上添吳均二字是也各本皆脫注太尉范滂陳云尉下脫掾字太尉黃瓊也是也各本皆脫注檀道鸞晉陽秋曰陳云晉上脫續字是也袁本亦脫茶陵本秋上衍春字注謝安石上疏曰陳云安字衍是也各本皆衍注所以極深研幾袁本幾作機是也茶陵本亦作幾與此同誤案說詳前踐得一之機下鄭璞踰於周寶案璞當作樸各本皆誤注所引戰國策亦必全爲樸字物之質謂之日樸王樸亦然故說文王部並無璞字而鼠樸得與之同名異實也後人習見璞字輒有所改今本戰國策樸璞錯出此注全爲璞字皆非也又樸誤爲璞後卷聖主得賢臣頌有其證注曹植祭橋元文曰陳云祭橋元文乃魏武事在建安七年子建時方十歲案蓋本作魏太祖不知者改作曹植耳注十州記曰崇禮闈陳云十州記三字疑誤闈當作門案十州記非誤也見前注吾入廟陳云吾君誤是也各本皆譌注願而行之陳云而爲誤案所引道應訓文今本作爲君二字各本皆誤爲如千秋何校秩改帙案此當作袟各本皆誤也

卷四十七○聖主得賢臣頌○而杼情素何云漢書杼作抒注抒猶泄也案抒是也凡木扌二旁多互混注胡廣曰袁本胡上有善曰漢官解詁六字是也茶陵本此節注多脫誤又案篇中善曰二字多刪削說已詳前鑄干將之璞何校璞改樸茶陵本云五臣作樸袁本云善作

漢案漢書作樸是也各本所見璞字皆傳寫譌忽若篲氾畫塗表本畫下有校語云善作畫案表所
見誤也漢書作畫茶陵本無校語與此皆未誤注世本曰韓哀侯作御也何云世本無侯
字宋衷云韓哀韓文侯也案所校據漢書注引是也各本皆衍注此復言之案之當依漢書注引作
即宋衷注也各本皆誤注相選而並至矣表本茶陵本選作遝是也注已見鄒陽
上書表本茶陵本作呂氏春秋云云皆複出之誤注膂粱之性茶陵本膂上有晉悼公曰夫五
字是也表本亦脫注聲之不常何校聲改擊案所校據漢書注作擊是也各本皆誤注小臣
持龍髯拔墮表本茶陵本垂龍髯二字是也注史記泄公曰陳云泄公當作貫高案所
校未是也此泄上有脫文耳○趙充國頌○注言充國屯田之便茶陵本之
作非是也表本亦誤之○出師頌○注大敗之案之字不當有各本皆衍又案此下何陳
校皆依後漢書多有所添其實善未必備引今仍其舊注沛國史岑字孝山陳云孝山當作

異八　十七

子孝是也各本皆誤朔風變楚茶陵本楚作律云五臣作楚表本云善作律案二本所見律字傳寫誤此
尤延之校改正之也○酒德頌○注劉伶表本茶陵本伶作靈是也注因雜搢紳
先生之略術案此有誤也下引如淳曰縉赤白色不得此作搢與之不相應疑正文自爲縉故不取搢
插爲義否則當有搢縉異同之注而未全各本皆同無以訂之注劉熙孟子注曰槽者案槽
當作螬各本皆誤此所引乃螬食實者之注但取下文之酒槽與此螬字不相涉不知者并改爲槽誤之甚矣○
漢高祖功臣頌○新成三老董公何校成改城是也各本皆誤駿民效
足案駿當作俊善引俊民用章爲注是其本作俊也表茶陵二本所載五臣翰注乃云羣賢如駿馬足是其本作
駿各本所見皆以五臣亂善又失著校語考士衡長安有狹邪行云憑軾皆俊民左太沖擬士衡云長纓皆俊人可
見陸自用俊字與此同彼二注善皆引尚書亦與此同決不得作駿甚明或言駿字與足生義不當云俊更大不然
上偶句云萬邦宅心萬字不與心生義五臣之意區緣足字改俊爲駿而殊非陸旨也又尚書本作畯善屢引爲俊

者畯與俊同已具奉荅內兄希撰詩無妨其引作俊也凡善引書有如此者不能以畫一求之爲附舉其例云注
何當與關中卒何校與改興陳同是也各本皆譌注即欲掮之此三人陳云
掮之下當重有掮之二字各本皆脫注重元天也表本茶陵本無此四字嘉慮四迴表本
茶陵本慮作聲案此所見不同無以考之規主於足表本茶陵本於作以案此亦所見不同注鍾
離沫何校沫改昧陳同案據漢書及史記校也各本皆譌注以好遊出陳云遊出二字當乙案據
漢書及史記校也各本皆倒注此特萬世之事也萬世當作一力士三字各本皆譌漢書史
記可證威亮火烈茶陵本云五臣作烈表本云善作列案二本非也此尤延之校改正之說見前可互
證注魏趙屬冀州齊代屬青州陳云代非青境亦當云屬冀乃合又張耳贊曰報辱
北冀即指平趙代事尤易曉也案陳所說是也代字當在魏字下各本皆誤下文四邪魏代趙齊也可證代在齊字
下者後來所改也注矯矯虎臣也表本茶陵本虎作武是也案凡善諱屢經回改如此注毛

異八　十八

萇詩曰我圖爾居何校去萇字陳同是也各本皆衍注高祖子弟弱案弟字不
當有各本皆衍注論語摘輔曰茶陵本輔下有象字是也表本亦脫注勃曰臣無功
陳云案周勃傳臣無功二句乃東平侯與居語勃無此言自與太僕滕公以下皆敘與居事與勃無涉云云今案勃
曰勃字疑又字之誤耳掩淚悟主表本茶陵本悟作寤案此所見不同寤字是也後封禪文覺悟黎蒸
史漢皆作寤其各本作悟者後人改注取兩見棄之也茶陵本取作蹤是也表本作蹤亦非東窺
白馬表本茶陵本窺作規案此所見不同似規字是也注漢書武詔曰表本茶陵本書作孝
是也表生秀朗案表當作輳注同前序中作輳注引漢書必與今漢書作輳者合蓋善自作輳史記作表
故五臣改輳爲表而各本所見亂之其序則五臣所無尚存善舊也攝齊赴節茶陵本齊作齋云五臣作
齋表本校語云善作齋其善注中字亦然案此尤延之校改也但齋疑是齋之譌或善與五臣本無異耳周苛
慷慨案慨當作愾表本云善作愾茶陵本云五臣作慨此以五臣亂善也注出則覆升表本茶陵

本霙作雙案正文作雙二本是也○東方朔畫贊○注臧榮緒晉書曰下至
贊爲當時所重表本此五十字在五臣銑曰下其善曰下作臧榮緒晉書曰夏侯湛字孝若譙
國人才章富盛早有名譽爲散騎常侍卒二十九字案表本是也茶陵本并善入五臣誤與此同注耳暫
聞表本茶陵本耳下有所字是也注弛張浮沈表本茶陵本浮沈作沈浮是也處淪罔憂
茶陵本淪作倫云五臣作淪表本云善作倫何校云魯公書作倫案善注無明文表茶陵所見及此俱不同無以考
之顏魯公所書未必全與善合難據以相訂也唯五臣銑注云在沈淪時云云其本必作淪無疑尤蓋以五臣亂善
注自我五禮五庸哉表本下五作有茶陵本作五與此同案釋文云有庸馬本作五庸表依東
晉古文誤有所改附正之○三國名臣序贊○注檀道鸞晉陽春秋曰
何校晉上添續字陳同表本無春字是也茶陵本并五臣衍注禪代不同表本代作伐是也茶陵本
作代與此同誤注舜舉八元八愷用之於堯時也成湯得伊尹武

王得呂望而社稷安也表本此二十七字在五臣銑注下其善曰下作二八謂八元八凱也
伊伊尹也呂呂望也十六字案表本最是茶陵本并善於五臣誤與此同注三黜之陳云之字衍是也各
本皆衍注盍遠續禹功案續當作績各本皆誤又案禹字不當有見前疑不知者添之也遭
時匪難表本茶陵本匪作不案此所見不同也注折而不橈表本茶陵本橈作撓又後贊注
中不橈不屈同案據此疑善橈二本非也今正文撓字或五臣撓而亂之橈雖通作撓凡善五臣即同字而有別但
扌木多相混耳注尚書曰成王將崩陳云書下脫序字是也各本皆脫注漢書高
祖功臣頌曰案書字不當有各本皆衍魏志九人表本茶陵本魏志提行另起是也表
煥字曜卿茶陵本煥作渙表本作煥與此同又表後贊注中首一字作渙餘皆作煥案今魏志作渙茶陵
渙煥錯出此本盡作渙似當以渙爲是注杞良才也案杞下當有梓字各本皆脫注太公
往弔之曰案往當作任各本皆誤此所引山木篇文注子甚者茶陵本甚作其意二字是也表

本亦誤注洪水橫流表本茶陵本洪作鴻是也案此尤用今孟子改耳注吾以疾爲
著蔡也表本蔡作龜是也茶陵本亦作蔡案此蓋因正文而改注右尹革曰陳云尹下脫子
字是也各本皆脫注如一旦一去此表本茶陵本去上無一字是也案魏志無注竟坐
免刑表本茶陵本免作得案今魏志得免兩有蓋因尤添免字而誤去得字也敬授既同何校授改
愛云從晉書案表本云善作授茶陵本云五臣作愛蓋各本所見皆非善亦作愛注散騎常侍王
素何校素改業陳同是也各本皆譌注爲軍中郎將卒何校軍下脫師字陳同是也各本皆
脫公衡仲達表本云善作仲茶陵本云五臣作沖案各本所見皆非也仲字不可通必傳寫誤善亦作
沖也注命昭爲良史何校良改長陳同是也各本皆譌注弟權託昭表本茶陵本弟
上有以字是也立上以恒何校上改行云從晉書改注固引易也案表本云善作上茶陵本云五臣作行
蓋各本所見皆非善亦作行注仰募同趣茶陵本募作慕是也表本亦誤

卷四十八○封禪文○伊上古之初肇自昊穹兮生民茶陵
本無兮字云五臣有之字表本兮作之云善無之字案二本所見是也漢書正無善與之同今史記有兮字尤延之
取以脩改添入未是繼韶夏案韶當作昭注同漢書作昭顏引文穎注亦作昭詳注云昭明也夏大也德明
大相繼不當作韶字可知茶陵本云五臣作昭表本云善作韶各本所見皆非也善自作昭或因下連夏而誤改爲
韶耳今史記作韶但集解仍引漢書音義昭明也云云恐是與此同誤注管子曰封太山表本
管上有善曰二字是也後注莊子曰善始善終上爾雅曰元始也上魄音薄上穀梁傳曰諸侯不首惡上闓音愷上
小雅曰心懃曰悉上創初創也上望幸望帝之臨幸也上言不廢脩禮地祇上錯千故切上孔安國尚書傳曰襄因
也上偨或爲沛上毛詩曰麀鹿濯濯上楚辭曰駕八龍之宛宛上孟子萬章曰上湯武雖居至尊嚴之位上皆同茶
陵本在每節注首并尤本刪去亦非又凡非舊注表本茶陵本每節首並有善曰尤亦刪去今不盡出可以例求之
后稷創業於唐堯案堯字衍尤延之脩改添入也茶陵本無而校語云五臣有堯字表本亦無其

下并無校語是袁所見五臣尚無堯字茶陵及尤所見乃衍也凡二本校語皆據所見著之即五臣仍非眞如此是其例矣史記漢書俱無尤取誤本五臣以改善失之甚者也然猶躡梁父案父當作甫下文意泰山梁甫袁茶陵二本校語善甫五臣父又而梁甫罔幾也尤本亦作甫此一字歧互或各本所見以五臣亂善漢書甫善與之同史記父五臣用以改善也注鄭元曰導陳云元氏誤見漢書注是也各本皆誤案索隱云鄭德注角共一本案角上當有兩字各本皆脫漢書注引可證史記集解亦有注介大上也案上下當有山字各本皆脫漢書注引可證史記集解引漢書音義亦有注譓順也袁本此下有善曰譓音惠五字無正文下音惠二字是也茶陵本誤與此同陛下謙讓而弗發袁本茶陵本此節上有上帝垂恩儲祉將以慶成十字校語云善無此二句案漢書有史記亦有慶作薦索隱云漢書作慶義亦通何校據添下注三神引韋昭曰上帝云云上帝即指此蓋傳寫脫各本所見皆非又案疑尚有汎爲脫去一節也注則說無從顯稱於後世也何校說下添者字各本皆脫案漢書注有注太史

官屬陳云史常誤是也各本皆誤案漢書注作常注言符應廣大之富饒也陳云之字衍是也各本皆衍案史記集解引無漢書注引孟康亦無注韋昭曰滲疏禁切袁本茶陵本曰下有滲音鹿三字無滲疏禁切四字案此疑當兩有而滲音鹿在下也非惟徧之我案徧當作偏之字不當有讀以四字爲一句漢書正如此也史記索隱引胡廣曰言雨澤非偏於我最爲明晰是史記亦作偏我與漢書同今有誤當據索隱訂也又案觀袁茶陵二本所載向注似五臣誤偏爲徧仍未有之各本衍者更誤中之誤樂我君圃何校圃改囿陳同袁本云善作圃茶陵本云五臣作囿案史記漢書皆作囿此協韻何陳是也各本所見皆非蓋善自作囿傳寫誤作圃耳其儀可嘉何校嘉改喜陳同案漢書作喜史記作嘉以韻求之喜與囿爲協何陳從漢書是也史記嘉亦有誤注張揖曰旼音旻袁本茶陵本無此六字案二本非也漢書注亦引馳我君輿茶陵本輿作與云五臣作與袁本云善作與案此尤校改正之史記漢書俱作輿但傳寫誤爲與也又案袁本此節注末有文穎曰馳我車之前也九字漢書注亦引又我下有君

字茶陵本及此本無蓋係此句之下爲脫一節注也顧省闕遺案闕當作厥史記漢書俱作厥善注云謂能顧省其遺失以其解厥是作厥字無疑袁茶陵二本所載五臣濟注云恐此治有所闕遺蓋其本乃作闕各本所見皆以五臣亂善而失著校語○劇秦美新○權輿袁本茶陵本提行另起是也春秋困斯發袁本茶陵本困作因案此所見不同也注之邑秦陳云之邑二字當乙是也各本皆倒注襄王並已見李斯上書案襄上當有昭字袁本亦脫茶陵本此注複出非自勒功業袁本云善作公茶陵本云五臣作功案尤延之所校改也注犬暫齧人袁本茶陵本無暫字人下有也字案此尤校改之也注夷狄之患見臨洮袁本茶陵本之患見作服出於是也注明王奉若天命袁本茶陵本命作道是也注孫策使張紘與袁紹書曰何校紹改術陳同案所校依吳志是也各本皆誤注然古者此事何校者改有是也各本皆誤注尚書帝驗曰何校帝下添命字陳同是也各本皆脫或損益而亡何校云亡當從

五臣本作已袁本云善作亡茶陵本云五臣作已何據二本校語今案善注無明文二本所載向注於此云其後絕乃亡之是五臣仍作亡其作已者後人以意改未可從也注以爲文母篹食堂茶陵本篹作餐注末有篹土卷切與饌同七字案有者是也袁本與此同亦脫誤考今元后傳作篹蓋善引不與顏同校者依漢書改且刪之注尚書曰穆王作呂刑陳云書下脫序字是也各本皆脫注鼓誦詩袁本鼓作瞽是也茶陵本亦誤注振鷺鴻鸞喻賢也毛詩袁本賢下有人字詩下有曰字是也茶陵本無振鷺以下八字有曰字此初同茶陵後脩改而又誤脫人曰二字禪梁父袁本茶陵本父作甫是也注中兩見一作甫一作父父亦甫之誤也注晏子景公春秋曰袁本茶陵本景上有齊字無春秋二字此尤改齊字作春秋而又誤倒在下注喜與古熙字通案古熙當作熙古各本皆倒○典引一首袁本茶陵本此下有并序二字是也注范曄後漢書曰班固字孟堅亦云注典引袁本茶陵本無此十六字是也注後漢書曰袁本茶陵

本後上有范辭二字是也注尚書郎中北海展隆表本茶陵本無中字是也成一家
之言表本茶陵本無之字案無者是也此尤誤依注添正文注易曰太極表本茶陵本易上有
蔡邕曰三字下無日字案以下二本所有蔡邕曰此本皆無詳前後之例凡舊注所冠姓名皆尤刪也易下日字當
作有注弗俾洪範九疇表本茶陵本俾作畀是也比茲褊矣表本云善無茲字茶陵本
云五臣有案二本所見非也蔡注云茲孔子也善不得無必傳寫脫尤校改正之是矣後漢書固傳載此文有注
地黃四年陳云黃皇誤是也各本皆誤注燒其室門表本其作作是也茶陵本亦誤其
注虜王莽何校虜上添反字陳同是也各本皆脫注雖覆一簣表本茶陵本簣作匱是也
後漢書所載并注引此亦皆是匱字注西伯既戡黎表本戡作龕是也茶陵本亦誤戡注王
歸自夏陳云夏上脫克字是也各本皆脫注左氏傳曰臧哀伯曰表本茶陵本左
上有善曰二字是也後注甄陶已見上文上言漢道外則運行於渾元上易曰品物咸亨上言漢之德能臣古之列
辟上易曰勞謙上連下尚書曰至治定制禮爲一節禮記曰聖人南面而治天下也上優謂優游也上孝經曰夫孝
上巡靖巡狩而安之也上爾雅曰祭天上尚書曰鳳皇來儀上廣雅曰麒麟上騶虞也上禮記曰龜龍在宮沼上毛
詩曰湛湛露斯上楚辭曰鸞鳥上素雉白雉也上濟濟翼翼上尚書曰嚴恭寅畏上左氏傳薳啓疆曰上楚辭曰遂
古之初上言前封禪之君上尚書曰夏罪上絣使也上皆同又四表曰宇往古來今曰宙一節注表本連善曰下并
茶陵本別爲節係蔡邕曰者是匿亡回而不泯表本云善作匿茶陵本云五臣作慝案注無明文但
匿字不可通疑各本所見皆傳寫誤後漢書所載作慝無迴而不泯五臣迴作回見濟注善亦無明文微胡
瑣而不頤茶陵本瑣作璅云五臣作瑣表本云善作璅案此尤延之校改正之也後漢書所載亦作瑣
至今遷正黜色賓監之事表本茶陵本今作於案此尤校改也後漢書所載作令令蓋今
之譌注以十二月爲年首案二當作三各本皆誤說見前上林賦下注由來章也
表本茶陵本由作猶是也而禮官儒林屯用篤誨之士何云後漢書用作朋案注無明

文但用字不可通疑傳寫誤也章懷注云屯聚也朋羣也或善與之無異注聽德知正則黃龍
見陳云德似當作聽案所校最是各本皆誤蔡說與周南正義引服虔左氏注全同可證也卓犖乎方
州表本茶陵本無乎字案此尤脩改添之也後漢書所載有注嚴恭寅畏表本恭作龔是也茶陵本
亦誤恭孔猷先命表本茶陵本猷作繇是也案此尤改之後漢書所載作猷但此自作繇尤於蔡注仍
未改也注平制禮樂放唐之文表本茶陵本平制禮樂作述堯治世案二本是也後漢書
章懷注引作平制禮樂尤用彼改耳而允寤寐次於心案心上脫聖字表本茶陵本有瞻前
顧後表本云善無此一句茶陵本云五臣有此一句案此尤延之添之也後漢書所載有此一句章懷注前謂
前代帝王後謂子孫也尤并取以增多其實未必是注次止也表本茶陵本無此三字是也尤取章懷注
添注言此事體大式宏大陳云體下衍大字是也各本皆衍注常止於聖
心不可忘也表本茶陵本作次於聖上之心也是也尤取章懷注改注前謂前代帝
王後謂子孫也表本茶陵本無此十一字是也說詳上注憚難也下至而難正
天命乎表本茶陵本無此三十一字是也尤取章懷注添注伊維也遂古遠古也
表本茶陵本無此八字是也尤取章懷注添注言自遠古以來至於此也表本茶陵
本無此十字是也尤取章懷注添以上各條皆未必是注有天下使之陳云下不誤是也各本皆
誤注讜直言也表本茶陵本直言二字作當案二本是也章懷注作直言尤用彼改耳注絣
與栟案栟當作拼各本皆譌

文選考異卷第八

文選考異卷第九

賜進士出身通奉大夫江南蘇松常鎮太等處承宣布政使司布政使胡克家撰

卷四十九○公孫宏傳贊○注宏等言皆以大材茶陵本無言字是也表本亦衍案漢書注無注青姊子入宮幸案子下當有夫字表本亦脫茶陵本并脫子字斯亦曩時板築飯牛之明已何云明漢書作朋陳云明朋誤是也各本皆誤注至此皆天下名士表本此作他是也茶陵本亦誤○晉紀總論○爾乃取鄧艾於農隙案晉書懷愍帝紀所載隙作瑣蓋各本以傳寫譌爲隙與典引徵何瑣相類外襲王陵陳云陵淩誤注並同是也各本皆誤晉書所載作淩世宗承基太祖繼業表本茶陵本此二句在大象始構矣下表有校語云善在軍旅屢動上茶陵失著校語詳注中次序所見與表尤無異何校乙轉陳同案依文義是也各本所見蓋并注誤倒一節晉書所載正在下注世宗景皇案皇下當有帝字各本皆脫注太祖文皇帝母弟也案母上當有景皇帝三字各本皆脫天符人事表本茶陵本云符善作府案此尤延之校改正之也晉書所載作符遂排羣議表本茶陵本云排善作非案此尤延之校改正之也晉書不載此句注吳王荒淫案王當作主各本皆譌注賈充荀勗等陳諫表本茶陵本陳作畢是也注居曠壄不相能陳云壄林誤是也各本皆誤案居下本有于字能下本有也字蓋不備引也注惠帝永寧二年表本茶陵本寧作康案二本是也考晉書惠帝紀永康以元年正月朔改元其次年正月趙王倫篡其四月乘輿反正於是改元乃始爲永寧然則事在未改永寧以前正永康二年之正月故臧榮緒書據當日所稱校者誤改之耳注鶡冠子案子下當有曰字各本皆脫注小曰橐大曰囊表本茶陵本無曰字大字案此尤校改正之也載錫之光表本此下校語云善有也字又以御于家邦下校語同茶陵本皆無校語案表所見非也注靈王十二年表本茶陵本十二作二十案各本皆非也當作二十二韋昭有注可證也誅庶桀以便

事何云晉書桀作孼陳云作孼爲是案善注未有明文五臣作桀濟注桀傲也今無以考之注以固其國何校此四字改在上文或乃多難之下陳同是也各本皆誤注太康以來何校太改元是也各本皆誤而賤名儉表本茶陵本儉作檢云善作儉何云晉書儉作檢案檢字是也各本所見儉字傳寫誤耳注應贍表儉字亦檢之譌其表以清檢對容放言之義無取於儉而今晉書應傳作儉字恐非也又善引劉謙紀自不必與彼同注以宏放爲夷達表本茶陵本宏作容案容字是也今晉書應傳作宏尤依之改但善自不必與彼同注漢書解故曰案書當作官各本皆誤察庾純賈充之事何校事改爭茶陵本云五臣作爭表本云善作事案晉書所載作爭知將帥之不讓何校知上添而字表本茶陵本云善無而字案晉書所載有而字懷帝承亂之後得位茶陵本云五臣無之後表本云善有之後今案有者傳寫衍也晉書所載無注晉中興曰陳云興下脫書字是也各本皆脫○後漢書皇后紀論○注帝嚳立四妃以表本茶陵本以作矣案二本是也矣句絕注立正九妃又三九二十七案正下三下兩九字俱不當有各本皆衍讀以立正妃爲一句又三二十七爲一句也注婦也嬪也案當作嬪也世婦也各本皆誤注女御書敘於王之燕寢案書當作掌御二字各本皆誤注齊侯好內多寵案多下當有內字各本皆脫注與貂因寵何校因下添內字陳同各本皆脫注又有美人長人八子案子下當有七子二字各本皆脫此外戚傳文可證章懷注所引亦可證注飾玩華少何云華少後漢書作少華表本云善作華少茶陵本云五臣作少華案各本所見蓋皆傳寫倒唯皇后貴人金印紫綬何云後漢書複出貴人二字陳云複出爲是案所校是也各本蓋皆脫皇后自同乘輿耳又考輿服志天子貴人赤綬同諸侯王與此不合或光武時紫綬以後乃赤綬也注以歲八月雒陽民陳云月下脫筭字是也各本皆脫注長壯妖絜案妖當作姣各本皆譌注家屬徙比景案比當作北各本皆譌范書皇后紀續漢書郡國志前書地理志俱可證

卷五十○後漢書二十八將論○固將有以爲爾茶陵本爲作焉
表本作爲與此同案今范書作焉何校改焉勳賢兼序茶陵本兼作皆表本作兼與此同案今范書作
皆疑善皆五臣兼二本失著校語而此以五臣亂善也下文可謂兼通矣善同范書有兼五臣無兼殆改此爲兼而
刪之以相避歟注縉赤色案赤下當有白字各本及章懷注皆脫酒德頌注引有者是也即事相
權茶陵本即下有以字表本無案今范書有二本不著校語無以考之注衡平也案衡上當有權字各
本皆脫此韋漢志注以解權輕重之權言衡平者謂衡用權而平也其注周語云權稱也義亦同又韋齊語注云權
平也或此衡爲權字之誤○宦者傳論○注掌守王宮中之門禁茶陵本之
門作門之章懷注同是也表本亦誤倒王之正內者五人何校去者字陳云者字衍案皆據周
禮序官校也今范書亦有恐此是蔚宗自爲文不全同所引也注史記以勃鞮爲履貂上
何校貂上二字改鞮字陳同案所校非也此當衍上字若任少卿書引史記履貂曰可證又何改正文貂爲鞮更非

范書亦作貂章懷注勃貂即寺人披也一名勃鞮字伯楚是蔚宗自作貂注寺人內閹官豎刁
也案刁當作貂各本皆誤此所引僖二年齊寺人貂之注也注史記曰豎貂爲豎刁案日
當作以各本皆誤注公徐聞其罪陳云其下脫無字是也各本皆脫惟閹官而已
茶陵本官作宮表本作官與此同案今范書作宮似宮字是也注安帝年號延平何校安改殤是
也各本皆誤小黃門亦二十人茶陵本無亦字云五臣有表本有用五臣也案今范書無此以
五臣亂善表不著校語亦非朝臣圖議茶陵本圖作國表本作圖與此同案今范書作國疑善國五臣
圖二本失著校語而此以五臣亂善也注郡分銅虎符三表本茶陵本分作國是也基列
於都鄙表本云善作基茶陵本云五臣作基今范書作基章懷有注何校依之改陳云作基爲是案此各本
所見傳寫誤善亦不作基也盈物珍藏茶陵本物作何云五臣作物表本作物用五臣也案今范書作
物此以五臣亂善表不著校語亦非注班固漢書曰陳云曰字衍是也各本皆衍注薰骨

以行刑何校骨改胥陳同又云行字衍是也各本皆誤注與李子豎書曰茶陵本豎作堅
是也表本亦誤豎注尚書曰下本州考治陳云曰白誤是也各本皆譌注張驤
趙忠等何校驤改讓陳同又下節注中表茶陵二本亦作驤尤改作讓案今范書作讓讓字是也注今
予恭行天之罰案予下當有惟字恭當作龔各本皆誤檄蜀文引予惟龔行天之罰亦非當互訂又
案後述高紀恭行天罰注恭行已見上文依今班書亦當是龔之誤也注屈蕩尸之曰表本尸作
戶是也茶陵本亦誤尸案開成石經是戶字○逸民傳論○注而遊堯舜之門
案舜字不當有各本皆衍章懷注無注避世之人也案也字不當有各本皆衍章懷注無弋人
何篡焉表本茶陵本人作者案今范書亦作者者字是也尤蓋依所見法言改耳此注引法言表茶陵仍作
者其宋衷注乃云弋人人弋人不出正文蔚宗及善與尤所見自不同改之非是注縠皮綃頭巾案縠
當作縠巾字不當有各本皆誤章懷注以縠樹皮爲綃頭也與卿相等列表本與上有羞字云善無

茶陵本云五臣有案今范書有依文義似各本所見皆傳寫誤脫之也注獨耿介而不隨俗
案俗字不當有各本皆衍此所引九辯文也元文隨下有今善引在句末者多節去○宋書謝靈運
傳論○注懷五常之性聰明精粹表本茶陵本無此九字
肖類也頭圓象天足方象地表本茶陵本無此十四字注明皇帝爲魏
列祖也茶陵本列作烈是也表本亦誤甫乃以情緯文茶陵本無文字云五臣有物字表本
有物字云善無案此尤延之所校添也今宋書是文字源其飆流所始表本云善作源茶陵本云
五臣作原何云疑作原今宋書是原字注詩總百家之言陳云詩總當作傍綜見世說注是也
注潘陸之徒有文質陳云有文質當作雖時有質文是也各本皆誤案亦據世說文學篇注也
注好莊子元勝之談陳云子當從世說注作老是也各本皆誤注謝混始改之
案之字不當有世說注無各本皆衍注太元晉武帝年號何校武上添孝字是也表本亦脫茶

改本并入五臣亦脫仲宣灞岸之篇案灞當作霸詳表本所載濟注乃善霸五臣灞各本所見以五
臣亂善前七哀詩及此注俱爲霸字不誤又今宋書亦是霸字注靈均屈原字也表本茶陵本無
此六字所載五臣濟注有之案此尤誤取增多也○恩倖傳論○且士子居朝表本
士作仕云善作士茶陵本云五臣作仕何校士改任陳云今宋書作任爲是案所校是也士仕皆傳寫誤下仕云言
仕子不居賤職可見善並非作士蓋初誤作仕後又誤作士注中有郎比六百石案中有當
作有中各本皆倒注邾縣掾吏何校吏改史陳云今宋書作史案所校是也吏傳寫誤作未之或
悟表本云善作悟茶陵本云五臣作寤案今宋書是悟字但寤即悟不知者每改之未必善與五臣異王命論悟
成卒之言英雄誠知覺寤一改一未改最爲可證也○史述贊○述高紀第一表本茶陵
本校語云善本如此五臣本列在後案各本所見皆非也此連述贊爲文非用爲標題善亦不得在前蓋傳寫誤移之而五臣尚未經移耳後二首同注論語子曰表本論上有善曰二字是也後言秦人不能整其綱

文選異九　五

維上毛詩曰禺禺昂昂上同茶陵本在每節首非注各爭忿志表本志作忘茶陵本亦作志與此同
案皆非也當作妄過秦論注引作妄光允不陽表本光作亦云善作光茶陵本云五臣作亦案今班書作
亦亦字是也光傳寫誤注不亦熾乎案當作不炎熾矣各本皆誤顏注所引可證○後漢
書光武紀贊○注中微謂平世衰也表本茶陵本無此七字沈機先
物茶陵本先作生云五臣作先表本云善作生案今范書作先先字是也善亦不得作生各本所見皆傳寫誤
深略緯文表本文作天茶陵本作文與此同何云兩漢刊誤補遺云文選作天云云今案表本正與所稱
同下無校語蓋善五臣皆是天字茶陵及此作文者後來轉依今范書誤改之耳茶陵亦無校語也天與甄協最是
注旌旗輜車陳云車重誤是也各本皆誤注城中少年子弟自燒室門
案子當作朱自燒當作燒作各本皆誤注兼聰獨斷案聰當作聽各本皆誤
卷五十一○過秦論○注漢書應劭曰表本茶陵本無漢書二字案二本是

也以下所引諸家皆陳涉傳注凡如此者例不云漢書注言秦之過表本言上有善曰二字案此四
字亦應注顏師古引者可證表本非也又案以此驗之凡各本所有善曰字多非其舊約然無疑矣注韋昭
曰崤謂二殽案崤殽二字當互易各本皆誤包舉宇內表本茶陵本包作苞案此尤延之所
改也史記漢書賈子俱是包字但古包苞同用未必善不爲苞也注甯越趙人也表本茶陵本甯
上有然字案二本是也然即今然則善全書皆如此甯越趙人非有明出據上引沒之注戰國策東
周表本茶陵本無東周二字是也注最才勾切陳云勾句誤是也各本皆譌案周本紀索隱日最詞
喻反與此正同皆讀最爲聚也注趙惠文王案此下當依史記有十六年三字各本皆脫注史
記曰逡巡遁逃表本茶陵本作遁逃史記作逡巡案二本是也遁逃複舉正文史記曰逡巡五字爲
一句善所見史記作逡巡而今本作逡巡遁逃後人妄添
二字尤依之改轉誤之甚者也賈子作逡巡正與善所
見史記同又案正文作遁逃西征賦注引作遯逃必善讀
漢書陳涉傳如此故載史記之異意謂兩文俱通考賈子

文選異九　六

下篇亦言百萬之徒逃北而遯壞然則作遁逃自無不可
未見潘安仁必誤如匡謬正俗所譏也師古漢書專主逡
遁即其所謂遁者蓋取盾之聲以爲巡字當音詳遵反學
者既不知遁爲巡字遂改爲遁逃者與善全異不可用以
校此讀者多所不憭又今本漢書作遁巡注同更譌舛非顏之舊觀匡謬正俗所說自明茲不訂彼注以金
爲箭鏃也表本茶陵本鏃作鏑是也國家無事表本云善無家字茶陵本云五臣有案此尤校
添之也史記漢書賈子俱有俛首係頸茶陵本頸作頭云五臣作頸表本云善作頭案此尤校改之也
史記漢書賈子俱作頸銷鋒鍉鑄以爲金人十二表本茶陵本云鍉鑄善作鑄鍉案此
尤校改之也漢書作鍉鑄賈子作鏑鑄鏑即鍉也鍉句絕鑄下屬史記作銷鋒鑄鐻似四字連文鐻鍉亦異未審善
果何注以銷鋒鍉爲鍾鐻金人十二案以銷當作銷以鋒鍉二字衍各本皆誤
作所引始皇紀文注廣雅曰何問也案何上當有誰字各本皆脫注眦古岷字岷
入也表本茶陵本岷字作文岷案顏注引作眦古文萌字萌民也蓋善引無字字又諱民作人集解引作眦古

蚩字蚩民也尤依之校改耳率罷散之卒表本云善作罷弊茶陵本云五臣作披散案此尤校改之
也史記漢書俱作罷散善所見或爲弊字也賈子作披弊可證天下雲集而響應表本茶陵本集
作會案此尤校改之也史記作集漢書賈子作合或皆不與此同非尊於齊楚燕趙韓魏
宋衞中山之君也表本茶陵本非作不下非銛之非亦作不案此尤校改之也史記賈子作非漢
書作不○非有先生論○東方曼倩表本茶陵本云善作倩案此尤校改正之也前
作倩自不得有異但所見傳寫誤注班固漢書東方朔字曼倩平原厭次
人武帝即位言得失表本茶陵本無此二十二字有漢書曰朔四字是也朔見於書贊注其茶
客難下亦不復出或記於旁尤誤取以增多耳寡人將竦意而聽焉表本茶陵本聽作覽案二
本是也下文寡人將覽焉漢書作聽尤延之欲校改彼字而誤以當此處耳凡宋以來刊板脩改往往有如此者
而佛於耳案而字不當有漢書無各本皆衍又案下順於耳句表茶陵二本校語云善無而五臣有然則

此以五臣亂善寡人將覽焉何校覽改聽案依漢書也詳此句與上文孰能聽之矣相承接作聽爲是
表茶陵二本亦作覽皆涉寡人將竦意而覽焉句之誤尤本改上覽字爲聽致與漢書互易益非注如湻
曰漢書注曰陳云湻下衍曰字是也各本皆衍三人皆詐僞表本茶陵本三作二案表
茶陵二本所載五臣良注云其子惡來革多力是五臣以飛廉爲一人惡來革爲一人而其本作二也善引說苑以
革爲一人而其本作三尤改正之是矣又案今本漢書亦作二似有誤顏注未有明文無以相訂終無益
於主上之治茶陵本云五臣作治表本云善作理案此亦尤校改之也漢書治但善避諱尤改非也
於是吳王戄然易容表本戄作懼音句云善作戄茶陵本作戄音句云五臣作懼善注中皆無
居具切三字今案此各本所見蓋皆非也戄不得音句亦不得居具切漢書作懼顏注居具反善音與之同是亦作
戄其居具之音與五臣句複故表茶陵刪之耳注非虎非狼案狼當作螭各本皆誤重贈盧諶引作非
龍非彲句在非熊非羆上今六韜同彲蓋即螭字與羆師協韻也運命論注引作狼亦誤躬親節儉茶陵

本無躬字親下校語云五臣作躬表本躬下校語云善有親字此初刻同茶陵所見後用表所見脩改添之也漢書
作躬節儉與五臣同天下大洽案洽當依漢書作治各本皆譌惟周之貞何校貞改楨表本云
善作貞茶陵本云五臣作楨案漢書作楨未審善果何作○四子講德論○注涉始於
案涉當作步下同各本皆譌注一單三尺表本茶陵本單作躍是也注遁逃也表本
茶陵本逃作遯是也注皮裘負芻表本弁入五臣皮作及是也茶陵本亦誤皮注閒嫘子
案嫘當作嫙各本皆譌今荀子賦篇及七發注引皆是嫙字故美玉蘊於碔砆案碔砆當
作武夫注引戰國策及張揖漢書注皆不從石表茶陵二本所載五臣翰注乃作碔砆是善武夫五臣碔砆音以武
夫各本所見亂之而失著校語此誤入五臣音皆非也又案引張揖曰者子虛賦注也史記漢書正作武夫今彼正
文及善注引張揖國策盡爲碔砆恐亦爲五臣所亂而并注中改之也注說文曰鑛銅鐵璞
也案鑛當作礦璞當作樸各本皆譌礦即磺字也又案依此正文朴字當作樸二字羣書中頗有相混者五臣并

正文改爲璞誤甚寂寥宇宙茶陵本寥作聊云五臣作寥表本云善作聊案此尤以五臣本改之也表
茶陵注中作聊尤改恐未必是注尚書曰故一人表本茶陵本故作迪是也注毛詩周
頌曰陳云頌下脫序字是也各本皆脫且觀大化之湻流表本茶陵本無且字案二本不
著校語無以考之陳云且字衍恐亦必然當各依其舊大廈之材茶陵本廈作夏云五臣作廈表本云
善作夏案尤本以五臣亂善非也凡此字廈錯見者疑皆善夏五臣廈餘以此求之注秦繆公謂
得失之要表本茶陵本問下有之字是也注秦繆公聞百里奚故重贖之
何校奚下添賢字故改欲陳同是也各本皆誤注楚人曰予之表本茶陵本曰作許是也楚莊
有叔孫子反表本茶陵本叔孫作孫叔是也句踐有種蠡泄庸表本校語云蠡善作
蠡茶陵本無校語案此所見不同也省田官何校田官改官田案依文義是也各本皆作田官蓋誤倒考宜
紀地節元年假郡國貧民田三年詔曰前下詔假公田貸種食公田即官田疑此句當有善注今失去無可補莫

不肌栗慴伏表本茶陵本云肌善作飢案飢傳寫誤尤校改正之也注邑邑者聲和
也案者當作音各本皆譌是以北狄賓洽茶陵本云五臣作洽表本云善作合案此尤以五臣
本改之也注不見明文無以考之而旌旗仆也茶陵本云五臣作旌表本云善作於案此尤以五臣
本改之也於即旌字前已屢見當各依其舊先生曰夫匈奴者茶陵本先生曰夫作先生夫子
曰云五臣作先生曰夫表本云善作先生夫子案此尤校改正之也先生夫子曰乃傳寫之誤驚邊抗
士表本茶陵本抗作杭何云能改齋漫錄作抗案何校是也善不音注者已見上林賦抗士卒之精下也又此字
見於史記漢書鹽鐵論者甚多其訓捐也耗也其音五官反表茶陵二本所載銑注云杭動也而不著校語以五臣
亂善致爲乖謬尤作抗亦非注刀刻其面茶陵本刀作刃表本亦作刃與此同何校改刃陳同案考
史記集解引音義作刃漢書顏注引如淳同刃字是也未尅殫焉表本云善作尅茶陵本云五臣作克
案各本所見皆非也當作克但傳寫誤爲尅非善五臣有異

卷五十二○王命論○注復起於今乎案此下有脫文必并引既感囂言以
及迺著王命論等語各本皆脫善例不全同本書無以補也注三陽翼天德聖明表本茶陵
本聖作清案此尤校改之也注善曰世運案世運當作運世各本皆倒檐石之蓄表本
茶陵本檐作擔注同案此所見不同也漢書作儋擔即儋字或從木作見毛詩傳釋文又羣經音辨之木部可證苦
寒行檐囊行取薪亦用之注韋昭曰短爲裋案曰當作以各本皆誤注善曰裋丁
管切表本茶陵本裋作短案短字是也注鬻鼎實也案鬻當作鬻下同各本皆譌注道
德於此何校德改得陳同各本皆誤注則見蛟龍於其上表本茶陵本於作據案此
尤校改之也貪不可冀無爲二母之所笑何校貪上添毋字爲上去無字案依漢書
校蓋是也各本皆傳寫誤○典論論文○享之千金案享當作亨善引左傳注亨通也而
云亨或爲享正文是亨字甚明後來以享改亨各本皆然與注不相應非也注故嘗更職何校更下

添吏字陳同今案范蔚宗書公孫述傳作嘗更吏職但各本皆無仍未當輒補咸以自騁驥騄於
千里陳云以自國志注引作自以案依文義自以是也各本皆倒耳注遭我乎猱之間兮
表本猱作嶩是也茶陵本亦誤猱注不根持論表本茶陵本根作長案此尤校改之也以至
乎雜以嘲戲表本茶陵本無上以字乎作於案此所見不同也魏志王粲傳注引此無以字乎作于蓋二
本是矣不假良史之辭表本云善無不字茶陵本云五臣有不字案此尤校脩改添之也初亦同
二本所見皆傳寫脫日月逝於上茶陵本逝作遊云五臣作逝表本云善作遊案此尤校改正之也遊
字不可通必傳寫誤也○六代論○注韓哀滅鄭并其國案哀下當有侯字各
本皆脫所引鄭世家文也四十餘年何校四改三注同魏志注作四陳云四當作三案魏志注在武文世
王公傳下蓋誤耳善引漢書諸侯王表爲注彼文作三師古曰三十五年今此各本并依正文改之更誤何陳所校
是也注秦竊自號謂皇帝何校謂改爲後所引同是也各本皆誤千有餘歲何校

歲改城傳同魏志注作城今案城字誤也元首此文出於史記秦始皇本紀彼作歲可證又孝文本紀古者殷周有
國治安皆千餘歲漢書作皆且千歲然則當時語自如此矣魏志注必不知者所改何陳誤據之也表茶陵二本校
語云善作歲五臣作人五臣正謂歲字不安與改魏志注者字有異而意相同皆非胡亥少習尅薄
之教表本云善作尅茶陵本云五臣作刻案各本所見皆傳寫誤也善注引商君傳自作刻不作尅魏志注亦
是刻字士有常君表本茶陵本士作士是也魏志注亦是士字注權秉即柄字也
陳云秉下脫也秉二字是也各本皆脫而天下所以不能傾動何校去能字魏志注無表
本云善有能茶陵本云五臣無案此疑各本所見傳寫衍也而叛逆於哀平之際也茶陵
本云五臣作叛表本云善作畔案此所見不同也魏志注亦是叛字下文平居猶懼其離叛各本皆不作畔似此未
必善與五臣有異是聖王安而不逸表本茶陵本是下有以字云善本無案此疑各本所見傳
寫脫也魏志注有○博奕論○注多漢舉者表本茶陵本漢作薦是也注中計

塞城阜案城當作成各本皆誤求之於戰陣表本云善無於字茶陵本云五臣有案此尤校
添之也吳志有於字二本所見蓋傳寫脫注一字管百行表本茶陵本一字作學是也注貨
易之也案之字不當有各本皆衍
卷五十三〇養生論〇注說文曰粗疏也徂古切表本茶陵本無
此九字注顏師古曰洽霑也表本茶陵本無此七字注漢書劉向曰表本
茶陵本書下有曰字案二本是也向下不當有曰字二本皆衍可百餘斛茶陵本此下有也字云五臣無
表本云善有案此所見不同或尤刪之也注大蒜勿食表本茶陵本勿作多是也而外內受
敵表本云善作內外茶陵本云五臣作外內案此疑尤以五臣改之也爲受病之始也表本云善
無受字茶陵本云五臣有案此疑尤以五臣添之也注臣瓚曰魏桓侯表本茶陵本無此六字
縱聞養生之事茶陵本生作性云五臣作生表本云善作性案此尤以五臣改之也注猶如

麃陳云麃麃誤是也各本皆譌注桀溺曰滔滔者表本滔滔作悠悠案悠悠是也茶陵本亦
誤與此同陳云陸氏釋文滔滔鄭本作悠悠注自據鄭康成本與他本不同也注河上公曰抱下至
故能爲天下法式表本茶陵本無此二十字注河上公曰大順者天理
也表本茶陵本無此十字〇運命論〇注春秋河圖下至聖明表本此十九字
作聖明已見王命論七字是也茶陵本複出與此同非注亦然案亦上當有治字各本皆脫此所引處方
篇文也注知非遇也案遇當作愚各本皆誤注非加益也案非上當有知字各本皆
脫以遊於羣雄下至莫之逆也表本茶陵本校語云善無此一段詳下注漢書
曰下至皆不省表本茶陵本無此一節注案二本所見傳寫脫去正文及注一節也後石闕銘計如投水
引此論張良及其遭漢祖其言也如以石投水莫之逆也爲注然則善有可知尤所見本蓋爲未誤注夏氏
乃積而去之表本茶陵本無夏氏乃三字是也注過婦人陳云過遇誤是也各本皆譌

注靈景周之王未者也表本未上有者字案疑弊字之誤尤刪非也茶陵本刪去此一句更
非注驊騏之馬表本驊作希下同茶陵本亦作驊與此同案正文作希注希望也亦仍作希似驊字
依法言改之也注三事不使知政遂各偃息養高表本茶陵本無不使知政遂各
六字案此尤添之也雖造門猶有不得賓者焉表本此下有善注或無雖造門三字一句
茶陵本無案無者蓋脫然而志士仁人茶陵本無然字云五臣作然表本無而字云善作而案此
依五臣改善又誤兩存其字非注欲遂其志之思也表本茶陵本無之思二字不徼而
自遇矣表本茶陵本徼作邀案二本無校語恐非善五臣之異善引西京賦不徼自遇彼賦今爲邀字此注
尤及表作徼非也茶陵本作邀是也尤延之蓋依所見之注改正文而誤注脉相視也案視字不當有
各本皆衍說見古詩十九首內蓋知伍子胥之屬鏤於吳表本茶陵本屬作钃案注引左
傳字作屬或五臣作钃二本失著校語耳尤所見是也注吳將伐齊表本茶陵本無將字注王

及列士皆饋賂表本茶陵本無此七字注是豢吳也表本茶陵本也下有夫字案有
者是也尤誤刪之注反役表本茶陵本無此二字注改姓爲王孫欲以辟吳
禍表本茶陵本無此十字案此節注皆尤用左傳增多其實非也注諸子欲厚葬湯母曰
表本茶陵本重湯字是也案漢書重蓋笑蕭望之跋躓於前案之下當更有之字各本皆脫
也注道病死案此下脫尚當有善論石顯病死而言絞縊未詳之注表茶陵二本皆幷善於五臣遂致
失去今無以補之注桓公新論曰何校公改譚陳同各本皆誤注杜預左氏傳
注曰冒貪也表本茶陵本無此十字璣旋輪轉案璣當作機注同注中所引鄭尚書注轉
運者爲機未誤可見善自作機不作璣蓋五臣作璣而各本亂之宋文元皇后哀策仰陟天機茶陵本作機表本作
璣皆失著校語彼注文證益明但各本彼及此注中多改機爲璣故讀者鮮察其實必是善五臣之異如旋五臣作
琁二本仍無校語亦失著也注言傳其所順以天下之謀案順以當作以順各本皆

倒○辯亡論○注北至南陽茶陵本北作比是也表本亦誤北注陳忠曰
何校陳改閻陳同是也各本皆誤飾法脩師案飾當作飭注引易作飭各本正文皆傳寫譌也晉書作
飭吳志注作飾羣書中二字多錯互今易作勑則飾字非矣注班固王命論曰何校固改彪陳
同是也各本皆誤注虞翻性不協俗表本無性不協俗四字是也茶陵本此上下複出者更非
注孫權以爲車騎將軍陳云將軍下脫主簿二字是也各本皆脫注往濡須口
陳云往往誤是也各本皆譌注公孫獲曰陳云獲玃誤是也各本皆譌注先主徂于
永安宮表本徂作殂是也茶陵本此注并善於五臣文句全非而吳莞然茶陵本莞作莧注同
校語云五臣作莞表本校語云善作莧其注中亦皆作莧考論語釋文莧爾字如此尤因今論語作莞定從校改遂
以五臣亂善非晉書作莞吳志注作藐即莧之誤也注晉人使子貢何校貢改負陳同是也各本皆
譌注羽檄重積而狎至何校積改迹陳同是也各本皆誤注字略作[illegible]樓

異九　十三

也案樓下當有車字各本皆脫注尚書曰尚有典刑何校改尚書作毛詩下文毛詩改又
陳同是也各本皆誤注皆指事不飾忠懇何云案吳志忠懇下有內發二字此脫當增入案所
校是也各本皆脫注子不聞周舍之諤諤案子字不當有各本皆衍注孫皓遂
用元爲宮下錄事表本茶陵本無遂字案此尤添之也又陳云錄事當作鎮是也各本皆誤非
有工輸雲梯之械何校工改公陳云工公誤今案晉書吳志注皆是工字疑士衡謂之工輸未當
輒改也注王濬鼓入于石頭陳云鼓下脫譟字是也各本皆脫注張悌字臣
先何校臣改巨陳同是也各本皆誤注說文曰詭變也案詭當作恑此所引心部文又觀下
注可見表本亦誤詭茶陵本刪此注更非○辯亡論下○注左氏傳曰下至比于
諸華表本此十八字作諸華已見上文六字最是茶陵本複出非注莊子許由曰齧缺
之爲人也聰明叡智表本茶陵本無此十五字注使親近以巾拭面表本

茶陵本使作便無近字拭下有其字案此尤延之以吳志注所引校改之也陳云當時左右給使之人謂之親近屢
見國志或二本譌耳注船載糧具俱辦陳云載字衍糧下脫戰字是也各本皆誤注爲軍
後援也陳云軍鄉誤是也各本皆誤卑宮菲食表本茶陵本此下校語云善有貪字案二本所
見傳寫衍以豐功臣之賞表本茶陵本無以字下以納謨士之筭同案晉書無吳志注有此尤延之
依吳志注添之也注賈逵國語注曰謂告也言何以告天下也表本
茶陵本無此十六字注慊不足也表本此下有口簟切三字是也尤改入正文下非茶陵本正文下載
五臣苦簟音而刪此更非百度之缺粗脩表本云善作粗茶陵本云五臣作粗案注云粗古粗字似
二本所見是也但晉書吳志注皆作粗他書既未見有借粗爲粗者士衡他文用字亦少此類無以考之注粗
古粗字表本茶陵本粗作粗案此未審說見上雖醲化懿綱表本茶陵本綱作網案此尤校
改之也晉書綱吳志注綱尋文義以綱爲是二本所載五臣翰注云以網羅天下然則五臣網或失著校語善無注

異九　十四

可證其實未必同五臣也抑其體國經邦之具表本茶陵本邦作民案晉書邦吳志注民此亦
尤校改之也文義兩通未知善果何作注幾音其近也表本茶陵本其作基是也又案近也當在
音基上各本皆倒天子總羣議表本云五臣作議茶陵本云善作誼案此亦尤校改之也晉書吳志
注皆作議二本所見未必是憑寶城以延强寇案寶吳志注作保晉書亦作寶與此同詳保城
與資幣偶句蓋保即今之堡字保是寶非也表茶陵二本所載五臣翰注云寶猶堅也文義殊爲不安善未必同五
臣或失著校語注因部分諸軍吳彥等何校吳改吾陳同是也各本皆誤寬沖以
誘俊乂之謀茶陵本云五臣作乂表本云善作人案晉書吳志注皆作乂二本所見非
卷五十四○五等論○夫體國經野表本茶陵本經野作營治案二本是也晉
書作經野尤依之改非注而獨斯畏何校而改無陳同是也各本皆誤不如利而後
利之之利也表本云善無也字茶陵云五臣有案此蓋所見不同或尤校改之也晉書有又案五臣晉

書不重之字非也今荀子富國篇亦未誤凡五臣雖同晉書仍善是彼非者今不悉出 注言王諸侯
治之也表本茶陵本王作任是也案治之當作之治各本皆倒 注漢書徐樂上書曰
下至此之謂土崩表本茶陵本此在家語孔子曰云云之前案依善例當云土崩已見上文蓋後來改
爲複出而又誤倒之耳尤順正文乙轉仍未得善舊也 注告于諸侯曰王居于蔬諸
侯釋位表本茶陵本無曰王居于蔬諸侯七字 國慶獨饗其利表本獨下有校語云善作
猶茶陵本無校語案二本所載五臣良注云言秦獨饗天下之利是其本作獨也尤及茶陵蓋以五臣亂善晉書獨
又本篇志萬國之大德表本萬作經云善作萬茶陵作經仍失著校語又愿法期於必涼表茶陵二本涼作諒其實
善涼五臣諒二本失著校語彼尤本皆校改正之矣 注班固漢書表曰表本茶陵本表作贊案此
尤校改之也 皇祖夷於黔徒案黔當作黥晉書正作黥最爲不誤此注云然黥當爲黔唯正文用
黔首字爲黥布字故善云爾也必五臣因此注改黔爲黥後來各本以之亂善而失著校語又此注亦多誤見下

異九　十五

注史記曰荊王劉賈者下至蓋別有所見表本茶陵本無此五十九字案二本
最是此不知何人駁善注之語必別本有記於旁者而尤誤取以增多也 注尚未足黔徒羣盜
所耶案黔當作黥各本皆誤說見下 注然黥當爲黔案黥黔二字當互易此因正文既改作黥
與注不相應復改注以就之也考史記漢書黥布不得云當爲黔甚明他書不更見有作黔者上條楚漢春秋亦誤
改無疑 注縱恣意陳云縱下脫橫字是也各本皆脫 注生子頹子頹有寵表本
茶陵本不重子頹二字 注我實能使狄案能字不當有各本皆衍 注號曰共和共
和十四年表本茶陵本不重共和二字 注鄭伯將王自圉門入虢叔自
北門入表本茶陵本無此十四字 注次于陽樊表本茶陵本無此四字 注恭王有
寵子表本茶陵本無王字是也 良士之所希及案當依晉書去之字各本皆衍 ○辯命
論○注峻字孝標辯命論表本茶陵本無峻字二字案無者是也下五字爲一句 注

郭璞曰孫子荊案此有誤也璞疑當作子郭子三卷在隋志小說 注然則占候時
日案則字不當有各本皆衍善例無此也 注此其大較者也表本茶陵本大下有彰字 注
閔子騫曰案騫當作馬各本皆誤 夫通生萬物茶陵本通作道表本無夫通二字案二本
不著校語無以知善果何作梁書作夫通考選文與本傳向不齊一但可資其借證難以指爲專據何校於此篇多
所更改皆選文未必非本傳未必是今均不採 注猶陶鑄堯舜也表本茶陵本猶上有將字 注
言殺也表本茶陵本無此三字 注載蹇其尾毛長曰蹇表本二蹇字作蹥茶陵本
作蹇案蹥字是也正文善作蹥梁書同故破蹇爲蹥而引之 注家語曰顏回下至薄言采
之表本茶陵本此七十六字弁於五臣非也尤所見未誤 注追論夫子言表本茶陵本言上有
之字 注樂正子春見孟子曰表本茶陵本無春字案有者非 注狀亭亭以岧
岧案岧岧當作苕苕各本皆誤 徼草木以共彫表本茶陵本徼作候是也梁書作候 注黥

異九　十六

婁先生表本茶陵本黥作黔是也 注垂髮臨鼻長肘而盭表本茶陵本髮作眼盭下
有股字案今呂氏春秋作眼其盭下仍無股字或尤刪之也 注呂氏春秋曰道也者下至
不可爲壯表本茶陵本無此二十字 注彭彭越韓信表本茶陵本無此六字案此因
同五臣翰注而刪之尤所見是也 注淮南子曰哆嗎蘧蒢戚施醜也案此有誤
也所引脩務訓文哆上有嗜脒二字無醜也二字高誘注云嗜脒哆嗎蘧蒢戚施皆醜貌也或許慎云醜也耳未審
善兼引正文及注或但引注無以補正 注渙散也表本茶陵本無此三字 注貌摯夷何校
摯改執陳同是也各本皆譌 注淮南子曰歷陽案此有誤也以下至國沒爲湖皆注文不得云
淮南子曰未審所脫 注有兩諸生告過之謂曰何校去告字是也各本皆衍 注太
常上對諸儒太常奏宏第居下策何校策下添奏字陳同案此有誤也考漢書云
宏至太常上策詔諸儒又云太常奏宏第居下策奏必善連引此二處耳 注猰貐鑿齒九嬰大

風丰猶修虵表本茶陵本猰貐作窫容猶作豕鑿齒二字在修虵上案此九校改之也下高注仍作窫窳一豕所改尤本是注毛萇曰杯晚切陳云曰下脫板板反也四字是也各本皆脫注司馬子韋曰案馬當作星思元賦注可證又案表茶陵二本此一節注幷入五臣非也尤所見未誤注磨其手案磨當作磨各本皆譌與廣川長岑文瑜書引作鄺云鄺音鄺可證考呂氏春秋亦作鄺鄺磨同字磨譌二皿爲磨猶顏氏家訓所謂容成造磨爲碓磨之磨耳故鄺今亦譌而爲鄺也皆當訂正注若以善惡猶命表本茶陵本猶命二字作之理無徵四字是也且于公高門以待封表本云善作門高茶陵本云五臣作高門案二本所見傳寫誤倒非也此亦尤校改正之梁書作高門注激過之辭也表本過作過是也茶陵本亦誤過莊子釋文李云謂激過也可借證注黃鵠啄君稻粱案粱當作梁各本皆誤注予惡乎知說生之或非邪案或非當作非或各本皆倒誤注予惡乎知惡死之非弱喪而不知歸者邪表本茶陵本非弱喪而不知歸者邪九字作或是邪三字案此尤校改正之者

異九 十七

異卷第九

文選考異卷第十

賜進士出身通奉大夫江南蘇松常鎮太倉等處承宣布政使司布政使胡克家撰

卷五十五〇廣絶交論〇注劉璠梁典曰表本茶陵本無此五字案此節注表幷善入五臣茶陵幷五臣入善皆非注慕尚敦篤表本茶陵本慕作寡是也注芳芳漚鬱表本茶陵本下芳字作香是也注班固漢書贊曰陳云贊述誤是也各本皆誤注試欲効其款款之愚陳云試誠誤是也各本皆譌注年十三表本茶陵本無此三字注口相切直也表本茶陵本無空格是也此初有衍字後脩去之注論語子張曰敢問崇德辨惑表本論上有巳見七命四字茶陵本無案依善例當作辨惑巳見七命六字不複出論語以下云云各本皆非注棠棣之華茶陵本棠作唐下同是也表本亦誤棠何陳校改唐然則利交同源表本云善有則字茶陵本云五臣無則字案各本所見皆非也則不當有但傳寫衍梁書任昉傳所載亦無則字注雕刻鑪捶喻造物也表本茶陵本無此八字注以灼火也表本茶陵本也下有之瑞切三字案眞善音也正文下朱靡二字乃五臣音尤去此存彼非注秦嘉婦詩曰案婦上當有贈字各本皆脫注惟思致款誠表本茶陵本惟作遺是也注蔡澤顉頤折頞表本顉作頷茶陵本與此同案依表本疑善正文亦作頷今各本皆作顉蓋五臣亂之梁書亦作顉善與彼多異如論嚴苦彼作枯有旨哉有旨哉彼不重英跱俊邁彼作特善注明文俱相乖互難以爲證注論語曾子曰鳥之將死其鳴也哀表本茶陵本無此十三字案此因巳見五臣而節去注詩谷風曰將恐將懼寘予于懷表本茶陵本無此十二字案此因巳見五臣而節去注毛萇詩曰漑何校詩下添傳字陳同各本皆脫注以伯嚭爲太宰表本茶陵本嚭作喜案二本是也下注所謂或作伯喜即指此考史記五子胥列傳索隱有喜音嚭之語是善引與小司馬正合不如今本史記作嚭也上注所引亦以嚭爲大夫嚭必本作喜各本皆誤當依此訂正注乃自

異一 一

刎表本茶陵本刎作剄是也注厥篚織纊何校織改纖陳同是也各本皆誤注屬纊以
候氣案候當作侯下當有絕字各本皆脫誤注信陵之名蘭芬也何校蘭上添若字陳
同是也各本皆脫注班固述曰莊之推賢於茲爲德表本茶陵本作班固贊曰
鄭當時之推賢也案二本是也此引本傳贊尤校改甚非注說文曰輜車軸端案輜當作轉各
本皆譌注驥於是迎而鳴者表本茶陵本迎作仰是也注烈士傳曰表本烈作
列是也茶陵本亦誤烈注陽角哀茶陵本陽作羊表本與此同案陽字是也古陽羊通用蓋正文善
五臣羊各本亂之茶陵并改注者非梁書作羊彼固多異也寄命嶂癘之地表本茶陵本嶂作鄣
案表茶陵二本所載五臣向注字作鄣其善注仍作嶂字然則善嶂五臣鄣也二本失著校語梁書作瘴俗何云三
國志皆用嶂注劉孝標與諸弟書曰案標當作綽各本皆誤本傳云孝綽諸弟時隨藩皆
在荆雍乃與書論共洽不平者十事其辭皆鄙到氏云云此所引即其一事也孝綽彭城人故下稱孝標云平原劉

峻不知者妄改絕無可通今特訂正注攸然不相存贍表本茶陵本攸作悠是也○演連
珠○注天地所以施生案生當作化各本皆誤注在地則化案地當作川化
當作虛各本皆誤注以導其氣也表本茶陵本導作通無其字案此蓋尤校改之也注然
水火相殘表本茶陵本殘作踐是也注閔子騫曰案騫當作馬表本亦誤茶陵本改爲公鉏
然之大謬注而不可以相違表本茶陵本違作爲是也注陳敬仲曰表本茶陵本作
毛詩曰案此尤校改之也注漢書曰成帝下至故世謂之五侯表本此三十二字作
五侯已見鮑明遠數詩畀也茶陵本複出非注言口至道均被表本茶陵本言口作善曰案尤
改善曰入下而誤衍言字下注首空二字者三處皆尤改此亦當同彼矣注而可御於前也何校
去而字陳同各本皆衍注陰晷影之候也表本茶陵本無之候二字是也注候明時
以効績表本茶陵本候作願是也注何休公羊傳曰案傳下當有字各本皆脫注

尸子曰下至是弗聽也表本此二十五字作繞梁已見張景陽七命是也茶陵本複出非注
耆出瞑目陳云瞑瞋誤是也各本皆譌注子以父言聞於君乃召蘧伯
玉表本茶陵本無於字乃字注可謂生以身諫表本茶陵本無可謂二字注蔿之於
穆公表本茶陵本無於字注晏子春秋曰下至晏子之謂也表本此一百二十八
字作齊堂之俎已見張景陽雜詩是也茶陵本複出非注孫卿曰案卿下當有子字各本皆脫瞽
叟清耳表本茶陵本叟作史案此尤誤改也注謂以明水滫瀡柔盛黍稷表本
茶陵本二滫字作滌案此當作滫滌尤校補滫而誤并改滌耳注善曰日月發輝案善曰二字不
當有表茶陵二本誤在注首尤移入下而仍衍此非非假百里之操案五臣百作北表茶陵二本校
語云善作百五臣作北百里不可通此必有誤疑里當作牙劉及善無注以百牙自不煩注耳注善曰下
愚由性案善曰二字不當有說已見前注戰國策曰白骨疑象碔砆類玉

表本此十二字作武夫已見上文是也茶陵本複出非注繫一柷之功也案繫當作擊一字不
當有各本皆誤衍注言爲政之道恕已及物也表本茶陵本無道字注誅猶
痛責之甚也表本茶陵本無猶痛之甚四字注衡風起兮橫波案橫上當有水字各
本皆脫注唯化所珍陳云珍疑甄今案當作移各本皆誤注流爲水及風案流字不
當有各本皆衍注史史魚也表本魚下有並已見上文五字是茶陵本複出非尤刪削益非注而
悲感者也案悲字不當有者當作周各本皆誤此以感周與上句悲殷對文注或者以詩
序云表本茶陵本無或者以三字案此注各本皆有誤無以正之注善曰性命之道何校
去善曰二字是也各本皆誤注文子曰何校文上添善曰二字陳同是也各本皆誤注蔡邕
琴操曰下至象五行表本此十六字作已見上文是也茶陵本所複出云云皆非
卷五十六○女史箴○王猷有倫茶陵本王上有而字云五臣無表本云善有案

此尤誤去之也注王猷允塞表本茶陵本猷作猶是也施衿結褵陳云褵據注當作離案所
校是也表茶陵二本所載五臣翰注中字作褵是其本乃作褵各本以之亂善而失著校語正文與注遂不相應甚
非注徐幹中論曰表本徐上有同衾夫婦也五字茶陵本無〇封燕然山銘〇
注謂登用輔翼表本茶陵本無用字翼下有也字案此尤校改之也注如虎如貔如
熊如羆案當作如虎如羆如貔如離不知者改之耳各本皆誤後漢書章懷注引亦可證注此音
訓並與上同也案此下當有離字並字不當有上當作螭各本皆誤然後四校橫徂
表本茶陵本云善作狙案狙傳寫誤尤校改正之也注子稽粥立何校粥改粥是也各本皆譌注
殺北都尉何校北下添地字尉下添印字陳同是也各本皆脫注與碣同表本茶陵本同下有
音義曰渠烈切六字案二本最是尤誤去〇座右銘〇注行行剛強貌表本茶陵本貌
下有論語曰長沮桀溺耦而耕孔子使子路問津焉桀溺曰悠悠者天下皆是也而誰與易也三十四字案二本是

異十　四

也此尤誤刪注郭璞三蒼曰表本茶陵本無郭璞二字〇劒閣銘〇注假稱
蜀都太守陳云都郡誤是也各本皆譌〇石闕銘〇注尚書曰湯既黜
夏命陳云書下脫序字是也各本皆脫注書曰有扈氏威侮五行怠棄三
正表本茶陵本無此十三字案此尤校添之也刑酷然炭何校然改爇今案所改非也廣韻一仙爇
字下引此刑酷爇炭故何據之考廣韻所引如十姥之抱土舍麤二十陌之嘆嘆不得語之類與今本選文迥異皆
別有所出不容相證何未得其理耳茲地無取焉注三年十二月陳云三二誤是也各本皆譌
注胡馬之千羣案之字不當有各本皆衍注魏略王陵陳云陵當作凌下同是也各本
皆譌注以卿非肯遂折簡者也陳云遂逐誤是也各本皆譌注以牛為禮
茶陵本禮作礼表本與此同案當作札各本皆誤伐罪弔民表本茶陵本云民善作人是也注弔其民
二本作人此皆誤改注湯始征曰自葛表本茶陵本無空格是也注曰桀為無道

表本茶陵本無日字是也注李康運命論表本茶陵本無李康二字論下有曰字是也注曰
又曰表本茶陵本曰又作尚書案此尤校改正之也前樊鄧威懷巴黔底定注亦連有兩尚書曰尤仍未改必
本注每句下故如此耳注弁于中天表本茶陵本于中作中于是也注蒼頡曰何校頡下
添篇字陳同是也各本皆脫注祝良為梁州刺史陳云梁疑當作涼祝良刺涼州見范史陳
寵傳案所校是也各本皆誤注禮經謂周禮也案禮經當作經禮各本皆倒注其角
一正東表本茶陵本無其角二字或以布化懸法表本茶陵本化作治何校改治為化今案非也
此諱治為化五臣迥改二本失著校語尤所見為是矣凡餘於諱字不可悉出但讀者當知其多失舊耳色法
上圓表本茶陵本校語云圓善作負案二本此注字乃作圓篇末注則作負今盡作圓蓋皆尤所改其實非也
負圓古同字下篇金筩方負之制二本有校語正文及注皆作負是也又圓流內襲各本皆以五臣亂善非注
臨煙雲陳云雲雨誤是也各本皆誤注故云却背也表本也下有後注同三字案表本凡

異十　五

云後注同者皆弁善入五臣然則此後當有周禮曰應門二轍漢書曰秦地五方雜錯然此五方謂異之五方也二
十六字今在其所載向注中也茶陵本亦弁入五臣失著倂同向注尤所見蓋與之同誤〇新刻漏銘
〇注孟春始嬴表本嬴作嬴下同案嬴字是也茶陵本亦誤嬴正文作嬴盈疑尚有盈嬴異同之注而
未全注掌壺以令軍井茶陵本掌下有挈字是也表本亦脫注懸壺以哭案哭上當
有代字下當將者字各本皆脫注令軍中衆何校衆上添士字是也各本皆脫注鄭元曰
下至異晝夜漏也此三十二字表本茶陵本無案因已見五臣而節去二本非尤是也注新序
固乘曰表本茶陵本無固乘二字布在方冊表本云善作布在方冊茶陵本云五臣作有布方冊
案各本所見皆非也此以有布與下無彰偶句非取禮之或文善亦作有布涉注文而傳寫誤注布在方
冊表本茶陵本冊作策案此尤順正文改耳蓋二本注有是而尚有冊策異同之注否則善正文自作策也
水亦其中表本茶陵本無此五字注晝夜漏起案晝字不當有各本皆衍注則河

瀟海夷表本茶陵本作測河海夷晏案此尤校改之也注周禮曰下至以叫百官此十六字表本茶陵本無案因巳見五臣而節去注諸侯有日御表本御下有草創巳見上文六字是也茶陵本複出非尤刪削益非注登大庭之庫何校庭下添氏字是也各本皆脫注謂土圭也表本也下有巳見上文四字是也茶陵本複出非注十累一銖表本茶陵本銖下有撮纍括切四字是也案此善音尤誤去注巴郡落下閎與焉表本茶陵本無巴郡二字無得而稱也案得當作德茶陵本云五臣作得表本云善作德此以五臣亂善注孔甲有盤盂之戒表本茶陵本戒下有言也二字案此尤校刪之也注紀善綴惡表本茶陵本綴作掇是也注奧矣不窮表本茶陵本奧作煥是也注呂氏春秋曰表本呂上有熙載巳見上文六字是也茶陵本複出非尤刪削益非注角平升桶權概案升當作斗各本皆譌注禮義消亡表本茶陵本禮上有齊宣公之時五字案當衍齊字耳何陳校皆改齊爲衞擊刀舛次表本茶陵本刀作刀案注中字各本皆作刀又上注引漢舊儀擊刀斗表茶陵二本亦作刀考此字本作刀後人作刀以別之蓋巳久矣其錯出作刀者轉因譌而偶合於古耳餘放此不具出聚木乖方表本茶陵本聚作叢案善引周禮以序聚欘爲注是其本作聚二本所載銑注則云叢木是其本作叢二本失著校語也當以尤爲是矣月不遁來茶陵本云五臣作遁表本云善作知案此尤校改也知字不可通必有誤或亦作遁與五臣無異而尤改爲得之或善自作知而不字有誤今無以考也○王仲宣誄○誰謂不庸何校庸改痛陳云庸痛誤表本茶陵本作痛云善作庸案庸字不可通蓋各本所見皆傳寫誤注遭家之造表本茶陵本遭家作少遭案此尤所校改也注國稱陳留風俗記曰何校國改圈陳同是也各本皆譌注魏滅表本茶陵本無此二字注易稱所謂陽九之厄案稱當作傳各本皆誤注魏志曰粲下至爲龍爲光此二十七字表本茶陵本無案因巳見五臣而節去注幽贊於神明表本茶陵本贊作讚是也綦局逞巧案綦當作碁注中字可證五臣

作棊表茶陵二本正文及其所載銑注如此尤改棊爲碁而誤成綦字注是用不售案售當作集各本皆譌注南郡有編都縣表本茶陵本縣下有音義曰編音鞭都音若九字案此眞善音正文下若字五臣音也尤誤刪此存彼注將命之日表本茶陵本將下有爭字是也與君行止表本茶陵本君作軍是也此尤本誤字注小人徇財君子徇名表本作背士之徇名小人之徇財茶陵本與此同案此尤改也○楊荊州誄○滎陽楊史君表本茶陵本史作使案此似善史五臣使不同二本失著校語也注實左右商王表本茶陵本無實字案此尤所校添也二十八將論運命論褚淵碑文注引皆無不與今毛詩同添之未是注周禮曰諡者表本茶陵本禮作書是也注有蘇章而蹢注者何校而改之去者字是也各本皆誤投心魏朝茶陵本魏作外云五臣作魏表本云善作外案此尤校改以五臣亂善注錫爾土宇歸章案錫字不當有歸當作吸各本皆誤注晉宮闕銘曰案銘當作名各本皆誤後宮貴妃誄引同注神亦往焉觀其苛慝表本茶陵本亦往焉作人案此尤校改之也僞師畏逼何校師改帥陳云此謂步闘也師乃廟諱似不應用案所說是也帥字別體作帥因致譌耳他書亦往往相混注景命有順何校順改傾陳同是也各本皆譌聖王嗟悼表本云善作王茶陵本云五臣作主陳云作主爲是案王蓋傳寫誤注先王覆露子也陳云王主誤是也各本皆譌○楊仲武誄○楊綏表本茶陵本綏作經是也此尤本誤字何陳校皆改經注將何以終遂誓施氏表本茶陵本無此八字喪服同次茶陵本同作周云五臣作同表本云善作周案此尤校改以五臣亂善當此衡猋案猋當作焱各本所見皆非卷五十七○夏侯常侍誄○譙人也表本茶陵本譙下有國譙二字是也此尤本脫辟太尉府何校府下添掾字陳同案此非也表本云善無掾字茶陵本失著校語何陳誤依之仍爲太子舍人表本茶陵本無仍字是也此尤本衍注禮記曰人生二十曰弱

冠表本茶陵本無此十字案此即尤誤取增多者注視之如傷表本之作民是也茶陵本亦誤之

注曹子建楊德祖書曰何校楊上添與字陳同是也各本皆脫莫涅匪緇案緇當作淄注引論語作淄可證後漢書皇后紀論遂忘淄蠹章懷注云淄黑也座右銘在淄貴不淄注亦引涅而不淄淄緇同字耳不知者誤改之也表本并善注改爲緇字大誤入侍帝闈表本茶陵本闈作闥案此無以考也注而誰爲表本茶陵本爲下有[illegible]乎二字案此尤校删之也○馬汧督誄○注蘭羌案蘭上當有馬字關中詩注引有各本皆脫今晉書惠帝紀亦可證也注氐以偏師陷案氐下當有子字各本皆脫注氐出東南隅曰陳云隅下脫行字是也各本皆脫注羌什長輩便然更蓋其種也案便當作使更當作叟各本皆誤善意謂叟即使字也或尚有使叟異同之語而不全若作便更則不相通又案以此推之正文及上注二更字皆叟之誤後誄輩更忿睢亦然注下礧石茶陵本礧作壘表本作礨案壘字是也此所引李陵傳文注城上礧石也表本茶陵本礧作礨案各本皆非當作雷此所引晁錯傳注文注然礧與礨並同案礨當作壘雷二字各本皆誤

異十　八

注梠楣也表本梠上有孚廢切又曰五字也下有又曰二字是也茶陵本與此同非注幕罳內井表本茶陵本無此四字注於幕中府表本茶陵本無府字是也注梁王彤陳云彤形誤是也各本皆譌又案關中詩注與此同亦譌也注何戴表本茶陵本作何戴切三字在注末是也注然則口不言案則字不當有各本皆衍注甘茂謂楚王曰魏氏聽表本茶陵本無此九字注獨行怨睢之心案怨當作忿各本皆譌注司馬兵法曰陳云曰字衍是也各本皆衍精冠白日表本茶陵本冠作貫是也此尤本誤字注康睢曰陳云康唐誤是也各本皆譌注太尉應劭等議何校尉下增掾字陳云脫掾字見後安陸昭王碑是也各本皆脫注王逸楚辭曰陳云辭下脫注字是也各本皆脫梧穴以斂表本茶陵本梧作捂注同是也此尤本誤字注棰也表本茶陵本棰作捶是也悠悠烈將何校烈改列陳同各本皆非注模表本茶陵本作音模二字在注末是也甘棠不剪表本茶陵本不作勿案此無以考之注若不戢翼而少留也案若字不當有各本皆衍琅琅高致表本茶陵本作硠硠注同是也此尤本誤注堅也表本茶陵本也下有力唐切三字是也○陽給事誄○注文士顏延年表本文上有後文帝命五字茶陵本無案此節注表并善入五臣茶陵并五臣入善皆非其舊注摩表本茶陵本無此字注末有劘與摩音義同六字案有者是也尤删移非注列營基跱案基當作綦各本皆譌注橈敗也案敗當作曲各本皆誤所引在成二年注左氏傳曰下至殺陽處父表本茶陵本無此八十八字何校去陳云删本無之爲是案此即尤誤取增多者注盾佐之表本茶陵本盾上有趙字是也注苦夷也表本茶陵本苦下有越苦二字是也舊勳雖廢茶陵本廢作發云五臣作廢表本云善作發案此尤校改正之也發但傳寫誤注其知深其慮沈表本茶陵本此六字作其勇沈也四字注服服馬也衡車

異十一　九

衡也表本茶陵本無此八字案無者最是此尤誤取增多注章帝詔表本茶陵本詔下有曰字是也注蒼頡曰何校頡下添篇字陳同各本皆脫注疏分也表本茶陵本無此三字○陶徵士誄○注說文曰璇表本茶陵本璇作琁是也注韓詩外傳曰下至何患無士乎表本無此注茶陵本有案疑茶陵複出尤所見與之同耳蓋本是無足而至已見上文表因已見五臣而删削此句注豈宴棲末景表本茶陵本豈作堂案堂亦非也當作賞注親探井曰茶陵本探作操是也表本亦譌注田對曰案田字不當有各本皆衍注亦爲親也表本茶陵本亦作以是也注勑表本茶陵本作音勑二字在注中履頭也下是也注劉劭集有酒德頌何校劭改靈陳云劭伶誤案靈是也說見前又諸謂碑文作伶亦非注得黃金百斤案斤字不當有百與諸協韻茶陵本作兩亦衍表本此節注并入五臣亦作兩然則五臣妄增之也漢書無今史記衍斤字尤依之改非又案表本錯善注同三字在貞夷粹溫句五臣注下吏爲誤中之誤注列士懷植散

臯表本懷作壞是也茶陵本亦誤懷此所引田子方文注范曄後漢書曰論表本曰論作論
曰是也茶陵本亦誤倒注孟子曰下至君子不出也表本茶陵本無此二十字案此因已
見五臣而節去尤添之爲是敬述靖節案靖當作清表本云善作靖茶陵本云五臣作清各本所見皆
傳寫誤此下八句敘述薄葬必是清節無疑至未旌此靖節方說其謚相涉致譌並非善如此注詁或作
赴表本茶陵本或下有皆字案有者是也此所引雜記上注文尤誤刪注斂手足形表本茶陵本手
作首是也案尤誤改至方則礙表本茶陵本礙作閡案此蓋尤改之未必是也注未必撅也
表本撅作撅下同是也茶陵本亦誤撅案正文作蹷或尚有蹷撅異同之注注飄風與案與當作輿各
本皆譌注百官箴王闕何校重官字是也各本皆脫注妻曰昔先表本茶陵本先
下有生字是也○宋孝武宣貴妃誄○注而溫之至生黍案之字不當有
各本皆衍天寵方降表本茶陵本降作隆是也何校改隆案此尤本誤字注敵揚厚德表

之旐旌表本茶陵本厚作后旐作旐案此尤校改之也處麗綌綌茶陵本云五臣作綌表本云善
作綌案綌即綌別體字此及注皆尤所改耳視朔書氛茶陵本云五臣作氛表本云善作氣案此亦尤
所改注爲紫禁表本茶陵本禁下有禁密奧又謂之巖奧八字案此尤校刪之也注徊以離
宮別寢表本茶陵本無別寢二字案此尤校添之也注毛詩曰凱風陳云詩下脫序字是
也各本皆脫注司馬彪漢書曰表本茶陵本漢上有續字是也循閶闔而逆渡
案渡當作度注同表本云善作渡茶陵本云五臣作度各本所見皆傳寫誤注乃奏樂三日而
終表本茶陵本無而字注瓚說是也表本茶陵本也下有輮力強切四字是也○哀永逝
文○注說文曰轜案轜當作輀各本皆譌此在車部作輀輀即轜別體字表本正文作輀蓋五臣
改失著校語茶陵本作轜亦轜之譌耳嫂姪兮慞惶茶陵本慞惶作章偟云五臣作慞惶表本云善
作章偟案此以五臣亂善非注陳琳武軍賦曰何校軍改庫是也各本皆譌注於西壁

下塗之曰寢表本茶陵本寢作殯是也是乎非乎何皇表本茶陵本皇作遑案此善皇
五臣遑失著校語注我獨而能無槩然表本茶陵本而作何是也
卷五十八○宋文皇帝元皇后哀策文表本無皇帝元三字茶陵本有案此
蓋善有五臣無而失著校語注詔前永嘉太守顏延年表本年作之是也茶陵本亦誤
年注爲哀策文茶陵本文下有謚曰元三字表本無案有者是也注卭表本茶陵本作卬音
卭三字在注中程餘征切上是也注韓詩纚繫也表本纚上有日字是也茶陵本亦脫何校詩下
添章句二字陳同案各本蓋皆脫下注韓詩曰淑女同注劉熙釋名曰容車下至以合
北辰表本茶陵本無此四十字注行表本茶陵本作珩音行三字在注中據音居上是也注旂旗
以銘功也表本茶陵本無此六字注左氏傳曰下至或憑焉表本茶陵本無此二
十字案無者最是注呂氏春秋曰天道圓地道方何以說天道之

圓也表本茶陵本無曰天道圓地道方何以九字案此校添之也注王者膺慶於所感
案者字不當有感當作咸各本皆誤注毛詩曰下至于以采藻表本茶陵本無此十三字注
蘋之言賓藻之言澡表本茶陵本無此八字注故取名以爲戒表本茶陵
本無此六字方江泳漢茶陵本泳作詠云五臣作泳表本無校語案茶陵所見非也注東都
賦曰表本茶陵本賦作主人是也注陳女圖以鏡鑒顧女史而問詩表本
茶陵本此十二字作陳列國史以鏡鑒也八字案此尤校改之也注之逝切表本茶陵本此在注末是
也注零細切表本作眂音視診零細切七字在注中漢書曰上是也茶陵本移零細切在注首非尤刪
眂音視益非注漢書儀曰何校書改舊陳同是也各本皆誤注禮記曰下至必於
歲之杪表本茶陵本無此十三字案無者最是○齊敬皇后哀策文○注追
尊爲敬皇后表本茶陵本無敬字案此尤校添之也注東昏侯寶卷表本茶陵本侯

寶卷作也是也注周禮曰遂人案八當作師各本皆誤注以蜃車之役衛案以
當作共衛字不當有各本皆誤注樞載柳四輪何校樞下添路字陳同是也各本皆脫注阮
瑀正欲賦曰案正當作止各本皆譌注今王翁鄭孺陳云鄭字衍是也各本皆衍
注賢女馨表本茶陵本馨下有香字是也注毛詩序曰下至被於南國表本茶陵
本無此十二字注孔安國傳曰何校傳上添尚書二字陳同是也各本皆脫注淮南子
下至高誘曰表本茶陵本無此十四字注軒轅星也表本茶陵本也作名又表本此下有
已見上文曜星也七字茶陵本有曜星也三字案表本是也茶陵本刪非尤改益非注毛詩曰清廟
陳云詩下脫序字是也各本皆脫注璋瓚夫人所執表本茶陵本無此六字宸居長
往表本茶陵本居作駕案此尤改之蓋二本是注禮記曰口表本茶陵本無空格是也映輿
鍐於松楸表本茶陵本鍐作鈒是也注同籍閟宮之遠烈兮表本茶陵本籍作藉是也

終配祇而表命表本茶陵本祇作衹案此尤改之蓋二本是注趙達以機祥協
德案機當作禨各本皆譌注假結帛巾各一枚表本茶陵本無枚字案無者是也范書光
武十王傳所載亦無此字可借為證注可瞻視表本茶陵本瞻視作視瞻是也○郭有道碑
文茶陵本此上有碑文上三字另為一行是也表本亦脫注魯人有儀公潛者案儀公當
作公儀各本皆倒此所引公儀第九文也將蹈鴻涯之遐迹案鴻當作洪注引西京賦神仙傳皆
是字可證表茶陵二本所載五臣翰注字作鴻蓋各本亂之而失著校語又案蔡中郎集亦作洪注由以
告巢父焉表本茶陵本無巢父焉三字注毛詩曰顯顯令問案曰下當有令問令
望出師頌曰八字各本皆脫陳改毛詩二字作史孝山出師頌六字未是也注君其試之表本茶陵
本無此四字注尚書祖乙曰案乙當作己各本皆譌○陳太丘碑文○注
袞職謂三公也表本無此六字是也茶陵本有其此節注與五臣錯互而誤衍憖於臧文

竊位之負表本茶陵本臧文作文仲案此無以考之集亦作文仲注孝經援神契曰
下至仁明此十八字表本茶陵本無案因已見五臣而節去尤添是也遣官屬掾吏何校吏改
史是也各本皆傳寫譌集亦作吏譌與此同注直用表本茶陵本作重直用切四字在正文以成時銘下
是也以時成銘表本茶陵本時成作成時案此無以考之也集亦作成時○褚淵碑文○
注於予小子案子當作乎各本皆譌用人言必由於己表本云善有人字茶陵本
云五臣無案各本所見皆非也蓋涉注引用人如用己而誤衍非善與五臣有異何校去言字亦誤注先過
表宏表本茶陵本宏作閎是也注譬諸汎濫案汎當作氿各本皆譌氿濫氿泉濫泉也荅賓戲云
懷氿濫何陳校改氿者非注范曄後漢書左朱零曰案書字當重左當作佐各本皆脫誤
何陳校去左字者非注鄭元禮記曰表本茶陵本記下有注字是也注閔子騫曰案騫
當作馬各本皆譌注有豫章郡雩都縣表本茶陵本無有字陳云當在雩字上是也尤校添

而誤其處既秉辭粱之分陳云分五臣作介為是案陳所說非也分字去聲謂其辭過分之賞由能
秉執己分合觀下句自明五臣誤讀為介而云孤介之節全失文意此善與五臣截然有異不容亂之者注楚
人鬼之越人機之茶陵本上之作而無下之字是也表本誤與此同又案機當作禨各本皆譌
注諫過而後賞善案後字不當有各本皆衍丹陽京輔何校陽改楊陳同是也下注同
案二字多相混此亦不具出注李尤有函谷關銘曰表本茶陵本無有字是也注太
宗明帝表本茶陵本無此四字案無者最是注孟軻曰茶陵本軻作子是也表本亦誤軻注
昔有魯伯禽陳云有者誤何校魯下添公字是也各本皆誤脫不貳心之臣茶陵本不
上有率字云五臣無表本校語云善無率案尤所見與表同是也茶陵校語有誤嗣王荒怠於天
位表本茶陵本王作主是也注檄太常曰何校檄改移陳同是也各本皆誤注君子徽
猷陳云子下脫有字是也各本皆脫注晉起居注曰帝詔曰陳云上曰字安誤是也各

木皆誤注周禮大司徒職曰至下媚音因此六十四字表本茶陵本無餐東
野之秘寶茶陵本野作杼云五臣作野亦作序表本作野無校語案善注東野未詳又注然野當爲杼古
序字表茶陵二本所載五臣翰注云野當爲序云云然則杼序皆後人改茶陵校語全非注雖去列位
表本茶陵本雖去作在是也注又曰雒書表本茶陵本又作一是也注河圖本紀表本
茶陵本本作今陳云據王元長策秀才文注引璇璣鈐本命誤紀下脫也字是也注晉書劉伶表本
茶陵本無晉書二字伶作劭案尤所校改亦非劭當作靈說見前注諸公給虎賁三十八
表本三作二是也茶陵本亦誤三注公繁騆而馳表本茶陵本繁作蟿案此尤校改之也後齊故
安陸昭王碑文注引作繁騆不誤亦可證注知不如車之駃陳云駃駃誤是也各本皆譌齊故安
陸昭王碑文亦譌駃羣后恇動於下表本茶陵本動作慟案此無以考之也注謝慶緒
荅郄敬書曰表本郄作郗是也茶陵本亦誤郄又案敬下當有輿字各本皆脫前遊天台山賦注引可

證其郄字彼亦誤當互訂也注五星聚房者陳云當重有房字是也各本皆脫注同據
而興陳云同周誤是也各本皆譌注故良也表本茶陵本故下有曰惟二字天鑒璿曜
何校璿改琁陳云據注璿當作琁案表茶陵二本所載五臣良注字作璿此必善琁五臣璿各本亂之而失著校語
內謨帷幄表本茶陵本謨作謩案上文內贊謀謨作謨宏二八之高謩作謩善果何作無以考之也注
音逝表本茶陵本此二字在注末是也
卷五十九○頭陁寺碑文○注王巾何校巾改中下同陳云巾中誤案說文通
釋王中音徵俗作巾非何陳所據也各本皆作巾注漢書枚乘上書吳王曰表本茶陵
本無漢書二字注大智度論曰亦以涅盤爲彼岸也陳云衍曰字是也各本皆
衍注宮商角祉羽也表本茶陵本祉作徵案此尤因諱改字耳於是元關幽揵
表本茶陵本揵作鍵表校語云善本作扌注字皆作揵茶陵本無校語注字皆作鍵案茶陵以五臣亂善非注

物所以機心應之表本茶陵本所作斯是也注廣雅曰撓亂也表本茶陵本此
下有乃飽切三字是也注劉虯曰菩薩圓淨表本劉上有法華經曰慧日大聖尊久乃說是
法十四字是也茶陵本亦脫注子莊王陀立表本陀作佗是也茶陵本亦誤陀注盡功
金石案盡當作書各本皆譌注名被東川陳云川疑州誤是也各本皆譌注年二十
五出家師釋道安符丕後還吳案此有誤劉孝標世說新語言語注引高逸沙門傳
云年二十五始釋形入道恐此本與彼大意相同並不云出家師釋道安符丕云云今誤涉下惠遠傳文而如此也
何陳校皆云符丕下有脫未是注馬衍說鮑叔永曰表本茶陵本注無叔字是也注緣亦
斯廢也陳云亦當作空是也各本皆誤注惑煩惚也案惚當作惱各本皆誤注范曄
後漢表本茶陵本無此四字注李尤七難曰案難當作款各本皆誤宏啓輿服
表本茶陵本服作復是也注禮記曰步中武象案記當作書各本皆誤此引史記禮書也下引

鄭氏曰云云即裴駰集解何校以爲今禮記佚文大誤諱諠何云南史作暄陳云諠暄誤注同案此所引南
齊書江祏傳文今本亦作暄蓋傳寫譌諠也注爲江夏王郢州行事者陳云行事下當
重有行事二字行事之名後漢巳有之如西域長史索班稱行事是也見西域傳案所校是也各本皆脫注匹
娉表本茶陵本作芳娉切三字在注中庀具也下是也注司馬紹贈山濤詩曰案紹下當
有統字各本皆脫注靡華九衢案華當作葩各本皆誤金資寶相表本茶陵本資作姿
是也庶髮鬅於衆妙表本茶陵本於作乎是也注乾動川靜何校川改巛陳云川巛誤
是也各本皆譌式揚洪烈茶陵本式作戒云五臣作式表本云善作戒案此尤校改正之也戒但傳寫誤
耳○齊故安陸昭王碑文○注五帝出受圖籙表本茶陵本圖籙作
籙圖是也魏氏乘時於前案乘時當作時乘茶陵本校語云五臣作乘時是也表本校語云善作乘
時非也善時乘五臣乘時於注皆有明文表互換正文耳尤以五臣亂善所見誤與表同陳云二字當乙最是注

及文武成康表本茶陵本無成字注簡略也表本茶陵本簡略作略簡是也恨弑脁略公卿注引
此可證注枯耽表本茶陵本作枯耽切三字在注末是也注緬爲宋劭陵王文學
何校劭改邵陳同是也各本皆譌注吳王書闔廬陳云書字衍是也各本皆衍注求民
之瘼案瘼當作莫各本皆誤觀下注可見注我太公鴻飛兖豫何校公改祖陳同是也各
本皆誤注劉琨勸進奏曰表本茶陵本奏作表是也鄧攸之緝熙萌庶表本
茶陵本萌作氓案二本以五臣亂善而失著校語尤所見獨未誤也注衿帶喉咽表本茶陵本喉咽作
咽喉是也注鄧南鄭人陳云南下脫鄭字是也各本皆脫注闔外已見上文表本
茶陵本復出云云非注門限也表本茶陵本也下有苦本切三字是也注千仞之漢案漢
當作溪各本皆誤德與五才並運表本茶陵本才作材表校語云善作才注亦作才茶陵無校語
注亦作材案此蓋善材五臣才表誤互換尤所見與表同茶陵爲得之也與前江賦五才可相證注倪寬

吳十　十六

爲郡内史何校郡改左陳同是也各本皆誤注聚人於萑蒲之澤陳云聚取誤是
也各本皆誤注征艾朔士何校士改士是也各本皆譌注歌録曰鴈門太守
行曰陳云録下曰字衍是也茶陵本與此同表并入五臣無可借證注宏爲東郡陳校東下添陽
字云世說注引續晉陽秋可證東陽今浙東金華也若東郡在晉爲濮陽之地當彦伯時已久陷北境安得往莅之
案所說最是前三國名臣序贊題下注所引亦有陽字又其一證也注漢書廣武君下至以迎
小人此節注表本茶陵本并善入五臣與尤全異或尤別據他本今無以訂之注漢書名臣奏
曰陳云書字衍是也各本皆衍注隔在漢北何校漢改漠陳同是也各本皆譌注羌戎
豪帥慼負恩德茶陵本羌戎作破羌韡無德字表本與此同案似茶陵是注具以狀言
表本茶陵本言下有安字是也注蔡彤爲遼東太守茶陵本蔡作祭是也表本亦誤蔡下同
注圄圄寂寞表本茶陵本寞作寥是也注字叔庠表本茶陵本庠作平案今范書作庠尤依

以校改也注爲國賊者表本茶陵本者下有徒頰切三字是也注晉諸公讚曰下至
即號哭罷市此注表本茶陵本并善入五臣全異或尤別據他本也注韓詩曰陳云詩下
當有章句二字見任彦昇勸進牋注是也各本皆脫載惟話言表本茶陵本惟作貽是也注兄弟
先後表本茶陵本兄弟作弟兄何校弟先改先弟陳云弟先二字當乙案齊竟陵文宣王行狀引正作兄先弟
後注尚書曰魯侯伯禽陳云書下脫序字是也各本皆脫注喻今之文字
多表本茶陵本多上有煩字是也注儲積山藪陳云積精誤是也各本皆誤虛懷博約
表本茶陵本約作納表校語云善作約茶陵無校語案詳注意約但傳寫誤尤所見與表同非也茶陵爲得之幾
以成務表本茶陵本幾作機案此蓋善機五臣幾二本失著校語又注中幾機互換非尤改善作幾亦非
清猷浚發表本茶陵本浚作濬是也注夏侯稚何校稚下添權字陳云稚下當脫一權字魏夏
侯稚權以才學稱見荀勗文章敘録案所校是也說已見前各本皆脫注以從王乎表本茶陵本乎

吳十　十七

下有此字是也注涕以手揮之也陳云涕下脫流字各本皆脫○劉先生夫人
墓誌○欣欣負載何校載改戴陳云載戴誤注同是也案二字多相混此亦不具出注音
攜表本茶陵本作畦音攜三字在注末是也注丞相遵之後也何校遵改導陳同是也各本皆
譌寂寞楊冢表本茶陵本寞作寥案此疑二本是也
卷六十○齊竟陵文宣王行狀○任彦昇案此三字當在上齊竟陵文宣
王行狀一首下各本皆錯誤在此南蘭陵郡縣都鄉何校都上添中字據南齊書高帝紀文校
陳云疑當作東見前安陸昭王碑文注案彼注即引南齊書東中乖異未必非東誤也又案縣上當有蘭陵二字此
歷說州郡縣鄉里不應祇云縣而不云何縣注應劭漢書注曰表本茶陵本無漢書注三字案
無者是也注后倉作齊詩也表本茶陵本后倉二字作臣瓚曰韓固五字案二本是也韓乃轅之
譌儒林傳可證尤據顔注藝文志所引改之非注前代史岑比之何校比之改之比是也各本皆

倒
注毛詩傳曰無畔換案無字不當有又換詩作援畔援猶跋扈也在鄭箋此各本皆有誤
注王永字安期茶陵本永作承是也表本亦誤永晉書本傳可證注東夏會稽也
表本茶陵本無此五字案二本在五臣銑注此蓋誤入注孫復爲昭也表本茶陵本也下有音詔
二字是也注倪寬爲農都尉大司農奏課最連陳云爲下脫司字又最連當乙
是也各本皆誤注范曄後漢書曰劉寵表本范曄後作華嶠案表本是也但嶠下仍當有後字此
初同表脩改者非茶陵并入五臣更非注曾子謂子思伋曰陳云伋曰二字當乙是也各本
皆倒而茹戚肌膚表本茶陵本戚作感是也沈痛瘡鉅案瘡當作創善引禮記創鉅者爲注
可證表茶陵二本所載五臣向注字作瘡然則善創五臣瘡各本亂之非注漢書曰萬石君傳
曰表本茶陵本書下無曰字是也注范曄後漢書表本茶陵本無此五字注幸逢寬
明之日將值危言之時表本茶陵本作幸蒙危言之世遭寬明之時案此所引恐據馮衍集
尤校改全依范書未必是也武皇帝嗣位茶陵本無皇字帝下校語云五臣作皇表本皇下校語云
善有帝字案尤所見與表同食邑加千戶表本茶陵本加千作如千案考南齊書云二千戶上文云
食邑千戶故此云食邑加千戶即二千戶也善無注者本不須注耳五臣濟注乃云如千猶若干無定戶故也可謂
妄說二本不著校語以之亂善甚非尤所見獨未誤儀形國胄案形當作刑注引毛詩表山松後漢書俱
是刑字茶陵本亦然表本注中畫作形非也上文寔兼儀形之寄注別引晉中興書可知此不得與彼同各本皆作
形或五臣如此藉田賦儀刑孚于萬國五臣作形其證也允師人範表本云善作師茶陵本云五臣作歸
案各本所見皆非師但傳寫誤注中大夫表本茶陵本作掌以嫩詔王五字案此尤改之也注有
諫諍之義茶陵本并五臣入善有此句表本并善入五臣無今無以訂之也注父母生之
案毋字不當有各本皆衍使持節都督楊州諸軍事茶陵本楊作揚表本亦作楊案揚字
是也下及注盡倣此萌俗繁滋表本茶陵本繁滋作滋繁案二本所載五臣良注云滋繁言多也未審善

果何作或不與五臣同而尤所見爲是注劉縚聖賢本紀曰下至農夫號于野
表本茶陵本無此三十字案或別據他本也九旒鑾輅案旒當作游善引甘泉鹵簿游車九乘爲注作
游不作旒甚明表茶陵二本所載五臣濟注乃云九旒旗也是旒字爲五臣本亦甚明各本所見皆以之亂善而失
著校語讀者罕辨今特訂正之注駕蒼龍表本茶陵本龍下有輅音路三字是也注導表本茶陵
本作纛音導三字在注中左方上注之下是也注如今喪轜車表本轜作轜是也茶陵本亦誤轜
注韓延壽給羽葆何校給改植陳同是也各本皆誤注而好下接己何校接改
佞陳同是也各本皆誤注寘致也表本茶陵本無此三字案二本在五臣良注此蓋誤入注郅
鄆曰表本茶陵本鄆作惲是也注鄭元曰案元下當有禮記注三字各本皆脫注野人雖
云隱表本茶陵本隱作隔案隔字是也又案野人當作人野各本皆倒上文舜與野人表茶陵作人野蓋本是
此作人野而誤其處注卞忠貞墓側表本茶陵本忠貞作望之是也注後以江陵沙
洲人遠何校沙上添西字人上添去字是也各本皆脫屈以好事之風表本茶陵本事作士
是也何陳校皆改士注先生王叔何校叔改升下同云今國策作升形相近之誤吳師道曰一本標文
樞鏡要作王升案所校是也古今人表亦作升又其一證注宣王使謁者迎入何校迎改延是
也各本皆譌乃知大春屈己於五王表本茶陵本無於字案二本下句校語云善有於五
臣無於蓋尤并校添此句也注文惠太子懋案子下當有長字各本皆脫何校添子字蓋誤注
孔藏與從弟書曰陳云藏臧誤是也各本皆譌注於衿結褵也何校於改施陳
同是也各本皆譌注親結其縭表本縭作離案離字是也觀下注可見茶陵本亦誤縭又案依此正
文疑善作離今作褵其誤與前女史箴同否則善尚有離褵異同之注今刪不全也注趙文子與
叔向表本茶陵本向作嚮是也注弟子弔之何校弟改曾陳同是也各本皆誤注尚書
曰禹案曰禹當作禹曰各本皆倒注以拾遺補闕藝表本茶陵本無藝字案此尤依漢書

改闕爲蟄因誤兩存也○弔屈原文茶陵本此上有弔文二字另爲一行是也表本亦脫注越絶書曰表本越上有善曰二字是也下列子曰上罔極言無中正上字林曰闒茸上毛詩曰上莊子千金之珠上蝦音遐上文子曰鳳凰飛千仞上莊子庚桑楚上同茶陵本移每節首非注覓表本茶陵本作汩音覓在注中汨水在焉下是也乃殞厥身表本茶陵本殞作隕案史記漢書皆是隕字注不可順道而行也表本茶陵本可作得是也案史記索隱引正作得注植史記作值表本茶陵本作作音是也呼嗟默默表本茶陵本呼作于案史記漢書皆是于字此注中呼亦當作于也注汗明曰大驥案大當作夫各本皆譌嗟苦先生茶陵本校語云苦五臣作若表本作苦無校語非何云漢書作若陳云苦當從漢書作若更有顏延年祭屈原文可以互證云云案所說是也苦字但傳寫誤蓋誤認注中勞苦屈原以爲正文有苦字耳今史記亦作苦誤與此同注應劭曰嗟咨嗟苦陳云苦漢書注作也案也字是也各本皆誤史記集解所引無此字又其一證注離騷下竟亂辭也

異一　二十

陳云竟章誤是也各本皆誤案漢書顏注及單行索隱引皆作章注鄧展曰音昧又注蘇林曰偭音面服虔曰螑音梟又注蛭之一切蟥音引北所音表本茶陵本俱無尤蓋別據他本今無以考之也注亦夫子不如麟鳳不逝之故表本茶陵本下不字作翔是也案史記索隱引正作翔注鄭元曰陳云元當作氏是也各本皆誤固將制於螻蟻表本云善作螻蟻茶陵本云五臣作蟻螻案螻與魚韻較協各本所見蓋傳寫倒善未必不與五臣同也今史記漢書皆作螻蟻而單行索隱正文仍作蟻螻可見亦未必史漢不本皆爲蟻螻今誤與此同也注中螻蟻凡三見則不拘語倒之例耳注亦謂讒賊小人所見害也何校謂改爲陳同是也各本皆誤注鱏音尋表本茶陵本此三字在注末是也○弔魏武帝文○注貝獨坐謂中官左悺貝瑗也表本茶陵本貝作唐兵瑗作唐衡案此尤校改之也注而不畀余也何校畀余改余畀陳同是也各本皆倒注諺曰曰表本茶陵本不重曰字是

也注史記不言何校記改旣是也各本皆誤注李範曰稅陳云範軌誤是也各本皆誤注漢書文昌宮表本茶陵本書下有曰字是也注陳思王述征賦曰表本茶陵本征作行是也注周望兆勳於渭濱陳云勳動誤是也各本皆譌注我營魄而登遐案我當作載各本皆譌注老子曰抱一案抱上當有載營魄三字各本皆脫援貞咎以甚悔表本咎作吝云善作咎茶陵本作吝無校語案尤所見與表同非也茶陵所見是也注貞吝句明文咎但傳寫誤注張堅與任彥昇書曰陳云堅昇誤昇堅誤是也各本皆誤注孔子謂盟器者何校盟改明是也各本皆誤注忽縹緲以響像表本茶陵本緲作眇是也眝美目其何望案眝當作貯注云貯與眝同謂所引字林博雅之眝與正文之貯同也若作眝於注不相應蓋五臣因此注乃改貯爲眝各本所見皆以之亂善而失著校語○祭古冢文○注高誘曰棺題曰和表本茶陵本無此七字案或尤別據他本也注而助語也表本

異十　三

茶陵本助語作語助是也注先是雒陽城南何校引徐云廣漢治雒縣此陽字衍文是也各本皆衍注格茶陵本作音格二字在注末是也表本亦誤注葬爲埋也何校葬爲改謂葬陳同是也各本皆誤注未之有也何校有下添改字陳同是也各本皆脫注牲用白牲案下牲當作牡各本皆譌○祭屈原文○注賈誼弔屈原文曰表本茶陵本無文字是也上引亦無此字注極又欲充夫佩緯陳云極機誤是也緯當作幃各本皆誤注羌無實而害長案害當作容各本皆誤○祭顏光祿文○注機彖謂周易班班固楊楊雄也表本茶陵本此注幷入五臣恐尤亦非善舊注叔夜稽康字也表本茶陵本此注幷入五臣恐尤亦非善舊注琴緒緒引緒也案此有誤各本皆同無可考也注仰視浮雲馳奄忽互相踰表本茶陵本浮作驚馳奄忽作逝紛紛案此尤校改之也注公收淚而問之表本茶陵本淚作涕是也○附案陸貽典嘗據尤本校汲古閣

本其尤跋後又有跋曰說友到郡之初倉使尤公方議鋟文選板以實故事念費差廣而力未給說友言曰是固此邦闕文也願略他費以佐其用可乎廼相與規度費出閱一歲有半而後成則所以敬事於神者厚矣江東歲比旱說友日與池人禱之神焉蓋有禱輒應歲旣弗登獨池之歉猶十四也顧神旣昭荅如此亦有以哉文選以李善本爲勝尤公博極羣書今親爲讐校有補云云補字下損失今本無此跋必脫去也說友袁說友即尤跋之袁史君此跋未言尤之讐校語雖未竟而其有所改易顯然已見今録附於後以資詳考

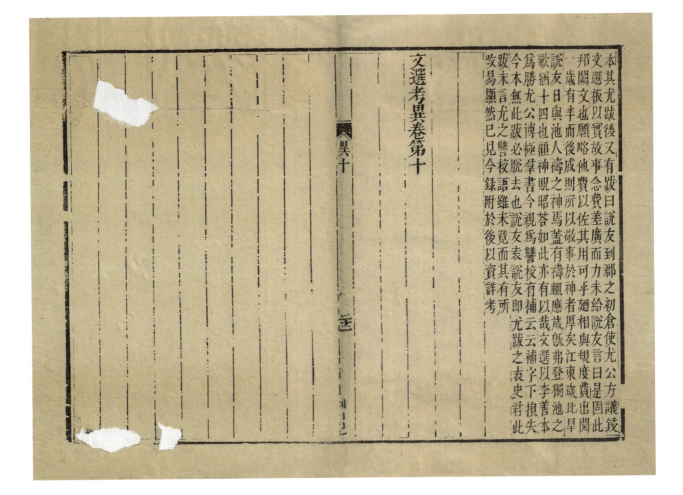

文選考異卷第十

講义稿

李申耆曰一氣奔放尚是西漢之遺往復過多則利害切身不覺言之灑灑耳義门辨此為陳思之文信然案文中云大魏之興于今二十有四年自黃初元年下數至正始六年適得二十四年其時曹爽專柄與三國志注引魏氏春秋所說相合陳思王植篇建安十九年徙封臨菑侯太祖征孫權使植留守戒之曰吾昔為頓丘令年二十三思此時所行無悔于今今汝年亦二十三矣可不勉與陳王之薨在太和六年年四十一下距正始後十餘年安得復撰斯文託之元首義门既不考核申耆亦信從何也

三國志武文世王公傳註引魏氏春秋載宗室曹冏上書曰：臣聞古之王者必建同姓以明親親，必樹異姓以明賢賢，故傳曰庸勳親親，昵近尊賢（此左氏文）。書曰克明峻德，以親九族。詩曰懷德維寧，宗子維城。由是觀之，非賢無與興功，非親無與輔治。夫親親之道專用，則其漸也微弱；賢賢之道偏用，則其敝也劫奪。先聖知其然也，故博求親疏而並用之。近則有宗盟藩衛之固，遠則有仁賢輔弼之助；盛則有與共其治，衰則有與守其土；安則有與享其福，危則有與同其禍。夫然，故能有其國家，保其社稷，歷紀長久，本支百世也。今魏尊尊之法雖明，親親之道未備詩不云乎鶺鴒在原兄弟急難以斯言之明兄弟相救於喪亂之際同心於憂禍之間雖有鬩牆之釁不忘禦侮之事何則憂患同也今則不然或任而不重或釋而不任一旦疆場稱警閭門反拒股肱不扶胸心無衛臣竊惟此寢不安席思獻丹誠貢策朱闕謹撰合所聞敘論成敗論曰云云冏中常侍兄叔興之後中常侍曹騰也騰字季興少帝族祖也是時天子幼稚冏冀以此感悟曹爽爽不能用案上書之辭比之於論尤為簡勁論文陳古諷今凡指承利害處皆隱據當世情狀為說推詳反覆不厭其繁憂之深故言之長見之切故諫之痛

昭伯豚犢不用嘉謀卒成司馬篡奪之禍元首作論时其見之矣

觀文選所載陳王求通親親表及贈白馬王彪詩魏之薄待宗室可以概見三國志陳思王植傳注引魏略載陳王因發諸國士事上書略云臣所得兵百五十人皆年在耳順或不踰矩虎賁官騎及親事凡二百餘人皆復老瞽疲曳是魏世諸王之威遠不敵一墨僾故其篇終自陳求為匹夫之志以見懷德文明二帝志存猜忌終不見省逮少帝即祚方在沖齡昭伯又魏之公族故元首以為可言之時因有上書獻論之事矣

此文雄厚似過秦態丞似劉向論外家封事
識判秦漢即所以諷當時于前代用直辭于當時用巽
語所謂微而顯婉而成章者与
敘論兼行間以反振之詞重頓筆故眉目疏豁不嫌其冗

韋弘嗣博奕論

題雖為論而意有所指斥實書牘之類
此文蓋學國語而複調稍多
篇首論純從惜陰勤事立論筆意暢滿有高屋建瓴
水之勢
格局嚴整筆兼反正尚可摹仿之文

北京大學講義稿 五

吾國志孫和篇曰常言當世士人宜講修術學校習射御以周世務而但交游博奕以妨事業非進取之謂後群寮侍宴言及博奕以為妨事費日而無益于用勞精損思而無終所成非所以進德修業積累功緒者也且志士愛日惜力君子慕其大者高山景行恥非其次夫以天地長久而人居其間有白駒過隙之喻年齒一暮榮華不再凡所患者其於人情所不能絕誠能絕無益之欲以奉德義之塗棄不急之務以修功業之基其於名行豈不善哉夫人情猶不能無嬉娛嬉娛之好亦在於飲宴琴書射御之間何必博奕然後為歡乃命侍坐

者八人各著論以繪之於是中庶子幸暇退而論奏和
以示賓客時蔡穎好矣直事在署者頗數焉故以此諷
之案此則弘嗣此文大旨皆本於子孝之言旨特其飾
詞采有所修飾耳

嵇叔夜養生論

此文驟觀覺其漫羨細按之條理仍自井然緜其氣體
清壯能天機駿利故詞雖多而不覺緐但未可輕于放
效耳
服藥求汗數語設譬至切符采可觀
說世人養生無成之理致為精透

豈惟慈之使重而無使輕數語殊繁校以文律但云豈惟如上所云而已其意已明慈之使香而無使延李引方言為釋未諦延當為脠之殘字說文脠生肉醬也集韻二仙尸連切与羴同音姌而此文蓋借以為羴字恕庶並商署切恕可与羨門比壽即庶幾可与羨門比壽也李引聲類釋之亦未諦

叔夜性好老莊然養生之說實与莊生微異莊生所云養生非服食之謂其要在于以恬養知以知養恬知世塗之多患故無心以相待知萬事之靡定故無為而自

得山木菌鳴雁散木之喻單豹張毅之事皆足以推論
服食仙道之談使之不得成立又況叔夜尚奇任俠性
烈才儁以為衰世所謂游于羿之彀中雖翻饗六芸月
錄五石散懷之詩無救彈琴之痛每讀此論為良悵然
嵇中散集載向子期難嵇叔夜養生論又載嵇荅文互
相駁詰皆持之有故觀之可悉辯駁術嵇文太繁茲錄
向作如左
向子期難嵇叔夜養生論
難曰夫節哀樂和喜怒適飲食調寒暑亦古人之所
修也至于絕五味去滋味寡情欲抑富貴則未之敢許

北京大學講義稿

也何以言之夫人受形于造化与萬物並存有生之最靈者也異于草木草木不能避風雨辭斤斧殊于鳥獸鳥獸不能遠網羅而逃寒暑有動以接物有智以自輔此有心之益有智之功也若閑而默之則与無智同何貴于有智哉有生則有情稱情則自然若絶而外之則与無生同何貴于有生哉且夫嗜欲好榮惡辱好逸惡勞皆生于自然夫天地之大德曰生聖人之大寶曰位崇高莫大于富貴然富貴天地之情也貴則人順己以行義于下富則所欲得以有財聚人此皆先王所重關之自然不得相外也又曰富与貴是人之所欲也但當

求之以道義在上以不驕無患持滿以損儉不溢若此何為其傷德邪或覩富貴之過因懼而背之是猶見食之有噎因終身不飡耳神農唱粒食之始后稷纂播殖之業鳥獸以之飛走生民以之視息周孔以之窮神顏冉以之樹德賢聖珍其業歷百代而不廢今一旦云五穀非養生之宜肴醴非便性之物則亦有和羹黃耇無疆為也春酒以介眉壽皆虛言也博碩肥腯上帝是饗黍稷惟馨實降神祇神祇且猶重之而況于人乎肴糧入體不逾旬而充此自然之符宜生之驗也夫人含五行而生口思五味目思五色感而思室飢而求食自然

之理也但當節之以禮耳今五色雖陳目不敢視五味雖存口不得嘗以言爭而獲勝則可焉有勺藥為荼蓼西施為嫫母忽而不欲哉苟心識可欲而不得從性氣困于防閑情志鬱而不通而言養之以和未之聞也

又云導養得理以盡性命上獲千餘歲下可數百年未盡善也若信可然當有得者此人何在目未之見此殆影響之論可言而不可得縱時有耆壽耉老此自特受一氣猶木之有松柏非導養之所致若性命以巧拙為長短則聖人窮理盡性宜享遐期而堯舜禹湯文武周孔上獲百年下者七十豈復疏于導養耶顧天命有限

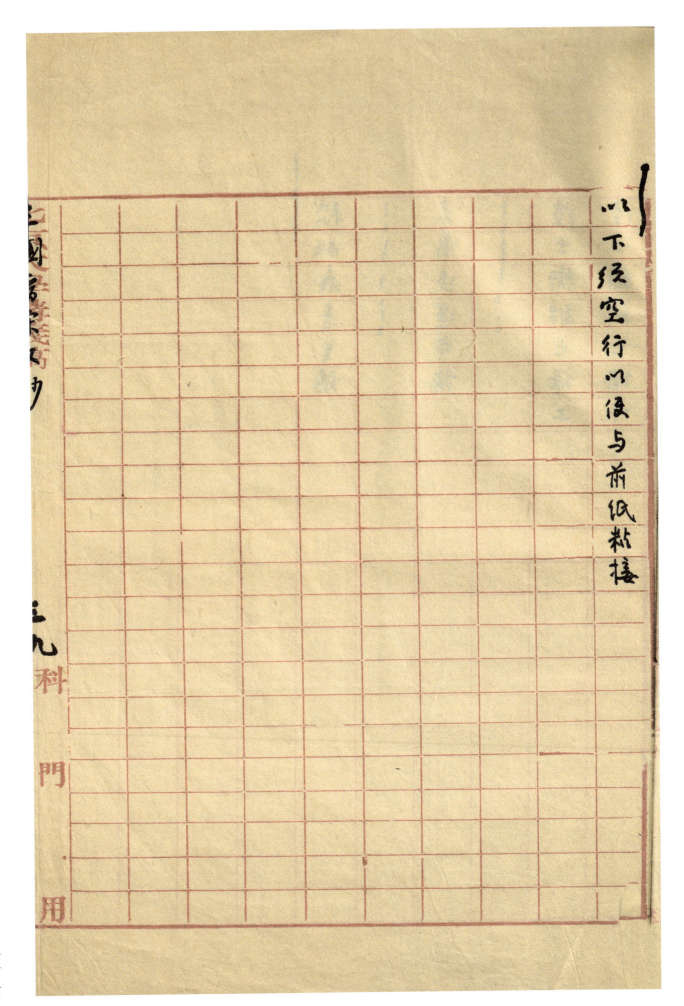

以下经空行以後与前纸粘接

科　門　用

嵇叔夜養生論

〃〃〃〃

李蕭遠運命論

〃〃〃〃

陸士衡辯亡論上

陸士衡辯亡論下